신데렐라를
곱게 키웠습니다

키아르네 장편소설

신데렐라를 곱게 키웠습니다 1

초판 1쇄 인쇄 2020년 8월 10일
초판 1쇄 발행 2020년 9월 21일

지은이 키아르네
발행인 오영배
편집 편집부
디자인 Mull
본문디자인 오정인
제작 조하늬

펴낸곳 (주)삼양출판사 · 피오렛
주소 서울시 강북구 도봉로 173
대표 전화 02-980-2112 / **팩스** 02-983-0660
편집부 전화 02-987-9393 / **팩스** 02-980-2115
블로그 blog.naver.com/dan_gul
출판등록 1999년 3월 11일 제9-00046호

ISBN 979-11-283-9875-9 (04810) / 979-11-283-9874-2 (세트)

fioret 은 (주)삼양출판사의 로맨스 판타지 문학 브랜드입니다.

신데렐라를
곱게 키웠습니다

I

✧ 키아르네 장편소설 ✧

fio
ret

Contents

01

계모의 몸에
들어왔습니다

　유명한 동화가 있다. 아버지와 새어머니가 결혼해 언니들까지 다섯 명의 대가족이 된 마음씨 착한 아가씨. 하지만 어느 날 아버지는 돌아가시고, 마음씨 고약한 새어머니와 언니들 밑에서 구박받는 불쌍한 신데렐라.

　"신데렐라는 어려서 부모님을 잃고요, 계모와 언니들에게 구박을 받았더래요."

　나는 내가 살던 곳에서라면 누구나 아는 동요를 흥얼거리며 소파에 늘어져 있었다. 낡고 황량한 데다 거대하기만 한 저택은 텅 비어서 고요했다. 저 멀리 누군가 쓱쓱 하고 빗자루로 땅을 쓰는 소리만 규칙적으로 들려왔다.

　만약 신이라는 게 있다면 꼭 말해 주고 싶다.

"샤바~ 샤바~ 아이, 샤발, 너 진짜 너무하는 거 아니냐?"

소설이나 드라마, 하다못해 역사의 등장인물에 빙의하는 이야기들을 많이 봤다. 하지만 대부분 주인공이거나, 주인공의 라이벌인 악역이거나, 주인공의 언니거나, 동생이거나,

잠깐 좀 쉬자. 헉헉.

나는 부조리함을 주장하기 위해 열거하던 것을 멈추고 거친 숨을 몰아쉬었다. 이 세계에 신이라는 게 있다면 양심은 없는 게 분명하다.

내가 더 어린 건 바라지도 않는다.

하다못해 주인공 주변의, 주인공 또래의 엑스트라에 빙의하잖아! 근데 왜! 왜 나만!

"아, 잠깐. 흥분하지 말자."

후. 흥분하니까 갑자기 열이 막 올라온다. 안 그래도 여기 옷 때문에 답답해 죽겠구만.

다행히 코르셋 같은 건 없었지만 그렇다고 옷이 불편하지 않은 건 아니다. 나는 벌떡 일어나 몸에 깔린 옷을 잡아당기고 다시 투덜거렸다.

"진짜 해도 해도 너무하네."

지난 며칠간 하도 소리를 지르고 팔짝팔짝 뛰었더니 더 이상 화낼 기운도 나지 않았다.

이렇게 경우의 수가 많은데 하고많은 것 중에서 어떻게 하필이면, 하필이면 이럴 수 있냐고. 나는 한 번 더 존재하는지조차 모르는 신을 향해 가운뎃손가락을 내보였다.

동화에 나오는 모든 주인공의 적. 어떻게 구제할 다른 이야기도 없는 존재. 계모. 그게 나다.

"샤바……."

진짜 미치겠네. 한숨 나온다, 한숨 나와. 나는 다시 한 번 하늘을 향해

소리쳤다.

"아이, 샤발!"

봤냐? 동화라 욕을 할 수가 없다. 이런, 샤발.

신데렐라의 집은 아주 컸다. 아니, 이젠 내 집이지. 나는 신데렐라의 계모고 내 남편이자 신데렐라의 아버지는 죽었으니까.

프레드 반스. 상당한 부자였던 그는 무역을 하겠다며 이 년 전에 배를 타고 떠났다. 그리고 그대로 행방불명되었다.

내가 이 몸에서 눈을 뜬 건 프레드의 시체를 발견했다는 편지를 받은 이튿날이었다.

이 몸의 주인은, 서른일곱 살에 두 번 결혼하고 두 번째 남편과 사별한 밀드레드는 분명 프레드를 사랑한 건 아니었다. 그녀가 프레드와 결혼한 건 그가 부자였고 잘생겼기 때문이었다.

그리고 여자 혼자 딸 둘을 키우면서 재산 관리하기 힘드니까.

근데 이 남자가 밀드레드의 재산 반을 가지고 사업을 하겠다며 이 년 전에 떠나 놓고 죽은 거지. 이런, 샤발.

그리고 그건 일주일 전의 일이다.

일주일 동안 나는 이건 꿈이라고 부정했다가 내게 이런 일이 일어난 것에 대해 분노했다. 펄쩍펄쩍 뛰며 난리를 치고 내가 모르는 어떤 존재에 대해 삿대질을 해 가며 욕을 내뱉었다.

아, 물론 그 욕은 다 샤발이나 샤바나, 뭐 하여간 그따위 웃기지도 않는 말이었다. 이런, 샤발.

어쨌거나 나는 결국 받아들이는 수밖에 없었다.

나는 두 번이나 남편이 죽은 서른일곱 살의 계모. 밀드레드 반스다.

이거 진짜 너무하지 않냐고.

원래 내 몸은 스물일곱 살이었다. 평범한 계약직이었고 물론 그렇게 좋은 환경이라고 말할 수는 없지만 그래도 내가 사는 세상은 에어컨이 있고 세탁기가 있고 전자레인지가 있는, 그런 세상이었단 말이다.

에어컨도 없고 세탁기도 없을 거면! 하다못해 열일곱 살 몸에 넣어 주든가!

서른일곱은 너무하잖아! 내 십 년! 내 십 년 어떻게 할 건데!

아, 또 흥분했다. 나는 주먹을 꽉 쥐고 부르르 참았다. 내적 평화, 이너피스.

이미 들어온 거 어쩔 수가 없다. 원래 포기하면 편한 법이지…… 는 개뿔. 여전히 화가 난다. 내가 이 몸에 들어왔으니 이 세계의 신은 존재하는 게 분명하다. 아니면 날 이렇게 만든 새끼가 존재하겠지.

그 새끼를 만나면 반드시 원 펀치 쓰리 강냉이를 보여 주고야 말겠어.

나는 있는 힘껏 반죽을 향해 주먹을 꽂았다. 물과 밀가루, 이스트만으로 이뤄진 부드러운 반죽에 내 주먹이 그대로 들어갔다.

기분이 좀 풀어진다.

원래 세상에서 가지고 있던 취미가 이쪽에서 도움이 될 줄은 몰랐는데.

밀드레드는 원래 백작가의 영애였다. 밀드레드 머피. 그게 그녀의 결혼 전 이름이었다. 그리고 머피 백작가는 그럭저럭 오래된 귀족 집안이지만 그리 유복한 집은 아니었다.

다행인 건 밀드레드가 상당한 미인이라는 점이었다. 내가 들어와서 내 몸으로 이용하고 있기는 하지만 솔직히 거울을 볼 때마다 얼떨떨해질 정도로 미인이다.

새까만 머리카락과 이국적인 초록색의 눈동자. 이런 미녀는 인터넷에서 고전 할리우드 미인 사진에서나 봤다.

"아, 인터넷."

나는 반죽을 꽉 움켜쥔 채 신음을 내뱉었다. 인터넷 하고 싶다. 어디선가 "까톡!" 하고 내 핸드폰에 문자가 날아오는 소리가 들릴 것도 같다.

지금은 좀 나아졌지만, 일주일 전에는 정말 심했다. 자다 말고 핸드폰 진동이 느껴져서 손을 뻗어 핸드폰을 찾은 게 한두 번이 아니다.

핸드폰. 으으, 진짜 만지고 싶다. 납작하고 단단한, 손에 꽉 차는 그 매혹적인 자태. 아아, 핸드폰이여. 내가 널 얼마나 사랑하는지 아니?

검지로 홈 버튼을 누르면 반짝하고 액정에 빛이 들어온다. 아이콘마다 알림 표시가 떠 있는 걸 생각하면 약간 희열이 느껴질 정도다.

이 구린 세상은 당연히 인터넷은커녕 전화기도 없다. 전! 화! 기! 내 세계에서는 구시대의 유물이 되어 버린 그거!

내가 원래 살던 데서는 요즘 태어난 아기들은 수화기가 뭔지도 모른다더라. 어느 정도냐면 애기들은 우리가 아는 수화기가 아니라 거울을 쥐여 줘야 전화하는 시늉을 한다는 말까지 들었다.

그런데 여긴?

멀리 있는 사람과 실시간으로 대화할 수 있는 방법을 아냐고 물어보면 나보고 마녀냐고 물어볼 것 같다. 젠장.

"어머니."

누군가 주방 문으로 들어서며 엄마를 불렀다. 나는 멍하니 반죽을 주무르며 이게 핸드폰이면 얼마나 좋을까 하고 생각하던 차였다.

"어머니."

누군지 몰라도 얘 엄마 있으면 대답 좀 하시죠. 그렇게 생각하며 반죽을 주먹으로 팡팡 내려치고 있을 때였다.

"어머니."

주방으로 들어온 소녀는 내 옆으로 바짝 붙으며 말했다. 나는 깜짝 놀라서 반죽을 두 손으로 꽉 움켜쥐며 외쳤다.

"뭐? 뭐라고?"

"어머니. 청소 다 끝났어요."

갈색의 고수머리를 한 소녀가 내 옆에 서 있었다. 이 애가 부른 어머니란 나를 말하는 거였다.

아, 매번 잊어버리네. 나는 아이리스를 바라보고 한숨을 내쉬었다. 아이리스 반스. 원래는 아이리스 리베라 영애였다. 하지만 내가 칠 년 전에 반스와 결혼하면서 아이리스 반스가 되었다.

"아, 그래. 잘했어. 릴리는?"

릴리는 밀드레드의 둘째 딸이다. 아이리스가 열아홉 살. 릴리가 열여덟 살.

엄청나지 않아? 밀드레드는 고작 서른일곱인데 그 딸들은 열아홉과 열여덟이다. 이 세계의 여자들은 열일곱 살이 되면 결혼할 수가 있다.

참고로 남자는 열아홉이다.

덕분에 밀드레드는 서른일곱이었다. 그녀는 미인이었고 열일곱 살이 되어 사교계에 데뷔하자마자 무수한 청혼을 받았다. 그중 밀드레드의 아버지가 선택한 사람은 부유한 남작, 리베라였다.

밀드레드는 아버지께 감사했던 것 같다. 그녀의 기억을 뒤져 보면 그렇다. 머피 백작가는 그럭저럭 오래된 집안이지만 그리 부유한 집안이 아니었으니까 부유한 리베라 남작과 결혼하는 걸 반겼던 모양이다.

하지만 그 돈 많고 착했던 남자의 가장 큰 단점이 있었으니, 바로 못생겼다는 거다.

"청소 도구를 정리하고 있어요."

아이리스는 그렇게 말하고 한쪽에 놓인 커다란 주전자에 물을 담기 시작했다. 물을 끓이려는 모양이다. 나는 갈색 머리와 갈색 눈동자를 가진 아이리스를 쳐다보고 다시 반죽을 향해 주먹을 내질렀다.

밀드레드의 유일한 실수는 남자를 잘못 만났다는 거다. 그녀의 첫 번째 남편 리베라 남작은 착하고 돈이 많았지만 못생겼다. 그게 뭐가 문제냐고? 딸이 아빠를 닮았으니까 문제지.

아이리스와 릴리는 빈말로도 미인이라고 말하기 어려웠다. 물론 밀드레드의 눈으로 보면 이 정도면 예쁘게 생기긴 했지.

하지만 나는 밀드레드가 아니다. 당연히 내 눈으로는 예쁘지 않다.

밀드레드가 두 번째로 결혼한 반스가 결혼하기 전에 밀드레드가 알던 것처럼 엄청난 부자였다면 상황은 훨씬 나았을 것이다.

아니, 하다못해 그가 밀드레드의 재산 반을 들고 사업한답시고 나대다가 죽지 않았다면 나았을 거다. 그랬다면 밀드레드도 나쁜 계모가 되지 않았겠지.

이제 밀드레드는 이 크기만 하고 낡은 거대한 저택에서 결혼할 나이가 다 된 딸 셋을 건사해야 한다. 이쯤 하면 신이 날 미워하는 거 맞지?

"어머니!"

아이리스가 물을 끓여 주방을 나가자 릴리가 들어왔다. 아이리스와 똑같이 생긴 릴리는 그래도 눈은 밀드레드를 닮았다. 그녀는 나를 보더니 소매를 걷어 올리며 물었다.

"뭘 도와드릴까요?"

"잘 왔어."

안 그래도 손이 필요하던 차였다. 나는 찬장을 턱으로 가리키며 말했다.

"저기서 그릇 하나만 꺼내 줄래? 면보도."

반죽을 발효시켜야 한다. 오븐에서 고소한 냄새가 풍기기 시작했다. 릴리는 접시를 꺼내고 면보를 물에 적시며 말했다.

"맛있는 냄새가 나요."

"거의 다 구워졌을 거야."

나는 그릇에 빵 반죽을 넣고 젖은 면보를 덮은 뒤 주방에서 가장 따듯한 곳에 두었다. 그리고 오븐 장갑을 끼고 오븐을 슬쩍 열었다.

내 옆으로 릴리가 달라붙었다. 빵은 오븐 안에서 맛있게 잘 익어 있었다. 어디 덜 부풀거나 탄 곳은 없겠지. 내가 꼬챙이로 빵을 돌리는 것을 보며 릴리가 말했다.

"어머니께서 빵을 만들 줄 아시는지 몰랐어요."

몰랐겠지. 진짜 밀드레드는 빵은커녕 계란 후라이도 해 본 적이 없으니까. 나는 오븐 안에서 빵이 타지 않도록 문 쪽으로 잡아당기며 말했다.

"네게도 곧 알려 줄게. 이런 건 알아 두면 쓸 만하니까."

나도 빵 만드는 법을 아는 게 이렇게 도움이 될 줄은 몰랐다. 그거 말고도 다림질하는 거, 설거지하는 거, 그리고 빨래하는 법 같은 거. 전부 도움이 되고 있었다.

그리고 놀랍게도 밀드레드는 이것 중에 할 줄 아는 게 하나도 없다.

밀드레드의 기억을 뒤져 보면 이해가 안 되는 건 아니다. 그녀는 부유하지는 않아도 백작가의 영애였고 결혼해서는 부유한 남작 부인이었으니까. 음식은 시간 맞춰, 입맛 맞춰 나오는 거였고 그 밖에 설거지, 빨래, 다림질 등등은 하녀가 하는 거였다.

밀드레드가 해야 하는 건 하녀를 다루는 법이나 집안 물건을 관리하는 법 정도였다. 이야, 갑자기 밀드레드의 인생이 급 부러워지기 시작한다.

남이 해 주는 밥과 청소라니. 내가 살던 세상에서도 모든 여자가 바라는 꿈 아니었어?

하지만 두 번째로 결혼한 프레드가 알고 보니 사업이 망해 가고 있었고 사업병자라는 건 좀 안됐다. 밀드레드도 몰랐겠지. 서른일곱밖에 안 됐는데 남편은 둘이나 죽고 두 번째 남편의 자식인 딸까지 포함해서 세 딸을 키워야 할 줄은.

어쩌면 밀드레드는 지금의 내가 하는 말을 신에게 하고 있었는지도 모른다. '정말 너무하는 거 아니에요? 왜 나한테 이래요?' 이렇게.

"어머니."

오븐에서 다 익은 빵을 꺼내는데 밀드레드의 셋째 딸이 주방으로 들어왔다. 밀드레드가 낳은 건 아니고, 프레드가 전 부인과의 사이에서 낳은 딸이다.

신데렐라.

"접시 좀 꺼내 줄래?"

나는 신데렐라를 향해 말하고 싱크대에서 손을 닦기 시작했다. 반짝이는 금발에 푸른 눈을 가진 소녀가 "네." 하고 대답하더니 찬장으로 손을 뻗었다.

밀드레드는 이 애를 싫어했다. 누구라도 그녀의 입장이라면 이해가 됐을 것이다. 잘생기고 부유한 사별남이 유혹해 오길래 혼자 딸 둘 키우기 힘들어서 결혼했더니 부유하긴커녕 실속 없는 새끼였고 심지어 사업병까지 걸려 있었다.

그러더니 밀드레드의 재산 반을 가지고 사업하겠다며 떠나서 행방불명이 됐단 말이다.

밀드레드는 부잣집 마나님이었다. 자기 손으로는 자기 속옷도 빨아본 적이 없다. 그런데 프레드 때문에 순식간에 고달프게 살게 됐다.

그런데 프레드는 죽었고, 눈앞에 프레드의 딸이 남아 있지. 게다가 아버지를 닮아 별로 안 예쁜 자기 딸들과 달리 프레드의 딸은 잘생긴 프레드랑 제 엄마를 닮아서 엄청난 미인이란 말이야. 나란히 서 있으면 밀드레드 눈에도 차이가 보이는데 남들이 보면 더 차이가 나겠지.

안 그래도 안 예쁜 애를 안 그래도 애네 아빠 때문에 훅 줄어든 재산으로 키워 주고 결혼까지 시켜 줘야 한다. 계모가 신데렐라를 싫어하는 게 이해가 된다.

이제 내가 왜 신데렐라 이야기 속으로 들어왔다고 하는지 알겠지.

"꺅!"

그때 와장창하는 소리와 함께 신데렐라가 작게 비명을 질렀다. 이건 또 뭐야? 나는 깜짝 놀라서 고개를 돌렸다가 바닥에 떨어져 깨진 접시를 발견하고 한숨을 내쉬었다.

그래. 이것도 밀드레드가 싫어하는 점 중 하나였다. 애슐리, a.k.a. 신데렐라는 약간 덤벙거리고 일머리가 없었다.

"죄, 죄송해요, 어머니!"

하지만 착하기는 하다.

애슐리는 깜짝 놀라서 깨진 접시를 치우려고 몸을 돌렸다. 그러면서 미리 꺼내 놓은 접시를 팔꿈치로 툭 쳤다.

와장창!

이 차전이 시작됐다. 접시 한 뭉치가 또 깨졌고 나는 손을 이마에 대고 한숨을 내쉬었다.

나는 밀드레드가 아니다. 애슐리를 미워한 그녀가 이해가 되지만 그렇다고 그녀가 맞다는 말은 아니다. 애슐리는 고작 열일곱 살이고 내 원래 나이로는 열 살 차이가 난다.

밀드레드는 스무 살 차이나 나고.

열 살 이상 차이 나는 애를 진심으로 미워할 수는 있지만 미워한다고 일부러 하녀처럼 부려 먹어서는 안 된다는 말이다.

"잠깐, 잠깐, 잠깐."

나는 깨진 접시 조각을 맨손으로 만지려는 애슐리를 막아섰다. 애의 덤벙거림으로 보건대 이거 치우다가 손가락이 찔릴 가능성이 높다.

이게 신데렐라에서 잠자는 숲 속의 미녀로 바뀌면 곤란하다. 그럼 백 년간 잠들어야 하잖아. 난 신데렐라의 미움을 받지 않고 그녀가 왕자와 결혼하면 어딘가 다른 데로 신체 멀쩡하게 떠나서 조용히 살고 싶단 말이지.

"아이리스! 릴리!"

"어머니, 무슨 일……."

접시 깨지는 소리와 내 부름에 아이리스가 뛰어왔다가 주방의 상황을 바로 파악하고 다시 뛰어나갔다. 나는 애슐리를 잡아당겨 최대한 접시 파편에서 멀리 떼어 놓았다.

"넌 신데렐라지 잠자는 숲 속의 미녀가 아니란다."

"네? 뭐가요?"

"아냐, 아무것도."

눈치 빠르게도 아이리스는 바로 빗자루를 가지고 돌아왔다.

"제, 제가 할……."

"아냐, 됐어. 넌 가서 식탁을 정리해."

애슐리가 자신이 쓸겠다고 했지만 나는 그녀를 식당으로 돌려보냈다. 애슐리가 걱정돼서 그러는 게 아니다. 애가 일하는 게 별로 마음에 들지 않기 때문이다.

그사이 아이리스가 주방을 쓸었다. 어느새 쫓아온 릴리가 아이리스를 도와 쓰레받기를 가지고 왔다. 하지만 그것보다 더 급한 게 있다. 나는 먹기 위해 만들어 놓은 음식을 식당으로 날랐다.

"어머니."

갓 만든 빵과 햄을 식당으로 옮기는데 애슐리가 식당으로 들어오며 나를 불렀다. 너 내가 식탁 정리하라고 안 했니?

식탁을 보니 포크고 접시고 하나도 안 놓여 있다. 이게 뭐시여? 어이가 없어서 쳐다보는데 애슐리는 내 표정이 보이지도 않는지 약간 흥분해서 내게 달려왔다.

"손님이 왔어요!"

"손님?"

그사이에 누군가 우리 집 문을 두드린 모양이다. 하긴, 이 쓸데없이 크기만 한 집은 현관문을 두드려도 주방에서는 들리지 않는다.

"성에서 왔대요!"

애슐리의 목소리는 흥분 때문에 높아져 있었다. 그 소리에 주방을 정리하고 있던 아이리스와 릴리도 뛰쳐나왔다.

"누가 왔다고?"

릴리가 물었다. 성에서 왔다는 말을 들은 눈치다.

성에서 사람이 왜 와? 밀드레드는 귀족 집안의 아가씨였지만 반스와 결혼하면서 귀족 사교계와는 거리가 멀어졌다. 반스가 귀족이 아니니까.

이 집에 성에서 사람이 올 만한 이유가 없, 잠깐.

내 시선이 애슐리를 향했다. 이거 신데렐라잖아. 그리고 신데렐라는 성에서 열리는 파티에 참석했다가 유리 구두를 놓고 오지.

"내가 나가 볼게."

나는 앞치마를 벗으며 식당을 나섰다. 내 뒤로 아이들이 슬그머니 따라오는 소리가 들렸지만 모른 척했다.

성에서 나온 사람은 활짝 열린 현관문밖에 서 있었다. 진짜 성에서 왔네. 애슐리가 성에서 왔다고 말하지 않았어도 나는 그가 성에서 왔음을 알아차렸을 것이다.

복장이 성에서 일하는 사람의 복장이다. 그리고 이건 내 기억이 아니라 당연히 밀드레드의 기억이다.

"성에서 오셨다고요?"

나는 문밖으로 나서며 물었다. 남자는 집 외관을 이리저리 살펴보고 있다가 내 목소리에 깜짝 놀라 나를 쳐다보더니 자세를 바로 하고 말했다.

"성에서 왔습니다. 반스 부인 계십니까?"

내가 그 반스 부인인데. 나는 남자를 위해 문에서 슬쩍 비켜나며 말했다.

"제가 반스 부인입니다만. 들어오시겠어요?"

"반스 부인이라고요?"

남자의 얼굴에 놀란 표정이 떠올랐다. 흠. 밀드레드가 나이보다 젊어 보이긴 하다. 워낙 미인이고. 하지만 이렇게 대놓고 깜짝 놀라는 표정은 예의가 아니다.

그러니까 밀드레드의 기억에 의하면 그렇다.

다행히 남자는 곧 아차 하는 표정을 짓더니 말했다.

"아닙니다. 저는 편지만 전달해 드리라는 명령을 받았습니다."

그러면서 한쪽 어깨에 메고 있던 가방에서 편지를 쑥 뽑았다. 열린 틈으로 슬쩍 보니 편지 뭉치가 들어 있는 게 나에게만 보낸 게 아닌 모양이다.

"그럼 이만."

응? 그걸로 끝이야? 내가 편지에 찍힌 밀랍 인장을 쳐다보는 사이 남자는 나를 향해 인사를 꾸벅하더니 물러났다. 집에서 약간 떨어진 곳에 남자가 타고 온 말이 보였다. 허. 나는 그가 말을 타고 떠나는 것을 잠시 보다가 돌아섰다.

"왜 온 거래요?"

"무슨 일이에요?"

내가 집 안으로 들어서자 아이리스와 릴리가 달라붙었다. 애슐리는 궁금한 모양이지만 차마 아이리스와 릴리처럼 달라붙을 수 없었는지 멀찌감치에서 머뭇거리고 있었다.

저런 걸 보면 또 짠하단 말이야.

"식당에서 보자."

나는 아이들을 달고 다시 식당으로 돌아갔다. 내가 놓은 음식들은 그 자리에 그대로 있었다. 빵과 약간의 햄. 그리고 샐러드.

아이들이 궁금해서 어쩔 줄 모르는 것을 알면서도 나는 자리에 앉아 빵을 썰어 나눠 주기 시작했다. 이 세계에서도 빵을 판다. 그러니 내가 만들 필요는 없지만 빵을 반죽하는 게 스트레스에 좋거든.

게다가 나같이 인터넷 중독인 현대인은 뭔가 손으로 뭉개고 으스러뜨리는 게 필요하다.

"어머니, 편지 뜯어 봐요. 네?"

결국 참다못한 릴리가 애원했다. 아이리스조차 갈망하는 눈으로 나를 쳐다보고 있었다. 애슐리까지 쳐다본 다음에야 나는 한숨을 내쉬며 편지 봉투를 뜯었다.

예전이라면 하녀나 집사가 페이퍼 나이프를 대령했을 것이다. 하지만 프레드가 행방불명되고 그가 돌아온다는 믿음이 사라지자 밀드레드는 사용인을 모두 해고하고 애슐리를 하녀처럼 부리기 시작했다.

그게 작년 말의 일이니 애슐리가 하녀처럼 일하게 된 지 반년쯤 됐다.

"성에서 보낸 거야."

봉투를 뜯고 안의 편지를 펼쳐 보이자 우아한 필기체의 글자가 나를 반겼다. 이걸 읽을 수 있다는 게 밀드레드가 귀족 출생이라는 증거다.

필기체를 쓰는 법과 읽는 법은 기본적으로 귀족 집안에서 가르치거든. 그리고 귀족 사교계에 끼어들고 싶어 하는 몇몇 부자들도.

그래서 필기체를 읽을 수 있다는 거에 밀드레드는 자부심을 가지고 있었다. 어느 정도였냐면 애슐리에게는 필기체를 따로 가르치지 않았을 정도다.

이건 밀드레드의 잘못이 아니다. 아이리스와 릴리는 리베라 남작 영애일 때 배운 거니까. 하지만 애슐리에게도 가르치는 게 좋겠지. 그녀는 왕자와 결혼해서 왕비가 될 테니까.

나는 애슐리에게 조만간 필기체를 가르쳐야겠다고 생각하며 편지를 빠르게 읽었다.

성에서 열리는 데뷔탕트에 우리 집 아이들도 초대한다는 내용이었다. 편지 말미에 우리 넷의 이름도 적혀 있다.

고개를 들자 아이들이 나를 반짝이는 눈으로 쳐다보는 게 보였다. 머리가 복잡해지네. 나는 인상을 쓰지 않으려 애쓰며 말했다.

"우리를 성에서 열리는 파티에 초대하겠다네."

"정말요?"

"언제 열리는 건데요?"

두 달 뒤다. 밀드레드의 경험상 조만간 시내에 있는 유명한 의상 가게가 불이 나겠지.

신이 난 세 아이와 달리 나는 좀 기분이 안 좋았다. 이게 진짜 신데렐라 세상이라는 걸 확인당한 느낌이다. 그리고 신데렐라 속에서 계모와 새언니들의 결말은 전부 다 별로 안 좋았다.

"갈 거죠? 그렇죠, 어머니?"

릴리가 신이 나서 물었다. 당연히 가야지. 우리는 몰라도 애슐리는 갈 거다. 내가 못 가게 해도 요정 대모가 나타나서 보내 준다.

나는 떨떠름하게 편지를 내려놓으며 말했다.

"가야지, 우리 넷 다."

"넷이요?"

아이리스의 눈이 커졌고 릴리의 시선이 애슐리를 향했다. 애슐리 역시 자신도 가게 될 줄 몰랐는지 놀란 표정을 짓고 있었다.

나는 내 접시에 놓인 빵을 손으로 집으며 심드렁하게 말했다.

"그럼, 가야지. 초대장에 애슐리의 이름도 적혀 있으니까."

"하지만."

릴리가 뭐라고 말하려는 것처럼 입을 열었지만 곧 움찔하더니 멈췄다. 아이리스가 식탁 밑으로 릴리의 정강이를 걷어찬 모양이다. 릴리가 아이리스를 노려보는 걸 보니까.

나는 아이리스와 릴리가 눈싸움하는 것을 무시하고 애슐리에게 물었다.

"애슐리, 드레스가 있니?"

물론 신데렐라니까 요정 대모가 만들어 주겠지. 그런데 그렇다고 나랑 아이리스랑 릴리의 드레스를 만들면서 애 거만 안 만들면 그것도 좀 이상하잖아.

당연하게도 애슐리는 고개를 흔들었다.

"아니요, 없어요."

"그럼 내일 의상 가게를 가 봐야겠네."

"드레스 만들러요?"

릴리가 달려들 것처럼 물었다. 옷 사러 가는 건 언제나 기분이 좋지. 내가 원래 세상에 있을 때, 내 쇼핑 바구니에는 오십만 원어치의 옷이 담겨 있었다.

물론 바구니에 담기만 하고 사지는 못했다. 왜냐고? 돈! 돈! 돈 때문에!

"천을 사다가 직접 만들어야 할 것 같긴 해."

머릿속에 밀드레드의 재산이 얼마였는지 떠올랐다. 그녀의 재산은 대부분 보석이었고 현금은 얼마 없었다. 그러니 하인들을 전부 해고했지.

보석을 팔면 돈이 되겠지만 밀드레드는 팔지 못했다. 그녀가 머피 백작가에서 태어나 자라면서 부모님께 선물 받은 액세서리나, 리베라 남작이 결혼 선물로 준 것들이었기 때문이다.

언젠가 아이리스와 릴리가 결혼할 때 팔아서 지참금으로 줄 생각이었던 모양이다.

개인적으로 샀던 액세서리나 프레드가 결혼하면서 선물로 준 건 프레드가 사업을 한다며 팔아서 가져갔다.

흠, 아무래도 자기 전에 프레드에게 가운뎃손가락을 한번 날리고 자야겠는데.

그리고 작은 건물이 하나 있다. 거기서 나오는 세로 네 가족의 생활비 정도는 댈 수 있는 수준이지만 어쨌든 조물주 위에 있다는 건물주다.

좀 이상한 기분이 들었다. 원래 세상에서 나는 계약직이었고 월세를 살았다. 내 집을 마련하는 게 최대 목표이자 꿈이었지.

하지만 밀드레드는 이렇게 큰 저택에 살고 작은 건물을 가지고 있다. 검소하게 살면 평생 돈 걱정은 없을 거다. 그렇다고 그녀가 나보다 행복했을까?

모르겠다. 내게 밀드레드의 기억이 있기는 하지만 그녀의 모든 인생을 또렷하게 떠올릴 수 있다는 말은 아니다. 내 기억도 가물가물한데 남의 기억이라고 그렇게 또렷하게 보일 리가 있나.

나는 빵을 집어 들고 우물우물 먹기 시작했다. 오늘은 빨래를 해야 한다. 이 커다란 저택에서 효율적으로 살기 위해 안 쓰는 방을 폐쇄하고 혹시라도 누군가 침입할 만한 곳을 전부 막아야 한다.

"여자만 넷이 산다는 건 좋지 않아."

나는 그렇게 말하고 한숨을 내쉬었다. 그리고 혹시나 해서 아이들을 향해 말했다.

"너희들, 어디 가서 이 집에 우리 넷만 산다고 말하지 마."

아이리스는 알겠다는 듯 고개를 끄덕였고 릴리는 모르는 눈치였지만 어쨌든 알겠다고 대답했다. 그리고 애슐리는 역시나…….

"어째서요?"

모르겠다는 표정이었다.

어째서라니. 이렇게 큰 집에 여자만 넷이 산다는 말이 나쁜 놈들 귀에 들어가면 위험하겠니, 안 위험하겠니? 마음 같아서는 그렇게 비꼬고 싶지만 나는 곧 애슐리가 고작 열일곱 살이고 여기는 동화라는 것을 떠올렸다. 얘는 그 동화의 주인공이고.

내가 알고 있는, 상상할 수 있는 나쁜 이야기는 전혀 모르고 있겠지. 문득 애슐리가 부러워졌다. 어쨌거나 얘는 이 모든 고생 뒤에 보상을 받을 거 아냐.

나는 아니었다. 쥐꼬리만 한 월급에 월세와 카드값을 내면서 허덕여도 언젠가 빛 들 날이 올 거라는 기미가 전혀 보이지 않았다. 그게 날 더 지치게 만들었다.

뭐, 자기가 왕자와 결혼할 거라는 건 애슐리도 모르겠지만.

"여러 가지 이유가 있지."

나는 포크로 샐러드를 찍으며 말했다. 채소가 싼 건 좋은 일이다. 이 세계의 식단은 변비 걸리기 딱 좋을 식단이거든. 빵과 고기가 주가 되고 채소는 장식이거나 가볍게 곁들이는 정도다.

덕분에 이 큰 집에는 온실도 있지만 전부 관상용이었다. 게다가 밀드레드는 조경이나 화훼에 별 관심이 없어서 그걸 가꿀 생각도 없었다.

그건 프레드도 마찬가지였던 것 같다. 밀드레드가 이 집에 들어왔을 때부터 온실은 거의 온실이 존재한다는 수준이었던 걸 보면.

나는 샐러드를 먹으며 애슐리에게 이 집에 여자 넷만 사는 걸 사람들에게 말하는 게 왜 좋지 않은지 설명했다. 모르는 눈치였지만 일단 고개를 끄덕였던 릴리는 입을 벌리고 내 이야기를 들었다.

어쩌면 이게 내가 해야 하는 일인지도 모르겠다.

나는 새로운 것을 배웠다는 표정을 짓는 애슐리와 릴리를 보며 생각했다. 밀드레드는 아이리스와 릴리를 좋은 집안의 남자에게 시집보내고 싶어 했다. 물론 내가 아는 동화에서는 그녀의 바람대로 이야기가 진행되지 않지만.

이 세계의 신이 있다면, 그 나쁜 놈의 새끼는 그래서 날 밀드레드의 몸에 넣은 건지도 모른다. 밀드레드와 세 아이를 구하기 위해서. 그게 나한테 무슨 도움이 될지 모르겠지만.

나는 한숨을 내쉬고 나만 먹고 있던 샐러드 볼을 집어 들었다. 밀드레드의 기억을 더듬어 보건대, 채소를 아예 안 먹는 건 아니지만 채소를 많이 먹는 건 가난한 사람들이나 하는 일인 모양이다.

뭐, 고기가 더 맛있긴 하지.

"샐러드도 먹어."

나는 집게를 이용해서 아이들의 접시에 샐러드를 할당하며 말했다. 너희는 이걸 다 먹어야 한단다. 내 태도에 아이리스와 릴리의 표정이 일그러졌다.

슬쩍 쳐다보니 애슐리도 표정이 그리 좋지 않았다.

"아삭하니 맛있어."

도움이 될까 싶어 말해 봤지만 전혀 아닌 모양이다. 릴리가 대놓고 웩 하는 표정을 지었다가 아이리스가 팔꿈치로 툭 치자 멈췄다.

나는 잠깐 망설이다가 반드시 채소를 먹어야 할 이유를 내뱉었다.

"그리고 변비에 좋지."

식당에 정적이 찾아왔다. 아이리스와 릴리는 눈을 동그랗게 뜨고 날 쳐다보고 있었다. 음, 역시 음식 앞에서 말하기엔 좀 별로였지?

하지만 다음 순간, 릴리가 샐러드를 먹기 시작했다. 곧이어 아이리스도.

아삭아삭하고 채소를 먹는 소리가 이어졌다. 고개를 돌려보니 애슐리도 접시에 놓인 채소를 먹고 있었다. 아닛? 너도 변비가 있었어?

나는 고개를 숙이고 픽 웃었다. 그럼 그렇지. 이 세계의 식단은 변비 걸리기 딱 좋은 식단이라니까.

점심을 먹고 이 층에 올라가 먼지를 턴 뒤, 우리는 시내로 나갔다. 안 쓰는 방의 가구에 흰 천을 씌워 놔야 하지만 그것까지 하려면 시내로 나가는 건 내일로 미뤄야 한다. 그리고 데뷔탕트 초대장이 뿌려졌으니 내일부터는 의상 가게나 포목점이 문전성시를 이룰 게 분명했다.

급한 일 먼저 하자.

나는 옷을 갈아입고 아이들과 함께 저택을 나와 언덕을 내려갔다. 저택은 수도 외곽에 있다. 말이 한 필 있긴 하지만 두 명 이상이 나가려면 마차를 타야 한다. 그리고 이 집은 마차가 없다.

밀드레드는 그래서 나갈 일이 있으면 애슐리에게 마차를 불러오라고 시키곤 했다. 마부를 고용하느니 그게 더 싸니까.

"어머니, 시내에 가 본 적 있으세요?"

신이 나서 앞으로 달려나간 릴리, 애슐리와 달리 아이리스는 내 옆에서 나와 함께 걷고 있었다. 애슐리는 몰라도 아이리스와 릴리는 시내로 나가는 게 오랜만이라 신나는 모양이다.

그리고 밀드레드는······.

이 사람은 대체 언제 시내를 나갔지?

나는 어리둥절해서 밀드레드의 기억을 뒤졌다. 마지막으로 나간 게 프레드가 떠나기 전이었던 것 같다. 세상에. 그럼 이 년이 넘도록 저 저택에서만 있었던 거야?

저택이 넓긴 하지만 거기 있는 사람들은 고작해야 일하는 사람 포함해서 스무 명 정도였다. 밀드레드의 성격이 괴팍해지지 않은 게 용하다. 난 고작 일주일 만에 미칠 노릇이었는데.

"오랜만이야."

생각해 보니 밀드레드의 성격이 괴팍하지 않으리라는 보장이 없네. 나는 아이리스의 말에 건성으로 대답하며 생각했다. 내가 아는 건 밀드레드의 시선으로 보는 기억이다. 남들이 보기엔 밀드레드는 충분히 괴팍할지도 모른다.

"어머니, 보세요!"

앞서가고 있던 릴리가 신이 나서 손가락질하며 외쳤다. 언덕 아래로 다닥다닥 붙어 있는 건물이 보였다. 그리고 좀 더 내려가자 상가 주변에 모여 있는 집이 보였다.

시내를 중심으로 맞은편 저 멀리 성도 보였다. 성은 집에서도 보이기는 하지만.

밀드레드가 집 안에서 성에서 하는 불꽃놀이를 구경했던 기억이 있다. 나는 아이들이 너무 흥분하지 않도록 말했다.

"혼자 다니지 말고 둘이 다녀. 알겠지?"

아직 해가 길지 않다. 젊은 아가씨, 아니, 소녀에 가까운 여자가 혼자 다니는 건 위험할 것 같다. 애슐리와 릴리의 걸음이 빨라졌다. 하지만 아이리스는 여전히 내 옆에 붙어서 걷고 있었다.

"쌉니다, 싸요! 생선이 싸요!"

"싱싱한 채소 보고 가세요!"

시장은 시내 한가운데에 있었다. 점심시간이 지난 다음인데도 사람이 꽤 많았다. 아무래도 수도라 관광객도 많은 모양이다. 그게 아니면 우리처럼 재빨리 옷과 천을 사러 온 사람들이거나.

주변에 우리 같은 사람들이 보인다. 그러니까 아이리스 또래의 아가씨와 그 어머니로 보이는 커플이.

어쩐지 지금 상황을 밀드레드는 그리 좋아하지 않겠다는 생각이 들었다. 그녀는 부유한 남작 부인이었고, 옷 가게의 사람을 집으로 불렀었다. 자기 발로 가게에 직접 찾아가는 건, 결혼하기 전 한두 번 해 봤을 뿐이다.

하지만 지금은 내 옷이 아니라 아이들의 옷을 맞추러 온 거니까. 나는 그렇게 생각하며 아이들을 찾았다. 아이리스는 내 옆에 있었지만 릴리와 애슐리는 저 멀리 떨어져 있었다.

"어머니, 애들을 불러올까요?"

아이리스가 물었다. 나는 잠깐 고민하다가 말았다. 사람이 많아서 넷이 한꺼번에 걷는 건 오히려 불편할 것 같다. 그리고 옷 가게와 포목점이 나오는 골목은 좀 더 걸어야 한다.

잠깐은 자유롭게 놔둬도 되지 않을까.

"둘이 있으니까 괜찮겠지."

내 말에 아이리스가 묘한 표정을 지었다. 왜? 내가 왜 그러냐는 듯 쳐다보자 그녀는 우물우물하더니 물었다.

"어머니는 애슐리와 릴리가 친해지길 원하세요?"

이건 무슨 의미일까. 나는 아이리스를 멍하니 쳐다봤다. 열아홉 살인 그녀는 나와 키가 비슷했다. 이대로 좀 더 자라면 나보다 커지겠지. 흠, 그럼 내가 아이리스의 옷을 물려 입어야 하나?

나는 사람들에게 치이지 않기 위해 발을 움직이며 말했다.

"가능하면."

"가능…… 하면이요?"

"어쨌든 자매잖아. 친해져서 나쁠 건 없지."

"하지만 애슐리는……."

아이리스의 말이 멈췄다. 나는 다시 그녀를 쳐다봤다. 또 뭔데?

어쩐지 아이리스는 애슐리와 릴리가 친한 게 불만인 모양이다. 대체 뭘까. 나는 아이리스의 다음 말을 기다리며 잠시 발을 멈췄다.

그때, 퍽 하고 뭔가가 나와 부딪쳤다.

"악!"

나는 눈 깜짝할 사이에 튕겨 나갔다. 이건 또 뭐야? 놀라서 아픔도 느껴지지 않았다. 다음 순간 아이리스가 나를 부르는 소리가 들렸다.

"어머니!"

누군가 달려오는 소리가 들렸다. 어, 잠깐. 꽤 많이 튕겨 나간 모양인데? 설마 차에 치인 건 아니겠지?

그럴 리가 없다. 이 세계에는 차가 없다. 마차라면 몰라도. 그럼 이제 마차에 치인 게 아닌지 걱정이 되는데.

나는 사람이 이렇게 많은 도로를 마차를 타고 질주할 미친놈이 과연 동화 속에 있을지 떠올렸다가 아이리스가 나를 붙잡는 바람에 깜짝 놀라서 비명을 질렀다.

"아야!"

아프다. 그제야 고통이 밀려왔다. 튕겨 나가면서 넘어지는 바람에 다리는 물론이고 손바닥도 긁혀 있었다. 아, 맙소사. 손바닥이 너무 아파서 힘이 들어가질 않았다.

"어머니, 괜찮으세요?"

아이리스는 어쩔 줄 몰라 하며 나를 일으키려 했다. 사람들이 많이 지나다니는 도로니까 한가운데에 앉아 있으면 안 되겠지. 이성으로는 그걸 아는데 몸이 도저히 움직이질 않았다.

그때 누군가 나를 지나가며 외쳤다.

"실례!"

실례? 실례라고 했어? 이 거지 발싸개 같은 놈이? 분노 때문에 고통이 일순 사라졌다. 나는 고개를 들었고 나보다 먼저 벌떡 일어난 아이리스를 발견했다.

"당신!"

아이리스는 나를 대신해서 화를 내고 있었다. 그녀는 달려가더니 나를 치고 지나간 듯한 남자를 붙잡고 매달리며 소리쳤다.

"사람을 다치게 했으면 사과를 해야지!"

"아, 사과했잖아!"

"그게 사과야? 너 나랑 장난해?"

허. 나는 어이가 없어서 그 장면을 멍하니 지켜보고 있었다. 아이리스가 누구랑 싸우고 있네.

쟤 성격이 장난이 아니었구나. 어쩐지 뿌듯한 느낌이 들었다. 밀드레드라면 저잣거리에서 사내와 소리를 고래고래 지르며 싸우는 게 절대 숙녀다운 행동이 아니라며 화를 낼 테지만 나는 다르다.

그래, 그래야지. 예의를 쌈 싸 먹은 새끼가 도망치려고 하면 쫓아가서 뺨이라도 때려야 한다.

아이리스가 남자를 붙잡고 화를 내는 걸 보니 조금 기운이 났다. 나는 비틀거리며 자리에서 일어나려 애썼다. 그때 커다란 손이 나를 부축했다.

"미안하게 됐군."

뭐시라? 남자의 사과보다 말투가 더 기분이 나빴다. 나는 고개를 휙 돌려 나를 부축한 남자를 쳐다봤다. 이십 대 후반 정도의 남자가 나를 끌어안고 서 있었다.

"괜찮나? 치료비는 이쪽에서 내지."

어디서 반말이야, 이 새끼가. 게다가 치료비는 이쪽에서 내지? 안 내도 되는데 내주겠다는 듯한 태도였다. 대놓고 상대를 깔보는 말투가 마음에 안 든다. 나는 남자의 품에서 벗어나려 애쓰며 말했다.

"너, 나 알아?"

"뭐?"

남자의 눈이 커졌다. 나는 남자의 손을 뿌리치려 애쓰며 다시 말했다.

"나, 아냐고. 어디서 반말이야? 나이도 어린 게."

힘 한번 세다. 내가 있는 힘껏 몸부림치는데도 남자는 나를 꽉 붙잡고 있었다. 그는 마치 내가 그런 말을 할 줄 몰랐다는 듯 당황한 표정으로 나를 쳐다보더니 재빨리 내 팔을 놓았다.

그리고 무슨 말을 하려는 것처럼 입을 열었다가 다물더니 나를 뚫어 져라 쳐다보기 시작했다.

아, 젠장. 나는 저릿저릿한 손을 억지로 들어 옷을 털어 냈다. 옷은 완전히 엉망이 됐다. 넘어지면서 돌부리에 걸렸는지 더러워지는 정도가 아니라 여기저기 찢어졌다.

안에 입은 속치마도 같이 찢어진 것 같다. 그렇지 않고서야 무릎이 화끈거릴 리가 없으니까.

"실례했습니다."

남자는 다시 입을 열더니 그렇게 말했다. 그리고 주변을 둘러보더니 내게 다시 말했다.

"잠깐 저쪽으로 가시죠. 사람이 많으니까."

권하는 말투였지만 거의 명령에 가까웠다. 그것도 뭐라고 할까 하다가 나는 한숨을 내쉬고 남자가 가리키는 대로 길에서 벗어났다.

이렇게 사람이 많은 길 한가운데서 소리를 지르면서 싸울 수야 없다.

하지만 저쪽에서 아이리스가 소리 지르는 게 들렸다.

"사과해! 제대로 하라고!"

잘한다, 내 딸.

물론 남자는 전혀 그렇게 생각하지 않는 표정이었다. 그의 얼굴이 심각해졌다. 나는 남자가 나를 두고 아이리스를 말려야 할지, 아니면 내게 붙어 있어야 할지 고민하는 것을 모른 척 쳐다보고 있었다.

그 고민은 내 고민이 아니라 네 고민이란다, 이 양반아.

"실례가 아니라면……."

남자가 내게 고개를 돌리며 말했다. 햇빛을 받아 금발처럼 보이던 머리카락이 어두운 곳으로 오자 원래의 색으로 보였다. 그러니까 밝은 갈색.

눈동자는 짙은 밤색이었다.

하지만 가장 눈에 띄는 건 남자의 외모였다. 오. 순간 감탄이 흘러나올 정도로 잘생겼다. 하지만 그렇다고 내가 남자 외모에 빠져서 말을 못할 나이는 아니다. 나는 재빨리 대꾸했다.

"실례예요."

"네?"

뭐라고 말하려던 남자가 헛 하고 공기를 마시고 되물었다. 나는 연장자의 위엄을 발휘해 단호하게 말했다.

"실례라고요. 그냥 두세요."

"하지만."

"하지만이고 저지만이고."

아이리스는 알아서 할 수 있다. 내 반대에 남자는 차마 나를 떠나지 못하고 아이리스와 젊은 애 쪽을 빤히 쳐다보기 시작했다.

당연하게도 아이리스는 금세 자신이 붙잡은 남자애의 손을 잡고 내게 끌고 왔다.

"사과해! 어머니께 사과하라고!"

"어머니?"

남자애의 표정이 묘해졌다. 나는 단박에 그게 무슨 표정인지 알아차렸다. 나와 아이리스가 하나도 안 닮았다는 거겠지.

그리고 비슷한 반응을 내 옆에 있던 남자도 보였다.

"언니가 아니라 어머니였습니까?"

"합격."

나는 내 곁에 있는 남자의 어깨를 찰싹 때리고 웃어 보였다. 사회생활은 이렇게 하는 거지. 하지만 정작 두 남자는 황당하다는 반응이었다.

그러거나 말거나 나는 상관하지 않고 젊은 애 쪽으로 시선을 돌렸다. 얜 진짜 애였다. 갑자기 서른일곱 살짜리 몸으로 들어왔다고 해서 내 취향이 바뀌는 건 아니지만 내가 이 몸에 들어오지 않았다고 해도 얘는 내 눈에는 애였을 것 같다.

나이는 스무 살 정도 됐을까. 갈색 머리에 파란 눈동자였다. 좀 애슐리랑 비슷한 느낌이 드는 애네. 그렇다고 애슐리랑 닮았다는 건 아니고.

둘 다 약간 꽃밭인 것 같다는 게, 아니, 그러니까 좋게 말해서 부잣집에서 잘 자란 애처럼 생겼다는 게 비슷했다.

어떻게 보면 내 원래 세상에서 보던 아이돌처럼 생기기도 했다. 쉽게 말해서 내 눈에 그냥 좀 잘생긴 남자'애'처럼 보인다는 말이다.

"그래서, 얘야. 사과는?"

나는 고개를 기울이며 물었고 남자애는 믿을 수 없다는 표정을 짓더니 내 옆의 남자를 쳐다봤다. 하지만 그가 아무 말도 하지 않자 남자애의 시선은 다시 나를 향했다.

그래서 사과는?

나는 눈빛만으로 재촉했고 내 옆의 남자가 작게 소리를 냈다.

"크흠."

그제야 남자애는 고개를 가볍게 숙이며 기어들어 가는 목소리로 말했다.

"큰 실례를 범했습니다, 레이디. 부디 저의 결례를 하해와 같은 넓은 마음으로 용서해 주시기 바랍니다."

"뭐?"

내가 기대한 건 '죄송합니다.' 혹은 '잘못했습니다.' 정도였다. 이 정도로 본격적인 사과가 나올 줄은 몰랐다. 나는 어이가 없어서 입을 딱 벌렸고 아이리스 역시 미친 사람 보듯 남자애를 쳐다봤다.

그녀는 심지어 잡고 있던 남자애의 손을 놓더니 슬금슬금 내게 다가오기까지 했다.

"레이디의 피해를 보상할 수 있는 방법이 있다면 무엇이든 하겠습니다. 그게 설령 하늘의, 컥!"

하늘? 하늘의 뭐? 내가 하늘을 쳐다보는 사이 내 곁에 있던 남자가 번개처럼 남자애에게 달려가더니 그의 옷깃을 움켜잡았다.

그리고 내게 빙그레 웃으며 말했다.

"죄송합니다. 이렇게 잘못을 뉘우치고 있으니 넓은 마음으로 용서해 주시길."

너희 무슨 개그 콤비니? 나와 아이리스의 눈이 차갑게 식었다. 남자는 다시 남자애의 옷깃을 놓고 구겨진 옷을 재빨리 손으로 펴 주더니 말했다.

"엉망이 된 옷은 보상하겠습니다. 그리고 마음 같아서는 제집으로 초대해서 쉬었다 가시라고 권하고 싶지만……."

그는 그렇게 말하며 자기 손의 반지를 잡아 뺐다. 알이 꽤 큰 반지였다. 보석인가? 색이 은은하게 빛이 나는 게 상등품의 보석인 게 분명했다.

남자는 반지를 내게 건네며 말했다.

"다음 거리에 '요정의 샘'이라는 식당에 가서서 이걸 내면 원하는 건 뭐든 제공할 겁니다. 마음껏 드세요."

이걸 주고 고작 먹을 걸 얻어먹으라고? 나는 어이가 없어서 반지를 쳐다봤다. 팔아 치우는 게 더 나을 것 같은데?

하지만 남자는 마치 내 마음을 읽은 것처럼 남자애의 팔꿈치를 잡고 끌고 가며 내게 소리쳤다.

"아, 그거 파는 건 불가능할 겁니다."

"왜요? 마법이라도 걸렸어요?"

빈정거린 거였는데 남자는 굉장히 웃긴 농담이라도 들은 것처럼 웃음을 터트렸다. 뭐? 왜? 뭐? 나는 이해가 안 돼서 다시 반지를 쳐다봤다.

무슨 문양 같은 게 조각돼 있었다. 하지만 밀드레드의 기억을 뒤져 봐도 딱히 유명한 가문 문장은 아니었다.

"이상한 사람들이네요."

아이리스가 내게 다가와서 말했다. 그녀 역시 내가 든 반지를 쳐다보고 있었다. 나는 아이리스가 더 잘 볼 수 있도록 반지를 기울이며 물었다.

"이런 문양 본 적 있니?"

"아니요."

밀드레드는 귀족 집안에서 자라서 웬만한 가문의 문장은 기억하고 있다. 그중에 아이리스와 릴리에게 가르쳐 준 문장도 있다.

하지만 지금 내가 들고 있는 반지는 처음 보는 문장이었다. 나는 한 번 더 반지를 쳐다보고 손가락에 끼웠다. 들고 다니다가 잃어버릴 것 같다.

"큰데요."

옆에서 아이리스가 한마디 던졌다. 검지에 끼우니까 크다. 혹시나 해서 중지에 끼워 보니 마찬가지로 컸다.

그 남자가 어느 손가락에 끼웠던 거지? 나는 하는 수 없이 반지를 엄지에 끼웠다. 이거 너무 아기들한테 돌 반지 끼워 주듯 끼는 거 같아서 영 별론데.

"어머니!"

어느샌가 사라졌던 애슐리와 릴리가 나를 찾아 돌아왔다. 어디서 뭘 했는지 두 사람의 얼굴에 미소가 가득이었다.

그래, 너희라도 즐거웠다면 다행이다. 나는 피가 나는 손바닥을 가리기 위해 손을 등 뒤로 가리며 물었다.

"뭐 재미있는 거라도 있었어?"

"요 앞에서 밀가루를 싸게 팔아요."

애슐리가 신이 나서 말했다. 하지만 똑같이 입을 열었던 릴리는 깜짝 놀라더니 내 치마를 잡으며 물었다.

"어머니, 어디 다치셨어요?"

젠장. 나는 릴리가 잡은 부위가 찢어져 있는 것을 확인하고 혀를 찼다. 옆에서 아이리스가 말했다.

"어떤 멍청한 애가 밀어서 넘어지셨어."

헉하고 애슐리도 깜짝 놀란 표정을 지었다. 그러더니 내게 물었다.

"그냥 돌아갈까요?"

아, 맞다. 우리 천 사러 왔지. 나는 북적거리는 사람들 사이에서 우리와 목적이 비슷할 듯한 사람들의 비율을 확인하고 다시 거리 안쪽으로 시선을 던졌다.

그리고 슬쩍 걸음을 내디뎠다. 괜찮다. 좀 아프긴 하지만 걸을 수는 있다.

게다가 밀드레드의 기억을 더듬어 보면 이 시기에 미혼의 아가씨들은 이런저런 파티에 많이 다녀야 한다. 애슐리야 왕자와 한눈에 반해 결혼에 골인하지만 아이리스와 릴리는 아니다.

아이리스와 릴리에게는 이번 일이 기회가 된다. 왕자와 결혼할 가능성은 없지만 다른 괜찮은 남자를 만날 수 있다.

"가자."

나는 아이들을 이끌고 옷 가게와 포목점이 즐비한 거리로 들어섰다. 아까 전과 달리 애슐리와 릴리도 내 옆에 딱 붙어서 따라왔다.

"어서 오세요."

옷 가게는 내가 아는, 그런 곳이 아니었다. 원래 내가 살던 곳에서 옷 가게라면 미리 만들어 놓은 기성품들이 즐비하게 늘어져 있다. 손님들은 쑥 들어가서 디자인과 가격이 맞는 옷을 찾는다.

물론 그 두 가지를 맞추기란 매우 어렵다.

하지만 이곳의 옷 가게는 옷이 하나도 없었다. 그러니까 완성된 옷이 없었다.

"응?"

나는 나와 아이들이 들어서자 꽉 차는 가게를 보고 당황해서 멈췄다. 가게 안은 벽마다 선반이 있었는데 그 선반마다 둘둘 감긴 천이 가득 들어차 있었다. 이거 옷 가게가 아니라 포목점 아냐?

"뭐 찾는 거 있소?"

심드렁하게 인사한 남자가 다시 한 번 물었다. 그는 우리의 모습을 훑어보더니 내게 귀찮다는 듯 다가왔다. 팔 생각이 없는 건가?

"옷 좀 보러 왔는데요."

내 말에 남자가 우습다는 듯 픽 웃었다. 그러더니 선반 위에 몸을 기대며 빈정거렸다.

"우리 집은 그런 거 안 팔아."

남자가 나보다 나이가 많아 보이긴 하지만 손님에게 대놓고 반말을 하는 건 아무리 봐도 팔 생각이 없는 거다.

팔 생각이 없으면 나도 안 사면 되지. 가게는 여기 말고도 많다. 나는 고개를 삐딱하게 기울이며 물었다.

"그런 거?"

"옷 보자며? 주문 취소된 옷이 없나 하고 돌아다니나 본데, 이 골목 끝으로나 가 보슈. 우린 그런 거 취급 안 하니까."

이게 무슨 소린지 모르겠다. 그때 남자가 쳇 하고 혀를 차며 말했다.

"하여간, 요즘 여자들은 머릿속에 허영만 들어서……."

사장의 말에 아이들은 얼어붙어 있었다. 이런 무례한 소리는 밀드레드도 처음 들었을 거다. 하지만 나는 아니다. 나는 재빨리 이 남자가 왜 이렇게 행동하는지 밀드레드의 기억을 뒤졌다.

이 세계의 옷은 기본적으로 주문 제작이다. 손님이 천을 골라서 원하는 디자인을 말하면 제작자가 손님이 원하는 디자인을 우선 그려서 보여 준 뒤, 손님의 사이즈에 맞춰서 제작을 해 나간다.

시간이 꽤 걸리는 일이지만 여긴 기성품이라는 게 없다.

그러고 보니 동화 속의 신데렐라도 그녀가 입고 갈 드레스는 요정이 만들어 줬지. 돈이 없는 사람들은 천만 사다가 직접 만드는 모양이다.

가끔, 가게에 주문을 해 놓고 찾아가지 않는 경우도 있다. 손님의 사이즈에 맞춰서 제작한 거기 때문에 그 손님이 아니면 팔 수도 없다.

그래서 가게는 완성된 옷이 맞는 사람이 나타나면 싸게 넘기기도 했다. 천값이라도 건지기 위해.

하지만 콧대 높은 가게는 폐기해 버리고 만다.

좋아. 나는 거기까지 떠올리고 내 옷을 내려다봤다. 아까 넘어지는 바람에 더러워져 있었다. 게다가 찢어져 있고.

"저런. 이 집은 성에서 입을 드레스를 만들 수준이 안되나 보네."

나는 그렇게 말하며 몸을 돌렸다. 남자가 무슨 헛소리냐는 듯 쳐다보는 게 보였지만 무시했다. 그리고 아이리스의 손을 잡으며 말을 이었다.

"하긴, 저런 싸구려 염료로 염색한 천을 파는 곳인데 될 리가 없지."

"싸구려 염료라니?"

남자가 그게 무슨 소리냐는 듯 물었다. 나는 슬쩍 고개만 돌려 남자를 쳐다봤다. 밀드레드가 상대방을 경멸할 때 어떤 표정을 지었더라.

나는 그녀가 가장 잘 짓는 표정을 지으려 애쓰며 말했다.

"여기 있는 붉은색 천 중에 이소로 염색한 천은 하나도 없잖아?"

남자의 얼굴이 새빨갛게 달아올랐다. 그는 가장 가까운 곳에 있는 천을 잡아당기며 소리쳤다.

"무, 무슨 소리요! 이게 바로 이소로 염색한……."

"사기꾼."

나는 남자의 말을 단칼에 잘랐다. 저건 이소로 염색한 게 아니다. 밀드레드는 부유한 남작 부인으로 지내면서 좋은 천으로만 옷을 지어 입었다.

남자가 꺼낸 천은 색깔만 봐도 이소와는 거리가 있었다.

"그건 소목 염색이겠지."

내 말에 남자의 눈이 튀어나올 것처럼 커졌다. 정답인 모양이다.

나는 남자와 그가 든 천을 한심하다는 듯 쳐다보며 말을 이었다.

"내 오라버니가 머피 백작이네. 귀족을 고개를 빳빳이 들고 쳐다보는 건 자네 아버지가 가르친 예절인가?"

그 순간 남자의 얼굴이 확 하고 달아올랐다. 그는 내가 귀족인 줄 몰랐다는 표정을 지었다. 하지만 상관없다. 나는 불쾌하다는 듯 고개를 돌리며 아이리스에게 말했다.

"가자, 얘들아. 오랜만에 마실 나왔다가 별꼴을 당하는구나."

"자, 잠깐."

남자가 나를 잡으려 했지만 어림도 없다. 나는 그를 무시하고 나가려 했다. 그때 아이리스가 입을 열었다.

"죄송해요, 어머니. 제가 괜히 구경하고 싶다고 졸라서. 그냥 하던 대로 하얀 드레스에서 사람을 부를 걸 그랬어요."

하얀 드레스가 어디지? 머릿속에 의문이 떠올랐지만 일단 나는 아이들과 함께 가게를 나왔다. 남자가 허둥지둥 뒤따라 나오며 소리쳤다.

"부, 부인! 부인!"

남자는 그 뒤로도 좀 더 우리를 따라왔지만 나는 무시하고 앞만 보고 걸었다. 그가 포기했는지 남자의 목소리가 들리지 않을 때까지.

가게는 많다. 굳이 저런 멍청한 남자한테 옷을 살 필요는 없다.

"어머니, 대단하세요."

곁에서 애슐리가 신기하다는 듯 말했다. 그래? 나는 피식 웃으면서 그녀를 돌아봤다. 아니, 돌아보려 했다.

"아야."

오기 때문에 억지로 걸었던 게 긴장이 풀리자 고통이 느껴지기 시작했다. 나는 잠시 멈춰 서서 한숨을 내쉬었다.

"어머니!"

"어머니, 괜찮으세요?"

아이들이 걱정스러운 표정으로 내 주변을 둘러쌌다. 어디 앉았으면 좋겠는데. 발목이 삔 게 아니면 좋겠다. 나는 어디 앉을 데가 없는지 주변을 둘러보았다.

하지만 아까보다 훨씬 좁아진 길 주변에 늘어선 건 작은 가게들뿐이었다. 아까 반지를 준 남자가 뭐라고 했지? 요정의 샘? 그거 이미 지나갔으려나?

앉아서 쉴 만한 가게가 없는지 살피고 있을 때였다. 옆에 있던 가게의 문이 벌컥 열렸다.

"무슨 일이에요?"

나보다 약간 더 나이가 든 여자였다. 그녀는 내 얼굴을 보고 눈을 동그랗게 뜨더니 곧 아이리스와 릴리, 애슐리를 돌아봤다. 그리고 다시 나를 보더니 깜짝 놀라서 달려오며 말했다.

"어머, 당신 괜찮아요?"

여자는 허둥지둥 달려와 내 치마를 잡았다. 아, 맞다. 넘어지는 바람에 찢어졌었지. 아까 욱해서 억지로 걷느라 이것도 잊어버렸다.

그녀는 내 손을 잡고 상처를 발견하더니 다시 "어머, 어머." 하고 소리를 내질렀다. 그리고 나를 놓고 가게로 들어가며 소리쳤다.

"들어와요!"

아이리스가 나를 쳐다봤다. '들어갈까요?' 그런 물음이 담긴 표정에 나는 한숨을 내쉬고 고개를 끄덕였다. 솔직히 어디 앉았으면 좋겠다. 무릎의 상처도 지끈지끈하니 아팠다.

"이쪽으로."

가게는 아까 우리가 들어간 곳보다 훨씬 작았다. 여긴 거기처럼 천을 쌓아 둔 선반이 없었는데도 우리 넷이 들어가자 꽉 찼을 정도니까 훨씬 작은 게 맞다.

허둥지둥 가게로 들어간 여자는 안쪽에 있는 문 하나를 열더니 의자와 테이블 위에 쌓인 종이 뭉치를 마구 치우기 시작했다.

"거기 앉아요! 물하고 수건 가져올게요."

그러더니 방 밖으로 나가 버렸다. 방은 가게보다 더 작아서 나는 그녀가 나간 다음에야 방에 들어갈 수가 있었다. 있는 것도 일인용 의자 두 개와 작은 테이블 하나뿐이다. 두 명이 앉으면 누가 서 있기도 힘든 크기였다.

"안 앉고 뭐 해요?"

앉아도 되는지 망설이는데 다시 여자가 나타났다. 그녀는 물이 담긴 세숫대야와 깨끗한 수건을 테이블 위에 올려놓더니 나를 억지로 밀어 의자에 앉혔다.

그리고 내 치마를 잡으며 물었다.

"좀 볼게요."

넘어진 곳은 내 생각보다 심각하지 않았다. 하지만 아이들의 생각보다는 심각했던 모양이다. 여자의 등 뒤에서 어쩔 줄 몰라 하며 쳐다보고 있던 아이리스가 깜짝 놀라서 신음을 내뱉는 소리가 났다.

"쥐똥에 꿀을 섞어 바르면 빨리 나을 거예요."

여자가 무릎의 상처를 닦으며 말했다. 뭘 어쩌고 어째? 나는 깜짝 놀라서 물었다.

"뭘 발라요?"

"쥐똥에 꿀이요. 꿀이 좀 비싸면 쥐똥만 발라도 그럭저럭 괜찮다더군요."

미쳤어? 난 내 상처에 절대로 뭔가의 배설물 같은 건 안 바를 거다. 하지만 그 순간, 밀드레드의 기억 속에 진짜 그게 이 세계의 치료법이라는 것이 떠올랐다.

미쳤네, 미쳤어.

나는 한숨을 내쉬었다. 서른일곱에 애는 셋이나 딸리고 남편은 둘이나 죽었는데 이젠 상처에 쥐똥을 바르게 생겼다.

그러고 보니 내가 원래 살던 곳에서도 민간요법 같은 게 있긴 했다. 그리고 개똥도 약에 쓰려면 없다는 속담이 있으니까 개똥도 약으로 썼던 게 아닐까.

하지만! 난! 절대로 내 몸에 뭔가의 배설물을 바르지 않을 거야!

"괜찮아요. 깨끗하게 씻는 거로 충분해요."

집에 가서 비누로 다시 닦으면 된다. 알코올로 소독하는 방법도 있긴 한데 솔직히 집에 순수한 알코올이 있을지 의심스럽다.

여자는 알겠다는 듯 고개를 끄덕이더니 내 치마를 보며 안됐다는 듯 말했다.

"치마가 망가져서 안됐네요."

할 수 없지. 나는 그녀처럼 내 치마를 쳐다보며 한숨을 내쉬었다. 그러다가 퍼뜩 고개를 들며 말했다.

"아, 도와줘서 고마워요. 밀드레드 반스라고 해요. 이 아이들은 제 딸이고요."

순서대로 아이리스, 릴리, 애슐리가 인사했다. 여자는 나와 아이들을 번갈아 보더니 빙그레 웃으며 말했다.

"다비나예요. 양장사죠."

양장사였군. 그렇지 않아도 대체 무슨 가게인지 궁금해하던 차였다. 하지만 양장사라면 아까 내가 한마디 하고 나온 가게처럼 천이 쌓여 있어야 하지 않나?

"양장사가 뭐예요?"

그때 애슐리가 물었다. 아이리스가 그것도 모르냐는 표정을 짓는 게 보였다. 나는 재빨리 대답했다.

"옷을 만드는 사람을 양장사라고 하지."

"아, 옷. 그런데 이 가게는 천이 없네요?"

애슐리의 질문에 다비나가 일어나며 말했다.

"천은 다른 방에 있어요. 구경할래요?"

잘됐다. 나는 그녀를 따라 자리에서 일어났다. 다비나가 놀라서 말했다.

"좀 더 앉아 있지 그래요?"

"사실 옷을 사러 왔다가 넘어진 거거든요. 디자인과 천을 볼 수 있을까요?"

다비나의 얼굴이 환해졌다. 응? 어찌나 환해졌는지 오히려 내가 놀랄 정도였다. 그녀는 손뼉을 치더니 말했다.

"그렇구나. 누가 입을 건가요? 반스 부인이요? 아니면 아이들 중 하나?"

우리 넷 다 입어야겠지. 미혼의 아가씨들은 혼자서 돌아다닐 수 없다. 반드시 나이 든 부인이나 기혼 부인이 함께 있어야 한다.

성에서 열리는 데뷔탕트도 마찬가지다.

나는 밀드레드가 가진 옷이 뭐가 있는지 떠올렸다. 아니, 떠올리려 했다. 하지만 뭐가 있는지 잘 기억이 나지 않았다.

음, 내가 살던 곳이나 여기나 사람들이 자기 옷 뭐 있는지 잘 기억 못하는 건 마찬가지인 모양이네.

"일단은 이 아이들 셋이요."

내 드레스는 좀 생각해 보자. 어차피 내가 데뷔탕트에 참여하는 게 아니다. 나는 보호자일 뿐이지. 적당한 옷이면 충분할 거다.

다비나는 아이들을 돌아보더니 어느 용이냐고 물었다.

"성에서 열리는 데뷔탕트에 초대받았어요."

나를 돌아보는 다비나의 얼굴이 하얗게 질려 있었다. 응? 나는 왜 그러냐는 표정을 지었고 그녀는 와들와들 떨며 말했다.

"서, 성에서 입는 데뷔탕트요? 그, 그런 건 무리예요!"

"당신, 양장사 아니에요?"

"맞아요, 맞지만, 서, 성은, 게다가 데뷔탕트라면서요?"

그러더니 다시 깜짝 놀라는 표정을 지었다. 그리고 내 앞에 주저앉으며 말했다.

"시, 실례가 많았습니다. 귀족이신 줄 모르고, 그만."

아, 맞다. 여긴 왕이 나라를 다스리는 세계지.

나는 다비나의 태도를 보고 이곳에 아직 계급이 존재한다는 것을 깨달았다.

내 위치는 꽤 애매한 위치였다. 밀드레드는 백작의 딸이고 오빠가 백작 위를 이어받았지만 평민과 결혼했다. 그러니까 그녀는 아직까지는 귀족 계급에 한 발 걸치고 있는 거다.

그리고 아이리스와 릴리도 마찬가지였다. 이 애들은 아버지가 남작이니까.

하지만 애슐리는 아니었다. 얘는 얄짤없이 평민이다.

이런 평민이 왕자와 결혼할 수 있는 건 역시 이게 동화기 때문이겠지.

나는 한숨을 내쉬며 다비나를 향해 허리를 숙였다. 무릎을 굽히는 게 낫지만 무릎이 아파서 굽힐 수가 없었다.

"일어나요, 다비나. 귀족이긴 하지만 내 남편은 평민이에요."

"하지만 부인, 성에서 열리는 데뷔탕트에 초대받으셨다면서요?"

성에서 열리는 데뷔탕트는 열일곱 살 이상인 여자와 열아홉 살 이상인 남자가 모여 자기를 알리는, 일종의 선 시장 같은 거다.

당연히 귀족만 초대된다. 귀족의 자식인 아이리스와 릴리까지.

동화에서 계모가 신데렐라만 성에서 열리는 파티에 데려가지 않은 이유가 이거다. 그녀는 귀족이 아니니까.

하지만 초대장에는 애슐리의 이름도 적혀 있었다. 이건 뭘까. 밀드레드의 기억 속에서 십이 년 전에 있었던 그녀의 첫 번째 남편의 죽음이 떠올랐다. 그 시기에 애슐리의 친엄마도 죽었다.

전염병 때문이었다. 전염병으로 꽤 많은 사람이 죽었고 당연히 귀족의 수도 줄었다. 결혼할 수 있는 미혼 귀족 여자의 수가 부족한 모양이지.

다비나는 여전히 내 앞에 무릎을 꿇고 앉아 있었다. 좀 불편하다. 난현대에서 살던 사람이고, 내가 살던 세상은 표면적으로는 계급이 없었다.

단순히 내가 귀족이라는 이유만으로 누군가 내게 무릎을 꿇고 고개를 들지 못하는 건 꽤 생소하면서 불쾌한 경험이었다.

"괜찮다니까요. 일어나요."

나는 억지로 다비나를 일으켜 맞은편에 있는 의자에 앉히려 했다. 하지만 그러면서도 그녀는 내 딸들을 쳐다보며 불편해하는 표정이었다.

"말했듯이 두 달 뒤에 성에서 데뷔탕트가 열려요."

됐으니까 옷 이야기나 했으면 좋겠다. 나는 다비나의 주의를 돌리기 위해 입을 열었다. 그러자 이번에는 어디에서 불편해졌는지 다비나의 얼굴이 하얗게 질렸다.

"제, 제가 감히……."

뭐가 문제야, 대체. 나는 고개를 갸웃하며 물었다.

"다비나, 성에 가는 건 우리 넷이에요. 나는 그때 입을 옷을 당신에게 부탁할까 하는 거고요."

혹시 자기도 성에 가는 거라고 착각하는 건가 싶어서 말한 건데 그녀의 입에서 신음이 흘러나왔다. 그러더니 두 손에 얼굴을 묻으며 말했다.

"제, 제 드레스가, 성에……."

아, 그거였어? 세상에. 나는 어이가 없어서 아이리스를 쳐다봤다. 하지만 아이리스는 다비나의 행동이 당연하다는 표정이었다.

나는 다시 한 번 가게 안을 둘러봤다. 확실히 내가 처음 들어갔던 가게보다 작다. 그 가게도 이런 방이 있었겠지. 그럼 최소한 두 배는 더 작다는 말이다.

귀족들의 의상을 만들어 본 적이 없는지도 모른다.

같은 옷 가게라고 해도 거래하는 손님에 따라 그 급이 달라진다. 귀족과 거래하려면 오래 가게를 했어야 하고 실력도 어느 수준 이상이어야하며 귀족에게 소개해 줄 수 있는 단골이 있어야 한다.

하지만 이 가게는 귀족과 거래해 본 적이 없는 모양이다. 나는 그렇게 오래되지는 않았지만 그렇다고 아주 최근에 칠한 건 아닌 듯한 벽을 쳐다보고 다비나에게 말했다.

"다비나, 나는 우리 딸들이 성에서 눈에 띄기를 원해요. 당신이 만든 드레스가 성에 입고 갈 만한 수준이 안된다면 다른 드레스를 입고 갈 거예요. 그러니 그런 부담을 가질 필요 없어요."

내 말에 다비나의 호흡이 느려지기 시작했다. 그녀의 눈동자에 떠오른 두려움과 흥분이 천천히 가라앉는 것을 보면서 나는 이 가게 말고 또다른 가게에서 드레스를 만들어야 할지 고민하고 있었다.

아, 그럼 드레스를 여섯 벌을 맞추는 건데?

역시 부담 좀 가지고 열심히 만들라고 해야 하나? 그렇게 고민하는데 다비나가 벌떡 일어나더니 말했다.

"원단 샘플 보시겠어요?"

그래. 그 기세다.

02

반스 부인과 밀드레드

"오랜만입니다, 반스 부인."

밀드레드의 기억보다 약간 더 낡은 문을 통과해 그리 넓지 않은 정원을 지나자 현관 앞에 서 있던 집사가 내게 고개를 숙이며 인사했다.

집사의 이름이 뭐였더라. 나는 밀드레드의 기억을 더듬었다. 알프레도? 세바스찬?

"하워드."

안타깝게도 집사의 이름은 알프레도도, 세바스찬도 아닌 하워드였다. 흠. 실망스럽군.

하워드는 밀드레드보다 훨씬 나이가 든, 거의 노인에 가까운 나이었다. 솔직히 그가 아직도 현직에 있다는 게 놀라울 정도다.

나는 빙그레 웃으며 말했다.

"아직 일하고 있을 줄은 몰랐어."

"주인어른께서는 그만 쉬라고 하시지만, 어디 젊은 놈에게 맡길 수가 있어야지요."

다음 머피 백작가의 집사가 누구더라? 하워드가 말하는 젊은 놈이 대체 누군지 기억나지 않았지만 나는 고개를 끄덕이며 안으로 들어갔다.

수도에 있는 머피 백작의 집은 밀드레드가 리베라 남작과 결혼하기 전까지만 해도 매년 봄이면 올라와서 지내던 곳이다. 원래 머피 백작가는 여기서 훨씬 떨어진 영지, 밸즈의 영주다. 사교 시즌이 시작되는 늦봄에 수도로 올라왔다가 사교 시즌이 끝나는 가을에 내려간다.

밀드레드는 가끔 머피 백작 부인과 만나 차를 마시기는 했지만 오빠인 머피 백작과는 데면데면한 사이였다. 하지만 오빠라서 밀드레드를 그냥 무시할 수만은 없었을 것이다.

"어서 와, 밀."

현관을 통과해서 커다란 홀로 들어서자 손님을 맞이하고 있던 산드라가 나를 발견하고 손을 내밀었다.

산드라 머피 백작 부인. 밀드레드에게는 시누이가 된다. 머피 백작과 어릴 때부터 집안끼리 정한 약혼 관계였다가 열일곱 살이 되자마자 결혼했다.

그래서 밀드레드와도 잘 알았다. 그녀는 사교 시즌이 되면 머피 백작가에서 열리는 작은 파티에 늘 밀드레드를 초대해 주곤 했다.

하지만 이 년 전, 프레드가 행방불명이 된 뒤로 밀드레드는 모든 초대를 거절해 왔다. 그쯤 했으면 더 이상 초대하지 않을 만도 한데, 올해도 산드라는 초대장을 보내왔다.

"초대해 줘서 고마워요, 샌디."

나는 산드라의 손을 잡으며 미소를 지었다. 초대장을 받고 갈지 말지 꽤 고민했다. 하지만 결국 참석하기로 한 것은 밀드레드가 사교계에 나가지 않은 지 이 년이 넘었기 때문이다.

애슐리야 왕자와 결혼할 테니 별걱정이 없다고 쳐도, 아이리스와 릴리는 다르다. 귀족의 결혼은 연애결혼이 거의 없다. 아는 사람끼리, 부모들이 나서서 소개해 주고 결혼까지 성사시킨다.

그러니 아이리스와 릴리를 위해서 내가 먼저 사교계에 나갈 필요가 있었다.

"와 줘서 고마워."

산드라는 내 손을 잡더니 나를 끌어안았다. 좀 기분이 묘했다. 나는 밀드레드가 아니지만 밀드레드의 기억을 가지고 있다. 산드라는 나보다 두 살 많았고 열일곱 살에 시집을 왔으니 밀드레드가 열다섯 살 때부터 머피라는 성을 썼다는 말이다.

그리고 그전부터 밀드레드의 오빠인 게리와 약혼 관계였으니 더 오래 알아 온 사이기도 했다.

그래서 나는 산드라의 '와 줘서 고맙다'는 말이 진짜 고맙다는 말이 아님을 알아차렸다. 그녀는 내가 남편을 두 번이나 잃은 것에 대해 이 년이나 지난 지금까지도 진심으로 애도하고 있었다.

"나도 초대해 줘서 고마워요."

나는 산드라의 어깨를 끌어안으며 중얼거렸다. 내가 밀드레드의 몸에 들어온 지 고작 보름째지만 그동안 나는 충분히 어깨가 무거웠다.

남들은 엑스트라에 빙의해서 진짜 주인공들 구경하는 재미로 살거나 악역에 빙의해서 인생을 바꿔 보려고 하는데 나는 악역에 애까지 셋이나 딸렸다.

내 인생이 문제가 아니라 애들 인생을 책임져야 한다는 무게감 때문에 힘들었다. 다행히 아이들이 착하긴 했지만 계속 불안했었다.

만약, 아이리스와 릴리가 결혼을 못 한다면? 애슐리가 왕자와 결혼하고 나서 반년간 밀드레드가 자신을 하녀처럼 부려 먹은 것에 앙심을 품으면?

운이 좋게 아이리스와 릴리가 결혼을 해도, 그 남자들이 프레드 같은 족속이면 어떻게 하지?

머릿속이 복잡해서 잠을 이루지 못한 적도 있었다. 아이리스와 릴리가 나를 사랑한다는 것을 알아도 그 애들이 위안이 되어 주지는 않는다.

하지만 아이러니하게도 나는 밀드레드의 오빠와 결혼한 올케가 나를 생각해 준다는 점에서 위안을 받았다.

"들어가. 안에 게리가 있을 거야. 조금 있다가 가서 내가 다른 사람들 소개해 줄게."

산드라는 촉촉해진 눈으로 내게서 몸을 떼며 말했다. 내 눈시울도 가볍게 붉어져 있었다. 나는 산드라에게 프레드의 시신을 발견했다는 것을 말하려다가 멈췄다.

여기 온 이유 중에는 그 소식을 직접 말하려는 것도 있었다.

식사가 끝나고, 집에 가기 전에 이야기해도 되겠지. 나는 고개를 끄덕이고 안으로 들어갔다.

"밀."

밀드레드의 기억보다 약간 더 늙은 남자가 내게 다가왔다. 밀드레드와 같은, 검은 머리에 초록색 눈을 한 남자였다. 나는 게리를 보고 씩 웃으며 말했다.

"오라버니, 전보다 살이 좀 쪘네요."

"음."

게리는 내 말에 씁쓸한 표정을 짓더니 말했다.

"작년에 빠졌었는데, 다시 쪘지 뭐냐."

"요리사 실력이 좋은 모양이죠?"

"최근에 새로 생긴 가게가 있는데, 거기가 아주 실력이 좋아."

몸집이 내 세 배쯤 되는 게리는 자기 배를 쓰다듬으며 안됐다는 표정을 지었다. 산드라는 깡말라서 키가 큰 편이라 게리와 나란히 서면 꽤 재미있는 광경이 되곤 했다.

"유명한 식당인가 봐요."

나는 별생각 없이 물었다. 밀드레드는 게리와 남매 사이임에도 산드라만큼 친하지 않았다. 여덟 살 차이 나는 그는 밀드레드가 태어났을 때 이미 후계자 수업을 받고 있었고, 그녀가 철이 들었을 때는 아카데미로 떠나 버렸다.

아카데미를 졸업하고 돌아온 다음에도 그는 밀드레드와 굳이 거리를 좁힐 생각이 없는 것처럼 보였다. 그건 아마 밀드레드가 다른 집안으로 시집가면 왕래가 줄어들 거라 생각했기 때문이었을 거다.

설마 자기 동생과 결혼한 남자가 둘 다 죽을 줄은 몰랐겠지.

"유명해. 언제 한번 샌디와 다녀오렴. 요정의 샘이라고……."

"어디요?"

익숙한 이름에 나는 저도 모르게 고개를 휙 돌리며 물었다. 요정의 샘이라고? 그거 며칠 전에 시내로 나갔을 때 들었던 곳 아닌가?

"이름이 특이하지? 요정의 샘이라는 이름인데 거기 주인이 월포드 남작이거든. 그 남자, 젊은데 돈 버는 능력이 아주 탁월해."

게리는 약간 우쭐대는 표정으로 말했다. 나는 떨떠름하게 말했다.

"귀족이에요? 그런데 직접 식당을 운영한단 말예요?"

귀족은 직접 일을 하지 않는다. 그들은 자신의 영지에서 나오는 세금으로 먹고산다. 물론 세금이 충분하지 않은 경우가 많고 돈은 얼마를 모아도 부족하기 때문에 다른 방법으로 돈을 버는 경우는 많았다.

하지만 그 방법은 대부분 무역에 투자를 하거나, 예술가를 후원함으로써 예술품을 받았다가 나중에 파는 식이다.

밀드레드처럼 건물을 사서 세를 받는 경우도 있다.

중요한 건, 귀족들은 땀을 흘리며 일하는 걸 천하게 생각한다는 거다.

내 말에 게리는 약간 당황하는 듯하더니 말했다.

"식당을 직접 운영하는 건 아닌 것 같아. 만나 보면 알겠지만 좀 특이한 남자더구나."

"만나 보면 안다고요?"

이게 무슨 소리야? 나는 어리둥절해서 물었다. 게리의 말은 마치 월포드 남작을 내게 소개해 주겠다는 것처럼 들렸다.

그리고 내 귀가 잘못되지 않은 모양이었다. 게리는 다시 우쭐한 표정을 지으며 말했다.

"발이 아주 넓거든. 왕대비님이 그의 대모님이라는 걸 알고 있니?"

모른다. 왕대비가 대모인 남작이라고? 나는 깜짝 놀란 표정을 지었다. 그때 누군가 내 뒤에서 말했다.

"제 어머님이 왕대비님과 아주 친한 사이였다고 하시더군요."

엄마야!

누가 다가온 줄 몰랐다. 나는 그 자리에서 펄쩍 뛰었다가 게리를 쳐다봤다. 그는 남자를 보고 재미있다는 표정을 짓고 있었다.

나는 미간에 주름을 잡지 않으려 애쓰며 돌아섰다. 인상 쓰지 말자. 서른일곱이면 주름에 신경 쓸 나이다.

"왕대비님이 대모라서 남의 등 뒤로 함부로 다가와 말을 하시나 보죠?"

남자는 마치 내가 그렇게 말할 줄 알았다는 표정이었다. 그리고 나는 그를 보고 눈을 크게 떴다.

어쩐지 목소리가 익숙하다 했다. 아는 남자였다. 빛을 받으면 마치 금발처럼 보이는 밝은 갈색의 머리카락에 밤색 눈동자.

밀드레드보다 최소한 한 뼘은 큰 키와 단단한 몸을 가진 건방진 남자.

"지난번 무례를 용서받을 기회가 와서 다행입니다."

며칠 전 거리에서 만난 남자였다.

그는 내 손을 잡더니 슬쩍 허리를 숙이며 물었다.

"키스해도 될까요?"

뭐? 나는 어이가 없어서 고개를 갸웃하며 한쪽 눈을 찡그렸다. 너 미쳤니? 내가 왜 너랑 키스를 해? 나도 모르게 그렇게 말할 뻔했다.

하지만 그보다 먼저 게리가 말했다.

"두 사람, 이미 알고 있는 사이였나?"

"아니요."

"네."

우리 둘의 입에서 전혀 다른 대답이 튀어나왔다. 그러니까 여기서 우리란 나와 내 손을 잡고 있는 남자를 말한다.

게리는 누구 대답이 맞냐는 표정을 지었고 남자는 한쪽 눈썹을 들어 올렸다. 젠장. 나는 게리를 향해 변명처럼 말했다.

"며칠 전에 거리에서 만났어요. 그때는 통성명도 없이 헤어졌거든요."

"네가 거리에 나갔다고?"

게리의 얼굴 위로 잠시 놀랍다는 표정이 스쳤다. 저런 반응을 보일 만하다. 밀드레드는 거리에 나가는 걸 그리 즐기지 않았으니까.

하지만 그는 곧 표정을 갈무리하고 내게 남자를 소개했다.

"밀, 이쪽은 윌포드 남작이란다. 다니엘 윌포드 남작이지."

다니엘이었군. 나는 인상을 쓰지 않으려 애쓰며 남자를 쳐다봤다. 이어서 게리가 남자에게 나를 소개했다.

"윌포드 남작, 이쪽은 내 동생인 밀드레드라네. 밀드레드 반스지. 남편인 반스가 이 년 전에 행방불명되어서 한동안 사교계에 나오지 않았지."

게리의 말에 다니엘이 놀란 표정을 지었다. 그는 게리를 보다가 나를 향해 시선을 돌리며 말했다.

"반스 부인이셨군요."

"맞아요, 윌포드 남작. 그러니 제 손을 놔 주시겠어요?"

그때까지도 다니엘은 내 손을 잡고 있었다. 이게 무슨 짓이래. 내가 약간 짜증 섞인 표정을 짓자 그는 내 손을 들어 올리며 다시 물었다.

"키스해도 되겠습니까?"

아, 너 미쳤냐고. 빽 소리 지르려는 순간, 나는 그가 내 손등에 키스해도 되는지를 물어보는 거라는 사실을 깨달았다. 맙소사. 진짜 큰일 날 뻔했다. 오늘 밤 이불에 구멍 날 뻔했어.

나는 엄청난 흑역사를 쌓을 뻔한 순간을 가까스로 막으며 말했다.

"물론이죠."

다니엘은 내가 뻣뻣하게 대답하자 기다렸다는 듯 내 손등에 입술을 댔다. 따듯하고 부드러운 입술이 장갑 너머로 느껴졌다.

기분이 이상해졌다. 밀드레드는 반스가 죽은 뒤 누군가 이렇게 그녀를 대우하는 게 오랜만이었다.

그리고 나는.

나는 처음이었다. 이십칠 년을 살았지만 이런 손등에 키스를 받는 행위는 태어나서 처음 경험해 봤다.

부끄러우면서 어딘지 모르게 가슴이 간질간질하게 느껴졌다.

여긴 이게 당연한 곳이니까. 나는 동화를 떠올리며 간질간질한 가슴을 눌렀다. 신데렐라도 왕자와 처음 만나 춤을 출 때 왕자가 그녀의 손등에 키스했다.

"다니엘이라고 부르세요."

다니엘이 내 손등에서 입술을 떼며 속삭이듯 말했다. 거리에서 만났을 때도 느꼈지만 확실히 잘생겼다. 그때는 좀 가벼운 복장이었다면 이번에는 정장을 하고 있어서 잘생김이 옵션처럼 좀 더 추가돼 있었다.

나는 그의 손에서 내 손을 빼내며 말했다.

"반스 부인이라고 부르세요, 월포드 남작."

게리는 나와 다니엘이 이미 한 번 만난 사이라는 것을 알자 잘됐다는 듯 떠나 버렸다. 속속히 도착하는 손님을 산드라 혼자 맞이할 수는 없으니까.

덕분에 나는 다니엘과 단둘이 남아 버렸다. 그는 내게 팔꿈치를 내밀며 물었다.

"잠깐 걸을까요?"

음. 나는 잠시 망설였다. 치료비를 달라고 할까? 하지만 이미 치료는 끝냈다. 내가.

그러니 굳이 그와 이야기할 이유가 없다. 다니엘은 이십 대 후반으로 보이고 아이리스나 릴리의 상대자로는 나이가 좀 많다. 아이리스나 릴리의 상대가 안 된다면 너무 친해지지 않는 게 나을 것 같은데.

아니지. 혹시 또 알아? 엄청난 노안일지.

나는 한 가닥 희망을 잡으며 다니엘의 팔에 손을 얹었다. 그리고 발을 옮기며 물었다.

"요정의 샘이라는 가게를 운영하신다고요?"

아까도 말했지만 귀족은 노동은 하지 않는다. 그러니 장사를 한다는 건 상당히 신기한 일이다. 게다가 귀족 사교계에서 노동을 한다고 하면 구설에 휘말린다. 최악으로는 사교계에서 쫓겨나는 경우도 있다.

아니, 다니엘이 남자가 아니라 여자였다면 이미 사교계에서 사장됐겠지.

하지만 다니엘이 무사한 건, 그의 대모가 왕대비이기 때문일 것이다.

"음, 운영이라고 할 정도는 아닙니다."

그는 내 보폭에 맞춰 천천히 홀을 걸으며 말했다. 넓은 홀은 이렇게 손님을 초대하면 벽을 따라 걸어 다닐 수 있는 크기였고, 손님들의 눈을 심심하지 않도록 하기 위해 태피스트리나 그림을 걸어 놓았다.

다니엘이 어느 그림 앞에 멈춰 서서 말했다. 솔직히 말하면 밀드레드의 기억을 더듬어 봤지만 이 그림이 바뀐 건지, 원래 있던 건지는 모르겠다.

"외국에서 먹어 본 음식을 이 나라에도 소개하면 어떨까 하고 요리사를 훈련해서 음식점을 연 것뿐이거든요."

"그게 운영이잖아요?"

"운영자는 따로 있으니까요."

흠. 나는 다니엘의 얼굴을 힐끔 쳐다봤다. 하고 싶은 말이 입 안을 뱅글뱅글 돌지만 말하면 안 되겠지. 그때 놀랍게도 다니엘이 내게 고개를 숙이더니 나직하게 말했다.

"눈 가리고 아웅이라고 말씀하고 싶으신 얼굴인데요?"

정답이다. 나는 그의 어깨를 찰싹 때리려다 멈칫했다. 여기서 이러면 안 된다. 아니, 앞으로도 그러면 안 된다.

나이를 먹는다는 건 좀 슬픈 거구나. 처음 다니엘을 만났을 때는 그가 누군지는 물론 밀드레드의 나이도 잊고 행동해서 그럴 수 있었다. 하지만 이제 나는 그가 어떤 위치에 있는 사람인지 알고 있었고 여기는 밀드레드의 오빠의 집이다.

예의를 지켜야겠지.

나는 최대한 표정을 드러내지 않으려 애쓰며 말했다.

"조금은요."

"제게 실망하셨습니까?"

어째서? 나는 어리둥절한 표정으로 물었다.

"우리는 이번이 두 번째 만난 거고, 대화를 나눈 시간을 다 합쳐도 채 몇 분도 안 돼요. 당신과 나는 서로 이름을 알게 된 것도 방금 전이었고요. 어째서 내가 윌포드 남작에게 실망할 정도로 기대했다고 생각하는 건가요?"

다니엘의 얼굴에 의문이 떠올랐다. 그는 나를 빤히 쳐다보더니 곧 뭔가를 알아차린 표정으로 말했다.

"요정의 샘에 안 가셨군요?"

정신이 없어서 못 갔다. 덕분에 그의 반지는 여전히 내가 가지고 있었다.

나는 내 방 보석함 안에 넣어 놓은 다니엘의 반지를 떠올리며 농담처럼 말했다.

"네. 파는 게 더 나을 것 같더군요."

그 순간, 다니엘이 웃음을 터트렸다. 뭐? 왜? 뭐? 웃을 줄은 알았지만 이렇게 크게 웃을 줄은 몰랐다. 다니엘이 웃는 바람에 그의 몸에 힘이 들어가서 내가 손을 얹은 그의 팔뚝에 단단하게 힘이 들어갔다.

아, 맙소사. 나는 저도 모르게 팔뚝에 얹은 손을 살짝 들어 올렸다. 어쩐지 그의 근육을 만지는 게 안 좋은 행동처럼 느껴졌다.

"죄송합니다, 부인."

다니엘은 웃음을 멈추더니 다시 쿡쿡대며 말했다. 주변을 돌아보자 다 우리를 쳐다보고 있었다. 대체 무슨 말을 했길래 저렇게 웃나 궁금하겠지.

나는 가볍게 얼굴을 붉히며 핀잔을 던졌다.

"그렇게 재미있는 농담인 줄은 몰랐는데요."

"제가 전에 팔기 어려울 거라고 말씀드리지 않았나요?"

"그래서 마법이라도 걸렸냐고 물어봤죠."

다시 다니엘의 얼굴에 웃음이 떠올랐다. 안 돼! 나는 그가 웃음을 터트리기 전에 그의 팔뚝을 꼬집으며 말했다.

"재미없어요."

이런. 다니엘의 팔뚝은 단단해서 내 손가락이 전혀 들어가지 않았다. 이 남자 몸은 뭐가 이리 단단해? 나는 처음 만났을 때 그가 나를 부축하던 것을 떠올렸다. 그때도 그의 가슴이 꽤 단단했던 게 생각났다.

"말씀하시는 걸 보니 아직 팔려고 생각도 안 해 보신 모양이군요."

가까스로 웃음을 멈춘 다니엘이 말했다. 그래. 시도도 못 해 봤다. 너무 바빴거든. 그동안 나는 아이들을 이끌고 저택 대청소를 했고 온실과 정원을 정리했다.

집은 망가지기 시작하면 순식간에 망가진다.

그리고 가지고 있는 모든 옷을 꺼내 정리했다. 애슐리는 몰라도 아이리스와 릴리는 데뷔탕트에 참석하면 다른 파티에도 초대를 받을 거다.

드레스 한 벌로 계속 입을 수는 없으니까 입을 수 있는 드레스가 있는지 골라내 보고 뭐가 부족한지 봐야 했다.

거기에 틈틈이 다비나를 만나 아이들이 원하는 드레스 디자인을 정해야 했다.

"내가 팔려고 했다면 무슨 일을 당했을 거라는 말인가요?"

나는 약간 공격적으로 말했다. 물론 남의 반지를 팔 생각은 없다. 그건 밀드레드도 마찬가지일 것이다.

다니엘은 나를 쳐다보고 한쪽 입꼬리만 올리는 미소를 지었다. 순간 깜짝 놀랐다. 애 결혼했나? 아까 게리가 이야기했던가?

나는 저도 모르게 머릿속에 다니엘이 미혼인지 기혼인지 떠올리려 했다. 이 남자 곁에 내 딸들이 다가가면 안 되겠다는 생각이 들었다.

"아니요, 부인."

다니엘의 목소리가 낮아졌다. 그는 매우 부드럽게 천천히 말했지만 오히려 그게 더 위험하게 느껴졌다. 손을 떼고 싶은 충동이 들었지만 나는 억지로 그 충동을 눌러 참았다.

내가 애보다 나이도 많고 결혼도 많이 했다. 나보다 어리고, 경험도 적은 애한테 지고 싶지 않다는 호승심이 들었다.

"그러면요?"

나는 고개를 기울이며 물었다. 우리는 여전히 아까 멈췄던 그림 앞에 멈춰 있었다. 슬금슬금 사람들이 이쪽으로 다가오는 것을 본 다니엘이 다시 걸음을 옮기며 말했다.

"부인께서 그 반지를 팔려는 시도를 하셨다면 제가 알았을 거라는 말입니다."

"반지에 마법이라도 걸려 있나 보죠?"

다니엘의 얼굴에 다시 미소가 번졌다. 재밌냐? 너 혼자 재미있어서 뭐하냐? 나는 반사적으로 다니엘의 팔뚝을 찰싹 때리며 말했다.

"자꾸 웃지 말아요."

"죄송합니다, 밀드레드."

"반스 부인."

나는 재빨리 그의 호칭을 지적했다. 다니엘은 나와 접점이 있는 사람이 아니다. 내 아이들의 배우자가 되기엔 나이가 너무 많다. 그러니 그와 필요 이상으로 친해지면 안 된다.

밀드레드가 사교계에서 모습을 감춘 데에는 여러 가지 이유가 있었다. 남편을 두 번이나 잃은 자신을 사람들이 동정하는 게 싫었기 때문이 가장 큰 이유였고, 그다음 이유는 그 틈을 타서 어중이떠중이가 딸들에게 손을 뻗을까 봐서였다.

밀드레드의 몸에 들어왔으니 나는 세 아이의 미래를 생각하지 않을 수가 없다. 그리고 이 다니엘 월포드 남작이라는 자에 대해 아는 건 그가 약간 별난 남자라는 것 정도다.

나는 그와 너무 친해지지 않도록 조심했다.

그는 내 지적에 씩 웃더니 고개를 살짝 숙이며 다시 말했다.

"부인."

좋아. 내가 흡족한 표정을 짓자 다시 다니엘의 얼굴에 미소가 떠올랐다. 이 남자는 대체 뭐가 이렇게 재미있다고 싱글벙글인지 모르겠다.

"부인을 놀리려는 의도는 아니었습니다. 불쾌하셨다면 죄송합니다. 저는 그저."

"그저?"

다니엘의 팔이 내 등 뒤로 향하더니 곧 그의 커다란 손이 내 등에 닿았다. 엄마야. 나는 저도 모르게 헉하고 숨을 들이켰다.

강한 힘이, 하지만 부드럽게 나를 한쪽으로 밀었다. 내 몸이 자연스럽게 그가 미는 쪽으로 움직이자 다니엘이 계속해서 말을 이었다.

"부인께서 저에 대해 전혀 모르신다는 게 신선해서 그랬습니다."

"당신이 아주 유명한 사람인가 보죠?"

"그럴 수도, 아닐 수도 있지요."

유명하다는 거야, 아니라는 거야. 나는 어느새 우리가 머피 백작가의 손님용 식당으로 향하고 있다는 것을 깨달았다. 게리가 식당으로 가자고 말한 모양이다. 다니엘의 얼굴을 보느라 다른 사람들의 목소리를 듣지 못했다.

다시 다니엘이 내게 팔꿈치를 내밀었고 나는 손을 얹었다. 우리는 식당 안으로 천천히 걸어 들어갔다.

밀드레드는 반스와 결혼하면서 서서히 사교계에서 멀어졌다. 가까운 친구나 산드라 같은 친척이 불러 주는 게 아니면 더 이상 이런 파티나 연회에 초대받지 못했다는 것에 가까웠다.

나는 다니엘을 쳐다보며 물었다.

"실례지만, 윌포드 남작. 사교계에 들어온 지 얼마나 됐죠?"

남자는 열아홉 살이면 사교계에 데뷔한다. 아이리스처럼 계부가 행방불명된다거나 하는 피치 못할 사정이 있다면 좀 늦어질 수는 있다.

하지만 다니엘은 왕대비가 대모라니까 열아홉 살에 데뷔했겠지.

다니엘은 나를 쳐다보더니 씩 웃었다. 음, 이 남자는 자기 미소가 무기가 된다는 걸 아는 모양이다. 그게 아니라면 내가 자신에게 뾰족하게 굴 때마다 저렇게 웃을 리가 없다.

"제 나이를 물어보시는 거라면, 부인. 부인을 에스코트할 수 있는 충분한 나이입니다."

"이성을 에스코트하는 데는 사교계 데뷔만 하면 충분하죠. 스무 살짜리 취급을 받고 싶으시다면 해 드릴 수 있어요."

어느새 우리는 식탁 앞에 도착해 있었다. 다니엘은 나를 향해 한쪽 눈썹을 들어 올리더니 의자를 당겨 주었다. 그리고 내가 의자에 앉자 가볍게 의자를 식탁 쪽으로 밀어 넣으며 말했다.

"가능하시다면 말리지는 않겠습니다."

약간 놀리는 것 같은 말투였다. 그게 아니라면 재미있어하거나. 혹은 둘 다겠지. 나는 어이가 없어서 내 옆에 앉는 그를 한 번 노려봐 주고 말했다.

"연장자를 놀리면 못써요."

어쨌든 밀드레드는 서른일곱이니까. 다니엘보다는 젊지 않겠지. 나는 다니엘이 과연 몇 살일지 생각하며 앞에 놓인 냅킨을 집어 들었다.

겉으로 보기에 그는 이십 대 후반 정도로 보인다. 하지만 가물가물하게 밀드레드의 기억 속에 다니엘과 비슷한 남자에 대한 이야기가 떠오르기 시작했다.

밀드레드가 결혼을 하고, 아이를 낳은 뒤 굉장히 잘생긴 남자가 사교계에 데뷔했다는 말을 들었던 것 같다. 물론 밀드레드의 귀에 들어온 건 그가 잘생겼다는 것보다 아주 높은 분이 대모라는 부분이었지만.

그때 들었던 남자와 밀드레드의 나이 차는 그리 많지 않았던 것 같다. 그 많지 않다는 건 그러니까 열 살이 넘지 않는다는 뜻이다.

열 살 차이나 한 살 차이나 밀드레드와는 상관없다. 아니, 오히려 열 살 이하로 차이가 난다면 멀리하는 게 좋다. 아이리스와도 열 살 넘게 차이가 난다는 뜻이니까.

"부인, 제가 연장자를 어떻게 대하는지 아신다면 아주 놀라실 겁니다."

다니엘은 그렇게 말하더니 나와 마찬가지로 앞에 놓인 냅킨을 집어 자신의 허벅지 위에 펼쳤다. 시선이 나도 모르게 그의 허벅지로 향했다.

아니, 이러면 안 되지. 내가 파렴치한 아저씨가 된 기분이다. 회사에 어디나 있는, 주책없이 젊은 여직원만 보면 노래방 가서 춤추고 싶어 하는 짜증 나는 아저씨들.

"와 주셔서 감사합니다."

곧이어 게리가 가벼운 인사를 시작했다. 참석한 사람은 게리와 산드라를 제외하고 모두 열네 명. 부부 동반으로 온 열 명을 제외하면 나를 포함한 네 명은 혼자 왔다.

나는 밀드레드의 기억 속에 있는 얼굴과 눈앞의 얼굴을 대조하며 사람들에게 가볍게 눈인사를 건넸다. 놀랍게도 나와 다른 두 명은 미혼이었다. 밀드레드의 기억에 의하면.

그럼 다니엘도 미혼이라는 말인데.

"밀."

식사가 끝난 뒤, 우리는 응접실로 안내됐다. 하인들이 들어와서 손님들에게 각자가 원하는 음료를 가져다주고 나자 게리가 내게 다가왔다.

나는 산드라와 함께 이야기하는 중이었다. 올해 밸즈의 수확량이 괜찮았다나 뭐라나. 열심히 밀드레드의 기억을 더듬었지만 그녀는 밸즈가 어떤 농산물을 심는지 별 관심이 없었던 모양이었다.

기억 속에서 밸즈의 농산물은 밀인지, 옥수수인지 가물가물했다. 그리고 밀과 옥수수는 전혀 다르게 생겼다, 이 여자야.

나는 밀드레드를 향해 가운뎃손가락을 날려주고 때마침 다가와 준 게리를 향해 고개를 돌렸다. 그는 차가 아니라 술을 들고 있었다. 나도 술을 마실까 했는데 술 마시면 밀드레드의 주정이 나올지, 내 주정이 나올지 몰라서 그만뒀다.

"윌포드 경과 친해진 것 같더구나."

게리의 말에 내 시선이 자연스럽게 다니엘을 향했다. 그는 다른 남자들과 대화 중이었다. 큰 키에 벽난로 옆에 서 있는 바람에 찾기도 쉬웠다.

"그럭저럭이요."

나는 심드렁하게 대답했다. 아는 사이냐고 하면 그렇다고 대답할 수 있지만 친해졌냐고 하면 글쎄올시다? 하지만 게리는 아닌 모양이었다. 그는 산드라와 시선을 부딪치더니 다시 내게 말했다.

"괜한 소리인지도 모르겠지만 그와 너무 친해지지 않는 게 좋아."

이건 또 무슨 소리야? 나는 어리둥절해서 게리를 쳐다봤다. 알고 보니 다니엘이 사이코패스라거나, 뭐 그런 건가?

내 시선이 다시 다니엘을 향했다. 등을 돌리고 있어서 어떤 얼굴인지 보이지 않는다. 하지만 그의 맞은편에 있는 남자가 뭔가 열정적으로 설명하는 건 보인다.

"왜요? 사람을 잡아먹는 괴물이기라도 하나요?"

반쯤은 농담으로 한 말이었다. 여긴 동화니까 그런 괴물도 있을 수 있겠지. 하지만 사람을 잡아먹는 괴물이 저렇게 잘생긴 남자의 껍데기를 뒤집어쓰고 있을 것 같지는 않다.

그런데 산드라와 게리의 시선이 다시 부딪쳤다. 아, 뭔데? 내가 짜증을 내려 하자 산드라가 재빨리 말했다.

"그의 미움을 산 사람은 늘 안 좋은 일을 겪거든."

응? 나는 미간에 주름을 만들며 산드라를 쳐다봤다. 그게 대체 무슨 소리야? 안 좋은 일을 겪는다니?

"월포드 남작이 자기가 싫어하는 사람을 괴롭힌다는 말이에요?"

"그가 괴롭히는 건 아니고."

게리가 곤란하다는 듯 팔짱을 끼며 얼굴을 일그러뜨렸다. 하지만 배 때문에 팔짱이 잘 끼워지지 않는다. 그는 억지로 팔 안쪽에 반대 손을 얹으며 말을 이었다.

"좀, 뭐라고 해야 할까. 그냥 안 좋은 일을 겪는다고밖에 말할 수가 없어."

"그게 월포드 남작 때문이라는 거예요?"

다시 게리와 산드라의 시선이 부딪쳤다. 얼씨구? 똑같은 부부네. 그렇게 생각한 순간, 나는 밀드레드도 예전에 같은 생각을 했다는 것을 떠올렸다.

사람 생각은 어디나 비슷한 모양이지.

저도 모르게 웃음이 흘러나왔다. 내가 빙그레 웃자 산드라가 말했다.

"월포드 남작이 그랬다는 건 아냐. 하지만 월포드 남작과 문제가 있었던 사람들은 어떤 식으로든 피해를 보았으니까 너무 친해지지 않도록 조심하라는 거지."

"하지만 오라버니는 저 사람을 초대했잖아요? 그렇게 위험한 사람인데 왜 초대한 거예요?"

"그건."

게리는 말을 흐리더니 슬쩍 다니엘을 쳐다봤다. 그리고 다니엘이 이쪽을 쳐다보고 있지 않다는 것을 확인한 뒤 내게 말했다.

"발이 아주 넓은 자야. 젊은데 사업 수완도 대단하고. 안목도 꽤 높다고 하더구나."

"안목이요?"

"감정을 그렇게 잘한대."

산드라가 끼어들었다. 오, 그래? 나는 흥미로 가득 찬 시선으로 다시 다니엘을 쳐다봤다. 밀드레드의 집에 오래된 물건이 엄청나게 많다. 그림이나 가구나 장난감 같은 것도 있었고.

모두 잡다한 것들뿐이다. 그런 게 왜 그렇게 많냐면, 프레드가 그 집을 전 주인으로부터 통째로 사들였기 때문이다. 전 주인은 몰락한 귀족이었고, 저택을 유지할 능력이 되지 않았다고 했다.

그걸 귀족과 연이 닿고 싶어 했던 프레드가 쓰레기까지 통째로 사들인 거다.

언제 한번 다니엘을 초대해서 봐 달라고 하면 어떨까. 그런 생각이 머릿속에 떠올랐다. 하지만 그 순간, 게리가 말했다.

"그리고, 저 남자랑 친해졌다가 네 눈이 너무 높아지면 곤란하잖아."

"게리!"

산드라가 비난했지만 이미 내 귀에 들어온 뒤였다. 나는 그대로 휙 하고 고개를 돌려 밀드레드의 오라버니를 쳐다봤다.

"다시 말해 보시죠, 오라버니."

내 말에 게리의 표정이 굳었다. 그는 농담이었다는 듯 억지로 웃으며 말했다.

"저 남자는 너무 잘생겼어. 밀, 너는 아직 젊잖니. 언제까지 반스를 기다릴 수는 없는 노릇이야."

그러니까 게리의 말은 다니엘이 너무 잘생겨서 그와 함께 다니다가 다른 남자가 눈에 안 찰까 봐 걱정된다는 말이다.

가지가지 하네.

그가 밀드레드를 걱정한다는 건 알겠다. 머피 백작가는 밀드레드 한 명 정도는 건사할 수 있지만 밀드레드의 딸들까지는 무리. 게다가 서른일곱 살밖에 먹지 않은 동생이 앞으로 평생 독신으로 살 수는 없다고 생각했겠지.

어쩌면 다른 세 번째 남편을 구해 주려 하는지도 모른다.

하지만 아무리 좋은 의도라 해도 무례한 건 무례한 거다.

나는 굳은 표정으로 말했다.

"오라버니, 전 프레드를 기다릴 생각은 없어요. 그의 시체를 발견했다는 연락을 받았거든요."

"세상에, 밀."

산드라가 깜짝 놀라서 내 팔을 잡았다. 깡마르고 까칠해 보이지만 그녀는 자기 사람을 아낄 줄 안다.

"괜찮아요."

나는 산드라의 손을 맞잡으며 말했다.

"언젠가 이런 날이 올 거라고 생각했어요."

밀드레드는 그랬다. 그녀는 언젠가 프레드가 돌아오거나 그의 시체가 발견될 거라 생각했다. 물론 프레드가 돌아오길 바라는 마음이 더 컸다. 그를 사랑해서라기보다는 세 번째 결혼을 하고 싶지 않아서였겠지만.

"미안하다, 밀."

게리는 안됐다는 듯 내게 말했지만 나는 그가 진심으로 사과하는 것이 아니라는 것을 알았다. 후덕한 체구지만 게리는 좀 쪼잔한 타입이다.

내 말을 듣자마자 당황했겠지만 속으로는 밀드레드의 세 번째 남편이 될 만한 사람을 찾고 있겠지. 어쩌면 이미 찾아 놓고 언제 소개해 주면 될지 고민하는지도 모른다.

나는 게리가 내미는 손을 밀어내며 말했다.

"오라버니가 정말 미안해하는지는 두고 봐야 알겠죠."

프레드의 시신도 발견했으니 다른 남자와 결혼하라고 들들 볶을 게 분명하다. 얼마나 참는지 두고 보지 뭐.

"실례할게요."

나는 다 마신 잔을 장식장 위에 올려놓고 물러났다.

"밀드레드."

슬슬 돌아가려고 생각하는데 다니엘이 내게 다가왔다. 이 녀석이? 나는 그를 힐끔 노려보며 말했다.

"반스 부인."

다니엘의 얼굴에 재미있다는 듯한 미소가 떠올랐다. 그러더니 미안하다는 듯 고개를 살짝 숙이며 말했다.

"부인."

그거면 됐다. 내가 고개를 끄덕이자 다니엘이 내게 바짝 붙으며 물었다.

"돌아가실 건가요?"

순식간에 그의 몸이 내 눈앞에 훅하고 다가왔다. 한참 큰 키와 단단한 몸이 시야를 가리는 바람에 나는 반사적으로 한 발짝 물러났다. 다행히 그걸로 끝이었다. 그는 내가 물러난 만큼 다가오지 않았다. 대신 자신의 허리에 손을 얹었다.

덕분에 내 앞은 말 그대로 다니엘 외에는 아무도 보이지 않게 되었다. 이 남자, 크네. 나는 새삼 깨닫고 그를 쳐다봤다.

램프를 켜 놨지만 내가 살던 세계만큼 밝지는 않다. 그래서 다니엘의 머리카락은 짙은 갈색으로 보였다. 그리고 그의 눈동자는 마치 검은색 같았다.

나는 아무 관계 아닌 과부와 미혼남이 함께 있을 때 사회적으로 지탄받지 않을 만한 거리를 벌린 뒤 말했다.

"네. 집으로 돌아갈까 해요."

"어떻게 돌아가시죠?"

마차를 가져왔냐는 뜻이다. 어느 정도 여유가 있다면 마차를 가지고 있다. 하지만 나는 여유가 없고, 이곳에 올 때는 삯마차를 타고 왔다.

나가서 다시 삯마차를 잡아야 한다. 아니면 산드라가 마차를 빌려줄 수도 있고.

"글쎄요."

내 애매모호한 대답에 다니엘의 얼굴에 미소가 떠올랐다. 왜 웃지? 내가 왜 그러냐는 듯 묻자 그가 나직하게 말했다.

"제게 부인과 함께 마차를 탈 수 있는 영광을 허락하시겠습니까?"

너무 고전적인 말투라 그게 무슨 뜻인지 이해하는 데 약간 걸렸다. 나는 피식 웃으며 말했다.

"태워 주겠다는 말이라면, 그래요. 고마워요."

그렇지 않아도 게리의 말 때문에 약간 짜증이 나 있던 차다. 뭐? 이 남자는 내 눈을 너무 높게 만들 거라고? 웃기시네!

그러는 지는 산드라가 지 수준에 맞아서 결혼한 줄 아나? 누가 봐도 게리와 산드라의 결혼은 산드라 쪽이 아깝다. 그래도 결혼 전에는 평균에 가까웠던 게리의 몸은 결혼 직후 기하급수적으로 불어나기 시작했으니까.

"가시죠."

다니엘은 다시 내게 팔꿈치를 내밀며 말했고 나는 망설임 없이 그의 팔에 손을 얹었다. 그리 멀지 않은 곳에서 게리가 못마땅하다는 표정을 짓고 있는 게 보였다.

나는 게리와 산드라에게 이만 가 봐야겠다고 인사한 뒤 물러났다. 저택 앞에 이미 연락을 받았는지 마차 한 대가 서 있었다.

"그 뒤에 어떻게 하셨습니까?"

마차에 타자 다니엘이 물었다. 마부는 내가 어디 사는지 말하기도 전에 말을 움직이기 시작했다. 응? 내가 어디 사는지 말 안 해도 되나?

나는 작은 의문을 품으며 물었다.

"그 뒤요?"

"전에, 시내에서 말입니다. 제 가게는 안 가셨다고 하셨는데, 바로 댁으로 돌아가셨습니까?"

넘어진 걸 말하는 모양이다. 나는 아 하고 고개를 끄덕이며 말했다.

"아뇨. 아이들 옷을 보고 돌아갔어요."

그러자 다니엘의 눈이 가늘어졌다. 그는 못마땅하다는 듯 물었다.

"치료도 안 하고요?"

"간단하게 닦았어요."

"어째서요?"

"어째서라니, 뭐가요?"

왜 치료를 안 했는지를 묻는 건가? 어리둥절해하는 내 앞에서 다니엘이 마차 시트에 등을 기댔다. 그리고 불쾌하다는 표정으로 말했다.

"왜 치료를 받지 않았냐고 여쭤보는 겁니다."

전혀 여쭤보는 태도가 아닌데? 나는 어이가 없어서 말했다.

"걱정하는 건가요? 아니면 비난하는 건가요?"

그러자 다니엘의 태도가 달라졌다. 그는 자세를 바로 하더니 착한 아이처럼 다소곳하게 말했다.

"물론 걱정하는 거죠."

전혀 그렇게 안 보였지만 그렇다고 치자. 나는 아까 다니엘이 하던 대로 마차 시트에 등을 기대며 말했다.

"그럴 정신이 없었어요."

"치료비는 제가 내겠다고 했을 텐데요."

또 이러네. 나는 다니엘의 말투가 건방져진 것을 깨닫고 그를 힐끔 쳐다봤다. 하지만 이번에는 그의 태도가 바뀌지 않았다. 그는 여전히 착한 아이처럼 얌전하게 앉아 나를 쳐다보고 있을 뿐이었다.

어쩌면 그는 태생이 건방진 건지도 모른다. 대모가 왕의 어머니라며. 그럼 건방질 수밖에 없지.

내가 귀족이라는 것을 알았을 때 다비나의 태도를 봐도 그렇다. 어릴 때부터 그런 대접을 받다 보면 다니엘 같은 태도가 당연해지는 건지도 모른다.

"치료비 때문이 아니에요. 집을 정리하느라 정신이 없었어요."

아, 맞다. 거기까지 말하고 나자 집에 있는 잡다한 것을 그에게 감정

받으면 어떨까 하던 생각이 다시 떠올랐다. 치료비는 됐으니 우리 집에 와서 쓸 만한 물건을 골라 달라고 해 볼까.

"그렇다면 제가 의사를 데리고 방문하면 어떨까요?"

그때, 다니엘이 말했다. 어떻게 해야 그에게 무례하지 않게 쓸 만한 물건을 골라 달라고 부탁할 수 있을지 고민하던 나는 고개를 번쩍 들었다.

"물건을 보러 온다고요?"

아, 아니. 이게 아니라.

내 말실수에 아차 하는데 다니엘이 고개를 기울이며 물었다.

"물건이요?"

"아, 아니, 그러니까 상처요."

네, 하고 대답하며 다니엘이 고개를 끄덕였다. 그는 턱을 문지르며 말했다.

"제가 치료비와 부인의 드레스를 배상하겠다고 약속드렸으니까요. 의사뿐 아니라 양장사도 데려가야겠군요. 언제쯤 괜찮으신가요?"

사업 수완이 좋다더니 어쩐지 알 것 같다. 그는 당연하다는 듯 내게 말하고 있었다. 마치 내가 거절할 거라고는 생각도 못 하는 것 같았다.

나는 뭐라고 거절해야 할지 잠시 망설이다가 정신을 번쩍 차렸다. 왜 거절해?

이 남자 때문은 아니지만 얘의 동생 때문이잖아? 그, 갈색 머리. 별로 닮진 않았지만 나와 아이리스는 모녀 관계인데도 안 닮았다.

엄마가 다르거나, 아빠가 다르거나 하면 다를 수도 있겠지.

나는 다니엘이 자기 동생의 실수를 만회하려는 거라고 판단했다. 그렇다면 당연히 받을 만하다.

"아무 때나 괜찮아요."

　　　　*　　　*　　　*

　"릴리! 이 종이 버린다?"

　이튿날 오후, 나는 응접실을 정리하다가 소리쳤다. 릴리가 어젯밤에 뭔가를 끄적이던 종이가 응접실 여기저기에 날아다니고 있었다.

　뭘 그린 거야? 내가 궁금해서 들어 올리자 릴리가 응접실로 뛰어오며 소리쳤다.

　"안 돼요!"

　"복도에서 뛰지 말라고 했을 텐데."

　내 핀잔에 릴리의 얼굴이 달아올랐다. 그녀는 내게 다가와서 내가 든 종이를 잡으며 말했다.

　"안 뛸게요. 버리시면 안 돼요."

　"뛰어도 버리지는 않을 거야. 하지만 그렇다고 뛰면 안 된다."

　나는 그렇게 말하며 종이를 놓았다. 대체 뭐길래 이러는 걸까. 궁금해서 힐끔 쳐다보니 웬 공주님이 그려져 있었다.

　응? 공주님?

　여자애들이 공주님을 그리는 건 별로 놀랍지 않은 일이다. 나도 어릴 때 공주님을 그린 적이 있다. 내 기억에 없을 정도로 어릴 때의 일이라서 문제지.

　릴리는 공주님을 그릴 나이가 아니다. 나는 어리둥절해서 물었다.

　"그거, 뭘 그린 거니?"

　놀랍게도 릴리의 얼굴이 달아올랐다. 왜 부끄러워하는 거야? 나는 혹시나 해서 물었다.

　"널 그린 거니?"

　"아니거든요!"

놀란 모양인지 릴리는 저도 모르게 빽 소리를 질렀다. 허. 나는 깜짝 놀라서 움찔했다. 사춘기인가? 사춘기가 늦게 왔나?

"아, 아니, 그게."

다행히 릴리의 얼굴에도 당황한 표정이 떠올랐다. 그녀는 머뭇거리다가 종이를 내게 보여 주며 말했다.

"다비나 씨와 어떤 드레스를 만들지 의논 중이잖아요."

그렇지. 얼마 전에 다비나가 와서 아이들의 치수를 쟀다. 그리고 어떤 디자인으로 만들 건지 이야기했다.

다비나는 자신이 직접 디자인한 디자인 북을 가지고 왔는데 상당히 두꺼워서 놀랐다. 그리고 그건 데뷔탕트용 디자인만 모은 거라고 해서 또 놀랐지.

"다비나 씨가, 혹시 원하는 드레스가 있다면 말하라고 하는데 말하는 것보다 그리는 게 더 나을 것 같아서요."

릴리는 그렇게 말하며 또 다른 종이를 내밀었다. 직접 그린다고? 나는 그녀가 내민 종이를 살펴보고 놀라서 릴리를 쳐다봤다.

잘 그렸네?

굉장히 잘 그렸다. 다비나의 디자인을 본떠서 드레스를 입은 여자를 그려 놨는데 이 드레스가 릴리가 입고 싶은 드레스인 모양이다.

"잘 그렸네."

나는 종이를 건네며 가볍게 말했다. 그러자 놀라운 일이 일어났다.

마치 한 대 맞은 듯한 표정이 릴리의 얼굴에 떠올랐다. 뭐지? 내가 못할 말을 했나? 이 세계에서는 잘 그렸다는 말이 욕인가?

나는 깜짝 놀라서 밀드레드의 기억을 뒤졌다. 누군가에게 잘 그렸다고 말하면 안 되는 거였나?

"저, 정말 그렇게 생각하세요?"

릴리의 입에서 떨리는 목소리로 질문이 튀어나왔을 때, 내 머릿속에도 밀드레드의 기억이 떠올랐다. 하지만 그건 이미 내가 알고 있는 정보였다.

밀드레드는 릴리가 그림을 그리는 걸 그리 좋아하지 않았다. 그림이 상당히 비싼 취미긴 했지만 딱히 그래서인 건 아니다.

숙녀가 할 만한 취미가 아니라고 생각했기 때문이다. 음악 연주를 하거나, 책을 읽거나, 수를 놓는 건 괜찮다. 그건 더러워지지 않으니까.

하지만 글을 쓰거나, 그림을 그리는 건 숙녀가 할 만한 취미가 아니다. 그리고 정원을 가꾸는 것도. 이유는 간단하다. 손과 옷이 더러워지니까.

흠. 나는 마치 기어 올라간 나무 위에서 동아줄이 내려오기를 기다리는 듯한 릴리를 물끄러미 쳐다봤다. 나는 밀드레드와 생각이 다르다. 릴리는 정말 잘 그린다.

그리고 비용 문제만 아니라면 좋은 취미라고 생각한다.

하지만 과연 내가 릴리에게 그렇게 말해도 되는 걸까.

밀드레드가 릴리의 취미를 막은 건 그녀를 위해서였다.

글을 쓰거나 그림을 그리거나 정원을 가꾸는 여자들은 귀족 사회에서 결혼을 하지 못한다는 편견이 있다. 그리고 이 세계에서 귀족 여자들은 재산을 갖는 건 가능해도 그걸 불리는 건 어렵다.

아주 부유한 상속녀라면 몰라도, 릴리 같은 여자들은 부유한 남자와 결혼해야 한다. 부유하지 못하더라도 최소한 릴리를 먹여 살릴 만한 남자라면 괜찮다.

그리고 밀드레드는 릴리가 결혼을 하지 못할까 봐 걱정했다.

"나는 네가 잘 그린다고 생각해."

나는 한숨을 내쉬며 말했다. 하지만 밀드레드의 생각도 맞다. 내가 원래 살던 세계에서도 미술은 비싼 취미였다. 가난한 집 딸로 태어나서 미술을 포기한 사람은 많았다.

그때, 누군가 우리 집 문을 두드렸다.

"아차!"

나는 깜짝 놀라서 복도를 향해 고개를 돌렸다. 이렇게 급하게 청소를 하는 이유가 다 있다. 손님이 오기로 했다.

지난밤, 게리의 집에서 나를 데려다준 다니엘에게 나는 아무 때나 오라고 말했다. 그리고 그는 그렇다면 이튿날, 그러니까 오늘 오겠다고 했다.

"릴리! 여기 치워 줘! 빨리!"

나는 응접실을 릴리에게 맡기고 복도로 뛰어나갔다. 뒤에서 릴리가 말하는 게 들렸다.

"어머니, 뛰지 말라면서요."

알아, 이것아. 뛰면 안 된다는 거.

하지만 안 뛸 수가 없다. 큰일 났다, 큰일 났다. 의사와 양장사를 데리고 오는데 아무것도 안 먹이고 보낼 수 없어서 아침부터 바쁘게 요리도 했다.

물론 요리는 오븐 안에서 잘 익어 가고 있다. 여기 오븐은 불 조절이나 타이머 같은 게 없어서 아이리스에게 맡겼다.

그리고 애슐리는…….

나는 문을 열기 위해 홀을 가로지르다가 아직도 홀 바닥을 닦고 있는 애슐리를 발견하고 그녀에게 다가갔다.

야, 너 내가 여기만 청소해 달라고 부탁한 게 점심시간이잖아. 세 시간 내내 홀을 청소하면 어쩌니!

마음 같아서는 애슐리의 어깨를 짤짤 흔들고 싶지만 그럴 시간이 없다. 나는 애슐리가 든 봉 걸레를 낚아채며 말했다.

"그만하고 치워."

"하지만 어머니, 아직 다 못 했……."

아오, 이 답답아. 나는 다시 봉 걸레를 애슐리의 손에 쥐여 주며 말했다.

"손님 왔잖아. 이거 치우고 가서 옷 갈아입고 와. 알았지?"

대체 청소하면서 무슨 짓을 한 건지 애슐리는 얼굴과 옷에 검댕이 묻어 있었다. 그리고 맹세코 이 집의 홀에는 난로가 없다.

나는 애슐리가 봉 걸레와 물이 든 통을 들고 안쪽으로 들어가는 것을 확인한 다음에야 문 앞으로 다가갔다. 그리고 옷매무새를 정리했다.

"어서 오세요."

문을 열자 다니엘이 삐뚜름하게 서 있는 게 보였다. 그는 한쪽 손을 허리에 얹은 채 무표정한 얼굴로 있다가 문이 열리자 자세를 바로 했다.

어라.

좀 이상한 기분이 들었다. 그가 삐딱하게 서 있었기 때문이 아니다. 무표정이었던 다니엘의 얼굴이 나를 보는 순간 밝아졌기 때문이다. 마치 무대의 막이 오르기 전의 모습을 본 느낌이었다.

"들어오세요."

나는 다니엘과 그의 뒤에 선 사람들을 확인하고 문을 활짝 열며 말했다. 그리고 그들을 아까 열심히 치운 응접실로 안내했다.

릴리가 제대로 치웠겠지? 그렇길 빈다.

"어서 오세요."

다행히 응접실은 깨끗했다. 릴리도 빈손으로 우리를 기다리고 있었다. 그녀가 들고 있던 종이 뭉치는 벌써 치운 모양이었다.

다행이다. 나는 약간 안도하며 사람들에게 자리를 권했다. 다니엘이 데려온 사람은 총 세 명. 양장사로 보이는 여자 둘과 의사로 보이는 할아버지 한 명이었다.

설마 반대는 아니겠지.

"와 주서서 고맙습니다."

내가 그렇게 인사했을 때 아이리스가 차를 가지고 들어왔다. 나는 재빨리 내 딸들을 소개했다.

"아이리스 반스와 릴리 반스예요. 애슐리 반스라고 막내가 있는데."

그때, 어디선가 애슐리가 뛰어오는 소리가 들려왔다. 아무래도 복도에 써 놔야 할까 봐.

〈복도에서 뛰지 말 것.〉

무슨 고등학교 같네.

"이 애가 애슐리 반스입니다."

나는 애슐리가 응접실에 들어오는 순간 그녀를 소개했다. 옷을 갈아입고 뛰어오는 바람에 애슐리의 모습은 흐트러져 있었다.

그래도 워낙 미인이라 그것도 예쁘다.

"느, 늦어서 죄송합니다."

"괜찮아. 하지만 복도에서 뛰지는 말렴."

내 말에 다니엘이 쿡 하고 웃음을 터트렸다. 그래. 너도 웃기겠지. 내가 그런 그를 무시하고 애슐리의 옷과 머리를 정리해 주자 다니엘이 입을 열었다.

"이쪽은 닥터 햄프턴입니다. 그리고 이쪽은 하얀 드레스의……."

"하얀 드레스요?"

아이리스가 꺅하고 비명을 질렀다. 응? 나는 깜짝 놀라서 그녀를 쳐다봤다가 릴리와 애슐리도 똑같이 감격한 표정이라는 것을 발견했다.

다행히 다니엘은 나와 같이 놀란 표정을 짓고 있었다. 그리고 의사도.

하얀 드레스라는 곳에서 나온 여자들은 아이리스의 반응이 당연하다는 표정이었다. 하얀 드레스가 유명한가? 나는 아이리스에게 경고의 눈빛을 던진 뒤 릴리에게 작은 목소리로 물었다.

"유명한 곳이니?"

"그럼요! 왕비님의 전속 의상실이래요."

엄청난 곳이군. 내 시선이 다시 다니엘을 향했다. 그런 엄청난 곳에서 내게 옷을 만들어 주겠단 말이지? 생각보다 다니엘은 돈이 아주, 아주, 아주 많은 모양이다.

"하얀 드레스라니, 대단하네요."

의사의 진료를 받고, 의상실 직원들이 내 치수를 잰 다음 돌아가자 나는 예정대로 다니엘에게 식사를 하고 가라고 권했다. 그리고 그는 내가 당연히 권할 줄 알았다는 듯 식당으로 들어왔다.

아이들은 식사를 하는 내내 그 이야기였다. 하얀 드레스.

"상당히 유명한 곳인 모양이죠?"

나는 구운 닭고기를 먹으며 물었다. 다니엘은 와인 잔을 집으며 겸손하게 말했다.

"괜찮은 곳이죠."

"그냥 괜찮은 곳이 아니잖아요! 그 하얀 드레스라고요!"

흥분한 건 릴리였다. 그리고 애슐리도. 아이리스는 처음 하얀 드레스의 직원들 앞에서 보였던 흥분이 부끄러운 듯 가까스로 감정을 억누르고 있었다.

그 하얀 드레스라고? 나는 흥미롭다는 표정으로 다니엘을 쳐다봤다. 그러고 보니 왕비님의 전속 의상실이라고 릴리가 말했다.

그리고 우리가 일주일 전, 제일 처음 들어간 의상 가게의 주인에게 아이리스가 들으라는 듯 말했던 게 생각났다.

"그 정도까진 아니지."

다니엘은 씩 웃으며 릴리에게 말하더니 내게 시선을 돌렸다. 그리고 와인을 한 모금 마신 뒤 말했다.

"실력이 괜찮은 곳입니다."

"왕비님의 전속 의상실이라던데요."

"왕비님의 의상도 만드는 거죠."

자기가 데려와 놓고 마치 모른다는 투다. 슬슬 이 남자가 정말 겸손한 건지, 아니면 고단수로 자신의 실력을 자랑하는 건지 혼란이 오기 시작했다.

하얀 드레스는 확실히 일을 잘했다. 다비나와 비교하면 군더더기 없이 치수를 쟀고 내가 원하는 디자인을 묻기 전에 먼저 디자인 카탈로그를 보여 줬다.

그리고 내일쯤에 내게 어울릴 만한 천을 가지고 다시 오겠다며 돌아갔다. 여러 가지 천 중에서 내게 직접 대 보고 내가 원하는 거로 만들어 준다는 거다.

그쯤 돼야 왕비님의 전속이 될 수 있다는 거겠지. 내가 한숨을 내쉬었을 때 다니엘이 입을 열었다.

"그보다, 상처는 어떤가요? 의사 말로는 별문제 없을 거라고 하던데, 걷기 힘들지는 않으십니까?"

"네."

나는 반사적으로 대답하고 다니엘을 쳐다봤다. 그는 하얀 드레스에 대해 이야기하는 게 불편해 보였다.

그냥 겸손한 걸까.

"일주일이나 지나서, 지금은 괜찮아요. 의사도 흉터는 안 남을 거라고 했고요."

고약도 주고 갔다. 아침저녁으로 바르라고. 대체 뭐로 만들었는지 무서워서 못 쓰겠지만.

다니엘의 눈이 가늘어졌다. 그는 고개를 기울이며 웃었다.

"그거 다행입니다."

흠. 죄책감을 느끼는 모양이지. 나는 그를 마주 보고 씩 웃었다. 그때 날 밀어 버린 애는 아이리스와 비슷한 또래로 보였다. 나이로 보면 아들이라기보단 아주 차이가 많이 나는 동생 쪽이 더 가능성이 높다.

하지만 아들일 수도 있지.

나는 슬쩍 다니엘의 안색을 살폈다. 아주 부자에다가 스무 살 정도 되는 아들이 있는 아버지라. 아주 부자로는 보여도 그렇게 큰 아이를 둔 아버지로는 보이지 않는다.

하긴 그건 나도 마찬가지지만.

"전에 함께 있던 아이는."

나는 잔을 향해 손을 뻗으며 슬쩍 말을 꺼냈다. 아이리스와 그 남자애를 소개해 주면 어떨까. 안 되려나.

이번에는 내 시선이 아이리스를 향했다. 어쩌면 아이리스는 그 남자애가 마음에 안 들지도 모른다. 첫인상이 엉망이었으니까.

"월포드 경과 무슨 사이인가요?"

내 질문에 다니엘은 씩 웃어 보였다. 아이리스가 바짝 긴장하는 게 보였다. 오늘 초대받은 손님이 자신이 다그친 아이와 친척 관계일 수도 있다는 것을 깨달은 모양이다.

"친척 관계인지를 물어보시는 거라면, 그건 아닙니다."

그는 그렇게 말하고 와인을 한 모금 마셨다. 뭐, 안 닮았으니 친척 관계가 아니라는 게 더 맞는지도 모른다. 덕분에 아이리스도 긴장을 푸는 게 보였다.

다니엘은 나와 아이리스를 쳐다보더니 다시 씩 웃으며 말했다.

"친구라고 하기엔 좀 멀고, 지인이라고 하기엔 좀 가까운 관계죠."

그게 무슨 관계야. 나는 어이가 없다는 표정을 지으려다가 애슐리와 릴리가 내가 지으려는 표정과 똑같은 표정을 짓는 것을 보고 멈췄다.

다니엘은 애슐리와 릴리의 표정을 보고 다시 입을 열었다.

"제가 이것저것 가르치고 있는 아이입니다."

흠. 그건 놀라운데. 나는 눈썹을 들어 올리며 물었다.

"뭘 가르치는데요?"

"말 그대로 이것저것입니다."

다니엘은 겸손한 표정으로 말했다. 아, 됐으니까 대체 뭔데? 그렇게 숨기려고 하니까 더 궁금하다. 그때 애슐리가 물었다.

"일을 가르치는 아이인가요?"

동시에 아이리스와 릴리의 시선이 다니엘을 향했다. 그는 세 명이나 되는 어린 아가씨들의 시선이 부담스럽지 않은 표정으로 입을 열었다.

"일을 가르치기도 하죠."

신기하군. 나는 좀 흥미로운 표정으로 그를 쳐다보고 있었다. 보통 남자들은 이렇게 많은 여자가 자신에게 집중하면 당황하거나 우쭐해 하기 마련이다. 전자는 그럭저럭 귀엽지만 후자는 꼴불견이다.

하지만 다니엘은 전혀 당황하지도, 우쭐해 하지도 않았다. 그는 마치 익숙한 것처럼 보였고 편안해 보였다.

"어떤 일을 하세요, 남작님?"

릴리가 불쑥 물었다. 그리고 나를 쳐다보더니 재빨리 덧붙였다.

"실례가 안 된다면 여쭤봐도 괜찮을까요?"

그래. 그래야지. 기억 속의 밀드레드가 흡족해하는 게 느껴졌다. 무릇 상급 사교계의 숙녀와 신사란 상대방의 개인 정보를 물어볼 때 돌려서 묻는 법이다. 아니면 릴리처럼 '실례가 안 된다면'을 붙이거나.

"이런저런 일을 합니다."

다니엘은 그렇게 말하며 릴리를 향해 빙그레 웃어 보였다. 허. 이 남자 미인계를 쓰네?

남자가 미인계 쓰는 걸 처음 봤다. 아, 물론 본인은 미인계를 쓴다는 생각이 없을 것 같다. 그는 그냥 릴리를 향해 웃어 보였을 뿐이다. 대답하기 싫다는 의미로.

하지만 다니엘이 자신을 똑바로 쳐다보며 씩 웃자 릴리의 얼굴이 발그레하게 달아올랐다. 잘생긴 남자가 곁에 있는 것만으로도 호감도가 올라간다는 연구 결과를 어디선가 읽은 기억이 있는데.

덕분에 그녀의 머릿속이 하얀 백지가 됐다는 게 눈에 보일 정도였다. 아이리스는 다니엘을 멍하니 쳐다보는 릴리를 툭 치고 물었다.

"하얀 드레스와 원래 거래를 하셨나요?"

이번에는 다니엘의 시선이 아이리스를 향했다. 그는 나를 한 번 쳐다보더니 말했다.

"아뇨. 전 거래한 적 없습니다."

재미있네. 나는 아이리스가 뭘 물어보려 한 건지 깨닫고 씩 웃었다. 하얀 드레스는 여성용 의상실이다. 즉, 아이리스의 질문은 이거다.

하얀 드레스와 거래할 부인이나 딸이 있나요?

그걸 다니엘은 직구로 받아친 거다. 그것도 자기는 거래한 적이 없다는 말로. 그러니까 우리는 다니엘이 결혼을 했는지, 자식이 있는지 알 수가 없다. 왜냐면 다니엘은 거래한 적 없지만 그의 부인이 있다면 부인은 했을 수도 있으니까.

"부인은요, 남작님?"

그때, 애슐리가 불쑥 끼어들었다. 동시에 식당 안이 조용해졌다. 아이리스와 릴리의 시선이 애슐리를 향했다가 재빨리 자기 접시로 돌아갔다.

나는 애슐리에게 시선을 던졌다가 다시 다니엘을 쳐다봤다. 그녀는 자신이 사교계의 예의에서 벗어난 질문을, 벗어난 방식으로 했다는 것을 모르는 눈치였다.

다행히 다니엘은 재미있다는 표정을 짓고 있었다. 하지만 그게 불쾌하지 않다는 뜻은 아니다. 나는 재빨리 끼어들었다.

"그러고 보니 남작의 가족에 대해서는 아는 바가 전혀 없네요."

내 말에 다니엘의 시선이 나를 향했다. 그는 재미있다는 표정이 더욱 짙어졌다. 방금 네 딸이 한 실수를 커버해 주려는 걸 알아. 그런 표정이었지만 나는 시치미를 뗐다.

"아버지는 재작년에 돌아가셨습니다."

"저런."

자연스럽게 내 고개가 왼쪽으로 기울어졌다. 안됐다는 내 태도에 다니엘이 고개를 오른쪽으로 기울이며 말했다.

"괜찮습니다. 그리 사이가 좋은 건 아니었거든요."

"에헴."

그런 말을 이런 자리에서 하면 안 되지. 나 아버지와 사이 안 좋았어, 라고 징징거리는 이야기는 나중에 결혼할 여자한테 단둘이 있을 때나 하는 거다.

지금처럼 접점이 없는 부인에게 식사를 대접받으며 할 말이 아니다.

내가 가볍게 기침하자 다니엘의 시선이 아이들을 향했다. 그는 나를 보고 씩 웃으며 말했다.

"원래 아버지와 아들 관계가 다 그렇죠."

"하지만 부자 관계잖아요. 돌아가셨는데 슬프지 않을 리가 없죠."

아이들의 시선이 다니엘을 향했다가 나를 향했다가 다시 다니엘을 향했다. 그리고 그대로 고정됐다. 다니엘은 잠시 아무 말도 안 하다가 아이들의 시선을 깨달은 것처럼 입을 열었다.

"그건 그렇죠."

다시 침묵이 이어졌다. 나는 아이들을 향해 힐끔 시선을 던졌다. 그녀들은 입을 헤 벌리고 나와 다니엘의 대화를 쳐다보고 있었다.

내 시선에 아이들이 다시 포크를 들자 달그락거리는 소리가 시작됐다. 나는 구운 채소를 포크로 찍으며 물었다.

"어머님은요, 윌포드 남작?"

다니엘은 아무 말도 하지 않았다. 대답이 나올 타이밍이 지나도 아무 말도 들리지 않아서 나는 그를 힐끔 쳐다봤다. 막 잔을 들어 올리고 있던 다니엘이 와인을 한 모금 마시더니 말했다.

"부인의 가족 관계도 궁금한데요."

말하고 싶지 않다는 거군. 나는 채소를 입 안에 넣으며 속으로 한숨을 내쉬었다. 비밀이 많은 남자네. 문득 어제, 게리에게 들은 경고가 떠올랐다.

그의 마음에 안 드는 사람은 안 좋은 일을 당했다고 하던가. 방금 내 행동 중에 그의 마음에 안 드는 일이 있었는지 궁금해졌다.

"부모님은 돌아가셨어요. 제 오라버니는 만나 봤을 테죠."

"머피 백작님이요."

안다는 표정이 그의 얼굴에 떠올랐다. 순간 그가 좀 얄미워졌다. 그리고 동시에 가벼운 호기심이 일었다. 대체 이유가 뭘까. 자기 가족에 대해 이야기하고 싶지 않은 이유가.

아니, 관심 갖지 말자. 나는 게리의 기분 나쁜 조언을 떠올리며 호기심을 떨쳐 냈다. 이 잘생긴 남작의 집안 사정에 대해서 내가 알아야 할 필요도 없고, 알고 싶지도 않다.

"그런데, 제 오라버니와는 어떻게 알게 된 건가요?"

첫 번째 남편인 리베라 남작이나 두 번째 남편인 반스에 대해서 이야기할 수도 있었지만 나는 일부러 주제를 다시 게리로 바꿨다.

너는 네 가족을 이야기하고 싶지 않은데 나는 말해 달라는 건 좀 치사하지 않니? 내 이 비틀린 마음을 아는지 모르는지 다니엘은 빙그레 웃으며 말했다.

"식당의 요리사를 스카우트하려 하시더군요."

"'요정의 샘'의 요리사 말인가요?"

네. 다니엘이 고개를 끄덕였다. 저런. 나는 부푼 배를 쓰다듬던 게리를 떠올렸다. 정말 맛있었나 보다. 하지만 다시 의문이 떠올랐다.

머피 백작가는 그리 부유하지 않다. 요정의 샘은 가 보지는 않았지만 게리의 이야기만으로 추측해 보건대 상당히 손님이 많은 식당일 거 같다.

그렇다면 요리사가 받는 돈도 꽤 많을 것 같은데. 아닌가?

나는 어리둥절해서 다시 물었다.

"게리가 남작의 요리사를 스카우트할 가능성이 있었나요?"

"제 요리사가 아니라 식당의 요리사죠."

다니엘은 내 말을 수정하더니 말을 이었다.

"정확하게는 요리사가 아니라 요리사가 알고 있는 레시피를 원하시더군요."

아하. 레시피를 빼내려 했다는 말이다. 그럼 그렇지. 게리답다. 나는 킬킬대고 웃으며 말했다.

"오라버니의 콧대를 납작하게 해 주셨길 바라요."

다니엘의 눈이 가늘어졌다. 그는 곧 입꼬리를 잡아당기며 물었다.

"머피 백작의 편을 들지 않으시는 겁니까?"

"게리가 맞을 짓을 했잖아요. 아닌가요?"

남의 집 영업 비밀을 캐내려 했다면 맞아도 싸다. 다니엘의 얼굴에 미소가 번졌다.

"사과의 표시로 저를 초대하셨죠."

"그게 어제였군요."

네. 다니엘은 고개를 끄덕이며 닭고기를 입에 넣었다. 그렇군. 나한테 경고하는 데에는 이런 이유가 있었던 모양이다.

크게 혼쭐이 났으면 좋겠다. 어제 게리가 나한테 한 말을 생각하면 솔직히 다니엘이 그의 턱을 두 대쯤 때렸어도 괜찮을 것 같다.

나는 게리의 턱에 멍이 없었던 것을 떠올리며 다니엘의 접시로 시선을 던졌다. 그는 거의 다 먹어가고 있었다.

엄청 잘 먹네. 내 시선이 이번에는 나와 아이들의 접시를 향했다.

닭을 세 마리 사서 구웠다. 굽기 전에 우유에 담가 놨다가 마늘을 문지르고 소금을 뿌려 재웠다. 그리고 그가 올 것 같은 시간에 맞춰 안을 마늘과 채소로 채운 후 오븐에 구웠다.

그리고 나와 아이들은 반 마리씩, 다니엘의 접시에는 한 마리를 통째로 놓았다. 겉껍질은 바삭하고 속살은 채소의 수분 때문에 촉촉하게 익은 치킨이 접시의 한가운데를 차지했다.

가니시는 닭을 채웠던 채소와 으깬 감자. 채소는 마늘 향과 닭기름이 배어들었고 으깬 감자는 간단하게 버터 한 조각과 우유를 넣어 부드러우면서 살찌는 맛이 났다.

그리고 혹시 몰라서 싱싱한 잎채소도 한입 크기로 잘라 와인 식초를 뿌렸다.

"사과 파이를 했는데, 드시겠어요?"

나는 다니엘이 접시를 깨끗하게 비우는 것을 보고 물었다. 사과 파이는 식지 말라고 오븐 안에 넣어 놨다. 아이스크림을 한 스쿱 얹어서 먹으면 더 최고지만 그건 포기했다.

"사과 파이도 같은 요리사가 만든 거라면 기대되는데요."

다니엘은 그렇게 말하고 눈웃음을 지었다. 엄청 잘 먹네. 나는 아이리스에게 사과 파이와 차를 응접실로 가져오라고 눈짓했다.

"기대하시는 게 좋을 거예요. 둘 다 제가 만들었으니까요."

나는 웃으며 그렇게 말하고 자리에서 일어났다. 응접실로 가시죠, 그렇게 말하려 했을 때였다. 다니엘이 한쪽 눈썹을 추어올리며 물었다.

"부인께서 하셨다고요?"

"네. 사과 파이는 좀 자신이 없지만요."

사과 파이는 내가 원래 살던 곳에서 몇 번 해 봤다. 사과를 깍둑썰기로 썰어서 냄비에 버터 한 조각과 설탕을 넣고 졸인다. 원한다면 사과를 졸일 때 계핏가루를 넣어도 괜찮다.

납작하게 민 식빵 두 장 사이에 만든 사과 파이 필링을 넣고 포크로 식빵 끝을 꾹꾹 눌러 주면 된다.

이대로 먹어도 되고 오븐이 있다면 살짝 구워도 된다. 오븐이 없다면 팬을 가장 작은 불에 올린 뒤 구워도 된다.

이렇게 만들면 간단하지는 않아도 쉽다. 혼자 살면 과일을 한번 사면 늘 끝에 몇 개는 버리게 되기 때문에 이런저런 방법으로 해 먹었던 거다.

문제는 지금 여기서는 파이지까지 다 내가 만들어야 해서 좀 불안하다는 거지만.

"그거 기대되네요."

활짝 웃는 얼굴로 다니엘이 말했다. 진짜 먹을 수 있나 보다. 나는 그의 몸을 보고 수긍했다. 다니엘은 나보다 최소한 한 뼘은 크고 건장한 체격이다. 혼자서 닭 한 마리와 채소, 으깬 감자까지 먹고 디저트로 사과 파이 한 조각 정도는 먹을 수 있겠지.

하지만 그때, 그가 다시 말했다.

"그 전에 실례가 안 된다면 집 구경을 할 수 있을까요?"

으음. 나는 잠깐 망설였다. 문제가 두 가지 있다. 이 집은 관리가 안 된 부분이 너무 많다는 것과 하인이 없다는 것.

집을 돌아다니다 보면 하인이 없다는 것을 다니엘이 눈치챌지도 모른다. 그리고 하인이 없다는 건 또다시 두 가지 정보를 알리는 거나 다름이 없다.

하나는 그 정도로 이 집이 궁색하다는 것이고 다른 하나는 이 집에 여자만 산다는 것.

하지만 하인이 없다는 건 속이려면 속일 수 있는 부분이기도 하다. 모름지기 좋은 하인이란 주인과 그 손님 앞에 모습을 드러내지 않는 법이니까.

어떻게 할까. 내가 망설이는데 다니엘이 말했다.

"불편하시다면 괜찮습니다. 제가 갑자기 요청했으니까요. 거절하셔도 이해합니다."

어, 그래? 마음이 거절 쪽으로 기울었다. 하지만 다니엘이 계속해서 말했다.

"다만, 이 저택은 상당히 오래됐다는 말을 들었거든요. 이런 고풍스러운 건물을 보는 걸 좋아해서 여쭤봤습니다."

음? 으으음? 머릿속에 그가 안목이 있다는 말이 떠올랐다. 감정을 아주 잘한다고 했던가?

그러고 보니 어제도 그 생각을 했었다. 다니엘을 우리 집에 초대해서 쓸 만한 물건이 있는지 봐 달라고 할까 하는.

나는 두 번 생각할 것도 없이 고개를 끄덕이며 말했다.

"괜찮아요. 그런데 오래된 집이라 구석구석 손을 못 댄 곳이 있어서요."

나는 다니엘을 응접실이 아닌 복도로 안내했다. 그리고 아이리스에게 눈짓했다. 누구는 이 접시를 주방에 옮기고 누구는 나를 따라와야 한다.

"갈까요."

다니엘이 기분 좋은 듯 싱글거리며 내게 팔꿈치를 내밀었다. 나는 그의 팔에 손을 얹고 먼저 홀을 향했다.

어느 저택이나 현관으로 들어오면 천장이 높은 홀이 보인다. 손님이 오면 가장 먼저 보이는 곳이라 집주인이 가장 신경 쓰는 곳이기도 했다.

밀드레드는 여길 아주 좋아했다. 그녀는 애슐리에게 매일매일 홀을 쓸고 닦으라고 했고 한 톨의 먼지도 허락하지 않았다.

물론 나도 좋아한다. 여길 지나갈 때면 내가 진짜로 동화 속에 들어왔다는 게 실감이 났다. 그러니까 구질구질한 동화 말고 화려한 동화 같은 거.

굳이 투덜거리지 않아서 그렇지 이 세계는 아주 불편하다. 옷은 이것저것 껴입는 데다가 길고 치렁치렁하다. 그 길고 치렁치렁한 걸 손으로 빨아야 한다. 몽둥이로 두드리기는 하지만 결국 손으로 두드린다는 점은 다르지 않다.

세탁기를 발명해 볼까. 나는 잠시 세탁기의 구조가 어땠는지 떠올렸다. 통이 흔들리면서 세탁물을 빨았던 것 같은데.

"부인?"

내가 멍하니 생각에 잠기자 다니엘이 왜 그러냐는 듯 나를 불렀다. 아차. 나는 억지로 웃어 보였다. 그리고 머릿속에서 세탁기에 대한 생각을 잠시 한쪽에 밀어 넣었다.

이거 진짜 나중에 다시 생각해 봐야지.

"사실 이 집은 남편이 통째로 사들였다고 해요."

나는 다니엘의 팔에 손을 얹은 채 홀을 천천히 걸으며 설명했다. 게리의 집과 마찬가지로 이 집의 홀도 손님이 벽을 따라 걸으며 구경할 수 있도록 그림이나 태피스트리가 걸려 있다. 너무 낡은 태피스트리는 바꾸기는 했지만 그림은 대부분 그대로였다.

밀드레드는 그림에 대해 잘 몰랐고, 별로 관심도 없었다. 그건 나도 마찬가지지만.

나는 다니엘이 관심을 보이는 게 있을까 싶어 그의 표정을 주시하며 말했다.

"원래 주인은 어느 귀족이었다는데 유지하기가 어려워서 팔았다더군요."

"이십 년쯤 전에 말이죠."

알고 있네? 내가 놀랍다는 표정을 짓자 다니엘이 씩 웃으며 말했다.

"이렇게 고풍스러운 건물 보는 걸 좋아한다고 했을 텐데요."

좋게 말해서 고풍이지, 쉽게 말해서 낡은 건데 뭐. 나도 씩 웃으며 물었다.

"보는 것만 좋아해요? 직접 사는 건 별로고?"

"글쎄요."

홀을 한 바퀴 다 돌고 나자 다니엘이 이 층으로 올라가는 계단을 힐끔 쳐다보며 말했다.

"혼자 살기엔 너무 클 것 같아서요."

"자녀는요?"

나는 너무 신나 하지 않으려 애쓰며 물었다. 다니엘이 혼자 산다고 해서 결혼도 안 했으리라는 보장은 없다. 그가 결혼을 했다면, 그리고 좀 일찍 했다면 애슐리만 한 아들이 있을 수도 있다.

"아직 미혼입니다."

"저런."

내 표정이 어두워지자 다니엘의 한쪽 눈썹이 올라갔다. 그는 이상하다는 듯 물었다.

"제가 미혼인 게 부인께 안 좋은 일입니까?"

"제게 좋을 것도, 나쁠 것도 없죠."

나는 우리의 뒤를 따라오는 아이리스를 힐끔 확인했다. 솔직히 말하면 나쁘다. 다니엘에게 자식이 있다면 내 딸들의 친구가 될 수 있었을 텐데.

귀족 영애들은 학교를 다니지 않는다. 그녀들은 보통 가정교사가 집에 와서 교육을 한다. 그렇기 때문에 또래의 친구를 만나기가 어려웠다.

아이리스와 릴리는 자매라 아주 친하지만 애슐리는 아니다. 나는 세 사람에게 친구가 될 만한 또래 귀족 영식이 있었으면 했다.

"하지만."

다니엘은 뭐라고 말하려는 것처럼 입을 열더니 곧 우리 뒤를 힐끔 쳐다봤다. 그러자 신기한 일이 일어났다. 곧바로 애슐리가 우리 쪽으로 뛰어오는 소리가 들렸던 것이다.

귀가 엄청 좋은 모양인데. 나는 가볍게 감탄하면서 어떻게 해야 애슐리가 뛰지 않도록 할 수 있을까 하고 고민했다.

그때, 다니엘이 내게 몸을 숙이더니 작은 목소리로 물었다.

"우리 둘만 구경하는 줄 알았는데요."

내가 왜?

나는 어리둥절해서 그를 쳐다봤다. 이 집은 아주 넓다. 지하는 이 층까지 있고 지상으로는 삼 층까지 있다. 물론 그에게는 지상에 있는 방 몇 개만 보여 줄 거지만.

이렇게 넓은 곳을 남자와 단둘이 걸을 생각은 없었다. 나는 너무 무례하지 않게 말하려 애썼다.

"미혼의 딸들에게 본보기가 돼야 하지 않겠어요?"

다니엘은 당연하게도 그게 무슨 소리인지 모르는 눈치였다. 이건 좀 신선한데? 그가 대화를 못 따라오는 건 처음인 것 같다. 나는 연장자의 여유를 발휘해 가르치듯 물었다.

"젊은 아가씨와 단둘이 있어 본 적 있어요?"

그는 그런 적 없을 것이다. 미혼의 여성과 그를 단둘이 놓아둘 부모는 하나도 없을 것이다.

아까 릴리의 얼굴이 달아오르는 걸 봤다. 아마 다니엘이 가만히 앉아서 윙크만 해도 소녀들은 얼굴이 새빨갛게 달아오르겠지.

"젊은, 아가씨…… 말입니까? 아."

무슨 소리냐는 반응을 보이던 그는 곧바로 알겠다는 듯 아이들을 돌아보았다. 미혼의 여성은 남성과 단둘이 있어서는 안 된다. 반드시 기혼 부인이나 나이가 지긋한 부인과 함께 있어야 한다.

솔직히 말하면 멍청하기 짝이 없는 관습인데 귀족 사회에서는 꼭 지켜야 하는 관습이다.

"무슨 말씀이신지 알겠습니다."

다니엘은 그렇게 말하며 걸음을 멈췄다. 우리는 이 층 복도에 걸린 어느 그림 앞에 서 있었다. 괜찮은 그림인가? 나는 그림을 보며 고개를 기울였다.

잘 모르겠다. 그림은 풍경화였다. 이 집에서 언덕 아래의 시내를 그린 그림인 모양이다. 한때는, 이 집에 살던 사람들이 부유했던 때가 있었던 모양이지. 그때 초대받은 화가가 그린 게 아닐까.

"괜찮은 그림인가요?"

"좀 더 살펴봐야 할 것 같습니다. 모작일 수도 있거든요."

"모작이요?"

다니엘은 진지한 표정으로 그림을 살폈다. 모작이고 뭐고 난 이게 어느 화풍인지도 모르겠다.

슬쩍 뒤를 돌아보자 어쩐지 릴리의 눈이 반짝이는 것처럼 보였다. 아니, 잠깐. 어쩐지가 아니네?

릴리는 거의 존경하는 표정을 짓고 있었다. 아, 맙소사. 나는 이마를 감싸 쥐었다. 설마 릴리가 다니엘을 좋아하게 된 건 아니겠지?

부디 아니길 빈다. 릴리는 고작 열여덟 살이고 다니엘은, 잠깐. 다니엘이 몇 살이지?

"흠, 좀 더 밝을 때 와서 다시 봐야 할 것 같은데요."

결국 다니엘은 모작인지 모르겠는지 뒤로 물러나며 말했다. 나는 산드라에게 이미 그가 감정을 할 줄 안다는 걸 들었지만 모르는 척 말했다.

"감정을 할 줄 아는군요."

"약간은요."

다니엘은 복도에 걸린 그림을 유심히 쳐다보며 말했다. 흠. 나쁘지 않네.

그림을 사서 가지고 있다가 가치가 높아지면 되파는 귀족들은 많다. 그럴 때마다 그들은 감정사를 고용해서 모조품이 아닌지 검사를 한다.

여기서 문제점은 어디나 나쁜 놈들이 있다는 데에 있다.

감정사가 구매자와 짜고 모작으로 거짓말하는 경우가 있다. 그래서 칼부림이 난 적도 있었지. 스스로 감정할 줄 알면 속을 일이 없으니 괜찮다. 물론 다니엘이 감정을 하는 걸로 돈을 받지는 않겠지만.

"남작님, 전에 봤던 그분께도 감정을 가르치시나요?"

그때, 아이리스가 물었다. 다니엘은 마치 아이리스가 있다는 것을 그제야 알아차렸다는 듯 그녀를 돌아보았다.

"언젠가는 가르칠까 생각만 하고 있습니다."

안 그래도 나도 궁금하던 차였다. 나는 아이리스를 한 번 쳐다보고 다니엘에게 물었다.

"어떤 사람인가요?"

그는 나를 한 번 보더니 감정이 없는 목소리로 말했다.

"괜찮은 녀석이죠. 좀 고집이 센 부분이 있지만요."

"아무것도 안 알려 줄 생각이군요?"

내 질문에 그의 걸음이 멈췄다. 이 층 복도는 어두웠고 우리를 밝혀 주는 건 나와 아이리스가 든 램프밖에 없었다.

마치 다니엘의 몸이 어둠 속에 녹아드는 것처럼 보여서 나는 램프를 좀 더 들어 올렸다. 그가 무슨 표정을 짓는지 궁금했다.

"부인께서는."

다니엘은 마치 빛을 거부하는 것처럼 램프를 든 내 손을 잡으며 입을 열었다. 내가 상상력이 아주 좋거나 어렸다면 그가 어둠 속에서 날 잡아 먹으려고 노리고 있는 괴물이라고 생각했을지도 모른다.

하지만 그는 그저 램프를 대신 들려 했을 뿐이다. 다니엘이 램프를 들자 빛이 좀 더 높은 곳에서 퍼졌다.

"그 녀석에게 관심이 많으신 모양이군요."

그야 그렇지. 내 목표는 아이리스와 릴리, 애슐리를 무사히 해피엔딩으로 끝내주는 거다. 그리고 나도 해피엔딩으로 끝나는 거고.

여기서 해피엔딩이란 새에게 눈이 쪼이거나, 발이 잘리거나, 어딘가 쫓겨나지 않고 적당한 돈을 가지고 적당히 평온한 인생을 사는 거고.

아니면 내가 원래 세상으로 돌아가는 방법도 있겠지. 그게 가능할지 모르겠지만.

솔직히 말하면 돌아가는 건 기대를 안 하고 있다. 돌아갈 방법을 모르는 것도 있지만 지금 인생보다 원래 세상에서의 내 인생이 더 좋다는 생각이 들지 않았다.

원래 세상에서 나는 스물일곱 살에 계약직이고 월세였다. 지방에서라도 내 집을 사려면 월급을 한 푼도 쓰지 않고 이십 년을 모아야 살 수 있었다. 인터넷이 있고 핸드폰이 있고 새벽 두 시에도 치킨을 시켜 먹을 수 있었지만 한 달 벌어 한 달 사는 거나 다를 게 없었다.

하지만 여기서는 일단 집이 있잖아. 식비가 얼마나 싼지 알아? 그리고 꿈으로만 꾸던 건! 물! 주! 란 말이야.

딸이 셋이나 딸리고 세탁기도 없어서 모든 옷을 손빨래를 해야 하고 냉장고도 없지만 내 몸 하나만 건사하는 거라면 이쪽이 더 낫지 않을까. 최소한 이 년마다 이사 갈 걱정을 안 해도 되고.

문득 엄청 좋은 생각이 떠올랐다. 세탁기를 발명하면 어떨까. 일단 애슐리를 왕자랑 무사히 결혼시키고 나서.

나는 가슴을 펴며 말했다.

"그럼요. 비슷한 또래의 딸이 있잖아요."

"딸을 위한 관심인 겁니까?"

이상한 소리를 하네. 나는 이해가 되지 않아서 미간을 찡그렸다. 그럼 내가 그 남자애한테 관심을 둘 이유가 또 뭐가 있어?

"제가 관심을 가지기엔, 그 남자애는 너무 어리지 않나요?"

내 말에 다니엘의 얼굴에 미소가 떠올랐다. 그는 다시 발걸음을 옮기며 말했다.

"사랑에 나이는 관계가 없지 않습니까?"

"있죠, 당연히."

나는 다니엘의 팔에 손을 얹고 그를 따라 걸으며 단호하게 말했다. 사랑에는 나이가 관계있다.

사람이 사랑에 빠지기 위해서는 상대방을 동등한 이성으로 인식해야 한다. 어른이 아이를 동등한 이성으로 보지 않는 것처럼. 그리고 동등한 이성으로 보지 않는데 사랑에 빠질 수 있을 리가 없다.

"윌포드 남작, 남작은 스무 살도 안 된 여자애에게 사랑에 빠질 수가 있다는 말인가요?"

놀랍게도 다니엘의 얼굴에 진짜 미소가 떠올랐다. 그 미소를 보자 나는 확실하게 알 수 있었다. 아까 전에 그가 지었던 미소는 형식적인 미소였다.

그는 나를 향해 고개를 숙이더니 얌전한 목소리로 대답했다.

"전혀요, 부인."

03

뼈는 한 번에 깨끗하게

게리의 죄책감은 딱 일주일짜리였던 모양이다. 나는 한숨을 내쉬며 게리 곁에 서 있었다.

내게 눈높이 어쩌고 했던 그는 딱 일주일 후에 함께 파티에 가자고 편지를 보냈다. 파티는 무슨 파티겠어. 남자를 소개해 주겠다는 거겠지.

무슨 놈의 남자야. 두 번이나 결혼했으면 됐지. 나는 투덜거리면서도 함께 가겠다고 답장을 보냈다. 일단 형식상으로는 남자를 소개해 주려는 게 아니라 게리가 꼭 가야 하는 파티에 산드라가 못 가게 돼서 같이 가 달라고 구질구질하게 매달렸기 때문이다.

"같이 와 줘서 고맙다, 밀."

게리는 그렇게 말하며 내 손을 다독였다. 그의 통통한 손이 내 손등에 부딪히며 가벼운 소리가 아니라 무거운 소리를 냈다.

이래 놓고 속으로는 동생에게 세 번째 남편을 구해 주기 위해 부단히 노력하는 가상한 오빠라는 뽕에 차 있겠지. 진짜 가상한 오빠라면 남편을 두 번이나 잃은 여동생을 세 번째 결혼시키려고 이렇게 기를 쓸 리가 없다.

이럴 노력으로 돈을 벌어라.

나는 안됐다는 듯 말했다.

"샌디가 아프다니 큰일이네요. 내일쯤에 한번 찾아가 볼게요."

"아, 아니. 안 와도 돼. 가벼운 감기니까 말이야."

"하지만 오라버니가 성에서 열리는 파티에 가는데 불참할 정도라면 상당히 안 좋다는 말이잖아요? 요새 감기가 독하다던데 가서 괜찮은지 봐야 마음이 편할 것 같아요."

게리가 저렇게까지 안 와도 된다고 거절하는 걸 보니 내 의심이 합당한 의심인 모양이다. 나는 모른 척하며 말을 이었다.

"게다가 솔직히 오라버니보다 샌디가 더 가족 같은 느낌이 들거든요. 이해하죠? 오라버니가 아카데미에 있을 때 저와 함께 있어 준 사람이 샌디니까요."

끙 하고 게리는 못마땅한 표정을 지었지만 아무 말도 하지 못했다. 나는 훗 하고 웃으며 고개를 돌렸다. 쪼잔한 놈 같으니.

이대로 내가 결혼하지 않으면 게리는 내게 생활비를 일부 줘야 한다. 그는 머피 백작이고 백작가의 가주니까. 동생을 건사해야 할 의무가 있다.

하지만 밀드레드가 결혼을 하면 줄 필요가 없다. 그러니 이 쪼잔한 남자가 밀드레드를 파티에 데려가기 위해 마차까지 보내 주는 거다.

다음번에는 입고 갈 드레스가 없다고 해 볼까. 나는 머리를 굴리며 게리 옆에 서서 사람들에게 인사를 건넸다. 밀드레드를 결혼시켜서 생활비를 안 주기 위해서라면 드레스비를 낼 수도 있겠지.

"오랜만입니다, 머피 백작."

"안녕하십니까, 제닝스 백작님."

나이가 밀드레드의 아버지뻘인 백작이 게리와 내게 다가와 인사를 건 넸다. 아닌 게 아니라 진짜 밀드레드의 아버지와 친구였었다. 나는 미소 를 지으며 고개를 숙였다.

"오랜만입니다."

"오, 밀드레드."

육십이 채 안 된, 할아버지에 가까운 제닝스 백작은 내 손을 잡으며 반갑다는 듯 인사를 건넸다. 흠. 제닝스 백작은 부유한 편이긴 하지. 나 는 빙그레 웃으며 그에게 잡힌 손을 빼내며 말했다.

"반스 부인이요."

게리와 제닝스 백작이 멈칫했다. 어디서 이름을 불러? 밀드레드가 결 혼 전이라고 해도 머피 양이라고 불러야 한다. 지금 그 호칭은 친밀한 척 하는 무례한 태도였다.

"그, 그렇지. 반스 부인. 이거 실례했어."

제닝스 백작은 너털웃음을 터트리며 말했다. 덕분에 우리 사이를 감 싸고 있던 정적이 깨졌다. 곧이어 제닝스 백작이 나와 게리에게 어떻게 지내는지 물었다. 나는 웃으며 상대하다가 제닝스 백작이 떠나자마자 게리에게 속삭였다.

"훌륭한 에스코트 고마워요, 오라버니."

덕분에 게리의 얼굴이 벌게졌다. 멍청한 놈. 산드라처럼 아주 친한 사 이거나 단둘이 있는 게 아닌데 오라비 앞에서 여동생을 이름으로 부르는 건 오라비를 무시하는 행위나 다름이 없다.

멍청한 게리는 자기를 대놓고 무시하는데도 대처를 못 했다는 말이 다.

이런 멍청한 오빠와 함께 자랐다니, 밀드레드가 불쌍해진다. 그녀가 두 번이나 결혼한 이유를 알 것 같다. 귀족 사회에 돈도 없으면 가지고 있는 건 자존심밖에 없는데 무능한 게리는 돈도 없으면서 여동생의 자존심도 지켜 주지 못한다.

"뭐 마실래?"

눈치가 보였던지 게리가 내게 물었다. 내가 고개를 끄덕이자 그는 마치 귀신에게서 도망치는 것처럼 종종거리며 떠나갔다.

"흥."

혼자가 되니 그제야 주변을 둘러보기가 편해졌다. 나는 들고 있는 부채를 살랑거리며 주변을 본격적으로 구경하기 시작했다. 높은 천장은 여섯 개의 원뿔형 조각으로 나누어져 있었고 그 조각은 그대로 벽으로 이어져 여섯 개의 기둥으로 나누어졌다.

돈이 꽤 들었을 것 같다. 밀드레드의 기억을 뒤져 봤지만 칠 년 전에도 왔었다는 것 외에는 딱히 건질 만한 게 없었다.

"이야, 돈을 발랐네, 발랐어."

나는 기둥의 조각을 구경하며 가볍게 감탄했다. 기둥에 금을 발라 놨다. 이게 동화든 어디든 상관없다. 현대에 살던 내가 언제 성에 와 보겠어?

게리의 초대에 응한 것은 이런 이유도 있었다. 성이라잖아? 어차피 다음 달 데뷔탕트에 아이들을 데리고 오겠지만 그때는 애들을 챙기느라 제대로 구경할 시간도 없을 것 같았다. 그 전에 온전히 성에서 열리는 파티는 어떤지 구경하고 싶었다.

"안녕하세요."

그때 귀에 익은 목소리가 내게 말을 걸었다. 흠, 이 조각에 발린 금이 진짜일까? 조각을 떼어 가서 팔 수 있을지 고민하던 나는 익숙한 목소리에 고개를 돌렸다.

눈이 확 하고 뜨일 만큼 잘생긴 얼굴이 내 곁에 와 있었다. 아이구, 누구 아들인지 몰라도 잘생겼네. 나는 다니엘을 보고 빙그레 웃었다.

"남작을 여기서 만날 줄은 몰랐는데요."

"저도 밀……."

거기까지 말한 다니엘이 힐끔 내 눈치를 살폈다. 어디 한번 계속 말해 보렴. 내 표정을 본 그가 에헴 하고 헛기침을 하더니 다시 말했다.

"부인께서 오실 줄 몰랐습니다."

"사실은 몇 년 만이에요. 성에서 열린 파티에 온 건요. 머피 백작 부인이 감기에 걸려서 제가 대신 왔거든요."

그렇군요. 다니엘은 고개를 끄덕이더니 내게 팔꿈치를 내밀며 물었다.

"머피 백작님은 어디 가셨습니까?"

"음료를 가지러요. 좀 걸릴 것 같네요."

나와 다니엘의 눈에 사람들로 가득 찬 음료대가 보였다. 성의 하인들이 손님이 원하는 음료를 따라 주고 있었다. 인파의 가장 끄트머리에 달라붙은 게리가 보인다.

"남작은 어떻게 왔어요?"

나는 다니엘의 팔에 손을 얹으며 물었다. 성에서 열리는 파티는 보통 누군가와 함께 오기 마련이다. 특히나 이번 파티는 혼자 오기가 더 어렵다.

"초대받아서 왔습니다만."

안 됩니까? 다니엘이 그렇게 덧붙이며 한쪽 눈썹을 들어 올렸다. 응? 혼자 왔다고? 나는 어이가 없어서 물었다.

"재혼 파티에요?"

"큽."

요상한 소리가 다니엘의 입에서 흘러나왔다. 나는 왜 그러냐는 표정으로 그를 쳐다봤다. 혹시 네가 비트박스를 하려는 거라면 관대한 마음으로 들어 줄 수는 있어.

"크, 흡. 무, 무슨 파티요?"

"재혼 파티요."

다시 다니엘의 입에서 짧은 비트박스가 흘러나왔다. 북 치기 박 치기, 예아. 나는 속으로 그가 큭큭거리는 소리에 따라 박자를 맞추다가 그가 멈추자 표정을 관리했다.

"재, 재혼 파티라뇨."

그렇게 말하면서 너도 웃고 있는데? 나는 다니엘의 팔에서 손을 떼고 그의 앞에 섰다. 그리고 사람들에게 들리지 않을 정도의 목소리로 말했다.

"매년 이맘때면 왕비 전하께서 꼭 한 번 파티를 여시잖아요?"

"그것과 재혼 파티가 무슨 상관이죠?"

무슨 상관이긴. 나는 다시 다니엘의 팔에 손을 얹고 그의 팔을 토닥이며 연장자의 마음으로 친절하게 설명했다.

"어차피 데뷔탕트 때 모든 귀족이 모여서 서로 통성명을 하는데 굳이 그 한 달 전에 한 번 더 파티를 여시는 이유가 뭐겠어요?"

"데뷔탕트 전에 시범으로 여기는 거겠죠."

나는 발걸음을 멈추고 다니엘을 쳐다봤다. 눈치가 없는 거니, 없는 척하는 거니? 만약 전자라면 실망할 거다. 얼굴만 번지르르한 멍청이로.

"정말 그렇게 생각해요?"

내가 고개를 기울이며 묻자 다니엘은 나를 물끄러미 쳐다보다가 한숨을 내쉬었다.

왕비는 매년 데뷔탕트를 열기 한 달쯤 전에 미리 파티를 연다.

전년도까지 데뷔한 사람들은 모두 참석할 수 있지만 실제로 참석하는 사람들은 서른 이상의 비혼자들이다. 그러니까 아직 결혼을 하지 않았거나, 했어도 배우자의 사별 등의 이유로 더 이상 혼인 관계가 아닌 사람들.

밀드레드도 칠 년 전에 여기에 참석했었다. 물론 프레드는 여기서 만나지 않았지만.

"그래서, 부인께서도 배우자를 찾기 위해 참석하신 건가요?"

다시 걸음을 옮기며 다니엘이 물었다. 어째 목소리가 뾰족하게 들린다. 나는 그를 힐끔 쳐다보고 다시 정면으로 시선을 던졌다.

전혀 아니다. 난 배우자는 필요 없다. 몇 번이나 말하지만 밀드레드는 두 번이나 결혼했고 나는 21세기에서 왔다. 세 번째 결혼이 필요 없다는 말이다.

"글쎄요."

그렇다고 다니엘에게 세 번째 배우자가 필요 없다고 굳이 말할 필요는 없지. 나는 일부러 모호하게 말했다. 내가 세 번째 결혼을 하지 않겠다고 하면 게리가 먼저 나서서 날 들들 볶을 게 분명하다.

게리가 날 공격할 거리를 만들지 않는 게 좋겠지.

"남작은요?"

나는 주제를 나한테서 다니엘로 바꾸며 물었다. 배우자가 없는 건 다니엘도 마찬가지다.

"재혼을 말씀하시는 거라면, 아니요. 전 만약 한다면 초혼입니다."

"아, 그렇다면 남작은 특별히 초혼 파티라고 불러도 좋아요."

내 관대한 제안에 다니엘이 쿡쿡대고 웃기 시작했다. 재미있었던 모양이네. 나는 웃느라 다니엘의 몸이 떨리는 것을 느끼며 씩 웃었다.

"밀드레드."

어느새 음료를 받았는지 게리가 잔을 두 잔 들고 다가왔다. 고작 그것만으로도 게리의 이마는 땀에 젖어 있었다. 그는 나와 다니엘을 번갈아 보더니 말했다.

"여기 있는 줄 몰랐다."

자기에게 말도 없이 자리를 옮겼다고 비난하는 거다. 흠, 그래? 나는 일부러 상냥한 목소리로 말했다.

"월포드 남작 덕분에 시간이 가는 줄도 몰랐네요."

파트너를 혼자 너무 오래 두는 것도 예의에 어긋난다. 모름지기 제대로 된 교육을 받은 귀족이라면 음료를 가지러 갔다가 너무 오래 걸린다 싶으면 파트너에게 다시 돌아와서 양해를 구해야 한다.

하지만 게리는 그럴 생각도 하지 않았겠지. 내가 여동생이니까.

'네가 날 너무 오래 혼자 뒀잖니?'라는 부드러운 지적에 게리의 얼굴이 가볍게 달아올랐다가 원상태로 돌아왔다. 그리고 다니엘에게 인사했다.

"여동생과 함께 있어 줘서 고맙소, 월포드 남작."

"별말씀을요."

"함께 온 분과 너무 떨어져 있는 게 아닌가 모르겠군."

"괜찮습니다. 혼자 왔으니까요."

에헴, 하고 게리가 헛기침을 했다. 맙소사. 나는 웃음을 참느라 입술을 깨물고 있었다. 방금 게리의 말은 이제 그만 우리를 떠나 달라는 말이었다. 그걸 다니엘이 직구로 받아친 거고.

이 남자, 마음에 드네. 내가 속으로 킬킬거리며 게리에게 잔을 받았을 때 입구에서 시종이 트럼펫을 불기 시작했다.

트럼펫의 요란한 소리에 홀 안이 순식간에 쥐죽은 듯 조용해졌다. 우리의 시선이 입구로 향하는 것과 동시에 시종이 왕비의 입장을 알렸다.

왕비라. 나는 사람들에게 밀려 뒤로 물러나며 왕비의 얼굴을 떠올리려 애썼다. 밀드레드가 머피 양이었을 때와 리베라 남작 부인이었을 때, 성에서 열린 파티에 매년 참석했었다.

하지만 왕비의 얼굴을 제대로 본 기억은 없다. 그녀는 늘 먼발치에서 당시 왕자비였던 왕비를 봤고, 솔직히 왕자나 왕자비에게 관심이 없었기 때문이다.

"고개를 들게."

양옆으로 물러난 사람들 사이를 지나간 왕비가 가장 안쪽에 서서 입을 열었다. 나는 그제야 애슐리가 왕자와 결혼한다면 왕비가 그녀의 시어머니가 된다는 것을 깨달았다.

앗, 미래의 사돈어른!

그렇게 생각하니 어쩐지 나 혼자 왕비가 아주 친밀하게 느껴졌다. 아마 저쪽은 나라는 사람이 있는 줄 모를 테지만 원래 유명인과의 친밀감이라는 게 다 그렇지 뭐.

나는 오른쪽에 다니엘을, 왼쪽에 게리를 세운 채 얌전히 서서 왕비의 와 줘서 고맙다는 인사와 즐거운 시간을 보내고 가라는 덕담을 들었다. 왼쪽에 있는 것도 다니엘이었으면 좋겠다. 딱히 다니엘과 뭘 하고 싶다는 게 아니라 잘생긴 남자가 둘이면 눈도 두 배로 즐거울 거 아냐.

왕비의 덕담이 끝나자 다시 음악이 연주됐다. 사람들이 벽으로 물러나면서 홀 가운데가 동그랗게 비었다. 자연스럽게 어느 부부가 나와서 춤을 추기 시작했다.

이건 일종의 관례다. 귀족에게 결혼은 일종의 사업이었다. 남편은 영지를 다스려서 가문을 유지하고 가족을 부양한다. 부인은 가문의 살림을 꾸려나가면서 다음 영주를 낳고 교육한다.

서로 그 일을 가장 잘할 수 있는 사람을 구하다 보니 귀족 사교계에서 구할 수밖에 없다. 그렇기 때문에 성에서는 데뷔탕트와 똑같이 재혼 시장에 나올 남녀를 초대해서 파티를 열어 주는 거다.

파티의 흥을 돋우기 위한 음악이 연주되면 사이좋은 커플이 나와서 춤을 추는 것도 관례였다. 누구나 먼저 나서기를 꺼리는 법이다.

그렇기 때문에 그 자리에서 가장 높은 지위인 사람은 파트너와 함께 제일 먼저 춤을 출 의무가 있었다. 하지만 왕비는 혼자 왔으니 저들은 아마 어느 후작 부부거나 하겠지.

과연 누구일까. 두 번째 커플이 원 안에 들어가자 다니엘이 내게 손을 내밀며 말했다.

"부인."

함께 춤을 추지 않겠느냐는 태도에 어떻게 할지 잠시 고민하던 차였다.

게리가 불쑥 끼어들었다.

"밀드레드는 나와 제일 먼저 춤을 춰야 하네."

"정말?"

나는 깜짝 놀라서 물었고 게리의 표정이 굳었다. 다니엘이 입술을 깨무는 게 보였다. 아니, 이러면 안 되지. 그래도 밀드레드의 오빠데 타인 앞에서 이렇게 망신을 주면 쓰나.

"아니, 오라버니와 추고 싶지 않다는 게 아니라요. 제가 마지막으로 춤을 춘 게 칠 년 전이에요. 정말 저와 춤을 추고 싶으신 건가요, 신사분들?"

당연히 밀드레드는 춤추는 법을 배웠다. 그녀는 귀족 영애였고 사교계에 데뷔했으니까. 하지만 나는 춤을 춰 본 적이 없다. 몸치까지는 아니었다고 믿고 싶다.

문제는 일단 이 몸을 장악한 건 나라는 거다. 과연 내가 밀드레드처럼 춤출 수 있느냐는 거지.

"부인만 괜찮으시다면 전 꼭 추고 싶은데요."

먼저 나선 용기 있는 도전자는 다니엘이었다. 흠. 내가 마치 성난 황소처럼 느껴지는군. 게리는 밀드레드가 마지막으로 춤을 춘 게 칠 년 전이었다는 것을 떠올리고 껄끄러운 표정을 지었다.

하지만 어지간히 나와 다니엘이 처음 춤추는 게 싫었던 모양인지 결심한 표정으로 말했다.

"당연히 내가 너와 제일 처음 춤을 춰야지."

모든 파티에서 첫 춤은 기본적으로 가장 친밀한 이성과 춘다. 그 친밀하다는 범주 안에 남편이나 약혼자뿐 아니라 아버지나 남자 형제도 들어간다는 게 다행이라면 다행이고 불행이라면 불행일 것이다.

예를 들면 애슐리 같은 애들은 아버지나 남자 형제가 없다고 해도 첫 춤을 추는 데 무리가 없을 것이다. 그녀는 미인이고 모든 남자가 그녀의 손을 잡고 싶어 할 테니까.

하지만 아이리스와 릴리는 어떨까.

나는 게리의 손을 잡고 원 안으로 들어가며 우울한 생각을 했다. 친한 이성도, 가족도 없고, 눈에 띄는 미인도, 돈이 아주 많은 것도 아닌 여자들은 아무도 춤을 권해 주지 않는다.

그녀들은 벽 앞에서 애써 별로 춤을 추고 싶지 않다는 표정을 짓고 서 있다. 나는 밀드레드의 기억을 떠올리며 씁쓸한 표정을 지었다.

고작 열일곱 살밖에 먹지 않은 여자애들이 데뷔탕트라는 화려한 이름에 속아서 자존심이 박살 난 채로 거기 서 있어야 한다.

"동화는 개뿔."

나는 신데렐라라는 동화가 얼마나 말도 안 되는 이야기인지 깨달았다. 아름답고 착한 신데렐라는 착해서가 아니라 아름다웠기 때문에 왕자에게 구제됐다.

그렇다면, 아름답지 않은 다른 여자애들은 어떻게 해야 하는 거지?

"내가 월포드 남작과 너무 친해지지 말라고 했잖니."

춤을 추기 시작하자 게리가 나직하게 말했다. 나는 벽에 기댄 다니엘을 확인하고 게리에게 다시 시선을 돌렸다.

"오라버니께서 왜 그렇게 생각하시는지 모르겠네요."

난 다니엘과 너무 친해질 생각이 없다. 그는 내게 피해를 줬고, 그것을 보상했을 뿐이다. 이걸 친하다고 생각한다면 게리의 사회생활이 매우 의심스러워지는데.

하지만 그는 다른 이야기를 들은 모양이었다. 나는 다른 사람의 움직임을 곁눈질하며 간신히 춤을 따라가고 있었다. 내가 게리와 떨어져 손뼉을 한 번 치고 그에게 돌아가자 마찬가지로 손뼉을 치고 내 손을 잡은 게리가 말했다.

"여기서 월포드 남작과 만나기로 한 거 아니야?"

"누가 어디서 누구를 만나요?"

"여기 말이야. 여기. 여기서 월포드 남작과 미리 만나기로 한 거 아니냐는 거야."

내가 뭐 하러 그런 짓을 한담? 나는 어이가 없어서 인상을 쓰며 게리에게 말했다.

"오라버니, 제가 누굴 만나고 싶다면 이렇게 사람이 많은 곳이 아니라 조용히 만날 수 있는 곳을 골랐겠죠. 쓸데없는 방해자도 없는 곳으로요."

물론 방해자는 게리를 말하는 거다. 자신을 방해자라고 지칭한 것을 알았는지 게리의 표정이 가볍게 굳었다. 하지만 그는 현명하게도 자신이 왜 방해자냐고 묻는 대신 다른 것을 물었다.

"그럼 너와 월포드 남작이 여기서 만나기로 약속한 게 아니란 말이지?"

"대체 왜 그런 말도 안 되는 생각을 하신 건지 궁금하군요."

게리는 뭔가 불만스러운 것처럼 인상을 썼다가 한숨을 내쉬었다. 그러더니 내게서 멀어졌다가 다시 가까워지며 말했다.

"아까 네 음료수를 가지러 갔을 때 우연히 들었는데 말이다."

그때 가져온 건 내 음료수뿐 아니라 게리의 음료수도 있었지만 나는 입을 다물었다.

"월포드 남작이 이 파티에 참석한 게 올해가 처음이라고 하더구나. 그래서 다들 대체 그에게 무슨 바람이 분 건지 궁금해하고 있었어."

"그래요?"

나는 다시 다니엘에게로 시선을 던졌다. 그는 좀 떨어진 곳에 서서 어느 부인과 대화하고 있었다. 그의 주변에 말을 걸고 싶어 하는 여자들이 힐끔힐끔 그를 쳐다보는 게 보였다.

그리고 남자들도.

응? 나는 눈을 한 번 감았다가 다시 떴다. 지금 저 여자들 뒤에서 다니엘한테 말 걸어 보려고 대기하는 거 남자 맞지?

"악."

그때 내 발이 게리의 발을 밟았다. 그는 작게 신음을 내뱉으며 비틀거렸다. 어어? 이거 어쩌지?

나는 재빨리 게리의 손을 놓고 떨어졌다. 비틀거려도 같이 비틀거리는 것보다 혼자 비틀거리는 게 낫다. 그리고 자세를 잡은 뒤 그의 손을 잡아당겼다.

"괜찮아요, 오라버니?"

자세를 잡지 않았다면 내가 게리에게 끌려갔을 것이다. 그의 몸이 내 몸의 두 배가 넘으니까. 다행히 게리는 넘어지지 않고 약간 흐트러진 정도에서 멈출 수 있었다. 춤을 추던 사람들의 움직임이 멈췄다가 다시 우리를 빼고 돌아가기 시작했다.

"미안해요."

나는 다시 게리의 손을 잡으며 사과했다. 그리고 머뭇거리다가 말했다.

"그래서 제가 말했잖아요. 춤춘 지 꽤 됐다고요."

그런데도 나랑 먼저 추겠다고 한 건 게리다. 그는 욱해서 뭐라고 하려다 내 말을 듣더니 입을 다물었다. 그리고 마치 방금 전 넘어질 뻔한 일은 일어나지 않았다는 듯 말했다.

"다들 윌포드 남작이 대체 누구와 이야기하는지 주시하고 있단 말이다."

흠, 그래서 나와 여기서 만나기로 약속했다고 생각한 모양이다. 그러니까 다니엘이 날 만나기 위해 이 파티에 처음으로 참석했다고 생각한 모양이고.

나는 음악이 끝나기 전에 재빨리 말했다.

"쓸데없는 걱정을 하시네요. 오라버니 말씀대로 윌포드 남작은 제 수준에 너무 높은 남자 아닌가요? 그가 절 만나려 할 이유가 뭐가 있어요?"

게리의 얼굴에 한 대 맞은 듯한 표정이 떠올랐다. 놀랍게도 그 표정은 죄책감과도 닮아 있었다. 하지만 게리가 입을 여는 순간 음악이 끝나 버렸다.

누가 먼저랄 것도 없이 사람들이 박수를 쳤다. 그 탓에 게리가 방금 전의 주제로 말을 할 기회는 완전히 사라져 버렸다. 원 안은 원 밖으로 나가려는 사람들과 다음 곡을 위해 원 안쪽으로 들어오려는 사람들로 혼잡해졌다.

그 사이로 어느새 다가온 다니엘이 내게 손을 내밀며 말했다.

"부디."

"혹시나 해서 한 번 더 말하는 건데요."

나는 다니엘의 손을 잡으며 말했다. 다음 음악이 연주되기 시작했다. 아까보다 조금 빠른 음악이었다.

"제가 마지막으로 춤을 춘 건 칠 년 전이에요."

"아까 췄으니 갱신된 것 아닙니까?"

"제가 춤추는 걸 안 봤군요."

다니엘의 손이 내 등에 닿았다. 그는 가볍게 나를 끌어당기며 한쪽 눈썹을 추어올렸다.

"그럴 리가요."

"그렇다면 그런 말을 할 수가 없을 텐데요."

나는 정신없이 발을 움직이며 말했다. 앞으로 하나, 둘, 셋. 빙글 돌고. 다시 다니엘과 마주 보자 그는 한쪽 입꼬리만 올려 미소를 짓고 있었다.

"보고 하는 말입니다."

그렇게 말하며 그는 나를 왼쪽으로 슬쩍 밀었다. 어? 나는 오른쪽으로 움직이려다가 모든 사람이 왼쪽으로 움직이는 것을 보고 눈을 크게 떴다.

하마터면 오른쪽에 있던 남자와 부딪칠 뻔했다.

제법인데? 나는 다니엘을 올려다보며 씩 웃었고 그의 어깨에 손을 얹은 채 왼쪽으로 두 발짝 뛰었었다가 다시 원래 자리로 돌아왔다.

"앗."

원래 자리로 돌아오면서 너무 안쪽으로 뛴 탓에 이번에도 내 발이 다니엘의 발을 밟아 버렸다. 하지만 그는 꿈쩍도 하지 않았다. 그대로 내 발을 자기 발 위에 올린 채 내 허리를 잡고 반 바퀴 돌았다.

이건 물어보지 않을 수가 없다. 나는 다니엘의 손을 잡고 그의 주변을 한 바퀴 돌며 물었다.

"괜찮아요?"

다니엘은 한쪽 눈을 가늘게 뜨더니 정말로 모르겠다는 표정으로 말했다.

"뭐가 말입니까?"

그러더니 씩 웃어 보였다.

허.

내 몸은 다니엘이 웃는 것을 보자 그대로 멈춰 버렸다. 하지만 그는 아무렇지 않다는 듯 내 허리를 끌어안더니 다른 사람들의 움직임에 맞춰 뒤로 물러났다가 다시 원상태로 돌아왔다.

이 남자 끝내주게 잘 추네.

딱히 밀드레드의 기억을 더듬지 않아도 다니엘이 춤을 잘 춘다는 건 알 수 있었다. 나는 거의 그가 움직이는 대로 따라갈 뿐이었는데 주변과 박자가 조금도 엇갈리지 않았다. 포즈마저 비슷했다.

게리와 춤출 때와 완전히 달랐다. 게리와는 주변에서 춤추는 사람들과의 거리나 내 발을 계속 확인해야 했는데 다니엘은 그런 걸 신경 쓸 필요가 없었다.

나는 그저 그가 이끄는 방향으로 의식 없이 움직이기만 하면 됐다. 덕분에 이야기하기가 편했다.

"뭐 하나 물어봐도 될까요?"

나는 다니엘과 마주 본 채 옆으로 한 걸음 나아가며 입을 열었다. 드레스 천 너머로 다니엘의 다리가 내 다리에 스쳤다. 그의 커다란 손이 내 골반 위에 닿아 있었다.

"원하신다면, 뭐든지."

다니엘의 대답에 나는 웃음기 띤 얼굴로 그를 쳐다봤다. 뭐든 물어봐도 되지만 넌 대답해 주지 않을 거잖아? 내 그런 표정에 다니엘은 그저 빙그레 웃기만 했다.

"전에 함께 있던 남자애 말인데요."

"네."

"집안끼리 아는 사이인가요?"

만약 다니엘의 집안끼리 아는 사이라면 그 애도 귀족일 가능성이 높다. 내 질문의 의도를 깨달았는지 다니엘의 시선이 내 뺨에 꽂히는 게 느껴졌다.

"네. 집안끼리 압니다. 그리고 귀족이냐는 질문이시라면, 네. 귀족입니다."

"사교계에 데뷔했겠군요?"

아주 잠깐, 다니엘은 아무 말도 하지 않았다. 그의 손이 내 골반에서 허리로 미끄러지듯 옮겨 갔다. 그냥 그것뿐이었다.

아주 담백한 손길이었고 거기에 감정도 들어 있지 않았다. 하지만 그것만으로도 목 뒤로 솜털이 일어나는 느낌에 나는 저도 모르게 숨을 들이켰다.

"부인께서는 그 애에게 이성으로 관심이 없다고 하신 걸로 기억하는데요."

놀랍게도 다니엘의 목소리는 기분이 나쁜 것 같았다. 응? 나는 이해할수가 없어서 그를 쳐다봤다.

물론 다니엘의 표정은 춤추기 전과 똑같았다. 그때 내 움직임이 멈추고 음악도 끝이 났다. 사람들이 박수를 치기 시작했다.

"이성으로 관심 없다고 다른 관심도 없는 건 아니죠."

나는 사람들을 따라 박수를 치며 그렇게 말했다. 그리고 몸을 돌려 원밖으로 나가기 시작했다. 게리와 한 번 추고 다니엘과 한 번 췄으니 이정도면 됐다.

"밀, 부인."

나를 따라온 다니엘이 내 뒤에 바짝 붙으며 나직하게 불렀다. 낮은 목소리가 춤을 출 때 내 등에 닿았던 그의 손을 떠올리게 했다.

최소한 지금 나를 이름으로 부르지 않는다는 점에서 합격이다. 나는 허리에 손을 얹은 채 말했다.

"윌포드 남작, 당신이 그 애에 대해서 아무것도 알려 주지 않아서 정확하게는 모르지만, 그 애가 제 딸들 또래일 것 같거든요."

"딸들이요?"

다니엘의 미간에 주름이 잡혔다. 그는 그대로 고개를 기울이며 물었다.

"잠깐, 설마 그 관심이 미래의 사위를 향한 관심입니까?"

"그 정도는 아니에요."

당연하다. 난 그 남자애가 어느 집안인지는커녕 이름도 모른다. 어떤 놈인지도 모르는데 내 귀한 딸들과 결혼시킬 생각은 추호도 없다.

"난 내 아이들이 많은 사람을 만나 보기를 바라요. 나이 많은 사람들만 만나기 쉬운 구조니까요. 또래의 친구들도 많이 만났으면 좋겠어요."

이 세계에서 여자들은, 특히 귀족 사회에 속하는 여자들은 거의 반드시라 할 정도로 결혼해야 한다. 집안에 아주 돈이 많다면 또 모르지만.

그렇다면 최소한 나는 아이들에게 남자를 보는 눈을 길러 주고 싶었다. 쉽게 말해서 사람 보는 눈을.

뭐든 많이 겪어 봐야 늘어나는 법이다. 이 사람이 나와 성격이 맞는지, 대화가 맞는지는 본인만이 알 수 있다.

원래 세상에서 나도 주변 소개로 남자들을 만나 봤다. 하지만 거기서 느낀 건 딱 하나였다. 어른들이 보기에 괜찮은 남자가 나한테 괜찮지 않았다는 것.

어른들의 눈에 괜찮지 않으려면 엄청나게 멍청하거나, 성격이 너무 더러워서 부모도 포기한 수준이어야 한다.

그렇잖아. 아무리 멍청해도 보통은 어른들 앞에서는 얌전하다고.

사람을 볼 때 그 사람이 윗사람에게 대하는 것보다 아랫사람을 대하는 것을 보라는 말이 있다. 그 말은, 어지간하면 윗사람에게는 다 잘한다는 뜻이다. 그리고 여기서 나는 내 딸들이 만날 남자들에게 윗사람에 속한다.

"그냥 만나기만 하면 되는 겁니까?"

다니엘이 의심스럽다는 듯 물었다. 나는 가볍게 빈정거렸다.

"기다려 봐요. 난 아직 그 남자애를 내 딸들과 어울리게 해도 괜찮은지 고민 중이니까."

놀랍게도 다니엘의 얼굴이 가볍게 달아올랐다. 그는 당황한 표정으로 내게 손을 내밀었다. 내 손을 잡으려는 건가 하고 쳐다봤는데 다행히 내 손을 잡지는 않았다. 그저 내 손 위로 손을 내밀었을 뿐이었다.

"그동안의 무례를 용서해 주시길. 그는 괜찮은 집안의 사람입니다. 신원은 제가 보증할 수 있습니다."

그래? 나는 약간 삐딱한 표정으로 다니엘을 쳐다보며 물었다.

"잊지 마세요, 남작. 전 아직 남작의 신원도 다 믿지 않고 있어요."

그러자 다니엘의 얼굴에 다시 못마땅한 표정이 떠올랐다. 그는 내게 살짝 몸을 기울이더니 나직하게 말했다.

"부디 다니엘이라고 불러 주시죠. 그게 싫으시다면 월포드라고 불러 주셔도 좋습니다. 남작은 마치."

마치 뭐? 내가 다음 말을 기다리는 사이 다니엘은 주변을 둘러보더니 다시 속삭였다.

"아버지를 부르는 것 같거든요."

아, 그러고 보니 이 남자의 아버지도 윌포드 남작이었지. 하지만 어쨌든 댁이 남작이잖아.

"슬슬 익숙해져야 할 텐데요?"

"제가 제발이라고 말해야 남작이라고 안 부르실 겁니까?"

"해 봐요."

"제발."

저도 모르게 웃음이 흘러나왔다. 미워할 수가 없는 남자다. 어떨 때는 진짜 한 대 걷어차고 싶을 만큼 짜증 나는데 진심으로 미워지지는 않았다.

"좋아요, 윌포드 경."

"감사합니다."

다니엘은 내게 순순히 고개를 숙여 감사를 표하더니 말했다.

"그는 괜찮은 집안의 믿을 수 있는 사람입니다. 부인의 딸들에게 손을 대지 않을……."

뭐라고? 나는 다시 허리에 손을 올리며 삐딱한 표정을 지었다. 그는 내 표정을 보더니 말을 멈추고 얌전하게 두 손을 모았다.

그리고 마치 혼나는 아이처럼 말했다.

"죄송합니다. 부인. 제가 실언을 했습니다."

"계속 들어는 보죠."

"그는 지각이 있고 예의를 아는 사람입니다. 부인의 따님들에게 해를 끼치지 않을 사람이라고 자신할 수 있습니다."

"부모는요? 제가 한번 만나 보고 싶은데요."

"그 아이의 부모님은 그 아이의 사회생활에 대한 모든 교육을 제게 일임했습니다. 원하신다면 전달하겠지만 못 만날 가능성이 큽니다."

"그렇게 바쁜 사람인가요?"

내 질문에 다니엘이 잠시 생각하다가 말했다.

"네. 부모 모두 일하느라 좀 바쁘죠."

"아까는 귀족 집안이라면서요?"

"그의 할머니가 젊었을 때 가세가 기울었다고 들었습니다."

저런, 몰락한 귀족 집안인 모양이다. 나는 안됐다는 표정을 지었다. 그래서 다니엘에게 아들의 교육을 맡긴 모양이다.

이 세계의 직업이라는 건 직업 학원이 있는 것도 아니고, 자격증 같은 게 있는 것도 아니다. 도제 방식으로 이뤄진다.

보통은 부모가 자식에게 어릴 때부터 가업을 돕게 하면서 일을 가르치지만 자식이 둘째거나, 가업이 무너졌다면 지인에게 자식의 미래를 맡기기도 한다.

좋은 일을 하는구나. 다니엘이 다시 보였다. 자신의 선행을 드러내지 않는 사람에 대해서라면 호감이 솟구칠 수밖에 없다.

"그리고 제 신원 보증을 원하신다면."

다니엘이 계속해서 말했다. 그의 신원 보증? 내가 가만히 서서 다음 말을 기다리고 있자 다니엘은 약간 망설이다가 말했다.

"부모님이 없으니 원하신다면 제 대모님을 소개해 드리겠습니다."

뭐? 나는 깜짝 놀라서 물었다.

"왕대비 전하요?"

그러자 다니엘의 얼굴에 미소가 떠올랐다. 만나 보고 싶지 않냐는 듯한 미소에 나는 눈을 질끈 감으며 말했다.

"그 정도면 됐어요."

왕의 어머니라니, 끔찍하다. 만나서 무슨 말을 한단 말이야? 호호호, 댁의 대자가 아주 번듯하게 잘 컸더군요. 이런 거?

상상만 해도 어색함에 소름이 돋았다.

"보통은 이런 기회를 놓치지 않으려 할 텐데요."

다니엘의 말에 나는 눈동자를 한 바퀴 굴렸다.

"그다지 매력적인 제안은 아니거든요."

"제가 왕대비님께 이야기를 아주 잘 해 드릴 수 있습니다."

필요 없다. 아니, 아예 이야기를 안 해 줬으면 좋겠다. 하지만 나는 뻔뻔하게 말했다.

"잘해 줄 필요 없어요. 전 부끄러운 행동은 한 적이 없으니까요."

"아주 철저하셨죠."

그랬나? 나는 씩 웃었고 악수를 했다. 그리고 다음에 만날 때는 아이들을 소개해 주자고 이야기하는 사이 사람들이 술렁이기 시작했다.

"좋은 시간 보내시게."

왜 그러는 건가 하고 고개를 들어보니 왕비가 재미있게 지내라고 말하더니 떠나는 게 보였다. 다시 사람들이 양쪽으로 갈라져 허리를 숙였다.

"저도 이만."

왕비가 떠나고 나자 다니엘도 내게 인사를 하고 떠나갔다. 그사이에 세 번째 음악이 연주되기 시작했다. 그나저나 게리는 어디에 있을까. 나는 내 주변에서 서성거리는 남자들을 무시하고 게리를 찾기 시작했다.

내가 다니엘과 춤추는 걸 마음에 들어 하지 않던 사람인데 이렇게 오래 대화하는 걸 두고 보다니 이상하다는 생각이 들었다. 설마 삐져서 혼자 집에 간 건 아니겠지. 밀드레드의 기억을 뒤져 보니 적어도 삐졌다고 여동생을 혼자 두고 떠난 적은 없었다.

"반스 부인."

어떤 남자 하나가 내게 다가왔다. 주변에서 서성거리기만 하는 다른 남자들보다는 좀 더 용기가 있는 모양이다. 나는 그를 힐끔 보고 주위를 두리번거리며 물었다.

"실례할게요. 오라버니를 찾고 있어서."

"머피 백작이라면 지금 워렌 자작 부인과 춤을 추고 있습니다."

뭐라고? 나는 남자의 말에 놀라서 원 안으로 고개를 돌렸다. 그의 말대로 게리는 원 안에 있었다. 그리고 어느 부인의 손을 잡고 춤을 추고 있었다.

"오."

저도 모르게 신음이 흘러나왔다. 워렌 자작 부인이 누군지 생각났다. 밀드레드보다 열 살쯤 많은 여자였다.

아무리 내가 이 파티를 재혼 파티라고 부르지만, 참석한 모든 사람이 재혼을 목적으로 참석한 건 아니다. 워렌 자작 부인이 그 대표적인 인물이었다.

그녀는 사교계에서 활동하는 걸 좋아했고 워렌 자작은 아니었다. 그래서 자작 부인은 남편이 아닌 친구들과 파티에 참석하곤 했다.

그런 그녀도 게리를 감당하기가 어려웠던 모양이다. 나는 어떻게든 박자를 맞추려는 워렌 자작 부인의 부단한 노력에도 불구하고 주변 사람들과 박자가 자꾸만 엇나가는 게리와 부인의 춤을 보며 웃지 않으려 노력했다.

"괜찮으시다면 다음 곡에 춤을 청하고 싶습니다만."

게리와 워렌 자작 부인의 춤을 구경하는데 남자가 다시 말을 걸었다. 나는 게리에게서 남자로 시선을 돌렸다. 나이는 오십 대 정도. 깔끔한 이미지였다.

누구더라? 내가 알아보지 못하자 남자가 말했다.

"리로이 백작입니다. 부인의 오라버니인 머피 백작과 같은 게임 멤버기도 하고요."

기억이 날 듯 말 듯하다. 아마 게임 멤버라는 건 클럽에서 카드 게임을 하는 걸 말하는 모양이다. 게리는 매주 금요일이면 클럽에 가서 카드 게임을 했으니까.

나는 게리를 한 번 더 쳐다보고 리로이 백작의 손을 잡았다. 한 번은 게리였고 한 번은 다니엘이었으니 누군가 또 다른 남자와 춤을 춰야 게리가 투덜거리지 않겠지.

세 번째 음악이 끝나고 다시 박수가 이어졌다. 우리는 사람들이 박수를 치는 사이에 원 안으로 들어갔다.

나는 게리를 힐끔 쳐다봤다. 자, 봐! 보라고! 네가 원하는 대로 다니엘이 아닌 남자랑 춤춘다? 나 춤춘다고!

하지만 안타깝게도 게리는 워렌 자작 부인을 부축하면서 원 밖으로 나가느라 나를 보지 못했다. 아, 나중에라도 봐야 하는데.

"이 년 전에 한 번 뵀었는데 여전히 아름다우시군요."

음악이 시작됐다. 리로이 백작은 내 손을 잡고 움직이며 재빨리 말했다. 다행히 네 번째 음악은 두 번째 음악과 같은 음악이었다.

다니엘과 춘 곡이라는 말이다. 나는 한껏 여유 있는 척 말했다.

"과찬이십니다."

"슬하에 자녀분이 셋 있다고요."

앗, 혹시 이 남자한테 나이 찬 아들이 있으려나? 나는 자랑스럽게 말했다.

"네. 아주 예쁜 딸이 셋이랍니다."

"머피 백작에게 들었는데 남편 없이 아이들을 키우기가 많이 힘드시겠더군요."

흠? 나는 오른쪽으로 움직이면서 백작을 쳐다봤다. 이 느낌, 어째 쎄하다. 원래 세계에서 가끔 느꼈던 쎄함이었다.

"괜찮습니다. 아이들이 다 커서."

"하지만 부군이 행방불명된 지 이 년째라지요?"

아직 프레드의 시신을 발견했다는 말은 게리에게만 했다. 그의 시신은 지금 배를 타고 오고 있으니 몇 달은 걸릴 거다. 시신이 도착한 뒤에 알려도 늦지 않다.

"네. 이 년째죠."

쌔함에 내 말이 짧아졌다. 백작은 내 골반에 손을 얹더니 슬쩍 손가락을 이용해 옷 위로 내 몸을 문지르며 말했다.

"외로우시겠군요."

그 순간, 나는 그대로 그의 발목을 걸어찼다. 있는 힘껏.

"악!"

그리고 리로이 백작은 비명을 지르며 주저앉았다. 꽤 아플 거다.

"어머, 괜찮으세요?"

나는 시치미를 떼고 호들갑을 떨며 백작에게 물었다. 백작의 비명에 연주가 멈추고 사람들이 몰려들었다. 멀리서 워렌 자작 부인과 이야기를 하던 게리가 깜짝 놀라서 달려왔다.

"무, 무슨 일이야?"

"제가 실수로 밟았나 봐요."

그때까지도 리로이 백작은 끙끙대느라 말을 하지 못하고 있었다. 재빨리 시종들이 달려왔다. 무슨 일이냐고 수군거리던 사람들은 나와 게리의 대화를 듣더니 자기들끼리 이야기하기 시작했다.

"무슨 일이래요?"

"반스 부인이 실수로 발을 밟았다는군요."

"세상에, 고작 그 정도로 떠나가라 비명을 지른 거예요?"

그 사이로 리로이 백작이 시종들의 부축을 받으며 떠났다. 절뚝거리는 걸 보니 발목을 삐거나 뼈에 금이 간 모양이다.

　아이고, 저런. 안타까움이 밀려왔다. 한 번에 깨끗하게 부러트렸어야
했는데.

04

나이스 샷

"추천하는 색상은 노란색이에요."

다비나가 말했다. 나는 밀드레드의 기억을 뒤져 보고 고개를 끄덕였다.

"데뷔탕트에는 보통 노란색 드레스를 많이 입긴 하지."

우리는 다비나의 가게 안에 앉아 있거나 서 있었다. 나와 다비나는 의자에, 아이리스와 릴리는 서 있었고, 애슐리는 바닥에 앉아 있었다.

아이리스가 바닥에 앉은 애슐리를 보고 못마땅하다는 표정을 짓는 게 보였다. 나는 애슐리에게 일어나라고 할까 하다가 말았다. 우리끼리 응접실에 있을 때도 애슐리는 바닥에 앉아 있곤 했다. 다른 사람이 있을 때만 안 그러면 되지, 뭐.

"그럼 노란색으로 보여 드릴게요."

그렇게 말한 다비나는 잠시 후 손바닥만 한 천을 꿰맨 것을 잔뜩 가지고 왔다. 이게 샘플 천인 모양인데. 나는 수많은 노란색을 쳐다보며 인상을 썼다.

노란색이 이렇게 많은 줄을 몰랐다. 그러고 보니 한국어로도 노란색을 표현하는 단어가 많았지. 노랗다. 노르스름하다. 누리끼리하다. 샛노랗다.

"이건 어때요?"

릴리가 샛노란 색을 가리키며 물었다. 나쁘지 않을 것 같은데.

데뷔탕트에 입는 드레스가 노란색이 인기 있는 이유는 그게 활기차 보이고 사랑스러운 느낌을 주기 때문이다. 처음으로 사교계에 데뷔하는 소녀들에게 사랑스러운 이미지만큼 좋은 이미지는 없겠지.

"그럼 전 이걸로 할래요."

아이리스 연한 노란색 천을 집으며 말했다. 하지만 릴리는 아직 망설이고 있었다. 나는 릴리를 쳐다보고 애슐리를 향해 시선을 던졌다.

대부분 데뷔탕트에 노란색 드레스를 입는다. 그게 가장 무난한 선택이니까. 하지만 무난한 걸로 괜찮은 걸까.

애슐리는 괜찮을 거다. 이 애는 아주 예쁘니까. 설령 넝마를 입고 있어도 눈에 확 띄겠지.

아니, 이건 아닌가. 나는 딱 봐도 그리 퀄리티가 좋아 보이지 않는 천을 집어 드는 애슐리를 보고 생각을 철회했다. 너 대체 뭐하니?

"애슐리, 뭐하니?"

"아, 어머니. 어떤 천으로 할지 고민 중이었어요."

"네가 원하는 걸로 골라 봐."

하지만 너무 비싼 건 말고. 나는 연장자의 지혜로 끝말은 삼켰다. 이 세계의 천이란, 쌀수록 엄청나게 질이 나쁘다. 생각해 보니 내가 있던 곳도 아주 예전엔 삼베로 옷을 지어 입고 다녔었지.

비단을 생각해 보면 좋은 천이 얼마나 귀했는지 알 수 있다. 오죽하면 유럽에서 중국까지 비단을 사러 오겠냐고.

여기 있는 천들은 색이 선명할수록 비쌌고, 거기에 무늬까지 들어갔으면 더 비쌌다.

당연히 비싼 천으로 옷을 만들어 입는 쪽이 더 입는 사람을 있어 보이게 했다. 애슐리는 얼굴에 검댕을 묻히고 있어도 예쁜 애니까 상관없다고 해도 아이리스와 릴리는 좋은 천으로 드레스를 해 입어야 한다.

거기서 나는 엄청나게 갈등을 하기 시작했다.

드레스에 들어가는 천이 얼마나 많이 필요한지 알아? 상의뿐 아니라 하의가, 그 치맛자락이 진짜 상상도 못 할 만큼 들어간다.

치마가 넓게 퍼지려면 어쩔 수가 없다. 와, 이 세계 옷은 정말 이런 부분까지 구리구나.

마음 같아서는 애슐리는 좀 싼 천으로 드레스를 해 입히고, 아이리스와 릴리는 비싼 천으로 드레스를 해 입히고 싶었다.

어쩌면 밀드레드는 그랬을지도 모른다. 아니, 동화대로라면 밀드레드는 애초에 애슐리를 데려가지도 않았겠지.

"어머니, 전 이걸로 할래요."

릴리가 진한 분홍색 천을 집어 들며 말했다. 의외네. 아이리스랑 같은 걸 선택할 줄 알았다.

아니나 다를까 아이리스가 말했다.

"데뷔탕트에선 다들 노란색을 입는다잖아."

그렇죠, 어머니? 아이리스의 시선이 마치 내게 동의를 구하듯 나를 쳐다봤다. 릴리도 나를 쳐다봤다.

그리고 다비나도.

내가 무슨 재판관이라도 된 느낌인데. 하지만 이건 누가 옳고 그른 이야기가 아니다. 나는 퇴계 이황이 되기로 결심했다.

허허, 네 말도 옳고 네 말도 옳구나.

"아이리스 말대로 다들 하는 걸 따라 하는 게 가장 안전한 선택이 될 수 있겠지."

"하지만!"

내 말에 릴리가 뭐라고 반발하려는 것처럼 입을 열었다. 어허. 좀 더 들어 봐. 나는 손을 들어 릴리의 말을 막고 계속해서 말했다.

"하지만 사람마다 가장 잘 어울리는 색이 있는 법이니까. 노란색이 안 어울리는 사람에게 노란색 드레스를 입으라고 할 수는 없는 노릇이지."

내가 살던 곳에서는 퍼스널 컬러라는 게 있었다. 사람의 피부색을 네 가지로 분류할 수 있고, 그에 따라 얼굴을 환하게 보이게 하는 색이 있고 어둡게 보이게 하는 색이 있다는 거다.

참고로 말하면 원래 내 피부색은 분홍색이 진짜 안 받았다. 입거나 바르는 순간 칙칙해 보였거든.

좋은 생각이 떠올랐다. 아이들의 퍼스널 컬러를 고르면 어떨까. 여긴 천이 많으니까 확인하기도 쉽다.

내가 자신에게 어울리는 색을 먼저 확인해 보자고 말하려 했을 때였다. 애슐리가 가장 상단에 있는 천을 뚫어져라 보고 있는 게 보였다.

딱 봐도 비싼 천이었다. 광택도 은은하게 돌았고 색도 선명했다.

하지만 애슐리는 한참 아래에 있는 천을 들어 올리며 내게 말했다.

"전 이걸로 할래요."

기분이 이상해졌다. 굉장히 불쾌한 동시에 슬퍼졌다.

앤 고작 열일곱 살이다. 나보다 스무 살이나 어린 애가 내 눈치를 보고 있었다. 아이리스와 릴리처럼 자신이 원하는 것을 선택하지 못하고 제일 싼 걸 골랐다.

내가 아주 나쁜 사람처럼 느껴졌다. 죄책감 때문에 화가 났고, 애슐리의 처지가 슬퍼서 눈물이 날 것 같았다.

이 애의 엄마가 지금 이 장면을 보면 얼마나 가슴이 무너질까.

미치겠네. 죄책감에 당장 접싯물에 코를 박고 싶었다. 하지만 그러면 안 되지. 나는 찢어지는 심장을 달래며 애슐리에게 말했다.

"애슐리, 네가 원하는 걸 골라도 돼."

"저, 전 이게 좋아요."

거짓말하고 있네. 나는 그녀가 계속 쳐다보던 천을 쳐다봤다. 그러자 애슐리의 시선도 나를 따라왔다.

놀랍게도 그녀는 내가 자신이 원하는 게 뭔지 알아차릴 줄 몰랐다는 표정이었다. 그렇게 시선을 떼지 못했으면서.

"괜찮아요, 어머니. 전 이게 좋아요."

"애슐리."

나는 한숨을 내쉬고 애슐리가 들고 있는 천을 빼앗아 한쪽에 놓았다. 그리고 다비나에게 말했다.

"부탁 좀 할게요. 봄 드레스용 천을 전부 갖다 줘요. 데뷔탕트에서 입을 수 있는 수준으로."

"어, 어머니."

애슐리는 당황한 표정이었다. 그리고 아이리스와 릴리도. 아이리스는 약간 굳은 표정으로 나와 애슐리를 쳐다보고 있었다. 나는 다비나가 천을 가지러 간 틈을 타서 아이들에게 말했다.

"잘 들어. 난 그 파티에서 너희들이 최고로 예뻤으면 좋겠어. 우리 집이 좀 곤궁하다고 해서 평생 한 번뿐인 데뷔탕트에 적당한 걸 입고 가게 할 순 없어. 난 너희들에게 가장 잘 어울리는 걸 입힐 거야."

가게 안에 침묵이 찾아왔다. 좋게 말해서 적당한 거라고 말했지만 애슐리가 고른 건 싸구려였다. 그리고 내 경험상 싼 건 싼 이유가 있는 법이다.

"하얀색도 있는데 가져올까요?"

그때, 다비나가 천을 한가득 끌어안고 돌아왔다. 돌돌 말린 천이 꽤 무거운지 끙끙대고 있었다.

도와줘야 하나. 나는 자리에서 일어나 다비나에게서 천을 받아 들었다. 내 부탁대로 그녀는 데뷔탕트에 입고 가도 부끄럽지 않을 수준의 천을 색깔별로 챙겨왔다.

"아이리스, 너부터 하자."

나는 밝은 곳으로 아이들을 데리고 가서 천을 색깔별로 아이리스의 얼굴 아래에 대라고 시켰다. 어떤 색이 더 잘 어울리는지 알아 두면 앞으로도 도움이 될 거다.

다비나가 아이리스에게 어울리는 천을 따로 체크했다. 나는 릴리와 애슐리 사이에 서 있었다. 릴리와 함께 아이리스의 얼굴을 확인하다가 시선이 느껴져서 고개를 돌려 보니 애슐리가 나를 쳐다보고 있었다.

"왜?"

애슐리는 입을 벌렸지만 아무 말도 하지 않았다. 나 역시 아무 말도 하지 않았다. 우리는 조용히 그리고 빠르게 퍼스널 컬러를 확인했다.

"그럼 이것과 이거, 그리고 이거를 베이스로 각각 만들면 되죠?"

퍼스널 컬러를 확인하자 재미있는 일이 벌어졌다. 다비나는 아이들이 각각 선택한 천을 가리키며 다시 한 번 확인했다.

아이리스와 릴리는 처음에 자신들이 고른 것과 완전 정반대의 결과가 나타났다. 아이리스는 노란색이 어울리지 않았고 분홍색이 굉장히 잘 어울렸다.

그리고 릴리는 그녀가 골랐던 분홍색은 전혀 어울리지 않았다. 오히려 어울린 건 노란색과 주황색, 연두색 계통이었다.

흠, 릴리는 봄웜톤인 모양이군.

재미있는 건 애슐리도 봄웜톤이라는 점이다. 그래서 애슐리는 노란색을 골랐지만 릴리는 평범한 게 싫다며 연두색을 골랐다.

괜찮겠지. 나는 아이들이 선택한 색을 보고 고개를 끄덕였다. 어쩌면 가장 이상적인 선택이 될 수도 있다. 아이리스와 릴리는 노란색을 골랐다간 다른 여자들에게 묻힐 테니 약간 튀는 게 좋을 것이다.

그리고 애슐리는 뭘 입어도 예쁜 애니까 무난한 걸 골라도 괜찮겠지. 여기서 가장 좋은 건 애슐리와 릴리가 옷을 바꿔 입어도 된다는 점이다.

다른 파티에 갈 때는 둘이 바꿔 입고 가도 둘 다 어울리는 드레스이니 괜찮을 것이다.

"좋은 방법이네요."

다비나는 내가 아이들의 퍼스널 컬러를 확인한 방법을 다른 손님에게도 적용해야겠다며 감사했다.

한눈에 손님에게 어울리는 색을 알아보는 건 상당한 연륜이 있어야 한다. 기껏 비싼 돈을 주고 드레스를 만들었는데 그 드레스만 입으면 안색이 어두워 보인다면 엄청난 피해가 아닐 수 없다. 일단 돈이 아깝잖아.

나는 고마우면 아이들의 드레스를 잘 만들어 달라고 부탁하고 가게를 나왔다. 부디 우리가 성에 가기 전에 다비나가 옷을 다 만들었으면 좋겠는데.

*　　　*　　　*

"좋은 아침입니다."

며칠 뒤, 지난 재혼 파티에서 약속한 대로 다니엘이 남자애를 데리고 우리를 만나러 왔다.

날이 점점 따뜻해지고 있어서 우리는 이번에는 집 안이 아니라 집 밖에서 식사를 하기로 했다. 물론 여기서 우리란 다니엘과 나를 말한다.

"어디로 가나요?"

아이리스가 마차에 오르며 물었다. 다니엘은 사 인승 마차를 가지고 왔는데 탈 곳이 없어서인지 남자애와 함께 운전석에 타고 있었다.

"별로 멀지 않습니다."

흠, 자기가 운전할 모양이지? 나는 아이리스에게 씩 웃으며 대답하는 다니엘을 눈을 가늘게 뜨고 쳐다봤다. 과연 마차를 운전할 수 있을까?

"위험한 곳이 아니니 걱정 마시죠."

다니엘은 내가 어디로 갈지 걱정한다고 생각한 모양이다. 나는 애슐리가 타는 것을 확인하고 콧방귀를 뀌며 말했다.

"장소보다 운전하는 사람을 걱정하고 있는 거랍니다."

"너무하시는군요."

상처받았다는 표정이 그의 얼굴에 떠올랐다. 하지만 나는 눈썹 하나 까딱하지 않았다. 난 이 남자의 운전 실력에 내 생명뿐 아니라 내 딸들의 생명까지 걸어야 한다.

과연 어느 쪽이 더 너무한 거겠어?

"미안하지만, 윌포드 경. 한 가지는 꼭 확인해야겠어요. 마차를 운전한 적 있는 거겠죠?"

허. 하고 어이없다는 듯한 신음이 다니엘의 옆에 앉아 있던 남자애의 입에서 흘러나왔다. 나와 다니엘이 동시에 그를 쳐다봤고, 그는 입을 다물더니 재빨리 고개를 돌렸다.

"물론입니다, 부인. 상당히 자주 해 봤으니 걱정 마시죠."

"위험하지 않은 거겠죠?"

다니엘은 고삐를 쥔 채 자기 가슴에 손을 가져다 대며 말했다.

"원하신다면 제 심장이라도 걸겠습니다."

"그런 건 필요 없어요."

나는 단호하게 말하고 마차 안으로 들어갔다. 그리고 문을 닫으며 외쳤다.

"다음번엔 좀 더 쓸모 있는 걸 거세요."

내 말과 동시에 마차가 움직이기 시작했다. 돈이면 모를까 심장 같은 건 받아 봤자 아무 쓸모도 없다. 다니엘도 그렇게 생각했는지 마차 바깥쪽에서 그의 웃음소리가 들렸다.

마차는 집에서 출발해 수도 외곽으로 향했다. 설마 수도 밖으로 나가려는 건 아니겠지? 그렇게 생각하는데 진짜로 문을 통과해서 나가버렸다.

흠. 나는 덜컹거리는 마차 안에 앉아 눈을 가늘게 뜨고 창문 밖으로 보이는 풍경에 관심을 쏟기 위해 애를 쓰고 있었다. 영화 같은 걸 보면 마차 안에서 대화하는 사람도 있던데 그게 어떻게 가능한지 모르겠다.

마차의 승차감은 아주 구렸다. 진짜 너무너무 구려서 차라리 마차 밖으로 뛰어내려서 걷고 싶을 정도였다. 울퉁불퉁한 도로에 나무 바퀴. 아무리 마차에 있는 의자가 푹신푹신하면 뭐하냐고. 바퀴랑 도로가 충격 흡수를 하나도 못 하는데.

놀라운 건 그래도 이 마차는 승차감이 나은 편이라는 거다. 밀드레드의 기억에 있는 다른 마차는 이것보다 더 끔찍했다. 의자가 푹신했고 천장에도 천을 대서 부딪쳐도 아픔이 덜했으니까.

"엄청 좋은 마차네요."

아이리스가 감탄한 목소리로 말했다. 나도 21세기에서 오지 않았다면 아이리스와 똑같이 생각했을지도 모른다.

릴리와 애슐리도 아이리스의 말에 동의하는지 고개를 끄덕이고 있었다.

좋아. 나는 애슐리가 왕자와 결혼한 뒤 돈을 벌 또 다른 방법을 떠올렸다. 고무바퀴를 만들어서 파는 거다. 세탁기도 만들어서 팔고, 고무바퀴도 만들어서 팔고.

부자가 되겠지. 후후후.

내가 부자가 될 원대한 꿈에 부풀어 있는 사이 마차의 속도가 줄어들었다. 도착했거나 커브를 돌아야 하는 모양이다. 제발 도착했으면 좋겠다. 오 분만 더 있으면 토할 것 같거든.

"고생하셨습니다."

다행히 마차는 커브를 도는 게 아니라 완전히 멈췄다. 눈을 감고 목구멍까지 치밀어 오르는 토기를 참고 있자니 다니엘이 문을 열고 상쾌하게 말했다.

혹시 마차의 승차감은 승객보다 운전사 쪽이 더 나은 게 아닐까. 나뿐만 아니라 애슐리나 릴리도 꽤 힘들어 보이는데 다니엘과 남자애는 멀쩡했다.

나는 돌아가는 길에는 저 남자애를 안에 밀어 넣고 내가 다니엘 옆에 앉아야겠다고 다짐하며 마차 밖으로 빠져나왔다.

"부디 여러분의 마음에 들었으면 좋군요."

다니엘은 우리가 마음에 들지 않을 리 없다는 표정으로 말하더니 마차 위에 얹은 가방을 내렸다. 내가 다니엘을 도우려 하자 아이리스가 나를 잡아 막더니 다니엘에게 다가갔다.

"주세요."

"괜찮습니다. 무겁거든요."

아이리스 옆으로 릴리와 애슐리가 달려갔다. 아이리스는 다니엘에게

서 억지로 담요를 빼앗았다. 그 뒤로 릴리와 애슐리가 다니엘이 내려놓은 커다란 가방을 들어 올리려 했다.

하지만 정작 남자애는 그 옆에 멀뚱멀뚱 서 있었다.

"너 몇 살이니?"

나는 슬쩍 남자애에게 물었다. 그는 내 옆에 서서 다니엘과 내 딸들이 짐을 들어 올리는 걸 마치 남의 일처럼 구경하다가 나를 쳐다보더니 눈동자를 굴렸다.

"눈동자 굴리지 말고."

남자애의 눈동자가 딱 멈췄다. 흠. 아무도 애한테 눈동자 굴리지 말라고 지적하지 않은 모양이다. 그는 나를 쳐다보더니 말했다.

"올해가 스물두 번째 해입니다, 부인."

스물두 살이나 먹었는데 이렇게 눈치가 없단 말이야? 얘를 보니 애슐리가 괜찮아 보인다. 나는 다니엘을 턱으로 가리키며 말했다.

"가서 도와야 하지 않을까?"

"제가 말입니까?"

어머. 나는 눈을 깜빡이며 정말 모르겠다는 듯 물었다.

"그럼 내가 도울까?"

놀랍게도 그는 내가 빈정댄다는 것을 모르는 모양이었다. 어떻게 해야 할지 모르겠다는 표정으로 나와 다니엘을 번갈아 쳐다보더니 곧 다니엘을 향해 다가갔다.

다니엘에게 그가 귀족 출신이라고 들은 것 같은데. 귀족 출신이라 이렇게 눈치가 없나?

내 시선이 담요와 작은 바구니를 옮기는 아이리스와 애슐리에게로 향했다. 귀족 출신이지만 아이리스는 눈치가 빠른 편이다. 애슐리는 좀 느린 편이고.

귀족 출신이라 그렇다는 말은 정정하자.

"이분은 밀드레드 반스 부인입니다."

우리는 풀밭 위에 담요를 깔고 그 위에 바구니와 가방을 옮긴 뒤 다니엘에게 소개를 받았다. 그는 먼저 나를 소개하고 아이리스와 릴리, 애슐리를 소개했다.

그리고 내게 남자애를 가리키며 말했다.

"그리고 이쪽은 리안입니다. 제가 가르치는 아이죠."

다니엘의 소개에 리안은 약간 뻣뻣한 태도로 허리를 숙이며 말했다.

"리안입니다. 지난번에는 부인께 큰 실수를 저질렀습니다. 다치신 곳은 없으신가요?"

"있어요."

대답은 내가 아니라 아이리스에게서 나왔다. 그녀는 허리에 손을 얹은 채 말했다.

"무릎과 손바닥을 다치셨죠."

덕분에 빵은 아이들이 만들어야 했다. 좋은 기회였다. 빵 만드는 법을 알려 주고 실전으로 바로 넘어갈 수 있었거든.

하지만 아이리스와 리안은 그렇게 생각하지 않는 모양이었다. 리안의 얼굴에 당황한 표정이 떠올랐다. 나는 다니엘에게 몸을 기울이며 속삭였다.

"당신은 리안을 보호해요. 난 아이리스를 막을 테니까."

다니엘은 나를 쳐다보더니 피식 웃었다. 그리고 내게 몸을 기울이더니 작은 목소리로 말했다.

"괜찮습니다. 한 번쯤은 맞아도."

"정말요? 지금 아이리스 표정은 리안의 귀를 잡아당기고 싶다는 표정이거든요."

"전 리안의 턱을 후려치고 싶다는 표정인 줄 알았는데요."

흠. 그렇게 듣고 보니 또 그렇게 보이네. 내가 아이리스의 표정을 살피는 사이 다니엘이 손뼉을 쳐서 아이들의 주의를 자신에게로 가져왔다. 그는 커다란 가방으로 다가가며 말했다.

"식사를 하기 전에 가볍게 게임을 하는 게 좋겠지?"

그 말은 내 주의도 끌었다. 게임이라고? 밀드레드의 기억 속에 게임은 카드 게임이나 체스 같은 게임뿐이었다. 아주 어릴 때 누가 먼저 나무에 도착하는지 달리기를 한 적은 있다.

설마 여기서 그런 게임을 하려는 건 아니겠지.

"무슨 게임이에요?"

아이들이 다니엘을 향해 다가가며 물었다. 나는 다니엘이 가방을 여는 것을 지켜보고 있었다.

가방은 골프 가방과 상당히 비슷하게 생겼다. 아래가 위보다 컸고 입구는 상대적으로 가는 위쪽에 있었다.

다니엘은 호기심 어린 표정으로 다가온 우리들 앞에서 가방을 열더니 뭔가를 꺼냈다. 저게 뭐지? 내가 쳐다보고 있자니 리안이 소리쳤다.

"론하키군요!"

론하키? 나는 어리둥절해서 다니엘을 쳐다봤다. 그게 뭐지? 다니엘이 긴 스틱 같은 걸 네 개 꺼내더니 가방 속에 손을 집어넣었다. 그리고 자기 주먹만 한 공도 하나 꺼냈다.

어, 뭔지 알 것 같다.

나는 긴 스틱이 하키용 스틱처럼 생겼다는 것을 깨달았다. 그러고 보니 리안도 론하키라고 말했지.

"최근 젊은 사람들 사이에서 유행하고 있는 게임이죠."

다니엘은 하키 스틱과 공을 들어 보이며 말했다. 저거랑 비슷한 게임이 머릿속에 떠올랐다. 폴로. 물론 밀드레드의 기억이다. 그녀는 실제로 폴로를 보러 간 적은 없지만 저런 도구를 이용해서 게임을 한다는 건 알았다.

다른 점이 있다면 폴로는 말을 타고 하는 게임이고 론하키는, 음. 뭐지?

"리안 말대로 론하키라는 게임입니다. 두 팀으로 나눠서 이 스틱으로 공을 치는 건데요."

그렇게 말하며 다니엘은 스틱 네 개를 들어 올렸다. 와, 손 크네. 나는 그가 스틱 네 개를 한 손에 들어 올리는 것을 보고 입을 딱 벌렸다.

"기본적으로는 먼저 상대방 골대에 공을 넣는 팀이 이기는 겁니다."

그는 간단한 규칙을 설명하고 아이들에게 스틱을 하나씩 나눠 주었다. 골대는 오른쪽에 있는 검은 나무 두 개 사이와 왼쪽에 있는 가장 큰 나무 사이.

팀은 간단하게 아이리스와 릴리가 한 팀, 애슐리와 리안이 한 팀으로 정했다.

나는 다니엘이 깐 담요 위에 앉아서 그가 아이들에게 게임 하는 법을 알려 주고 돌아오는 것을 지켜봤다. 어쩐지 기분이 묘했다.

이렇게 보면 그는 상당히 좋은 아버지처럼 보인다. 밀드레드의 기억에 의하면, 리베라 남작은 좋은 사람이었지만 좋은 아버지는 아니었다. 사람들이 흔히 하는 오해가 있는데 좋은 사람이면 좋은 아버지이자 좋은 남편일 거라고 생각하는 거다.

하지만 좋은 사람이라고 해서 가족에게도 좋을 거라는 보장은 없다. 역사적으로 좋은 일을 많이 했지만 가족에게는 좋지 않았던 사람은 꽤 많다.

리베라 남작은 착한 남자였다. 그는 밀드레드를 사랑했고 그녀가 사고 싶은 건 뭐든 다 사 줄 정도로 부자였다. 하지만 좋은 남편이었냐고 하면 글쎄.

밀드레드는 좋은 남편이라고 생각했던 것 같다. 뭐, 돈 많고 착한 남자였으니까 그랬겠지.

그런데 현대인인 내 기준으로는 아니다. 그는 밀드레드가 사교계 활동을 하는 것을 싫어했고 늘 집에서 아이들과 자신을 기다리기를 원했다.

밀드레드는 부유한 남작 부인이었고 집안에서 하인을 부렸으니 힘든 일은 하나도 없었지만 친구가 없었다. 그게 뭐가 문제냐고 생각하는 사람이 있다면 되묻고 싶다

그럼 은따가 뭐가 문제냐고.

학교에서 똑같이 수업 듣고 밥 나오고, 선생님과 대화 잘하고 안전한 집에서 씻고 잠을 자는데, 그깟 친구 좀 없는 게 뭐가 문제겠어. 안 그래?

문제니까 다들 괴로워하는 거다.

"우리는 여기서 구경이나 할까요?"

다니엘이 내 곁으로 다가와 앉으며 말했다. 나는 그의 얼굴을 빤히 쳐다봤다. 아직 초봄이라 우리는 양지바른 곳에 담요를 깔았다. 햇빛 때문에 다니엘의 머리카락이 마치 금발처럼 보였다.

"이렇게 아이들과 잘 지내는데 어째서 아직도 결혼을 하지 않았어요?"

나는 피크닉 바구니에서 주전자를 꺼내는 다니엘에게 물었다. 그는 최소한 스무 살 후반으로 보인다. 보통 사람이라면 이미 결혼을 했을 나이일 것이다.

바구니에서 잔과 찻주전자를 꺼내던 다니엘이 멈칫하더니 나를 돌아보았다. 그리고 다시 간이 램프를 꺼내 불을 붙이며 말했다.

"아이들하고 잘 지내는 것과 제가 미혼인 게 상관이 있습니까?"

응? 어라? 그런가? 나는 예상하지 못한 대답에 눈을 깜빡였다. 그러네. 아이들과 잘 지낸다고 그게 결혼해야 할 이유가 되지는 않지.

"잘못 물어봤네요."

나는 고개를 끄덕이며 다니엘의 말에 수긍한 뒤 다시 물었다.

"왜 아직 결혼하지 않았어요?"

다니엘은 물통을 열어 주전자에 물을 붓더니 램프 위에 주전자를 얹었다. 그는 잠시 램프의 불꽃을 확인하더니 다시 나를 돌아보며 말했다.

"약혼녀가 결혼하기 전에 안타깝게 죽었거든요."

"저런."

"거짓말입니다."

이 새끼가?

나는 어이가 없어서 입을 딱 벌렸다. 무표정이었던 다니엘의 얼굴에 장난스러운 미소가 걸렸다. 너 지금 웃음이 나오니?

"농담으로 할 말은 아닌데요, 월포드 경."

"하지만 그냥 안 했다고 하면 아무도 믿어 주지 않거든요."

그렇다고 거짓말을, 아니, 잠깐.

이해가 됐다. 다니엘은 엄청나게 잘생겼고 부유한 귀족이다. 이 세계에서 그런 그가 아직까지 결혼은커녕 약혼도 안 했다는 건 이상하게 생각할 만하다.

나는 한숨을 내쉬며 물었다.

"약혼도 안 했어요?"

"네."

"대모가 왕대비 전하잖아요?"

"그렇죠."

"대모님이 주선도 안 하시던가요?"

"아, 모르셨군요."

뭐를? 내가 궁금해하는 사이 다니엘은 다시 램프로 몸을 돌렸다. 저렇게 작은 램프로 물이 끓으려나? 궁금했지만 그의 몸에 가려서 주전자에서 김이 나는지 보이지 않았다.

하지만 작은 램프로도 물을 끓일 수 있는 모양이다. 곧 다니엘이 주전자를 가져오더니 찻주전자에 따랐다. 이미 찻잎을 넣은 주전자 안에 뜨거운 물이 포물선을 그리며 들어갔다.

대단한 실력이네.

나는 다니엘의 차 끓이는 솜씨에 가볍게 감탄했다. 그사이 그는 차가 우러나오도록 찻주전자에 뚜껑을 덮고 보온용 덮개로 주전자를 덮더니 말했다.

"왕대비 전하는 운명적인 사랑을 믿으신다고만 말씀드리죠."

신기하네. 나는 그렇게 말하려다가 멈추고 다니엘을 쳐다봤다. 이놈 또 거짓말인 거 아니겠지?

다행히 내 표정을 읽은 그가 웃으며 말했다.

"이번엔 진짜입니다. 원하신다면 다른 사람에게 확인해 보셔도 좋습니다."

흠, 왕대비가 운명적인 사랑을 믿는다고? 놀라운 일이다. 보통 왕족쯤 되면 사랑은 무슨 개뿔, 집안 맞춰서 결혼하는 게 최고야, 라고 하지 않나?

일단 나조차도 운명적인 사랑에 회의적인데.

아, 물론 운명적인 사랑이 존재하지 않는다고 생각하는 건 아니다. 나도 물론 운명적인 사랑이 있었으면 좋겠지. 내가 아니라 아이들을 위해서.

내 시선이 리안과 론하키를 하는 세 딸을 향했다. 애슐리야 왕자와 그놈의 '운명적인 사랑'을 해서 왕자비가 되겠지만 아이리스와 릴리는 어떻게 될지 모른다.

나는 차를 홀짝이며 말했다.

"운명적인 사랑이 있다면 부디 아이들에게 찾아왔으면 좋겠네요."

그러자 다니엘이 한쪽 눈썹을 들어 올렸다. 그는 이상하다는 듯 물었다.

"부인께는 찾아오지 않아도 되고요?"

귀여운 말을 하네. 나는 찻잔을 내려놓으며 다니엘을 바라보고 미소 지었다. 잘생긴 남자와 마주 앉아서 차를 마시고 있자니 이게 바로 힐링이지.

"월포드 경, 올해 사교계에 데뷔한 지 얼마나 됐죠?"

다니엘은 물끄러미 나를 쳐다보다가 말했다.

"올해 서른다섯입니다."

정말? 네 얼굴은 절대 서른다섯이 될 수가 없는데? 내가 고개를 살짝 기울이자 그가 잠시 입을 다물었다가 못마땅하다는 표정으로 말했다.

"서른둘입니다."

그것도 안 믿긴다. 나는 솔직하게 말했다.

"굉장한 동안이네요."

"동안이요?"

"어려 보인다고요. 나이보다."

다니엘의 얼굴에서 표정이 사라졌다. 어라? 혹시 이 세계에서는 젊어 보인다는 게 칭찬이 아닌가? 나는 재빨리 밀드레드의 기억을 뒤졌다.

다른 사람들은 젊어 보인다는 말을 했을 때 좋아했었다. 솔직히 나이 보다 더 젊어 보인다는 말은 동서고금으로 좋아하는 칭찬 아닌가?

하지만 다니엘에게는 아니었나 보다. 그는 무뚝뚝한 어조로 말했다.

"그건 부인도 마찬가지입니다만."

그건 그렇긴 하지. 다른 때라면 칭찬이라고 생각해서 신나게 이야기했을 테지만 나는 다니엘의 표정을 보고 주제를 원래대로 돌렸다.

아무래도 다니엘은 젊어 보인다는 말을 별로 안 좋아하나 봐. 역시 이상한 남자다.

"난 두 번이나 결혼했고 애가 셋이나 있어요. 여기에 운명적인 사랑이 찾아올 구석은 찾으려야 찾기 어려울 것 같은데요."

"운명적인 사랑에 결혼을 몇 번 했는지, 자식이 있는지 무슨 상관입니까?"

"유부녀나 유부남이라면 문제가 되죠."

다니엘은 재미있다는 표정을 지었다. 마치 내 비밀을 안다는 듯한 표정에 저도 모르게 가슴이 철렁했다. 뭐지? 이 남자 뭘 알고 있는 거지?

그는 곧 한쪽 입꼬리만 끌어당겨 미소 비슷한 것을 만들며 말했다.

"하지만 부인은 유부녀가 아니잖습니까?"

뭐? 나는 당황해서 다니엘을 멍하니 쳐다봤다. 나는 아직 프레드의 시체를 발견했다는 말을 게리와 산드라에게만 했다. 아이들에게도 말하긴 했지만 아직 아무에게도 말하지 말라고 말해 둔 터다.

그걸 다니엘이 알 리가 없다.

"뭔가 착오가 있었던 모양이네요, 윌포드 경."

다니엘이 알 리가 없다. 나는 침착하게 말을 이었다.

"제 남편이 행방불명이긴 하지만 아직 죽은 건 아니랍니다."

그는 여전히 그 표정을 짓고 있었다. 한쪽 입꼬리만 잡아당긴 미소. 다른 남자가 저런 표정을 지었다면 나는 제발 가서 거울 좀 보라고 비웃었을 것이다.

하지만 다니엘에게는 끝내주게 잘 어울렸다. 그는 자신만만했고 뭐든 아쉬운 게 없는 것처럼 보였다.

"그렇겠죠."

다니엘은 그렇게 말하며 물러났다. 하지만 표정이나 어조는 전혀 수긍하는 모습이 아니었다.

뭐지? 진짜 이 남자, 프레드의 시신을 발견한 걸 아나? 어떻게 알지? 내가 머리를 굴리는 사이 다니엘은 커다란 피크닉 바구니에서 테이블 매트를 꺼내 담요 위에 늘어놓았다. 그리고 음식을 꺼내기 시작했다.

그렇지 않아도 솔솔 풍기던 맛있는 냄새가 더 강해졌다. 그는 통째로 구운 소고기를 꺼내 능숙하게 꼬챙이로 고정하고 커다란 칼로 자르기 시작했다.

세상에. 나는 고기의 썰린 단면에서 시선을 떼지 못했다. 약간 분홍빛을 띤 고기는 육즙을 품고 있어 촉촉해 보였다. 진짜 맛있겠다.

"마음에 드셨으면 좋겠군요."

다니엘이 그렇게 말하며 바구니에서 커다란 빵도 꺼냈다. 그리고 빵칼을 새로 꺼내 먹기 좋게 자르기 시작했다. 소매를 걷어붙인 탓에 빵을 써는 그의 오른 팔뚝이 내 눈앞에서 움직였다.

안 되겠어. 나는 고기를 보는 것과 똑같은 시선으로 다니엘의 팔뚝을 쳐다보고 있던 것을 깨닫고 고개를 돌렸다. 그리고 아이들을 쳐다봤다.

그 순간, 아이리스가 스틱으로 공을 차서 나무 사이에 꽂아 넣었다.

"꺅!"

신나서 팔짝팔짝 뛰는 아이리스와 릴리의 모습에 저도 모르게 입꼬리가 위로 올라갔다. 반면 리안은 분해서 어쩔 줄 몰라 하고 있었다. 불쌍하게도 애슐리가 리안의 눈치를 살피는 게 보였다.

만약 리안이 애슐리에게 너 때문에 졌다는 둥 헛소리를 하면 그 순간 신발을 던져 줘야지. 나는 담요 위로 올라오기 위해 벗어 뒀던 구두를 찾아 손에 쥐었다.

리안이 공을 찾아오자 다시 게임이 시작됐다. 이번에는 애슐리와 리안이 먼저 공격했다.

퍽 하고 스틱이 공을 치는 소리와 함께 아이리스와 릴리가 덤벼들었다. 리안이 공을 애슐리를 향해 쳐 냈지만 늦었다. 아이리스가 재빨리 공을 가로챘다.

"아!"

리안이 화가 났는지 저도 모르게 소리를 내질렀다. 그게 오히려 안 좋았다. 애슐리는 깜짝 놀라서 리안의 눈치를 살폈고 아이리스와 릴리는 공을 주거니 받거니 하며 리안과 애슐리의 골대를 향해 달려갔다.

"팀을 잘못 짰군요."

어느새 다니엘이 내 어깨 위로 고개를 내밀며 말했다. 확실히 애슐리와 리안의 조합은 좋지 않다. 나는 리안이 가까스로 공을 빼앗는 것을 보며 말했다.

"아이리스와 애슐리가 같은 팀인 게 나았을지도요."

"아니면 리안과 아이리스 양이 같은 팀인 게 나았을지도 모릅니다."

그것도 괜찮을 것 같다. 하지만 그러면 애슐리와 릴리 팀이 너무 약해진다. 내가 보기엔 저 게임은 리안이 가장 잘하고 그다음이 아이리스, 릴리, 애슐리 순이거든.

그때 리안이 스틱을 들어 올렸다. 앗 하는 순간 그가 나무 사이로 공을 꽂아 넣었다.

"아싸!"

다음 순간, 리안이 두 팔을 번쩍 들어 올리더니 펄쩍펄쩍 뛰기 시작했다. 좋니? 나는 헛웃음을 지으며 그 모습을 쳐다봤다. 그리고 다니엘에게 물었다.

"몇 대 몇이죠?"

"아마 삼 대 일일 겁니다."

"저런."

리안과 애슐리 팀이 처음으로 넣은 공이라는 말이다. 아이리스와 릴리가 게임에 소질이 있구나.

아이들이 공을 찾아오자 다시 게임이 시작됐다. 나는 조금 느긋한 마음으로 아이들의 게임을 지켜보기 시작했다. 확실히 아이리스와 리안은 이 게임을 잘했다. 릴리는 아이리스의 뒤를 쫓아다니기 바빴고 애슐리는 스틱을 휘두르는 법을 모르는 것처럼 보였다.

스틱 휘두르는 걸 먼저 가르쳐 주는 게 좋지 않을까. 내가 그렇게 생각했을 때 애슐리 앞으로 공이 날아왔다. 그건 순전히 우연이었다. 그리고 기회였다.

나는 벌떡 일어나서 소리쳤다.

"애슐리! 때려!"

깜짝 놀란 애슐리가 스틱을 휘둘렀다. 다시 한 번 운 좋게도 애슐리의 스틱은 공을 때렸고 그대로 공이 어딘가로 날아갔다. 잘했어! 나는 공이 어디로 날아가는지도 보지 않고 환호성을 질렀다.

"잘했어!"

애슐리가 공을 때리다니 엄청난 일이다. 환호성을 지르는 내게 리안이 싸늘하게 말했다.

"골은 저기 있는데요."

그제야 나는 애슐리가 골과 전혀 다른 곳으로 공을 쳐 냈다는 것을 알아차렸다. 나는 씩 웃으며 말했다.

"자책골이 아닌 걸 고맙게 여겨."

리안의 표정이 일그러졌다. 그는 뭔가를 말하고 싶은 표정으로 다니엘을 쳐다봤다. 하지만 다니엘은 그가 바라는 말을 해 주지 않았다.

"공 가져와야지."

리안의 얼굴이 더욱더 구겨졌다. 잘생긴 얼굴을 구기면 쓰니. 나는 그렇게 말하려다가 그랬다간 리안의 분노를 더 부채질할 것 같아서 그만뒀다.

대신 아이리스에게 말했다.

"리안을 도와줘."

아이리스는 피식피식 웃고 있었다. 애슐리가 자책골을 넣지 않아서 기쁜 모양이다. 그녀는 내 말을 듣고 잠깐 싫다는 표정을 지었지만 곧 리안의 뒤를 따라갔다.

"애슐리, 이리 와."

나는 바로 애슐리를 불렀다. 원래대로라면 공을 찾으러 보내는 건 애슐리와 리안을 시키는 게 맞겠지만 일부러 아이리스를 보냈다.

애슐리는 왕자와 결혼해야 하잖아. 괜히 다른 남자와 단둘이 있게 해서 접점을 만들 위험을 감수할 생각은 없었다. 대신 나는 애슐리를 불러 칭찬했다.

"잘했어. 공을 때리는 법을 알았으니까 이제 스틱을 잡는 법만 좀 더 연습하면 되겠다."

그리고 릴리를 쳐다보며 말했다.

"릴리가 잡은 거 봤지? 저렇게 잡는 거야."

내가 공을 주워 오는 걸 애슐리가 아니라 아이리스를 시키는 바람에 약간 시무룩해져 있던 릴리의 표정이 밝아졌다. 나는 릴리를 불러 애슐리 앞에 세웠다.

"릴리, 어떻게 잡는 건지 애슐리에게 보여 줘."

릴리는 약간 뽐내는 표정을 짓더니 애슐리 앞에서 다시 스틱을 잡았다. 나는 그런 릴리도 칭찬했다.

"릴리도 이 게임은 처음인데 잘 잡네. 이것 봐. 이렇게 두 손으로 꽉 잡는 거야. 그렇죠, 다니엘?"

약간 떨어진 데서 나와 아이들을 지켜보고 있던 다니엘이 자신을 부를 줄 몰랐다는 표정을 지었다. 그는 내 쪽으로 몸을 내밀더니 애슐리와 릴리가 스틱을 쥔 것을 보고 말했다.

"네. 오른손을 밑으로 가게 하는 거죠."

애슐리가 어색하게 손을 고쳤다. 그것을 본 릴리가 내게 스틱을 주더니 애슐리의 스틱을 잡으며 말했다.

"아냐, 이렇게 손바닥이 안으로 가게."

그러면서 애슐리의 손을 잡아 위치를 고쳐 주었다. 좋아, 좋아. 나는 흐뭇한 표정으로 그 모습을 지켜보고 있었다. 어차피 얘네는 다 일 년 차이다. 열일곱이나 열여덟이나 열아홉이나. 같이 늙어가겠지.

어릴 때는 원수여도 나이 먹어서 자매만큼 친한 친구는 없다. 나는 아이리스와 릴리, 애슐리가 친해지길 바랐다. 굳이 애슐리가 왕자와 결혼해서 나와 언니들에게 복수하지 않길 바라서가 아니더라도, 자매는 나이를 먹으면서 점점 더 친해지기 마련이다.

지금 아이리스와 릴리가 애슐리와 친하지 못한 건 반쯤은 밀드레드 탓일 것이다. 그게 안타까웠다. 친구는 많을수록 좋다. 누구나 마음을 털어놓을 수 있는 친구가 필요하기 마련이다.

아이리스와 릴리와 애슐리는 함께 자란 자매니까 그런 친구가 될 가능성이 아주 높다. 이런 좋은 기회를 엄마가 망친다면 너무 안타까울 것 같았다.

물론, 애슐리가 왕비가 된다면 아이리스와 릴리가 지금 나처럼 생활고에 시달려도 애슐리가 도와주지 않을까 하는 작은 계획도 포함돼 있긴 했다.

"어머니!"

다니엘이 릴리와 애슐리에게 스틱을 잡는 법과 게임 하는 법을 다시 알려 주고 있을 때 아이리스가 풀숲에서 나왔다. 그 뒤로 리안이 따라오고 있었다.

대체 무슨 일이 있었던 걸까. 나는 리안의 표정이 시무룩한 것을 보고 눈을 가늘게 떴다.

"찾았어?"

내 질문에 아이리스가 손에 든 공을 번쩍 들어 올렸다.

"잘했어!"

나는 애슐리에게 그랬던 것처럼 아이리스에게도 손뼉을 치며 칭찬했다. 아이리스는 활짝 웃으며 내게로 뛰어왔다. 그 뒤로 리안이 이상한 표정을 짓고 나와 아이리스를 쳐다보고 있었다.

"맛있겠어요!"

애슐리가 다니엘이 늘어놓은 음식을 쳐다보며 감탄했다. 그녀의 뒤에 선 릴리와 아이리스도 감탄한 표정이었다. 진짜 맛있을 것 같다.

통째로 구운 소고기와 튀긴 닭고기가 메인이었다. 그 옆에 하얀 밀가루로 만든 부드러운 빵을 너무 얇지 않게 잘라 놨다. 구수한 빵 냄새가 꽃향기보다 더 향기로웠다.

빵 위에 얹어 먹을 수 있도록 치즈와 햄도 있는 것은 말할 것도 없다. 그 외에도 딸기 잼과 그레이비 소스가 있었고 디저트로 커스터드 푸딩과 산딸기를 얹은 타르트가 준비돼 있었다.

대단한데? 나는 빵을 집으며 아직 바구니에서 나오지 않은 타르트를 힐끔 쳐다봤다. 다니엘의 요리사가 누군지 몰라도 이걸 오늘 아침에 만들어 내느라 고생 좀 했을 것 같다.

"요리사 실력이 아주 좋네요."

나는 소고기와 튀긴 닭고기까지 먹어 본 뒤 칭찬을 건넸다. 닭고기의 튀긴 정도도 괜찮았다. 위에 레몬을 뿌린 게 좀 아쉬웠지만.

문득 치킨이 그리워졌다. 양념 반 후라이드 반은 진리지. 흠, 이 세계에서 팔 게 하나 더 늘었는데? 양념치킨을 파는 거야. 아주 떼부자가 되겠어.

"남작님 댁의 요리사가 실력이 좋은가 봐요."

릴리의 말에 빵을 먹고 있던 다니엘이 고개를 들었다. 그는 내 손바닥만 한 빵을 두 입 만에 먹어 치우더니 말했다.

"칭찬을 받으니 부끄러운데요."

전혀 부끄럽다는 얼굴이 아니다. 그는 웃는 얼굴로 계속해서 말했다.

"안타깝게도 제집의 요리사가 아닙니다. 식당에서 사 온 거죠."

그래? 어느 식당인지 몰라도 장사가 잘될 것 같다. 그때 아이리스가 조심스럽게 물었다.

"요정의 샘인가요?"

다니엘의 고개가 아이리스를 향했다. 그는 흐뭇하다는 표정으로 말했다.

"맞습니다."

아하. 게리가 열심히 칭찬하던 게 생각난다. 과연, 그의 칭찬대로 음식은 맛있었다. 대부분의 음식이 가지고 와서 게임을 하는 동안 약간 식었다는 것을 생각하면 더 그렇다.

소고기는 육즙이 빠져나가지 않아서 촉촉하고 입 안에 넣으면 말 그대로 녹을 정도였고 닭튀김은 눅눅해지거나 비린내가 나지도 않았다.

나는 가능한 타르트와 푸딩을 더 많이 먹었다. 이유는 간단하다. 이두 개가 만들 때 손이 더 많이 가거든.

"리안, 데뷔탕트에 가 봤어?"

식사를 끝내고 배를 두드리고 있을 때쯤 아이리스가 리안에게 물었다. 나는 배가 부르다며 배를 내미는 애슐리의 어깨를 잡고 등을 밀었다. 사람들 앞에서 배를 내밀면 안 되지.

리안이 대답하기 전에 다니엘을 힐끔 쳐다보는 게 보였다. 그는 아이리스와 릴리를 쳐다보고 말했다.

"응. 아주 잠깐이지만."

"어땠어?"

순식간에 아이들의 표정이 기대감으로 반짝이기 시작했다. 리안은 조금 당황하더니 곧 표정을 관리하고 말했다.

"재미없었는데."

"응?"

"재미가 없다고? 어떻게?"

리안은 자신의 데뷔탕트가 얼마나 재미가 없었는지 이야기하기 시작했다. 사람이 너무 많았고 춤을 추는 게 귀찮다는 말을 귓등으로 들으며 나는 다니엘에게 슬쩍 몸을 기울였다.

"경은 어땠어요?"

"제 데뷔탕트 말입니까?"

다니엘의 얼굴에 미소가 떠올랐다. 그는 잘생겼으니까 아주 인기가 있지 않았을까. 월포드 남작가가 몰락한 게 아니라면 말이지.

하지만 다니엘은 부자니까 월포드 남작가도 아주 부유할 거다. 당연히 엄청나게 인기가 있었을 것 같다.

"잘 기억 안 납니다."

그럴 리가. 나는 한쪽 눈썹을 들어 올리며 말했다.

"그렇게 오래된 건 아니잖아요?"

"그렇다면 부인은 어떻습니까?"

내 데뷔탕트? 아니, 밀드레드의 데뷔탕트겠지. 나는 밀드레드의 기억을 뒤졌다. 그녀는 인기가 많았다. 돈이 많은 건 아니었지만 아주 예뻤으니까. 그리고 그걸 밀드레드도 잘 알았다.

"그럭저럭이요."

어쩌면 밀드레드는 그때로 돌아가고 싶을지도 모른다는 생각이 들었다. 그리고 결혼한다면 리베라 남작이 아닌 다른 남자와 하는 거지.

음, 그게 가능한지는 모르겠다. 리베라 남작은 밀드레드가 선택한 게 아니라 밀드레드의 아버지가 선택한 남자였으니까. 물론 그녀의 아버지는 딸을 위해 그 당시 기준으로 제일 나은 선택을 했다.

그러니 다시 돌아가도 그와 결혼하게 될지도 모르지.

"저도 그랬습니다."

다니엘은 그렇게 말하고 담요 위로 벌렁 누웠다. 그는 내 쪽으로 몸을 비틀더니 한쪽 팔로 머리를 지탱한 채 나를 쳐다보기 시작했다.

기네.

나는 괜스레 모으고 있던 다리를 쭉 펴 봤다. 하지만 내 발끝은 다니엘의 종아리에도 닿지 않았다. 그는 길게 누워 있고 나는 앉아 있으니 당연한 거지만.

"그때 결혼하고 싶은 여자는 없었어요?"

내 질문에 다니엘의 눈썹이 모아졌다. 그는 나를 쳐다보더니 곧 한쪽 입꼬리를 끌어 올리며 물었다.

"제 결혼에 아주 관심이 많으시군요."

"뭐, 제 결혼은 이미 끝났으니까요."

"아직 결혼 중이라고 하지 않았습니까?"

아, 그랬지. 기억력 한번 좋네. 나는 다니엘의 얄미운 얼굴을 한 번 쳐다보고 당황한 티를 내지 않으려 노력했다. 그리고 연장자의 위엄을 발휘해 말했다.

"그렇다고 저와 남편의 부부 생활을 이야기할 수는 없잖아요?"

그 순간 다니엘의 몸이 움찔했다. 거봐, 너도 당황했지? 대놓고 웃지 않으려 노력하는데 표정이 사라진 그의 얼굴에 삐딱한 미소가 떠올랐다.

"그런 무례를 범할 생각은 아니었습니다."

괜찮다. 어차피 할 말도 없었고. 무례가 아니라고 말하려는데 다니엘이 벌떡 일어났다. 그리고 아이들을 돌아보며 말했다.

"이제 그만 돌아갈까요?"

시간이 벌써 그렇게 됐나? 나는 하늘을 보며 지금이 몇 시쯤 됐을지 가늠했다. 슬슬 출발하면 저녁 식사 시간 전에 도착할 것 같았다.

미리 반죽해서 발효 중인 빵을 구우면 되겠지. 양배추를 썰어서 소금을 뿌려 볶을까. 나는 오늘 저녁거리를 생각하며 마차에 올라탔다. 안타깝게도 저녁에 뭘 먹어야 할지 골똘하게 생각하느라 리안과 자리를 바꾸는 걸 잊어버렸다.

덕분에 집에 도착했을 때 또다시 가벼운 멀미에 시달리고 있었다. 그럼에도 나는 예의를 잊지 않았다.

"잠깐 들어가서 차라도 드시겠어요?"

내 질문에 리안이 다니엘을 쳐다봤다. 다니엘은 리안을 한 번 보더니 씩 웃으며 말했다.

"초대해 주셔서 감사합니다."

리안이 뭔가 말하려 하는 것처럼 입을 벌렸지만 내 앞으로 다니엘이 다가오는 바람에 더 이상 보이지 않았다. 뭐, 상관없겠지. 나는 가지고 있는 열쇠로 문을 따고 내 아이들과 두 사람을 들였다.

"잠시 기다려 주시겠어요?"

나는 리안과 다니엘을 손님용 응접실에 밀어 넣고 아이리스와 애슐리에게 응대를 맡겼다. 그리고 릴리를 데리고 주방으로 가서 밀가루를 꺼냈다.

"어머니, 물을 올릴까요?"

"그래 줄래?"

릴리가 물을 끓이는 사이 나는 재빨리 밀가루와 버터를 이용해서 스콘 반죽을 만들었다. 버터가 아깝지만 할 수 없지. 다른 건 설탕이 더 많이 들어간다.

그리고 물이 끓었을 때쯤 스콘 반죽을 오븐 안에 넣을 수 있었다.

"좋은 냄새가 나는데요?"

우리가 차를 가지고 응접실로 가자 다니엘이 물었다. 아이리스가 찻잔을 받아들어 차를 따르기 시작한 덕분에 나는 한숨 돌릴 수 있었다.

그때 리안이 물었다.

"그런데, 하인이 없습니까?"

순식간에 응접실이 얼어붙었다. 아이리스와 릴리, 애슐리는 내 눈치를 살피기 시작했고 나는 저도 모르게 다니엘을 쳐다봤다.

여기에 여자 넷만 산다는 것은 아무에게도 말하지 말라고 이미 아이들에게 말했다. 하지만 아이들은 이렇게 직선적인 질문이 들어올 줄은 몰랐을 거다.

거짓말을 한다면 내가 해야 한다.

나는 아이리스가 차를 따른 찻잔을 다니엘 앞에 놓으며 말했다.

"집사가 넘어져서 크게 다쳤거든요."

"저런."

다니엘이 재빨리 추임새를 넣었다. 나는 다음 잔을 리안 앞에 놓으며 말을 이었다.

"한동안 쉬어야 해서 집으로 돌려보냈어요. 하인은 집사의 아들이라 아버지를 돌보라고 같이 돌려보냈고요."

여기까지는 거짓말이 아니다. 진짜로 이런 이유로 이 집에는 집사가 없다.

"그리고 다른 사람들은 오늘 피크닉을 갈 거라서 시내에 나가서 놀고 오라고 휴가를 줬답니다. 저녁까지 먹고 올 거예요."

릴리와 애슐리가 작게 한숨을 내쉬는 소리가 들렸다. 아이리스는 뻣뻣한 미소를 지으며 리안에게 차를 권하고 있었다.

다시 다니엘을 쳐다보자 그는 빙그레 웃고 있었다.

나는 리안이 더 캐물기 전에 재빨리 주제를 바꿨다.

"그러고 보니 리안, 조만간 데뷔탕트가 열리는 데 참석하니?"

"저, 저요?"

리안이 눈에 띄게 당황했다. 몰락 귀족이어도 귀족이니까 참석하지 않을까. 나는 리안이 왜 당황하는지 이해할 수가 없어서 내 찻잔을 들고 고개를 기울였다.

설마 너무 가난해서 파티에 참석할 복장이 없다거나?

하지만 다음 순간 나는 리안의 복장을 보고 그 생각을 철회했다. 리안의 의상은 나쁘지 않았다. 최상급은 아니지만 괜찮은 천으로 만든 옷이었다.

어쩌면 다니엘이 해 준 옷인지도 모르지. 내 시선이 다니엘을 향하자 다니엘은 내가 그에게 대답을 요구한다고 생각했는지 입을 열었다.

"아마 참석할 겁니다."

"그래요?"

내 얼굴에 미소가 떠올랐다. 그건 진짜 좋은 일이다. 리안에게 아이리스나 릴리와 춤을 한 번 춰 달라고 부탁할 수 있으니까. 하지만 나는 그렇게 말하지 않았다. 대놓고 물어본다면 아이리스와 릴리가 수치스러워할 거다.

어떻게 해야 리안이 아이리스와 릴리에게 데뷔탕트 때 춤을 권하게 할 수 있을까. 그렇게 고민하는데 다니엘이 말했다.

"부인, 리안에게 부인의 따님들이 이 집을 구경시켜 주면 어떨까요?"

나쁘지 않지. 나는 아이리스를 쳐다봤다. 리안과 아이들이 친해진다면 데뷔탕트에서 아이들에게 춤을 권할 거다. 나는 고개를 끄덕이며 말했다.

"아이리스, 리안에게 집 구경을 시켜 줄래? 릴리랑 애슐리도."

그리고 무슨 일이 있으면 비명을 지르라는 표정을 지어 보였다. 그래도 우리 애들이 수적으로 유리하니까 무슨 일이 일어나지는 않겠지.

나는 리안에게 조심하라는 표정을 지었다. 아이리스가 네 턱을 후려칠 수도 있단다. 다행히 내 표정을 알아봤는지 리안의 표정이 굳었다.

"데뷔탕트에 리안의 부모님도 참석하시겠죠?"

아이들이 우르르 빠져나가고 나서 나는 다니엘에게 물었다. 그때 리안의 부모와 인사를 할 수 있지 않을까. 다니엘이 보증하긴 했지만 역시 부모는 만나 두는 게 좋을 것 같다.

"네. 두 분 다 참석하실 겁니다. 그리 오래 있지는 못할 테지만요."

"일 때문에요?"

나는 안됐다는 표정을 지어 보였고 다니엘은 어쩔 수 없지요, 라는 표정을 지었다. 우리 사이에 잠시 침묵이 내려앉았다.

으음, 또 무슨 이야기를 해야 하나. 나는 찻잔을 들어 차를 한 모금 마셨다. 그때였다. "쾅!" 하는 소리가 일 층에 울려 퍼진 것은.

어, 뭐야? 나는 깜짝 놀라서 벌떡 일어났다. 곧이어 턱턱턱 하고 누군가 무게가 꽤 나가는 사람이 급하게 이쪽으로 다가오는 소리가 들렸다.

대체 뭘까. 내가 쳐다보자 다니엘도 일어나서 내 쪽으로 팔을 뻗고 있었다. 여차하면 내 앞으로 나설 생각이 만만해 보이는 자세에 어쩐지 웃음이 나왔다.

어린 게.

"밀드레드!"

곧이어 익숙한 목소리가 울려 퍼졌다. 누군지 알겠다. 나는 게리의 목소리에 끙 하고 신음을 내뱉었다. 밀드레드의 기억상, 이건 화난 목소리다. 문제는 게리가 왜 화가 났는지 짚이는 데가 없다는 거지만.

"게리, 진정해요."

다행히 산드라의 목소리도 들렸다. 산드라도 따라온 모양이군. 곧이어 게리가 응접실로 불쑥 들어오더니 나를 발견하고 소리쳤다.

"너, 너! 너 대체 리로이 백작에게 무슨 짓을 한 거야!"

야생의 게리가 나타났다. 여기가 현대였다면 내 핸드폰에 있는 게임 어플을 실행해서 몬스터 볼을 던졌을 텐데. 안타깝게도 나는 아직 핸드폰을 발명해 내지 못하고 있었다.

아, 핸드폰. 간신히 잊고 있었는데 생각나는 바람에 미칠 듯이 그리워졌다. 나는 새벽 2시 구남친처럼 핸드폰을 부르며 진상 피우고 싶은 심정을 눌러 참으며 물었다.

"어서 오세요, 오라버니."

"어서 오고 자시고! 네가 리로이 백작의 발목을 걸어챘다면서!"

저런. 게리의 얼굴은 거의 삶은 문어처럼 보였다. 나는 안타까움과 죄책감이 뒤섞인 표정으로 산드라를 바라봤다. 머피 백작가에서 산드라에게 사과의 표시로 A/S라도 해 줘야 하는 거 아닐까.

산드라도 자기 남편이 고작 이십 년쯤 뒤에 문어 머리가 달린 항아리가 될 줄은 몰랐을 거 아냐. 이거 거의 사기 결혼인데.

"게리, 좀 진정해요."

"진정하게 생겼어? 얘가 리로이 백작의 발목에 금을 가게 했다는데?"

그때 내 뒤에서 요상한 소리가 들렸다. 쿡과 콜록 사이 그 어드메쯤에 있는 소리였다. 나는 고개를 돌려 다니엘을 쳐다봤고 그는 왜 그러냐는 표정을 지어 보였다.

조심해, 청년.

나는 다니엘에게서 고개를 돌려 게리를 쳐다봤다. 그리고 안타깝다는 표정을 지어 보이며 말했다.

"저런, 금만 갔단 말이에요? 뼈를 부러트릴 생각이었는데. 운동을 좀 해야 할까 봐요. 어떻게 생각해요, 월포드 남작?"

다니엘은 내 뒤에서 계속해서 콜록콜록하고 작게 기침을 하고 있었다. 그 기침이 쿡쿡쿡 하는 웃음소리로 들렸다는 말은 굳이 하지 않겠다.

"뭐가 어쩌고 어째?"

게리는 내 말에 발칵 화를 내려다 내가 월포드 남작이라고 말하는 순간 움찔하고 멈췄다. 진짜로 다니엘이 여기 있다는 걸 몰랐던 모양이다.

허. 이건 말이 안 되지 않나? 어떻게 다니엘을 못 알아볼 수가 있어? 이렇게 잘생긴 남자는 멸종 위기 생물이다. 우리는 이 생명체를 보호하고 보존해야 할 의무가 있다고.

하지만 나는 예의 바르게 두 사람에게 다니엘을 소개했다.

"월포드 남작, 알고 있겠지만 내 오라버니인 게리 머피 백작. 그리고 산드라 머피 백작 부인이랍니다."

다니엘이 나를 보호하려는 듯 내 앞으로 뻗었던 손을 자연스럽게 게리에게 내밀었다. 그리고 악수를 청하며 말했다.

"오랜만입니다."

게리는 얼떨떨한 표정으로 다니엘과 악수를 하고 나를 쳐다봤고 그를 말리던 산드라는 남편의 추태를 타인이 봤다는 부끄러움에 얼굴을 붉혔다.

아니, 잠깐. 저 부끄러움은 잘생긴 남자를 봐서 쑥스러워하는 표정인가?

다행히 다니엘은 침착했다. 방금 전까지 쿡쿡거리고 웃던 건 대체 누구 웃음소리지? 나는 속으로 다니엘을 향해 흥 하고 콧방귀를 뀐 뒤 게리에게 물었다.

"그래서, 리로이 백작이 제가 자기 발목에 금을 가게 했다고 오라버니에게 달려가서 징징거리기라도 했단 말인가요?"

감히? 나는 리로이 백작의 염치없음에 감탄해야 할지, 그걸 듣고 여동생에게 쫓아와서 어떻게 이럴 수 있냐고 펄펄 뛰는 게리의 아둔함을 감탄해야 할지 망설이고 있었다.

내가 누군가의 여동생을 희롱한 대가로 걷어차였다면 그 오빠에게 쫓아가서 이르지는 못할 것 같은데. 남자들은 좀 다른가?

"밀드레드! 말조심해라. 징징거리긴 누가 징징거려? 클럽에 갔다가 들었다."

"아, 오라버니에게만 징징거린 게 아니라 클럽 사람들 모두에게 징징거린 모양이군요. 어떤 아기도 그렇게 크게 울지는 못할 텐데요."

그 순간 "푸쿨럭!" 하는 소리가 내 뒤에서 들려왔다. 뭐야? 나와 산드라, 게리의 시선이 다니엘을 향했다. 다니엘은 엄청나게 사레가 들린 것처럼 허리를 숙이고 기침을 해 대고 있었다.

등을 두들겨 줘야 하나. 내가 망설이는데 그가 고개를 들며 말했다.

"괘, 괜찮스, 크흡, 니다. 전 무시하시고 이야기 나누세요."

야, 너 방금 웃었어. 나는 차갑게 식은 시선으로 그를 쳐다보다가 그대로 게리를 향해 고개를 돌렸다. 게리의 얼굴은 다시 빨갛게 달아올라 있었다. 이번에는 분노가 아니라 창피함으로.

"밀드레드, 네가 날 부끄럽게 만드는구나."

"오라버니. 걱정하지 마세요. 오라버니는 클럽 안에서 그냥 나오시는 순간 더한 수치를 짊어지고 오신 거니까요."

"그게 무슨 소리야?"

게리의 얼굴에 어리둥절한 표정 반, 화난 표정 반이 떠올랐다. 나는 게리에게 다가가 그의 허리에 손을 얹었다.

"이 년 동안이나 남편이 없어서 아주 외로우셨겠습니다."

그리고 그의 엉덩이를 움켜쥐었다.

"으악!"

"밀!"

깜짝 놀란 게리가 문자 그대로 펄쩍 뛰어오르는 것과 동시에 산드라도 깜짝 놀라서 나를 쳐다봤다.

으, 게리 엉덩이를 만졌어. 나는 재빨리 물러나며 치마에 손을 문질렀다. 그리고 침착하게 말했다.

"이제 제가 왜 그 몰염치한 작자의 발목을 분지르지 못해서 안타까운지 아시겠죠?"

깜짝 놀랐던 게리의 얼굴이 다시 새빨갛게 달아오르기 시작했다. 여기로 들이닥칠 때보다 훨씬 분노한 그의 얼굴에 이번에는 내가 당황스러웠다. 그는 거의 부들부들 떨며 내게 물었다.

"그 개……."

"게리!"

게리가 욕을 내뱉으려는 순간, 산드라가 소리 높여 막았다. 그는 잠시 숨을 내쉬더니 산드라를 쳐다보고 사과했다.

최소한 부인 앞에서 욕지거리를 내뱉는 종류의 남자는 아닌 모양이군. 나는 가슴 앞으로 팔짱을 낀 채 게리와 산드라를 쳐다보고 있었다. 그때 다니엘이 내게 나직하게 말했다.

"가족 일 같으니 저는 이만 가 보겠습니다."

아, 그렇지. 다니엘은 여전히 이 방 안에서 시트콤을 지켜보고 있었다. 좀 미안한 짓을 했네. 나는 안타깝다는 표정으로 다니엘의 팔에 손을 얹으며 말했다.

"미안해요. 지루했겠네요."

"전혀요. 부인. 아주 즐거웠답니다."

그의 눈이 한순간 반짝였다. 하지만 곧 언제 그랬냐는 듯 원래대로 돌아가더니 내 손을 잡으며 물었다.

"키스해도 될까요?"

아, 얘는 왜 손등에 키스하는 걸 매번 물어보는 거람? 나는 괜찮다는 의미로 고개를 끄덕였고 그는 내 손등에 입을 맞춘 뒤 물러났다.

그 뒤로 응접실에 정적이 찾아왔다. 게리는 어쩔 줄 몰라 하는 표정을 짓고 있었고 산드라가 그런 게리의 팔을 찰싹 때리는 게 보였다.

"그 멍청한 자식이 네게 감히 그따위 짓을 했단 말이지?"

왜? 가서 멀쩡한 다리를 부러트려 주기라도 하게? 나는 그렇게 빈정거리려다 게리의 표정이 죄책감 반, 분노 반인 것을 보고 멈췄다. 어휴. 모르겠다.

"괜찮아요. 내가 걷어차서 금이 갔으니까."

"그 염치도 없는 자식이 억울하다고 징징대고 있으니까 하는 소리지!"

거봐, 너도 징징댄다고 하잖아. 나는 게리를 보고 픽 웃었고 산드라는 한숨을 내쉬었다. 곧이어 아이리스가 응접실에 고개를 내밀었다. 그녀는 여전히 테이블 위에 흩어져 있는 여섯 개의 잔을 보고 게리와 산드라를 보더니 말했다.

"차를 다시 내올까요?"

"그래 줄래? 고맙다."

아이리스가 고개를 끄덕이고 주방으로 향하자 산드라가 어리둥절한 표정으로 나를 쳐다봤다. 게리 역시 이상하다는 듯 물었다.

"하인은?"

"없어요."

"없다고?"

게리의 표정과 산드라의 표정이 똑같아졌다. 이렇게 보면 역시 부부는 닮는다는 말이 맞는 모양이다. 두 사람은 시선을 부딪치더니 누가 먼저랄 것도 없이 내게 물었다.

"어, 어째서?"

"그렇게 안 좋은 거야?"

그렇게 안 좋은 것도 있고. 나는 한숨을 내쉬었다. 그리고 어깨를 으쓱하며 말했다.

"아시잖아요. 이 큰 저택을 관리하려면 사람과 돈이 많이 든다는 걸. 제게는 곧 사교계에 데뷔할 딸이 셋 있고요. 그때까지만이에요."

"그때까지만, 이라고?"

"올해 사교계 시즌이 지나면 셋 중 한 명은 결혼을 하겠죠. 그때까지 돈이 얼마나 들지 모르니까 한동안 아끼려고요."

최소한 이번 사교계 시즌 안에 애슐리 한 명은 결혼하겠지. 그럼 다음 사교계 시즌 전까지 세탁기를 발명하면 되지 않을까.

아니면 고무바퀴나. 어쨌든 사교 활동을 하지 않을 때 몰래 돈을 벌면 되지 않을까. 그런 생각이 들었지만 나는 굳이 게리와 산드라 앞에서는 말하지 않았다.

하지만 이미 한동안 아끼겠다는 내 말을 듣는 게리와 산드라의 표정이 안 좋아져 있었다.

"어머니, 차예요."

다행히 그때 아이리스가 차를 가져왔다. 내가 게리와 산드라가 오기 전에 사용한 잔을 정리하는 것을 도우며 산드라가 물었다.

"윌포드 남작이 누굴 데려왔었어?"

"아, 네. 남작이 가르치는 아이를 데려왔더군요."

"가르치는 아이?"

내 말에 산드라뿐 아니라 게리도 내게 달려들 듯 물었다. 아, 또 왜?
내가 왜 그러냐는 표정을 짓자 게리가 허둥지둥 물었다.

"남자였어?"

"어, 네. 남자애였죠."

"금발에? 잘생긴?"

음? 리안이 잘생기긴 했지만 금발은 아니다. 나는 고개를 저으며 말했
다.

"아뇨. 리안은 갈색 머리예요."

"아, 이름이 리안이야?"

갑자기 게리와 산드라가 긴장을 푼 것처럼 소파에 몸을 기댔다. 뭔데?
내가 어리둥절해 하자 산드라가 설명했다.

"다니엘 윌포드 남작이 왕자 전하의 교육 담당으로 임명됐거든."

"그런데요?"

"혹시 그 남자애가 왕자 전하인가 하고 물어본 거지."

하하, 깜찍한 생각을 다 하네. 나는 오라버니와 올케의 동화 같은 생
각에 웃음을 터트렸다.

말도 안 된다. 아무리 그래도 다니엘이 왕자를 시종도 없이 우리와 함
께 가는 소풍에 데려왔겠어?

*   *   *

"윌포드 남작."

둥근 지붕 저택을 빠져나오며 리안이 물었다. 그는 다니엘과 함께 사인 마차의 운전수 좌석에 앉아 있었다. 리안의 시선이 방금 나온 둥근 지붕 저택을 향했다.

둥근 지붕 저택. 그가 밀드레드의 저택을 그렇게 말하는 건 저택의 지붕이 둥글기 때문이다. 아주 예전에 지어진 집의 지붕은 종종 저런 둥근 지붕을 가지고 있다. 마치 성처럼.

"왜 그러십니까? 운전하고 싶으신 겁니까?"

다니엘은 저 저택에서 빠져나올 때 리안의 팔꿈치를 잡고 거의 질질 끌고 나오다시피 나왔던 사실이 마치 꿈인 것처럼 예의 바르게 대답했다.

물론 리안은 필요하다면 언제든지 그가 자신을 질질 끌고 갈 수 있다는 것을 알았다. 하지만 그보다 사 인용 마차를 운전해 볼 기회에 눈을 반짝이며 물었다.

"제가 운전해도 됩니까?"

"사람이 적은 길에 접어들면요."

다니엘은 그렇게 말하며 능숙하게 말을 조종했다. 그렇다면 기다릴 수 있다. 리안은 얌전히 앉아 원래 물어보려 했던 것을 떠올렸다. 그는 아이리스의 안내를 받아 그 저택의 일 층을 구경하고 이 층으로 올라가려던 차에 다니엘에게 끌려 나왔다.

"저 집에 하인이 없는 것 같던데요."

리안의 질문에 정면을 보고 있던 다니엘이 그를 향해 시선을 돌렸다. 알아차렸냐는 미소가 다니엘의 얼굴이 떠올랐다.

눈치가 많이 늘었다. 그가 처음 맡았을 때의 리안은 그런 걸 알아차리지 못하는 왕자였다. 리안은 일어나서 다시 잠이 들 때까지 주변에 늘 사람이 많았고 때로는 잠들고 나서도 사람들이 주변에 남아 있곤 했다.

그런 그가 저렇게 큰 저택에 하인이 없다는 것을 알아차렸다는 건 괄목할 만한 발전일 것이다.

"하인은 휴가를 줬다고 하지 않았습니까."

그럼에도 다니엘은 리안이 발견한 것을 쉽게 축하해 주지 않았다. 리안은 약간 당황하다가 다시 말했다.

"그게 아니라, 제 말은. 저 집에 관리가 좀 부족한 것 같다는 말이었습니다."

다니엘은 씩 웃었다. 거기까지 알아차렸다면 괜찮은 시작이다. 그는 능숙하게 코너를 돌며 말했다.

"정답입니다."

"그럼 반스 부인은 왜 거짓말을 한 거죠?"

분명 밀드레드는 이 저택에 하인들이 있으며 잠시 휴가를 나갔을 뿐이라고 말했다. 왜 그런 거짓말을 한 거지? 이해하지 못하는 리안에게 다니엘이 말했다.

"여자만 넷이 살면 어떻게 될까요?"

리안은 음 하고 잠시 생각하다가 말했다.

"글쎄요. 드레스가 넘쳐 날까요?"

그럴 리가 없다. 다니엘은 무감정한 표정으로 말했다.

"멍청한 대답이군요."

담담한 비난에 리안의 얼굴이 달아올랐지만 그는 화내지 않았다. 처음엔 화냈지만 그게 다니엘에게 아무 위협도 되지 않는다는 것을 알아차리고 그만뒀다.

다니엘은 리안의 표정을 힐끔 보고 다시 천천히 말했다.

"방금 전하께서는 부인이 왜 다른 하인이 있다고 거짓말을 했는지 궁금해하셨습니다. 그 이유를 알기 위해 필요한 정보가 있겠죠."

"아니면 반스 부인께 직접 물어보거나요."

리안의 말에 다니엘이 비웃는 표정을 지었다. 그는 그럼 어디 한번 물어보라는 표정을 지었지만 리안의 자존심을 위해 그렇게 말하지 않았다.

대신 계속해서 리안을 교육했다.

"전하께서는 이미 이유를 알기 위한 필요한 정보를 모두 가지고 있습니다. 알고 있는 정보를 취합하는 것도 능력이죠."

무슨 소린지 모르겠다. 리안이 미간을 모으자 다니엘은 한숨을 내쉬었다. 그리고 다시 말했다.

"이렇게 생각해 보시죠. 저렇게 큰 집에 여자만 산다면 어떻게 될 것 같습니까?"

다니엘의 말에 리안은 인상을 썼다. 바로 누군가 강도질을 하러 들어가겠지. 거기까지 생각한 그는 아 하고 신음을 내뱉었다.

여자 넷만 사는 것과 하인들을 거느리고 여자 넷이 사는 건 완전히 다르다. 리안의 알아차린 표정을 보고 다니엘은 아무 말도 하지 않았지만 그에게 포커페이스를 가르쳐야겠다고 생각했다.

"반스 부인은 어쩔 수 없었겠군요."

그렇게 말하며 리안은 마차의 속도를 늦췄다. 말이 천천히 후문 앞에서 멈췄다. 문을 지키고 있던 경비들이 다니엘의 얼굴을 보고 묵례를 한 뒤 말했다.

"어서 오십시오, 남작님."

경비들의 시선이 리안을 향했지만 오래 머무르지 않았다. 그들은 다시 시선을 다니엘에게 고정했다. 신원을 확인한 다니엘이 신호하자 리안이 이럇 하고 소리쳤다.

경비들은 리안을 다니엘이 데리고 다니는 종자나 마부 정도로 생각했다. 리안은 다니엘이 시키는 대로 사람이 적은 후원에 마차를 멈췄다. 다니엘은 왕궁 하인에게 동전 몇 개를 던지며 마차를 마구간에 넣으라고 명령했다.

원래는 마부가 해야 할 일이지만 다니엘이 마부를 데려오지 않았으니까 어쩔 수 없다. 두 사람은 말없이 왕자 궁으로 걸음을 옮겼다.

가끔 지나가는 사람들과 다니엘이 서로 묵례를 하기는 했지만 리안은 고개를 숙인 채 그의 뒤에서 한 발짝 떨어져서 따라왔다.

두 사람은 아무에게도 리안이 왕자라는 것을 들키지 않고 왕자의 침실로 들어왔다. 다니엘은 먼저 문을 열어 안에 아무도 없음을 확인하고 리안을 들여보냈다.

늘 방을 따듯하게 하기 위해 난로에 불이 타닥타닥 타오르고 있었다. 말을 조종한 탓에 손이 시린 리안이 난로 앞으로 다가가 손을 비비는 사이에 정작 그보다 더 오래 마차를 몬 다니엘은 문 옆에 기대고 서 있었다.

곱았던 손이 부드럽게 풀리자 리안은 자기 머리를 잡았다. 그리고 천천히 두피 쪽에서부터 잡아당기기 시작했다.

"남작."

하지만 가발을 벗는 게 그렇게 쉬울 리 없다. 결국 두 손을 들어 올린 리안이 다니엘을 부르자 다니엘은 천천히 다가가 리안의 가발을 손쉽게 벗겨 냈다. 갈색 가발이 벗겨지고 안에서 화려한 금발이 나타났다.

"대체 남작은 못 하는 게 뭡니까?"

리안은 끙끙거리던 자신과 달리 다니엘이 너무 쉽게 가발을 벗겨 내자 잠시 투덜거렸다. 하지만 다니엘은 신경 쓰지 않고 손에 든 가발을 난로에 던져 넣었다.

검은 연기와 함께 가발이 불길에 빠르게 타올랐다. 그는 나무를 뒤적거리고 창문을 연 다음에야 설렁줄을 당겨 시종을 불렀다.

"전하께서 옷을 갈아입는 걸 도와드리게."

다니엘의 말에 시종이 고개를 꾸벅하고 리안에게 다가갔다. 리안은 시종의 도움을 받아 옷을 갈아입은 뒤, 시종이 벗은 옷을 들고 나가자 다시 입을 열었다.

"좀 더 늦게 왔어도 괜찮았을 텐데요."

다니엘은 리안이 시종의 도움을 받아 옷을 갈아입는 동안 문 옆에 비스듬히 기대고 서 있었다. 그는 지루하다는 표정으로 말했다.

"그렇습니까?"

"그 집이 하인이 없다면 남자의 손이 필요한 일이 분명 있지 않을까요? 좀 더 남아서 도와줘도 괜찮았을 것 같아서 하는 말입니다."

하하. 다니엘은 가소롭다는 듯 웃었다. 그는 리안이 무슨 생각인지 다 안다는 표정으로 점잖게 말했다.

"저런, 전하의 깊은 뜻을 제가 그만 헤아리지 못했군요."

그리고 시계를 꺼내 시간을 확인하고 말을 이었다.

"하지만 전하께서는 검술 수업을 놓치는 것 역시 바라지 않으실 테니까요."

리안의 표정이 일그러졌다. 다니엘은 역시 포커페이스를 가르쳐 줘야겠다고 생각하며 다시 말했다.

"그리고 케이시 경 역시 그것을 바라지 않을 테고요."

다니엘의 말이 끝나기가 무섭게 시종이 문을 두드렸다. 리안이 들어오라고 하자 문을 연 시종이 말했다.

"케이시 경이 도착했습니다."

리안의 표정이 일그러졌다. 케이시 경은 꽤 혹독하게 가르치는 편이다. 그리고 결정적으로 잘 가르치지 못한다. 리안은 억지로 걸음을 옮기며 다니엘에게 물었다.

"남작이 가르쳐 주면 안 되는 건가요? 듣기로는 남작이 케이시 경을 이겼다고 하던데요."

어디서 그런 소문을 들은 걸까. 다니엘은 한쪽 눈썹을 들어 올렸다. 하지만 그가 입을 열기 전에 열린 문으로 케이시 경이 모습을 드러내며 말했다.

"그가 저를 이긴 건 몇 년 전의 일입니다. 그것도 작은 눈속임을 사용했고요."

그렇게 말한 케이시 경은 다니엘을 보고 불쾌하다는 표정을 감추지 않았다. 하지만 다니엘은 아무 표정도 짓지 않았다.

그런가? 리안의 시선이 다니엘을 향했지만 그는 동의도 부정도 하지 않은 채 그저 어깨만 으쓱해 보였다. 그리고 케이시 경을 향해 가볍게 고개를 까닥이며 인사를 건넸다.

"좋은 오후입니다, 케이시 경."

더글러스 케이시. 케이시 후작의 장자로 나라에서 제일가는 검술 실력을 갖추고 있다. 그 덕분에 몇 년 전부터 왕자의 검술 교사직을 맡고 있었다.

잘생긴 외모에 훌륭한 검술 실력. 그는 곧 케이시 후작이 될 거라는 이유가 없어도 인기가 많았을 것이다. 하지만 단 한 가지 단점이 있다면 그의 성격 때문이다.

"퍽이나 좋은 오후입니다, 월포드 남작. 또 전하를 모시고 위험한 장난을 한 건 아닌지 모르겠군요."

쉽게 욱한다는 것.

붉은 머리는 화를 잘 낸다는 속설은 이제 믿는 사람이 거의 없다고들 했지만, 더글러스 케이시를 본 사람이라면 어쩌면 맞는 말인지도 모른다는 생각을 하게 된다.

물론 쉽게 욱하는 만큼 쉽게 가라앉기도 했다. 그렇지 않았다면 그의 곁에 남아날 사람이 없었을 것이다.

"그럴 리가요, 케이시 경."

더글러스의 노골적인 시비에도 다니엘은 신경 쓰지 않았다. 그는 그 말만 하고 재미있다는 듯 씩 웃었다. 그의 잘생긴 얼굴에 미소가 떠오르면 여자들은 물론 가끔 남자들도 말을 잃을 때가 있다.

하지만 더글러스는 아니었다. 그는 다니엘이 뭔가를 더 말하면 바로 꼬투리를 잡을 생각으로 다니엘의 다음 말을 기다렸다. 하지만 그는 현명하게도 더 이상 아무 말도 하지 않았다.

그게 더 부아가 치민다. 차라리 울컥해서 못된 말이라도 내뱉고 나면 속이라도 후련할 텐데 다니엘은 늘 속을 알 수 없는 표정으로 더글러스의 비난은 물 흐르듯 넘겨 버렸다.

더글러스는 못마땅하다는 표정으로 다니엘을 노려보다가 리안을 향해 고개를 돌리며 뻣뻣하게 말했다.

"그만 수업을 시작하겠습니다, 전하."

다니엘의 수업이 끝났다는 말이다. 다니엘은 상쾌한 몸짓으로 리안에게 인사를 하려 했다. 이제 그만 그도 이 꼬맹이에게서 벗어나 그의 시간을 가질 수 있게 되었다.

하지만 다니엘이 인사를 하기 전에 리안이 그에게 다가가며 말했다.

"대련실까지 함께 가죠."

더글러스의 얼굴에 다시 못마땅한 표정이 떠올랐다. 그는 오늘 하루 종일 왕자와 함께 있었던 다니엘이 그의 시간까지도, 그게 비록 일부라고는 해도 침범한다는 게 마음에 들지 않았다.

하지만 그걸 원한 게 왕자인 만큼 아무 말도 하지 않았다.

다니엘 역시 고개를 기울이며 한쪽 눈썹을 들어 올렸지만 아무 말도 하지 않았다. 그는 더글러스와 리안이 먼저 가도록 손을 내밀고 잠시 기다렸다가 발걸음을 옮겼다.

"궁금한 게 있거든요."

길고 긴 복도를 걸으며 리안이 다니엘을 향해 나직하게 물었다. 반대편에서 더글러스의 귀가 호기심에 쫑긋거리는 게 보였지만 다니엘은 신사 된 도리로 모른 척했다.

"무엇입니까?"

"공을 찾으러 갔을 때 말입니다."

소풍을 가서 론하키를 했을 때를 말하는 거다. 리안은 투덜거리기는 했지만 괜찮은 볼 보이였고 밀드레드가 그를 볼 보이처럼 다루는 것을 다니엘이 모른 척했기에 가능한 일이었다.

다니엘이 알아들었다는 듯 고개를 끄덕이자 리안이 계속해서 말을 이었다.

"거기 막내가 좀, 실수가 잦았잖습니까?"

그걸 실수가 잦았다고 말할 수는 없을 텐데. 다니엘은 그렇게 생각했지만 역시 표정 없이 고개를 끄덕였다. 애슐리는 끔찍했다. 아이리스처럼 리안의 상대가 될 정도를 바란 건 아니지만 릴리처럼 자기 몫 정도는 해야 할 것 아닌가.

하지만 애슐리는 그 수준은커녕 게임을 이해하지 못하는 것처럼 보였다. 그게 아니면 손에 스틱을 들고 있다는 것을 인식하지 못했거나.

"공을 찾을 때 그걸로 한마디 했더니 반스 양이 벌컥 화를 내더군요."

리안이 하는 말은 간단했다. 네 막냇동생은 실력이 너무 형편없지 않아? 하지만 돌아온 아이리스의 반응은 격했다. 그녀는 리안을 노려보며 단호하게 말했다.

— 애슐리는 애슐리 나름대로 노력하고 있어. 노력을 무시하는 건 예의가 아니지.

　리안의 이야기를 들은 다니엘은 웃음을 참느라 이를 악물었다. 그 당돌한 첫째가 왕자에게 또 한 방 먹인 모양이었다.

　나이스 샷. 다니엘은 속으로만 그렇게 생각한 뒤 입을 열었다.

　"그랬군요."

　아이리스는 그럴 것 같았다. 그녀는 자신의 어머니가 리안과 부딪쳐 넘어졌을 때도 펄펄 뛰면서 화를 냈으니까.

　하지만 리안은 그것을 이해하지 못했다. 그는 고개를 갸웃하며 물었다.

　"듣기에 그 집 여식은 막내만 바깥분이 데려왔다고 하던데요."

　"맞습니다."

　왕자와 소풍을 갈 집안이다. 다니엘이 간단한 호구 조사도 하지 않을 리가 없다. 그는 현재 밀드레드를 제외하면 그 저택의 수저 숫자까지 알고 있는 유일한 사람일지도 모른다.

　"그렇다면 형제자매도 아니고 엄밀히 말하면 남이잖습니까? 어째서 화를 낸 거죠?"

　다니엘은 힐끔 더글러스를 쳐다봤다. 그는 리안의 말을 듣고 싶었지만 체면과 자존심 때문에 귀를 기울이지 못한 모양인지 어리둥절한 표정이었다.

　리안의 목소리가 작았으니 더글러스의 귀에는 반이나 들어갔을까 말까다.

　다니엘은 그게 어쩐지 기분이 좋아서 씩 웃었다. 그리고 리안을 향해 나직하게 말했다.

　"싫어하는 사람이라도 자신의 사람이니까요."

"셋째가 첫째의 사람이라는 말입니까?"

"심정적으로는 그렇다는 말이죠."

무슨 말인지 모르겠다. 리안의 그런 표정을 보고 다니엘은 속으로 한숨을 내쉬었다. 리안은 외동아들이고 왕자다. 그는 형제자매라는 것을 겪지 못했고 친구도 거의 없었다.

주변에 있는 것은 나이 차이가 꽤 나는 귀족과 책뿐.

리안의 사회성이 떨어지는 것을 안타까워한 왕대비가 다니엘에게 손자의 사교성을 위해 교육을 부탁했다.

"이렇게 생각하시면 됩니다."

다니엘은 대련실 앞에 도착하자 걸음을 멈추고 말했다. 리안과 더글러스 역시 걸음을 멈췄다. 그는 더글러스를 한 번 쳐다보고 리안을 향해 말했다.

"제가 전하께 케이시 경을 욕하면 뭐라고 하실까요?"

리안의 눈동자가 굴렀다. 그는 더글러스를 쳐다보고 걱정하지 말라는 표정을 짓더니 다니엘에게 말했다.

"그러지 말라고 하겠죠."

"전하."

감격했다는 표정이 더글러스의 얼굴에 떠올랐다. 하지만 다니엘은 가차 없이 물었다.

"케이시 경보다 저를 더 좋아하시는데도 말입니까?"

그 순간 더글러스의 표정이 일그러졌다. 그가 이글이글 타오르는 눈동자로 다니엘을 쳐다봤지만 다니엘은 눈썹 하나 까딱하지 않았다.

"그렇죠. 둘 다 내 사람이니까."

리안의 말에 더글러스는 다시 감동한 표정을 지었고 다니엘은 한쪽 눈썹을 들어 올렸다. 그는 리안에게 고개를 숙이며 말했다.

"바로 그겁니다."

그렇군. 리안은 고개를 끄덕였다. 하지만 궁금증은 또 있었다. 그는 힐끔 다니엘의 얼굴을 쳐다봤다.

다니엘 윌포드 남작. 이 나라의 제일가는 부자이자 왕가의 총애를 받고 있는 미혼의 젊은 귀족. 더글러스가 여성들에게 인기가 있다면 다니엘은 여성들에게 열광적으로 인기가 있었다.

그런 그가 여자에게 관심을 보이는 것을 처음 봤다. 리안은 다니엘이 밀드레드에게 관심이 있는 건지 궁금했다. 하지만 물어봐 봤자 그가 대답해 줄 리 없다는 것도 알았다.

"그럼 이만."

다니엘이 홀가분한 표정으로 물러나자 더글러스와 리안은 대련실 안으로 들어갔다. 역시 물어볼 걸 그랬나. 리안은 보호구를 착용하고 한숨을 내쉬었다.

05

심장이 쿵쿵

"남은 거 더 있니?"

나는 침대에 누운 릴리와 애슐리의 얼굴을 살피고 아이리스에게 물었다. 아이리스가 그릇을 들어 올리며 말했다.

"여기 있어요."

잘됐다. 꿀이 너무 아까워서 딱 삼 인분만 만들었는데 우리 딸들 얼굴이 작아서 남은 모양이다.

나는 아이리스에게 그릇을 받아 들고 아이들의 맞은편에 앉았다. 그러자 아이리스가 일어나서 내게 다가오며 말했다.

"제가 해 드릴게요."

"떨어지지 않게 조심해."

이불에 얼룩이 생기면 곤란하다. 아이리스는 턱 아래로 손바닥을 받치고 내게 다가오더니 그릇을 받아 들었다.

어디선가 쩝쩝하고 손가락을 빨아먹는 소리가 들려왔다.

"애슐리, 빨아 먹지 마라."

내 말에 애슐리가 키득키득 웃는 소리가 들렸다. 그리고 곧이어 릴리가 말했다.

"죄송해요, 어머니. 저예요."

"먹지 마."

나는 그렇게 말하며 그대로 누웠다. 내 얼굴 위로 아이리스가 붓으로 걸쭉한 액체를 바르기 시작했다. 다시 쩝쩝하고 빨아먹는 소리가 들리더니 애슐리가 말했다.

"그런데 이거 진짜 맛있네요."

먹지 말라고, 이것들아. 나는 한숨을 내쉬며 아이리스를 향해 어쩔 수 없다는 표정을 지어 보였다. 아이리스는 키득거리며 말했다.

"맛있긴 해요, 어머니."

그야 그렇겠지. 와인에 꿀과 오트밀 가루를 섞었으니까. 꿀 덕분에 아주 달콤하니 맛있을 거다.

하지만 먹으면 안 된다. 나는 아이리스에게 얼굴을 맡긴 채 릴리와 애슐리를 향해 소리쳤다.

"먹지 마! 피부에 양보하란 말이야!"

이 캐치프레이즈를 여기 와서 하게 될 줄은 몰랐는데. 하지만 어쨌거나 정말 좋은 캐치프레이즈다. 먹지 마세요. 피부에 양보하세요.

"그런데, 이게 정말 도움이 될까요?"

내 얼굴까지 와인 팩을 바른 아이리스가 그릇을 릴리에게 넘기며 물었다. 릴리와 애슐리는 그릇에 묻은 와인 팩을 손가락으로 찍어 먹기 시작했다.

얼굴에 하얀 와인 반죽이 묻은 꼴이 꽤 볼만하다.

"당연하지."

나는 누운 채 내 옆자리를 손바닥으로 팡팡 쳐서 아이리스도 눕혔다. 우리는 이 상태로 최소한 십오 분 정도는 있어야 한다.

"오트밀은 보습에 좋거든. 이런 건조한 날씨에 도움이 될 거야. 와인도 피부에 좋고."

뭐에 좋은지는 까먹었다. 하지만 원래 세상에서 나는 마트에서 몇 번만 원짜리 와인을 사 와서 마신 적이 있다. 거기서 한때 와인 붐이 불어서 나도 편승한 탓이다. 그리고 남으면 지금처럼 팩을 하기도 하고 고기를 재우는 데 쓰기도 했다.

이 집에도 와인이 있기는 하다. 지하에 와인이 몇 병 있는 걸 봤다. 하지만 아까워서 뜯지 못했다. 저건 혹시라도 나중에 손님이 오면 사용해야 한다.

지금 우리가 하는 와인 팩은 다니엘이 가져온 와인을 사용한 거다. 지난번에 그와 그가 돌보는 리안을 데리고 소풍을 갔을 때 다니엘이 화이트 와인을 한 병 가지고 왔었다.

나와 다니엘, 리안은 마셔도 되지만 내 딸들은 안 된다. 그래서 와인은 반이나 남았고 착하게도 다니엘은 괜찮은 와인이니 요리에 쓰라며 남겨 놓고 갔다. 고맙기도 하지.

"와인 또 남았어요?"

아이리스가 빈 그릇을 침대 옆 엔드 테이블에 내려놓고 내 옆에 누우며 물었다. 나는 다니엘이 두고 갔을 때와 거의 비슷하게 남은 와인을 떠올리며 말했다.

"그래. 표시해 놨으니 마시지 마."

닭 요리를 할 때 사용할 거다. 고기 잡내를 없애는 데 도움이 되지 않

을까. 레드 와인으로 닭고기를 졸이는 요리를 본 적이 있는데 비슷하게
할 수 있을지도 모른다.

"이거 또 할 거예요?"

애슐리가 물었다. 나는 누워서 잠들지 않기 위해 애를 쓰며 말했다.

"어쩌면."

이미 딴 와인이라 보관할 수도 없고, 버리기는 아깝다. 요리에 쓰든가
피부에 양보해야지. 문제는 꿀이 비싸서 어떻게 될지 모르겠다. 오늘도
애들 세 명 팩을 해 주려고 꿀을 쓰는데 아까워서 손이 달달 떨렸다.

"이걸 하면 예뻐질까요?"

반대편에 누운 릴리가 물었다. 어느새 그녀와 애슐리 사이에 팩이 담
겼던 빈 그릇이 놓여 있었다. 분명 아이리스가 엔드 테이블에 올려놨던
것 같은데.

나는 아이들이 그릇에 묻은 와인 팩을 핥아 먹은 것을 깨닫고 쓰게 웃
었다. 그렇게 맛있었니?

생각해 보니 여긴 이렇다 할 간식거리가 없긴 하다. 기껏 해 봐야 스
콘이나 파운드케이크 정도인데 파운드케이크는 설탕이 어마어마하게
들어가고 설탕은 꿀 다음으로 비싸다.

뭐, 괜찮겠지. 몸에 안 좋은 것도 아니고. 들어간 건 딱 세 개뿐이니
까. 화이트 와인, 꿀, 오트밀 가루.

"예뻐지진 않아."

나는 침대에 누워 아이리스의 손을 잡은 채 솔직하게 말했다. 이런 걸
로 예뻐진다면 현대에 성형 수술이 왜 발달했겠어?

하지만 그럼에도 나는 아이들에게 팩을 해 주기로 했고 앞으로 계속
내가 알고 있는 미용 방법을 전부 사용할 생각이었다.

"그럼 왜 하는 거예요?"

애슐리가 물었다. 원래 세상이었다면 나도 고작 열일곱, 열여덟 살짜리들은 하지 않아도 된다고 생각했을 거다. 하지만 여기서는 해야 한다.

"귀티 난다는 말이 있잖니?"

사람의 인상을 결정하는 건 좋은 옷뿐만이 아니다. 아무리 좋은 옷을 입어도 푸석한 피부나 떡 진 머리카락을 가지고 있으면 인상이 좋을 수가 없다.

내가 살던 원래 세상은 그래도 괜찮았다. 저렴한 화장품이 있었고 저렴한 샴푸와 린스가 있었다. 영양이 부족한 손톱은 천 원짜리 매니큐어로 가릴 수 있었다.

하지만 여긴 아니다. 여기서 윤기 있는 피부와 매끄러운 머리카락을 지니려면 그만큼 돈이 많아야 한다. 관리라는 건 사람의 손이 필요하고, 사람의 손은 돈으로 직결되니까.

나와 아이들은 그럴 여유가 없었다. 그렇다면 내가 가꿔 주면 된다.

"귀티가 뭐예요?"

애슐리가 물었다. 어라. 나는 깜짝 놀라서 애슐리가 누운 쪽을 쳐다봤다가 다시 털썩 누웠다. 이럴 때를 보면 아이리스와 릴리에 비해 애슐리의 교육이 부족했다는 걸 느끼곤 한다.

일주일에 한 권씩 책을 읽게 해야 하나. 나는 그런 생각을 하며 입을 열었다.

"귀한 티가 나는 걸 말하는 거야. 쉽게 말하면 피부와 머리카락, 손톱의 영양 상태가 좋고 언행이 부드럽고 상스럽지 않은 걸 말하는 거겠지."

이렇게 두고 생각해 보니 리안이나 다니엘도 귀티가 났다. 내가 예시로 리안이나 다니엘을 말하려 했을 때 애슐리가 다시 말했다.

"어머니처럼요?"

순간 어딘지 모르게 울컥했다. 밀드레드는 예쁘게 생겼다. 그리고 귀티가 난다. 하지만 그렇다고 해도 딸들이, 그중에서 특히 애슐리가 그렇게 생각한다는 게 어딘가 뿌듯하면서도 슬펐다.

나는 애슐리를 쳐다보고 아이리스와 릴리도 한 번씩 쳐다본 다음 말했다.

"그래. 귀티는 만들어 낼 수 있는 거야. 그만큼 노력이 필요하지만."

어디선가 들은 기억이 있다. 머리카락과 손톱은 영양 상태가 바로 드러나기 때문에 감출 수가 없다고.

겉모습이 전부인 세상에서 초라한 모습으로 있으면 무시당하기 마련이다. 절대 그렇게 둘 수는 없다. 내 딸들은.

나는 아이리스의 손을 잡으며 말했다.

"이제 세수하자. 그다음엔 손에 기름을 바를 거야."

　　　*　　*　　*

"어떠신가요?"

성에서 파티가 열리기 이틀 전, 다비나는 아슬아슬하게 아이들의 옷을 완성했다. 짐 마차에 드레스 상자를 싣고 달려온 그녀는 아이들 한 명한 명에게 옷을 입혀 주고 나를 쳐다보았다.

나는 아이들을 쳐다봤다. 아이리스는 침착하게 드레스를 살피고 있었고 릴리는 아이리스와 애슐리의 드레스와 자신의 드레스를 비교하고 있었다.

그리고 애슐리는 거울 앞에서 몇 번이나 빙그르르 돌고 있었고.

어지럽겠다. 나는 애슐리의 어깨를 잡으며 말했다.

"어떠니?"

"너무 좋아요! 완벽해요!"

애슐리가 행복한 표정으로 말했다. 그 말에 다비나의 표정도 풀어지는 게 보였다. 나는 바로 아이리스와 릴리를 쳐다봤다. 두 사람 역시 자신의 드레스에 만족한 표정이었다.

아이들의 드레스는 기본적으로 공주님 드레스라고 하면 생각나는 그런 드레스였다. 어깨가 부풀어 있었고 쇄골이 보이도록 파이고 착 달라붙은 상의에 허리선에서 다시 부풀어 오른.

입은 사람이 움직일 때마다 치마가 구름처럼 둥실둥실 움직였다. 평소에 입는 옷에 비하면 몇 배쯤 더 무겁고 몇 배쯤 천이 더 든다.

나는 아이들의 모습을 하나하나 자세히 살폈다. 확실히 아이리스는 분홍색이 더 잘 받는다. 애슐리가 입은 노란색 드레스를 입었으면 얼굴색이 안 좋아 보였을 것 같다.

릴리도 연두색이 괜찮았다. 특히, 그녀의 눈동자가 밀드레드를 닮은 초록색이라 더.

애슐리야 뭘 입어도 예쁘지만 이 애는 진짜로 완벽했다. 금발에 노란색 드레스가 레몬처럼 보이게 하지 않을까 걱정했던 게 무의미할 정도로 예뻤다. 반짝이는 금발과 파란색 눈동자. 그리고 연한 레몬색의 드레스.

흠, 아주 예쁜 레몬처럼 보일 수는 있겠네.

"완벽해요."

나는 다비나를 보며 그렇게 말했고 그녀는 그제야 안도한 미소를 지어 보였다. 그리고 치맛단이 너무 길거나 짧지 않은지 무릎을 굽히고 아이들의 드레스를 확인한 뒤 말했다.

"혹시 내년에 키가 자라면 밑단을 터서 다시 꿰매면 되니 걱정 마세요."

나는 다비나가 들어 보이는 아이리스의 치맛단을 쳐다보고 고개를 끄덕였다. 부디 아이들이 이대로 키가 크지 않았으면 좋겠다.

물론 살이 찌거나 마르지도 않았으면 좋겠지만 전부 말도 안 되는 바람이다.

"수선도 하죠?"

내 질문에 다비나의 얼굴이 잠깐 밝아졌다. 하지만 곧 그녀는 자신이 너무 반색했다는 것을 깨달았는지 침착하게 말했다.

"물론이죠. 이번 달까지는 무료로 수선해 드려요."

오. 저도 모르게 양 엄지를 다비나를 향해 들어 보일 뻔했다. 나는 너무 반색하지 않으려 애를 쓰며 고개를 끄덕였다. 그리고 아이들을 향해 말했다.

"자, 그만 벗어서 자기 방에 걸어 놓자."

내일모레 입어야 하는데 더럽히면 곤란하다. 오늘은 달걀흰자로 팩을 할 생각이었다. 내일은 레몬으로 레몬 팩을 하고.

아니, 잠깐. 오늘 레몬 팩을 하고 내일 달걀흰자 팩을 할까? 애들 머리카락에도 팩을 해 주고 싶은데

나는 철저한 관리 스케줄을 위해 지금 이 세계에서 내가 할 수 있는 천연 팩을 떠올리며 자리를 정리했다.

데뷔탕트가 이틀 뒤로 다가왔다. 물론 데뷔탕트로 끝은 아니지만, 일단 이게 가장 큰 관문이니까 통과를 잘해야겠지. 통과만 하는 게 뭐가 어렵겠어. 안 그래?

설마 통과하는 게 어마어마하게 힘들거나 그러지는 않겠지. 고작 하루 남았는데.

이튿날, 꿈에서 나는 핸드폰을 손에 쥐고 어디론가 문자를 하고 있었다. 누구에게 문자를 하는지는 중요하지 않았다. 내가 핸드폰을 쥐고 있다는 게 중요했다.

내가 손끝으로 액정을 건드릴 때마다 톡톡톡 하는 소리와 함께 핸드폰의 진동이 느껴졌다.

꿈이지만 희열이 느껴졌다. 세상에. 나는 핸드폰을 손에 쥔 채 이게 사라질까 봐 어쩔 줄 몰라 하고 있었다. 하지만 그 순간, 핸드폰이 엄청나게 흔들리면서 경고음을 내기 시작했다.

"꺄아아아아악!"

마치 여자애의 비명 같다. 그렇게 생각한 순간, 내 눈이 떠졌다. 젠장. 핸드폰의 싸늘하면서 단단하고 납작한 그 감촉이 아직도 생생했다. 나는 밀드레드의 몸에 들어오고 처음 일주일 동안 했던 것처럼 나도 모르게 옆을 더듬거리며 핸드폰을 찾았다.

하지만 핸드폰은 없었다. 꿈이었나 보다. 어흐흑. 잠결에 슬퍼하는 순간 다시 꿈에서 들은 그 비명과 같은 소리가 들려왔다. 덕분에 나는 엄청난 일이 벌어졌다는 것을 깨달았다. 멀리서 릴리가 나를 부르는 소리가 들려왔다.

"어머니! 어머니! 어머니!"

그리고 애슐리의 겁에 질린 비명도.

"어떡해!"

이게 대체 무슨 일이야? 나는 깜짝 놀라서 침대에서 뛰어내렸고 어디선가 또 다른 누군가가 뛰어가는 소리가 들렸다. 나는 아직 뛰지 않았으니 저건 아이리스겠지.

"무슨 일이야?"

나는 가운을 걸칠 생각도 하지 못하고 슬리퍼만 간신히 꿰찬 채 소리가 나는 곳으로 뛰어갔다. 그 순간 아이리스의 비명이 들렸다.

"애슐리!!!"

명백하게 분노한 목소리였다. 곧이어 철썩하는 소리가 들렸다.

대체 무슨 일이 일어난 거야? 내가 허둥지둥하는 사이 응접실 쪽에서 릴리가 소리쳤다.

"어머니! 여기예요!"

이게 겨우 동이 트고 있었다. 내가 아이들과 내 방을 모두 일 층으로 옮긴 게 신의 한 수였다. 쌀쌀한 기운이 저택 안에 감돌고 있었지만 너무 놀라서 추운 것도 몰랐다. 나는 허둥지둥 응접실 안으로 뛰어들었다.

"무슨 일이니!"

이미 응접실 안에는 아이들이 모두 모여 있었다. 정확히 말하면 릴리가 아이리스를 끌어안고 있었고 애슐리는 바닥에 주저앉아 하늘이 무너진 것처럼 울고 있었다. 대체 뭐야? 나는 주춤주춤 다가가 아이리스와 릴리, 애슐리를 순서대로 쳐다봤다. 하지만 아이리스는 애슐리를 노려보고 있었고 릴리는 어쩔 줄 몰라 하는 표정으로 나를 쳐다봤다.

그리고 애슐리는…….

그녀는 바닥에 엎어진 채 자기 아버지의 시신을 발견했다는 소식을 들었던 날처럼 울고 있었다.

"어머니."

릴리가 도와 달라는 듯 나를 불렀다. 뭔지 알아야 돕지. 나는 하늘이 무너진 것처럼 우는 애슐리를 보고 그녀에게 다가갔다.

"애슐리, 괜찮니?"

애슐리가 고개를 들었다. 그녀의 얼굴은 엉망이었다. 눈물 때문만은 아니었다. 왼쪽 뺨이 빨간 게 보였다.

대체 뭔데? 가슴이 덜컥 내려앉았다. 설마 무슨 일이라도 일어난 건 아니겠지? 집에 도둑이 들었다거나?

나는 애슐리의 어깨를 잡으며 물었다.

"무슨 일이야? 어디 다쳤어? 너 괜찮니?"

"어, 어머니, 엉, 어허엉. 죄, 죄송, 죄송해요."

애슐리는 우느라 정신이 없었다. 대체 무슨 일인데? 애가 이렇게 하늘이 무너져라 우는 건 처음 봤다. 나는 애슐리의 팔을 만지고 그 애의 다리도 보려고 고개를 숙였다. 하지만 다친 곳은 없었다.

대체 뭐지? 나는 어리둥절해서 고개를 돌렸다. 아이리스가 죽여 버리겠다는 표정으로 애슐리를 노려보고 있는 게 보였다.

"릴리."

내가 릴리를 부르자 그녀는 어쩔 줄 몰라 하는 표정으로 나와 아이리스를 번갈아 쳐다봤다. 그리고 주저하며 입을 열었다.

"애슐리가, 드레스의 주름을 펴려고 한 거 같아요."

그 순간, 아이리스가 발작하듯 애슐리에게 덤벼들며 소리쳤다.

"가만두지 않을 거야!"

"아악! 죄송해요! 잘못했어요!"

애슐리는 머리를 감싼 채 웅크렸고 릴리는 아이리스를 끌어안았다. 나는 이 상황을 어떻게 처리해야 할지 몰라 입을 딱 벌렸다.

대체 애슐리가 드레스의 주름을 펴려고 한 것과 아이리스는 무슨 상관인 거지?

설마 애슐리가 아이리스의 드레스를 입었나? 깜짝 놀라서 확인해 봤지만 애슐리는 자신의 잠옷에 가운을 걸치고 있었다.

게다가 아이리스가 아무리 기분이 나쁘다고 해도 고작 자기 옷을 입었다고 이 정도로 화를 낼 아이는 아니다. 나는 아이리스를 쳐다보고 다시 릴리에게 말했다.

"그런데?"

"저년이!"

아이리스가 펄펄 뛰며 소리쳤다. 나는 그 순간 벌떡 일어나며 말했다.

"아이리스!"

나는 움찔하고 멈춘 아이리스를 향해 손가락을 들어 보이며 말했다.

"화내는 건 괜찮아. 하지만 욕은 안 돼. 특히 네 여동생에게 넌 같은 말은 더."

"제 여동생 아니에요!"

아이리스는 거의 길길이 날뛰고 있었다. 이렇게까지 화낼 일이 대체 뭐지? 나는 릴리를 다시 쳐다보다가 릴리의 발 옆에 있는 분홍색 드레스를 발견했다.

"그거 아이리스의 드레스니?"

그 순간 릴리의 몸이 움찔했다. 그리고 애슐리가 엄청난 소리로 울기 시작했다.

"죄송해요! 죄송해요!"

나는 릴리 곁으로 다가가 아이리스의 드레스를 집어 들었다. 릴리가 주춤주춤 내게서 멀어지는 게 보였다. 대체 뭐냐고. 말을 해라, 말을.

아이리스의 드레스는 어제 다비나가 가져온 것과 거의 같은 상태였다. 주름을 펴려고 했다는 말이 사실인지 드레스는 군데군데 젖어 있었다.

설마 젖은 걸로 화를 내는 건 아닐 테고. 나는 미간을 좁히며 드레스를 찬찬히 쓸어 내려가다가 아주 작은 탄 자국을 발견했다.

"어?"

마치 담배 빵이라도 한 것처럼 아니, 그것보다는 좀 더 작았다. 아이리스의 드레스는 군데군데 탄 자국이 있었다.

세상에! 나는 깜짝 놀라 아이리스를 쳐다봤고 그 순간 그녀의 눈에서 눈물이 뚝뚝뚝 떨어지기 시작했다.

"아, 맙소사."

아이리스는 화난 표정으로 더 이상 아무 말도 하지 않았다. 그녀는 석상처럼 그대로 굳어서 눈물만 뚝뚝 흘리고 있었다.

가슴이 무너져 내렸다. 얼마나 속상할까.

"아이리스."

나는 재빨리 아이리스를 끌어안았다. 그녀가 길길이 날뛰었던 이유를 알겠다. 애슐리에게도 한 번뿐인 데뷔탕트였겠지만 그건 아이리스와 릴리에게도 마찬가지다.

"어, 어머니."

아이리스는 헐떡이며 나를 부르더니 내 어깨에 얼굴을 묻고 흐느끼기 시작했다. 세상에. 나는 아이리스의 등을 끌어안은 채 한숨을 내쉬었다.

"괜찮아."

나는 아이리스의 등을 쓰다듬으며 말했다.

"엄마가 고쳐 줄게. 걱정하지 마."

뭘 어떻게 고치면 될지 모르겠지만 아이리스를 위해서라면 뭐든 할 수 있다. 맞다, 난 지금 그런 심정이었다. 나는 아이리스를 끌어안은 채 계속해서 말했다.

"엄마가 해 줄게. 괜찮아. 엄마가 고쳐 줄게."

머릿속이 빠르게 돌았다. 내 드레스를 입으면 되지 않을까. 아이리스가 입기엔 좀 어른스러운 디자인과 색이지만 아이리스는 나와 키가 비슷하니까 괜찮을 거다.

그때 애슐리가 헐떡이면서 말했다.

"제, 제 드레스 입으면 돼요! 제 걸 입으면 돼요."

나는 한숨을 내쉬고 애슐리의 붉어진 왼쪽 뺨을 쳐다봤다. 큰일 났다. 저걸 빨리 가라앉혀야 한다.

"릴리, 가서 고기를 가져와. 애슐리, 넌 그만 울고 이쪽으로 오렴."

릴리가 주방으로 달려가자 애슐리가 헐떡이면서 일어났다. 하지만 너무 울었는지 그녀의 몸이 휘청거렸다. 나는 한쪽 팔로는 아이리스를 끌어안고 다른 한 손으로는 애슐리의 손을 잡으며 말했다.

"괜찮아. 고치면 돼."

"하지만 어머니."

울음 섞인 목소리로 아이리스가 고개를 들며 말했다. 그녀는 다행히 더 이상 애슐리를 노려보지 않았다. 다만 희망을 잃어버린 표정으로 말을 이었다.

"구멍이 한두 개가 아니에요. 고, 고칠 시간이 어, 없……."

거기까지 말한 아이리스의 눈에서 다시 눈물이 주르륵 흘러내렸다. 아, 맙소사. 나는 아이리스의 등을 토닥였다. 그리고 남은 손으로 애슐리의 부은 뺨을 쓰다듬었다.

"어머니! 고기예요!"

그때, 릴리가 차가운 고기를 가져왔다. 오늘 점심때 먹을 고기지만 지금은 그런 걸 생각할 때가 아니다.

"애슐리, 소파에 누워."

나는 애슐리를 소파에 눕히고 그녀의 뺨에 차가운 고기를 올려놓았다. 얼음이 있다면 좋지만 얼음이 없으니 어쩔 수 없다.

제발 내일 아침 전까지는 가라앉았으면 좋겠다. 데뷔탕트는 내일 저녁이고, 아침부터 준비를 해야 한다. 하지만 내 그런 소망과 상관없이 애슐리는 아이리스의 드레스 걱정뿐이었다.

그녀는 내 손을 잡으며 죽어 가는 듯한 목소리로 말했다.

"구멍에 꽃을 꽂으면 어떨까요? 그럼, 그러면……."

거기까지 말한 애슐리의 눈에서 다시 눈물이 흘러나왔다. 상심한 건 아이리스만이 아니었다. 나는 애슐리의 뺨에 고기가 얹어지도록 붙잡은 채 한숨을 내쉬었다.

이 애는 그저 자기와 언니들의 드레스에 있는 주름을 펴 주고 싶었을 뿐이다. 나름대로 머리를 쓴 것이리라.

이 세계의 다리미는 약간 깊이가 있는 프라이팬 같은 모양새다. 거기에 숯이나 달군 돌을 담아서 그 열기로 천을 다리는 거다.

요령이 없으면 주름이 잘 펴지지 않거나 천이 탄다.

애슐리는 다림질에 능숙하지 못했으니 안전한 방법을 사용하려 한 거겠지. 드레스에 물을 뿌리고 난로 앞에 갔다 두면 물이 열기에 증발되면서 주름이 펴진다.

여기서 문제는 불꽃이 튀는 걸 생각하지 못했다는 점이다.

"바보야, 꽃은 시든다고!"

아이리스가 조금 기세가 꺾인 목소리로 말했다. 펄펄 뛴 덕분에 화가 좀 가라앉은 모양이었다. 나는 어쩔 줄 몰라 하는 릴리를 한 번 쳐다보고 아이리스에게 말했다.

"그렇게 나쁜 생각만은 아닐지도 몰라."

"어머니?"

아이리스의 눈이 커졌다. 설마 애슐리의 바보 같은 생각에 동조하시는 건 아니시겠죠? 그녀의 눈동자는 그렇게 말하고 있었다.

애슐리의 생각은 그렇게까지 바보 같은 생각은 아니다. 물론 구멍에 꽃을 꽂겠다는 생각은 바보 같은 생각이긴 하지만 덕분에 좋은 아이디어가 생각났다.

나는 릴리에게 말했다.

"릴리, 아이리스의 드레스에 난 구멍이 몇 갠지 세 줄래?"

차마 아이리스에겐 못 시키겠다. 지금은 눈물이 멈췄지만 그녀를 시켰다간 다섯 개를 세기도 전에 아이리스는 다시 눈물을 터트릴 거다.

릴리가 불탄 자국을 세는 사이 나는 이번에는 아이리스에게 말했다.

"넌 지금 바로 다비나를 찾아가. 가서 네 드레스 색보다 좀 더 진한 색으로 천을 사 와."

"천이요? 덧대려면 같은 색으로 해야 할 텐데요?"

아이리스는 침착하게 말했지만 덧댄다는 말을 할 때는 목소리가 약간 떨렸다. 나는 걱정 말라는 표정으로 말했다.

"덧대려는 게 아냐. 꽃을 만들어서 구멍을 가릴 거야."

"꽃을 만든다고요?"

그때 릴리가 소리쳤다.

"아홉 개예요! 사실은 열한 개지만 두 개는 거의 보이지 않아요!"

좋아. 나는 아홉 개의 꽃을 만들려면 과연 천이 얼마나 필요할지 대충 계산해서 좀 더 넉넉하게 가져오라고 아이리스에게 말했다.

아이리스가 재빨리 자신의 방으로 달려가서 번개같이 옷을 갈아입고 나왔다. 잠깐, 얘가 말을 탈 줄 알던가?

아이리스는 리베라 남작이 죽기 전에 승마를 배웠었다. 딱 일 년뿐이었지만.

"아이리스, 말 타는 법은 기억하고 있니?"

아이리스의 얼굴에 드디어 미소가 떠올랐다. 그녀는 자신 있는 표정으로 말했다.

"다녀올게요."

"어, 언니."

그때 애슐리가 벌떡 일어났다. 그녀는 죄책감이 가득한 표정으로 말했다.

"미안해, 정말 미안해."

나는 아이리스가 뭐라고 말할지 몰라서 잠깐 긴장했다. 하지만 다행히도 그녀는 애슐리에게 이렇게 말했다.

"사과는 옷을 고친 다음에 받을게."

*　　*　　*

"이럇!"

아이리스는 저택에 남은 단 한 마리의 말에 올라타 시내를 향해 달리기 시작했다. 어릴 때 승마를 배워 둔 덕을 볼 줄은 몰랐다. 물론 집안 가계가 기울면서 어머니께서 마차를 팔아 버리면서도 말만은 팔지 않은 덕분이기도 했다.

말은 오랜만에 질주를 하게 되자 신이 나서 달렸다. 아이리스의 갈색 머리카락이 바람에 흩날렸다. 예전이라면 어머니가 남자처럼 말을 타는 것을 보고 한마디 하실까 봐 걱정했을 테지만 지금은 그럴 필요도 없었다.

"비켜요!"

아이리스는 정신없이 말을 달리며 소리쳤다. 이른 아침이라 사람이 적었지만 혹시라도 누군가 있을까 걱정됐다. 그때, 앞에서 눈에 익은 남자가 아이리스를 발견하고 놀라서 말했다.

"반스 양?"

앗 하고 리안이 몸을 움츠렸다. 그 순간 아이리스는 고삐를 잡아당기며 허벅지로 말을 조였다.

"핫!"

아이리스가 탄 말이 웅크린 리안의 몸을 훌쩍 뛰어넘었다. 그리고 반대편에 착지한 말을 멈춰 세운 뒤 리안을 내려다보며 물었다.

"괜찮아?"

웅크린 채 고개를 든 리안은 얼떨떨한 표정으로 아이리스를 쳐다봤다. 아슬아슬했다. 그가 웅크렸고, 아이리스가 말을 뛰어오르게 한 덕분에 무사했다.

"아, 응. 괜찮아."

그는 그렇게 말하며 몸을 일으켰다. 그리고 아이리스에게 어딜 그렇게 가는 길이냐고 물어보려 했다. 하지만 아이리스가 더 빨랐다.

"미안해. 다음에 제대로 사과할게. 급한 일이 있어서 이만."

그리고 그대로 말을 돌리더니 달리기 시작했다.

"뭐, 뭐야."

리안은 어리둥절해서 말을 타고 달려가는 아이리스의 뒷모습을 멍하니 쳐다봤다. 깜짝 놀랐다. 얼마나 놀랐던지 그의 심장은 여전히 쿵쿵 뛰고 있었다.

06

데뷔탕트

"놀랍군요."

이튿날, 오후. 성은 파티 준비로 분주했다. 리안은 성장(盛裝)을 하고 자기 응접실에 앉아 있었다. 다니엘은 그의 맞은편에 다리를 꼬고 앉아 차를 마시고 있었다.

왕자의 궁에, 왕자의 방에, 왕자의 응접실에서 왕자와 독대를 하고 있었지만 다니엘은 전혀 신경 쓰지 않았다. 그는 소파에 몸을 깊숙이 묻은 채 마치 자신이 이 방의 주인인 것처럼 앉아서 말했다.

"대체 전하의 그 반짝이는 머릿속에 과연 무슨 생각이 들어 있는지 저로서는 상상도 할 수가 없습니다."

다니엘의 신랄한 비난에 리안의 얼굴이 붉어졌다. 하지만 다니엘은 개의치 않고 계속해서 말했다.

"부디 다음번에 가출하실 때는 제가 국외에 있을 때를 이용해 주시길 바랍니다."

놀랍게도 리안은 데뷔탕트가 열리기 바로 전날, 새벽을 기해 성에서 탈출했다. 그 사실을 알게 된 왕과 왕비가 제일 먼저 부른 건 다니엘이었다.

두 사람은 비밀리에 다니엘을 불러들였다. 그리고 사건이 커지기 전에 리안을 찾아 달라고 부탁했다.

귀찮게 됐다. 국왕 부부의 부탁을 들은 다니엘의 생각은 딱 그것뿐이었다. 리안을 찾는 건 어렵지 않지만 귀찮다.

그는 누군가 왕자님을 납치한 게 아니냐고 펄펄 뛰는 더글러스 옆에서 한숨을 내쉬었다. 이 쓸모없는 녀석의 입도 닥치게 만들어야 한다.

다행히 리안은 다니엘이 더글러스의 입을 닥치게 하기 전에 돌아왔다. 국왕 부부는 안심했고 데뷔탕트는 무사히 치러지게 되었다.

더글러스의 입이 무사한 것은 말할 것도 없다.

"하지만 남작, 남작도 이 상황이 너무 말도 안 된다고 생각하지 않습니까?"

리안은 억울하다는 표정이었다. 그는 이번 데뷔탕트에서 자신의 부모님이 무엇을 하려는지 잘 알았다. 데뷔탕트에서 리안의 배우자가 될 만한 아가씨를 골라내려는 것이다.

국왕의 단 한 명뿐인 자식인 왕자가 스물두 살이 되도록 결혼은커녕 약혼자조차 없다는 건 놀라운 일이다. 그리고 이 모든 것은 리안의 할머니인 왕대비가 '운명적인 사랑'을 믿는다는 데에 있었다.

"성에서 파티가 열리기 전날, 주인공이 될 왕자 전하께서 가출하신 것만큼 말도 안 되는 일이 있을까요?"

다니엘은 찻잔을 들어 올리며 빈정거렸다. 리안의 얼굴이 다시 달아올랐지만 그는 아직 뚫린 입을 가지고 있었다.

"하지만 남작! 말도 안 되잖아요? 수많은 영애들을 불러다가 제 마음에 드는 여자를 선택하라뇨? 만약, 제가 마음에 든 영애가 약혼자가 있으면 어떻게 합니까?"

놀랍게도 리안의 입에서 상식적인 말이 튀어나왔다. 다니엘은 찻잔을 입에 대며 말했다.

"약혼자를 처리하면 되죠."

"남작!"

리안의 목소리가 높아졌다. 다니엘은 차를 한 모금 마시고 한쪽 눈썹을 들어 올렸다.

"제 귀는 아직 멀쩡하니 그리 소리 높이지 않으셔도 됩니다."

"마, 만약, 만약 그 영애가 날 싫어하면요?"

그럴 리가 없다. 다니엘은 인상을 쓰며 말도 안 된다는 듯 물었다.

"어느 여자가 전하를 싫어할까요?"

리안은 왕자다. 게다가 잘생겼다. 그런 그를 싫어할 여자는 없을 것이다.

하지만 다니엘의 단호한 말에도 리안은 망설이며 말했다.

"그래도 만약 있다면요? 내가 마음에 든 영애가 날 싫어한다면요?"

어쩐지 조심스러우면서도 절박한 말이었다. 그가 이렇게 절박하게 말하는 건 처음 들었다. 하나뿐인 왕자로 태어난 남자다. 나라의 주인이 될 남자였다.

그러니 평생 뭔가가 아쉬워 본 적이 별로 없을 것이다.

다니엘은 알겠다는 표정으로 씩 웃었다. 그리고 상체를 내밀어 나직하게 물었다.

"가출하신 이유가 그겁니까? 전하가 마음에 들어 하는 영애가 전하를 싫어해서?"

"그건 아니고."

다니엘의 질문에 리안은 재빨리 대답했다. 그래서 가출한 건 아니다. 그는 정말로 궁금했다는 듯 말했다.

"그냥 정말 궁금해서 물어봤습니다."

리안이 가출한 건 정말로 오늘 성에서 열리는 파티가 싫었기 때문이었다. 수많은 영애들과 춤을 추고 그중에서 결혼하고 싶은 영애를 골라야 한다니. 숨이 막힐 것 같았다.

"그럼 왜 돌아오신 겁니까?"

다니엘은 리안이 더 이상 말하지 않으려 하자 주제를 바꿨다. 그의 질문에 시무룩하게 앉아 있던 리안이 고개를 들었다.

"전에 갔던 둥근 지붕 저택 말인데요."

밀드레드의 집? 무표정이었던 다니엘의 얼굴에 아주 잠깐 표정이 스쳤다. 하지만 리안이 알아차리지 못할 정도로 짧은 순간이었다.

"마차가 있을까요?"

밀드레드는 마차를 가지고 있지 않다. 그녀는 늙은 말 한 필만 가지고 있을 뿐이다. 그녀가 다니엘에게 그런 이야기를 할 리가 없지만 다니엘은 알고 있었다.

"없을 겁니다."

다니엘의 말에 리안은 심각한 표정으로 고개를 끄덕였다.

"그렇지 않을까 하고 생각했어요. 그 집의 상황이……."

뭐라고 말해야 하지? 가난하다? 망설이는 리안을 대신해서 다니엘이 말했다.

"부유하지는 않았죠."

"네, 그거죠. 부유하지는 않다."

밀드레드는 부유하지 않았다. 그녀가 그래서 하인을 모두 내보냈으리라는 것도 다니엘과 리안은 이야기했었다.

리안은 부유하지 않다는 말을 몇 번 중얼거리더니 다니엘에게 말했다.

"반스 부인에게 마차를 보내 주고 싶은데요."

"어째서입니까?"

다니엘의 질문은 바로 튀어나왔다. 리안은 그가 당연히 알겠다고 할 줄 알았다가 깜짝 놀라서 쳐다봤다.

"어째서라뇨? 부유하지 않고, 사람은 넷이니까 마차가 필요할 것 같아서 하는 말입니다."

"그걸 왜 전하께서 신경을 쓰시는 건지 여쭙는 겁니다."

그렇게 말하지만 전혀 여쭙는 게 아니다. 다니엘의 시선이 날카로워졌다. 리안은 그의 갑자기 변한 태도에 당황해서 잠시 멈칫했다가 말했다.

"어제 우연히 반스 양을 만났거든요."

"어느 쪽이요?"

"가장 나이 든 쪽이요."

다니엘의 미간에 주름이 생겼다. 그는 소파에 등을 기대며 차갑게 말했다.

"전하께서 신경 쓸 일이 아닙니다."

"하지만 형편이 어려운 백성이 있다면 왕자로서 도와야 하지 않겠습니까?"

리안의 필사의 공격을 다니엘은 가소롭다는 듯 훗 하고 웃으며 말했다.

"그녀는 전하보다는 좀 더 나이 있는 남자가 어울릴 겁니다."

리안의 얼굴이 새빨갛게 달아올랐다. 그는 벌떡 일어나서 소리쳤다.

"아, 아니, 난 그런 의미가 아니라 그냥 도와주고 싶어서, 잠깐."

뭔가 이상한데? 리안은 차가운 표정으로 자신을 노려보는 다니엘에게 이상하다는 듯 물었다.

"아이리스 양은 열아홉일 텐데요? 저보다 나이가 많으면 얼마나 더 많아야 하는 겁니까?"

이번에는 다니엘의 눈이 커졌다. 그는 멍하니 리안을 쳐다보다가 고개를 숙였다.

다니엘은 두 손에 얼굴을 묻은 채 아무 말도 하지 않았다. 열아홉이면 사교계에 데뷔하기엔 약간 많기는 하다. 하지만 그렇다고 해서 리안의 상대가 되기에 나이가 많은 건 절대 아니다.

"남작?"

리안이 걱정스러운 표정으로 다니엘을 불렀을 때, 다니엘의 어깨가 들썩이기 시작했다. 설마 우나? 그는 다니엘이 우는 것을 상상했다가 몸을 부르르 떨며 재빨리 상상을 취소했다.

다니엘 월포드 남작은 바늘로 찔려도 눈물 한 방울 안 나올 인간이다.

"미, 미안합니다."

다니엘은 몸을 떨며 웃고 있었다. 그는 고개를 숙인 채 한 손을 들어 보이며 리안에게 사과했다.

방금 자신이 얼마나 앞뒤를 가리지 않았는지 깨달았다. 부끄러움은 둘째 치고 스스로가 너무 우스워서 견딜 수가 없었다.

그는 결국 배를 잡고 소파에서 신나게 웃음을 터트린 뒤에야 리안을 쳐다볼 수가 있었다.

"그러니까, 나이 든 쪽이 아이리스 반스 양이라는 말이죠?"

"반스 양 중에서 나이 든 쪽은 아이리스 양밖에 없잖습니까?"

밀드레드는 반스 양이 아니라 반스 부인이다. 다니엘은 자신의 실수가 어이가 없어서 다시 한 번 웃음을 터트렸다. 그리고 자리에서 일어나며 말했다.

"알겠습니다. 전하. 전하께서 그리 원하시니 둥근 지붕 저택에 마차를 한 대 보내도록 하죠."

대체 왜 웃는 거지? 리안은 쿡쿡거리며 자리에서 일어나는 다니엘을 멍하니 쳐다보며 고맙다고 말했다. 자리에서 일어나 옷매무새를 고친 다니엘이 다시 말했다.

"물론, 아시겠지만 제가 부탁을 들어드린 겁니다."

리안의 표정이 진지해졌다. 다니엘이 부탁을 들어줬다면 언젠가 다니엘의 부탁을 들어줘야 할지도 모른다. 그가 고개를 끄덕이자 다니엘은 문으로 성큼성큼 걸어가 벌컥 열며 말했다.

"들어오시죠, 케이시 경."

열린 문으로 화들짝 놀란 더글러스의 모습이 보였다. 그는 문에 귀를 대고 다니엘과 리안이 무슨 대화를 하는지 엿듣던 차였다.

더글러스의 얼굴이 그의 머리카락 색만큼이나 새빨갛게 달아올랐다.

"아, 아니, 난……."

왕자를 만나러 왔는데 다니엘과 대화 중이라기에 무슨 대화인지 궁금해졌을 뿐이다. 하지만 그가 남의 대화를 엿들었다는 건 변하지 않는 진실이다.

더글러스는 새빨간 얼굴로 자세를 바로 하고 허리를 숙였다.

"실례를 범했습니다."

괜찮다. 리안이 자리에서 일어나자 다니엘이 그를 힐끔 쳐다보고 방 밖으로 나가며 말했다.

"케이시 경이 왔으니 전 이만 가 보겠습니다."

마차를 보내라고 명령하러 가는 거겠지. 그렇게 생각한 리안이 고개를 끄덕이며 말했다.

"부탁합니다, 남작."

다니엘은 대답 없이 복도를 돌아 사라졌다. 더글러스는 그 모습을 못마땅하다는 표정으로 지켜보고 있었다.

대체 어떻게 안 걸까. 방금 도착했다. 그리고 리안과 다니엘이 대화를 나누던 소파에서 문까지는 꽤 거리가 있었다.

더글러스는 조용히 다가왔으니 소파에 앉은 다니엘의 귀에 그의 발소리가 들렸을 리 없다. 실제로 같이 앉은 리안은 듣지 못했다.

그의 머릿속에 마지막으로 다니엘과 검을 겨뤘던 날이 떠올랐다. 그때 다니엘이 요행을 부려서 아슬아슬하게 승리했다.

더글러스는 그렇게 생각하고 있다.

"남작님."

다니엘이 복도를 지나가자 시종이 다가와서 고개를 숙였다. 그는 시종을 향해 무표정한 얼굴로 말했다.

"케이시 경이 왔으니 나는 이만 가 보지. 왕비 전하께 그리 전하게."

"알겠습니다."

파티가 열리기까지 고작 몇 시간이 남았다. 왕비는 혹시 그사이에 리안이 또 가출할까 걱정해서 다니엘에게 왕자를 감시해 달라고 부탁했다.

물론, 그가 자신을 감시한다는 건 리안이 모르도록 말이다.

다니엘은 아무도 그에게 말을 걸지 못하도록 무표정한 얼굴로 성큼성큼 걸었다. 밀드레드에게 마차를 보내 주기 위해 서두르는 건 아니다. 그는 이미 둥근 지붕 저택으로 마차를 보내 줬다.

왕자 덕분에 좋은 핑계가 생겼다. 성을 나서자마자 다니엘의 입가에 미소가 떠올랐다. 밀드레드에게 마차를 보낸 건 그가 아니라 리안의 부탁 때문이었다고 거짓말할 필요가 없어졌다. 그게 사실이 됐으니까.

그는 이미 대기하고 있던 자신의 마차에 올라탔다.

　　　　　*　　　*　　　*

"어머니, 어디 가세요?"

홀을 가로질러 걸어가는데 릴리가 나를 불렀다. 뒤를 돌아보자 릴리가 재빨리 손에 든 것을 몸 뒤로 숨기는 게 보였다. 미안하지만 그게 스케치북이라는 걸 못 알아차릴 만큼 노안이 오진 않았단다.

"마차를 불러오려고."

나는 릴리를 위해 그녀의 행동을 못 본 척하며 말했다. 우리 집은 마차가 없으니 오늘처럼 다 함께 어딘가를 가려면 마차를 불러와야 한다.

보통은 이런 일을 하인을 시킨다. 그리고 밀드레드는 애슐리를 시켰다.

하지만 나는 안 그럴 거다. 오늘은 내 딸들이 모두 성에서 열리는 파티에 가야 하고 가장 예쁘게 단장해야 한다. 마차를 부르기 위해 시내까지 달려가야 하는 건 내 몫이다.

"제가 다녀올게요."

릴리는 재빨리 내게 다가오며 말했다. 착한 것. 나는 릴리의 머리를 쓰다듬으며 말했다.

"넌 가서 치장할 준비를 해야지."

스케치북에 얼굴을 박고 있었는지 그녀의 코에 연필 가루가 묻어 있었다. 나는 릴리의 코를 엄지와 검지로 살짝 잡아당기며 말했다.

"코랑 귀 뒤를 깨끗하게 닦는 거 잊지 마라."

가장 잊어버리기 쉬운 게 귀 뒤다. 거긴 거울로 안 보이니까.

"어머니!"

그때 애슐리가 주방에서 나와 달려왔다. 뛰지 말라니까. 내가 눈을 부릅뜨자 그녀는 걷기 시작했지만 잰걸음이었다.

"저와 함께 가요."

"너도 가서 준비해야지."

파티에 가기 전에 목욕을 하고 향유를 바른 뒤 옷을 입고 화장과 머리를 해야 한다. 머리 말리는 데 시간이 얼마나 걸리는지 알아? 이 세계에는 드라이어가 없다. 아직.

그리고 가장 큰 문제는 내가 드라이어의 구조는 모른다는 거다.

결국 여기서는 머리를 감는 것보다 말리는 게 가장 큰 문제다. 젖은 머리로 오래 있을수록 감기에 걸리기 쉬워지니까.

"머리를 감은 다음에 꼭 난로 앞에서 말려야 한다. 알았지?"

내 말에 애슐리와 릴리가 고개를 끄덕였다. 이 층을 청소하고 내려온 아이리스가 내게 물었다.

"마차 부르러 가세요?"

아이리스에게는 미리 말해 놨다. 내가 마차를 불러올 동안 문단속 잘하고 목욕하고 있으라고.

흠, 이렇게 두고 보니 동화가 생각난다. 아기 돼지 삼 형제라고 엄마가 나갔다 오는 사이에 아무도 열어 주지 말라고 했는데 엄마인 척하는 늑대에게 문을 열어 주는 바람에, 잠깐.

생각해 보니까 이건 일곱 마리의 아기 염소와 늑대네. 아니면 해님 달님과 헷갈렸거나.

어쨌든 엄마가 나가면서 아무나 문을 열어 주지 말라고 하면 열어 주면 안 되는 거다.

나는 다시 한 번 아이들에게 문단속을 확실히 하라고 신신당부를 한 뒤 문손잡이를 잡았다. 걸어갔다 오는 거라 시간이 좀 걸릴 거다.

"제가 말을 타고 갔다 와도 되는데요."

아이리스가 문을 여는 내게 안타깝다는 표정으로 말했다. 밀드레드도 말을 탈 줄 안다. 그러니까 결혼 전에 탈 줄 알았다.

하지만 결혼한 뒤에 한 번도 안 탔고, 나는 혹시라도 내가 말에서 떨어질까 봐 무서워서 아직 한 번도 타지 못했다.

"다음에."

나는 아이리스의 머리카락을 그녀의 귀 뒤로 넘겨 주며 웃었다. 착하기도 하지. 아이리스만 말을 탈 줄 안다는 게 조금 안타까웠다. 릴리나 애슐리도 탈 줄 알면 좋겠는데.

솔직히 말하면 애슐리의 요정 대모가 나타나서 호박 마차를 만들어 주는 걸 기다리고 싶은 마음도 있었다. 그럼 귀찮게 시내까지 안 걸어가도 되고 마차 삯도 안 나갈 거 아냐.

하지만 그런데도 마차를 부르러 가는 건 요정 대모가 만들어 줄 마차가 몇 인용일지 몰라서다. 만약 일 인용 마차를 만들어 주면 나랑 다른 애들을 어떻게 하란 말이야?

나는 한숨을 내쉬며 문밖으로 나섰다. 애슐리의 요정 대모가 통 크게 지금 당장 나타나서 사 인용 마차를 만들어 주고 "여러분! 이걸 타세요!" 했으면 좋겠는데.

"밀드레드 반스 부인이십니까?"

내가 집 밖으로 나가자 문 앞에 서 있던 마차에서 마부가 내리며 물었다. 응? 이건 뭐지? 나는 미간을 좁히며 물었다.

"맞는데요. 무슨 일이시죠?"

"윌포드 남작님께서 보내셨습니다."

"남작님이요?"

내 뒤를 따라 나왔던 애슐리와 릴리가 깜짝 놀라서 달려 나왔다. 아이리스 역시 집 밖으로 나와 내 옆에 붙어 섰다.

"네, 오늘 성에 오실 때 타고 오라고 하셨습니다. 저는 길버트입니다."

마부는 그렇게 말하더니 자기 모자를 벗고 내게 허리를 숙였다. 허허.

다니엘이 마차를 보냈단 말이야? 나는 어이가 없어서 물었다.

"남작이 뭔가 착각한 것 같은데요. 저희는 남작의 마차를 타고 갈 이유가 없습니다."

다니엘은 내가 그렇게 말할 줄 알았나 보다. 길버트는 내 말을 듣고 그럴 줄 알았다는 표정으로 말했다.

"리안이라는 분이 사죄의 뜻을 표한다고 전하라 하셨습니다."

"리안이요?"

아이리스의 입에서 말도 안 된다는 듯한 목소리가 흘러나왔다. 그러게. 리안도 몰락 가문이라 그리 여유가 없었을 텐데.

나는 슬쩍 길버트가 몰고 온 마차를 훑어봤다. 우리가 소풍을 갈 때 다니엘이 끌고 왔던 마차보다 훨씬 좋은 마차였다.

바퀴를 포함해서 마차는 전체적으로 검은색이었고 여자 넷이 드레스와 함께 앉아도 충분할 정도로 넉넉했다. 마부의 좌석에도 비를 피할 수 있도록 지붕이 있었고 차체가 높아서 우아해 보였다.

하지만 지옥의 멀미를 경험하게 되겠지.

나는 아이리스를 쳐다보고 길버트에게 말했다.

"안에서 차라도 마시면서 기다리겠어요?"

성으로 가려면 앞으로 몇 시간은 더 있어야 한다. 요즘 같은 날씨에 밖에서 기다리라고 하는 건 마음이 편하지 않았다.

길버트는 모자를 벗어 가슴 앞에 대더니 내게 고개를 숙이며 말했다.

"감사합니다, 부인."

다니엘이 보냈다고 했으니 리안이 다니엘의 마차를 우리에게 보내 주는 대신 다니엘에게 뭔가를 해 주기로 한 게 아닐까. 나는 그렇게 생각하며 길버트를 작은 응접실로 안내했다.

기다리는 동안 애슐리의 요정 대모가 나타나면 애슐리는 호박 마차를 타고 가는 거고 우리는 저 마차를 타고 가야 한다.

나는 언제쯤 애슐리의 요정 대모가 나타날지 괜스레 창문을 힐끔거렸다.

하지만 요정 대모는커녕 파리 한 마리도 보이지 않았다.

"사람이 많네요."

성은 내가 처음 재혼 파티에 참석했을 때보다 사람이 더 많았다. 릴리가 신기하다는 듯 말하자 나 대신 아이리스가 대답했다.

"데뷔탕트잖아. 모든 귀족들이 다 참석한다고."

이번에는 귀족뿐 아니라 그 비슷한 사람들까지 다 불렀지. 나는 눈에 띄게 아름다운 애슐리를 바라보고 고개를 끄덕였다.

사람이 많은 탓에 성으로 들어가는 길은 사람들로 길게 늘어서 있었다. 안 그래도 마차로 오는 길도 어마어마하게 막혀서 힘들었다.

그 와중에 문지기들이 어떤 사람들은 더 먼저 들여보내는 게 눈에 들어왔다. 나만 본 게 아니었는지 애슐리가 내게 속삭였다.

"저기 새치기하는 사람이 있어요."

"새치기하는 게 아냐."

이번에도 아이리스가 먼저 말했다. 그녀는 애슐리를 바보 같다는 듯 쳐다보더니 뽐내는 듯한 목소리로 말했다.

"상급 귀족들은 먼저 들어갈 수 있어. 특권이지."

맞다. 상급 귀족은 먼저 들어갈 수 있다. 공작이나 후작 같은 사람들. 나는 애슐리를 쳐다보고 아이리스의 말이 맞다는 표정으로 고개를 끄덕였다.

별것 아닌 특권이지만 한번 맛본 사람들은 잊기가 좀 힘들 것이다.

"밀드레드 반스 부인과 아이리스, 릴리, 애슐리 양입니다!"

드디어 우리 차례가 돌아왔다.

초대장을 건네주고 문으로 들어서자 시종이 소리 높여 외쳤다. 사람들의 시선이 우리를 향하는 게 보였다.

릴리와 애슐리는 바짝 긴장해 있었다. 아이리스조차 얼굴빛이 질린 게 보여서 나는 재빨리 그녀의 손을 잡고 손등을 가볍게 토닥였다.

나라고 해서 긴장이 안 되는 건 아니다. 하지만 나는 아이들의 보호자다. 긴장했어도 긴장한 티를 내보여서는 안 된다.

"저쪽으로 가자."

나는 사람들의 시선이 익숙한 척 아이리스에게 말했다. 그리고 애슐리에게 재빨리 속삭였다.

"애슐리, 허리 세우고."

"어깨 펴고요?"

릴리가 뒤따르듯 물었다. 그래. 그렇게.

허리가 구부정하고 어깨를 움츠리고 있으면 사람이 더 왜소해 보인다. 그리고 자신감이 없어 보인다.

이런 곳에서 자신감 없고 왜소해 보이는 여자들에게 다가오는 건 그런 여자들밖에 상대할 수 없는 수준 낮은 치들뿐이다. 최소한 그런 치들을 걸러 내려면 자세부터 당당하게 해야 한다.

우리는 밀려들어 오는 사람들에게서 벗어나기 위해 한쪽으로 이동했다. 이제 뭘 해야 하지? 밀드레드의 경험상 여기선 아는 사람을 찾는 게 가장 좋다.

하지만 내가 아는 사람이 누가 있어?

"밀드레드."

그때 그리 멀지 않은 곳에서 내가 아는 몇 안 되는 사람 중 두 명이 다가왔다. 나는 나와 마찬가지로 차려입은 게리와 산드라를 보고 빙그레 웃으며 인사를 건넸다.

"여기서 만날 줄은 몰랐어요."

게리와 산드라에게도 자식이 있다. 버논이라는 이미 결혼한 아들이.

나는 두 사람을 보고 물었다.

"버논은요?"

"아, 그게."

산드라와 게리의 시선이 부딪쳤다. 뭐지. 나는 산드라의 표정에서 죄책감을 읽고 심각한 표정을 지었다. 뭔가 안 좋은 일이라도 있나?

"원래는 전에 초대했을 때 말하려 했는데."

산드라는 내 손을 잡고 조심스럽게 말했다. 전에 초대했을 때? 게리가 나를 자신의 집으로 초대했을 때를 말하는 모양이다.

그러고 보니 그때 다니엘을 처음 만났지.

"릴리안이 임신을 했거든. 그래서 이번 시즌에는 영지에 남아 있기로 했어."

좋은 소식 아닌가? 그걸 왜 이렇게 조심스럽게 말하지?

거기까지 생각한 나는 지난번 게리의 집에 갔을 때 내가 무슨 소식을 전했는지 떠올렸다. 프레드의 시체를 발견했다는 소식을 전했지.

그렇군.

나는 쓰게 웃었다. 두 사람은 남편의 시체를 발견했다는 소식을 들은 동생에게 차마 좋은 소식을 전하기가 어려웠던 모양이다.

"괜한 신경을 쓰게 했네요. 정말 반가운 소식이에요. 잘됐어요, 오라버니. 그리고 샌디."

나는 그렇게 말하며 팔을 벌려 산드라를 끌어안았다. 그리고 곧이어 게리도 끌어안았다.

좋은 소식이다. 어쨌든 게리에게 손주가 생긴다는 거잖아. 나는 버논이 몇 살인지 잠시 생각했다. 스물셋이던가, 넷이던가.

현대였다면 애가 애를 낳는다고 할 나이지만 여기서 스물셋에 첫 아이를 낳는 건 그리 놀라운 일이 아니다. 밀드레드만 해도 열일곱에 결혼해서 열여덟에 첫애인 아이리스를 낳았잖아.

"그리고 말이다."

내가 몸을 떼고 다시 한 번 잘됐다고 두 사람의 손을 잡자 게리가 민망하다는 표정으로 입을 열었다. 또 뭔데?

그는 주변을 두리번거리더니 내게 상체를 기울였다. 사람이 많아서 단둘이서만 듣게 대화를 하려면 이럴 수밖에 없다.

나는 게리가 이야기하기 쉽도록 게리를 향해 귀를 대 주었다.

"리로이 백작이 얼마 전에 영지로 내려갔다더구나."

리로이 백작이? 아니, 그보다. 그걸 왜 나한테 이야기하는 거지? 나는 어리둥절해서 게리에게 물었다.

"그래요?"

"잠깐 내려갔다 올라오는 게 아냐. 아예 짐을 싸서 영지로 내려갔대."

이건 좀 놀랍다. 밀드레드는 집이 수도지만 다른 귀족들은 아니다. 그들은 자기 영지에 본가가 따로 있고 수도는 사교 시즌에만 지내기 위해 머무는 집을 가지고 있었다.

그러니까 게리와 산드라가 사는 집은 수도의 머피 저택이고 버논이 부인과 사는 집은 머피 백작 소유의 영지에 있는 집 중 하나라는 말이다.

리로이 백작 역시 자기 영지에 집이 있을 거다. 문제는 이 시기에 수도에 있는 귀족들은 모두 사교 시즌을 지내기 위해 올라왔다는 점에 있다.

사교 시즌을 지내기 위해 굳이 수도까지 며칠을 걸려 마차로 달려와 놓고, 고작 성에서 열린 파티 한 번 참석하고 다시 영지로 내려갔다고?

왜 그런 거추장스러운 짓을?

"그 이유에 대해서는 클럽에서 들었는데."

게리는 그렇게 말하며 주위를 살피더니 다시 내게 고개를 내밀었다. 그는 내가 귀를 대어 주자 속삭였다.

"리로이 백작이 넘어져서 다리가 모두 부러졌다고 하더구나."

"넘어져요?"

"계단에서 굴렀다는데 어디서 굴렀는지 아무도 모른대."

그게 무슨 소리야? 나는 이해가 안 돼서 얼굴을 일그러트렸다.

"아무도 모른다뇨? 계단에서 굴렀다면 집에서, 오."

무슨 말인지 알겠다. 게리 역시 알겠냐는 표정을 지었다.

집에 있는 계단에서 굴렀다면 집안사람들이 알았을 거다. 가족뿐 아니라 하인들도 있을 테니까.

반대로 집 밖에서 굴렀다면 도와준 사람이 있을 것이다. 다리가 모두 부러졌다면 그 상태로 혼자 집으로 돌아올 수가 없었을 테니까.

그러니, 계단에서 굴러서 다리가 모두 부러졌는데 어디서 굴렀는지 아무도 모른다는 말은 둘 중 하나다.

리로이 백작이 자신의 명예가 더럽혀질 만한 장소에 갔다가 진짜로 계단을 굴렀거나, 누군가 그를 때렸거나.

문득 한 가지 의문이 떠올랐다. 여긴 동화 속이잖아? 그럼 명예가 더러워질 만한 장소가 과연 존재할까? 그런 곳 있잖은가. 사창가나, 마약 굴 같은 곳.

나는 밀드레드의 기억을 뒤져 이 세계에 사창가나 마약 굴 같은 게 있는지 알아내려 했다. 하지만 그보다 먼저 익숙한 목소리가 나와 게리 사이로 끼어들었다.

"안녕하십니까, 머피 백작님."

다니엘이었다. 그는 게리와 산드라에게 고개를 꾸벅하더니 내게 돌아서서 빙그레 웃었다.

그리고 내 손을 잡으며 물었다.

"키스해도 될까요?"

예이, 예이, 하십쇼. 나는 건성으로 고개를 끄덕이고 그가 내 장갑 낀 손등 위로 입을 맞추는 것을 지켜봤다. 그러고 보니 이 녀석, 산드라한테는 손등에 키스를 안 하네?

"월포드 남작, 왕자 전하의 곁에 있을 줄 알았는데."

그때 게리가 먼저 다니엘에게 물었다. 흠, 설마 이 녀석, 남편이 없는 부인한테만 손등에 키스를 하는 건가? 어쩌면 그럴지도 모른다. 나는 그럴듯한 이유를 떠올리고 혼자 만족해서 고개를 끄덕였다.

"전하 곁에는 훌륭한 사람이 많으니까요. 주변에 사람이 너무 많아서 전하께서 불편하실까 봐 미리 나왔습니다."

왕자 옆에서 알랑방귀나 뀌고 싶지 않다는 것처럼 들린다. 나는 모르는 척 입가에 미소를 떠올렸고 게리는 약간 감탄한 것처럼 보였다.

왕에게는 왕자, 단 한 명밖에 없다. 누구나 왕자라는 확실한 금줄을 잡고 싶어 할 것이다. 금(禁)줄 말고 금(金)줄.

다니엘은 왕자의 스승이니 이미 손안에 금줄이 들어온 것이나 다름이 없다. 그런데 그는 거기에 별 관심이 없는 것처럼 보이는 거다. 다니엘이 욕심이 없거나, 아니면 이미 너무 확실하게 금줄이 자기 손에 들어와 있기 때문에 자신만만한 걸로 보인다.

"그리고."

다니엘은 씩 웃으며 말을 이었다. 그의 시선이 나를 향했다.

"아름다운 분께 인사하고 싶기도 했고요."

그의 말이 끝나는 것과 동시에 그의 시선이 나를 떠나 산드라로, 아이리스와 릴리, 애슐리로 향했다. 훌륭하네. 나는 가볍게 감탄했다. 그의 시선이 조금만 더 내게 머물렀다면 나는 그가 말하는 아름다운 분이 나를 칭하는 거라고 착각했을지도 모른다.

"어머, 남작님."

다니엘의 공격은 주효했다. 그의 말에 릴리는 물론 애슐리와 산드라 마저도 행복한 표정을 지었다. 좀 미안한 마음에 나는 산드라와 자리를 바꿔 그녀가 다니엘과 좀 더 가까워지도록 했다. 이런 잘생긴 남자는 우리 모두가 보고 즐길 필요가 있다.

"아, 참. 마차를 보내 줘서 고마워요, 월포드 경. 세심한 배려에 감사드려요."

나는 그 틈을 타서 마차를 보내 준 것에 대해 감사를 표했다. 게리의 표정이 이상해졌다. 하지만 릴리와 애슐리가 그가 뭐라 말하기 전에 재빨리 나를 따라 감사를 표했다.

"맞아요, 남작님! 정말 감사드려요!"

"마차가 너무 멋있어요!"

아이리스도 얌전하게 고개를 숙이며 인사했다.

"배려에 감사드려요. 덕분에 편하게 올 수 있었어요."

다니엘의 시선이 내 딸들을 훑었다. 나는 뿌듯한 기분으로 다니엘과 아이들을 쳐다보고 있었다. 누구 딸인지 몰라도 참 잘 컸어. 그리고 셋다 퍽 아름다웠다.

이날을 위해 매일 밤 목욕, 마사지, 팩을 반복한 덕분에 아이들의 머리카락과 피부는 매끄러웠고 빛이 났다. 욕조에서 충분히 불려서 씻어서 손톱 밑도 깨끗했다.

그리고 옷은 셋 다 자신에게 어울리는 색을 고른 덕분에 얼굴색이 더환하게 보였다. 특히 릴리는 다른 사람들이 그리 잘 입지 않는 연두색 드레스를 입은 덕에 이 많은 사람들 사이에서도 눈에 확 띄었다.

사교계에 데뷔하는 소녀들은 아이리스의 말대로 노란색 드레스를 입는 게 보통이었다. 덕분에 이곳은 노란색으로 말 그대로 가득 차 있었다. 레몬색, 아이보리색, 베이지색, 크림색.

다비나의 가게에서 노란색 계통의 샘플 천을 볼 때만 해도 저걸 누가 만들어 입나 했는데 지금 보니 알겠다. 여기 오느라 만들어 입는다.

가끔가다 분홍색이나 하얀색 드레스를 입은 소녀들도 있었지만 연두색은 릴리뿐이었다.

나는 릴리를 보고 자랑스러운 표정으로 그녀의 뺨을 가볍게 쓸었다. 분홍색이나 하얀색 드레스를 입은 소녀들은 도저히 노란색이 어울리지 않아서 입은 애들이라 그나마 괜찮았다.

하지만 어떤 소녀들은 노란색 때문에 얼굴색이 완전히 죽어서 오히려 안 좋아 보였다.

"아닙니다. 전 리안의 부탁을 들어줬을 뿐이니까요."

다니엘은 겸손하게도 그렇게 말하더니 내 딸들을 둘러보며 다시 말했다.

"자랑스러우시겠습니다, 부인. 오다 보니 사람들이 반스 영애들의 의상에 대해 칭찬을 하고 있더군요."

"오, 그래요?"

반가운 마음에 눈이 번쩍 띄었다. 연두색 드레스를 입은 릴리는 덕분에 눈에 확 띄었고 노란색 드레스를 입은 애슐리는 드레스는 사람들 사이에 묻혔지만 워낙 예뻐서 눈에 띄었다.

그리고 분홍색 드레스를 입은 아이리스는.

"특히나 아이리스 양의 드레스에 관심이 많더군요."

다니엘의 말에 아이리스의 뺨이 달아올랐다. 그녀는 감정을 감추려 했지만 입꼬리가 귀에 걸리는 건 어쩔 수 없는지 재빨리 두 손으로 자기 뺨을 감싸며 말했다.

"과찬이세요."

아이리스의 드레스는 정말로 예뻤다. 불꽃이 튀는 바람에 군데군데 생긴 구멍은 꽃장식을 만들어 덧붙인 덕분에 하나도 보이지 않았다. 게다가 꽃장식 때문에 가장 기본적인 디자인이었던 드레스가 훨씬 화려해 보인다.

"아닙니다."

다니엘은 빙그레 웃으며 말하고 내게 고개를 돌려 다시 말했다.

"부인께서 고르신 거겠죠? 안목이 아주 대단하십니다."

혹시 다니엘이 아이리스에게 관심이 있는 게 아닐까 하고 눈을 가늘게 뜨고 그를 지켜보던 나는 재빨리 미소를 지었다. 아이리스의 드레스를 콕 집어 칭찬하길래 아이리스에게 관심 있는 줄 알았는데 아니었나 보다.

나는 기뻐해야 할지 안타까워해야 할지 망설이며 다니엘에게 말했다.

"고마워요, 월포드 경."

다니엘은 부유하고 잘생긴 귀족이니 아이리스에게 관심을 가진다면 당연히 좋아해야 한다. 하지만 문제는 그가 서른두 살이라는 데에 있다. 서른두 살이면 아이리스보다 열세 살이나 많다.

으음. 다니엘이 이십 대였다면 눈을 딱 감고 아이리스와 잘되길 빌었을지도 모르겠는데. 이 정도면 성격도 괜찮고, 친절하잖아.

"게다가 이 꽃은 어머니께서 생각하신 거예요!"

릴리가 눈을 반짝이며 다니엘에게 말했다. 그녀는 어느새 다니엘 곁에 바짝 붙어 있었다. 넌 안 돼. 나는 릴리에게 물러나라고 눈짓해 보였다.

아이리스에게도 다니엘은 너무 나이가 많다. 아이리스보다 한 살 적은 릴리는 당연히 더 나이 차가 많이 난다.

"그렇습니까?"

다니엘이 놀랍다는 표정으로 나를 쳐다봤다. 그러고 보니 이 세계에서 드레스에 꽃무늬를 넣는 건 봤어도 꽃을 만들어 다는 건 못 본 것 같다. 드레스에 다는 건 보통 레이스나 리본이었지.

"어머, 이걸 밀이 생각해 냈다고?"

깜짝 놀란 산드라가 끼어들었다. 별거 아니었는데 그녀에게는 신선한 충격이었나 보다.

나는 산드라에게 몸을 기울여 속삭였다.

"별거 아니에요. 내 실수로 그만 아이리스의 드레스에 불꽃이 튀었지 뭐예요? 그걸 가리려고 만들어서 붙인 건데 이렇게 괜찮을지 몰랐어요."

"세상에, 밀."

내 말을 들은 산드라가 웃음을 터트렸고 나는 불안한 표정으로 안절부절못하던 애슐리를 향해 윙크를 해 보였다. 왕자와 결혼할 애슐리가 덤벙거린다는 소문이 돌아서 좋을 게 없다.

"원래 멋진 발견이란 작은 실수에서 시작되는 법이죠."

다니엘 역시 빙그레 웃으며 말했다. 그때, 나팔 소리가 들렸다.

빰빠바밤!

여기저기에 삼삼오오 모여 이야기하던 사람들의 목소리가 가라앉았고 시종이 있는 힘껏 국왕 부부와 왕자가 도착했음을 알렸다.

"어머니, 왕자님이래요."

애슐리가 눈을 반짝이며 내게 말했다. 그래, 기대될 만도 하겠지. 나는 힐끔 시선을 돌려 아이리스와 릴리도 쳐다봤다.

왕자다. 애슐리뿐 아니라 모든 미혼의 여자들은 흥미를 가질 수밖에 없다.

내 예상대로 아이리스와 릴리도 눈을 반짝이며 왕자를 보기 위해 목을 쭉 빼고 있었다. 그걸 보자 좀 가슴이 아파 왔다.

이 애들도 왕자와 결혼하고 싶을 거다. 하지만 동화의 주인공이 아니라서, 애슐리만큼 예쁘지 않아서 왕자와 결혼할 수 없다는 게 좀 슬펐다.

그렇다고 왕자를 탐내서 안 좋은 결말을 맞이하게 하고 싶지도 않지만.

"정말 금발이네."

아이리스가 신기하다는 듯 말했다. 사람들 때문에 멀어서 왕자의 얼굴은 잘 보이지 않았다. 물론 왕과 왕비의 얼굴도 마찬가지였다.

나는 고개를 빼고 왕자의 얼굴을 확인하려 했다. 금발에 잘생겼다고 들었다. 나뿐만 아니라 밀드레드도 왕자를 만난 적은 없다. 그냥 그렇다는 이야기만 들었을 뿐이다.

"궁금합니까?"

곁에서 다니엘이 물었다. 나는 왕자의 얼굴을 보고 싶어서 목을 뺀 채 건성으로 물었다.

"그럼요. 잘생겼다잖아요."

"잘생겨서 보고 싶은 겁니까?"

믿을 수 없다는 듯한 다니엘의 말에 나는 어이가 없어서 그를 쳐다봤다. 왕과 왕비와 한 번이라도 눈이 마주칠까 싶어 정면을 쳐다보는 사람들과 달리 다니엘은 완전히 내 쪽으로 몸을 돌리고 있었다.

하긴, 너야 왕자의 스승이니 왕과 왕비 정도야 쉽게 볼 수 있겠지.

하지만 우리는 아니다.

"일단은 그렇죠."

"일단은?"

다니엘의 한쪽 눈썹이 올라갔다. 나는 다시 정면으로 고개를 돌리며 말했다.

"그럼 내가 왕자님한테 관심 있을 이유가 또 뭐가 있겠어요?"

왕자가 몇 살이더라? 어쨌거나 내 또래는 아니다. 아니, 내 또래라면 이미 결혼해서 애가 있겠지. 왕과 왕비가 사람들을 향해 고개를 끄덕이는 게 보였다.

왕자 역시 사람들에게 손을 흔들거나 고개를 끄덕였다. 하지만 이쪽으로는 고개를 돌리지 않았다.

아, 좀. 얼굴 좀 보자. 얼마나 잘생겼나.

나는 좀 답답해서 까치발을 하고 섰다. 이렇게 사람이 많아서야 어떻게 왕자와 애슐리가 만날 수 있는지 모르겠다. 게다가 아주 큰 문제점이 하나 있다.

애슐리의 요정 대모가 나타나지 않았다. 우리가 그녀의 드레스를 찢지 않아서일까. 요정 대모는 나타나지 않았고 당연히 애슐리는 우리와 함께 마차를 타고 왔다.

"안 되는데."

나는 우리가 있는 구역을 지나가는 왕자를 쳐다보며 안타깝게 중얼거렸다. 이래서야 애슐리가 왕자와 만날 수 있는지도 모르겠고 만나서 춤을 추더라도 줄 게 없다.

요정 대모를 못 만났으니까.

설마 우리가 못 보는 사이에 요정 대모가 애슐리에게 유리 구두를 준 건 아니겠지. 제발 그랬으면 좋겠는데. 나는 까치발을 한 채 고개를 숙여 애슐리의 신발을 확인하려 했다.

"아!"

그 순간 다리가 휘청였다. 까치발을 하고 시선을 밑으로 내렸으니 당연하다면 당연하다. 아이고, 큰일 났네.

나는 내 뒤에 있는 사람을 팔꿈치로 치지 않기 위해 몸을 움츠렸다. 하지만 그보다 먼저 단단한 팔이 나를 끌어안았다.

"괜찮습니까?"

좋은 냄새가 났다. 다니엘의 향기였다. 향기라고 하니 좀 이상한데.

다니엘이 지나가면 나는, 향수 냄새가 풍겨왔다. 나는 질끈 감았던 눈을 뜨고 나를 끌어안은 그를 쳐다봤다.

"미안해요."

다니엘은 한 팔로 나를 단단하게 끌어안고 있었다. 그의 오른쪽 팔이 내 어깨를 감싸고 내 왼쪽 팔꿈치에 그의 복근이 닿아 있었다.

어느 쪽이나 단단했다. 그렇겠지.

때때로 옷에 감싸인 그의 근육이 보일 때가 있었다. 빵과 고기를 썰 때 팔뚝에 솟아오르던 힘줄이라거나, 풀밭에 담요를 깔 때 등이 팽팽해질 때라거나.

나는 그의 가슴에 닿은 어깨를 움츠리며 다시 한 번 말했다.

"도와줘서 고마워요, 월포드 경. 부끄럽네요."

다니엘은 아무 말도 하지 않았다. 왜? 뭔데? 내가 네 발을 밟기라도 했니? 재빨리 시선을 내렸지만 내 발은 바닥을 잘 디디고 있었다. 끝내주게 비싸 보이는 다니엘의 신발은 다행히 무사했다.

"월포드 경?"

내가 다시 그를 쳐다보며 물었을 때였다. 날 좀 놔주지 않겠니? 사람들이 아직 왕과 왕비를 보느라 정신이 없어서 게리는 내가 다니엘의 품에 안겨 있는 것을 눈치채지 못하고 있었다.

하지만 국왕 가족은 곧 끝에 다다랐고 왕이 사람들을 둘러보는 게 보였다.

"좋은 냄새가 나네요."

그 순간, 다니엘이 내게 고개를 기울이며 속삭였다. 힉 하고 저도 모르게 몸이 움찔했다.

깜짝 놀랐다. 나는 놀란 표정 그대로 다니엘을 쳐다봤다. 그는 내가 바닥에 안전하게 발을 디딘 것을 확인하고 내 어깨에서 손을 떼고 있었다.

"그, 그래요?"

좋은 냄새라고? 나는 팔을 들어 냄새를 맡았다. 향수 냄새를 말하는 건가? 희미하게 머리카락과 피부를 문지른 기름 냄새도 났다. 향유는 비싸서 살 수 없었기 때문에 나는 식물의 씨앗을 압착해서 만든 기름에 허브를 띄워 놨다가 아이들에게 발라 줬다.

그럼 허브 냄새가 배서 냄새도 좋다.

그사이 국왕이 뭐라고 했는지 사람들이 박수를 치기 시작했다. 아, 젠장. 다니엘한테 놀라느라 왕자의 얼굴을 결국 확인하지 못했다.

하지만 괜찮아. 나는 애슐리를 쳐다보며 흡족한 미소를 지었다. 왕자는 애슐리에게 춤을 청할 테니까 그러면 이제 이야기 끝이다. 비록 애슐리에게 요정 대모가 유리 구두를 주는 걸 잊어버렸지만 왕자가 애슐리를 찾으면 내가 나서면 된다.

그럼 애슐리는 왕자와 결혼할 테고 나도 저 커다랗고 돈만 들어가는 집을 팔아 치우고 어딘가 작은 집을 사서 조용하게 살 수 있다.

집을 판 돈으로 아이리스와 릴리의 결혼 자금을 댈 수도 있겠지.

이야기가 끝나간다는 기쁨에 가슴이 부풀었다. 애슐리가 왕자랑 결혼한다고 해서 내 인생이 끝나는 건 아니지만 그래도 눈이 새에게 파먹히거나, 발이 잘리거나, 쫓겨날 일은 사라진다.

하지만 반면 불안감이 존재했다. 왜 요정 대모는 나타나지 않았지? 왜 애슐리에게 유리 구두를 주지 않은 거지?

설마 요정 대모가 나타나는데 일정 조건 같은 거라도 있나? 나와 아이들이 애슐리의 드레스를 찢었어야 했나?

"연주하게."

그때 왕이 손을 들며 말했다. 멈췄던 악단이 음악을 연주하기 시작했다. 그리고 춤을 추기 위한 공간이 만들어졌다.

"얘들아."

나는 재빨리 아이들을 불렀다. 애슐리가 왕자의 눈에 띄어야 한다. 하지만 다음 순간, 놀라운 일이 벌어졌다.

"응?"

"무슨 일이지?"

왕자가 왕과 왕비에게 뭐라고 말하더니 자리를 떠나 버린 것이다. 나뿐만 아니라 주변 사람들 모두 웅성거리기 시작했다. 이게 무슨 일이야? 나는 재빨리 애슐리를 쳐다봤다.

설마 요정 대모가 나 모르는 사이에 애슐리와 왕자를 만나게 해 주려는 건 아니겠지?

"어머, 왕자님은 떠나시는 건가 봐요."

아니었던 모양이다. 애슐리는 눈을 크게 뜨고 성큼성큼 걸어 나가는 왕자를 쳐다보고 있었다. 대체 뭔데? 나는 그대로 다니엘을 향해 고개를 획 돌렸다.

"무슨 일이에요?"

다니엘은 알겠지! 그는 왕자의 스승이니까!

하지만 이번에도 틀린 모양이다. 다니엘은 왕자의 뒷모습을 미간을 찡그린 채 쳐다보다가 나를 보고 말했다.

"전혀 모르겠습니다, 부인."

"어디 아프신 건 아니겠죠?"

릴리가 물었다. 그 뒤로 아이리스와 애슐리의 안타까운 시선이 다니엘의 얼굴에 꽂혔다. 그는 아이들을 보고 고개를 갸웃하더니 말했다.

"글쎄. 전하께선 아주 건강하시지만 사람이 살다 보면 갑자기 일이 생길 수도 있고 속이 안 좋을 수도 있으니까."

흠. 결국 다니엘은 왕자가 갑자기 나간 이유는 모르겠지만 일단 실드는 쳐 주겠다는 말이다. 훌륭한 부하의 자세로군. 나는 다시 왕자가 떠난 곳으로 시선을 돌렸다.

대체 무슨 일일까. 부디 나 때문이 아니었으면 좋겠는데.

"안녕하십니까, 월포드 남작님."

음악이 연주되고 왕과 왕비가 가장 안쪽에 있는 왕좌에 앉자 사람들이 우리 쪽으로 다가왔다. 그중 제일 먼저 다가온 남자가 다니엘을 향해 인사를 건넸다.

"안녕하십니까, 바톤 경."

바톤 경이라고 불린 젊은 남자는 다니엘에게 고개를 꾸벅하더니 자연스럽게 나와 아이들에게 고개를 돌렸다. 소개해 달라는 태도에 다니엘이 다시 입을 열었다.

"부인, 이쪽은 제시 바톤 경입니다. 바톤 경. 이분은 반스 부인일세. 머피 백작님의 동생 되시지."

제시가 나를 쳐다보고 기대감으로 반짝이는 눈으로 애슐리를 쳐다봤다. 아, 샤발. 안 좋은 기분이 들었다.

"이쪽은 제 딸들이에요. 아이리스, 릴리, 애슐리죠."

내가 아이들을 소개하는 사이에도 제시의 시선은 애슐리에게 고정돼 있었다. 슬슬 제시가 마음에 안 들기 시작했다.

"애슐리 양, 제가 춤을 청해도 되겠습니까?"

샤발.

결국 제시는 애슐리에게 춤을 청했다. 이건 좋지 않다. 순식간에 릴리와 아이리스의 눈에 실망감이 깃드는 게 보였다. 아이리스는 재빨리 추슬렀지만 릴리는 조금 시간이 걸렸다.

그리고 애슐리는 우리의 눈치를 보고 있었다.

진짜 안 좋다, 진짜 안 좋아.

어쩔 수 없다는 걸 알면서도 나는 제시가 싫어졌다. 샤발 같은 자식. 샤바 같은 새끼.

"어, 어머니."

애슐리가 어떻게 하냐는 듯 나를 쳐다보았다. 그때 산드라가 게리의 옆구리를 쿡 찌르는 게 보였다.

"아이리스, 첫 춤은 나와 춰 주겠지?"

만세! 만세!

나는 아이리스에게 손을 내미는 게리를 보며 그를 끌어안고 싶은 심정을 애써 참아야 했다. 산드라가 센스 있게 찔러 준 덕분이지만 게리는 이 상황에서 어쨌든 그가 할 수 있는 일을 해 주었다.

아이리스의 눈이 커지더니 반짝이기 시작했다. 그녀가 수줍은 미소를 지으며 게리의 손을 잡고 앞으로 나가자 애슐리가 나를 쳐다봤다.

"릴리 반스 양."

천상의 소리가 내 옆에서 흘러나왔다. 나는 흠칫 놀라 다니엘을 쳐다봤다. 그는 끝내주게 잘생긴 얼굴을 하고 릴리에게 손을 내밀고 있었다.

와, 샤발.

저도 모르게 욕이 튀어나올 정도로 근사했다. 솔직히 말하면 난 지금 다니엘의 뺨에 뽀뽀를 해 주고 싶을 정도였다.

"저와 춤을 춰 주시겠습니까?"

릴리는, 릴리는 거의 기절하기 직전이었다. 그녀의 뺨의 선홍빛으로 물들더니 표정이 몽롱하게 변했다.

"네, 네."

떨리는 목소리로 대답하며 다니엘의 손을 잡은 릴리가 그를 따라 앞으로 나갔다. 아, 맙소사, 다니엘. 당신은 천사야!

심지어 다니엘은 나를 한 번도 쳐다보지 않았다. 오로지 자신이 원해서 릴리와 춤을 추려 한다는 태도였다.

아이리스와 릴리가 게리와 다니엘의 손을 잡고 나가자 애슐리의 부담도 줄어들었다. 하지만 여전히 그녀는 내게 허락을 구하듯 쳐다보고 있었다.

왕자는 어디로 갔지? 나는 한 번 더 왕자가 완전히 갔음을 확인하고 애슐리에게 말했다.

"애슐리, 몸 상태가 나쁜 게 아니라면 거절하는 건 예의가 아니야."

그러자 애슐리의 표정이 환해졌다. 그녀도 춤을 추고 싶었던 모양이다.

"네."

애슐리 역시 제시의 손을 잡고 앞으로 나가자 나는 가슴 앞으로 팔짱을 낀 채 아이들을 쳐다봤다.

어쩐지 기분이 이상했다. 밀드레드의 기억을 가지고 있는 탓에 머릿속에 아이리스와 릴리의 어린 시절이 떠올랐다. 처음 밀드레드에게 엄마라고 부르던 순간과 아장아장 걷던 순간.

그런 아이들이 저렇게 커서 데뷔탕트에서 춤을 추고 있었다.

"참 잘 컸어."

산드라가 내게 다가와 내 어깨를 끌어안으며 말했다. 나는 눈시울이 붉어진 채 산드라의 허리를 끌어안았다.

"자기들이 저렇게 잘 커 줬죠."

우리는 잠시 각자의 파트너와 춤을 추는 내 딸들을 쳐다봤다. 뿌듯한 기분 반, 섭섭한 기분 반으로 가슴이 가득 메었다.

"그런데 밀, 어떻게 월포드 남작과 친해진 거야?"

우리에게 권하는 춤을 각자 한 번씩 거절한 뒤, 산드라가 물었다. 나는 아이들을 살펴봐야 해서, 산드라는 얼굴만 비추고 돌아갈 예정이라 거절했다.

나는 산드라의 질문에 어리둥절한 표정을 지었다. 내가 다니엘과 친한가? 그는 내게 피해를 입혔고 그것을 보상했을 뿐이다.

그리고 그가 돌보는 아이와 내 딸들이 서로에게 도움이 된다고 생각해서 딱 한 번 함께 소풍을 갔다.

하지만 거기까지 생각하니, 겉으로 보기엔 충분히 친해 보이는 사이라는 것을 깨달았다. 그렇군. 나는 고개를 끄덕이며 말했다.

"샌디가 보는 만큼 친한 건 아니에요. 그냥 월포드 남작이 돌보는 아이가 있으니 아이들을 어울리게 하면 서로 도움이 되지 않을까 한 것뿐이거든요."

"하지만 월포드 남작이 릴리와 춤을 추고 있잖아."

그런데? 내가 이해하지 못하자 산드라가 다시 말했다.

"월포드 남작은 오직 공주님에게만 춤을 권한대."

이게 무슨 소리야?

"공주님은 없잖아요?"

이 나라는 두 세대 째 공주가 태어나지 않았다. 무슨 소리냐는 내 말에 산드라가 검지를 들어 보이며 말했다.

"그래, 춤을 안 권한다고."

"하지만 저랑 한 번 췄는걸요. 재호온, 이 아니라 지난번에 성에서 열린 파티에서요."

하마터면 재혼 파티라고 할 뻔했다. 하지만 산드라는 내가 무슨 말을 하려 했는지 신경 쓰지 않는 것처럼 말했다.

"그래서 묻는 거야. 어떻게 월포드 남작과 친해진 거야?"

산드라의 말에 의하면 그렇지 않아도 그것 때문에 소소하게 티 파티에서 사람들이 수군거렸던 모양이다. 허. 나는 이마를 짚었다. 아무 생각 없었는데 그렇게 유명한 사람이었던 말이야?

"솔직히 말하면, 모르겠어요. 전 월포드 남작과 보이는 것만큼 친하지 않거든요. 어쩌면."

어쩌면? 산드라가 고개를 기울였다. 나는 미간을 찡그린 채 되는 대로 말했다.

"내 집에 있는 그림에 관심이 많은지도요."

"그림?"

"전에 왔을 때 그림을 보고 갔거든요. 좀 더 정확한 확인이 필요하다고도 했고요."

산드라의 시선이 릴리와 춤을 추는 다니엘로 향했다. 릴리는 정말 행복해 보였다. 그걸 보자 내 기분이 또 복잡해졌다.

릴리가 다니엘을 좋아하는 걸까. 두 사람은 너무 나이 차이가 많이 난다. 다니엘이 릴리를 좋아할지도 문제다.

"그러고 보니 월포드 남작이 오래된 그림을 수집한다는 말을 들은 것도 같아."

산드라가 시선을 내게 돌리며 말했다. 그래? 다시 기분이 좋아졌다. 내 집에는 쓸데없이 오래된 그림이 몇 점 있다. 그게 얼마나 오래됐는지는 모르겠지만.

다니엘이 정말 그 그림에 관심이 있어서 릴리와 춤을 추는 거라면 좋겠다. 릴리는 어디에 내놔도 부끄럽지 않고 예쁜 내 딸이지만 다니엘이 나이가 너무 많아서 릴리와 결혼하고 싶다고 한다면 허락하기 좀 그렇다.

그렇다고 반대하기엔 너무 아깝기도 하고.

나는 부자에 잘생긴 남자를 계륵 취급하며 산드라와 함께 서 있었다. 릴리의 상대로는 좀 그렇고 남 주기는 아깝군.

"어머니!"

음악이 끝나자 아이리스와 릴리가 반짝이는 눈을 하고 내게 다가왔다. 나는 아이들의 뺨을 한 번 쓸고 뒤늦게 다가오는 애슐리의 손을 잡았다.

"재미있었니?"

"멋졌어요!"

제일 먼저 대답한 건 릴리였다. 그의 뒤에서 다니엘이 씩 웃어 보였다. 다음 음악이 연주되기 전까지 약간 쉬는 시간이 생겼다. 그 틈을 타서 사람들이 다음 춤을 청하기 시작했다.

"이리 와, 샌디."

아이리스의 뒤에서 게리가 산드라를 향해 손을 뻗으며 말하자 놀랍게도 산드라의 얼굴이 붉어졌다.

오빠와 올케가 사이가 좋다는 건 기분 좋은 일이다. 아이들이 킥킥거리기 시작하는 바람에 나는 그러지 말라고 눈을 흘겼다.

그러자 부끄러워졌는지 산드라가 말했다.

"게리, 밀드레드와 춤을 춰야……."

"오, 괜찮아요."

게리와 여기까지 와서 또 춤을 출 생각은 없다. 아마 산드라는 날 배려해서 하는 말이겠지만 정말로 난 오늘은 춤을 출 생각이 없었다.

나는 두 손을 들어 보이며 말했다.

"전 오늘 보호자예요. 이 애들을 지켜보느라 춤출 시간이 없답니다. 그러니 두 분은 어서 가세요."

산드라의 얼굴이 다시 달아올랐다. 하지만 그녀는 게리의 팔꿈치 안쪽에 손을 얹고 우아하게 앞으로 나가기는 했다.

"부인."

게리와 산드라가 춤을 추는 걸 지켜보고 있자니 다니엘에 내게 말을 걸었다. 설마 나한테 춤을 권하려는 건 아니겠지. 나는 눈을 가늘게 뜨고 그를 쳐다봤다.

나보다는 아이리스와 춤을 춰 줬으면 좋겠는데.

"부인과 춤을 출 기회가 없을 것 같으니 전 이만 가 보겠습니다."

"농담하지 말아요, 월포드 경."

나는 어이가 없어서 웃으며 말했다. 그만 떠나겠다는 핑계 한번 거창하다. 다니엘 역시 씩 웃으며 허리를 숙이더니 물러났다.

"어머니!"

다니엘이 사라지자 아이리스가 어이없다는 듯 나를 불렀다. 왜? 내가 돌아보자 릴리도 화난다는 표정으로 나를 쳐다보고 있었다. 심지어 애슐리조차도 못마땅하다는 표정인 것을 보고 나는 당황해서 물었다.

"왜?"

"남작님과 춤추시지 그러셨어요."

얘네 왜 이래. 나는 고개를 기울이며 말했다.

"월포드 남작이 내게 춤을 청하지 않았던 것 같은데."

"어머니께서 춤출 시간이 없다고 하시니까 권하지 못하신 거잖아요."

그럴 리가 없다. 나는 어이가 없어서 피식 웃었다. 다니엘이 왜 나랑 춤을 추고 싶어 하겠어?

"말도 안 되는 소리 하지 마."

나는 아이들에게 그렇게 말하고 고개를 들었다. 애슐리에게 처음 춤을 청한 제시의 용기 덕분에 다른 남자들이 우리 쪽으로 다가오고 있었다.

"안녕하세요, 반스 부인. 전에 뵌 적이 있지요."

내 또래의 남자가 나를 향해 고개를 숙여 보였다. 아니, 잠깐. 내 또래가 아니네. 수염 때문에 내 또래인 줄 알았지만 이 남자는 다니엘보다 어리다. 마크 왓슨. 왓슨 남작의 아들이었다.

"안녕하세요, 왓슨 경."

내가 인사를 받아들이자 마크는 소개를 받고 싶다는 듯 내 딸들을 향해 시선을 돌렸다. 소개를 받지 못하면 춤을 청할 수가 없다. 나는 재빨리 아이들을 소개했고 마크는 다시 한 번 자신을 소개한 뒤 애슐리에게 춤을 청했다.

다행히 아이리스와 릴리는 그렇게까지 실망한 모습은 보이지 않았다. 하긴, 여기서 대놓고 실망한 태도를 보이지는 않겠지. 특히 아이리스는.

그녀는 자존심이 센 편이다. 절대 사람들 앞에서 실망하거나 상처 입은 티를 내지 않을 것이다.

그 다음번은 좀 더 괜찮았다. 애슐리가 마크와 춤을 추는 사이 아이리스와 릴리는 각각 데이비드와 제임스라는 남자들에게 춤을 권유받았고 애슐리가 돌아올 때 춤을 추기 위해 나갔다.

"기분이 어떠니?"

나는 상기된 얼굴로 눈을 반짝이는 애슐리의 어깨를 감싸 안으며 물었다. 애슐리는 지금 꽤 행복할 거다. 남자들이 그녀와 춤을 추고 싶어 했고, 다들 예쁘다고 찬사를 던졌으니까.

하지만 내가 보기에 쓸 만한 남자는 없었다.

"너무 좋아요, 어머니."

뭐, 상관없겠지. 나는 애슐리의 어깨를 끌어안은 채 고개를 끄덕였다. 이 애도 사교계에서 사람들을 만나 볼 필요가 있다. 그래야 쭉정이 같은 남자를 골라낼 눈도 키울 테고.

"모든 사람과 춤을 출 필요는 없어."

애슐리에게 춤을 청할 기회를 노리는 남자들을 쳐다보며 나는 그녀에게 속삭였다. 춤을 청한다고 무조건 다 받아 줄 필요도, 의무도 없다.

"그래요?"

"네 몸은 하나뿐이잖아. 밤새 모든 남자들과 춤을 추면 이튿날 일어나지도 못할 거야. 그리고 거절한다고 널 비난할 사람은 없어."

아니, 비난할 사람이 있긴 하겠군. 나는 부디 애슐리가 저 남자와는 춤추지 말았으면 싶은 남자를 쳐다보며 한숨을 내쉬었다. 가끔 춤을 거부당하면 부끄러운 줄 모르고 화를 내거나 짜증 나게 굴거나 비열하게 구는 놈들이 있다.

그런 놈들이 내 딸을 위협하는 걸 두고 볼 생각은 없다. 그래서 내가 모든 춤을 거부하고 여기에 있는 거다.

"하지만, 뭐라고 거절해요?"

애슐리가 겁에 질린 표정으로 내게 속삭이며 물어왔다. 핑계는 많지. 나는 코웃음 치며 말했다.

"발이 아프거나, 쉬고 싶거나 그때그때 춤을 못 추는 이유를 솔직하게 말하면 되지."

"그냥 그 사람이랑 추기 싫으면요?"

"그때는 약간 거짓말을 해야겠지. 그게 예의거든."

그렇구나. 애슐리가 고개를 끄덕였다. 잠시 후 그녀에게 누군가가 춤을 청했다. 얼굴은 아는데 이름이랑 매치가 잘 안 되는 남자였다.

"죄송해요. 발이 아파서."

그래, 그렇게 거절하면 돼. 나는 애슐리의 거절을 듣고 뿌듯한 마음에 그녀의 등을 두드렸다. 사람은 누구나 거절하는 법을 배워야 한다. 특히 여자는.

하지만 잠시 뒤 다른 남자가 춤을 청하자 애슐리가 말했다.

"좋아요."

야, 이 녀석아.

너 방금 발 아파서 다른 남자한테는 춤 못 춘다고 했잖아. 나는 재빨리 애슐리의 어깨를 잡으며 남자에게 빙그레 웃어 보였다.

"물론 좀 더 있다가 말이죠. 애슐리가 발이 아파서 쉬는 중이었거든요. 괜찮다면 기다려 주겠어요, 필립스 경?"

이십 대 초반의 필립스 경은 내 말을 듣더니 애슐리를 보고 빙그레 웃으며 고개를 끄덕였다.

"조금 있다가 다시 오겠습니다."

그가 물러나자마자 나는 더 이상 사람들이 애슐리에게 춤을 청하지 못하도록 그녀를 끌고 벽 쪽으로 물러났다. 그리고 애슐리에게 물었다.

"애슐리, 첫 번째 남자는 거절하더니 두 번째 남자는 왜 허락했니?"

"하지만 두 번째 남자는 잘생겼는걸요."

크흑. 어이가 없어서 웃음이 나오는데 그게 또 맞는 말이다. 나는 처음 애슐리에게 거절당한 남자와 필립스 경의 얼굴을 동시에 떠올리며 한숨을 내쉬었다.

그러게. 필립스 경이 좀 더 잘생기긴 했다.

"그러면 안 되나요?"

애슐리가 두 손을 맞잡으며 물었다. 아니, 뭐 그러면 안 될 건 없지. 남자들도 애슐리가 더 예뻐서 춤을 청하는 거니까. 나는 허리에 손을 얹으며 말했다.

"나쁠 건 없지. 잘생긴 남자가 보기 더 좋긴 하니까. 하지만 애슐리, 네가 발이 아프다고 거절해 놓고 바로 다른 남자와는 춤을 추겠다고 하면 거짓말을 하는 게 되잖니."

"하지만 전 거짓말을 한 게 맞는걸요."

"아니지, 애야."

나는 재빨리 손가락을 들어 올렸다. 얘가 뭘 착각하고 있나 본데. 그때 음악이 끝났는지 아이리스와 릴리가 내게 다가왔다. 나는 두 사람이 다가오는 것을 기다렸다가 말했다.

"거짓말을 하는 것과 예의를 차리는 건 다른 거야. 알겠니? 사람은 사회적인 동물이고 다른 사람과 함께 살아가기 위해 다른 사람의 기분도 존중해 줄 필요가 있어."

당연하게도 애슐리는 그건 가식이지 않냐는 표정을 지었다. 가식과 예의는 다른 거다. 그나마 다행인 것은 아이리스는 고개를 끄덕였다는 점이다.

뭐, 상관없다. 어차피 이 애들도 살다 보면 이해하게 될 거다. 특히 아이리스와 릴리는 알고 싶지 않아도 알게 되겠지.

나는 아이들을 이끌고 휴게실로 향했다. 셋 다 두 번씩 춤을 췄으면 이제 한번 쉴 때가 됐다. 어차피 귀족들의 파티란 새벽이 돼서야 끝난다. 틈틈이 쉬어 주지 않으면 중간에 지쳐서 나가떨어진다.

"하지만 아직 피곤하지 않은데요?"

휴게실을 찾으며 릴리가 물었다. 잘해 놨네. 나는 방 몇 개를 열어보며 가볍게 감탄했다. 성에서 열린 파티라 휴게실이 꽤 많았다. 그리고 대부분의 방은 가득 차 있었다.

"피곤하다는 걸 깨달았을 때는 이미 늦었을 때거든. 그리고 내가 뭐라고 했지?"

파티에 오기 전에 내가 아이들에게 신신당부한 게 있다. 아이리스가 재빨리 말했다.

"수분 섭취를 잊지 말라고요."

"그래. 물을 많이 마셔야 해."

이렇게 사람이 많고 더운 데서는 수분 섭취를 잊지 말아야 한다. 특히나 오늘 사교계에 데뷔한 아이들은 춤을 추다가 물 마시는 걸 잊어버려서 탈수를 일으키기 쉽다.

나는 드디어 사람이 적은 휴게실을 찾아내고 문을 활짝 열어 아이들을 들여보냈다.

휴게실이라고 해서 딱히 특별한 건 아니다. 평범한 응접실처럼 생긴 작은 방이다. 한쪽에 화장을 고칠 수 있도록 거울이 달린 화장대가 두어 개 놓여 있다는 것을 제외하면 우리 집에 있는 응접실과 비슷했다.

먼저 온 여자는 내 딸들 또래로 보였다. 한 명은 우리에게 등을 보인 채 고개를 숙이고 있었고 다른 한 명은 고개 숙인 아이를 달래 주고 있었다.

뭐 안 좋은 일이라도 있나? 나는 시종이 준비해 놓은 음료를 아이들에 나눠 주며 소파에 앉았다. 춤을 추지 않았어도 서 있었던 탓에 발이 아팠다.

"수분 섭취는 피부에도 좋아."

나는 물을 홀짝이는 아이들에게 재빨리 덧붙였다. 내 경험상 미스트를 뿌리는 것보다 물을 자주 마시는 게 더 나았다. 돈도 더 적게 들고.

덕분에 아이들은 홀짝홀짝 물을 마시기 시작했다. 여기서 조금만 쉬다 나가자. 그렇게 생각하며 소파에 몸을 기대고 늘어져 있자니 어디선가 이상한 소리가 들려왔다.

"흑, 흐윽, 흑."

누군가 흐느껴 우는 소리였다. 설마 이 세계에도 귀신이 있는 건 아니겠지? 나는 깜짝 놀라서 고개를 들었다.

요정 대모도 있는데 당연히 귀신도 있겠지. 하지만 귀신이 있다고 해도 내가 살던 세계의 귀신하고는 다를 거 아냐? 나는 밀드레드의 기억을 뒤져 흐느껴 우는 여자 귀신이 이 세계에도 있는지 확인하려 했다.

하지만 그보다 먼저 애슐리가 내게 속삭였다.

"저기 있는 애, 울어요."

"아."

귀신이 아니었구나. 나는 힐끔 먼저 온 여자애 둘을 쳐다봤다. 우리에게 등을 돌린 쪽이 울고 있는 모양이었다. 그리고 맞은편에 있는 애가 그 애를 위로하고 있었다.

그러다가 나는 나뿐만 아니라 아이리스와 릴리, 애슐리도 그 애들을 빤히 쳐다보는 것을 알아차리고 재빨리 헛기침을 했다.

"크흠."

아이들의 시선이 내게 돌아왔다. 나는 재빨리 속삭였다.

"다른 사람을 빤히 쳐다보는 건 예의가 아니야."

심지어 우는 사람은 더더욱 그렇다. 내 지적에 아이리스는 시선을 내쪽으로 고정했지만 릴리와 애슐리는 아니었다. 릴리는 물을 마시며 아닌 척 여자애들을 쳐다봤고 애슐리는 안 보려 했지만 시선이 자꾸만 그쪽으로 가는 모양이었다.

"왜 우는 걸까요?"

결국 참지 못한 릴리가 내게 물었다. 나는 내 물을 마시며 단호하게 말했다.

"타인의 사생활에 필요 이상으로 관심을 갖는 건 옳지 못한 일이야."

"하지만 어머니, 궁금하잖아요?"

"애슐리, 그럴 때는 궁금하다가 아니라 걱정된다고 해야지."

그리고 걱정된다고 해도 남의 일에 참견하는 건 아니다. 하지만 그때 여자애의 울음소리가 더 커졌다.

"어흐흐흑! 정말 너무해!"

아이고. 내가 이마에 손을 짚는 것과 동시에 아이들의 시선이 여자애

쪽을 향했다. 그 시선을 깨달은 위로하던 애가 변명처럼 말했다.

"드레스가 망가져서 그래요."

"어머, 어쩌다가요?"

릴리의 호기심이 제일 먼저 고개를 들었다. 아이리스가 릴리를 잡아당겼지만 이미 늦었다. 울던 여자애의 울음소리가 다시 커졌다.

왜 이 휴게실에만 사람이 적었는지 알겠다. 한숨을 내쉬는 내게 아이리스가 물었다.

"어머니, 반짇고리 가지고 오지 않으셨어요? 그걸 빌려주면 어떨까요?"

아이들의 옷이 혹시라도 어디에 걸려 찢어지거나 할 때를 대비해서 휴대용 반짇고리를 가져오긴 했다.

하지만 솔직히 말하면 별로 빌려주고 싶지 않았다. 내겐 애슐리가 있거든. 얘가 자기 드레스도 뜯어 먹지 않을 거란 보장이 없다.

나는 아이리스를 쳐다보고 릴리와 애슐리까지 쳐다본 뒤 자리에서 일어났다.

좀 보고, 가져온 반짇고리로 해결이 안 될 수준이면 안 되겠다고 말하고 돌아와야겠다.

"안녕, 난 밀드레드 반스야. 저기 있는 애들이 내 딸들이지."

내가 다가가자 여자애의 울음소리가 좀 잦아들었다. 나는 당황한 표정을 짓는 여자애들에게 다가가 말을 걸었다. 울던 애가 코를 훌쩍이며 고개를 들었다.

"드레스가 망가졌다며. 반짇고리가 있으니 어떤지 좀 보자."

약간 찢어진 거라면 꿰매 주면 된다. 가져온 실로 커버될 정도의 상태였으면 좋겠는데. 그렇게 생각하며 우는 애의 드레스를 본 순간 나는 내 생각이 완전히 틀렸음을 깨달았다.

"아니에요, 불가능해요."

그렇게 말하는 여자애의 눈은 우느라 퉁퉁 부어 있었다. 그러게. 바늘과 실로 해결 가능한 게 아니었다.

"저는 패트리샤예요. 이쪽은 마샤고요."

우는 소녀를 위로하던 소녀가 자기들을 소개했다. 둘은 사촌 관계로 동시에 친구이기도 한 모양이었다.

나와 산드라가 이랬지. 우리는 사촌이 아니었지만 아버지끼리의 영지가 가까워서 어릴 때부터 가까웠다. 산드라가 게리와 약혼해서 더 그랬기도 했지만.

나는 패트리샤에게 고개를 끄덕이고 마샤를 향해 쪼그리고 앉았다. 그사이, 무슨 일인가 하고 아이리스와 릴리, 애슐리가 쫓아왔다.

"어머."

"세상에!"

릴리와 애슐리의 놀란 신음이 들려왔다. 둘 다 깜짝 놀란 표정이었다. 아이리스는 굳은 표정으로 입을 다물고 마샤의 드레스를 쳐다보고 있었다.

마샤의 드레스는 찢어지거나 구멍이 난 게 아니었다. 그녀의 분홍색 드레스는 보라색으로 크게 얼룩져 있었다. 달짝지근하면서 알코올 냄새가 나는 걸로 보아 아무래도 레드 와인을 쏟은 모양이다.

"어쩌다 이랬어요?"

릴리가 물었다. 오늘 데뷔한 소녀인가? 나는 마샤의 얼굴을 쳐다봤다. 그녀의 얼굴에 당황한 표정이 떠올랐다.

이런 일이 있을까 봐 나는 아이들에게 색이 있는 음료는 마시지 말라고 신신당부를 했다. 물은 괜찮다. 레모네이드까지도 괜찮다. 어쩌면. 하지만 주스, 와인은 안 된다.

물론 아이들에게 벌써 술을 허락할 생각도 없었다. 이 나라에서 술은 결혼한 뒤에나 마실 수 있다. 아니면 스무 살이 넘거나.

가장 나이가 많은 아이리스가 이제 겨우 열아홉 살이니까 아이들은 아직 한 번도 술을 마셔 본 적이 없을 것이다. ……제발 그랬길 빈다.

"시, 실수로 그만……."

마샤는 더듬더듬 말했다. 술을 마시다가 드레스 위로 엎었다는 말이다. 정말? 나는 의심스러운 눈으로 그녀를 쳐다봤다.

마샤는 우리 애들 또래로 보인다. 그리고 패트리샤도. 나는 두 소녀의 옷과 헤어스타일을 확인했다.

마샤는 분홍색 드레스를, 패트리샤는 노란색 드레스를 입고 있었다. 둘 다 사교계에 데뷔하는 소녀들이 입는 색깔과 디자인이었다. 짧은 소매에 하얀 장갑. 마샤는 머리에는 꽃이 달린 장식품을 달고 있었다.

이게 데뷔탕트의 기본 복장이다. 그리고 아직 결혼을 하지 않거나 결혼이 예정되지 않은, 미혼의 처녀들은 꽃장식을 머리에 달아야 한다.

그래야 사람들이 누가 미혼인지를 알 수 있을 테니까.

데뷔탕트 전에 약혼이 결정된 소녀들은 꽃이 달린 머리 장식을 하지 않는다. 그리고 여기 있는 다섯 명의 소녀 중 패트리샤를 제외하면 모두 머리에 꽃이 달린 장식을 달고 있었다.

"이건 못 지우겠죠?"

아이리스가 물었다. 나는 과연 마샤라는 애가 술을 마시는 것을 그 애의 보호자가 보고만 있었는지를 의문스럽게 생각하다가 내 딸을 쳐다봤다.

와인은 못 지운다. 내가 원래 살던 세상에서 나도 와인을 한번 엎지른 적이 있는데 저건 얼룩이 남아서 못 쓴다. 아니, 잠깐.

예전에 인터넷에서 본 적이 있다. 와인 얼룩을 지우는 방법을. 나는 벌떡 일어나서 아이리스에게 말했다.

"아이리스, 가서 화이트 와인을 가져와. 탄산이 있는 걸로. 릴리, 넌 양동이를 가져와. 드레스를 담을 정도의 크기면 돼."

내 말에 아이리스와 릴리가 깜짝 놀라서 나를 쳐다봤다. 애슐리가 물었다.

"저는요?"

애슐리도 해야 할 일이 있다. 하지만 내가 애슐리에게 무엇을 해야 할지 말하기 전에 릴리가 의심스럽다는 듯 물었다.

"어머니, 화이트 와인이요? 여기서요?"

"화이트 와인으로 레드 와인의 얼룩을 지울 수 있어."

아마도. 솔직히 말하면 자신은 없다. 인터넷에서는 얼룩이 생기자마자 바로 해야 한다고 했다. 마샤의 드레스에 얼룩이 생긴 지 얼마나 됐는지 모르니까 완벽하게 안 지워질 수도 있다.

하지만 나는 마샤를 쳐다보며 말했다.

"너무 기대는 하지 마. 하지만 어차피 망가진 드레스라면 뭐라도 하는 게 좋지 않겠어?"

마샤는 통통 부은 눈으로 나를 멍하니 쳐다보다가 고개를 끄덕였다. 어차피 이대로 휴게실에만 앉아 있다가 나갈 거라면 뭐라도 해 보는 게 좋다. 나는 그녀가 고개를 끄덕이는 것을 동의로 받아들이고 애슐리에게 말했다.

"가서 타월을 가져와. 가능한 한 많이. 시종들에게 물어보면 될 거야."

원래는 화이트 와인으로 지운 뒤 세제를 이용해서 한 번 더 빨라고 했지만 내가 알고 있는 세제는 없다. 그래서 대신 릴리에게 양동이와 함께 비누를 가져오라고 말했다.

나는 아이리스와 릴리, 애슐리가 휴게실 밖으로 뛰어나가자 마샤와 패트리샤를 향해 돌아섰다. 두 소녀는 놀란 표정으로 나를 쳐다보고 있었다.

"화이트 와인으로 얼룩이 지워져요?"

패트리샤가 물었다. 아마도. 인터넷에서는 그렇다고 했다. 하지만 내가 해 본 건 아니라 자신은 없다. 나는 고개를 끄덕이며 말했다.

"그렇다고 들었어. 한번 해 보자."

안 되면 플랜 B를 쓰지 뭐. 나는 어차피 얼룩으로 다시는 못 입게 된 마샤의 드레스를 쳐다봤다. 저 드레스는 버리거나, 얼룩이 진 스커트 부분만 뜯어낸 뒤 같은 천으로 새로 스커트를 만들어 다시 꿰매야 할 것이다.

만약 마샤의 집이 부유하다면 드레스를 새로 만들 수도 있겠지.

"여기 도와줘."

나는 창문으로 달려가며 소리쳤다. 멍하니 있던 마샤와 패트리샤가 뭘 도와 달라는 건지도 모르면서 내게 달려왔다. 나는 창문에 건 커튼을 잡으며 말했다.

"이걸 떼야 해."

"커튼을요?"

"거기 소파 가져와."

마샤와 패트리샤가 응접실의 일인용 소파를 끙끙거리며 밀고 왔다. 나는 소파 등받이까지 올라가서 커튼 봉을 잡아당겼다. 그리고 커튼 봉에서 커튼을 꺼내 마샤에게 안겨 주며 말했다.

"드레스를 벗고 이걸 덮고 있어."

마샤의 눈이 커졌다. 그럴 때가 아니다. 마침 릴리가 뛰어 들어오며 말했다.

"어머니, 가져왔어요!"

그녀의 손에 커다란 양동이가 들려 있었다. 달각거리는 소리로 보아 그 안에 비누도 있는 모양이었다. 나는 패트리샤에게 말했다.

"패트리샤, 나가서 이 휴게실에 남자들이 못 들어오게 막아 줘."

"남자들이요?"

보통 휴게실은 남자 휴게실과 여자 휴게실로 나누어져 있다. 하지만 파티에 참석한 남자가 부인이나 자매를 찾으려고 들어오는 경우도 가끔 있었다. 하지만 지금 이 휴게실에 남자가 들어오면 곤란하다.

나는 패트리샤를 재촉해 밖으로 내보낸 뒤 마샤에게 말했다.

"빨리 벗어."

그때, 아이리스도 돌아왔다. 그녀는 양손에 얼음 바구니에 담긴 화이트 와인을 한 병씩 들고 있었다. 마샤는 그때까지도 차마 옷을 벗지 못하고 있었다.

그렇군. 나는 내가 잘못 생각했다는 것을 깨달았다. 이 애는 혼자 아는 사람이 아무도 없는 응접실에서 옷을 벗어야 한다. 아무리 다 여자들이라고 해도 쉽게 옷을 벗을 수 있을 리가 없다.

"아이리스."

나는 아이리스에게서 와인을 받아 들며 부탁했다.

"나가서 패트리샤에게 들어오라고 하고 네가 휴게실 문을 지켜 줄래? 일이 끝날 때까지 아무도 못 들어오게 해 줘. 특히 남자들을."

곧이어 애슐리가 타월을 가득 안고 뛰어왔고 아이리스와 패트리샤가 자리를 바꿨다. 패트리샤가 커튼을 들어 마샤의 몸을 가려 줬을 때에야 마샤는 주저하면서 드레스를 벗을 수 있었다. 드레스가 커튼 뒤로 빠져나오자마자 커튼이 마샤의 몸을 감쌌다. 나는 릴리와 애슐리에게 드레스의 얼룩이 지지 않은 부분이 양동이 속으로 떨어지지 않도록 잘 잡으라고 한 뒤 화이트 와인을 레드 와인의 얼룩 위로 쏟기 시작했다.

"어?"

"와!"

릴리와 애슐리의 감탄이 터져 나왔다. 나 역시 눈을 크게 떴다. 진짜 되네? 빨간 레드 와인의 얼룩 위로 화이트 와인이 쏟아지자 마치 마법처럼 얼룩이 옅어지기 시작했다.

"세상에."

패트리샤 역시 신음을 내뱉자 커튼으로 몸을 칭칭 감은 마샤가 궁금했는지 우리 쪽으로 다가왔다. 양동이 안으로 주르륵 붉은 와인이 쏟아져 내렸다.

"릴리, 가서 물 좀 가져올래? 알코올을 씻어 내야 할 것 같아."

릴리가 잡고 있던 드레스 자락을 패트리샤에게 넘기고 휴게실 밖으로 달려나가자 아이리스가 궁금하다는 듯 고개를 돌려 안쪽을 쳐다봤다. 얼룩은 희미해져 가고 있었다. 나는 잘돼 가고 있다는 표시로 엄지와 검지로 동그라미를 만들어 아이리스에게 들어 보였다.

그리고 비누로 약간 남은 얼룩 위를 문지르고 비비기 시작했다.

*　　*　　*

"아까 그 드레스 봤어요?"

홀 안의 여자들이 속삭였다. 아까 어느 영애가 빠르게 걸어서 지나갔다. 사람들이 그녀를 본 건 그녀의 양손에 와인이 들어 있는 얼음으로 찬 바구니가 하나씩 들려 있었기 때문이었다. 하지만 사람들의 시선을 고정한 건 바구니가 아니라 영애가 입은 드레스였다.

"진짜 꽃은 아니겠죠?"

빠르게 스쳐 지나가는 바람에 드레스의 꽃이 진짜인지 가짜인지까지는 못 봤다. 그것만으로도 사람들의 관심은 꽃이 달린 드레스로 쏟아졌다.

"드레스에 꽃이 달려 있었다고요?"

"시들지도 않았더라고요."

시들지 않은 꽃으로 장식한 드레스에 대한 관심이 높아졌다. 다들 그 드레스를 입은 아가씨가 누구인지, 어디서 만들었는지 궁금해했다.

"남작, 마법의 드레스 아세요?"

다니엘 역시 사람들의 소문을 들었다. 그는 마법의 드레스라는 말에 한쪽 눈을 찡그리며 물었다.

"마법의 드레스요?"

"오늘 데뷔한 아가씨 중에 시들지 않는 꽃으로 장식한 드레스를 입은 아가씨가 있다더군요."

무슨 소린지 알겠다. 다니엘의 얼굴 위에 떠올랐던 말도 안 된다는 표정이 곧 알겠다는 표정으로 바뀌었다. 그는 고개를 끄덕이며 말했다.

"아이리스 반스 양을 말씀하시는 거군요."

모건 백작 부인의 얼굴에 놀랍다는 표정이 떠올랐다. 그녀는 놀란 표정으로 물었다.

"아는 사람인가요?"

"네. 반스가의 숙녀분들께 몇 번 초대를 받았었습니다."

모건 백작 부인도 무슨 말인지 알겠다는 표정이 떠올랐다. 다니엘을 초대하는 사람들은 많다. 그는 왕자의 스승일 뿐 아니라 수완 좋은 사업가에 잘생기고 인기 있는 신랑감이기 때문이기도 했다.

하지만 다니엘은 그런 초대에는 늘 관심 없는 태도를 취해 왔다. 모건 백작 부인은 반스가에서도 딸들의 신랑감으로 다니엘을 초대했지만 그가 전부 거절했다고 생각하고 미소를 지었다.

"남작이 그리 쉬운 남자는 아니지요."

모건 백작 부인의 말에 다니엘은 씩 웃었다. 그리고 주제를 다시 아이리스의 드레스로 옮겼다.

"반스 영애의 드레스라면 아까 실제로 봤습니다. 아주 아름답더군요."

"금발 머리 영애를 말하는 건가요?"

근처에 지나가던 남성이 대화에 끼어들었다. 반스 영애라는 단어가 아무래도 오늘 파티 안에서 인기 있는 주제가 된 모양이었다. 다니엘은 남성에게 시선을 돌리며 말했다.

"아니요. 제가 말하는 건 아이리스 반스 양입니다. 갈색 머리카락에 갈색 눈동자요."

다니엘의 말에 사람들의 머릿속에 아이리스의 얼굴이 떠올랐다. 미인인 밀드레드와 달리 그리 예쁜 얼굴은 아니었다. 하지만 자신에게 어울리는 색의 드레스를 입고 당당한 자세로 서 있는 모습이 어딘지 매력적으로 보였었다.

"아, 기억나요. 그 예쁜 아가씨가 반스 부인의 첫째였군요."

"네. 성격도 좋고 아주 센스 있는 아가씨죠."

다니엘의 칭찬에 모건 백작 부인의 눈이 잠깐 커졌다가 재빨리 원래대로 돌아갔다. 그녀는 슬쩍 다시 물었다.

"둘째 아가씨 이름이 릴리라고 하던가요?"

"네. 그 아가씨도 상당히 재미있는 아가씨죠."

아이리스 때와 별로 다르지 않은 평가가 돌아왔다. 아닌가? 모건 백작 부인은 의심스러운 표정으로 다니엘을 쳐다봤다. 이 남자의 표정을 읽는 것은 늘 쉽지 않은 일이긴 했다.

하지만 아이리스에 대해 먼저 나서서 아는 척하기에 아이리스에게 마음이 있는 줄 알았다.

모건 백작 부인은 마지막으로 한 번 더 질문을 던졌다.

"막내가 그 예쁘게 생긴 아가씨죠?"

"아, 애슐리 반스 양. 네, 미인이죠."

그것뿐이었다. 흠. 모건 백작 부인이 다니엘의 얼굴을 잠시 물끄러미 쳐다봤지만 그는 꿈쩍도 하지 않았다.

반스가의 숙녀분들께 소개받았다고 했을 때 다니엘의 표정이 좀 달랐던 것 같은데. 하지만 결국 그녀는 자신이 뭔가를 착각한 모양이라고 생각했다.

"어쨌든, 그 드레스가 참 예쁘더라고요."

다시 주제는 아이리스의 드레스로 바뀌었다. 데뷔탕트에 참석하는 아가씨들이 입는 기본적인 드레스였다. 어깨가 부풀어 오르고 쇄골이 보이도록 파인, 달라붙은 상의와 허리에서 크게 퍼져서 내려가는 디자인.

하지만 어제, 밀드레드가 세 아이들과 함께 열심히 만든 장미꽃이 드레스 여기저기에 붙어 있었다. 대부분은 불꽃이 튀어서 탄 자국을 가리기 위해 붙인 거지만 한두 군데 정도 비었다 싶은 곳은 일부러 붙이기도 했다.

그것만으로도 드레스는 훨씬 입체적으로 보였다. 아이리스가 움직일 때마다 드레스에 달린 장미꽃이 바람에 춤을 추는 것처럼 보였다.

이어서 사람들의 대화는 릴리가 입은 연두색 드레스로 향했다. 가장 흔하게 입는 게 노란색 드레스고 분홍색과 하얀색도 가끔 섞여 있는 가운데 릴리의 연두색 드레스는 눈에 확 띌 수밖에 없었다.

"연두색 드레스도 괜찮았어요. 그렇죠?"

"릴리라고 했나요? 그 아가씨 눈이 초록색이라 연두색이 참 잘 어울리더군요."

"가장 막내인 아가씨는 노란색 드레스였죠?"

"그 아가씨는 참 미인이더군요."

덕분에 이번 데뷔탕트에서 아이리스와 릴리는 애슐리 다음으로 사람

들의 관심을 얻게 되었다. 그건 좋은 일이다. 사람들이 관심을 갖는다는
건 보는 눈이 많아진다는 뜻이니. 그만큼 신경 쓰이는 일이 많아지겠지
만 관심만큼 그녀에게 춤을 청하는 남자들이 늘어나기도 한다.

그리고 그건 반스 영애들에게 구혼하는 남자들이 늘어나는 것으로 이
어질 것이다. 딸들이 결혼을 한다면 밀드레드는 집 안의 그림을 팔아서
결혼 자금을 만들려 할 것이고 그 덕분에 다니엘이 둥근 지붕 저택에 방
문할 핑계가 생기는 건 말할 것도 없다.

희미한 미소를 지으며 사람들이 반스가의 여자들에 대해 이야기하는
것을 지켜보는 다니엘의 눈에 타월을 가득 끌어안고 어딘가로 빠르게
걸어가는 애슐리의 모습이 보였다.

대체 뭘 하는 거지? 그의 눈이 가늘어졌다. 그때, 사람들의 웅성거림
이 잦아들었다.

"월포드 남작."

익숙한 목소리에 다니엘의 얼굴에 미소가 떠올랐다.

아이리스는 휴게실 문 앞에 서서 아무도 들어가지 못하도록 막고 있
었다. 휴게실 앞을 얼쩡거리는 사람들은 물론 많았다. 대부분 여자였고,
때로는 남자도 있었다.

물론 여자들은 아이리스가 안에서 어떤 일이 일어나고 있는지 설명하
면 가여운 마샤를 위해 다른 휴게실을 이용하겠다며 떠나갔다. 어떤 사
람들은 자신이 도울 일이 없는지 묻기도 했다.

문제는 남자들이었다.

"죄송해요. 여기는 여자 휴게실이에요."

아이리스의 말에 휴게실 문 앞으로 다가온 남자들은 놀란 표정을 짓
더니 씩 웃었다. 그리고 아직 앳된 티가 나는 그녀에게 물었다.

"안에서 뭘 하고 있길래 문을 지키고 있죠?"

뭘 하고 있다니? 아이리스는 어리둥절한 표정을 지었다. 그녀는 당연한 것을 묻는다는 듯 말했다.

"어머니와 동생들이 쉬고 있어요."

"아, 자매들이 쉬는 걸 방해받지 않도록 하기 위해 일부러 문 앞에 나와서 사람들을 막고 있는 겁니까?"

이제는 알겠다. 아이리스는 남자들이 자신을 놀리고 있다는 것을 깨달았다. 그렇지 않아도 아까부터 그런 게 아닐까 하고 생각하긴 했었다.

하지만 처음 만나는 상대에게 아무런 적의도 없는데 놀린다는 그 무례함과 수준 낮음이 아이리스에게는 새삼 놀랍게 다가왔다.

"그래요, 음. 이름을 밝히지 않은 신사분들."

아이리스는 그렇게 말하며 허리를 세우고 어깨를 폈다. 그녀의 자세가 곧아지면서 당당해졌다. 밀드레드가 그녀에게 말했다. 무섭거나 놀랄 만한 일이 일어난다면 숨을 한 번 들이쉬고 허리를 세우라고.

그것만으로 공포가 약간 물러나는 듯한 기분이 들었다.

괜찮아. 아이리스는 자신을 향해 속삭였다. 여긴 성에서 열린 파티고 이 안에는 그녀의 어머니와 자매들이 있다. 여차하면 도움을 요청할 수 있다. 그러니 이 무례한 남자들이 그녀에게 해를 끼칠 수는 없을 것이다.

"여성 휴게실을 구경하고 싶으신 건가요?"

그게 아니라면 이들이 지금 이러는 게 이해가 되지 않는다. 아이리스는 진심으로 궁금해서 물었다. 여자 휴게실을 보고 싶은데 그녀가 막고 있으니 심술이 나서 이러는 게 아닐까.

사실 반쯤은 맞았다. 남자들은 가볍게 술에 취해 아무 휴게실이나 들어가 여자들이 당황하는 걸 즐기는 중이었다. 여성 휴게실에 남자가 쑥 들어가면 구두를 벗고 쉬고 있거나 화장을 고치던 여자들이 깜짝 놀라서 움츠러들었다.

그들은 그런 걸 재미있다고 생각하던 차였다.

하지만 아이리스의 질문이 정곡을 찌르자 당황해서 서로를 쳐다봤다. 그리고 곧 웃음을 터트렸다. 그리고 그녀를 무시하고 서로에게 이야기 하기 시작했다.

"이 아가씨가 우리보고 여성 휴게실이 구경하고 싶은 거냐고 물은 거야?"

"하하하. 그런 걸 누가 보고 싶어 한다고?"

"여자들이 분첩이나 두드리는 걸 보고 싶어 할 사람이 어디 있어?"

이상한 남자들이네. 아이리스는 생각했다. 그럼 대체 여성 휴게실 앞에서 얼쩡거리는 이유가 뭐야? 그녀는 고개를 기울이며 물었다.

"그럼 그냥 지나가지 않고 여기서 이러고 계신 이유가 뭐죠?"

이번에도 남자들은 할 말을 찾지 못했다. 움찔해서 말이 막힌 남자들의 머리 위로 아이리스가 아는 얼굴이 다가왔다.

"그러게 말입니다. 저도 그게 참 궁금합니다만."

낮은 남자의 목소리에 남자들은 고개를 돌렸다. 이건 또 뭐야? 하지만 그들의 정면에 보이는 건 누군가의 목이었다. 남자들이 고개를 위로 올리자 한쪽 입꼬리를 올린 끝내주게 잘생긴 얼굴이 그들의 눈에 들어왔다.

"남작님!"

아이리스의 반가운 외침에 다니엘은 남자들을 향해 힐끔 눈길을 던지고 바로 그녀에게 인사를 건넸다.

"반스 양. 부인께서는 안에 계시나요?"

"네, 계세요. 하지만 남자분들은 들어오시면 안 돼요."

"그렇습니까?"

다니엘은 거기까지만 듣더니 다시 아이리스 앞에 서 있던 남자들을 향해 시선을 던졌다. 그리고 이상하다는 듯 물었다.

"방금 숙녀분의 말을 못 들었습니까?"

"네?"

남자들의 입에서 얼뜨기 같은 소리가 흘러나왔다. 그들 역시 다니엘을 알아봤다. 다니엘 월포드 남작. 작위는 고작 남작이지만 그는 아주 유명했다.

왕대비가 그의 대모라는 이유도, 왕자의 스승이라는 이유도 아니었다. 오히려 다니엘은 그런 높은 사람들보다 정반대 쪽의 사람들에게 더 유명했다.

다니엘의 한쪽 눈썹이 올라갔다. 그는 남자들이 멍청한 표정을 짓고 서 있는 것을 보며 물었다.

"귀가 안 들립니까?"

"네? 아, 아니……."

"계속 여기 계신다면 안 들리게 해 드릴 수도 있습니다만."

그 순간 남자 둘이 다니엘 양쪽으로 후다닥 빠져나갔다. 다니엘 월포드가 저렇게 말한다면 그건 진짜다. 그는 진짜로 이 남자 둘의 귀가 안 들리게 할 수 있다.

"가, 감사합니다."

아이리스는 남자들이 떠나자 긴장이 풀려 문틀을 짚으며 말했다. 다리가 후들후들 떨렸다. 맞을까 봐 긴장한 게 아니다.

그녀는 저들이 감히 자신에게 손을 올릴 거라는 생각은 하지도 않았다. 그녀가 아는 남자는 아버지와 애슐리의 아버지뿐이다. 둘 다 여자에게 손을 올리는 수준 이하의 남자였다면 밀드레드는 쳐다도 보지 않았을 것이다. 당연히 그녀는 남자가 그녀에게 손을 올린다는 건 상상조차

하지 못했다.

하지만 그럼에도 긴장한 건 어쨌거나 성인 남성 둘에게 대항해야 했기 때문이었다.

"괜찮습니까?"

다니엘은 그대로 서서 아이리스를 향해 물었다. 괜찮다. 아이리스가 그렇게 말하려 했을 때였다. 다니엘의 뒤에서 누군가 말했다.

"괜찮아요, 아가씨?"

우아한 은발을 가진 초로의 부인이었다. 아이리스는 재빨리 자세를 바로 했다. 그리고 그녀의 할머니뻘인 부인을 향해 말했다.

"괜찮습니다. 부인. 휴게실을 이용하실 건가요? 들어가셔서 놀라지 마세요."

아이리스를 걱정하던 노부인은 무슨 소린가 하고 그녀를 쳐다봤다. 아이리스는 재빨리 다니엘을 쳐다보더니 노부인을 향해 속삭였다.

"어떤 영애의 드레스에 얼룩이 생겨서 제 어머니께서 얼룩을 지우고 계시거든요. 약간 소란스러울 거예요. 하지만 자리는 있으니까 들어가세요."

무슨 말인지 알겠다. 노부인의 얼굴에 미소가 떠올랐다. 그녀는 다니엘을 쳐다보더니 아이리스에게 속삭였다.

"여기 이 윌포드 남작은 들어가면 안 되나요?"

"남작님은 언제나 환영이지만, 드레스 얼룩을 지우느라 영애가 드레스를 벗고 있거든요. 그래서 어머니께서 남자분의 출입은 막으라고 하셨어요."

다니엘의 한쪽 눈썹이 올라갔다. 노부인은 다니엘을 쳐다보고 호호 웃으며 말했다.

"그렇다네."

"괜찮습니다."

여성 휴게실에 들어갈 생각도 없었다. 다니엘의 말에도 노부인은 호호 웃으며 그의 팔을 다독이더니 다니엘의 뒤를 쳐다보며 말했다.

"자네들은 여기에서 기다리게."

"하지만, 전하."

다니엘 바로 뒤에 서 있던 여성이 노부인의 명령에 앞으로 나섰다. 전하라고? 아이리스의 눈이 커졌다. 그녀는 깜짝 놀라서 노부인과 다니엘을 쳐다봤다.

다니엘과 함께 온 여성이고 아이리스가 모르는 얼굴이며 이 정도 나이에 전하라고 불린다면 한 명밖에 없다.

"와, 왕대비 전하."

아이리스가 재빨리 무릎을 꿇었다. 왕대비는 다니엘의 뒤에서 앞으로 나선 여성에게 못마땅하다는 듯 말했다.

"발레리, 자네 때문이야."

"하지만 혼자 들어가시게 할 수는 없습니다."

발레리 잭슨 백작 부인은 절대로 왕대비를 혼자 휴게실에 들여보낼 생각이 없었다. 거기에 어떤 자들이 있는지 모른다. 위험해서가 아니더라도 왕대비 혼자 어딘가에 가는 건 어불성설이다.

할 수 없지. 왕대비는 한숨을 내쉬고 아이리스의 손을 잡아 그녀를 일으켜 세우며 말했다.

"그냥 호기심에 들러 본 거야. 걱정 말거라, 애야."

반스가의 영애 셋이 입고 온 드레스가 화제의 중심이기에 궁금하던 차에 그 영애 셋이 뭔가를 들고 휴게실로 향했다는 말을 들었다.

그래서 뭘 하려고 저러는 건지 궁금해서 와 봤던 것뿐이다.

왕대비는 발레리에게 손짓하며 말했다.

"자네만 함께 가지. 소리 내지 말게. 슬쩍 보기만 할 거니까."

그냥 궁금했다. 반스가의 세 영애의 드레스가. 그리고 막내가 상당한 미인이라는 것과 어머니인 반스 부인이 낳은 아이가 아니라는 것도.

아이리스는 어쩔 줄 몰라 하며 서 있었다. 먼저 뛰어 들어가서 어머니께 왕대비 전하께서 오셨다고 알리고 싶지만 눈치를 보니 그러면 안 될 것 같았다.

"괜찮을까요?"

아이리스는 왕대비가 잭슨 백작 부인만 데리고 휴게실 안쪽으로 들어가자 다니엘을 향해 물었다. 그는 문 옆에 뻐딱하게 기대고 서서 어깨를 으쓱해 보였다.

"아마도."

밀드레드는 드레스의 얼룩을 화이트 와인으로 지우고 비누를 문질러 거품을 내고 있었다. 릴리가 물을 가져오자 그녀는 거품을 헹궈내고 애슐리가 가져온 타월을 넓게 펼쳤다.

그리고 애슐리와 릴리를 향해 말했다.

"두드려. 비비거나 문지르지는 말고."

얼룩은 거의 빠졌다. 약간 시간이 지났지만 마샤의 드레스가 분홍색인 덕에 거의 티가 나지 않았다. 소녀들이 달라붙어서 타월을 두드려 물기를 제거하자 밀드레드는 드레스를 펼쳐 가볍게 털었다.

팡하는 소리와 함께 드레스가 펼쳐지고 소녀들의 눈앞에 마법처럼 얼룩이 사라진 드레스가 나타났다.

"세상에!"

"반스 부인!"

기쁨에 겨운 나머지 마샤가 밀드레드를 끌어안았다. 그녀의 데뷔탕트가 끔찍하게 끝날 줄 알았는데 아니었다.

밀드레드는 마샤의 드레스를 든 채 마샤를 한 손으로 다독였다. 얼마나 상심했던지 기대하지 않은 기적이 일어나자 마샤는 다시 훌쩍이기 시작했다.

"부인은 마법사예요!"

슬쩍 몸을 내민 왕대비와 잭슨 백작 부인의 눈에도 얼룩이 하나도 남지 않은 드레스가 보였다.

07

다니엘 월포드

아이고, 피곤해라. 나는 침대에 누워 한숨을 내쉬었다. 어제 성에서 돌아온 게 새벽이었다. 집에 도착해서 졸면서 씻고 옷을 갈아입고 나니 동이 터올 정도였으니까 우리가 성에서 나온 게 새벽 세 시쯤 되지 않았을까.

밀드레드가 서른일곱이라는 게 실감이 됐다. 동이 틀 때쯤 잠들었더니 도저히 못 일어나겠다.

아이들이 뭘 하는지 밖은 소곤거리는 소리가 났다. 방이 일 층이라 이런 문제점이 있군. 애들이 응접실이나 복도에서 이야기하는 게 들린다.

"이제 어떻게 해야 하지."

나는 멍하니 천장을 바라본 채 누웠다. 어제 결국 왕자는 돌아오지 않았다. 애슐리는 왕자에게 유리 구두는커녕 대화 한 마디 건네질 못했다.

"아악!"

대체 어떻게 돼가는 거야, 이 동화는? 나는 침대 위에서 발버둥을 치다가 머리를 움켜쥐고 돌아누웠다. 신데렐라가 왕자랑 성에서 만나는 거 아니었어? 열두 시가 되기 전에 유리 구두를 주고 집으로 돌아와야 하는 거 아니었냐고!

그런데 열두 시는 무슨! 우린 새벽 세 시에 돌아왔다. 애슐리는 어느 것 하나 빠트리지 않고 나갔던 그대로 돌아왔다. 심지어 얘가 드레스 자락을 밟아 뜯어 먹을까 봐 가져갔던 휴대용 반짇고리는 중간에 다른 아가씨한테 빌려줄 정도였다.

나 때문인가?

나는 그동안 내가 한 짓을 반추했다. 애슐리에게 잘해 주려고 애썼다. 걔가 꽤 많은 실수를 저지르긴 했지. 하지만 어쨌든 애슐리를 구박하지 않았다. 아마도.

사실 그건 생각보다 쉬운 일이었다. 내가 진짜 밀드레드였다면 오히려 애슐리를 구박하지 않기가 어려웠을 것이다.

애슐리의 아버지가 밀드레드의 재산을 반이나 들고 날랐다가 죽었고, 그것 때문에 그녀의 친딸들이 고생하게 생겼다. 그런데 정작 그 애슐리는 저렇게 천연 꽃밭이잖아.

누구라도 밀드레드 같은 상황에서는 애슐리를 미워하지 않기란 힘들 것 같다.

하지만 난 밀드레드가 아닌걸. 아이리스와 릴리도 아주 예쁘고 착한 딸이긴 하지만 둘 역시 애슐리처럼 내 친딸이 아니다. 결국 애슐리나 아이리스나 릴리나 나한테는 다 똑같다는 말이다.

"대체 뭐지?"

나는 다시 원점으로 돌아와서 왕자와 요정 대모가 나타나지 않은 이유를 알아내려 애썼다. 나랑 아이들이 애슐리의 드레스를 망치지 않아서 요정 대모가 나타나지 않은 건가?

그래서 왕자가 애슐리에게 춤을 청하지 않은 거고?

"아, 말도 안 돼."

나는 다시 베개에 얼굴을 박으며 신음했다. 그럼 이제 어떻게 해? 이 동화는 어떻게 되는 거야?

올해 안에 애슐리가 왕자랑 결혼할 거라 생각했다. 그런데 만약 이 모든 게 틀어지면? 우리는 앞으로 더 어려워질 거다.

"아냐, 침착하자."

나는 다시 천장을 향해 돌아누우며 스스로를 다독였다. 괜찮아. 파티는 또 있다. 밀드레드의 기억에 따르면 성에서는 사교 시즌 동안 몇 번의 파티를 연다.

어제 열린 파티는 데뷔탕트라 하루뿐이지만 며칠 후에 테마를 가지고 삼 일짜리 파티를 열 거다. 어쩌면 애슐리는 그때 왕자를 만날지도 모르지.

생각보다 그렇게 암울한 상황은 아니다. 드레스 때문에 잠깐 허리띠를 졸라맨 거긴 하지만 우리 집은 그렇게까지 가난하지 않다.

일단 사교 시즌이 지나가면 더 이상 돈이 크게 들어갈 일이 없다. 그러니까 밀드레드가 가지고 있는 건물에서 나오는 세를 모아서 약간의 돈을 마련하면 하인을 고용할 수도 있을 거다.

그리고 이제 봄이니까 장작이 이렇게 많이 필요하지도 않을 거고. 사실 겨울에 가장 어려운 건 장작이다.

그때, 열린 문틈 사이로 릴리가 나를 슬쩍 확인하는 게 보였다. 내가 일어나지 않으니 걱정된 모양이다. 나는 릴리를 향해 손을 흔들려 했다. 하지만 그보다 먼저 아이리스가 다가와서 문틈 사이로 고개를 내밀더니 물었다.

"어머니, 괜찮으세요?"

"응. 괜찮아."

좀 피곤한 것뿐이다. 아이들은 아직 십 대라 그런지 동이 틀 때 잠들고도 멀쩡했다. 나는 시간을 확인하려다가 포기하고 아이리스에게 말했다.

"아침 먹었니?"

"점심도 먹었는걸요."

시간이 그렇게 됐어? 나는 창밖을 쳐다보려다가 아직 커튼이 쳐져 있는 것을 깨닫고 다시 베개에 고개를 떨궜다.

피곤한 것도 피곤한 거지만, 기운이 빠져서 못 일어나겠다. 난 이 모든 게 어제로 끝날 줄 알았다. 애슐리가 왕자와 만나면 일사천리로 해결될 줄 알았지.

그런데 아니었다.

"어디 아프세요? 의사를 불러올까요?"

아이리스가 방 안으로 들어와 내 침대 옆에서 걱정스러운 표정으로 다시 물었다. 그녀의 뒤에 릴리도 스케치북을 들고 따라 들어왔다.

"응, 괜찮아. 좀 기분이 안 좋은 것뿐이야."

나는 그렇게 말하며 한숨을 내쉬었다. 문밖에 애슐리가 안절부절못하고 서 있는 것도 보였다.

아, 이러면 안 되는데. 내가 엄마가 아니래도 가장 나이가 많은데 아이들에게 이런 모습을 보이는 건 안 좋다는 생각이 들었다. 하지만 그러면서도 기운이 빠져서 도저히 일어날 수가 없었다.

"뭐 좀 드실래요?"

아이리스가 다시 물었지만 나는 고개를 저었다. 생각 없다. 속상하고 싱숭생숭해서 배도 안 고팠다. 아니, 배는 고프네. 젠장.

"그럼 쉬세요."

아이리스가 내 베개와 이불을 만져 주더니 릴리를 데리고 나갔다. 나는 아이들이 나가고 나자 침대 위에서 상체를 일으키며 한숨을 내쉬었다.

설마 동화가 아닌가?

머릿속에 말도 안 되는 생각이 떠올랐다. 내가 왜 이 세계를 동화 속이라고 생각했더라?

당연히 동화라고 생각했다. 애슐리는 신데렐라고, 나는 계모라고.

어릴 때 어머니를 잃은 아름다운 소녀가 아버지와 재혼한 계모에게 구박을 받는 이야기라면, 그것밖에 없잖아. 게다가 계모에게 두 딸도 있고.

그 두 딸은 신데렐라보다 안 예쁘고.

누가 봐도 이건 신데렐라였다. 게다가 내가 밀드레드의 몸에서 깨어났을 때…….

"어머니."

멍하니 앉아서 처음 밀드레드의 몸에서 깨어났을 때를 생각하고 있는데 애슐리가 내 방으로 들어오며 나를 불렀다.

"응?"

나는 여전히 멍한 표정으로 고개를 돌려 그녀를 쳐다봤다. 차를 가져다줄 거면 아이리스나 릴리가 갖다 줬으면 좋겠는데. 애슐리는 침대 위에 엎을 것 같아서.

하지만 애슐리는 아무것도 쥐고 있지 않았다. 나는 그녀의 얼굴을 보고, 그 위에 떠오른 표정에 깜짝 놀라서 이맛살을 찌푸렸다.

"왜 그러니?"

애슐리는 울 것 같은 표정을 짓고 있었다. 치맛자락을 꽉 쥐고 고개를 숙인 채 내게 다가오지도, 멀어지지도 못한 채 서 있는 게 마치 큰 잘못을 한 것처럼 보였다.

왜 그러는데? 나는 침대에 앉아 멍하니 애슐리를 쳐다봤다. 얘가 왜 이러는 걸까? 머릿속에 몇 가지 가설이 스쳐 지나갔지만 전부 뭔가를 깨 먹었거나, 박살 냈다는 것뿐이었다.

"저, 저……."

애슐리의 입에서 가냘픈 목소리가 흘러나왔다. 뭔데? 나는 긴장한 채 앉아서 그녀의 모습을 쳐다보고 있었다. 뭘 깨 먹었니? 이제는 화도 별 로 안 난다. 다만, 얘가 왕자를 만나기 전에 저걸 어떻게든 줄여야겠다는 생각이 들 뿐.

"저, 저 때문이죠?"

뭐가? 나는 미간에 주름을 잡은 채 고개를 기울이며 물었다.

"뭘 깼니?"

"그, 그게 아니라."

분홍색으로 달아올랐던 애슐리의 얼굴이 일그러졌다. 그러더니 그녀 의 예쁜 파란색 눈에서 눈물이 한 방울 떨어져 내렸다.

너 울 만큼 엄청난 짓을 저지른 거니? 나는 깜짝 놀라서 그녀를 향해 몸을 기울였다. 설마 또 아이리스의 드레스를 망친 건 아니겠지?

하지만 그랬다간 아이리스가 먼저 소리를 질렀을 거다. 나는 문틈 사 이로 아이리스가 그녀를 노려보고 있지는 않은지 재빨리 확인했다.

다행히 문밖에는 아이리스는커녕 릴리도 없었다. 내가 확인하는 사이 애슐리가 훌쩍이면서 입을 열었다.

"저, 저 때문이죠? 저 때문에, 기분이, 상하신 거죠?"

그렇게 말한 애슐리가 눈물을 참으려는 것처럼 입술을 꽉 깨무는 게 보였다. 진짜로 모르겠다. 내가 왜 자기 때문에 기분이 상했다고 생각하 는 걸까.

내가 아무 말도 하지 않자 애슐리는 눈을 꽉 감았다. 하지만 덕분에 그녀의 눈에서 눈물이 뚝뚝 떨어지기 시작했다.

"애슐리, 이리 와."

그것까지 보고 나자 도저히 그냥 앉아 있을 수가 없었다. 나는 손을 뻗어 애슐리를 불렀다. 불쌍한 것. 이유는 모르겠지만 이 애가 내가 기분 상했을까 봐 걱정하고 있다는 건 알겠다.

하지만 애슐리는 오지 않았다. 그녀는 눈을 뜨더니 어찌할 바를 모르는 표정으로 나를 쳐다봤다.

그리고 속삭이듯 말했다.

"제, 제가 어떻게, 어떻게 하면 될까요? 어머니, 제가, 다, 다음번에, 파티에 안 나가면……."

"잠깐, 잠깐, 애슐리."

얘가 뭐라는 거야. 나는 지끈거리는 이마를 누르며 눈을 감았다. 으으, 머리 아파.

"그게 무슨 말이야?"

다음번 파티에 안 나간다니, 왜? 설마 왕자를 못 만나서? 그래서 절망한 걸까? 나는 애슐리의 생각을 도저히 이해할 수가 없어서 어리둥절한 표정을 지었다.

애슐리는 자신의 손을 꽉 맞잡은 채 필사적인 표정으로 나를 쳐다보고 있었다. 그 표정을 보자, 어딘지 모르게 가슴이 아파 왔다.

누구라도 그랬을 거다. 설령 이 자리에 내가 아니라 밀드레드가 있었더라도, 애슐리를 좋아하지 않는 그녀가 있었더라도 가슴 아파했을 것이다.

애슐리는 마치 버림받을 것을 알아차린 강아지 같은 표정을 짓고 있었다.

"제, 제가, 어, 언니들보다 춤 권유를 많이 받아서, 그래서, 그래서 속상하신 거잖아요."

그래서 애슐리의 다음 말은 충격적이었다. 나는 뒤통수를 누가 세게 때린 것 같은 기분에 눈을 크게 떴다. 얘가 지금 뭐라고 하는 거야?

물론 애슐리가 다른 애들보다 권유를 더 많이 받기는 했다. 새벽까지 아이리스는 스무 번, 릴리는 스물두 번 권유를 받았다. 애슐리는 거의 마흔 번에 가까웠으니 아이리스와 릴리의 두 배가 좀 안 된다.

하지만 셋 다 춤은 비슷하게 췄다. 셋 다 열다섯 번 정도. 아이리스와 릴리는 딱히 손댈 게 없었지만 애슐리는 내가 남자 몇 명을 잘라 냈었다. 소문이 안 좋은 남자들이 좀 있어서.

나는 멍하니 애슐리를 쳐다봤다.

그걸 내가 기분 나빠 할 거라고 생각한 게, 날 어떻게 봤길래 그런 생각을 했냐는 생각이 들어서 울컥 기분이 나빴다가, 다음 순간 애슐리가 불쌍해졌다.

남자들이 애슐리에게 유독 춤을 권한 건 애슐리의 잘못이 아니다. 애슐리가 밀드레드의 친딸이었다면 애슐리는 그걸로 그녀가 기분 나빠할 것을 걱정하지 않고 기뻐했을 것이다.

누구에게나 칭찬받고 부러움받을 부분으로 미움받을까 봐 걱정한다는 게, 애슐리가 어떤 기분으로 이 집에서 살았는지 알 것 같아서 견디기 힘들 정도로 가슴이 아파 왔다.

나는 손을 내밀며 다시 말했다.

"이리 와, 애슐리."

애슐리는 움직이지 않았다. 아이리스와 릴리였다면 왔을 거라는 것을 떠올리고 나는 한숨을 내쉬었다. 릴리라면 바로 와서 안겼을 것이다. 아이리스라면 자길 아이 취급한다는 점을 못마땅해하면서도 못 이기는 척

왔을 것이다.

하지만 애슐리는 오지 않았다. 오지 못했다.

그녀는 자신이 내게 와도 되는지 모르겠다는 표정을 짓고 망설이고 있었다. 가고 싶지만, 가는 게 무섭다는 표정이었다.

그게 가슴이 아팠다.

이 애는 이제 고작 열일곱 살이다. 누구나, 그 나이가 아니어도 사랑받고 싶어 한다. 누군가 안아 주려고 하면, 좀 부끄러워하면서도 머뭇거리면서 안기기 마련이다.

하지만 애슐리는 너무 겁에 질려서, 밀드레드가 자신을 그리 좋아하지 않는다는 걸 알고 있어서 그것조차 못하고 있었다.

애슐리의 엄마가 있었다면, 이 애의 엄마가 살아서 이걸 봤다면 얼마나 가슴이 아팠을까.

나는 울컥해서 입술을 한 번 깨물었다. 그리고 다시 말했다.

"이리 와, 아가."

애슐리의 눈에서 눈물이, 쌓였던 눈이 봄이 오자 떨어져 내리는 것처럼 후두둑 떨어졌다. 그녀는 비틀거리며 내 침대로 걸어와 내게 고개를 숙였다.

불쌍한 것.

나는 팔을 뻗어 애슐리를 끌어안았다. 그녀가 침대 위로 올라오자, 나는 아이에게 하듯 애슐리를 끌어안았다.

"애슐리, 네가 권유를 많이 받아서 나는 아주 기뻐."

내 가슴에 얼굴을 대고 훌쩍이던 애슐리의 소리가 멈췄다.

이건 진심이다. 그녀가 왕자와 결혼할 거라고 해도, 인기가 있다는 건 좋은 일이다. 그걸로 애슐리가 매몰되지만 않는다면.

나는 그녀의 등을 쓰다듬으며 말을 이었다.

"그건 네 언니들과 상관없는 일이야. 네 언니들도 많은 권유를 받았고."

한 사람당 스무 번이 넘는다는 건 대단한 성과다. 애슐리는 서른다섯 번이었나, 일곱 번이었나 잘 기억이 안 나는데 그건 그녀가 엄청난 거지 아이리스와 릴리가 부족한 게 절대 아니었다.

"그러니 네가 네 언니들보다 권유를 많이 받아서 내가 속상하다는 건 말도 안 돼. 오히려 널 자랑스러워해야지."

다시 애슐리의 어깨가 떨리기 시작했다. 흑흑하고 흐느끼는 소리가 들리는 걸로 보아, 또 우는 모양이었다. 나는 왼팔로 그녀의 어깨를 끌어안고 오른팔로 애슐리의 등을 쓰다듬었다.

가여운 생각이 들었다. 애슐리에게는 이 집과 내가, 그리고 아이리스와 릴리가 세상의 전부다. 이 세계에서 고작 열일곱 살짜리 소녀가 집이 싫다고 가출할 수 있을 리가 없다.

특히나 밀드레드가 살아온 귀족 사회는, 여자는 아버지 밑에서 자라서 남편 밑으로 들어가는 게 전부였다. 아버지가 죽고, 계모와 새언니들 밑에서 살아야 하는 애슐리가 기댈 수 있는 건 그녀를 구해 줄 왕자뿐이다.

그게 견딜 수 없게 불합리하게 느껴졌다.

차라리 나는 괜찮았다. 두 번이나 결혼했고 딸도 셋이나 있으니까. 하지만 지켜 줄 아버지도, 남자 형제도, 돈도 없는 애슐리는 결혼하지 않으면 앞으로 꽤 힘들게 살아야 한다.

나는 애슐리를 끌어안은 채 잠시 그대로 누워 있었다. 밀드레드가 산 것보다 더 괜찮은 미래를 이 애에게, 그리고 아이리스와 릴리에게도 주고 싶었다.

그때 아이리스가 쟁반을 들고 나타났다. 그녀는 방 안으로 들어오더니 애슐리를 끌어안은 나를 발견하고 우뚝 멈췄다. 그리고 굳은 표정으로 살금살금 걸어와 테이블 위에 쟁반을 살짝 내려놓고 재빨리 나가 버렸다.

나중에 고맙다고 해야겠다. 나는 아이리스의 뒷모습을 쳐다보다가 다시 애슐리에게로 시선을 내렸다. 어깨를 들썩이며 훌쩍이던 애슐리는 울음을 거의 그친 뒤였다.

"애슐리."

나는 애슐리를 끌어안은 채 가만히 그녀를 불렀다. 이 애가 자기 엄마와 이렇게 누워 있었던 기억이 있나 할까. 그녀의 엄마는 그녀가 다섯 살 때 죽었다.

"나는 네 엄마에 비하면 좀 부족할지도 몰라."

"그, 그렇지 않아요."

우느라 새빨갛게 달아오른 얼굴을 들고 애슐리가 말했다. 눈과 코끝이 특히 더 붉었다. 나는 애슐리의 눈에 묻은 눈물을 닦아 주며 말했다.

"너도 내가 좀 불편할 수도 있겠지."

이런 대화를 하기엔 좀 늦었다는 생각이 들었지만 어쩔 수 없었다. 밀드레드는 애슐리와 이런 대화를 한 적이 없으니까. 늦는 게 안 하는 것보다는 낫지.

"아, 안 불편해요."

애슐리가 그렇게 말했지만 그녀의 목소리는 뒤로 갈수록 작아졌다. 불편하지 않다는 건 거짓말이다. 밀드레드는 이 애를 반년 정도 하녀처럼 부려 먹었다. 그리고 이 애의 아버지가 밀드레드의 재산을 반이나 가져가서 죽어 버렸다.

여기서 밀드레드가 애슐리를 미워하지 않는다면, 그리고 애슐리가 밀드레드를 불편해하지 않는다면 오히려 내가 너희들 너무 꽃밭인 거 아니냐고 어이없었을 것 같다.

하지만 그건 그거고, 이건 이거지. 나는 한숨을 내쉬었다.

"나는 가족도 서로 노력해야 한다고 생각해. 너희는 언젠가 결혼해서 서로 가정을 갖게 될 거야. 아이를 낳으면서 점점 멀어지겠지."

"전 결혼하고 싶지 않아요."

애슐리는 그렇게 말하며 다시 내 품에 기어 들어왔다. 아, 그래? 신데렐라는 결혼해서 아이를 낳고 싶어 하는 줄 알았는데. 아니었나 보다.

하긴. 동화는 신데렐라가 어떤 고난을 겪었고 어떻게 왕자를 만나 구원당했는지만 나와 있다. 그녀가 어떤 생각을 하고, 어떤 꿈을 꾸고, 어떤 재능을 가졌는지는 전혀 언급되지 않았었다.

"그것도 나쁘진 않아."

꽤 고생하겠지만. 솔직히 말하면 내가 애슐리의 친엄마였다면 기를 쓰고 이 애를 결혼시켰을 거다. 남들과 같은 길을 가면 적어도 후회를 하고 괴로워할 때 그 후회와 괴로움이 남들과 같은 거일 테니까.

남들도 나와 같다는 건 어떤 의미로는 상당한 위로가 된다.

그렇기 때문에 다들 남들과 같은 길을 가려고 하는 거다.

"하지만 일단 이번 사교 시즌 동안은 천천히 두고 생각해 보자."

나는 애슐리의 등을 쓸며 말했다. 왕자를 만나면 마음이 바뀔 거다. 사랑에 빠져 빨리 결혼시켜 달라고 조르면 좀 섭섭할 것 같은데.

"그럼, 앞으로 파티에 계속 가야 해요?"

애슐리가 겁에 질린 표정으로 물었다. 이 애의 기분을 알 것 같아서 나는 한숨을 내쉬었다.

어떤 심정인지 알겠다. 안 그래도 반에서 애들이 날 안 좋아하는데 선생님이 나만 칭찬하는 기분. 그러면 학교에 가고 싶지 않아진다.

동화에는 이런 내용은 없었던 것 같은데.

이건 내가 어떻게 해 줄 수 있는 게 아니다. 내가 아이리스와 릴리에게 애슐리를 미워하지 말라고 한다고 그 애들이 애슐리를 좋아하게 되는 게 아니니까.

사람의 감정만큼 내 마음대로 안 되는 게 없다.

"네가 원하면 안 가도 돼."

나는 애슐리의 머리를 쓰다듬으며 말했다. 그녀의 금발은 데뷔탕트를 위해 열심히 감고 빗으로 빗은 덕분에 아주 매끄러웠다.

"하지만 나와 언니들이 파티에 가는데 너 혼자 집에 있는 건 너무 심심하지 않겠니?"

흠, 말하고 나니 그것도 괜찮을 것 같다. 혼자 남은 신데렐라에게 요정 대모가 나타나서 드레스와 유리 구두를 마련해 주는 거니까.

다음번 파티에는 얘만 빼고 가 볼까. 나는 거기까지 생각하다가 과연 애슐리만 놓고 가도 요정 대모가 나타나기 전까지 이 집이 무사할지 고민했다.

"어머니는 제가 파티에 가는 게 좋으세요?"

당연히 좋지. 나는 물끄러미 애슐리를 쳐다봤다. 물론 솔직히 말하면 난 성에서 열리는 파티만 갔으면 좋겠다. 괜히 애슐리가 왕자를 만나기 전에 다른 남자를 만나면 골치 아프다.

"애슐리, 어제 만났던 남자 중에 마음에 든 사람은 없었니?"

내 질문에 애슐리는 고개를 저었다. 없었구나. 응. 그래.

어쩐지 맥이 탁 풀렸다. 다행인데 한편으로는 복잡한 생각이 들었다. 애슐리의 눈이 내 생각보다는 높은 걸까, 아니면 그녀가 왕자와 이어져야 하기 때문에 다른 남자는 눈에 안 들어오는 걸까.

솔직히 말하면 어제 애슐리에게 춤을 권한 남자의 대다수는 다 내 마음에 들지 않았다. 그러니 그녀의 눈이 높다면 차라리 다행이다.

"네가 가고 싶지 않다면 안 가도 돼."

내 말에 애슐리는 안심하는 표정을 지었다. 애슐리가 언제까지나 그녀가 하고 싶은 일만 하고 내가 지켜 줄 수 있다면 좋겠다.

하지만 그래서는 안 된다. 사람은 여기저기 부딪쳐 가면서 자라야 한다. 나는 한 템포 쉬었다가 다시 입을 열었다.

"하지만 나는 네가 사람들을 많이 만나 봤으면 좋겠어. 그래야 사람 보는 눈도 생기는 거고, 네 세계가 넓어지는 거니까."

언제까지나 애슐리의 세계가 나와 아이리스와 릴리만일 수는 없다. 그녀는 언젠가 왕자와 결혼해서 왕비가 되어야 하고 그렇다면 사람 보는 눈을 길러야 한다.

애슐리는 나를 물끄러미 쳐다보다가 마지못해서 고개를 끄덕였다. 그래. 지금 당장은 싫을 거다.

하지만 사람은 원래 하기 싫은 일도 해 가면서 사회성을 기르는 거다.

조금 기분이 나아진 애슐리를 끌어안고 나는 다시 침대에 똑바로 누워 천장을 쳐다봤다. 애슐리가 오기 전까지 내가 무슨 고민을 하고 있었더라?

그녀가 갑자기 들어와서 우는 바람에 생각하고 있던 게 싹 날아갔다.

그때 밖에서 누군가 현관문을 두드리는 소리가 희미하게 들렸다. 저거 누가 노크한 건가? 내가 고개를 문 쪽으로 돌리자 애슐리도 고개를 들더니 작은 목소리로 말했다.

"누가 왔나 봐요."

"네 언니들이 나가 보게 그냥 두자."

난 아직도 잠옷 차림이라 나갈 수가 없다. 애슐리도 울어서 얼굴이 엉망이었다. 나는 자유로운 손을 뻗어 애슐리의 부은 눈을 가만히 쓸었다.

"이렇게 눈물이 많아서 어떻게 하니?"

앞으로 왕비가 될 텐데…… 왕비가 되면 어쩌려고. 애슐리 역시 좀 부끄러운지 다시 내 쪽으로 몸을 돌리더니 내 가슴에 얼굴을 묻었다.

응석 부리기는. 나는 씩 웃다가 그녀가 다섯 살 이후로 엄마에게 이렇게 응석 부리는 건 처음이라는 것을 떠올리고 웃음을 거뒀다. 다시 애슐리가 안쓰럽게 여겨졌다.

"어머니!"

애슐리와 잠시 조용한 시간을 보내는데 복도에서 릴리의 목소리가 들렸다. 뭐지? 나와 애슐리는 무슨 일인가 하고 고개를 들었다. 릴리가 복도를 뛰는 소리가 가까워졌다.

"성에서 사람이 왔어요!"

문을 활짝 열면서 릴리가 소리쳤다. 성에서? 나는 깜짝 놀라서 애슐리를 쳐다봤다. 애슐리가 유리 구두를 놓고 왔나? 아닌데? 얘 유리 구두를 놓고 오기는커녕 신고 간 적도 없는데?

"성에서, 아니, 누가? 잠깐, 어떻게?"

뭘 먼저 물어봐야 할지 모르겠다. 애슐리는 왕자와 만난 적도 없는데 대체 어떻게 알고 찾아온 거지? 내가 허둥지둥 일어나면서 묻자 릴리가 흥분한 표정으로 발을 구르며 말했다.

"어머니께 편지를 가져왔대요!"

"응? 나?"

애슐리가 아니라 나한테? 나는 침대에서 일어나던 자세 그대로 딱 멈췄다. 왜 나한테? 신데렐라는 애슐리인데?

내 시선이 애슐리를 향했다. 하지만 그녀 역시 릴리와 똑같이 흥분한 표정이었다. 침대 밖으로 뛰어나간 애슐리가 방 밖으로 뛰쳐나가더니 잠시 후 뭔가를 깨달았다는 표정으로 돌아왔다.

"어머니! 옷! 옷 입으셔야죠!"

그러게. 나는 다시 허둥지둥 일어났다. 옷을 갈아입은 아이들과 달리 나는 여전히 잠옷 차림이라 옷을 갈아입어야 한다.

애슐리와 릴리가 재빨리 내가 준비하는 것을 돕기 시작했다. 릴리가 시키는 대로 애슐리가 물을 받는 사이 릴리는 내가 갈아입을 옷을 꺼내 와서 침대에 던졌다.

그사이 나는 머리를 빗고 잠옷을 벗었다. 애슐리가 받은 세숫물에 세수를 하고 릴리가 꺼내 온 옷을 입는 사이 릴리와 애슐리가 내 얼굴에 화장을 하기 시작했다.

"성에서 오셨다고요?"

덕분에 아이리스가 손님을 상대하는 응접실로 가기까지 시간이 그리 오래 걸리지 않았다. 나는 아이리스가 손님에게 차와 간단한 과자까지 내놓은 것을 보고 그녀를 지나가며 슬쩍 아이리스의 손을 잡았다 놓았다.

남자는 응접실 소파에 앉아 있다가 내가 들어오자 벌떡 일어났다. 잠깐, 어디서 많이 본 사람인데?

나는 내가 들어오자 벌떡 일어난 다니엘을 보고 우뚝 멈춰 섰다. 그리고 아이들을 돌아보았다.

성에서 왔다며? 하지만 내 시선을 받은 아이리스와 릴리는 당당한 표정으로 싱글벙글 웃고 있었다.

대체 뭐지? 다니엘을 쳐다보자 그도 빙그레 웃고 있었다.

"안녕하세요, 월포드 경."

"안녕하십니까, 부인."

다니엘은 내게 인사를 건네며 내 손을 잡았다. 그리고 언제나 그렇듯이 키스해도 되는지 묻고 내가 고개를 끄덕이자 손등에 입을 맞췄다.

장갑을 끼지 않은 탓에 맨손 위로 그의 입술이 닿았다. 따듯하고 부드러운 입술의 감촉에 나는 저도 모르게 어깨를 움츠렸다가 재빨리 폈다.

그리고 다니엘을 바라보며 물었다.

"아이들이, 성에서 오셨다고 하던데요?"

"맞습니다. 오늘은 성에서 왔습니다."

대체 뭐야? 나는 어리둥절해서 쳐다보다가 재빨리 다니엘에게 의자를 권했다. 그는 내가 앉을 때까지 기다렸다가 자리에 앉으며 품에 손을 넣었다.

그리고 초대장을 꺼내며 말했다.

"부인께 드리는 초대장입니다."

초대장? 나는 다니엘이 내미는 초대장을 쳐다보지도 않고 물었다.

"설마 윌포드 경의 파티에 초대하신다는 건 아니겠죠?"

그럴 리가 없다. 만약 다니엘이 초대한다면 그가 아니라 그의 시종이 와서 초대장을 주고 갈 것이다. 그가 직접 초대장을 가져왔다면, 그건 상당히 높은 지위의 사람이 초대했다는 뜻이다.

다니엘은 내 말이 고개를 기울이더니 장난스럽게 씩 웃었다.

"저도 부인을 꼭 초대하고 싶습니다만."

그는 손에 든 초대장을 테이블에 놓고 내 쪽으로 슥 밀었다. 그리고 다시 말했다.

"부디 다음번에 꼭 기회가 있었으면 좋겠습니다."

다음번에? 나는 눈을 가늘게 뜨고 그를 쳐다봤다. 다니엘이 파티를 못 열 이유는 없다. 이 나라에서 파티, 연회, 살롱 같은 건 보통 여자의 일이긴 하지만 부인이 없는 남자들은 여자 형제나 어머니나, 하다못해 집사의 도움을 받아 파티를 연다.

아니면 결혼을 하고 싶다는 말인 걸까. 그런지도 모른다. 나는 눈을 반짝였다. 결혼을 하면 윌포드 남작 부인이, 즉 다니엘의 부인이 열게 된다.

나는 초대장을 집어 들며 그를 향해 부드럽게 말했다.

"그럼요, 윌포드 경. 경은 충분히 그럴 기회가 있을 거예요."

내 말에 다니엘도 빙그레 웃었다. 솔직히 그는 마음만 먹으면 언제든지 결혼할 수 있을 거다. 뭐, 공작 영애쯤 되면 또 모르겠네.

그사이 아이리스가 어느새 페이퍼 나이프를 가지고 돌아와서 내게 내밀었다. 대체 누가 보낸 걸까. 봉투에는 누가 보냈는지도 적혀 있지 않았다.

이러면 누가 보냈는지 어떻게 알아? 나는 다니엘을 힐끗 쳐다보고 페이퍼 나이프로 봉투를 뜯었다. 다니엘이 초대장을 가져올 만한 사람이라.

잠깐.

거기까지 생각하자 내 머릿속에 다니엘이 초대장을 직접 가져올 만한 사람이 떠올랐다.

"설마."

내가 놀란 표정으로 그를 쳐다보자 다니엘은 약간 굳은 표정으로 고개를 끄덕였다.

맙소사. 손이 좀 떨리기 시작했다. 남작에게 이런 심부름을 시킬 수 있는 사람은 이 나라에 단 한 명뿐이다.

왕자!

다니엘이 왕자의 스승이긴 하지만 왕자는 이 나라의 왕이 될 사람이다. 당연히 다니엘에게 이런 걸 전달해 달라고 부탁할 수 있다.

어제 내가 못 본 사이에 애슐리와 왕자가 만난 모양이다. 나는 고개를 돌려 애슐리가 응접실에 있는 것을 확인했다.

다행이다. 나는 기쁨을 감추지 못하고 봉투에서 초대장을 꺼내 펼쳤다. 그리고 안의 내용물을 읽기 시작했다.

"엥."

그리고 허탈한 소리를 내뱉었다.

초대장은 왕자에게서 온 게 아니었다. 그리고 애슐리에게 온 것도 아니었다. 나한테 온 거였다. 나는 한 번 더 초대장 말미에 적힌 서명을 확인하고 다니엘을 쳐다봤다.

그는 내가 허탈한 소리를 낸 순간 이미 한쪽 눈썹을 올린 뒤였다.

"왕대비 전하한테서 온 거네요?"

"네, 전하께서 부인을 초대하셨습니다."

"어, 네. 그러니까."

어디에 초대한 거야? 왕자가 애슐리를 초대한 게 아니라는 걸 안 순간 대충 읽었더니 다시 봐야겠다. 나는 초대장을 한 번 더 훑고 물었다.

"티타임에 초대하셨네요?"

티타임에? 날? 왜?

나는 얼떨떨한 표정을 지었다. 날 왜? 난 왕대비와 전혀 아는 사이가 아니다. 밀드레드의 기억을 열심히 뒤져 봤지만 역시 왕대비와 만난 적은커녕 편지나, 뭐 그런 걸로도 이야기를 한 적이 없었다.

"불편하시다면 거절하셔도 됩니다."

다니엘은 소파에 기대며 그렇게 말했다. 앗, 내가 좀 실례를 했나? 나는 슬쩍 그의 눈치를 살폈다. 초대장을 가져온 사람 면전에서 애가 왜 날 초대하냐는 식으로 구는 건 확실히 예의가 아니긴 하다.

하지만 놀랍게도 그는 불쾌한 표정이 아니었다. 오히려 약간 느긋한 태도였다.

나는 좀 어이가 없어서 물었다.

"그러니까 현 국왕의 어머니께서 절 티타임에 초대하셨는데 거절하란 말이죠?"

내 질문에 다니엘은 소파에 몸을 묻으며 다리를 꼬았다. 그의 오른 다리가 왼 다리 위로 올라가면서 쭉 뻗었다. 바짓단이 살짝 올라가면서 그의 양말을 신은 발목이 드러났다.

흠, 남자의 발목을 섹시하다고 생각하게 될 줄은 몰랐는데.

다니엘은 찻잔을 입술에 대며 말했다.

"불편하면 어쩔 수 없으니까요."

얘가 지금 농담을 하는 건지, 아닌지 모르겠다. 도저히 농담이 아닐 수 없는 말인데 그의 표정은 엄청 진지했다.

내가 물끄러미 쳐다보자 그제야 그는 허리를 세우더니 다시 말했다.

"왕대비께서 티타임에 초대하신 건 아주 영광스러운 일입니다. 부인을 위해서라면 가시는 것을 권해 드립니다."

아무래도 다니엘은 내가 왕대비를 만나는 게 그리 달갑지 않은 모양이었다. 아닌가? 단순한 농담이었나? 나는 다니엘의 얼굴을 물끄러미 쳐다보다가 초대장을 테이블 위에 내려놓으며 말했다.

"언제 가면 될까요?"

"일주일 후에 모시러 오겠습니다."

"경이 직접 데리러 온다고요?"

이건 좀 놀랍다. 내 말에 다니엘이 윙크를 하듯 한쪽 눈을 감았다 뜨며 말했다.

"부인을 모시는 건 제 기쁨이죠."

왕대비가 그러라고 시켰나 보군. 나는 허리를 세운 채 고개를 끄덕였다. 일주일. 길다면 길고 짧다면 짧다. 게다가 그분이 날 왜 만나고 싶어 하는지 몰라서 더 불안했다.

"남작님, 혹시 바쁘세요?"

나와 다니엘의 대화가 끝나자 릴리가 재빨리 다니엘에게 물었다. 찻잔을 들어 올리던 나와 아이리스의 시선이 릴리를 향했다.

다니엘은 찻잔을 내려놓던 중이었다. 아무래도 초대장만 전해 주고 가려던 것 같은데.

"바쁘진 않지만, 무슨 일이지?"

"저희 집 그림이요. 궁금한 게 있거든요. 한 번만 봐 주시면 안 될까요?"

"릴리!"

아이리스가 왜 그런 걸 부탁하냐는 듯이 릴리를 불렀다. 하지만 그림이라는 말에 다니엘의 눈동자가 빛나기 시작했다.

오. 이 남자, 진짜로 그림을 꽤 좋아하나 봐. 내가 가볍게 감탄하는 사이 릴리는 내게도 부탁했다.

"네? 어머니, 남작님께서 그림을 봐 주셔도 되겠죠?"

으음. 그제야 내 머릿속에 어제 릴리가 다니엘과 춤출 때가 떠올랐다. 과연 릴리와 다니엘을 함께 붙여 놔도 되는 걸까.

하지만 릴리의 얼굴을 쳐다보자 그런 생각이 사라졌다. 그녀는 정말 간절하게 원하고 있었다. 나는 한숨을 내쉬고 물었다.

"네가 할 일은 다 했니?"

나는 아이들에게 할 일을 정해서 시키고 있었다. 집안일은 해도 해도 많기 때문에 어느 한 명이 혼자서 하기란 불가능하다.

거기에 아이들은 사교 시즌 동안 입을 드레스 두 벌을 각각 직접 만들어야 한다. 원래 밀드레드는 아이리스와 릴리에게 자수를 시켰다. 아무 쓸모도 없는, 시간을 허비하기 위한 용도인 자수는 귀족 여성이면 누구나 하는 취미이자 소일거리이자 시간을 보내는 일이기도 했다.

그런 일을 시킬 바엔 차라리 책을 한 권 더 읽히겠다. 나는 자수를 그만두고 아이들에게 사교 시즌 동안 입을 드레스를 직접 만들게 했다.

어차피 자수나 드레스를 만드는 거나 같은 바느질이잖아. 게다가 드레스를 직접 만들면 공임비가 안 들어서 천값만 든다.

물론 다비나의 도움이 조금은 필요하지만.

내 물음에 릴리의 고개를 위아래로 흔들며 말했다.

"네. 다 했어요! 드레스는 자기 전에 좀 더 하면 돼요!"

"그럼 좋아. 남작님께서 바쁘시지만 않다면."

릴리는 벌떡 일어나 문을 열었다. 아이리스에게 릴리와 함께 있으라고 해야겠다. 그렇게 생각하는데 다니엘이 내게 말했다.

"부인도 함께 가시죠."

"저요?"

내가 깜짝 놀라서 묻자 다니엘과 릴리가 고개를 끄덕였다. 그게 나을지도 모른다. 아이리스가 릴리와 함께 있으려면 아이리스의 시간을 허비하는 게 되니까.

"아이리스, 애슐리, 너희는 가서 너희가 해야 할 일을 해."

나는 아이리스와 애슐리를 떠나보내고 릴리와 다니엘의 뒤를 따라 이층으로 올라갔다. 이 층 청소를 누가 했더라? 안타깝게도 이 층은 그리 깨끗하지 않았다. 그렇다고 아주 더럽지도 않다는 게 바로 청소의 단점이지.

나는 제발 선반에 앉은 먼지를 다니엘이 보지 못했기를 바라며 천천히 두 사람의 뒤를 따랐다. 릴리가 어느 커다란 그림 앞에 서더니 다니엘에게 뭔가를 이야기하기 시작했다.

"이 그림 말이에요. 화풍이 아주 특이해서 좀 더 봤는데 아무래도 카일의 그림 같아요."

나는 누군지도 모르는 이름을 대며 신나게 이야기하는 릴리를 쳐다보며 몇 발짝 떨어져서 서 있었다. 물론 다니엘이 릴리에게 허튼짓을 하면 바로 달려갈 수 있는 거리긴 하다.

다니엘이 릴리의 말을 듣더니 그림을 다시 유심히 살피기 시작했다. 그러고 보니 저 그림, 전에도 다니엘이 유심히 보던 거 아닌가?

"맞아. 사실 나도 카일의 그림이 아닐까 생각하고 있었거든."

"정말요?"

릴리의 얼굴이 환해졌다. 고작 그것만으로도 그녀는 기쁜 모양이었다.

거기서 나는 놀라운 사실을 깨달았다. 다니엘에게 바짝 붙어서 그를 숭배하는 듯한 표정을 짓는 릴리와 달리 다니엘의 표정은 덤덤했다.

잠깐, 저 자식 지금 릴리가 저렇게 예쁜 행동을 하는데 아무 반응이 없는 거야?

물론 릴리는 객관적으로 미인은 아니다. 하지만 그림 앞에서 보이는 저렇게 활짝 핀 얼굴은 정말로 매력적이었다. 어느 남자가 와도 릴리가 그림에 대해 이야기하면 눈길이 사로잡힐 거라고 자신할 수 있다.

하지만 다니엘은 아니었다. 그는 길쭉하게 서서 뒷짐을 지고 그림만을 유심히 쳐다보고 있었다.

"어때요? 카일의 그림이에요?"

"확실하지 않아. 가장 좋은 건 서명을 확인하는 거지만."

그렇게 말하며 다니엘은 허리를 숙여 그림의 밑부분을 확인했다. 워낙 길쭉해서 허리를 숙이는데도 쑥 내려갔다가 쑥 올라간다.

"확인해 봐요! 네?"

릴리의 말에 다니엘이 나를 돌아봤다. 왜? 뭐? 왜? 나는 짝다리를 짚고 서서 다니엘을 흰 눈으로 쳐다보고 있다가 재빨리 자세를 바로 했다.

"확인해도 될까요?"

"어, 어떻게 확인하는데요?"

"액자를 벗겨 보는 거죠."

여기서? 나는 상당한 크기의 액자를 좀 질겁한 표정으로 쳐다봤다. 저 그림은 상당히 크다. 그림 앞에 다니엘이 두 명 서 있어야 가려질 정도다.

내 걱정을 알아차렸는지 다니엘이 재빨리 말했다.

"물론 허락하신다면 가져가서 확인해 보고 싶습니다."

"그 정도인가요?"

이 크기의 그림을 군이 가져가서 확인해 볼 정도로 대단한 그림이야? 그런 의미의 질문이었는데 다니엘은 용케 알아듣고 대답했다.

"네. 카일은 상당히 신비로운 화가였습니다. 알려진 건 카일이라는 이름뿐. 사는 곳은 물론 어디서 그림을 배웠는지조차도 알려지지 않았습니다."

흠. 나는 가슴 앞으로 팔짱을 낀 채 다니엘을 쳐다봤다. 그리고 벽을 차지한 그림도.

너무 커서 치울 엄두도 내지 못했던 그림이다. 밀드레드는 그림에 관심이 없었고 그건 나도 마찬가지였다.

"그리고 섬세하면서도 다듬어지지 않은 화풍 때문에 일부 팬층에 상당히 인기가 높은 편입니다. 그 신비주의 덕분에 거래 가격도 상당한 편이죠."

섬세하면서도 다듬어지지 않은 화풍은 대체 무슨 화풍이냐고 속으로 투덜거리던 중에 가격이 상당하다는 말에 귀가 번쩍 뜨였다. 그래? 그건 바로 비싸게 팔 수 있다는 말이렷다. 나는 바로 고개를 끄덕였다.

　　　　*　　　*　　　*

　다니엘이 그림을 옮길 사람을 보낸 것은 그 이튿날이었다. 릴리가 발견한 그림이 진짜 카일의 그림인지 확인하기 위해 감정소로 가져간다고 했다.

　그 감정소는 다니엘의 소유겠지. 아이리스가 그림을 옮기기 위해 거대한 마차를 타고 온 장정 네 명에게 문을 열어 주는 사이 나는 재빨리 릴리를 불렀다.

　"릴리, 이리 와 볼래?"

　저 사람들이 그림에 손대기 전에 해야 한다. 나는 따라오라는 손짓과 함께 재빨리 이 층으로 올라갔다. 그리고 릴리가 그림 앞에 도착하자 재빨리 속삭였다.

　"여기에 우리만 알아볼 수 있는 표시를 할 수 있을까?"

　"여기요? 그림이요?"

　"응. 액자 틀 말고 그림에."

　반드시 그림에 해야 한다. 중요한 건 그림이니까. 릴리는 어리둥절한 표정으로 그림을 쳐다보더니 내게 말했다.

　"어떤 표시를 원하시는데요?"

　"그림에 흠이 가지 않는 걸로. 지울 수 있다면 좋겠어."

　"그건 어렵지 않은데요."

　릴리는 그렇게 말하며 품에서 연필을 꺼냈다. 너, 언제 어디서나 연필을 가지고 다니는 거니? 내가 깜짝 놀라서 뭐라고 하려 하자 그녀가 재빨리 변명했다.

　"아, 아까 치우려고 넣은 거예요."

　그럴 리가 있나. 나는 허리에 손을 얹으며 매섭게 말했다.

"뾰족한 걸 주머니에 넣고 있으면 위험하잖아. 뚜껑 만들어서 덮어."

아니면 안 쓰는 펜 뚜껑이라도 사용하거나. 내 말에 릴리는 배시시 웃더니 연필로 그림 한쪽에 재빨리 뭔가를 적어 넣었다.

"뭘 썼어?"

"이름이요."

릴리가 연필을 떼고 나서 보니 그림의 나무 위에 뭔가를 적은 게 보이긴 했다. 릴리 이름이라기엔 너무 길지 않나? 하지만 자세히 보려고 했을 때 인부들이 계단 위로 올라섰다.

이크. 여기에 뭔가를 표시했다는 것 자체를 비밀로 해야 한다. 나는 재빨리 그림의 위치를 알려 주는 척 자세를 바로 하고 섰다.

나무 위에 이름. 나무 위에 이름. 인부들이 그림을 벽에서 떼어 내 포장하는 사이 나는 릴리가 어디에 표기를 했는지 열심히 속으로 되뇌었다. 잊어버리면 안 된다.

"확인 부탁드립니다."

포장한 그림을 마차에 튼튼하게 싣고 나자 인부 중 가장 나이 많은 사람이 내게 전표 같은 것을 내밀며 말했다. 생각보다 본격적이네.

나는 감정소 이름이 찍힌 전표를 받아 들고 내용을 확인했다. 수령인, 수취인, 주소, 그림의 크기, 대략적인 예상 금액 같은 게 적혀 있었다.

인부는 내가 서명을 하고 나자 전표의 반을 뜯어서 내게 내밀었다. 이건 내가 가지고 있으라는 거겠지. 그들이 마차를 이끌고 떠나자 릴리가 내 옆으로 다가와서 물었다.

"그런데 왜 표시하라고 하신 거예요?"

"그림은 복제할 수 있잖아."

저게 칼리인가 칼라인가 하는 화가의 그림이 아니라면 모르지만 맞다면 누가 복제할 수 있다. 복제품은 내게 돌려주고, 진품을 팔면 곤란하다. 내 돈이잖아!

하지만 릴리가 묻는 건 그런 게 아닌 모양이었다. 그녀는 고개를 갸웃하며 다시 물었다.

"그게 아니라요. 월포드 남작님이잖아요. 설마 우릴 속일까요?"

아니, 얘가 지금 무슨 소릴 하는 거야? 나는 어이가 없어서 허리에 손을 얹고 릴리를 쳐다봤다.

너 설마 지금 진짜로 다니엘이 우릴 속일 리 없다고 믿는 거니? 하지만 릴리는 정말 그렇게 믿고 있는 모양이었다. 그녀의 눈동자가 아주 순진하게 빛났다.

맙소사. 나는 한숨을 내쉬었다. 그래. 릴리는 고작 열여덟 살이다. 이 애는 사람이 나쁜 짓을 할 수 있다는 걸 알지만, 친하게 지내던 사람에게 뒤통수를 맞아 본 적이 없을 거다.

예를 들면 친하게 지내던 알바 사장이 알바비를 떼먹는다거나 하는 거.

"월포드 남작이 우릴 속일 거라고 생각하는 건 아냐."

나는 릴리에게 충격을 주지 않기 위해 완곡하게 말을 시작했다. 언젠가 릴리도 알게 될 거다. 겪을 수도 있고 누군가 겪는 걸 볼 수도 있겠지.

어느 쪽이건 부디 피해가 적길 바란다.

"하지만 사람 일은 모르는 거니까. 뭐든 대비를 해 두자는 거야."

"아, 하긴. 남작님이 아니라 다른 사람이 빼돌릴 수도 있는 거니까요."

뭐, 그것도 맞긴 하지만. 나는 한 팔을 뻗어 릴리의 어깨를 감싸 안았다. 내가 걱정하는 건 저 사람들이 아니라 다니엘이 맞다.

뭔가를 훔치려면 그게 얼마나 가치가 있는지 알아야 하고, 다니엘은 가치를 아는 사람 중 하나니까.

"그럴 수도 있지만, 사람이란 살다 보면 스스로가 원치 않아도 나쁜 짓을 할 수도 있잖아."

이렇게 말하는 게 맞는지 모르겠다. 하지만 대놓고 다니엘이 나쁜 짓을 할 수도 있으니 조심하라고 말할 수는 없잖아. 다니엘이 무슨 짓을 한 것도 아닌데.

다행히 릴리는 내가 무슨 말을 하는지 알아차린 모양이었다. 그녀는 고개를 끄덕이며 말했다.

"애슐리의 아버지처럼 말이죠?"

순간 몸이 움찔했다. 나는 멍하니 릴리를 보다가 숨을 내뱉었다.

차마 '그래, 맞아.'라고 말할 수는 없었다. 반스를 좋아해서가 아니다. 그가 애슐리의 아버지이기 때문이다.

솔직히 말하면 겁이 났다. 릴리와 아이리스가 프레드 때문에 애슐리를 미워하고 멀리할까 봐. 애슐리가 신데렐라라서가 아니라 세 사람은 이제 자매니 가능하면 친하게 지냈으면 했다.

"어머니."

그때 릴리가 내 손을 잡으며 나를 불렀다. 하지만 나를 쳐다보는 건 아니었다. 그녀는 마차가 떠난 길을 쳐다보고 있었다.

"응?"

고개를 돌리자 저 멀리서 말 한 필이 달려오는 게 보였다. 아니, 잠깐.

한 필이 아닌데?

말을 탄 사람 대여섯 명이 줄을 지어 이쪽으로 달려오고 있었다. 제복을 입고 있어서 멀리서 봤을 때는 병사나 기사처럼 보였다.

나는 재빨리 릴리를 집 안으로 밀고 문을 잡았다. 병사 대여섯 명이 우리 집에 찾아올 일이 뭐가 있지? 다시 한 번 성에서 왕자가 보냈을지도 모른다는 생각이 들었지만 말이 가까워지면서 남자들의 제복이 다 다르다는 게 눈에 들어왔다.

"밀드레드 반스 부인이십니까?"

가장 선두를 달리고 있던 남자가 문 앞에서 멈춰서 말에서 내리며 물었다. 내가 밀드레드 반스가 맞긴 하지. 나는 자꾸만 고개를 내미는 릴리를 다시 문 안쪽으로 밀어 넣으며 말했다.

"네. 맞는데요. 무슨 일이죠?"

"로완 백작가에서 왔습니다."

남자는 그렇게 말하며 품에서 편지를 하나 꺼내 내밀었다. 로완 백작가라고? 아는 집이다. 밀드레드가 결혼하기 전에 아주 잠깐 교류가 있었다.

"밀드레드 반스 부인이십니까?"

이어서 두 번째 남자가 도착했다. 그 역시 내 이름을 확인하더니 품에서 편지를 꺼내며 말했다.

"에쿠르도 자작가에서 왔습니다."

그 뒤로 도착한 다른 남자들도 마찬가지였다. 나는 그들이 내민 초대장을 받아 들고 집 안으로 들어왔다. 옆에서 릴리가 신이 나서 물었다.

"우릴 초대한 거죠? 그렇죠?"

남자들이 우르르 도착했다가 다시 초대장을 주고 우르르 떠나는 소리에 아이리스와 애슐리도 무슨 일인가 하고 모습을 드러냈다.

"우리 초대받았어요?"

아이리스가 내 쪽으로 빠르게 다가오며 물었다. 나는 초대장을 봉한 밀랍을 살피며 고개를 끄덕였다. 기분이 얼떨떨했다. 이건 좋은 일이다. 우편배달부를 보내는 경우도 있지만 귀족들은 대부분 집안의 하인을 시켜 초대장을 배달한다.

즉, 오늘 우리는 다섯 개의 귀족 가문에서 여는 파티에 초대받았다는 말이다.

엄청난 성과였다. 우리 애들이 사교계에 데뷔한 게 바로 어제라는 걸 생각하면 더 그렇다.

"가장 빠른 게 언제예요?"

아이리스가 내 옆으로 바짝 붙으며 물었다. 릴리도 반대편으로 바짝 붙어 왔다. 나는 초대장을 뜯어 안의 내용을 대충 훑은 뒤 아이리스와 릴리에게 나눠 주며 말했다.

"가장 빠른 건 삼 일 뒤네."

에쿠르도 자작가의 파티가 가장 빨랐다. 아마 이미 초대장을 다 돌린 상태였을 거다. 그러다가 어제 파티에서 우리를 보고 부랴부랴 초대장을 보낸 거겠지.

이목을 끈다는 것의 장점이다. 호기심이어도 이런 식으로 초대를 받을 수 있다. 하지만 이런 호기심은 단발성이 대부분이고 사람들의 관심이 사그라들면 더 이상 초대가 오지 않는다.

그러니 내 목표는 이런 초대를 사교 시즌이 끝날 때까지 쭉 이어 가는 거다.

나는 마지막 초대장까지 보고 릴리에게 넘기며 물었다.

"드레스는 다 완성됐니?"

다비나에게 주문한 드레스 외에도 각각 두 벌의 드레스를 직접 만들어야 한다. 아이리스는 거의 다 만들었던 것 같은데.

내가 릴리를 쳐다보자 그녀는 눈동자를 굴리더니 말했다.

"거의 다 됐어요."

"삼 일 안에 끝날 것 같아?"

"아마도요."

흠. 그렇다면 그런 거겠지. 그다음으로 애슐리를 쳐다보자 그녀는 안절부절못하고 있었다. 앤 또 왜 이래? 어리둥절해서 그녀를 쳐다보던 나는 곧 애슐리가 왜 그러는지 깨달았다.

바로 얼마 전에 파티에 가고 싶지 않다고 했었지.

마음 같아서는 안 가도 된다고 말해 주고 싶다. 하지만 애슐리가 하기 싫어하는 모든 일에서 빼 주는 게 과연 그녀를 위한 일인지도 모르겠다.

"어머니."

그때 아이리스가 다시 내 팔을 잡으며 말했다.

"제 드레스 말인데요. 다른 드레스에도 꽃을 달아도 될까요?"

나쁘지 않다. 어제 아이리스가 성에서 열린 파티에 입고 간 드레스는 상당히 인기가 있었다. 만나는 사람마다 드레스의 꽃을 뚫어져라 쳐다봤었지.

나는 고개를 끄덕이며 말했다.

"괜찮긴 한데, 천이 남았어?"

"그거 말인데요."

아이리스의 얼굴이 굳었다. 그녀는 망설이다가 말했다.

"제 어릴 때 옷을 사용할까 해요."

"비슷한 색 천이 있을까? 그러지 말고 다비나 씨한테 가서 사 와."

"하지만 돈이 들잖아요."

아니, 이게 무슨 소리야. 나는 아이리스를 쳐다보며 인상을 썼다. 우리 집이 좀 허덕이는 건 사실이지만 어릴 때 입던 옷을 뜯어서 꽃을 만들어야 할 정도는 아니다.

나는 허리에 손을 올리며 말했다.

"그 정도 돈은 있어. 다비나 씨에게 다녀와."

하지만 여전히 아이리스는 굳은 표정이었다. 나는 릴리와 애슐리를 돌아보며 말했다.

"잘됐다. 이 김에 너희 드레스에도 꽃을 달자."

"꽃이요?"

릴리의 눈이 커졌다. 나는 애슐리에게 손을 뻗으며 말했다.

"너희들이 원한다면 말이야."

한 벌 정도는 꽃을 다는 게 좋을 것 같다. 심지어 어제 아이리스의 드레스가 인기 있었던 것을 떠올리면 더더욱.

나는 꽃을 만들 천을 사 오라고 릴리와 아이리스를 내보내고 애슐리와 함께 그녀의 방으로 향했다. 아이리스와 릴리는 그럭저럭 괜찮은데 애슐리가 걱정이다. 얘는 자기 드레스를 제대로 못 만들었을 것 같거든.

*　　*　　*

"오셨습니까."

감정소 주인, 콜은 월포드 남작의 등장에 기다리고 있다가 인사를 건넸다. 다니엘의 뒤로 모자를 눌러쓴 청년이 따라 들어왔다. 최근 월포드 남작이 데리고 다니는 청년이었다.

이렇게 큰 키에도 다니엘은 소리 없이 움직이는 데 능했다. 아무리 많은 사람들 사이에서도 존재감을 뿜어내는 남자였지만 자신이 원하지 않을 때는 마치 없는 사람처럼 존재감을 감추기도 했다.

신기한 남자. 콜은 다니엘에 대한 갖가지 소문을 떠올리면서 공손한 표정을 지어 보였다. 그가 아는 한 다니엘에 대한 소문의 반은 진실이었다. 다른 반은? 알 수 없다.

"그림은요?"

다니엘의 질문에 콜은 재빨리 그를 감정실로 안내했다. 낮에 인부들을 시켜 가져오게 한 그림이 테이블 위에 놓여 있었다.

"포장은 미리 풀어놨습니다."

콜의 말에 다니엘은 그가 먼저 확인했음을 알아차렸다. 하지만 그는 다니엘이 확인하기 전까지 아무 말도 하지 않았다.

그림은 워낙 크기가 커서 테이블을 가득 채우고도 바깥으로 삐져나와 있었다. 리안은 다니엘을 따라 감정실로 들어가서 벽 쪽에 섰다.

솔직히 말하면 그는 그림에 별로 관심이 없었다. 유명한 그림을 알아볼 지식 정도는 가지고 있지만 신진 화가를 발굴하고 길러 내는 데는 아무 관심도, 재능도 없었다.

하지만 다니엘은 아니었다. 그는 소위 말하는 보는 눈이라는 게 있었다. 그것도 상당히 탁월했다. 콜의 망해 가던 감정소가 되살아난 데에는 다니엘의 그런 능력이 크게 도움이 되었다.

다니엘은 옆 테이블에서 감정용 돋보기인 루페를 집어 들고 그림 위로 허리를 숙였다.

바로 한 시간 전에 콜도 그렇게 확인했다. 그는 살짝 긴장한 채 말했다.

"카일의 작품이 맞습니다."

어두운 둥근 지붕 저택의 복도가 아니라 밝은 곳에서 확대경으로 보니 붓칠을 더 자세히 확인할 수 있었다. 마치 그림을 배운 적 없는 것 같은 거친 붓 자국과 그림에도 섬세하게 칠한 부분까지 전부 카일의 특징이었다.

하지만 다니엘은 콜에게 아무 말도 하지 않았다. 그 역시 이 그림이 카일의 그림일 가능성이 높다고 생각하고 있었지만 아직 확인이 끝나지 않았다.

"액자를 벗겨 보죠."

다니엘의 말에 콜과 그의 제자들이 다가와 조심스럽게 액자에 손을 댔다. 리안은 흥미 없다는 표정으로 벽에 기댔다. 액자에서 그림을 떼어 내고 나자 액자에 가려졌던 부분까지 꼼꼼하게 칠해진 것이 보였다.

"맞군요."

다니엘은 콜의 제자들이 물러나자 그림으로 다가가며 말했다. 액자에 가려진 부분까지 꼼꼼하게 칠하는 것 역시 카일의 특징 중 하나다.

그는 액자에 가려진 부분에서 카일의 서명을 발견하고 고개를 끄덕였다. 카일의 특징이 몇 가지 더 있긴 하지만 이 정도면 확실하다. 다니엘의 곁에서 콜이 감격한 표정으로 말했다.

"카일이 이 정도 크기의 그림도 그렸다니. 엄청난 발견입니다."

지금까지 세상에 나온 카일의 그림은 대부분 그리 크지 않았다. 그렇기 때문에 사람들은 카일이 가난했고 후원자를 만나지 못했으리라고 판단하고 있었다. 후원자가 없는 화가의 작업 활동은 열악하고 심각하게는 비참하기 마련이다.

하지만 이렇게 큰 그림을 발견했으니 후원자가 없었고 가난했을 거라던 카일에 대한 평가가 달라질 수 있다.

더 나아가 어딘가 카일을 후원한 사람을 찾는다면 카일이 어디에서 태어났고 누구에게 그림을 배웠는지, 그리고 그가 후학을 양성했는지까지 알아낼 수도 있다.

고무할 만한 발견에 콜과 그의 제자들은 감격하고 있었다. 하지만 다니엘은 아니었다. 그는 복잡한 표정으로 카일의 그림을 물끄러미 쳐다보다가 리안을 향해 루페를 내밀었다.

"한번 봐."

다니엘의 말에 리안은 머뭇거리며 다가와서 루페를 받아 들고 그림을 향해 허리를 숙였다. 솔직히 그는 봐도 잘 모른다. 하지만 그럼에도 다니엘이 보게 하는 건 이것도 일종의 교육이었기 때문이다.

그사이 다니엘은 이제 어떻게 해야 할지 생각하고 있었다.

이 그림은 둥근 지붕 저택에서 발견됐다. 감정소의 인부들이 거기서 가져왔으니 카일의 그림을 발견했다는 소문이 퍼지면 사람들의 시선이 둥근 지붕 저택으로 향할 것이다. 그리고 그 시선 중에 위험한 시선도 있겠지.

그는 그 커다란 집에서 살고 있는 네 명의 여자들을 떠올리고 못마땅한 표정을 지었다. 카일의 그림은 일부 마니아층에서 열광적이라고 할 수 있을 만큼의 인기를 가지고 있다. 이렇게 큰 그림이라면, 그리고 새로운 발견이나 다름없는 그림이라면 상당히 고가에 판매될 것이다.

"콜 씨."

다니엘은 루페를 내려놓고 천천히 콜을 향해 돌아서며 입을 열었다. 다니엘의 표정에 감격하고 있던 콜과 제자들의 얼굴에 굳은 표정이 떠올랐다.

"오늘 여기서 발견한 건 한동안 비밀입니다."

"네? 하지만 카일의 그림이잖습니까? 가격이 천정부지로 치솟을 텐데요?"

그 돈이 콜에게 들어오지는 않겠지만 그가 가치 있는 그림을 발견하고 감정했다는 소문이 이쪽 업계에 퍼질 것이다. 그렇다면 콜에게도 명예로운 일이고, 명예는 곧 돈을 수반한다.

하지만 다니엘은 차가운 표정으로 말했다.

"아직은 아닙니다. 한동안은 이 일은 비밀로 해 주십시오."

이런 일을 언제까지나 비밀로 할 수는 없다. 하지만 최소한, 둥근 지붕 저택에 카일의 그림이 또 있는지 확인하고 밀드레드가 어떻게 처리할지 결정할 때까지는 비밀로 해야 한다.

그래야 그녀와 아이들을 혹시 모를 위험에서 보호할 수 있으니까.

"알겠습니다."

콜은 다니엘의 표정을 보고 고개를 끄덕이며 물러났다. 망해 가던 그의 감정소를 사서 지금 여기까지 크게 키운 남자다.

그는 다니엘이 자신을 해고하지 않고 그대로 사장으로 남아 있으라고 말한 순간부터 다니엘의 판단을 믿고 따르고 있었다.

"그림은 여기에 보관할까요?"

볼일이 끝나자 휙 하고 감정실 밖으로 나가 버리는 다니엘의 뒤를 따르며 콜이 물었다. 다니엘은 둥근 지붕 저택으로 보내라고 말하려다가 잠시 생각한 뒤 말했다.

"제집으로."

"감정서도 댁으로 보내 드리면 될까요?"

콜의 물음에 다니엘은 고개를 끄덕였다. 이 그림이 카일의 그림이 맞는지 확인하는 건 다니엘의 집에서 그가 해도 된다.

하지만 굳이 감정소로 가져온 건 적법한 감정을 거쳤다는 증인과 증거가 필요했기 때문이다. 다행히도 콜과 그의 제자들의 입은 무거운 편이다.

"카일이라는 사람이 그렇게 대단한 화가였나요?"

감정소 밖으로 나오며 리안이 물었다. 오늘 그는 금발을 가리기 위해 모자를 눌러 쓰고 있었다. 성 밖의 사람들은 금발만으로 그가 왕자라는 것을 알아차릴 리 없지만 그래도 혹시나 해서였다.

"대단하다는 건 어느 기준이냐에 따라 다르죠."

다니엘은 솔직하게 대답했다. 작품을 평가할 때 기준은 사람마다 다르다. 기교에 능숙하냐, 투박하냐, 보편적인 취향을 잘 녹여냈느냐, 소수의 마니아층을 두껍게 형성했느냐.

카일은 투박하고 소수의 마니아층을 두텁게 형성한 화가였다. 거친 붓질이나 작품 수가 그리 많지 않다는 것, 화가에 대해 알려진 게 거의 없다는 것까지 모두 호불호가 갈리지만 좋아하는 사람들은 그 모든 것에 열광했다.

"그럼 질문을 바꿀게요. 저 그림이 비싸게 팔릴까요?"

리안의 질문에 다니엘은 그를 힐끔 쳐다보고 씩 웃었다. 올바른 질문을 했다. 다니엘은 고개를 끄덕이며 말했다.

"상당한 가격으로 팔릴 겁니다."

"그건 다행이네요."

그림이 상당한 가격에 팔린다면 밀드레드와 세 딸의 생활이 좀 좋아질 거다. 리안은 커다란 저택에 하인이 한 명도 보이지 않았던 것을 떠올리고 있었다.

"반대로 위험할 수도 있고요."

다니엘이 말했다. 리안은 무슨 소리냐는 듯 그를 쳐다보다가 아 하고 깨달았다는 듯 말했다.

"그림을 노리는 사람도 있겠군요."

"그 집은 크고, 여자만 사니까요."

"그래서 비밀로 하라고 한 겁니까?"

리안의 질문에 다니엘은 아무 말 없이 고개를 끄덕였다. 그림을 자신의 집으로 옮기라고 한 것도 같은 이유였다. 두 사람은 잠시 말없이 말을 타고 움직였다.

감정소는 번화가에서 약간 떨어진 곳에 위치해 있었다. 리안은 사람들을 피해 말을 움직이다가 잠시 다니엘을 쳐다봤다.

얼마 전부터 품고 있던 의문이 다시 떠올랐다. 다니엘 윌포드 남작이 최근 관심을 보이는 여성. 밀드레드 반스 부인.

그는 다니엘이 여성에게 관심을 보이는 것을 처음 봤다. 밀드레드가 미혼의 아가씨였다면 이성적인 호감이라고 생각했을 것이다. 하지만 밀드레드 반스는 두 번이나 결혼한 부인이고 리안 또래의 딸이 셋이나 있다.

그럴 리 없다고 생각하면서도 방금 같은 다니엘의 행동을 목도하면 다시 한 번 리안의 머릿속에 이상하다는 생각이 떠오르는 것이다.

"남작, 물어볼 게 있습니다."

리안은 다니엘과 나란히 말을 달리며 조심스럽게 입을 열었다. 분명 다니엘은 반스 부인에게 가진 관심이 이성적인 관심이냐고 물어보면 제대로 대답하지 않을 것이다.

그럼 어떻게 물어봐야 하지?

다니엘은 물어볼 게 있다고 하더니 아무 말도 하지 않는 리안을 힐끔 쳐다봤다. 모자를 눌러 써서 가려진 왕자의 잘생긴 얼굴은 굳어 있었다.

"뭡니까?"

"방금 그 그림을 남작의 집으로 가져가라고 한 건 둥근 지붕 저택의 숙녀분들이 위험할까 봐서입니까?"

다니엘의 얼굴에 미소가 떠올랐다. 그는 리안이 무엇을 물어보고 싶어서 이러는지 바로 알아차렸다. 그도 자신의 행동을 잘 알고 있었다.

사교계에서 다니엘은 어느 여자에게도 먼저 춤을 권하지 않았다. 춤을 추기 싫어서라기보다는 한 번 춤을 추면 은근슬쩍 자신의 딸과 춤을 춰 달라는 자들이 나오기 때문이었다.

회의를 하기 위해 집으로 초대받으면 식사를 하지 않거나 밖에서 만났다. 그런 다니엘이 먼저 둥근 지붕 저택에 방문에서 식사 대접을 받고, 리안을 데리고 소풍을 갔다. 그 이전에는 먼저 밀드레드에게 춤을 권하기도 했고.

"그렇죠."

다니엘의 단답형 대답에 리안은 잠시 입을 다물었다. 그는 다니엘의 이런 점이 싫었다. 제대로 된 질문을 하지 않으면 다니엘 역시 제대로 된 답을 하지 않는다. 다른 자들은 리안이 두루뭉술하게 물어보면 눈치 빠르게 대답하곤 했다.

그게 다니엘의 교육법 중 하나였다. 모든 사람이 리안의 눈치를 살펴 두루뭉술한 질문에 대답을 내놓으면 결국 리안은 제대로 된 발언이나 표현을 하지 못하게 된다. 그런 사람이 왕이 되면 고생하는 건 나라고 백성들이다.

"혹시 반스가의 여성분들 중 한 명에게 관심이 있습니까?"

약간 부족했지만 비슷했다. 다니엘은 안타깝다는 표정을 지으며 말했다.

"정확하게는 반스가의 여성이 아니라 그 저택에 관심이 있습니다."

"저택에요?"

그 저택에 왜? 어리둥절한 리안의 표정에 다니엘은 번화가 중심을 비켜나기 위해 말을 움직여 골목길로 접어들며 다시 말했다.

"예전에 전하의 할머님께서 그 저택에 잠깐 머무르신 적이 있습니다."

할머님께서? 리안은 깜짝 놀란 표정을 지으며 고개를 돌렸다. 하지만 안타깝게도 여기선 둥근 지붕 저택이 보이지 않는다. 그는 다시 다니엘에게로 고개를 돌리며 물었다.

"설마 할머님께서 저 집을 사고 싶어 하시는 겁니까?"

설령 그랬다 해도 리안은 몰랐을 것이다. 리안의 할머니인 왕대비는 결혼하기 전에 자신이 어떻게 살았는지를 별로 말하고 싶어 하지 않았다.

몰락한 귀족이었다는 말은 리안도 들었다.

그는 그래서일 거라고 생각하고 있었다. 몰락한 귀족. 둥근 지붕 저택에 사는 반스가의 사람들보다 더 나쁜 상황이었다면 왕자와 결혼해 왕비가 되고, 이어서 왕의 어머니가 된 지금은 그다지 떠올리고 싶지 않은 기억일 것이다.

"그건 아닙니다."

다니엘은 상쾌하게 말하고 고개를 돌렸다. 그럼 뭐야? 당황했던 리안은 허탈한 표정으로 다니엘을 쳐다봤다.

할머니께서 갖고 싶어 하신 게 아니면 그 이야기는 왜 한 건데? 하지만 반면 아주 예전에 할머니께서 살았던 집이라고 하니 리안도 호기심이 솟았다.

커다랗고 낡은 저택. 갑자기 그의 머릿속에 그 집에 사는 아이리스가 떠올랐다.

다니엘의 말대로 그 그림이 어마어마한 가격에 팔린다면, 아이리스는 좀 더 편안한 생활을 영위할 수 있을 것이다. 리안은 다행이라고 생각했다가 다음 순간 떠오른 생각에 흠칫 놀라 다니엘을 쳐다봤다.

"잠깐, 정말 그 그림을 남작의 집에 두는 게 반스가의 숙녀분들을 위한 겁니까?"

리안의 질문에 다니엘의 한쪽 눈썹이 올라갔다. 그는 잠시 리안을 쳐다보다가 그가 무슨 생각을 하는지 알았다는 듯 씩 웃었다.

"물론 제가 그 저택을 사고 싶은 거라면 지금이 적기이긴 할 겁니다."

저택의 경제 사정을 봤을 때 밀드레드라면 그 저택을 팔라는 말을 거부하지 않을 것이다.

그러니 다니엘이 할 일은 그림을 빼돌리고 복제품을 만들어 밀드레드에게 넘기는 것뿐이다. 밀드레드가 진품을 손에 넣어 판다면 저택을 팔지 않아도 될 테니까.

다니엘은 빙그레 웃으며 말을 멈추고 내렸다. 어느새 두 사람은 사람들로 가득한 식당 앞에 도착해 있었다.

"어서 오십시오!"

말을 탄 손님 둘이 식당 앞에 멈추자 직원이 말고삐를 받기 위해 달려나왔다. 그는 제일 먼저 다니엘의 말에 손을 대다가 그를 알아보고 움찔해서 다시 인사했다.

"어, 어서 오십시오, 남작님."

다니엘은 고개를 끄덕이고 안으로 들어갔다. 그의 뒤를 리안과 직원이 따랐다. 직원은 재빨리 지나가는 다른 직원의 옷을 낚아채며 다니엘의 말을 들여놓으라고 속삭였다.

"이쪽으로 오시죠."

'요정의 샘'에는 다니엘의 지정석이 있다. 파티션으로 가려져 사람들의 시선에서 자유로울 수 있는 자리였다. 덕분에 리안의 교육을 시작하기에 아주 좋았다.

"메뉴판도 주게."

직원은 다니엘을 안내하고 한 걸음 물러나다가 그의 요청에 잠시 움찔했다. 하지만 티 내지 않고 고개를 꾸벅하고 물러나는 데 성공했다.

다니엘은 이 식당에서 메뉴판을 요청한 적이 거의 없었다. 그는 식당의 모든 메뉴를 외우고 있는 데다가 먹고 싶은 것을 말하면 곧장 만들어주기 때문이다.

직원은 메뉴판을 가져와 여전히 모자를 눌러쓴 리안에게 내밀었다. 메뉴판이 필요하다면 다니엘이 아니라 동행일 것이라는 그의 예상이 맞았다.

리안은 직원이 물러나고 나자 모자를 벗고 메뉴판을 펼쳤다. 그의 화려한 금발이 식당의 은은한 조명 아래에서도 환하게 반짝였다.

"전 소고기 안심구이로 시켜 주시면 됩니다."

다니엘은 그렇게 말하고 직원이 메뉴판과 함께 가져다준 홍차를 홀짝였다. 평소 그가 마시는 것보다 약간 낮은 등급이긴 하지만 나쁘지 않다. 놀라운 것은 이 차가 반스가에서 얻어 마신 것보다 등급이 더 높다는 점이다.

다시 반스가를 떠올리자 다니엘의 미간에 가볍게 주름이 졌다.

처음엔 그 저택과 거기서 일어난 일에 대한 호기심이었다. 그 저택에서 무슨 일이 벌어졌다. 문제는 대체 무슨 일이 벌어졌는지를 모르겠다는 점이다.

다니엘은 그런 걸 싫어했다. 뭔가가 일어난 건 알겠는데 그게 뭔지 모르겠는 것들. 그의 머릿속에 제일 먼저 밀드레드가 떠올랐다.

결혼할 나이가 된 딸을 셋이나 둔, 두 번이나 남편을 잃은 아름다운 부인.

평소의 다니엘이었다면 콧방귀도 뀌지 않았을 것이다. 아름답다고? 그래서?

그는 미혼과 기혼을 가리지 않고 여성들에게 인기가 있었다. 밀드레드의 생각대로 다니엘이 마음만 먹었다면 그는 이미 결혼해서 십 대인 아이가 있었을 것이다.

하지만 그렇지 않은 건 그가 결혼은 물론 인간에게 별 관심이 없기 때문이었다. 그는 더 나아가 이 나라 자체를 그다지 좋아하지 않았다.

다니엘이 밀드레드에게 호감을 보인 건 그녀의 집과 그 집에서 일어난 일에 대한 호기심을 감추려는 방법이었을 뿐이었다. 처음에는.

"저도 같은 걸로."

한참을 메뉴판을 살피던 리안은 결국 포기했다는 듯 메뉴판을 덮으며 말했다. 대충 무슨 소린지는 알겠다. 메뉴판에는 전채 요리와 메인 요리,

음료와 사이드, 디저트까지 별도의 페이지에 적혀 있었다.

하지만 그는 어떻게 주문해야 하는지 몰랐다. 애피타이저, 메인, 음료, 사이드를 각각 하나씩 주문하면 되는 건가? 리안이 성에서 식사를 할 때는 그 모든 게 알아서 나왔다. 그가 맛이 별로라고 하면 그 음식은 다시는 나오지 않았다.

대부분의 요리는 재료와 요리 방식이 요리 이름이라 알아보기 편했다. 예를 들면 다니엘이 시켜 달라고 했던 소고기 안심구이.

소고기 안심을 구운 요리겠지.

리안은 거기까지 생각하고 다니엘의 눈치를 살폈다. 이제 어떻게 주문해야 할지 모르겠다. 성에서는 늘 누군가 그의 곁에 머무르며 리안이 필요로 하는 것을 바로바로 가져다줬다.

"그냥 있으면 됩니다."

다니엘은 리안의 의문을 바로 알아채고 말했다. 그는 손에 든 잔을 내려놓은 뒤 말을 이었다.

"제대로 된 가게라면 직원이 알아서 옵니다. 물론 그렇지 않은 곳이라면 불러야 합니다."

"부른다는 게 무슨 말이죠?"

"손을 들고 직원을 부르는 겁니다."

리안의 얼굴이 일그러졌다. 그걸 대체 어떻게 하는 건지 모르겠다. 직원의 이름을 모르는데 어떻게 부른단 말인가. 하지만 그가 묻기 전에 두 사람이 메뉴를 골랐음을 깨달은 직원이 다가와서 물었다.

"주문하시겠습니까?"

"소고기 안심구이."

리안의 말에 직원은 잠시 다니엘을 쳐다보다가 다시 물었다.

"두 분 다 같은 메뉴 맞으십니까?"

그것도 말해야 하는 거였어? 리안은 당황한 표정을 지었지만 침착하게 고개를 끄덕였다. 그러자 직원이 뒤이어 물었다.

"음료나 다른 것은 필요하지 않으십니까?"

음료도 따로 주문해야 하는 거였나? 리안의 시선이 메뉴판을 향했다. 그러고 보니 메뉴에 음료가 각각 가격이 달랐던 것 같다.

뭐라고 해야 하지? 리안의 머릿속이 빠르게 돌았다. 그는 맥주는 마셔본 적이 없었다. 이 김에 맥주를 마셔 볼까? 리안이 슬쩍 다니엘의 눈치를 살피는데 다니엘이 직원에게 말했다.

"추천해 주게."

다니엘의 말에 직원은 자세를 바로 하더니 기다렸다는 듯 줄줄 읊기 시작했다. 소고기 안심구이에 레드 와인이 괜찮을 것이라는 말과 전채 요리로는 양송이 수프를 추천한다는 말까지. 덧붙여 사이드로 데운 채소가 나오지만 원하지 않는다면 별도로 신선한 굴 요리를 주문해도 좋다고 말했다.

리안은 굴이라는 말에 반사적으로 웩 하는 표정을 지으려다 멈칫했다. 그는 다니엘을 한 번 쳐다보고 침착하게 말했다.

"굴은 됐네. 추천한 대로 갖다 주게."

"알겠습니다."

직원이 메뉴판을 가지고 물러났다. 그제야 리안은 자신이 직원 앞에서 모자를 벗고 있었다는 것을 깨달았다. 아차. 당황한 표정으로 모자를 쓰려는 그를 향해 다니엘이 씩 웃으며 말했다.

"괜찮습니다. 알렌은 입이 꽤 무겁거든요."

알렌은 다니엘의 테이블을 담당하는 직원의 이름이다. 리안은 새로운 사실에 눈을 크게 떴다. 그렇군. 이런 식당에는 그 테이블을 담당하는 직원이 따로 있는 모양이었다.

그동안 그가 다니엘과 함께 성 밖에서 먹은 음식은 노점에서 파는 꼬치구이와 어느 주점에서 먹은 샌드위치 정도였다. 그리고 반스가의 사람들과 함께 갔던 소풍에서 먹은 음식.

리안은 좀 억울해서 투덜거렸다.

"이렇게 괜찮은 식당이 있는데 처음부터 여길 오면 안 됐던 겁니까?"

그의 머릿속에 노점에서 꼬치구이를 먹을 때가 떠올랐다. 무슨 고긴지도 모르는 고기가 나뭇가지에 꿰어 불판 위에서 지글지글 익고 있었다. 자연스럽게 이걸 과연 먹어도 되는 건지 걱정할 수밖에 없다.

하지만 다니엘은 아무렇지 않게 말했다.

"이 식당은 전하를 알아볼 사람이 많습니다."

공식적으로 다니엘이 리안의 스승이라고 알리기 전에 두 사람이 함께 다니는 것을 굳이 사람들 앞에 보여 줄 필요는 없다.

곧이어 직원이 수프를 가져왔다. 리안과 다니엘은 잠시 말없이 음식을 먹기 시작했다. 수프를 깨끗이 비우고 와인과 메인 요리를 가져오자 리안이 약간 감탄한 표정으로 말했다.

"맛있군요."

"괜찮죠."

다니엘은 와인을 홀짝이며 고개를 끄덕였다. 이 식당은 이런 고기구이 같은 음식 외에도 몇 가지, 이 나라에서는 볼 수 없는 음식이 있다. 파스타라고 부르는 면 요리가 그 대표적인 음식인데 손가락 한 마디 정도 길이의 면을 튀긴 뒤 고기와 함께 기름에 볶았다.

하지만 다니엘은 리안이 보면 절대 먹으려 하지 않을 거라고 생각해서 권하지 않았다. 누구나 이국적인 음식에 거부감을 보이기 마련이다. 성에서 자란 왕자가 노점에서 팔던 꼬치구이를 먹지 않으려 했던 것처럼.

밀드레드는 어떨까. 다니엘은 와인을 홀짝이다 말고 멍하니 밀드레드를 떠올렸다. 그녀가 만들었던 닭고기 요리는 정말 맛있었다. 으깬 감자도. 그는 문득 대체 밀드레드가 어떻게 으깬 감자를 만든 건지 궁금해했다.

감자를 으깼는데 퍼석퍼석하지 않고 부드러웠다. 대체 뭘 넣은 거지? 감자를 그렇게 먹을 수 있는 줄 몰랐다. 그가 아는 한, 감자는 쪄 먹거나 구워 먹는 게 다였다. 고기 요리의 양을 늘리기 위해 감자를 잘라 고기와 함께 볶는 것을 다른 나라에서 본 적이 있긴 하다.

밀드레드를 향한 다니엘의 관심은 그런 부분부터 시작했다.

조만간 밀드레드를 이 식당에 초대해 봐야겠다고 생각하며 다니엘은 씩 웃었다. 그녀가 파스타를 보면 어떤 반응을 보일지 궁금했다.

"남작, 남작."

그때 리안이 음식을 먹다 말고 다니엘을 불렀다. 뭐지? 다니엘이 눈동자만 들어 쳐다보자 리안이 우물우물하면서 말했다.

"혹시 그날 이후로 그 집에 간 적이 있습니까?"

둥근 지붕 저택을 말하는 거다. 다니엘은 자신의 고기를 썰며 대답했다.

"네. 바로 어제 다녀왔습니다."

그는 왕대비의 초대장을 전달하기 위해 간 거라는 말은 쏙 빼고 전달했다. 리안이 손에서 포크와 나이프를 놓으며 다시 물었다.

"어, 어땠습니까?"

"뭐가 말입니까?"

"거기 사람들 말입니다. 제가 갑자기 나가 버려서 이상하게 생각하지 않던가요?"

이 질문은 그날 파티가 끝난 뒤에도 했다. 다니엘은 입에 넣은 고기를 재빨리 씹어 삼키고 리안을 쳐다봤다. 그는 문득 리안이 아이리스에게 가진 관심이 어떤 종류일지 궁금해졌다.

밀드레드를 향한 그의 관심은 복잡했다. 그는 그녀의 집과 거기서 벌어진 일이 무엇인지 궁금해한 것으로 시작했지만 그것만은 아니었다.

처음에는 그녀가 아이들을 건사하기 위해 돈이 많은 다른 남자를 잡으려 할 거라 생각했다.

하지만 밀드레드는 그러지 않았다.

그는 그녀가 자신을 유혹하거나, 딸들을 그에게 들이댈 거라 생각했다.

하지만 밀드레드는 그 역시 하지 않았다.

점점 다니엘은 밀드레드에게 호기심이 생기기 시작했다. 그가 아는 한, 밀드레드의 상황은 그리 좋지 않았다. 그는 이미 밀드레드의 두 번째 남편인 프레드 반스가 사망했다는 것도 알고 있었다. 딱히 소문이 퍼진 건 아니다. 다만 그의 정보력이 뛰어날 뿐이다.

당연히 다니엘은 밀드레드가 프레드의 죽음을 알리고 새로운 남편감을 구하기 위해 노력할 거라고 생각했다. 하지만 그녀는 그의 앞에서 눈하나 깜빡하지 않고 거짓말을 했다. 자신의 남편은 행방불명됐을 뿐 죽지 않았고, 자신은 유부녀라고.

"그렇지 않아도 아이리스 반스 양이 리안이 파티에 왔었는지 묻더군요."

다니엘의 말에 리안의 얼굴이 환해졌다가 곧 어두워졌다. 그는 어떻게 해야 할지 몰라 망설이고 있었다. 리안은 절대 파티에 참석할 수 없다. 파티에 참석한 사람 중에는 반드시 왕자의 얼굴을 아는 사람이 있기 때문이다.

"아이리스가 가장 처음 누구와 춤을 췄습니까?"

잠시 망설이던 리안이 물었다. 사실 이걸 제일 먼저 묻고 싶었다. 하지만 그럴 수가 없었다.

다니엘은 리안이 자신의 눈치를 살피며 묻는 질문에 하마터면 웃음을 터트릴 뻔했다. 그는 와인을 한 번 더 홀짝이고 말했다.

"그녀의 삼촌인 머피 백작과 춤을 췄습니다."

"아, 머피 백작이 있죠."

리안의 얼굴에 눈에 띄게 안심하는 표정이 떠올랐다.

그러더니 곧 다시 표정이 어두워졌다. 다니엘은 좀 신기한 기분으로 리안의 얼굴을 쳐다보고 있었다. 그는 십 대에도, 이십 대에도 이런 식으로 일희일비한 적이 별로 없었다.

"제가 아이리스와 파티에서 춤을 출 일은 없겠군요."

"그렇습니까?"

다니엘은 모른 척 시치미를 떼며 물었다. 방법이야 여러 가지가 있다. 뭐든 궁하면 통하는 법이다. 리안은 다니엘의 물음에 그를 쳐다보며 말했다.

"춤을 권할 정도로 가까이 다가가면 아이리스와 주변 사람들이 모두 절 알아 볼 거 아닙니까. 그럼 아이리스도 제가 누군지 알겠죠."

"알면 안 됩니까?"

아는 게 더 낫지 않나? 다니엘은 그렇게 생각했지만 입 밖에 내지는 않았다. 그 사이 두 사람은 자신의 몫으로 나온 음식을 모두 먹어 치웠다. 알렌이 다가와 디저트를 권했지만, 리안이 고개를 젓자 다니엘은 자리에서 일어나자고 말했다.

두 사람은 이야기도 할 겸 말은 식당에 맡긴 채 잠시 주변을 걸었다. 리안이 기대에 찬 표정으로 물었다.

"특정인에게만 원래 얼굴이 보이는 마법은 없을까요?"

뭘 생각하는지 알겠다. 다니엘은 혼잡한 길에서 사람들을 잘도 피하며 대답했다.

"그게 굳이 마법까지 필요합니까?"

마법이 아니면? 리안은 그런 방법이 있는지 잠시 궁리하다가 물었다.

"설마 다른 사람들에게 제가 누군지 모르는 척 명령을 하라는 말은 아니겠죠?"

말도 안 되는 소리다. 당연히 다니엘도 그걸 생각한 게 아니었다. 그는 리안을 힐끔 쳐다보고 픽 웃으며 물었다.

"마법을 사용해서까지 반스 양과 춤을 추고 싶으신 겁니까?"

"그, 그건 아니고."

리안의 표정이 가볍게 달아올랐지만 모자에 가려져 잘 보이지 않았다. 그때 누군가 다니엘의 뒤에서 그를 툭 치며 지나갔다.

"실례."

다니엘의 시선이 남자를 향했다가 다시 리안으로 돌아갔다. 리안은 다니엘이 사람이 적은 골목으로 이끄는 것도 눈치채지 못한 채 더듬더듬 말을 이었다.

"그냥, 이상하게 생각할 거 아닙니까? 제가 귀족이라고 했으니까요. 파티에 한 번 정도는 얼굴을 보여 줘야 제가 귀족이라고 믿을 거 아닙니까?"

리안의 깜찍한 변명에는 한 가지 지적할 부분이 있다. 과연 아이리스가 그가 귀족이라는 것을 반드시 알아야 할 필요가 뭐가 있겠는가.

하지만 다니엘은 일부러 그 부분은 지적하지 않았다. 그는 잠시 멈춰서서 자신이 골목의 어느 위치쯤까지 왔는지 확인한 뒤 다시 리안을 데리고 걸으며 말했다.

"저는 반스가의 영애들과 만나 보는 것도 괜찮다고 했지 반드시 친해져야 한다고 한 적은 없습니다만."

"하지만 사람이 어떻게 그럽니까?"

리안의 반문에 다니엘은 피식 웃었다. 리안의 말이 맞다. 사람이 살면서 어떻게 그렇게 도움이 안 되는 사람은 칼같이 자르고 도움이 되는 사람만 만날 수 있겠는가.

하지만 지금 리안의 상황은 그런 게 아니었다. 그는 리안에게 아이리스에게 호감을 가진 거냐고 물어보려다 말았다. 이런 이야기는 괜히 입밖으로 내뱉는 순간 기정사실화되기 마련이다.

그는 대신 다른 것을 물었다.

"그래서, 동정심으로 만나시는 겁니까?"

다니엘의 말에 리안의 얼굴이 새빨갛게 달아올랐다. 정곡을 찔렸다는 부끄러움 때문이 아니었다. 그는 화가 나서 다니엘을 노려보며 말했다.

"사과하시죠, 남작."

흠. 다니엘은 리안의 분노한 표정을 보고 고개를 살짝 기울였다. 정말 아닐까? 아이리스는 미인도, 부자도 아니다. 그런 그녀를 잘생긴 왕자인 리안이 좋아할 이유가 없다.

없나?

반사적으로 다니엘의 머릿속에 의문이 떠올랐다.

그렇다면 그는? 다니엘은 왜 그보다 나이도 많고 자식도 셋이나 딸리고 사별을 두 번이나 한 부인에게 호감을 품고 있는 거지?

"아이리스는 누군가에게 동정 따위를 살 사람이 아닙니다. 그녀는 영리하고 노력하는, 그 자체로 완벽한 사람입니다."

다니엘의 표정이 가라앉았다. 그래. 리안의 말이 맞다. 아이리스는 영리하고, 눈치가 빠르고, 노력하는 그 자체로 완벽한 사람이었다. 누군가를 판단할 때 외모나, 경제적인 걸로 판단해서는 안 된다. 외모와 경제적인 부분이 발판이 되거나, 짐이 될 수는 있다. 그것을 어떻게 이겨 냈느냐, 딛고 스스로를 다듬었느냐를 봐야 한다.

다니엘의 머릿속에 자연스럽게 밀드레드가 떠올랐다. 움츠러들 만한 상황에서도 움츠러들지 않았던 그녀의 자세가, 최선을 다해 딸들을 돌보려 하던 모습이, 그를 향해 무엇 하나 청하지 않던 태도가 마음에 들었다.

"사과하죠."

다니엘은 가라앉은 목소리로 말했다. 그리고 코너를 돌아 멈췄다.

"아, 아니, 저한테 사과할 건 아니고."

사과한다는 다니엘의 말에 리안이 당황해서 말했다. 울컥해서 요구하긴 했지만 다니엘의 사과는 리안이 받을 게 아니다. 아이리스가 받아야 한다.

하지만 곧 리안은 다니엘이 막다른 골목 안쪽으로 들어서는 것을 발견했다.

어딜 가는 거지? 어리둥절한 표정으로 그를 따라간 리안은 막다른 골목 안쪽에 청년들이 쪼그리고 앉아 킬킬거리는 것을 발견했다. 청년들 역시 리안과 다니엘을 발견하고 벌떡 일어났다.

"아직 안 왔군."

다니엘은 청년들을 둘러보고 리안을 잡아당겨 골목 안쪽으로 몸을 숨겼다. 청년들 중 한 명이 다니엘을 알아보고 머뭇거리며 말을 걸었다.

"무, 무슨 일이십니까?"

다니엘의 눈동자가 힐끔 그를 향했다가 다시 골목 밖으로 돌아갔다. 잠시 후 젊은 남자 하나가 휘파람을 불며 골목 안으로 들어왔다.

"이것 봐! 내가 아주 대박을 잡았다고!"

그렇게 말하는 그의 손에 지갑이 하나 들려 있었다. 다니엘에게 말을 걸었던 청년이 상황 파악이 가장 빨랐다. 그는 하얗게 질린 얼굴로 얼어붙었다.

하지만 다른 자들은 아니었다. 골목길에 모여 있던 청년들이 들어오는 청년을 향해 휘파람을 불며 한마디씩 건넸다.

"얼마나 건졌어?"

"지갑이 별로 안 두꺼운데?"

지갑을 들고 들어온 청년은 신이 나서 동료들 사이로 들어왔다. 그리고 지갑을 펼쳐 보이며 말했다.

"이것 봐. 금화가 들어 있다고."

"금화라고?"

금화라는 말에 모여 있던 자들이 우르르 몰려들었다. 유일하게 다니엘에게 말을 걸었던 청년만이 식은땀을 흘리며 다니엘의 눈치를 살피고 있었다.

이게 무슨 상황이지? 리안은 다니엘과 청년들을 번갈아 가며 쳐다보고 있었다. 그는 다니엘이 여길 왜 온 건지, 청년들이 무슨 일을 하는 자들인지도 모르고 있었다.

"야, 야. 잠깐. 그거 돌려줘."

"뭐? 너 미쳤냐?"

식은땀을 흘리던 청년의 말에 다른 청년들이 어이없다는 듯 물었다. 지갑을 가져온 청년이 야비하게 웃으며 말했다.

"멍청아, 너 부러워서 그러지?"

"그게 아니라니까, 이 멍청아!"

식은땀을 흘리는 청년의 필사적인 말에 다른 자들이 이변을 깨달았다. 그들은 입구 안쪽에 뻐딱하게 서 있는 다니엘을 발견했다. 그리고 모자를 눌러쓴 리안도.

"뭐야?"

지갑을 가져온 청년이 어리둥절해서 물었다. 설마 그의 뒤를 따라왔나? 그럴 리가 없다. 그는 혹시 모를 상황에 대비해서 일부러 골목골목을 빙 돌아 여기까지 왔다.

그게 다니엘이 먼저 도착한 이유였다.

"뭘 것 같아?"

다니엘은 씩 웃으며 물었다. 이 나라에서, 특히 수도에서 감히 그의 지갑에 손을 대려는 용감한 소매치기는 없다. 아니, 없었다.

아마 이 청년은 이 바닥에 들어온 지 얼마 안 됐거나, 이곳에 온 지 얼마 안 된 모양이었다.

"형씨, 쓸데없는 짓 하지 말고 가시지?"

도둑질한 청년이 위협적으로 말하자 식은땀을 흘리던 청년은 신음을 내뱉었다. 젠장. 저 녀석에게 얼마 전에 돈을 약간 빌려줬는데 아무래도 못 받게 생겼다.

다니엘의 시선이 식은땀을 흘리는 청년을 향했다가 다시 깜찍하게도 자신의 지갑에 손을 댄 청년에게 돌아갔다. 그가 한 발짝 앞으로 나서자 다른 소매치기들이 움찔해서 물러났다.

"이 바닥에 들어온 지 얼마 안 된 모양이군."

"그, 그렇습니다! 그러니 제발!"

식은땀을 흘리던 청년이 자비를 부탁하며 끼어들었지만 다니엘이 자신을 힐끔 쳐다보자 곧 입을 다물고 물러났다. 다니엘은 다시 도둑질을 한 청년을 향해 고개를 돌렸다.

"뭐, 뭔데?"

도둑질을 한 청년은 상황이 이상하게 돌아가자 당황해서 물었다. 하지만 다들 그의 시선을 피했다.

그는 절대로 건드려서는 안 될 사람을 건드렸다.

분위기가 심상치 않자 청년이 다니엘에게 지갑을 내밀며 말했다.

"아, 돌려주면 되잖아. 여기."

이런 자들은 많이 봤다. 다니엘은 피식 웃었다. 일단 훔쳐 놓고 상황이 불리해지니까 돌려주려는 자들. 그는 고개를 저으며 말했다.

"아니, 괜찮아. 가져."

정말? 도둑질한 청년의 얼굴이 밝아졌다. 하지만 반대로 그를 알아챈 청년의 얼굴은 어두워졌다. 여기서 다니엘이 지갑을 받으면 그나마 낫다. 하지만 지갑을 받지 않는다는 건.

"그 정도는 줘야지."

다니엘이 그렇게 말한 순간 지갑을 내밀던 청년의 몸이 그대로 바닥을 향해 고꾸라졌다.

"힉!"

겁에 질린 청년들이 도망치듯 물러났다. 하지만 여전히 다니엘은 그가 서 있던 자리에 가만히 있었을 뿐이다. 바닥에 쓰러진 청년은 자신이 왜 쓰러졌는지 몰라 일어나려 했지만 몸이 움직이지 않았다.

"뭐, 뭐야? 이거 왜……."

일어나려 했지만 대자로 뻗은 자세 그대로 아무것도 움직일 수가 없었다. 그가 움직일 수 있는 건 목 윗부분뿐이라 청년은 고개를 들어 다니엘을 쳐다보려 했다.

다니엘은 무표정이었다. 그는 화내지도, 즐거워하지도 않았다. 그저 담담하게 해야 할 일을 하는 표정으로 청년을 향해 다가왔다.

그리고 발을 들어 올렸다. 그 발이 향하는 곳에 자신의 손가락이 있음을 깨달은 청년의 얼굴이 하얗게 질렸다.

주변에 물러나 있던 청년들은 겁에 질린 표정으로 고개를 돌렸다. 리안은 눈을 크게 뜨고 다니엘이 발을 들어 올리는 것을 보다가 퍼뜩 정신을 차렸다.

다니엘이 리안을 데리고 단둘이 수도 이곳저곳을 누벼도 왕과 왕비가 걱정하지 않는 이유는 이것 때문이다. 수도의 뒷골목은 다니엘의 손에 있다.

리안이 부랴부랴 몸을 돌린 순간 뭔가가 부러지는 소리와 함께 청년의 비명 소리가 골목에 울려 퍼졌다.

"아아아아악!"

08

꽃장식 대소동

에쿠르도 자작의 파티는 산드라가 연 머피 백작가의 파티보다는 약간 컸다. 하지만 훨씬 화려했다.

와, 이 계절에 꽃을 잔뜩 가져다 놨네. 에쿠르도 자작가는 부유한 모양이다. 아니면 바로 사흘 전에 성에서 열린 파티와 비교되지 않도록 필사적이거나.

나는 사람들이 소개 없이 자작 부인과 자작에게 인사를 건네는 것을 보고 아이리스와 함께 자작 부부에게 다가갔다. 원래 지인들만 부르려했던 모양이다. 소개받아 인사하는 사람이 한 명도 없었다.

"소개받지 않고 인사해도 되는 거예요?"

"자작 부인이 초대했으니까 상관없어."

아마도. 밀드레드가 사교계에 나가지 않은 몇 년 동안 바뀌지 않았다면 상관없을 거다.

아이리스는 내 말에 약간 안도하는 표정을 지었다. 문득 애슐리와 릴리가 오지 않아서 아쉽다는 생각이 들었다. 그 애들에게도 이럴 때는 그냥 인사해도 된다고 알려 줄 수 있는 좋은 기회였는데.

애슐리는 지난번처럼 겁을 먹지는 않았지만 그래도 역시 가고 싶지 않다고 말했다. 어떻게 할까 고민하는 내게 릴리가 말했다.

— 저도 집에 남아 있으면 안 될까요?

애슐리를 혼자 집에 두는 게 불안해서 망설이던 차였다. 그녀가 뭔가를 망가트릴까 봐 걱정하는 게 아니다. 늦은 시간에 이런 큰 집에 여자애 혼자 두는 건 걱정되기 때문이었다.

나는 릴리가 애슐리를 위해 남겠다고 한 줄 알고 놀랐다가 그녀의 손가락에 묻은 검댕을 보고 고개를 끄덕였다.

"초대해 주셔서 감사합니다."

나는 나란히 서서 인사를 받는 남녀 중 여자를 향해 인사를 건넸다. 사실 이런 파티에서 주인은 모르려야 모를 수가 없다. 입장하자마자 모든 사람들이 인사를 하기 위해 다가가니까.

"어머, 반스 부인. 어서 와요."

에쿠르도 자작 부인도 나와 아이리스를 보자마자 내가 누군지 알아차렸다. 내 생각이 맞았던 모양이다. 나와 아이리스 외에는 다 아는 사람이라는 말이다.

나는 자작 부인과 아이리스가 인사를 하며 가볍게 서로를 안는 것을 보며 자작 부인의 드레스 차림을 확인했다.

데뷔탕트 후로 딱 나흘째 되는 날 열리는 파티다. 이미 다른 사람들은 다 초대장을 보냈을 것이다. 그리고 우리는 데뷔탕트에서 인사를 나눈 것도 아니니 데뷔탕트에서 어떤 소식을 듣고 궁금해서 초대한 거겠지.

그리고 그녀가 무엇이 궁금해서 우리를 초대했는지는 자작 부인의 드레스를 보자마자 알 수 있었다.

아주 화려한 드레스였다. 요새 유행하는 넓게 부풀린 드레스에 스커트 천을 이중으로 해서 살짝 들어 올린 첫 번째 천 밑으로 두 번째 천이 드러나도록 하고 있었다.

"드레스가 아주 멋져요."

내 칭찬에 에쿠르도 자작 부인의 얼굴이 환해졌다. 넓게 퍼진 드레스는 밀드레드가 젊었을 때부터 유행했던 디자인인데 밀드레드의 기억보다 좀 더 커졌다.

하지만 거기에 스커트의 천을 이중으로 해서 위 천을 양옆으로 갈라 아래 천을 드러내는 건 밀드레드의 기억에도 없는 디자인이었다. 같은 천을 몇 층으로 만든 건 있었지만.

아래 천과 위 천이 다르면 아래 천이 속옷을 연상케 해서 그랬던 모양이다. 그렇게 생각하면 에쿠르도 자작 부인의 시도는 이 나라 기준으로 꽤 파격적이라 할 수 있다.

"반스 부인이라면 눈치챌 줄 알았어요!"

에쿠르도 자작 부인은 매우 즐거워하며 내게 몸을 틀어 보였다. 덕분에 넓게 퍼진 드레스가 출렁이면서 스커트의 옆이 보였다.

나쁘지 않네. 나는 마치 커튼처럼 위 천을 들어 올려 아래 천을 드러낸 에쿠르도 자작 부인의 드레스를 보고 아이들의 드레스도 이렇게 만들어 주면 어떨까 하고 잠시 생각했다.

그때, 에쿠르도 자작 부인이 말했다.

"뭔가 부족하지 않아요?"

많지. 나는 그렇게 말하려다 말았다. 솔직히 현대에서 온 내가 보기에 이 세계의 드레스는 쓸데없이 과하면서 단조롭다는 느낌이었다. 물론 예쁘다. 예쁘긴 한데 이렇게 화려할 거면 여기저기에 리본도 좀 달고, 꽃도 좀 달고 하면 되지 않을까?

그리고 소매도 좀 줄이고.

하지만 그렇게 대놓고 말할 수는 없지.

"음, 그런가요?"

"그래요. 이것 봐요."

에쿠르도 자작 부인이 자신의 스커트 한쪽을 잡아 들어 올리며 말했다. 아, 부족하다는 말을 듣고 싶은 거였어?

하지만 자작 부인의 드레스는 정말 괜찮았다. 현대인의 눈으로 좀 부족했을 뿐이지, 이 나라 사람들에게는 유행을 선도하는 드레스로 보일 거다.

"뭔가를 달아야 하지 않겠어요?"

에쿠르도 자작 부인은 그렇게 말하며 내게 동의를 구하듯 쳐다봤다. 아이보리색과 살구색의 드레스는 꽤 비싼 천으로 보였다.

아무래도 성의 파티에 비교될까 봐 애쓴 게 아닌 모양이다. 에쿠르도 자작가는 원래 부유한 모양이지? 나는 고개를 기울이며 심각한 표정으로 물었다.

"레이스나 프릴은 마음에 들지 않으신 거겠죠?"

그러자 자작 부인의 얼굴이 환해졌다. 그녀는 내 팔을 잡더니 살짝 잡아당겨 사람들에게서 나를 떼어 놓은 뒤 속삭였다.

"지난번 성에서 반스 양의 드레스를 봤어요."

그럴 줄 알았다. 나는 말없이 빙그레 웃었다. 원하는 게 확실한 사람은 대하기 편하다.

에쿠르도 자작 부인은 아이리스의 드레스에 달린 꽃장식이 탐이 났던 거다. 그거 확실히 인기 있었지.

내가 말없이 웃기만 하자 자작 부인이 다시 내게 말했다.

"내게 권리를 팔아요."

"팔라고요?"

팔아도 되나? 나는 어리둥절해서 자작 부인을 쳐다봤다. 그녀는 들어오면서 인사하는 다른 부인에게 빙그레 웃으며 인사하더니 다시 내게 고개를 돌려 속삭였다.

"나랑 반스 부인만 사용할 수 있는 거예요. 어때요? 그 대신."

그렇게 말한 자작 부인은 곧이어 내 귀에 대고 금액을 속삭였다. 뭐? 나는 자작 부인이 말한 금액에 깜짝 놀라 눈을 크게 떴다.

상당한 가격이었다. 어느 정도냐면 나와 아이들의 드레스를 각각 두 벌씩은 만들 수 있을 정도로 나름 큰 금액이었다.

"어때요? 이 정도면 넘길 만하지 않아요?"

자작 부인은 자신만만한 표정이었다. 그래. 그렇겠네. 나는 혼란스러운 나머지 자작 부인과 아이리스를 번갈아 쳐다보며 멍하니 서 있었다.

그 꽃은 정말 별거 아니었다. 그냥, 리본을 둘둘 말아서 만드는, 손재주가 조금만 있으면 누구나 할 수 있는 거였다.

하지만 그 순간 나는 그게 엄청난 거라는 것을 깨달았다. 누구나 할 수 있지만 누구나 할 수 있는 그 꽃을 만드는 방법을 지금 이 나라에서 오직 나만 알고 있다.

"맙소사."

머리가 띵했다. 별거 아닌 게 이 세계에서는 엄청난 발견일 수 있다는 게 어쩐지 덜컥 겁이 났다.

내가 생각한 건 훨씬 대단한 거였다. 세탁기나 바퀴 같은 거. 하지만 그건 연구하고 판매하기 위해서는 좀 더 본격적인 준비가 필요해서 한동안 접어 두고 있었다.

또 뭐가 있지? 내가 알고 있는 게?

"어머니."

내 표정이 좋지 않자 아이리스가 재빨리 내게 다가왔다. 그녀는 내 손을 잡고 나를 부축하며 물었다.

"무슨 일이에요?"

덩달아 에쿠르도 자작 부인의 표정도 안 좋아졌다.

"미안해요, 반스 부인. 이리로 와요."

그녀는 안절부절못하며 나를 안쪽으로 이끌었다. 에쿠르도 저택의 안쪽에 준비된 휴게실은 파티가 시작된 지 얼마 되지 않아서 텅 비어 있었다.

시종을 시켜 담요와 따뜻한 차를 가져오게 한 자작 부인이 내 옆에 앉으며 말했다.

"미안해요. 내가 내 생각만 하느라 부인에게는 충격적인 말일 수 있다는 걸 잊었어요."

"아니, 아니에요."

나는 시종에게서 따뜻한 차를 받아 들며 간신히 그렇게 말하고 찻잔을 입에 댔다. 어떻게 하지? 자작 부인의 말대로 팔아 버릴까?

하지만 문득 한 가지 의문이 떠올랐다. 팔아도 되나? 이 나라의 귀족들은 노동이 금지돼 있다. 하지만 리본 꽃에 대한 권리를 파는 건 노동이 아니니까 상관없나?

안타깝게도 나는 물론이고 밀드레드도 뭔가를 팔아 본 기억이 없었다. 나는 이럴 때 어떻게 해야 하는지 밀드레드의 기억을 뒤지다가 결국 포기하고 차를 홀짝였다.

사실 좀 욕심이 나기도 했다. 에쿠르도 자작 부인이 그 정도 금액을 부른다면, 더 부르는 사람도 있지 않을까.

이런 걸 누구에게 물어봐야 하지?

"자작 부인, 권유는 정말 감사드려요."

나는 머릿속에 반짝 떠오른 사람의 얼굴에 깜짝 놀라 고개를 흔들고 자작 부인을 향해 인사했다. 정말로, 정말로 고마웠다. 이런 걸 사고 팔 수도 있다는 생각 자체를 못 하고 있던 내게는 정말 필요한 도움이었다.

"하지만 너무 갑작스러워서요. 조금만 생각해 볼 시간을 주시겠어요?"

내 말에 자작 부인은 다 안다는 표정으로 고개를 끄덕이며 말했다.

"너무 갑자기 이야기를 해서 미안해요. 천천히 쉬다 나와요."

내 곁에 시중을 들어 줄 시종 하나와 아이리스를 남기고 자작 부인이 방을 나가자 나는 찻잔을 쥔 채 한숨을 내쉬었다. 차는 맛있었다. 그리고 이 방도 잘 꾸며 놓았다.

에쿠르도 자작가는 부유하다는 게 확실히 보였다. 이 방을 보니 우리 집 응접실이 얼마나 관리가 부족한지 현저하게 느껴진다.

"어머니, 무슨 일이에요?"

곁에서 아이리스가 찻잔을 들고 걱정스러운 표정으로 내게 물었다. 나는 차를 한 번 더 홀짝이고 시종에게 말했다.

"이제 괜찮으니 나가도 좋아요."

따로 필요한 게 없다는 말에 시종이 고개를 꾸벅하고 방을 나갔다. 나는 아이리스를 향해 고개를 돌리고 말했다.

"자작 부인이 네 드레스에 단 꽃장식에 대한 권리를 팔라네."

"꽃장식에 대한 권리요? 그런 것도 있어요?"

아마 에쿠르도 자작 부인이 말하는 건 꽃장식 만드는 법을 자신에게만 알려 달라는 말일 거다. 이 나라에 저작권 같은 인식이 있을 리가 없으니까.

나는 금액을 듣는 바람에 놀라 바짝 마른 입술을 다시 한 번 차로 축이고 입을 열었다.

"우리와 자신만 꽃장식을 사용하고 싶다는 거겠지."

아이리스는 이상하다는 표정을 짓더니 고개를 갸웃하며 말했다.

"하지만 그거, 만들기 쉽잖아요?"

그냥 리본 끝을 잡고 돌돌 말면서 중간중간 리본을 뒤집어 주면 된다. 아이리스의 말에 나는 고개를 끄덕이며 말했다.

"하지만 아직까지 만드는 법을 아는 사람은 우리밖에 없잖아."

아이리스의 얼굴에 가볍게 깨달았다는 듯한 표정이 떠올랐다. 그녀는 내게 몸을 기울이더니 낮은 목소리로 말했다.

"팔라는 건, 돈을 준다는 거죠?"

"그렇지."

나는 다시 찻잔을 홀짝이며 아이리스에게 자작 부인이 부른 금액을 속삭여 줬다. 그러자 아이리스의 눈이 엄청나게 커졌다.

뒤통수를 탁 치면 튀어나오는 거 아닌가 모르겠네. 나는 아이리스에게 표정 관리를 하라고 눈짓했다. 그녀는 아차 하는 표정과 함께 눈을 깜빡이더니 내게 다시 물었다.

"어, 어떻게 하실 거예요? 파실 거예요?"

마지막 말은 거의 '파실 거죠?'로 들린다. 나는 거의 다 마신 찻잔을 내려다보았다.

돈이 탐이 나긴 한다. 하지만 팔아도 되는지, 그 금액이 타당한지는 둘째 치고 가장 큰 문제가 있다.

그 꽃을 만드는 방법은 어렵지 않다. 눈썰미가 있는 사람이라면 아이리스의 드레스에서 꽃을 떼어 살살 풀어 보면 어떻게 만드는지 알 거다.

만약 자작 부인에게 돈을 받고 권리를 팔았는데 다른 데서 누군가 꽃을 만든다면?

"그러면 곤란해지겠지."

내 설명에 아이리스의 표정이 어두워졌다. 그녀는 한숨을 내쉬며 말했다.

"그럼 꿈 깨야겠네요."

꼭 그럴 필요까지는 없는지도 모른다. 먼저 뭔가를 만들었다는 건 상당한 이득이다. 나는 잔을 테이블에 내려놓고 자리에서 일어났다.

"다른 방법도 있으니까 너무 걱정하지 마."

아이리스의 얼굴에 다른 방법이 뭐냐는 표정이 떠올랐다. 하지만 나는 그녀의 손을 잡고 휴게실을 빠져나왔다. 파티에 왔으니 사람들과 인사를 하고 안면을 익혀야 한다.

또 알아? 여기서 알게 된 사람에게 초대받아서 아이리스와 릴리의 운명적인 사람을 만나게 될지.

"이쪽은 밀드레드 반스 부인과 그 따님인 아이리스 반스 영애예요."

나와 아이리스가 휴게실에서 나가자 에쿠르도 자작 부인은 재빨리 사람들에게 우리를 소개했다. 나는 자작 부인의 소개에 따라 사람들과 악수를 나누며 인사했다.

전부 자작 부인의 친구거나 사촌은 아닌 모양이었다. 그래도 다들 서로 어느 정도 안면은 있는 모양인지 소개받는 사람은 나와 아이리스뿐이었다.

우리는 자작 부인의 안내를 받아 이 그룹 저 그룹으로 옮겨가며 소개를 받았다.

곧이어 악단이 악기를 들고 들어왔다. 춤을 추려는 건가? 슬쩍 뒤로 빠지려는데 자작 부인이 내 팔꿈치를 감싸며 말했다.

"부인은 여기, 바톤 경과 시작하시면 돼요."

시작? 뭘 시작해? 내 의문과 달리 자작 부인은 이번엔 아이리스에게 물었다.

"피크 추는 법, 알아요?"

아이리스의 얼굴에 어리둥절한 표정이 떠올랐다. 아하. 나는 그제야 자작 부인이 무엇을 하려는지 깨달았다. 피크. 이 나라의 전통 춤이다. 남녀가 모닥불을 가운데에 놓고 여자가 안쪽으로 가도록 두 줄로 둥글게 선 다음 춤을 춘다.

"아직 이 애는 한 번도 춘 적이 없어요."

나는 재빨리 두 사람 사이에 끼어들었다. 아이리스에게 아주 어릴 때 밀드레드가 가르쳐 준 적이 있긴 하다. 하지만 솔직히 말하면 아이리스가 그걸 아직까지 기억하고 있을지는 모르겠다.

"그럼 한 번 봐요. 어렵지 않으니까 한 번 보면 바로 할 수 있을 거예요."

에쿠르도 자작 부인은 그렇게 말하며 다시 사람들을 두 줄로 짝지어 주기 시작했다. 부부가 함께 왔다면 둘이 나란히 서면 되지만 나처럼 동성과 오거나 혼자 왔다면 자작 부인이 짝을 만들어 주었다.

"피크가 뭐예요?"

자작 부인이 춤 대형을 만드는 사이, 아이리스가 내게 다가와서 물었다. 나는 내 옆에 다가와서 선 바톤 경에게 인사를 건네고 아이리스에게 재빨리 속삭였다.

"전통 춤이야. 네가 어릴 때 가르쳐 준 적이 있는데 기억은 안 날 거야."

어릴 때 배운 건 나이를 먹으면 잊어버리기 마련이다. 아주 강렬한 기억이 아닌 이상. 내 말에 아이리스는 고개를 끄덕이고 물러났다.

금세 악단이 음악을 연주했다. 나는 바톤 경을 향해 허리를 숙여 인사하는 자세를 취한 뒤 오른쪽으로 손뼉을 세 번 치고 왼쪽으로 손뼉을 세 번 쳤다.

그리고 바톤 경의 손을 잡고 왼쪽으로 걸어갔다가 멈춰 서 뒤로 상체를 빼고.

이다음에 어떻게 했더라? 밀드레드도 워낙 오랜만에 해서 기억이 잘 나지 않았다. 하지만 바톤 경이 추는 것을 곁눈질로 쳐다보자 대충 생각이 났다.

다행이야. 나는 안도의 한숨을 내쉬며 다시 춤을 추기 시작했다. 한번 기억이 나자 자리를 바꾸면서 파트너가 바뀌어도 당황하지 않을 수 있었다.

다음 파트너는 턱수염을 멋지게 기른 남자였다. 나는 바톤 경에게 그랬던 것처럼 허리를 숙여 인사하는 시늉을 한 뒤 박수를 치기 시작했다.

"리센입니다."

남자는 내게 허리 숙여 인사하며 재빨리 말했다. 나 역시 재빨리 속삭였다.

"반스입니다."

"이름은 익히 들어 알고 있었습니다."

그는 빙그레 웃으며 내게 손을 내밀었다. 흠, 나쁘지 않은 느낌이다. 나는 그의 손을 잡고 왼쪽으로 걸으며 물었다.

"부디 좋은 이야기였으면 좋겠네요."

"아, 그럼요. 솔직히 말씀드리자면 듣던 것보다 훨씬 미인이시라 놀랐습니다."

밀드레드가 미인이긴 하지. 나는 픽 웃으며 안쪽을 향해 몸을 돌렸다. 그대로 앞으로 걸었다가 다시 뒤로 돌아간 뒤 돌아보자 리센 역시 똑같이 한 뒤 나를 돌아보고 있었다.

"저는 리센 경에 대해 전혀 모르는데요."

그가 귀족인지, 아닌지조차 모르겠다. 아, 물론 귀족이겠지. 에쿠르도 자작 부인의 파티에 초대받았으니까.

리센은 내 말에 불쾌한 기색도 없이 말했다.

"모르시는 게 당연합니다. 작년에 삼촌이 돌아가시면서 리센 자작이 되었거든요."

아하, 그렇군.

귀족이 자식을 남기지 않고 사망할 경우 남동생에게, 남동생이 사망했다면 남동생의 아들에게 작위를 물려줄 수 있다. 리베라 남작도 그랬지.

나는 알겠다는 표정으로 미소 지었다. 그리고 다시 리센 자작과 자리를 바꾸면서 파트너가 바뀌었다. 설마 이대로 밤새도록 춤을 추는 건 아니겠지. 약간 불안해하는데 음악이 멈췄다. 나는 다섯 번째인지 여섯 번째인지 모를 파트너 앞에 서서 음악을 연주한 악단에게 박수를 쳤다.

"파트너를 바꿔 볼까요?"

에쿠르도 자작 부인이 원 가운데로 들어와서 말했다. 피크는 남자와 여자가 서로 반대쪽 방향으로 한 번씩 옮기기 때문에 바로 옆 파트너를 뛰어넘어서 춤을 추게 된다. 그래서 한 번씩 자리를 바꿔 줘야 한다.

자작 부인이 다시 자리를 바꾸는 사이, 나는 재빨리 원 안에서 빠져나왔다. 한 번 췄으면 됐지. 나보다는 아이리스가 춰야 한다. 나는 아이리스를 잡아당겨 원 안에 집어넣으며 물었다.

"어떤 건지 알겠지?"

어렵지 않다. 같은 동작을 파트너만 바꿔 가며 반복하는 거니까. 아이리스는 약간 긴장한 표정으로 고개를 끄덕였다. 나는 뒤로 물러나 벽 쪽에 붙었다. 다시 악단이 음악을 연주하기 시작하고 원을 이룬 사람들이 동시에 허리를 숙였다.

아이리스가 머뭇거리며 파트너에게 인사를 하는 게 보였다. 에쿠르도 자작 부인이 센스 있게 아이리스의 파트너를 젊은 남자로 정해 준 모양이다.

나는 아이리스의 파트너가 감히 내 딸에게 헛짓거리를 하지 못하도록 아이리스를 쳐다보며 천천히 홀을 걸었다. 홀 주변에는 간단하게 음식과 음료를 놓아둔 테이블도 준비돼 있었다. 잘 차려입은 하인이 사람들이 요청할 때마다 음료와 음식을 접시에 담아 건네주는 게 보였다.

주스라도 마실까. 춤을 췄더니 목이 말랐다.

"사과주스 한 잔."

내 말에 하인이 알겠습니다 하고 고개를 끄덕이더니 커다란 그릇에서 국자로 사과주스를 떠서 작은 유리잔에 담아 건넸다. 잔을 받아 뒤로 돌아서는데 이상한 느낌이 들었다. 나는 재빨리 잔을 바깥쪽으로 밀며 멈췄다.

"아이쿠, 실례."

남자가 내 앞에 서 있었다. 하마터면 주스를 그의 옷에 뿌릴 뻔했다. 사실 부랴부랴 잔을 나와 남자의 반경 밖으로 미느라 찰랑거리면서 손과 소매가 젖었다.

"저 때문에 옷이 젖었군요. 죄송합니다."

남자가, 바톤 경이 나를 쳐다보며 사과했다. 뭐지, 이 남자? 나는 굳은 표정으로 그의 발을 쳐다봤다. 확실히 바톤 경은 필요 이상으로 바짝 다가와 있었다.

"괜찮아요."

나는 잔을 하인에게 건네고 품에서 손수건을 꺼내 손을 닦았다. 그 사이 하인과 바톤 경도 손수건을 꺼내 내게 내밀고 있었다.

"어머, 고마워요. 하지만 괜찮아요. 다 닦았거든요."

이 나라 남자들은 어쨌든 친절하다니까. 나는 내 손수건을 품에 넣으며 말했다. 손과 소매에 흘린 거라 내 손수건으로 충분히 다 닦을 수 있었다. 한 가지 미안한 건 바닥에 주스를 흘렸다는 거다.

나는 하인에게 바닥을 닦아야겠다고 말하고 새로운 주스를 받아서 다시 아이리스를 확인하기 위해 자리를 옮겼다. 아이리스는 여전히 춤을 추고 있었다. 이번 파트너는 그녀보다 약간 나이가 많은 남자였는데 두 사람이 뭔가 재미있는 대화를 했는지 남자와 아이리스의 얼굴에 웃음이 번져 있었다.

"반스 부인, 다시 한 번 사과하고 싶습니다."

그때, 뒤에서 다시 바톤 경이 다가오며 말했다. 괜찮다고 했을 텐데. 실수하면 과하게 사과를 하는 게 이 나라 남자들의 특징인 모양이다.

덕분에 머릿속에 반사적으로 다니엘이 떠올랐다. 요새 친하게 지내서 그렇다. 내 머릿속은 자연스럽게 릴리로 향했다. 릴리가 다니엘을 좋아하나.

"부인?"

내가 아무 말도 하지 않자 바톤 경이 다시 나를 불렀다. 나는 눈을 들어 그를 쳐다보고 말했다.

"괜찮아요. 소매만 조금 젖었을 뿐인걸요. 그러니 괘념치 않으셔도 됩니다."

"하지만 제가 너무 죄송해서."

바톤 경은 그렇게 말하며 다시 내게 반 발자국 다가왔다. 뭐야? 내가 군은 표정으로 그를 쳐다보자 그는 잠시 멈칫하더니 내게 씩 웃어 보였다.

뭘 원하는 건지 모르겠다. 바톤 경은 나보다 훨씬 늙어 보였다. 하지만 에쿠르도 자작 부인이 나와 짝을 지어 줬으니 아마 나보다 몇 살 정도 많겠지.

문득 그가 미혼인지 기혼인지 궁금해졌다. 그에게 관심이 있어서가 아니라 자작 부인이 나와 이 남자를 제일 처음 파트너로 만들어 준 이유가 있는지 궁금해서.

"사실 전부터 부인의 이야기를 들어왔습니다."

바톤 경은 그렇게 말하며 내 팔꿈치를 잡았다. 어딜 손을 대? 나는 슬쩍 팔꿈치를 빼며 말했다.

"어머, 그래요? 부디 좋은 이야기만 들으셨길 바랍니다."

"아주 좋은 이야기였습니다. 무엇보다, 들은 것보다 훨씬 미인이시군요."

네이네이. 그놈의 들은 것보다 훨씬 미인이라는 말은 오늘만 두 번 들었다. 분명 듣기 좋은 말이지만 바톤 경이 이렇게 바짝 붙으면서 이야기하니까 별로 좋은 이야기로 들리지 않았다.

"괜찮으시다면 단둘이 이야기를 할 수 있을까요?"

바톤 경이 다시 내 팔꿈치를 잡으며 물었다. 나는 다시 팔꿈치를 뒤로 빼며 말했다.

"여기서는 못 할 이야기인가요?"

난 이런 태도가 아주 싫다. 여자를 자기 마음대로 움직이려 하는 거. 팔꿈치를 잡고 저기로 가지. 하고 은연중에 상대방의 행동을 좌지우지하는 거.

갈 거면 말로 가자고 하면 된다. 내가 두 번이나 팔꿈치를 빼자 바톤 경은 약간 당황한 표정이었다. 그는 머뭇거리더니 내게 고개를 숙여 속삭였다.

"부인께도 그리 나쁜 이야기는 아닐 겁니다."

"그건 이야기를 들어야 알죠."

나는 몸을 뒤로 빼며 말했다. 우리 사이는 고작 주먹 두 개가 들어갈 정도로 붙어 있었다. 그리고 이건 아주 불편하고 불쾌했다.

"그리고 이렇게 가깝게 서 계시는 게 불편하네요."

바톤 경의 얼굴에 다시 당황한 표정이 떠올랐다. 그는 재빨리 물러나 더니 저쪽으로 가자는 듯이 손을 내밀며 말했다.

"부인께 도움을 드리고 싶습니다."

"무슨 도움이요?"

당장 네가 한 열 발자국 떨어지는 게 더 도움일 거 같다만. 나는 그와 나란히 걸으며 일단 들어 보겠다는 표정을 지었다.

우리는 곧 사람이 없는 구석에 도착했다. 커다란 조각상을 세워 둔 터라 부딪쳐서 부술까 봐 아무도 이쪽으로는 오지 않은 모양이었다.

나는 여기서도 아이리스가 보이는지 힐끔 고개를 내밀었다. 그녀의 얼굴은 보이지 않았지만 뒤통수는 보였다. 그리고 그녀가 빙글 돌자 다시 그녀의 얼굴이 내 눈앞에 드러났다.

좋아. 이 정도면 괜찮다.

내 목소리와 얼굴이 누그러지자 바톤 경이 약간 안심한 표정으로 다시 말했다.

"경제적으로 약간 어려우시다고 들었습니다."

"어디서요?"

누가 감히 그런 소릴 하고 다녀? 내 눈초리가 다시 올라가자 바톤 경은 다시 내 팔꿈치를 잡으며 말했다.

"너무 화내지 마십시오, 부인. 다들 좋은 마음으로 이야기한 거니까요."

"제 개인적인 이야기를 유포하는 게 과연 좋은 마음이라고 해서 제가 참아야 할 이유가 될까요?"

멍청한 소리를 하는 남자였다. 바톤 경은 입을 다물더니 다시 입을 열었다.

"부인께 도움이 되고 싶습니다."

나는 여전히 그가 잡고 있는 내 팔꿈치를 뺐다. 이 남자, 어지간히 눈치도 없다. 두 번 잡아서 두 번 뺐으면 싫다는 걸 눈치채야 하는 거 아닌가? 아니면 너무 멍청해서 그것도 못 알아듣나?

대체 그의 입에서 얼마나 더 멍청한 소리가 나올지 슬슬 기대가 되기 시작했다. 나는 고개를 기울이며 물었다.

"제가 바라지 않은 도움을 어떻게 주시겠다는 건지 일단 들어 보기는 하겠습니다."

바톤 경은 잠시 내 말이 어떤 의민지 생각하는 표정이었다. 목소리 자체는 부드러웠으니 이런 남자라면 헷갈릴 거다. 다니엘이었다면 바로 알아차리고 사과하며 물러갔을 텐데.

아니, 다니엘이었다면 내게 감히 다른 사람들이 네 이야기 하더라, 라는 소리를 하지 않았을 거다.

다니엘이 얼마나 괜찮은 사람이었는지 떠오르자 한숨이 나왔다. 그가 열 살만 어렸다면 참 좋았을 텐데.

"부인께서는 그리 어려운 일이 아닐 겁니다."

그게 뭔데? 내가 가만히 서서 계속 말하란 표정을 짓자 바톤 경은 망설이면서 말을 이었다.

"가끔 저와 만나서 이야기도 하고 식사도 해 주시면 됩니다. 그리 어렵지 않아요. 제가 가진 오페라 홀의 좌석에서 함께 공연을 볼 수도 있고요."

뭐라고 하는 거야, 이 새끼가?

바닥이라고 생각한 내 머릿속의 바톤 경에 대한 평가는 순식간에 수직낙하했다.

내가 뒤로 슬쩍 물러나자 바톤 경이 재빨리 말했다.

"부인께도 나쁘지 않은 제안일 겁니다. 저와 함께하는 시간 동안 사용되는 모든 금액은 물론, 입고 계신 옷까지 전부 제게 청구하시면 됩니다."

"미쳤어요?"

내 목소리는 생각보다 훨씬 날카롭게 나왔다. 멀리 떨어져 있던 사람들이 내 목소리에 놀라 흠칫하고 우리를 돌아보는 게 보였다.

"당신이 지금 무슨 말을 하는지 알고 있는지 궁금하군요, 바톤 경."

바톤 경은 제일 먼저 내 목소리에 흠칫 놀라 물러났다가 내 말에 주변을 힐끔 돌아봤다.

그도 자신이 지금 내게 제안하는 게 매우 비도덕적이고 불명예스러운 일이라는 것을 안 모양이다. 분노가 천천히 올라왔다. 아니, 생각해 보니까 열 받네? 날 뭐로 본 거야?

좀 가난하다고 지가 대화 좀 하는 대신 옷 사 준다고 하면 "어머, 신난다!" 하고 자신의 품에 뛰어들 거라고 생각한 거야? 날 뭐로 보고?

나는 허리에 손을 얹으며 바톤 경을 노려봤다. 그리고 그가 사과하기 전에 재빨리 말했다.

"얼마나 돈이 많아서 제게 그런 제안을 한 건지 모르겠지만, 전 도덕심도, 명예도 모르는 사람은 딱 질색이에요."

"어머니, 무슨 일이에요?"

그때 아이리스가 내게 서둘러 다가오며 물었다. 그녀의 몸이 나와 바톤 경 사이에 끼어들었다.

이런 남자에게 내 딸이 닿는 게 더 기분이 나쁘다. 나는 아이리스를 잡아당기며 말했다.

"가자."

"지금요? 집에?"

"그래."

에쿠르도 자작 부인이 놀라서 다가오는 게 보였지만 나는 무시하고 아이리스를 끌고 홀을 가로질러 복도로 나갔다.

"부, 부인."

바톤 경이 우리를 따라오며 나를 불렀다. 어딜 감히? 나는 우뚝 멈춰 서서 그를 향해 휙 돌아섰다. 그리고 검지를 들어 올리며 말했다.

"보는 사람이 없었다면 당신을 죽여 버렸을 거야. 그러니 그 천박한 생명을 유지한 것에 에쿠르도 자작 부인에게 감사히 여겨!"

바톤 경의 얼굴이 시뻘겋게 달아올랐다. 부끄러움인지 분노인지 모르겠지만 어느 쪽이어도 상관없다. 내 쪽으로 다가오던 에쿠르도 자작 부인이 내 말을 듣고 깜짝 놀라서 멈추는 게 보였다.

처음에 그의 말대로 사람이 없는 곳으로 가서 이야기를 할 걸 그랬다. 그랬다면 손에 집히는 것 아무것으로나 저 역겨운 머리를 내려칠 수 있었을 텐데.

나는 아이리스의 손을 잡고 그대로 저택 밖으로 나가 버렸다. 눈치 빠른 하인이 우리의 코트를 가지고 따라 나왔다. 살다 살다 별꼴을 다 당하네.

문득 오늘 여기에 릴리와 애슐리를 데려오지 않아서 다행이라는 생각이 들었다. 저 뻔뻔한 작자가 내게 그런 제안을 하는 것을 그 애들이 보지 않아서 다행이었다. 그리고 한편으로는 아이리스가 보게 돼서 미안했다.

"가자."

나는 아이리스의 손을 잡고 저택 밖으로 빠져나왔다. 우리의 코트를 가지고 나왔던 하인이 우리를 위해 뛰어나가서 마차를 잡아 주었다.

*   *   *

반스 저택은 거대하다. 당연히 여자 넷이 살기는 너무 크다 싶을 정도다. 여기에 열 명이 넘는 사용인과 손님 두어 명이 있다고 해도 서로 집에 있는지 모를 정도니 말 다 했다.

릴리는 응접실에 앉아 종이에 스케치를 하고 있었다. 창문 밖으로 보이는 광경과 응접실의 모습.

문득 떠오른 언니와 어머니의 모습까지 정신없이 스케치하고 나자 기운이 떨어졌다. 릴리는 당이 떨어지는 바람에 손이 떨려서 연필을 잡고 있기가 어려워 고개를 들었다. 이미 응접실은 해가 저물어 어두웠다. 누군가 있었다면 그녀를 위해 램프에 불을 붙여 주었을 테지만 오늘은 그녀와 애슐리뿐이다.

"아, 배고파."

그제야 허기를 느낀 릴리는 종이를 테이블에 내려놓고 자리에서 일어났다. 그녀는 밀드레드의 조언을 따라 연필에 깍지를 끼워 종이 위에 얹은 뒤 응접실을 나갔다.

그러고 보니 지금 저택에 그녀 말고 애슐리도 있다. 그녀는 대체 어디로 간 걸까. 슬리퍼를 신은 채 터벅터벅 걸어 주방으로 향하자 애슐리가 거기 있었다.

뭔가를 태운 모양인지 탄 냄새가 났다. 애슐리는 주방의 창문과 밖으로 연결된 뒷문을 열고 뛰어다니면서 냄새를 없애려 노력하고 있었다.

"왜 그래?"

릴리는 안으로 들어가며 애슐리에게 물었다. 뛰어다니면서 부채질을 하느라 정신이 없었던지 릴리의 발소리를 듣지 못한 애슐리가 화들짝 놀라는 게 보였다.

"어, 릴리."

"이거 무슨 냄새야? 뭐 태웠어?"

"아, 아니야."

릴리의 질문에 애슐리가 재빨리 조리대를 가리며 말했다. 아니긴 뭐가 아냐? 릴리는 성큼 다가가 애슐리의 뒤에 있는 조리대를 쳐다봤다.

밀드레드가 만들어 놓고 간 빵을 구우려 했던 모양이다. 빵의 윗부분이 새까맣게 탄 게 보였다.

"잠깐 옷을 손본다는 게 그만⋯⋯."

잊어버렸다. 애슐리의 울 것 같은 표정에 릴리는 아무 말도 하지 않았다. 예전이었다면 그렇게 정신 똑바로 차렸어야지 무슨 딴생각을 한 거냐고 빈정거렸을 것이다.

하지만 지금은 별로 그러고 싶은 마음이 없었다. 배가 고파서 약간 짜증이 나긴 했지만 딱히 그게 애슐리 탓인 것도 아니고.

릴리는 오늘 하루 마음껏 그림을 그린 덕분에 마음이 여유로워져 있었다. 그녀는 칼을 들어 빵의 윗부분을 자르며 말했다.

"탄 부분만 자르면 먹을 수 있을 거야."

어쩔 줄 몰라 하던 애슐리의 눈이 커졌다. 그녀는 관대한 릴리의 말에 믿을 수 없다는 듯 빵을 쳐다봤다. 릴리가 빵의 탄 부분을 잘라내자, 과연 모습은 형편없을지 몰라도 안은 먹을 수 있는 부분이 나타났다.

"또 먹을 거 있어?"

"양파랑 햄이 좀 있을 거야."

"가져와. 같이 먹으면 되겠네."

탄 부분을 잘라 낸 빵을 깨끗한 도마 위에 옮긴 릴리는 다시 빵을 자르기 시작했다. 탄 부분을 잘라 내니 빵은 좀 작아졌지만 가로가 아니라 길게 세로로 자르면 들고 먹을 수 있다.

부랴부랴 애슐리가 양파와 햄을 꺼내 와서 양파를 까는 사이 릴리가 햄을 잘랐다.

"우리, 햄 두 장 먹을까?"

"그래도 될까?"

"뭐 어때. 언니랑 어머니는 오늘 저녁 드시고 오실 거 아냐."

파티에 갔으니 거기서 먹고 올 거다. 신이 난 릴리는 아이리스와 밀드레드의 몫까지 한 장씩 더 잘라 자신과 애슐리의 빵 위에 얹었다.

두 사람은 접시에 빵을 얹고 주방을 나갔다. 잔소리할 언니도, 어머니도 없으니 전부터 하고 싶었던 일을 할 생각이었다.

주방을 나와 홀을 가로지른 두 사람은 온실로 향했다. 여기서 식사를 하고 싶었는데 아직 한 번도 못 했다. 릴리는 램프에 불을 켜고 온실에 있는 티 테이블에 접시를 내려놓았다.

"여기서 먹어도 될까?"

애슐리가 불안한 표정으로 물었다. 그녀도 온실에서 식사를 하고 싶었지만 아직 한 번도 하지 못한 건 밀드레드가 허락할지 몰라서였다.

릴리는 의자를 빼서 손으로 먼지를 대충 털며 말했다.

"괜찮아. 두 사람이 오기 전에 먹고 치우면 되지."

이 김에 사이다(사과 발효주)도 마시면 되겠다! 릴리는 부리나케 주방으로 달려가서 선반에 놓아둔 사이다를 꺼내 왔다. 컵 두 잔까지 가져와서 애슐리와 자신의 용으로 각각 따른 뒤, 그녀는 자신의 컵을 들어 올리며 말했다.

"언니랑 어머니가 최대한 늦게 오시길!"

그랬으면 좋겠다. 밥 먹고 또 그림을 그리고 싶으니까.

하지만 애슐리는 차마 그렇게 말할 수가 없었다. 그녀는 릴리의 눈치를 살피며 자신의 빵을 집었다. 이것도 제대로 하지 못해서 릴리의 도움을 받았다는 게 부끄러웠다.

릴리가 정신없이 그림에 빠져 있을 때 짠 하고 빵을 구워서 가져다주고 싶었다. 그러면 릴리도 그녀를 좀 더 도움이 된다고 생각하지 않을까.

난 왜 이런 것도 못 할까. 서글픈 마음에 애슐리의 눈이 젖어 들었다. 빵 굽는 것 정도는 할 수 있을 줄 알았는데 그것도 태워 버리다니. 옷을 보러 가는 게 아니었다.

그래도 오늘은 소매까지 이어 붙였다고 기뻐했는데. 속상한 나머지 애슐리는 말없이 고개를 숙이고 앉아 있었다. 빵과 햄을 우물우물 먹던 릴리가 왜 그러냐는 듯 그녀를 쳐다봤다.

"왜 그래?"

"아, 아냐. 그냥."

애슐리는 훌쩍이며 입을 열었다. 램프가 하나뿐이라 그리 밝지 않아서 애슐리는 자신이 훌쩍이는 걸 릴리가 모를 거라고 생각했지만 젖은 목소리 때문에 릴리는 바로 눈치챘다.

"빵에서 탄 냄새 안 나?"

애슐리의 질문에 릴리는 먹던 것을 멈추고 자신의 빵을 물끄러미 쳐다봤다. 솔직히 말하면 좀 난다. 하지만 햄 냄새 덕분에 가려진 데다 양파와 햄을 함께 먹으면 거의 나지 않는다.

"아냐, 괜찮아. 맛있어."

"하지만 타서……."

"괜찮다니까."

릴리는 애슐리가 우물쭈물 말하려는 것을 막으며 손을 내저었다.

"타면 좀 어때. 잘라 내고 먹으면 되지."

"미안해. 내가 태워서……."

다시 애슐리의 목소리가 기어들어 갔다. 잘하는 게 하나도 없다. 작년에 밀드레드에게 들었던 말이 떠올랐다. 어떻게 이렇게 잘하는 게 하나도 없니?

그 말이 애슐리의 가슴에 비수처럼 꽂혀 있었다.

"괜찮다니까. 내가 구웠으면 우리 저녁을 너무 늦게 먹었을걸?"

릴리가 주방에 가서 굽기 시작하면 적어도 삼사십 분은 더 기다려야 했을 거다. 덕분에 애슐리의 표정이 밝아졌다. 그녀는 자신의 접시에 놓인 빵을 들어 한 입 베어 물었다.

릴리의 말대로 약간 탄내가 나기는 했다. 하지만 입에 넣고 씹자 그럭저럭 먹을 만했다.

거기에 햄과 가늘게 썰어서 얹은 양파를 함께 먹자 탄내는 전혀 느껴지지 않았다.

두 사람은 정신없이 음식을 먹었다. 칼과 포크로 햄과 빵을 자르는 소리가 달그락달그락 났다. 부드러운 빵 위에 햄을 구워 나온 기름이 배어들어 부드러우면서 고소했다. 두 장이나 잘라 얹은 덕에 묵직한 식감의 햄이 입 안에서 씹혔다.

살짝 느끼해질 만하면 가늘게 썬 양파가 달콤하면서 알싸하게 입맛을 돋웠다.

"온실에서 밥을 먹는 건 처음이야."

두 사람 사이에 한동안 먹는 소리만 이어지다가 애슐리가 말했다. 그녀는 한 손에 포크를 들고 램프 하나만 걸어 어슴푸레한 온실 안을 돌아보고 있었다.

"그래? 어릴 때도?"

릴리야 밀드레드가 프레드와 결혼해서 이 집으로 오면서 여기서 살게 됐지만 애슐리는 아니다. 그녀는 이 집에서 태어나 지금까지 살았다.

그런데 한 번도 온실에서 식사를 해 본 적이 없다는 말에 릴리의 눈이 커졌다.

"응. 온실에 들어온 적도 별로 없어."

"너희 집 온실이잖아?"

하지만 없다. 애슐리는 뭐라고 말해야 할지 몰라 입을 다물었다.

어머니가 돌아가셨을 때 애슐리의 나이는 다섯 살이었다. 매번 사업을 한다면서 나가서 몇 주에서 몇 달간 집에 들어오지 않는 아버지 덕분에 애슐리는 다섯 살부터 이 큰 집에서 혼자였다.

집주인이 들어오지 않는데 하인들이 제대로 일할 리가 없다. 애슐리를 돌봐 주긴 했지만 식사와 목욕, 잠에 한했다. 어떤 날은 모든 하인들이 시내로 놀러 나가기 위해 애슐리에게 점심부터 약을 먹여 재우고 나간 적도 있었다.

그런 생활은 애슐리가 열한 살이 될 때까지 이어졌다. 그때까지 애슐리는 그 또래의 부잣집 영애라면 당연히 받을 교육을 하나도 받지 못했다.

읽고 쓰는 법, 산수, 역사, 문학. 밀드레드와 결혼하기 전에야 그녀가 읽고 쓸 줄을 모른다는 것을 안 프레드는 그때까지 저택에서 일하던 사용인을 모두 쫓아내고 새로 고용했다.

열한 살짜리 아이에게 유일한 가족이라 할 만한 사람들이 순식간에 사라졌다. 하인과 하녀가 그녀에게 잘해 줬는지 못해 줬는지와 상관없이, 그건 애슐리에게 큰 충격이었다.

하지만 애슐리가 마음을 추스르기도 전에 프레드는 가정교사를 붙여 그녀가 최소한의 읽고 쓰는 법을 익히도록 몰아붙였다.

"하긴, 너희 아버지가 온실을 닫아 두셨지. 어머니도 온실에는 별로 관심이 없으셨고."

릴리는 그렇게 말하며 남은 햄을 입에 쏙 넣었다. 그녀의 말대로 프레드가 온실을 닫아 놨다. 밀드레드와 결혼했을 때 그녀에게 마음대로 꾸미라고 했지만 밀드레드 역시 온실에는 별로 관심이 없었다.

그나마 최소한의 관리를 하긴 했지만 밀드레드는 프레드가 행방불명 되면서 다시 온실을 닫았다.

"네 친어머니는 어떤 분이었어?"

약간의 침묵 후에 릴리가 물었다. 그녀는 애슐리의 침실에 그녀의 친어머니의 초상화가 있다는 것을 알고 있다. 밀드레드와 결혼하면서 프레드가 전부 치우라고 한 것을 애슐리가 작은 것만 자신의 방으로 가져갔다.

한때는 릴리와 아이리스가 단둘이 앉아 밀드레드의 보살핌을 받으면서 친어머니의 초상화를 방에 숨겨 두다니 얄밉다고 흉을 본 적도 있었다.

하지만 그건 릴리가 열네 살 때의 일이다.

열여덟 살의 릴리는 그걸 얄밉다고 흉본 자신이 멍청했다고 생각하고 있었다.

"잘 몰라."

다시 침묵 끝에 애슐리가 기어들어 가는 목소리로 말했다. 잘 기억나지 않는다. 어머니를 떠올리면 생각나는 건 두 가지뿐이다. 초상화와 밀드레드.

가끔, 아니 꽤 자주 애슐리는 아이리스와 릴리를 부러워했다. 밀드레드가 두 사람의 옷을 살펴 주고, 머리를 빗겨 주는 것을. 그리고 목욕할 때면 머리를 감겨 주는 것을 부러워했다.

밀드레드가 이 집에 들어왔을 때 애슐리는 그녀도 그런 어머니가 생길지도 모른다고 생각했었다. 그런 희망은 곧 산산조각이 났고, 부디 밀드레드가 자신을 미워하지만 않게 해 달라고 빌었던 게 바로 작년의 일이었다.

애슐리는 남은 햄을 삼키며 최근의 밀드레드를 떠올렸다. 그녀를 미워하지 않는 것 같다. 어떨 때 보면 애슐리를 꽤 좋아하는 것도 같았다.

그녀를 위해 드레스를 만들 천을 골라 주고 론하키를 치는 법을 알려 줬다. 얼마 전에는 애슐리를 자신의 침대에서 안아 주었다.

꿈을 꾸는 것 같아서 그녀는 눈을 깜빡였다. 미워하지 않는 걸까. 어쩌면 자신을 좋아해 주는 걸까.

실낱같은 희망이 애슐리 안에 피어올랐다가 기대하면 안 된다는 생각에 꺼지곤 했다. 하지만 그러면서도 마음 한구석에서는 어쩌면 하는 희망이 계속해서 피어올랐다.

어머니가 나를 좋아해 줬으면 좋겠다.

*　　*　　*

"좋은 오후입니다."

다니엘은 약속한 시간보다 약간 일찍 도착했다. 나는 어떤 옷을 입어야 할지 몰라 망설이다가 그가 왔다는 말에 고민하던 스커트를 두 개 다 들고 응접실로 달려갔다.

"어느 게 나아요?"

자리에서 일어나 내게 미소를 짓던 자세 그대로 다니엘의 얼굴이 굳었다. 아차. 놀랐겠다. 좋은 오후라는데 어느 게 낫냐니. 나는 재빨리 스커트를 소파에 내려놓으며 말했다.

"좋은 오후예요, 월포드 경."

"혹시 도움이 될까 싶어 조금 일찍 왔습니다."

"잘 왔어요. 진짜 도움이 필요했거든요."

잘생긴 얼굴에 좋은 센스가 깃드는 법이지. 나는 내려놓았던 스커트를 다시 집어 올리며 말했다.

"어느 게 나아요? 산뜻하게 꽃무늬로 할까 했는데 티타임에 입고 가기엔 너무 화려한가 싶어서요. 아니면 여기 이 심플한 스커트는 어때요? 왕대비 전하께 보이기엔 이 정도가 나을 것 같은데 너무 칙칙하지 않아요?"

다른 곳이라면 이 정도로 신경 쓰지 않았을 거다. 귀족 사회는 어디에서는 적당히 어떻게 입어야 한다는 암묵적인 규칙이 있다. 하지만 왕대비의 티타임은 그중 어느 '어디'에도 속하지 않는다.

대체 어떻게 입어야 할지 몰라서 나는 꽤 난감해하고 있었다. 상의는 너무 파이지 않은 걸로 골랐다. 무늬가 없는 대신에 가슴에 리본이 세 개 달려 있는 상의였다.

여기에 대체 어떤 스커트를 입어야 할지 모르겠단 말이야. 무늬가 없는 무난한 분홍색 상의라 하의는 꽃무늬도, 무늬가 없는 것도 다 괜찮았다.

꽃무늬는 너무 화려한가?

솔직히 말하면 꽃무늬가 더 마음에 들었지만 상의에 리본이 세 개나 달렸는데 하의에 꽃무늬가 있으면 너무 과할 것 같기도 했다.

그냥 파티라면 과한 정도가 딱 좋았겠지만 이건 왕대비의 티타임이잖아!

"괜찮습니다, 부인."

다니엘은 나를 향해 손을 내밀며 말했다. 나는 약간 패닉에 빠져 있다가 그의 목소리를 듣고 정신을 차렸다. 그리고 민망한 표정으로 말했다.

"역시 꽃무늬는 좀 과하겠죠?"

"아닙니다, 부인. 부인은 무엇을 입어도 아름다워요."

어머. 나는 다니엘을 향해 짓궂다는 표정을 지어 보였다. 하여간 잘생긴 애들이 말도 예쁘게 한다. 다니엘은 나를 향해 빙그레 웃어 보이더니 내 손에서 스커트를 모두 받아 들고 물었다.

"상의는 지금 입고 있는 걸로 입으실 건가요?"

"네, 맞아요."

왕대비의 나이를 고려해서 최대한 안 파인 걸로 골랐다. 다니엘은 고개를 끄덕이더니 꽃무늬 스커트를 내밀며 말했다.

"이게 상의와 더 어울릴 것 같습니다."

"과하지 않고요?"

"과한 건 부인의 미모겠죠."

"윌포드 경!"

나는 어이가 없어서 다니엘의 어깨를 찰싹 때렸다. 진짜 말 한번 잘한다니까.

하지만 그는 그저 씩 웃어 보일 뿐이었다. 나는 그가 내민 꽃무늬 스커트를 오른손으로 잡고 다른 스커트를 왼손으로 잡은 뒤 말했다.

"얼른 갈아입고 올게요."

화장과 머리는 다 해서 스커트만 갈아입으면 된다. 나는 재빨리 내 방으로 돌아가서 스커트를 갈아입고 나왔다.

다니엘은 응접실에서 릴리와 이야기를 하다가 내가 나오자 다시 자리에서 일어났다.

"갈까요."

응접실 안으로 들어가지 않고 그렇게 말하자 벌떡 일어났던 다니엘이 릴리를 한 번 쳐다보고 말했다.

"생각해 볼게."

릴리의 표정이 환하게 빛났다. 대체 뭘 생각해 보자는 거지? 나는 다니엘의 안내를 받아 그의 마차에 오르면서 잠시 릴리를 쳐다봤다.

하지만 릴리는 시치미를 뚝 떼고 우리에게 잘 다녀오라고 손을 흔들고 있었다.

"뭘 생각해 본다는 거예요?"

마차가 달리기 시작하자, 나는 결국 참지 못하고 물었다. 릴리와 무슨 대화를 한 거지?

하지만 다니엘은 그렇게 호락호락하지 않았다. 나를 위해 창문을 열어 주던 그는 씩 웃으며 말했다.

"비밀입니다."

"윌포드 경."

"네, 부인."

"저는 릴리의 엄마예요. 릴리와 관계된 거라면 알 필요가 있어요."

"맞습니다, 부인."

다니엘은 얌전하게 내 말에 동의하더니 다시 입을 열었다.

"당연히 부인께도 말씀드릴 겁니다. 하지만 지금은 비밀입니다."

"어째서요?"

"제가 릴리의 부탁을 들어줄지 말지 생각 중이거든요."

아하. 나는 활짝 웃으며 말했다.

"릴리가 경에게 뭔가를 부탁했군요?"

다니엘의 눈이 커졌다가 가늘어졌다. 그는 졌다는 표정을 지으며 말했다.

"네. 제게 아주 작은 부탁을 하나 했습니다."

"들어줄 만한가요?"

"그건 비밀입니다."

이 남자, 비밀이 많네. 나는 등받이에 몸을 기대며 투덜거렸다.

"비밀이 많군요?"

"비밀 하니까 생각났는데요."

다니엘은 나를 따라 등받이에 몸을 기대며 자연스럽게 말을 돌렸다.

"전에 받은 그림의 감정이 다 끝났습니다."

"그래요?"

나는 약간 심드렁한 표정으로 그를 쳐다봤다. 별로 기대는 되지 않는다. 솔직히 말하면 나는 그게 진품이 아닐 거라고 생각하고 있었다.

다니엘이 떠나고, 감정소에서 그림을 가져간 뒤, 나도 나름대로 화가에 대해서 알아봤다. 그러니까 산드라와 게리에게 물어보는 걸 알아봤다고 할 수 있다면 말이지.

산드라는 카일에 대해 잘 모르는 눈치였다. 그런 화가가 있는 건 아는데 그녀도 그림에는 별 관심이 없다고 했다.

그리고 릴리는…….

그 애에게 물어보는 건 산드라에게 물어보는 것만큼이나 의미가 없지 않을까.

릴리는 카일을 엄청나게 좋아하는 모양이었다. 거의 숭배에 가까운 말에 나는 대체 어디서 카일에 대해 알게 됐는지 물어봤다.

— 예전에 신문에서 봤어요. 카일의 그림이 경매에 나왔다는 기사였어요.

릴리의 대답에 나는 고개를 끄덕였다. 신문에 나올 정도로 낙찰된 금액이 컸던 모양이다.

그렇다면 그렇게 대단한 그림이 이 집에 있었을 리가 없다. 게다가 릴리는 카일의 그렇게 큰 그림이 발견된 적이 없다고 했다. 덕분에 이 집에 있던 그림이 카일의 그림일 거라는 생각은 빛을 잃어 가고 있었다.

"제 감정만으로는 부족해서 감정소에서도 감정을 받아 보증서를 받아 놨습니다."

"그러지 않아도 됐는데요."

어차피 카일의 그림이 아니라면 그리 비싸게 팔리지도 않을 거다. 물론 그래도 팔린다면 감지덕지겠지만.

"아닙니다. 당연히 받아 놔야죠. 그리고 그림은 혹시 모를 위험 때문에 제집에 가져다 놨습니다."

"괜찮, 네?"

이 남자가 지금 뭐라고 했어? 약간 대충 이야기를 듣던 나는 깜짝 놀라서 고개를 들었다. 혹시 모를 위험이라고?

"그 그림이 많이 비싼가요?"

"카일의 진품입니다. 전에 가격대가 상당할 거라고 말씀드리지 않았나요?"

하긴 했다. 하지만 설마 그럴 리 없다고 생각했지. 나는 얼떨떨한 표정으로 고개를 끄덕였다.

"했어요. 하지만 카일의 진품일 줄은 몰랐어요."

"진품이 맞습니다. 가격도 어마어마할 겁니다."

맙소사. 나는 입을 딱 벌리고 다니엘을 쳐다보다가 시선을 떨어뜨렸다. 믿을 수 없는 말에 모든 게 멍했다.

그 그림이 진품이라고? 나는 다시 다니엘을 쳐다보며 물었다.

"카일은 그렇게 큰 그림을 그린 적이 없다고 하던데요?"

"지금까지 발견된 그림 중에는 그렇습니다."

"작은 그림만 그리던 화가가 갑자기 그렇게 큰 그림을 그릴 수도 있는 건가요?"

"의뢰인이 있었다면요."

다니엘은 고개를 한쪽으로 기울이고 부드럽게 미소 짓더니 나를 위해 설명을 시작했다. 화가와 음악가 같은 예술가들은 후원자들의 후원을 받아 생활한다.

그 대신, 후원자의 집을 꾸며 줄 그림이나, 후원자와 가족의 초상화를 그려 준다.

이미 나도 알고 있는 이야기였지만 나는 멍하니 다니엘의 설명을 들었다. 얼떨떨해서 아무 생각도 들지 않았다. 이런 게 로또 맞았다고 하는 거 아닐까.

"그래서 저와 감정소는 부인의 저택에 카일의 또 다른 그림이 있을 거라고 추측하고 있습니다."

"또 다른 그림이요?"

"예전 집주인 중 하나가 카일의 후원자일 수도 있으니까요. 그렇다면 회화 쪽에도 큰 발견입니다."

"그 말은……."

"부인의 저택에 있는 그림을 조사할 기회를 주신다면 정말 감사하겠습니다."

나는 잠시 물끄러미 다니엘을 쳐다봤다. 그 정도로 대단한 발견인가? 귀찮음을 무릅쓰고 저택을 뒤지고 싶다고 자처할 정도로?

"윌포드 경은 그림에 관심이 많나 봐요?"

다니엘은 내 질문에 씩 웃었다. 그리고 창틀에 팔꿈치를 얹으며 말했다.

"아름다운 것을 보는 것은 누구나 즐겁지 않을까요?"

뭐, 그야 그렇지. 나는 다니엘의 얼굴을 보며 간단하게 수긍했다. 솔직히 나도 다니엘의 얼굴을 보면 좀 기분이 좋아지거든.

"잘생긴 남자 다 필요 없다, 남자 얼굴 뜯어먹고 살 일 있냐"라는 말을 내가 살던 곳에서 들었지만 그건 순 거짓말이다.

잘생긴 얼굴을 보면 기분 나쁜 것도 풀어진다. 내가 가지든 갖지 않든 남자는 잘생긴 게 최고다.

나는 한숨을 내쉬며 말했다.

"솔직히 말해서 제게 너무 이득인 이야기라 받아들여도 될지 모르겠네요."

"아, 물론 부인께만 이득인 이야기는 아닙니다."

"그런가요?"

"그럼요. 카일의 그림이잖습니까? 발견자로 제 이름이 올라갈 겁니다. 그리고 판매될 경우 제가 아는 감정소에 맡겨 주실 거라 믿거든요."

"당신이 아는 감정소가 아니라 당신의 감정소겠죠."

내 말에 다니엘이 한쪽 눈을 가늘게 뜨며 씩 웃었다. 그의 말이 맞다. 내가 아는 감정소는 다니엘의 감정소뿐이다. 그러니 판매한다고 해도 그에게 맡길 거다.

그리고 그림이 팔리면 감정소에서 일정 부분 수수료를 받아 가겠지. 그걸 생각해 보면 다니엘도 손해는 아닐 거다. 나는 다시 등받이에 몸을 기대며 말했다.

"그래요. 그리고 우릴 위해 그림을 맡아 줘서 고마워요."

"아닙니다. 당연히 해야 할 일을 했을 뿐입니다."

그의 감정소니까 그가 보관하는 게 맞는지도 모른다. 나는 고개를 끄덕이며 말했다.

"그럼 그림을 판매하는 건 집에 있는 다른 그림들까지 전부 확인한 다음이겠군요."

"네. 또 다른 작품이 나올 수도 있으니까요."

그렇게 말하며 다니엘은 사실 기대하고 있다고 덧붙였다. 그 집이 카일의 후원자의 집일 수도 있기 때문이다. 그런 큰 그림을 복도에 걸어 놨을 정도니까 집주인과 그 가족들의 초상화를 그려 줬을 수도 있다.

그랬으면 좋겠다. 나는 너무 희망을 품지 않으려 애쓰며 다니엘과 대화했다. 하지만 이미 발견한 그림만으로 어마어마한 돈을 벌 수 있다고 생각하니 어쩐지 기분이 좋아졌다.

"어서 오십시오."

마차는 성 안쪽으로 들어가 어느 화려한 궁에 도착했다. 이미 사람들이 내가 도착하기를 기다리고 있었다.

"부인."

다니엘이 먼저 마차에서 내려 내게 손을 내밀었다. 나는 그의 손을 잡고 시종의 안내를 받아 안쪽으로 들어갔다.

왕대비의 궁은 이른 봄임에도 꽃이 피어 있었다. 우리 집 온실과 정원을 생각하니 좀 민망해진다. 우리 집 정원은 진짜 잡초만 뽑은 수준이었다.

이른 봄이었지만 왕대비의 정원은 화려했다. 계절 따라 공간 공간이 크게 비지 않고 꽃이 피도록 정원사가 면밀하게 계산해 심어 둔 꽃이 피어올라 있었다.

대부분 이름 모를 꽃이었지만 내가 아는 꽃도 있었다. 우리 집 정원에도 있는 꽃나무. 목련이 흐드러지게 피어 있었다.

우리 집이랑 딱 저거 하나는 비슷하다. 그 집은 봄이면 하얀 목련이

흐드러지게 피었다. 그것도 프레드가 행방불명된 뒤 밀드레드가 관리를
하지 못해서 거의 죽었지만.

재미있게도 이곳에 있는 목련 나무는 전부 자목련이었다. 우리 집에
있는 목련은 내가 기억하는 한 전부 흰 목련인데. 왕대비가 흰 목련을 별
로 안 좋아하나.

"전하, 반스 부인이 도착했습니다."

다니엘과 함께 정원을 구경하며 길을 따라 걸어가자니 아치형 문 앞
에서 시종이 말했다. 예쁘네. 나는 관목 담장으로 둘러싸인 안쪽을 쳐다
보려다 포기하고 다니엘을 쳐다봤다.

내 키로는 담장 안쪽이 보이지 않는다. 하지만 담장 안쪽도 정원의 일
부일 것 같아.

다니엘의 키로는 담장 안쪽이 보이지 않을까?

안에서 누가 뭐라고 했는지 문 앞에 서 있던 시종이 고개를 끄덕이고
우리 쪽으로 고개를 돌렸다. 그리고 아치형 철문을 잡아당겨 열며 말했다.

"들어가십시오."

관목 담장 안은 환하게 트여 있었다. 일정한 길이로 깨끗하게 자른 잔
디가 바닥에 깔려 있고 담장 쪽으로 갈수록 키가 큰 꽃과 나무를 심어 놔
서 꽃구경을 하기 용이했다.

나는 다니엘의 팔꿈치 안쪽에 손을 얹고 잔디 위에 놓인 하얗고 반들
반들한 돌을 밟아 왕대비가 앉아 있는 테이블을 향해 걸어갔다.

한쪽 구석에서 세 명의 음악가가 악기를 잔잔하게 연주하고 있어서
분위기가 매우 좋았다. 약간 쌀쌀한가 싶었지만 테이블 가까이에 화로
를 놓아 테이블 쪽은 따듯했다.

"전하, 밀드레드 반스 부인을 데려왔습니다."

다니엘이 내게서 한 발짝 떨어지며 말했다. 나는 재빨리 드레스 자락

을 잡고 살짝 들어 올리며 허리를 숙였다.

"초대해 주셔서 영광입니다."

왕대비는 테이블에 앉아 차를 마시고 있다가 고개를 끄덕였다.

"갑자기 불러서 당황했겠군."

"아닙니다, 전하. 불러 주셔서 영광입니다."

왕대비의 말이 맞다. 나는 그녀가 불러서 당황했다. 하지만 뭐, 이김에 왕대비한테 잘 보이면 좋겠지. 왕대비 덕분에 아이리스와 릴리에게 어울릴 돈 많고 잘생겼으면서 성격도 좋고 나이도 젊은 남자를 소개받을 수도 있을지 모른다.

곧이어 다니엘이 다시 말했다.

"전하 곁에 계신 분은 잭슨 백작 부인입니다. 백작 부인, 이쪽은 반스 부인입니다."

안녕하세요. 내가 다시 허리를 숙이자 백작 부인은 두 손을 앞에 모으고 가볍게 고개를 숙여 보였다. 나보다, 그러니까 밀드레드보다 몇 살 정도 더 많아 보인다. 한 일고여덟 살 정도?

왕족에게는 이런 식으로 수족이 되어 줄 귀족이 붙는다. 남자에게는 남자가, 여자에게는 여자가. 애슐리가 왕자와 결혼해서 왕자비가 되면 그녀에게도 수족이 되어 줄 귀족이 붙을 것이다.

그게 릴리나 아이리스라면 좋을 것 같은데.

궂은일은 그 밑의 하인이나 하녀가 해 주고 이런 사람들은 왕족의 말상대를 하는 정도다. 애초에 귀족은 노동을 해서는 안 되니 궂은일을 시킬 리가 없다.

나는 릴리나 아이리스가 왕자비가 된 애슐리를 도와주면 좋겠다고 생각하며 서 있었다. 애슐리는 여러모로 덤벙거리니까 그 애의 언니들이 도와주면 참 좋을 것 같은데.

"월포드 남작, 가도 좋네."

그때 왕대비가 말했다. 어라. 나는 다니엘을 쳐다보고 잭슨 백작 부인을 쳐다본 뒤 테이블에 빈 의자가 두 개뿐이라는 것을 깨달았다.

하나는 백작 부인이 앉아야 하니까 자연스럽게 다니엘의 의자는 없는 거다. 설마 다니엘은 날 안내만 해 주고 가는 건가?

이게 좋은 일인지 아닌지 모르겠다. 나는 적어도 두 명 정도는 더 같이 차를 마실 줄 알았다. 왕대비와 잭슨 백작 부인과 나뿐이라니. 이거 너무 부담스러운 조합 아닌가?

사실 이런 기회는 엄청난 거니까 좋은 거다. 하지만 불편하기도 할 거다. 체할 것 같은데. 내가 걱정하는 사이 다니엘이 말했다.

"전하, 제게는 차 한 잔도 안 주시는 겁니까?"

그렇게 말해도 돼? 나는 깜짝 놀라서 다니엘을 쳐다봤다. 하지만 왕대비는 꽤 재미있었던 모양이다. 그녀는 소리 높여 웃더니 사람들에게 손짓하며 말했다.

"여자들만의 자리인데 끼고 싶다면 말리지는 않겠어."

"여성들만의 자리만큼 수준 높고 지적인 자리는 없죠. 영광입니다."

와, 너. 나는 감탄해서 다니엘을 쳐다봤다. 이 녀석 꾼 아냐? 이 남자는 어디 가서도 절대 굶어 죽을 일은 없을 것 같다. 아니, 물론 이미 저 얼굴만으로 충분히 먹고 살겠지만.

시종들이 재빨리 다니엘을 위해 의자를 가져왔다. 왕대비가 나와 다니엘에게 자리를 권하는 사이 또 다른 시종이 차를 가지고 왔다. 그 찻주전자를 잭슨 백작 부인이 들어 올려 나와 다니엘의 찻잔에 따랐다.

"차는 내가 골랐어요. 괜찮겠죠?"

괜찮다마다. 왕대비가 주는 거라면 그게 아무리 맛없어도 당연히 마셔야지. 나는 고개를 숙이며 얌전하게 말했다.

"영광입니다, 전하."

"그렇게 어려워할 필요 없어요."

왕대비는 내 모습에 빙그레 웃더니 옆에 선 잭슨 백작 부인을 쳐다봤다. 그녀의 시선에 부인은 재빨리 파이를 한 조각 잘라 내 접시에 옮겼다.

모든 사람의 접시에 파이가 한 조각이 올라갔다. 백작 부인은 부족한 게 없는지 테이블 위를 한 번 더 체크한 뒤에야 자신의 의자에 앉았다.

프로페셔널하다. 나는 차를 따르고 파이를 잘라 접시에 올려놓는 일련의 행동에 군더더기 하나 없음에 감탄하고 있었다.

"지난번 파티에서 재미있는 이야기를 들었거든."

왕대비가 포크로 파이를 한입 크기로 자르며 입을 열었다. 나는 잔을 들어 올리다 말고 재빨리 내려놓은 후 허리를 세웠다.

"그래서 자네가 궁금해져서 불렀네."

"영광입니다, 전하."

아무래도 말버릇이 될 것 같다. 영광입니다, 전하. 감사합니다, 전하.

왕대비는 내 얼굴을 지그시 쳐다보더니 자른 파이를 입에 넣었다. 그리고 우물우물 씹더니 냅킨으로 자신의 입을 닦은 뒤 말했다.

"남편이 행방불명된 지 이 년째라고?"

"네, 전하."

그걸 왕대비가 알 줄은 몰랐는데. 어쩌면 다니엘이 귀띔해 준 건지도 모른다. 내 눈동자가 다니엘을 향했다가 다시 재빨리 왕대비를 향했다.

"이 년 동안 바깥사람 없이 참 고되었겠군."

"아닙니다, 전하."

밀드레드는 힘들었다. 반으로 훅 줄어든 지갑을 가지고 아이 셋을 건사해야 했으니까. 하지만 그런 걸 이런 자리에서 말할 필요는 없겠지.

내 말에 왕대비는 빙그레 웃으며 찻잔을 들어 올렸다. 잭슨 백작 부인과 다니엘도 찻잔을 들어 올렸기 때문에 나는 그들을 따라 내 찻잔을 들어 올렸다.

"바깥사람 없이 혼자 딸 셋이나 훌륭하게 키워 내다니. 참 대단해."

"아닙니다."

나는 재빨리 찻잔을 내려놓으며 겸손하게 말했다. 그러면서 어딘지 모르게 기분이 이상해지기 시작했다.

말끝마다 아니, 말 첫마디마다 바깥사람 없이, 라고 시작하네.

어차피 이 나라에서 남자는 애를 양육하지 않는다. 뭐, 평민은 어떨지 모르겠지만 귀족은 그렇다.

적당히 돈이나 주고 아침 식사 시간에 공부 잘하고 있냐고 묻는 게 전부다. 아이를 키우는 건 유모와 하녀와 부인의 일이다.

"어차피 아이를 키우는 데 바깥사람은 별 도움이 되지 않아서요."

저도 모르게 그렇게 말한 순간 분위기가 잠깐 굳었다가 풀어졌다. 내 말에 왕대비를 슬쩍 쳐다본 잭슨 백작 부인이 웃음을 터트린 것이다.

"틀린 말은 아니네요."

호호호 하고 웃는 소리에 분위기가 다시 부드러워졌다. 왕대비 역시 나를 한번 쳐다보더니 픽 하고 웃으며 말했다.

"그렇긴 하지만 집안에 남자가 있어야지. 안 그래? 모든 일에 남자가 있어야 제대로 흘러가는 법이야."

"맞습니다, 전하. 저희 집에 남자가 있었다면 좀 더 제대로 흘러갔을 거라고 생각합니다."

아니면 완전히 망했거나. 내 말에 왕대비가 멈칫하더니 나를 쳐다봤다. 나는 그녀를 향해 빙그레 웃어 보였다.

밀드레드의 첫 번째 남편은 결혼한 지 구 년째에 죽었고 두 번째 남편은 오 년 만에 죽었다. 그래도 그녀는 남편이 없는 세월을 잘 보냈다. 이 정도면 굳이 집안에 남자가 있어야 하는 건 아닌 것 같은데.

안 그래? 나는 다니엘을 쳐다보며 빙그레 웃어 보였다. 그 역시 나를 쳐다보며 씩 웃었다.

"그래. 바깥사람 없이 아이를 키우려면 그 정도는 돼야지."

그때, 왕대비가 말했다. 그래? 나는 놀란 표정을 짓지 않으려 애쓰며 왕대비를 쳐다보았다. 그녀는 눈을 내리깔고 찻잔을 들어 올리고 있었다.

재빨리 잭슨 백작 부인을 쳐다보자 그녀는 나를 보며 빙그레 웃고 있었다.

"그것 말고도 훌륭한 이야기를 들었지."

찻잔을 내려놓은 왕대비가 다시 입을 열었다. 그게 부디 우리 애슐리를 우연히 봤는데 참 마음에 들었다는 말이었으면 좋겠다.

하지만 그녀는 완전 생각하지도 못한 이야기를 꺼냈다.

"소문에, 어느 파티에서 추잡한 제안을 들었다면서?"

잔잔하게 깔리던 음악이 왠지 모르게 선명하게 들려왔다. 어느 파티? 어느 파티가 어느 파티를 말하는 거지? 나는 대체 왕대비가 말하는 추잡한 제안이 무엇일지 궁금해서 다니엘을 쳐다봤다.

설마 다니엘이 나한테 그림을 찾아보겠다고 한 제안을 추잡한 제안이라고 하는 건 아니겠지.

그건 아닐 거다. 그는 마차 안에서 방금 전에 내게 제안했으니까.

내가 못 알아듣는 표정을 짓자 잭슨 백작 부인이 입을 열었다.

"누가 불건전한 만남을 제안했다고 들었는데요. 그걸 단칼에 거절하고 돌아서셨다면서요?"

무슨 말인지 알겠다. 나는 입을 다물었다. 그때 곁에서 이상한 느낌이 들었다.

뭐야? 나는 눈동자만 굴려 다니엘을 쳐다봤다. 방금 그의 쪽에서 훅 하고 뜨거운 바람이 불어왔던 것 같은데.

다니엘은 시선을 테이블을 향해 내리깔고 있었다. 그의 잘생긴 옆얼굴이 마치 조각처럼 보였다. 밤색 눈동자가 긴 속눈썹 때문에 검정색으로 보였다.

다음 순간 다니엘이 나를 쳐다보며 왜 그러냐는 듯 빙그레 웃었다. 차갑다는 생각이 들 만큼 굳어 있던 그의 얼굴이 순식간에 부드럽게 풀어지는 게 오히려 마법처럼 느껴진다.

"요즘 젊은 사람들은 쉽게 유혹에 빠지곤 하지."

왕대비가 다시 입을 열었다. 응? 나는 재빨리 그녀를 쳐다봤다. 설마 요즘 젊은 사람들에 내가 속하는 건 아니겠지? 이 세계에서 서른일곱에 요즘 젊은 사람이 되는 건 좀 민망한데.

"맞습니다, 전하. 요즘 젊은 여자들은 너무 쉽게 타락해서 안타깝지요."

이번에는 잭슨 백작 부인이 말했다. 허, 그래? 내 기분이 좀 삐딱해지기 시작했다. 쌀쌀한 봄에 야외에서 사람들의 시중을 받으며 좋은 옷을 입고 홍차와 케이크를 먹으며 요즘 젊은 애들은 쉽게 타락한다고 말하는 거야?

"하지만 자네는 그런 유혹에 빠지지 않은 게 대단해서 칭찬해 주고 싶었네."

왕대비의 말에 나는 고개를 돌려 그녀를 쳐다봤다. 몇 살쯤 됐을까. 밀드레드의 기억에 의하면 그녀는 지금쯤 육십 대일 것이다.

거기까지 생각하자 치솟던 반골 기질이 가라앉았다. 왕대비가 열 살만 어렸어도 한마디 했을 것이다. 나는 아무 말도 하지 않고 찻잔을 들어 입을 축였다.

내가 아무 말도 하지 않자 잭슨 백작 부인은 당황한 눈치였다. 그녀는 왕대비의 눈치를 살피고 재빨리 주제를 바꿨다.

"그러고 보니 부인의 딸이 멋진 드레스를 입었더군요."

어째 말투가 들었다는 게 아니라 봤다는 투다. 나는 찻잔을 내려놓으며 물었다.

"아이리스를 만나신 모양이군요."

"그래요."

잭슨 백작 부인이 빙그레 웃으며 왕대비를 쳐다봤다. 왕대비는 나처럼 차를 마시고 찻잔을 내려놓으며 말했다.

"얼마 전에 데뷔탕트에서 만났지. 내가 말하지 말라고 해서 이야기 안 했을 거야."

그렇군. 나는 파티에서 재미있는 사람을 많이 만났냐는 내 질문에 뭔가 망설이던 아이리스의 얼굴을 떠올렸다. 왕대비를 만났었던 모양이다.

아이리스가 아무 이유 없이 내게 왕대비를 만났다는 말을 안 했을 리 없다. 왕대비가 말하지 말라고 한 모양이다.

"드레스 장식이 아주 신기하더군."

"그렇지 않아도 사람들이 예쁘다고 말하던데요. 반스 부인에게 만드는 법을 알려 달라는 요청이 많이 들어왔겠어요."

팔라는 요청이 아니라? 나는 짐짓 아무것도 모르는 척 말했다.

"알려 달라는 요청은 없었지만 팔라는 요청은 있었어요."

"어머, 판다고요?"

백작 부인이 깜짝 놀라더니 왕대비의 눈치를 살피기 시작했다. 왜? 그거 팔면 안 되는 거였어? 하지만 노동이 아니잖아?

나 역시 왕대비를 쳐다봤다. 그녀는 찻잔을 만지작거리다가 나를 쳐다보며 말했다.

"너무 성급하게 생각하지 말아. 선의는 선의로 돌아오는 법이지. 너무 눈앞의 이득만 생각하지 말고 행동하면 호의가 돌아오기 마련이네."

그러니까 해석해 보면 돈 받지 말고 무상으로 알려 주라는 말이렷다. 나는 어이가 없어서 잠시 왕대비를 쳐다봤다. 다니엘의 말이 맞았다. 그는 왕대비가 운명적인 사랑을 믿는다고 했다.

나는 그게 낭만적인 성격이라 그런 모양이라고 생각했는데 그게 아니라 순진한 성격이라 그런 모양이다.

뭐, 왕대비쯤 되면 그래도 상관없었을지도 모른다. 나는 다니엘을 한 번 쳐다보고 잭슨 백작 부인을 한 번 쳐다본 뒤 왕대비를 쳐다봤다.

그리고 미소를 지으며 말했다.

"전하께선 아까 제가 남편 없이 어렵게 살면서 추잡한 유혹에 넘어가지 않은 것을 칭찬하셨습니다."

찻잔을 들어 올리던 다니엘과 백작 부인이 잠깐 멈칫했다. 하지만 끼어들지 않고 그대로 차를 마시는 다니엘과 달리 백작 부인은 그대로 멈춘 채 나를 쳐다보고 있었다.

왕대비 역시 찻잔을 만지는 자세 그대로 고개만 들어 나를 쳐다보고 있었다.

"하지만 저는 세 딸을 모두 무사히 결혼을 시켜야 합니다. 그중 제 첫째 딸은 올해 열아홉이고, 전하께서 말씀하신 것처럼 저희 집에는 그 애를 돌봐 줄 남자가 없지요."

거기에 돈도 없다. 빌어먹을 프레드. 시체가 도착하면 어디 황무지에 대충 던져 버리고 싶은 심정이다.

하지만 나는 애써 미소를 지으며 말을 이었다.

"제가 손에 쥐고 있는 확실한 도구를 버리고 무력하게 남의 선의를 기다려야 할 이유가 있을까요?"

아이리스와 릴리에게는 요정 대모가 올 거라는 보장이 없다. 이 나라에는 요정 대모의 이야기가 전해져 내려오지만 그건 부모를 모두 잃고 고생하던 아름다운 아가씨에 한해서만이다.

왕대비는 약간 불쾌하다는 듯 인상을 쓰고 있었다. 그녀의 의견에 반박하는 것과 꽃 만드는 법을 알려 주지 않겠다는 것 중 어느 쪽이 더 그녀를 불쾌하게 하는지 궁금했다.

"착하게 살면 하늘이 도와주는 법이네."

이윽고 왕대비가 말했다. 나는 나보다 스무 살이나 많은 그녀의 순진한 말에 웃지 않으려 애썼다.

그건 착한 게 아니다. 사람들은 착한 것과 줏대 없는 것을 많이 착각하곤 한다. 착한 건 내가 가진 것을 나보다 갖지 못한 사람에게 베푸는 거지 나보다 더 많이 가진 자에게 갈취당하는 게 아니다.

이런 오해 때문에 착하지 않은 사람들이 착하다는 오해를 받고 강제로 착하게 살게끔 주입당한다.

나는 아이들에게 착한 것과 줏대 없음의 차이를 알려 줘야겠다고 생각하며 입을 열었다.

"제 것을 더 가진 자들과 나누는 것이 착한 건가요?"

말을 내뱉고 나서야 나는 내 눈앞의 사람이 왕대비라는 것을 다시 떠올렸다. 그녀의 옆에 앉은 백작 부인의 표정이 굳는 게 보였다.

왕대비의 얼굴은 말할 것도 없다. 반사적으로 내 시선이 다니엘을 향했다. 놀랍게도 그는 희미하게 미소를 짓고 있었다.

그게 이상하게도 위안이 되었다. 다니엘까지 굳은 표정이었다면 당황했을지도 모른다.

내 질문에 왕대비가 못마땅한 표정으로 말했다.

"다른 자들과 나누는 게 마음에 안 든다는 말이군."

"오, 아닙니다, 전하. 그렇지 않아요."

나는 재빨리 부인했다. 남들과 나누는 거? 나쁘지 않다. 사람이 서로 돕고 사는 거지. 내가 마음에 안 드는 건 다른 거다.

"저는 그저, 전하께서 말씀하신 착한 일을 하는 사람이 제 주변에 언제 나타날지 궁금했을 뿐이랍니다."

내가 가진 것을 나누는 게 착한 일이라면, 누군가 내게도 나눠 줄 사람이 있어야 하지 않겠어?

과연 내가 이런 의미로 말했다는 걸 두 사람이 알아차렸는지 모르겠다. 알아차렸겠지. 아무리 순진한 소리를 한다고 해도 왕대비는 평생을 왕족으로 살았다.

"그래서 자네는 다른 사람에게 알려 주고 싶지 않다는 말인가?"

왕대비가 물었다. 나는 두 손으로 찻잔을 감싸 쥐었다. 문득 왕대비가 꽃 만드는 법이 알고 싶어서 이러는 건가 하는 생각이 들었다.

"알고 싶으시다면, 알려 드릴 수는 있어요."

나는 빙그레 웃으며 말했다. 왕족이 내놓으라고 하면 납작 엎드려서 바쳐야지. 하지만 그렇게 호락호락하게 내놓을 수는 없다.

이런 데서 쓸데없이 반골 기질이 또 불타기 시작했다. 왕대비와 잭슨 백작 부인이 찻잔을 놓고 내 쪽으로 몸을 기울였다.

"하지만 전하. 전하께서 말씀하신 대로 제 아이들은 가진 게 없지요. 그 애들이 좋은 남편감을 구하려면 파티에서 자신을 돋보이도록 치장하는 방법밖에 없답니다. 그 방법을 전하와 백작 부인께서 정녕 원하시는 건가요?"

잠깐 침묵이 흘렀다. '너네 정말 불쌍한 애들한테 뭘 도와주지는 못할망정 빼앗아 갈 생각이니?'라는 뉘앙스의 질문을 했으니 당연하다.

그때, 다니엘이 기침을 하기 시작했다. 그는 처음엔 손으로 가리고 쿡쿡거렸으나 곧 몸을 뒤로 돌리고 두 손에 얼굴을 묻더니 어깨를 들썩이기 시작했다.

야, 너 웃는 거 다 알아. 나는 어이가 없어서 다니엘을 멍하니 쳐다봤다. 잭슨 백작 부인만이 놀라서 자리에서 일어나더니 멀찌감치 서 있는 시종들을 불렀다.

재빨리 쳐다보자, 왕대비는 못마땅한 표정으로 다니엘을 쳐다보고 있었다. 그 표정이 '이 자식 또 이러네?'라는 표정이라 나는 저도 모르게 픽 웃어 버렸다.

"남작님, 여기."

시종이 부랴부랴 차가운 물이 담긴 컵을 건넸다. 다니엘은 그 와중에도 다 웃고 마시고 싶었는지 컵을 쥔 채 몸을 흔들며 쿨럭이고 있었다.

"실례했습니다. 계속 이야기하시죠."

결국 기침을 빙자한 웃음을 멈춘 다니엘이 자세를 바로 하고 말했다. 나는 어이가 없어서 그를 향해 가볍게 눈을 흘겨 주었지만 그는 민망하지도 않은지 나를 향해 그저 씩 웃어 보였다.

"자네, 아까는 만드는 법을 팔겠다고 하지 않았나?"

다시 왕대비가 물었다. 그녀는 다니엘의 이런 기침을 빙자한 웃음에 꽤 익숙한 모양이었다. 그래, 익숙하니까 저렇게 아무렇지 않은 표정을 짓겠지.

난 여전히 다니엘을 힐끔힐끔 쳐다보며 말했다.

"하지만 전하께서 팔지 말라고 하셨잖아요? 팔아서 아이들의 드레스를 만들어 줄 생각이었지만……."

'니가 그러지 말라며.'라는 말은 굳이 하지 않았다. 내가 슬쩍 쳐다보는 것만으로 왕대비의 표정이 굳었다.

"아버지가 백작이라고 들었는데. 귀족이라면 금전에 연연하지 않는 태도를 보여야지."

왕대비가 근엄한 표정으로 말했다. 그래? 쓴웃음이 흘러나왔다. 금전에 연연하지 않는 태도는 어떻게 보일 수 있는 거지?

연연하지 않을 정도의 여유가 있을 때나 그런 모습을 보일 수 있는 거다.

나는 잠시 가만히 있다가 다시 입을 열었다.

"전하, 외람되지만 아까 추잡한 제안을 거절한 건 제가 대단한 사람이라서가 아닙니다. 제가 그 제안을 거절한 건 물론 그 남자가 제 취향이 아니라서이기도 했지만."

거기까지 말한 뒤 나는 다니엘을 힐끔 쳐다봤다. 흠, 그러게. 바톤 경이 다니엘 정도였다면 나도 고민을 좀 했을지도 모른다.

"제게 아직 결혼하지 않은 딸이 셋이나 있기 때문입니다. 저는 그 애들을 무사히 결혼시켜야 할 의무가 있거든요."

짧게 침묵이 흘렀다. 방금 나는 왕대비에게 바톤 경의 정부 제안을 받아들이지 않은 건 내가 도덕적으로 높은 기준을 가져서가 아니라 아이들을 흠 없이 결혼시켜야 해서 거절했다고 말했다.

이게 너무 건방진 말이 아니었으면 좋겠는데.

모르겠다. 현명한 사람이라면 여기서 왕대비에게 너야 잘사는 왕대비니까 그렇게 순진한 소리를 할 수 있는 거겠지, 라고 말하지는 않을 것이다.

하지만 그렇다고 가만히 앉아서 왕대비의 말대로 돈에 연연하지 않는 귀족 놀이나 하다가 아이들을 굶길 수는 없다.

나는 내가 이런 말을 해도 되는지 잠깐 망설이다가 다시 입을 열었다.

"아까 전에 두 분께서는 젊은 여자들이 너무 쉽게 타락해서 안타깝다고 하셨죠."

내 말에 잭슨 백작 부인이 눈을 동그랗게 떴다. 그녀가 그렇게 말했다. 요즘 젊은 여자들은 너무 쉽게 타락해서 안타깝다고.

글쎄. 예전의 나라면 그렇게 생각했을지도 모른다. 그러니까 내가 살던 세상에서라면.

하지만 이곳은 내가 살던 세상이 아니다.

"왜 쉽게 타락하는지는 생각해 보셨나요?"

내 질문에 잭슨 백작 부인의 얼굴이 분노로 달아올랐다. 그녀는 벌컥 소리쳤다.

"감히 전하 앞에서 훈계질을 하는 건가! 무엄하군!"

나는 잭슨 백작 부인을 무시하고 왕대비를 쳐다봤다. 그녀의 고운 얼굴은 딱딱하게 굳어 있었다. 이 나라의 귀족 여성들은 스스로 돈을 벌 수 없다. 아들을 낳지 못하고 남편이 사망하면 작위와 땅이 모두 남편의 가장 가까운 남성 형제에게로 넘어가 버린다.

남성 형제가 돌봐 주지 않는다면 귀족 여성들은 굶주릴 수밖에 없다.

이 상황에서 벗어날 수 있는 가장 합법적이고 도덕적인 방법은 딸을 돈 많은 남자에게 시집보내는 것뿐이다.

내 기준에서 이 나라의 대부분은 불합리한 것들뿐이다. 옷, 음식, 도구뿐만이 아니다.

다시 한 번 나는 내가 왜 이 세계의, 밀드레드의 몸에 들어왔는지 의문을 품었다. 대체 이유가 뭘까. 나는 왜 이렇게 되어 있는 걸까.

그때, 왕대비가 말했다.

"건방지군."

그 말을 끝으로 그녀는 자리에서 일어났다. 그리고 몸을 돌려 안으로 들어가 버렸다.

"반스 부인, 내 자네를 기억해 두겠어."

잭슨 백작 부인의 협박인지 아닌지 모를 애매한 소리를 들으며 나는 자리에서 일어났다. 그리고 마지막까지 예의를 잊지 않고 치마를 잡고 들어 올려 허리를 숙였다.

"나 때문에 곤란해진 게 아닌지 모르겠군요."

다시 다니엘의 마차를 타고 집으로 돌아가면서, 나는 다니엘에게 물었다. 그는 내 맞은편에 앉아 두 손을 다소곳하게 무릎 위에 얹고 나를 쳐다보고 있었다.

"아닙니다, 부인. 전혀요."

"하지만 경의 대모님께서 화를 내셨잖아요."

"그건 화를 내신 게 아닙니다."

뭐, 화낸 게 아니라면 기분 나빠한 거겠지. 나는 어깨를 으쓱해 보였다. 그런 내 모습을 물끄러미 지켜보던 다니엘이 조심스럽게 물었다.

"그보다 오히려 제가 여쭤보고 싶은데요. 기분 상하지 않으셨습니까?"

"제가요?"

나는 깜짝 놀라서 다니엘을 쳐다봤다. 그는 머뭇거리며 다시 물었다.

"제 대모께서, 부인의 기분을 상할 만한 말을 하셨으니까요."

그의 말이 꽤 신선한 충격으로 다가왔다. 그러게. 왕대비는 나보다 훨씬, 훨씬, 훨씬 높은 사람이다. 나는 내가 그녀의 기분을 상하게 하지 않았는지만 걱정했지 반대로 그녀가 내 기분을 상하게 했는지는 생각해 보지도 않았다.

나는 잠시 생각하다가 말했다.

"괜찮아요."

정말로? 다니엘이 표정만으로 그렇게 말했다. 나는 숨을 한 번 내쉬고 다시 입을 열었다.

"솔직히 말하면 좀 기분 상했어요. 하지만 왕대비 전하의 나이와 환경과 살아오신 것을 생각하면 그런 생각을 하실 수도 있죠."

다니엘의 눈이 가늘어졌다. 그는 나를 이상하다는 듯 쳐다보더니 말했다.

"부인은 상당히 관대하시군요."

"나이 드신 분들의 생각을 고치기란 어려우니까요."

그걸 가지고 꽁해 있는 게 내게는 더 손해다. 나는 허리를 펴고 그대로 등받이에 몸을 기댄 뒤 숨을 내쉬었다. 그제야 슬금슬금 불안이 밀려오기 시작했다.

왕대비는 명백하게 내 발언을 불쾌해했다. 이걸로 뭔가 불이익 같은 걸 받는 건 아니겠지? 어쩌면 그럴지도 모른다. 이 세계는 계급 사회고 왕대비는 왕의 어머니니까.

"전 그보다 왕대비 전하께서 절 미워하실까 봐 걱정인데요."

반쯤은 농담처럼 말하자 다니엘이 씩 웃었다. 그는 나를 향해 상체를 내밀고 말했다.

"그건 걱정 마세요. 전하께서는 그 정도로 누군가를 미워하실 분이 아닙니다."

"당신은 그분의 대자잖아요."

당연히 그 정도로 왕대비가 다니엘을 미워할 리가 없다. 하지만 나는 다르지. 조금씩 걱정이 치솟았다.

그냥 입 다물고 알려 줄 걸 그랬나.

"왕대비 전하께서 사람들에게 저와 아이들을 파티에 초대하지 말라고 하시는 건 아니겠죠?"

내 말에 다니엘의 표정이 진지해졌다. 그는 눈을 가늘게 뜨며 말했다.

"제가 초대하면 되죠."

"괜찮겠어요? 전하께서 반대하시는데?"

"반대하지 않으실 거라 생각하지만 설령 반대하신다면 제가 부인의 편에 서겠습니다."

그것참 고마운 말이네. 나는 피식 웃었다. 불안감 수치가 훅 내려가는 느낌이 들었다.

＊　　　＊　　　＊

"정말 건방진 사람이네요."

발레리는 하녀들에게 왕대비의 옷을 받아 들며 투덜거렸다. 왕대비는 소파에 앉아서 불쾌한 표정을 짓고 있었다. 또 다른 시녀가 왕대비의 머리카락을 풀어 빗기 시작했다.

손님이 떠났으니 편안한 차림으로 갈아입으려는 거다. 왕대비는 발레리 잭슨 백작 부인이 자신의 옷을 가지고 다가오자 자리에서 일어났다.

"살면서 그렇게 건방진 사람은 처음 봤어요. 얼굴이 좀 예쁘다고 다들 오냐오냐해 줬으니 그 나이까지 주제도 모르고 건방지게 구는 거겠죠."

발레리의 말에 왕대비는 밀드레드의 얼굴을 떠올렸다. 확실히 미인이었다. 서른일곱이라고 했던가. 곁에 선 다니엘과 또래로 보였다. 다니엘도 나이보다 젊어 보인다는 점을 생각하면 반스 부인은 상당히 젊어 보이는 거다.

약간 도도해 보이는 눈매와 초록색의 눈동자. 그리고 탐스러운 검정색 머리카락이 고전적이면서 우아한 미인이었다.

왕대비는 그런 밀드레드가 지난번 성에서 열린 파티에서 소녀들을 도와주던 것을 떠올렸다.

이상한 기분이 들었다. 밀드레드는 가여운 소녀들을 도와줬다. 그리고 왕대비에게 반발했다.

발레리를 위해 팔을 들어 올리며 왕대비는 한숨을 내쉬었다. 자신이 아주 나쁜 사람처럼 느껴졌다. 약한 자에게 도움을 줬던 사람이 그녀에게 반발했다는 사실이 그녀를 악당처럼 느끼게 했다.

나는 좋은 편이야.

왕대비는 그렇게 생각하며 입고 있던 옷을 벗고 발레리가 벌려 주는 소매 안에 팔을 집어넣었다.

그녀는 좋은 편이다. 갖은 고생 끝에 행운이 찾아왔고 그 후로 행복하게 살았다. 아무 고생 없이 태어나서 자라 평탄하게 살아온 발레리와는 다르다.

괴로움도 고난도 맛보았다.

지금 그녀가 가지고 있는 이 모든 것들은 그녀가 겪어야 했던 괴로움과 고난에 대한 당연한 대가다. 왕대비는 그렇게 생각했다.

"무슨 일인데요?"

왕대비의 옷을 갈아입히고 돌아선 발레리에게 베른 백작 부인이 물었다. 발레리는 왕대비의 눈치를 살피고 일부러 약간 목소리를 내서 말했다.

"글쎄, 오늘 전하께서 반스 부인을 칭찬하려고 초대하셨는데 어찌나 건방지게 굴던지. 자기는 가진 게 없으니 남에게 베풀 수도 없다고 하지 뭐예요?"

세상에. 베른 백작 부인의 눈이 커졌다. 그녀는 재빨리 왕대비에게 다가가 그녀의 목걸이와 반지를 빼 주었다.

발레리의 말은 당연히 왕대비에게도 들렸다. 이상하게도 발레리의 말은 더 불쾌한 기분이 들었다. 분명히 밀드레드는 가진 게 없으니 베풀 수 없다고 말하긴 했다. 하지만 왕대비는 베풀라고 말한 게 아니었다. 좋은 게 있다면 나누라고 좋은 말로 타일렀을 뿐이다.

베푸는 것과 나누는 것은 다르다. 베푸는 건 좀 더 부유한 사람이 덜 부유한 사람에게 하는 행위다. 그리고 밀드레드는 여기 있는 어떤 사람보다도 부유하지 않다. 그러니 그녀는 절대로 베풀 사람이 될 수가 없다.

거기까지 생각이 이어지자 왕대비는 더욱더 불쾌해졌다. 자신이 가난하고 열심히 사는 부인을 압박했다는 생각이 들기 시작했다.

"미란다."

발레리가 왕대비의 옷과 액세서리를 가지고 나가자 왕대비는 조용히 베른 백작 부인을 불렀다. 그녀의 화장을 지워 주고 있던 미란다가 대답했다.

"네, 전하."

"솔직하게 대답해 줬으면 좋겠어."

무엇을 물어보려는 걸까. 미란다의 얼굴에 의문이 떠올랐지만 그녀는 이번에도 얌전하게 대답했다.

"네, 전하."

"만약 자네가, 남편을 잃고 아들이 없다면 말이야. 그러면 어떻게 살았을까?"

이거 무슨 시험인가? 미란다는 잠시 당황하다가 말했다.

"전하께서 절 돌봐 주실 거라 믿어요."

"아니, 나도 없다면 말이야. 자네를 돌봐 줄 바깥사람이, 아니 주변에 아무도 없다면 말이야. 자네는 어떻게 살 거지?"

충성도를 확인하는 시험이 아니었나? 미란다는 화장을 지우던 자세 그대로 멈춰 있었다. 그녀는 왕대비가 도통 무슨 생각으로 이런 질문을 하는지 알 수 없었다.

돌봐 줄 남자 가족이 아무도 없다면, 의지할 왕대비도, 아들도 없다면 어떻게 살아야 하지?

혼란스러운 가운데 미란다는 망설이고 있었다. 머릿속에 한 가지 대답이 떠올랐지만 왕대비가 원하는 대답은 아닐 것 같았다.

"솔직하게 말해 줘."

망설이는 미란다의 얼굴을 본 왕대비가 다시 말했다. 그녀는 솔직한 대답을 듣고 싶었다. 밀드레드와의 대화를 모르는 제삼자의 의견이 필요했다.

미란다는 망설이다가 입을 열었다.

"제가 만약 제 아들을 낳지 않았다면, 그리고 남편을 잃고 남자 가족이 아무도 없다면 말씀이시죠?"

"그래. 그리고 자네를 도와줄 만한 사람이 아무도 없다면 말이야."

"그렇다면 전하. 다른 남자와 결혼을 했겠죠. 절 부양해 주고 제가 가정을 돌봐 줄 남자를 찾아서요."

그래. 그게 당연한 대답일 것이다. 하지만 왕대비는 한 단계 더 나아가 또다시 질문을 던졌다.

"결혼할 수 없다면 어찌할 거지? 자네의 나이가 너무 많거나 딸이 너무 많아서 어느 남자도 자네를 선택해 주지 않는다면?"

미란다의 얼굴이 당혹으로 물들었다. 그녀는 왕대비가 자신에게 왜 이렇게 가혹한 질문을 하는지 알 수 없었다.

머릿속에 한 가지 방법이 떠오르긴 했다. 누군가의 정부가 되어 목숨을 이어 가는 것. 하지만 그건 왕대비가 가장 싫어하는 방법일 뿐 아니라 현재의 미란다는 절대 선택하지 않을 방법이기도 했다.

물론 여기서 왕대비와 미란다의 머릿속에 스스로 일을 해서 돈을 번다는 생각은 아예 떠오르지도 않았다.

"그렇다면 전하. 저는 제가 어떻게 살아야 하는지 전혀 모르겠습니다."

그렇다면. 왕대비는 다시 한 번 입을 열었다.

"만약 자네가 멋진 드레스를 만들 기술이 있다면 어떻게 할 거지? 드레스를 만들어서 팔 건가?"

"세상에, 전하. 그런 짓을 하면 누가 저와 친분을 이어 가겠어요?"

미란다의 말에 왕대비의 얼굴에 만족스러운 미소가 떠올랐다. 노동을 하는 귀족은 없다. 만약 귀족이 노동을 한다면 다른 귀족들이 그와 모든 교류를 끊기 시작할 것이다.

"설령 어떤 상황이 닥쳐도 우리는 체통을 지켜야지."

왕대비는 그렇게 말하며 고개를 끄덕였다. 노동이라니, 끔찍했다. 어디 귀족이 천하게 일을 한다는 말인가. 한겨울에 차가운 물로 걸레를 빨고 더러운 바닥을 무릎을 꿇은 채 문지르는 것을 떠올리며 그녀는 한숨을 내쉬었다.

"그럼요. 전하. 만약 제가 그런 비참한 상황에 처한다면 차라리 죽어 버리겠어요."

왕대비의 말에 미란다가 음울하게 말했다. 남편도, 아들도 없고 돌봐줄 아무 친인척도 없다면……. 그녀가 살기 위해 돈을 벌어야 한다면 미란다는 차라리 죽어 버릴 생각이었다.

그 말을 듣는 순간, 왕대비의 기분이 다시 언짢아졌다. 죽는 게 낫다고? 그 정도로 비참한 상황이라고?

그녀는 밀드레드에게 요즘 여자들은 쉽게 유혹에 빠진다고 말했던 것을 떠올렸다. 또다시 자신이 그 건방진 부인에게 나쁜 짓을 했다는 생각이 들기 시작했다.

"전하, 차를 내올까요?"

때마침 왕대비의 옷과 보석들을 정리하고 돌아온 발레리가 물었다. 그녀의 뒤로 하녀들이 어질러진 방 안을 정리하는 게 보였다.

"그래. 달콤한 것도 먹고 싶군."

왕대비의 말에 발레리는 역시 반스 부인 때문에 스트레스를 받으신 모양이라고 생각하며 물러났다. 왕대비는 젊었을 때부터 달콤한 것을 멀리하고 소식을 했다.

이유는 간단했다. 날씬한 몸을 유지하기 위해서였다.

"미란다."

왕대비는 발레리가 하녀들을 이끌고 방을 나가자 재빨리 미란다를 불렀다. 왕대비가 편안한 휴식을 보낼 수 있도록 난로를 살피고 램프를 더 밝히라고 지시하고 있던 베른 백작 부인이 그녀를 향해 돌아섰다.

좀 더 가까이 오라는 왕대비의 손짓에 미란다가 왕대비 곁으로 다가갔다. 그녀는 다른 사람들이 듣지 못하도록 미란다에게 작은 목소리로 명령했다.

"오늘 만난 반스 부인을 한 번 더 만나고 싶네."

"그 건방진 사람을요?"

방금 잭슨 백작 부인이 건방진 여자였다고 하지 않았나? 미란다의 당황한 표정에 왕대비는 고개를 끄덕였다. 한 번 더 만나 봐야 할 필요가 있었다.

왕대비의 머릿속에 그녀에게 건방지게 반박하던 밀드레드의 모습과 휴게실에서 가여운 소녀들을 도와주던 밀드레드의 모습이 교차해서 떠올랐다.

"아무도 모르게 데려와. 이건 자네와 나만 아는 일로 하고."

알겠지? 왕대비의 명령에 미란다는 침을 꿀꺽 삼켰다. 일이 대체 어떻게 돼 가는 건지 영 알 수가 없었다.

09

소문과 소문

로완 후작가의 파티는 에쿠르도 자작의 파티보다 훨씬 크고 화려했다. 그건 로완 후작은 후작이고 에쿠르도 자작은 자작이라서가 아니다. 로완 후작 쪽이 훨씬 부유하기 때문이다.

나는 아이들을 데리고 저택 안으로 들어가며 하인에게 초대장을 내밀었다. 안으로 들어서자 확 트인 홀이 나타났다. 이미 도착한 사람들이 홀 안쪽에서 줄을 서 있는 게 보였다.

"애슐리, 잘 따라오고 있지?"

내 질문에 애슐리가 고개를 끄덕였다. 좋아. 나는 그녀를 한 번 확인하고 사람들에게 가려져 보이지 않는 로완 후작 부부 쪽으로 시선을 던졌다.

로완 후작가가 부유해진 것은 현 로완 후작 부인인 이사벨 로완과 결혼하면서다. 수완이 좋고 보는 눈이 있었는지 이사벨이 로완 후작의 투자에 조언을 하면서 로완 후작가가 부유해졌다고 들었다.

그리고 그녀의 그런 점을 눈여겨보고 있던 왕비가 자신이 왕과 결혼해 성으로 들어가면서 이사벨을 시녀로 데리고 들어갔다고 한다.

오늘 오고 싶지 않다고 한 애슐리를 끌고 온 건 바로 그런 이유였다. 왕비의 시녀는 권력에 가장 가까운 자리다. 이사벨 로완 후작 부인이 애슐리를 보고 왕자에게 소개해 주기를 바란다는 건 너무 큰 욕심일까?

음. 욕심인 것 같은데.

그래도 할 수 없지. 나는 아이들을 끌고 로완 후작 부부에게 인사하려는 사람들의 줄 맨 뒤에 서며 한숨을 내쉬었다.

애슐리가 나 때문에 요정 대모를 만나지 못했다면 내가 그녀를 왕자와 만나게 해 줘야 한다. 이건 신데렐라잖아. 신데렐라가 왕자와 만나지 못한다면 어떻게 되겠어?

"응?"

머릿속에 이상한 생각이 떠올랐다. 그러게. 신데렐라가 왕자와 만나지 못하면 어떻게 되는 거지? 내 시선이 다시 약간 뒤쳐져 있던 애슐리를 향했다. 그녀는 잘못 바느질해서 약간 우글우글한 부분을 손으로 펴려고 애쓰고 있었다.

"애슐리, 이쪽으로 와."

그런 거 신경 안 써도 된다. 어차피 여기 있는 사람들은 대부분 애슐리의 얼굴을 보느라 그녀가 뭘 입고 있는지도 모를 거다.

그리고 우글우글한 부분은 위에 꽃장식을 달아서 별로 티도 안 난다. 그것보다 로완 후작 부인에게 애슐리를 보여 주는 게 먼저였다.

하지만 내 말에 애슐리가 깜짝 놀라더니 아이리스와 릴리의 눈치를 살피는 게 보였다.

저런. 나는 릴리에게 애슐리와 자리를 바꿔 달라고 해야 할지 잠깐 망설였다. 솔직히 애슐리를 향한 아이리스와 릴리의 태도는 그리 좋지 않다.

그건 어쩔 수 없는 일이다. 아이리스와 릴리가 딱히 못된 아이들이라서가 아니다. 이 애들은 밀드레드가 프레드와 결혼해서 애슐리를 어떻게 대하는지 봐 왔다.

남편의 죽은 전 부인의 딸. 그리고 재산의 반을 들고 날라 죽어 버린 원수 같은 남편의 딸.

밀드레드의 애슐리를 향한 행동을 그리 좋지 못했다. 최근 반년간은 하녀로 부려 먹었을 정도니 말 다 했다. 그런 어머니 밑에서 아이들이 애슐리에게 동정심을 품거나 친근함을 느끼기란 어려울 것이다.

하지만 나는 굳이 아이들에게 애슐리와 친하게 지내라고 말하지 않았다. 사람의 마음이 누군가의 말 한마디로 바뀐다면 얼마나 좋을까. 하지만 그런 것은 불가능에 가깝고 잘못하면 반발을 사게 마련이다.

"이쪽으로 와."

그때 놀라운 일이 일어났다. 릴리가 애슐리를 내 쪽으로 밀더니 자기가 애슐리의 자리로 간 것이다.

이게 무슨 일이야? 나는 놀란 표정을 애써 숨기며 애슐리가 내 쪽으로 다가오는 것을 지켜봤다.

뿌듯한 기분이 들었다. 그동안 나는 내가 애슐리를 다른 아이들과 똑같이 대하면 다른 아이들도 애슐리를 자매로 대해 줄 거라고 기대하고 있었다.

아이리스와 릴리는 똑똑하고 좋은 아이들이다. 애슐리를 적대하는 게 옳지 않다는 것을 알아차릴 거라고 생각했다.

그 변화의 증거가 지금 릴리에게서 나타난 게 아닐까.

"고마워, 릴리."

내 말에 릴리가 나를 쳐다보더니 빙긋 웃었다. 애슐리 역시 내 말을 듣고 허둥지둥 릴리에게 말했다.

"고, 고마워, 릴리."

우리 앞에 서 있던 사람에게 로완 후작 부부가 인사하는 소리가 들렸다.

"좋은 시간 보내세요."

나는 재빨리 자세를 가다듬었다. 이제 우리 차례다. 로완 후작 부부의 시선이 우리를 향했다.

"어서 오세요."

"초대해 주셔서 감사합니다. 밀드레드 반스예요."

놀랍게도 이사벨 로완의 얼굴에 우리가 누군지 알겠다는 표정이 떠올랐다. 내가 그렇게 유명한 사람은 아닐 텐데? 머릿속에 별로 기분 좋지 않은 소문이 떠올랐다.

미인인 엄마와 그 엄마를 닮지 않은 두 딸. 그리고 미인인 남편이 데려온 세 번째 딸.

역시 별로 즐거운 이야기는 아니다. 나는 그 사실을 애써 지우며 아이들을 소개했다.

"이쪽은 제 아이들이에요. 애슐리, 아이리스, 릴리랍니다."

"만나서 반가워요. 아주 예쁜 따님들을 두셨군요."

로완 후작 부인은 아이들을 돌아보고 인사를 하더니 곧 자신과 로완 후작을 소개했다.

"저는 이사벨 로완이에요. 이쪽은 제 남편, 웨인 로완 후작이랍니다."

웨인 후작은 약간 창백한 인상을 가진 남자였다. 그런 인상을 턱수염으로 가리고 있었다. 나는 턱수염을 기르라는 조언을 분명 이사벨이 했을 거라 생각하며 그에게 인사를 건넸다.

"처음 뵙겠습니다. 밀드레드 반스예요. 오라버니가 머피 백작이죠."

"머피 백작."

웨인이 턱수염을 쓰다듬으며 입을 열었다. 그는 나를 쳐다보며 말했다.

"부인의 오라버니를 알고 있습니다. 같은 아카데미를 다녔죠."

놀랍게도 그 순간 밀드레드의 기억이 뿅 하고 튀어 올랐다. 맞다. 웨인 로완. 밀드레드는 그를 딱 한 번 본 적이 있었다.

게리가 아카데미에 입학할 때였다. 아마 로완 후작가의 마차와 머피 백작가의 마차가 가까운 곳에 서면서 밀드레드의 부모님과 웨인이 잠깐 이야기를 했던 것 같다.

"기억나요. 제 오라버니의 선배셨죠."

"저를 아십니까?"

"오라버니가 아카데미에 입학할 때 잠깐 뵌 적이 있어요. 따로 인사를 나누지는 못했지만요."

그때 밀드레드는 멀미가 심해서 마차에 누워 있었다. 그녀가 웨인을 본 것은 마차 창문 너머로 그녀의 부모님이 웨인에게 게리를 잘 부탁한다고 말하는 거였다.

"그런 인연이 있었군요."

그때 이사벨이 끼어들었다. 그녀는 재미있다는 듯 웨인과 나를 돌아보며 말을 이었다.

"인연이 있는 줄 알았다면 좀 더 빨리 초대할 걸 그랬네요."

그러게. 나는 빙그레 웃으며 아이들을 돌아봤다. 웨인과 이야기를 하면서 밀드레드의 기억을 떠올렸을 때 이상한 기분이 들었다.

기억 속의 밀드레드의 부모는 젊었다. 그녀가 기억하는, 죽기 전의 모습에 비하면.

두 분이 그리워졌다. 내 부모가 아님에도.

나는 억지로 그리움을 떨쳐 내며 아이들을 데리고 줄에서 벗어났다.

"어머, 반스 부인."

때마침 안면 있는 귀족 부인이 나를 알아보고 말을 걸었다. 그녀는 나와 아이들을 살펴보더니 안됐다는 표정으로 고개를 왼쪽으로 기울이며 작은 목소리로 말했다.

"바깥 분은 아직 연락이 안 되는 거죠?"

프레드와 연락이 안 되긴 하지. 연락이 된다면 오히려 놀랄 것 같은데. 나는 그녀를 따라 고개를 오른쪽으로 기울이며 말했다.

"네. 하지만 벌써 이 년이나 지났으니까요."

"힘드시겠어요."

"전 괜찮아요. 그저 애슐리가 가여울 뿐이죠."

그제야 부인의 시선이 애슐리를 향했다. 그녀는 안됐다는 표정으로 애슐리를 쳐다보더니 내게 말했다.

"잘 만났어요. 여기 제 지인들을 소개해 줄게요."

바라던 바다. 나는 아이들을 데리고 그녀가 이야기하던 사람들과 인사를 나눴다. 그들 중에 아이들의 상대가 될 만한 젊은 남자들도 있었다.

물론 전부 내 마음에 안 들었지만.

하나같이 아이리스와 릴리, 애슐리가 인사를 하자 무례하다는 것도 잊고 애슐리만 빤히 쳐다보기 시작했다. 이런 것들이 귀족 자제란 말이지? 머릿속에 다니엘과 리안이 떠올랐다.

그 두 사람은 애슐리만 빤히 쳐다보지 않았다. 어쩌면 그래서 나도 아이들도 다니엘, 리안과 소풍을 가고 식사를 하는 게 편했던 건지도 모른다.

"어떻게, 좋은 시간 보내고 계신가요?"

한참 이야기를 나누는데 로완 후작 부인이 다가와서 말을 걸었다. 나는 사람들이 저마다 너무 즐거운 파티라고 칭찬하는 것을 들으며 로완 후작 부인을 쳐다봤다.

그녀의 시선이 나를 향했다. 흠. 어느 파티나 호스트가 돌아다니면서 사람들이 만족하고 있는지, 필요한 건 없는지 살피고는 한다.

하지만 지금 로완 후작 부인이 여기에 온 건 나한테 할 말이 있어서라는 느낌이 들었다.

"곧 음악을 연주할 거예요. 그러니 부디 신사분들께서 아리따운 숙녀분들께 춤을 청해 두셨길 바랄게요."

그녀의 말이 끝나자마자 주변이 소란스러워졌다. 아직 파트너를 구하지 못한 사람들이 파트너를 구하기 위해 두리번거리고 말을 걸기 시작했다.

그사이, 로완 후작 부인이 내 쪽으로 다가왔다.

"반스 부인, 잠깐 이야기 좀 할까요?"

그럴 줄 알았다. 나는 아이리스와 릴리, 애슐리에게 다가가는 남자들을 확인했다. 전부 아까 여기서 소개받은 남자들이었다. 집안도 확실하고.

"그래요."

로완 후작 부인이 한쪽으로 팔을 내밀었다. 저쪽으로 가서 이야기하자는 태도에 나는 아이들이 고개를 끄덕이는 것을 보고 그녀의 뒤를 따라갔다.

"부디 즐거운 시간을 보내고 계시길 바라요."

"걱정해 주셔서 감사해요. 하지만 정말 즐겁게 보내고 있어요."

내 말에 로완 후작 부인이 빙그레 웃었다. 그리고 우리가 온 곳을 한

번 돌아보더니 다시 나를 쳐다보며 말했다.

"그러고 보니 부인의 따님들이 전부 멋진 드레스를 입고 있더군요."

그거였군. 나는 말없이 씩 웃었다. 오늘 아이들은 새로 만든 드레스를 입고 왔다. 그리고 새로 만든 드레스는 아이리스뿐 아니라 릴리와 애슐리도 꽃장식을 만들어 붙였다.

그렇지 않아도 오늘 이 저택에 들어온 순간부터 사람들의 시선이 아이들을 향하고 있었다. 하지만 일부러 모른 척하고 있었다.

"아주 소문이 자자하던걸요."

내가 아무 말도 하지 않자 조급해졌는지 로완 후작 부인이 다시 말을 이었다. 그건 알고 있다. 그리고 저게 생각보다 돈이 된다는 것도.

하지만 나는 아직 망설이고 있었다. 지난번 방문했던 왕대비의 티타임에서 돈을 받고 팔지 말라는 말을 듣기도 했고. 원하는 사람이 워낙 많다 보니 누구의 기분도 상하지 않고 팔기가 어렵기도 했기 때문이다.

"많은 분들이 원하시더라고요."

내 말에 이사벨의 눈동자가 반짝였다. 그녀는 잠시 입을 다물었다가 물었다.

"부디 부인께서 충분한 대가를 얻으셨으면 좋겠네요."

"친절하시네요."

"부디 따님들께서도 좋은 혼처를 찾길 바라고요."

하하하. 나는 이번에도 아무 말도 하지 않았다. 그러자 로완 후작 부인이 다시 말했다.

"왕비님께서도 이번 사교 시즌에 혼처를 구하는 아가씨들에게 많은 관심을 가지고 계시답니다."

흠. 상당히 애매모호한 소리네. 그냥 왕비가 이번 사교 시즌에 관심을 갖고 지켜본다는 말 같지만 지금 상황과 분위기를 보건대 꽃장식을 넘기면 아이들의 혼처를 도와주겠다는 말일 수도 있다.

나는 로완 후작 부인을 쳐다보고 빙그레 웃었다. 그리고 내게 프레드에 대해 이야기하던 귀족 부인이 하던 것처럼 고개를 왼쪽으로 기울이며 말했다.

"정말 마음이 놓이네요. 하지만 전하께서는 많이 바쁘실 텐데 어찌 저희 집 아이들에게까지 관심을 두실 수 있으시겠어요? 그런 것까지 바라는 건 염치가 없는 행동 같아요."

이사벨의 얼굴이 잠깐 굳었다가 다시 곧 미소가 떠올랐다. 나는 방금 '그래? 그럼 증거를 보여 줘.'라고 말한 거다.

"맞아요. 전하께선 늘 바쁘시죠. 하지만 그리 겸손해하실 필요는 없어요. 전하께선 늘 부족한 건 없는지 살피고 계시니까요."

증거를 보여 주겠다는 말이다. 나는 고개를 끄덕였다. 그 증거가 뭔지 어디 한번 본 다음에 이야기하자.

연주되고 있던 곡이 천천히 잦아지더니 끝이 났다. 그러자 홀 가운데에서 춤을 추던 사람들의 움직임도 멈췄다. 곧이어 사람들의 박수가 이어졌다.

"아!"

그때, 후작 부인이 어딘가를 돌아보며 탄성을 내뱉었다. 뭐야? 왜? 나 역시 그녀를 따라 그녀가 쳐다보는 곳으로 시선을 돌렸다.

그리 멀지 않은 곳에서 키가 훤칠한 청년이 이쪽을 향해 걸어오고 있었다.

누구야, 저거? 나는 후작 부인이 활짝 웃으며 남자를 향해 팔을 벌리는 것을 쳐다봤다. 로완 후작 부인의 아들은 아니다. 일단 두 사람은 닮지 않았거든.

"케이시 경!"

음, 그래. 성이 케이시라면 확실히 후작 부인의 아들은 아니지.

케이시 경이라고 불린 남자는 후작 부인을 보고 활짝 웃더니 그녀의 앞에서 멈춰 허리를 숙였다.

"초대해 주셔서 감사합니다."

"안 오는 줄 알았는데. 와 줘서 고마워요."

"부인의 파티라면 당연히 참석해야죠."

거기까지 말한 남자가 나를 쳐다봤다. 아니, 이게 뭐야? 나는 남자의 얼굴을 보고 깜짝 놀라서 눈을 크게 떴다.

잘생겼네!

아니, 물론 다니엘 정도로 잘생긴 건 아니었다. 내 양심에 걸고 맹세하건대, 나는 내가 원래 살던 곳은 물론, 이곳에서도 다니엘은커녕 다니엘만큼이라도 잘생긴 사람은 본 적이 없다.

하지만 케이시 경이라고 불린 남자도 잘생긴 남자였다.

이 나라에 무슨 맥이 흐르나? 잘생긴 남자가 몇 퍼센트 이상 태어난다거나.

나는 다니엘에 이어 리안을 떠올리며 어쩌면 그럴지도 모른다고 생각했다. 리안도 잘생겼다. 물론 지금은 어디까지나 잘생긴 애에 불과하지만 그대로만 잘 자라면 잘생긴 남자로 자랄 것 같다.

"반스 부인, 제가 가장 좋아하는 신사분을 소개할게요."

로완 후작 부인이 미소를 지으며 말하더니 재빨리 덧붙였다.

"물론 내 남자가 아닌 신사들 중에서 말이죠."

가장 좋아하는 신사는 남편이라는 말이겠지. 아니면 아들이나. 로완 후작 부인에게 아들이 있던가. 내가 로완 후작의 자식을 떠올리는 사이 후작 부인이 케이시 경을 소개했다. 그녀의 말에 케이시 경이 나를 쳐다봤다.

"이쪽은 더글러스 케이시 경이에요. 아버지가 케이시 후작이랍니다. 하지만 그보다 더 대단한 건."

후작이라고? 나는 약간 어이가 없어서 더글러스를 쳐다봤다. 좀 반칙 아냐? 저 외모에 후작의 아들이기까지 하다고?

약간 삐딱한 기분이 들었다. 부디 후작가가 가난했으면 좋겠다. 흥.

내가 좀 치졸한 생각을 하는 사이 로완 후작 부인이 계속해서 더글러스를 설명하고 있었다.

"왕자 전하의 검술 스승이라는 점이죠."

오, 그래? 나는 좀 놀랍다는 표정으로 더글러스를 쳐다봤다. 이놈의 나라, 설마 왕자의 스승을 얼굴로 뽑는 건 아니겠지?

곧이어 로완 후작 부인이 그에게 나를 소개했다.

"그리고 이분은 밀드레드 반스 부인이시랍니다."

더글러스 케이시는 확실히 나를 모르는 모양이었다. 그의 얼굴에 영업용 미소가 떠올랐다.

"처음 뵙겠습니다. 더글러스 케이시입니다."

더글러스는 나를 향해 훤칠한 키를 숙이더니 손을 뻗어 내 손을 잡았다.

그리고 내가 무슨 반응을 하기도 전에 내 손등에 입술을 댔다가 떼어 내며 말했다.

"만나서 반갑습니다."

어라? 더글러스의 행동에 당황하는 바람에 대답이 바로 나오지 않았다. 나는 허락도 없이 내 손등에 키스한 그의 얼굴을 빤히 쳐다봤다.

아무래도 내가 다니엘의 예의 바름에 너무 익숙했던 모양이다. 나는 가까스로 원래 남자들이 손등에 키스를 할 때 허락받지 않는다는 것을 떠올렸다.

"만나서 반가워요, 케이시 경."

몇 살쯤 됐을까. 왕자의 검술 선생이니 검술 실력은 훌륭하겠지. 나이는 다니엘 정도로 보였다. 하지만 다니엘은 나이치고는 꽤 어려 보이는 편이다. 어쩌면 이 남자도 나이치고는 어려 보이는 걸 수도 있다.

"제 식견이 부족해서 반스가에 대해 잘 알지 못합니다."

더글러스가 말했다. 귀족이 아니라면 이 파티에 어떻게 초대받았냐는 뜻이다. 빙그레 웃으며 말했다.

"제 오라버니가 머피 백작이세요. 이번에 아이들이 데뷔탕트에 참석했고요."

그렇습니까? 더글러스의 얼굴에 흥미롭다는 표정이 떠올랐다. 하지만 딱히 아이들을 보고 싶다는 말은 하지 않았다. 그러자 로완 후작 부인이 끼어들어서 말했다.

"반스 부인께는 아주 예쁜 세 딸이 있어요. 부인, 따님들을 케이시 경에게 소개하면 어떨까요?"

"따님들을 소개받는다면 영광이죠."

더글러스의 말에 나는 너무 서두르지 않으려 애쓰며 아이들을 불러왔다. 후작가라더니 진짜 예의 하나는 끝내주게 좋았다.

"여기부터 아이리스, 릴리, 애슐리랍니다."

내 소개에 아이들이 드레스 자락을 잡고 들어 올리며 인사했다. 더글러스의 눈이 애슐리를 보더니 휘둥그레졌다. 하지만 그는 곧 침착하게 허리를 숙이며 인사했다.

"만나서 반갑습니다. 더글러스 케이시입니다."

안타깝게도 거기서 약간 마이너스가 들어갔다. 다니엘은 아이들을 보고 눈썹 하나 까닥하지 않았다. 물론 아이들을 소개받으면 계속 애슐리만 쳐다보는 멍청한 다른 놈들에 비하면 훨씬 낫긴 하다.

"왕자님의 검술 스승이라시네."

내 말에 아이들의 눈이 동그래졌다. 대단하다는, 존경과 부러움이 섞인 시선을 받자 놀랍게도 더글러스의 얼굴이 붉어졌다.

응? 혹시 내 생각보다 좀 더 어린가? 나는 아이들의 뒤에서 더글러스의 얼굴을 가만히 관찰하다가 물었다.

"케이시 경, 혼자 오셨나요?"

"네. 퇴궐하는 길에 바로 오느라 볼품이 없습니다. 후작 부인께 면목이 없군요."

"오, 아니에요. 케이시 경."

더글러스의 말에 로완 후작 부인이 흐뭇한 표정을 지으며 손을 저었다. 그사이 나는 다른 생각을 하고 있었다. 왕자의 검술 스승인 데다가 후작가다. 얼굴을 보건대 다니엘보다 약간 어릴 것 같고.

그럼 분명 결혼했을 거다. 아니면 최소한 약혼자라도 있겠지.

없다고 해도 후작가쯤 되는 집이 우리 애들과의 결혼을 허락할 거 같진 않다. 뭐, 더글러스가 아이리스나 릴리한테 홀딱 반해서 아이리스와 결혼시켜 주지 않으면 죽는다고 한다면 또 모르겠는데.

더글러스는 그림의 떡이군.

나는 재빨리 그렇게 판단하고 속으로 한숨을 내쉬었다. 어쩌면 이렇게 쓸모없는 것들만 가득한지 모르겠다. 다니엘은 나이가 너무 많고 더글러스는 결혼했을 것 같고.

리안은 가난하다는 게 좀 걸린다.

"제가 세 분 중 한 분과 춤을 출 수 있는 영광을 얻을 수 있을까요?"

그때 더글러스가 말했다. 나는 쓸모없다는 것을 알면서도 거기서 더글러스에게 플러스 점수를 줬다. 다른 남자들은 제일 먼저 애슐리에게 대뜸 권하기 마련이다.

아이들의 시선이 부딪쳤다. 누가 더글러스와 춤을 출지 망설이는 모양이었다. 제일 먼저 입을 연 건 아이리스였다.

"죄송해요. 전 선약이 있어서."

그리고 나와 로완 후작 부인에게 인사를 하고 저 멀리서 기다리는 자신의 파트너에게 가 버렸다.

이제 남은 건 릴리와 애슐리뿐이다. 곤란한 표정을 짓고 있던 애슐리가 말했다.

"저, 저는, 발이 아파서……."

이쯤 되자 당황한 건 나였다. 어지간하면 나도 호호호 할 수 없네요, 하고 물러나겠는데 로완 후작 부인 앞에서 케이시 후작의 아들이 내 딸 모두에게 줄줄이 퇴짜를 맞으면 꼴이 좀 그렇잖아.

나는 재빨리 로완 후작 부인 몰래 릴리의 등을 쿡 찔렀다.

"저도, 아얏, 영광이에요. 케이스 경."

케이시 경이겠지. 내가 다시 한 번 릴리의 등을 쿡 찔렀지만 그녀는 자신이 뭘 틀렸는지 모르는 표정이었다. 더글러스의 표정이 요상해졌다. 하지만 그는 곧 표정을 관리하고 릴리에게 손을 내밀었다.

어휴. 나는 더글러스와 릴리가 손을 잡고 홀 안쪽으로 가는 것을 보고 로완 후작 부인을 향해 고개를 돌렸다. 그리고 미소를 지으며 말했다.

"참 훌륭한 신사분이군요. 케이시 후작님께선 흡족하시겠어요."

"맞아요. 케이시 경이 어서 결혼만 하면 참 좋겠는데 말이에요."

"아직 미혼인가요?"

"네. 너무 잘난 남자들은 오히려 결혼이 늦는 모양이에요."

로완 후작 부인은 그렇게 말하고 호호호 하고 웃었다. 그러게. 내 머릿속에 자연스럽게 다니엘이 떠올랐다.

"하지만 약혼자는 있겠지요?"

내 질문에 로완 후작 부인의 표정이 어두워졌다. 그녀는 내게 프레드에 대해 물어보며 고개를 왼쪽으로 기울이던 다른 귀족 부인과 똑같은 행동을 하며 말했다.

"가엾게도 케이시 경은 그리 운이 좋지 않더군요."

"운이 좋지 않다고요?"

약혼자 운이 안 좋다는 뜻인가? 내가 묻자 로완 후작 부인은 목소리를 낮춰 간단하게 설명했다.

"두 번 약혼했는데 두 번 다 안 좋게 끝났어요."

"저런."

성격에 문제 있는 거 아냐? 나는 안됐다는 표정을 지으며 재빨리 릴리와 더글러스를 향해 시선을 돌렸다. 저 자식이 감히 내 딸한테 엄한 짓을 하면 그 순간 달려가서 등짝에 하이힐을 꽂아 줄 거다.

하지만 내가 생각한 그런 건 아닌 모양이었다. 로완 후작 부인이 재빨리 덧붙였다.

"물론 케이시 경이나 후작가의 문제는 아니었답니다."

"오, 그렇군요."

그렇게 말하면서도 나는 더글러스를 향한 경계를 풀지 않았다. 후작가에, 저렇게 잘생기고 검술 실력까지 훌륭한 남자인데 여자가 둘이나 도망갔다는 건 뭔가 문제가 있다는 뜻이다.

로완 후작 부인은 내 표정을 보더니 어쩔 수 없다는 표정으로 속삭였다.

"정말이에요. 케이시 경은 정말 훌륭한 청년이지만 운이 좋지 않아요."

"무슨 운이 안 좋은데요?"

이렇게까지 더글러스를 옹호해 주는 이유가 뭘까. 머릿속에 로완 후작가와 케이시 후작가의 더러운 커넥션 같은 게 떠올랐지만 그런 건 아닐 거다.

기껏 해 봐야 그냥 집안끼리 친하다거나 그 정도겠지.

하지만 로완 후작 부인의 입에서 나온 말은 내가 상상하던 그런 게 아니었다.

"요정의 선물을 받았거든요."

응? 나는 뭐라고 말해야 할지 모르겠어서 로완 후작 부인을 멍하니 쳐다봤다. 물론 나도 이 나라에, 이 세계에 요정이 있다는 건 안다. 신데렐라니까.

애슐리가 요정 대모의 도움으로 왕자와 결혼해야 하는 그런 곳이잖아.

하지만 후작 부인 입에서 대놓고 요정의 선물이라는 말이 나올 줄은 몰랐는데?

"그 선물이 뭔데요?"

나는 가까스로 입을 열어 물었다. 하지만 로완 후작 부인은 대답하기를 꺼리는 모양이었다. 그녀는 망설이다가 말했다.

"그건 아무도 몰라요."

망설이는 게 아니라 모르는 거였군.

내가 허 하고 신음을 내뱉자 로완 후작 부인이 다시 재빨리 말했다.

"소문에는 케이시 경이 요정의 선물을 받았고, 그게 그의 결혼과 관련돼 있다는 거예요. 하지만 그 요정의 선물이 뭔지는 케이시 경의 부모님밖에 모르죠."

"케이시 후작님께서는 아무에게도 그 선물이 뭔지 말씀을 안 하셨겠군요."

맞아요. 로완 후작 부인이 고개를 끄덕였다. 하지만 정말 아무에게도 말을 안 했을까? 대체 더글러스는 언제 요정의 선물을 받은 거지? 그리고 그 선물은 대체 뭐지?

내 시선이 더글러스 케이시를 향했다. 그는 릴리를 한 팔로 안고 가볍게 몸을 돌리고 있었다. 그 선물이라는 게 내 딸에게 위험을 가져오는 건 아니겠지?

다니엘이 로완 후작의 저택에 들어선 것은 파티가 무르익을 즈음이었다. 일부러 이때를 노려서 찾은 건 얼굴만 비출 생각이었기 때문이었다.

그는 자신을 향해 인사를 건네는 사람들에게 적당한 예의로 받아치며 로완 후작을 향해 성큼성큼 걸어가 인사를 건넸다. 그리고 다음으로 로완 후작 부인을 찾았다.

이제 로완 후작 부인에게만 인사를 하면 돌아가도 된다. 그렇게 생각하며 로완 후작 부인을 찾고 있을 때였다.

"윌포드 남작."

어느 부인이 다니엘을 불러 세웠다. 그는 고개를 돌려 상대방이 라슨 백작 부인인 것을 확인했다.

"오랜만입니다, 백작 부인."

다니엘은 몸을 돌려 라슨 백작 부인을 향해 가볍게 고개를 까닥해 보였다. 그보다 나이가 두 배나 많은 노부인은 그런 다니엘의 태도에 호호하고 웃으며 말했다.

"요즘 자주 보는군요."

"그렇습니까?"

"시즌이 시작된 지 고작 한 달째인데 작년 시즌에 남작이 파티에 참석한 수를 뛰어넘었잖아요?"

"그건."

아니다. 다니엘은 그렇게 말하려 했다. 그는 가능한 그가 가야 하는 파티는 모두 참석했다. 전부 이십 분 이상을 머물지 않아서 탈이지.

하지만 확실히 올해 사교 시즌에 한 파티에서 머무는 시간은 작년보다 훨씬 길었다.

심지어 춤을 추기도 했지. 그는 자신의 행동을 떠올리고 쓰게 웃으며 말했다.

"백작 부인께 자주 얼굴을 보이지 못해 죄송합니다."

"그런 말이 아니에요."

라슨 백작 부인은 다니엘의 그럴듯한 말에 기분이 나쁘지만은 않아서 빙그레 웃었다.

이 잘생기고 젊은 남작은 또래의 젊은 아가씨들에게는 차갑기 그지없으면서 노부인에게만큼은 또 친절했다.

그건 라슨 백작 부인 같은 나이의 여성들을 이성으로 보지 않기 때문일 것이다. 그 사실을 잘 알고 있지만 라슨 백작 부인은 다니엘의 친절함이 기분 나쁘지 않았다.

"혹시 올해는 남작의 발걸음을 오래 잡아 둘 훌륭한 여성이 있는 건지 궁금할 따름이죠."

라슨 백작 부인의 말에 다니엘은 다시 빙그레 웃었다. 그런 사람은 없다.

하지만 그렇게 생각한 순간, 그의 머릿속에 검은색 머리카락과 초록색 눈동자를 가진 여성이 떠올랐다.

"제게도 그런 운이 따른다면 참 좋겠습니다."

"아니란 말인가요?"

"제게는 막중한 임무가 있다는 것을 알고 계시잖습니까."

올해, 왕자의 스승이 된 것을 말하는 거다. 라슨 백작 부인은 흠 하고 입을 다물었다.

하지만 곧 그녀는 눈치 빠르게도 다니엘이 자신의 질문에 대답하지 않았다는 것을 깨달았다.

작년이었다면 아니라고 말했을 것이다. 라슨 백작 부인은 빙그레 웃으며 말했다.

"임무 때문에 아무 행동도 취하지 않을 거라고는 말하지 말아 줘요."

다니엘은 한쪽 눈을 가늘게 뜨며 웃었다. 그리고 솔직하게 말했다.

"백작 부인께선 저를 너무 과대평가하시는 것 같습니다. 숙녀분이 절 원하지 않을 수도 있지 않습니까."

"어머, 윌포드 남작."

그의 말을 들은 라슨 백작 부인은 진심으로 재미있는 농담을 들었다는 듯 웃음을 터트렸다. 그리고 손바닥으로 다니엘의 팔을 찰싹 때리며 말했다.

"그런 표정으로 말하면 누구라도 진짠 줄 안다고요."

아니, 진짠데. 다니엘은 재미있다는 듯 웃음을 흘리며 떠나는 라슨 백작 부인의 뒷모습을 멍하니 쳐다봤다. 그도 예전엔 자신을 원하지 않는 여자가 있을 거라는 생각은 한 번도 해 본 적이 없었다.

하지만 지금은 자신이 없어졌다.

역시 로완 후작 부인에게 인사만 하고 빠져나가야겠다. 그는 그렇게 생각하며 사람들 사이를 성큼성큼 지났다.

홀의 가운데에서 춤을 추는 사람들 때문에 사람들은 벽 쪽으로 물러나 있었다.

"케이시 경과 춤을 추는 아가씨가 누구죠?"

익숙한 이름이 지나가는 다니엘의 귀에 들어왔지만 그는 무시했다.

더글러스 케이시가 누구와 춤을 추는지까지는 그가 알 바가 아니다.

하지만 다음 순간 누군가의 대답에 다니엘의 발걸음이 멈췄다.

"반스 양일 거예요."

반스라는 성에 다니엘은 저도 모르게 휙 하고 고개를 돌려 홀 안쪽을 쳐다봤다.

과연, 어디서나 눈에 띄는 붉은색 머리카락을 가진 더글러스가 한 손에 쏙 들어오는 여성을 품에 안고 춤을 추는 게 보였다.

다행히도 상대 여성의 머리카락은 갈색이었다. 그렇다면 아이리스, 혹은 릴리라는 말이다.

"흠."

다니엘은 그대로 서서 더글러스가 아이리스일지 릴리일지 모를 여성과 춤을 추는 것을 잠시 쳐다봤다.

이상한 기분이 들었다. 즐거우면서 동시에 스스로가 한심하게 느껴졌다.

지금 이 파티에 밀드레드가 와 있다. 그녀를 찾아내 인사를 건넬 것을 생각하면, 밀드레드의 얼굴에 약간의 놀라움이 떠오르고 그를 향한 신뢰의 미소가 떠오를 것을 생각하면 기분이 좋았다.

하지만 그러면서 그는 밀드레드의 존재 자체에 일희일비하는 자신이 한심스럽게 느껴졌다.

밀드레드는 다니엘을, 자신을 이성으로 생각하고 있지 않는 게 분명했다. 고작해야 그녀의 딸들의 상대가 되기엔 나이가 좀 많다고 생각하는 정도겠지.

밀드레드가 생각하는 것을 정확하게 짚어 내면서 다니엘은 다시 발걸음을 옮기기 시작했다. 이번에는 로완 후작 부인이 아니라 밀드레드 반스를 찾아서.

"월포드 남작님."

그때 또 다른 귀족이 그를 향해 인사를 건네 왔다. 다니엘은 고개를 돌려 상대를 확인하고 예의 있는 표정으로 말했다.

"안녕하십니까, 스튜워드 백작 부인."

"오랜만이에요."

결혼한 지 얼마 안 된 마리안 스튜워드 백작 부인은 부채를 들어 입가를 가리며 호호호 하고 웃었다. 그녀도 한때 눈앞에 서 있는 이 잘난 남작을 잡으려 노력한 적이 있었다.

하지만 영리했던 그녀는 다니엘이 절대 잡히지 않을 것이라는 사실을 깨닫고 재빨리 단념했었다.

"재미있는 이야기를 들었는데 사실인지 궁금해서요."

"어떤 재미있는 이야기일까요?"

예의 바르지만, 친밀감은 느껴지지 않는 표정으로 다니엘이 물었다. 누구라도 지금 다니엘과 스튜워드 백작 부인을 보면 다니엘이 그녀에게 아무 관심이 없다는 것을 알 만한, 그런 태도였다.

"왕대비 전하께서 어느 부인을 티타임에 초대하셨다던데요. 남작님께서 그 부인을 안내하셨고요."

"그렇습니까?"

다니엘은 긍정도, 부정도 아닌 말을 하며 빙그레 웃었다. 그는 늘 그런 식이었다. 긍정도 부정도 아닌 대답과 예의 바른 미소.

그런 점을 처음엔 멋지다고 생각했지만 마리안은 곧 알아차릴 수 있었다. 그가 사실은 사람들에게 관심이 없다는 것을.

이젠 상관없는 일이다. 부채로 가려진 부인의 입술이 부드럽게 호를 그렸다. 그녀는 그것을 아는 순간 다니엘을 단념했다.

하지만 모든 사람이 스튜워드 백작 부인처럼 눈치가 빠르거나 재빨리 단념해 버릴 수 있지는 않다.

그녀는 여전히 이 아무것도 담기지 않은 마음을 끝내주게 멋진 미소 뒤로 숨기고 있는 남자에게 마음이 있는 영애들을 떠올리며 입을 열었다.

"왕대비 전하께서 조금 불쾌해하셨다던데요."

다니엘은 스튜워드 백작 부인을 향해 놀랐다는 표정을 지어 보였다. 그리고 다시 말했다.

"그렇습니까?"

솔직히 말하면 그는 약간 감탄하고 있었다. 어떻게 그때 있었던 일이 벌써 알려진 걸까. 그날 그 자리에는 딱 네 사람뿐이었다.

왕대비와 잭슨 백작 부인, 밀드레드, 그리고 다니엘.

어디서 이야기가 흘러 나갔다면 그건 발레리 잭슨일 것이다.

"아닌가요?"

스튜워드 백작 부인의 질문에 다니엘은 씩 웃었다. 이건 떠보는 게 아니다. 확인을 하는 거다. 그녀가 알고 있는 정보가 맞는지를.

당연히 입을 싸게 놀린 잭슨 백작 부인을 향한 분노가 치솟았다. 예전이었다면 그와 왕대비가 있는 자리에서 있던 일을 여기저기에 퍼트리고 다닌 점에 대한 분노였을 것이다.

하지만 지금 치솟는 분노는 그것보다 감히 왕대비가 밀드레드와의 자리를 불쾌해했다고 소문낸 것에 대한 분노였다. 이런 소문은 밀드레드에게 치명적이다. 왕대비가 물러나 있다고는 하나, 그녀는 현재 성에서 가장 높은 사람이다.

왕대비가 불쾌해한 사람이라면 사교계에서 아무도 말을 걸지 않으려 할 것이 분명했다.

"글쎄요."

다니엘은 웃는 얼굴로 입을 열었다. 그는 자신의 감정을 뒤로 숨기는 데 능숙했다. 아니 그보다, 남들보다 감정의 폭이 좁다는 게 더 맞는 말일 것이다.

"그건 앞으로 알게 되시겠죠."

그리고 예의 바르게 고개를 끄덕해 보이고 몸을 돌렸다. 로완 후작 부인보다 밀드레드 반스를 찾는 게 먼저다.

홀 안을 살피던 다니엘의 시선이 검은 머리카락을 가진 작고 날씬한 미인을 찾아냈다.

"안녕하십니까."

그의 인사를 들은 밀드레드는 놀랍다는 표정으로 돌아보았다. 검은색 머리카락 아래로 초록색의 눈동자가 놀라움과 동시에 반가움으로 빛이 났다.

그것을 본 순간 다니엘은 어딘가가 간지러워지는 느낌이 들었다.

"월포드 경."

"월포드 남작."

동시에 밀드레드의 맞은편에 있던 여성도 반갑다는 표정으로 다니엘을 불렀다. 그제야 그는 밀드레드와 이야기하고 있던 사람이 로완 후작 부인이라는 것을 깨달았다.

"초대해 주셔서 감사합니다, 후작 부인. 아주 멋진 파티로군요."

"와 줘서 고마워요. 전하의 스승이 두 분이나 오시다니. 아주 어깨가 으쓱해지는걸요?"

"그렇지 않아도 오는 길에 케이시 경이 춤을 추는 것을 봤습니다."

"여기 반스 부인의 둘째 따님인 릴리 반스 양이랍니다."

다니엘은 그제야 자연스럽게 밀드레드를 향해 고개를 돌릴 수 있었다. 밀드레드는 릴리 반스라는 이름에 자랑스러운 표정으로 눈동자를 빛내고 있었다.

딸을 자랑스러워하는 엄마의 표정이었다. 동시에 행복해하는 소녀 같은 표정이기도 했다.

"부인."

다니엘은 짐짓 밀드레드를 그제야 발견한 척 그녀에게 고개를 숙이며 인사를 건넸다. 밀드레드 역시 가볍게 고개를 끄덕여 보이며 말했다.

"여기서 뵐 줄은 몰랐어요."

"그렇습니까?"

그는 한쪽 눈썹을 들어 올리며 그렇게 말하고 밀드레드를 향해 손을 내밀었다. 그리고 다시 입을 열었다.

"그렇다면 제가 춤을 청할 거라는 것도 모르셨겠군요."

그 순간, 주변의 대화가 뚝 끊겼다. 로완 후작 부인 역시 깜짝 놀라서 눈을 크게 떴다가 재빨리 표정을 갈무리했다.

밀드레드는 사람들이 조용해진 것을 깨닫고 가볍게 얼굴을 붉혔다.

사람들의 집중을 받는 것에 익숙하지 않은 모양이라고 생각하며 다니엘은 빙그레 웃었다.

"전 아이들을 봐야 해서."

밀드레드는 그렇게 말하려다 멈칫했다. 그리고 주변 사람들이 그녀와 다니엘을 주시하고 있다는 것을 떠올리고 재빨리 말을 바꿨다.

"청해 줘서 고마워요, 월포드 경."

다니엘의 미소가 진해졌다. 그는 밀드레드의 손을 잡고 사람들 사이를 헤쳐 홀 가운데로 나아갔다. 두 사람의 등장에 사람들이 먼저 길을 터 주었다.

마침 연주하고 있던 음악이 끝나고 잠시 춤을 추는 사람들이 바뀔 시간이 주어졌다. 다니엘은 능숙하게 밀드레드의 손을 잡고 홀 가운데로 들어가 그녀를 마주 보고 섰다.

"무슨 일이에요?"

서로를 향해 허리를 숙여 인사를 하고 다니엘이 밀드레드의 허리를 끌어안자마자 그녀가 물었다. 무슨 일이라니? 그는 어리둥절해서 물었다.

"뭐가 말입니까?"

"할 말이 있어서 춤을 청한 거 아니에요?"

춤만큼 남녀가 단둘이 붙어 있어도 당연한 행위는 없다. 게다가 다니엘은 춤을 청하지 않는 것으로 유명하다. 그녀는 그가 자신에게 춤을 청한 것이 남들 몰래 할 말이 있어서라고 생각하고 있었다.

"부인."

다니엘은 너무한다는 표정으로 신음하듯 밀드레드를 불렀다. 그냥 그녀와 춤을 추고 싶었다. 그래서 청했을 뿐이다. 하지만 그녀는 그럴 리가 없다는 표정이었다.

"제가 부인께 춤을 청하면 안 됩니까?"

"춤을 청하지 않는 걸로 유명하다던데요."

그러니까 할 말이 있어서 춤을 청했을 거라는 논리다. 틀린 말은 아니라서 다니엘은 잠시 입을 다물었다. 그는 스튜워드 백작 부인에게 들은 이야기를 떠올렸다.

왕대비가 밀드레드와의 대화에 불쾌해했다는 소문이 돈다면 사교계의 사람들은 밀드레드를 피하기 시작할 것이다. 하지만 다니엘이 먼저 그녀에게 춤을 권한다면 그게 헛소문일 거라고 생각할 것이다.

반은 그런 이유였다.

물론 또 다른 반은 그냥 밀드레드와 춤을 추고 싶어서이기도 했다.

그는 밀드레드의 등허리에 댄 손바닥을 쫙 펼쳐서 그녀의 체온을 느껐다. 그의 손에 낀 장갑과 밀드레드의 드레스 때문에 그리 쉽지 않았지만 희미하게 따뜻한 체온이 느껴졌다.

기분이 훨씬 나아졌다. 한 팔에 쏙 들어오는 감각이 어딘지 모르게 좋았다.

다니엘은 흠 하고 한숨을 내쉬고 입을 열었다.

"부인께서 절 구해 주시는 겁니다."

"그런가요?"

밀드레드의 질문에 다니엘은 씩 웃으며 그녀의 등허리에 댄 손바닥을 슬쩍 올렸다. 너무 아래로 내리면 그녀가 불편해할 것이다.

지금 하려는 말도 똑같다. 괜히 밀드레드에게 왕대비와의 대화가 좋지 않았다는 소문이 퍼졌다는 이야기를 할 필요가 없다. 그녀가 불편해할 것이다.

그 정도 소문은 다니엘이 그녀와 몇 번 춤을 추는 걸로 해결될 일이다. 그리고 그 덕에 그녀와 춤을 출 수 있다면 그에게도 좋은 일이다.

"그럼요. 이런 파티에서 춤 한 번도 추지 않고 떠나면 호스트가 섭섭해하니까요."

다니엘의 말을 그가 지금까지 춤 한 번도 추지 않고 그냥 나가 버린 무수히 많은 파티의 호스트들이 들었다면 입을 딱 벌리며 신음을 내뱉었을 것이다. 하지만 그것을 모르는 밀드레드는 잠시 다니엘을 의심스러운 눈으로 쳐다보다가 한숨을 내쉬며 말했다.

"그래요. 당신이 우리를 한 번 도와줬으니 나도 당신을 한 번은 도와줘야죠."

"제가요?"

"성에서 릴리와 춤을 췄잖아요."

아하. 다니엘은 아무 말도 하지 않고 씩 웃었다. 그녀의 말은 반만 맞다. 그는 반스가의 사람들을 위해서가 아니라 오직 밀드레드를 위해 릴리에게 춤을 청했었다.

하지만 그가 아무 말도 하지 않자 밀드레드는 흐뭇한 미소를 지으며 말했다.

"경은 좋은 사람이에요. 속내를 모를 때가 좀 있지만."

그럴 리가. 다니엘은 다시 말없이 웃었다. 그가 정말 좋은 사람이었다면 밀드레드가 자신들을 도와줬다고 말했을 때 그렇지 않다고 말해 줬을 것이다. 밀드레드를 도와준 게 아니라 그냥 릴리와 춤을 춘 것뿐이라고, 밀드레드의 마음을 편하게 만들어 주려 했을 것이다.

하지만 그는 일부러 아무 말도 하지 않았다. 그래야 밀드레드가 자신이 도움을 받았다는 것을 확신할 테니까.

마음 같아서는 릴리를 도와준 게 아니라 밀드레드를 도와준 거라고도 덧붙이고 싶지만 그건 참는 게 좋겠지. 다니엘은 슬쩍 떨어지려는 그녀를 보고 손에 힘을 풀었다.

두 사람 사이의 간격이 너무 가까운 게 그녀는 불편했던 모양이다.

그렇다면 그도 밀어붙일 생각은 없었다. 밀드레드가 불편하다면, 좀 기다리면 된다.

두 사람의 몸이 아주 약간 떨어졌다.

"아무래도 헛소문인 모양이에요."

다니엘이 밀드레드와 춤을 추는 것을 본 귀족 부인이 스튜워드 백작 부인을 향해 속삭였다. 그녀도 왕대비가 티타임에 부른 부인의 행동에 기분 상해했다는 소문을 들은 터였다.

"글쎄요."

스튜워드 백작 부인은 다니엘이 밀드레드를 향해 빙그레 웃는 것을 보고 중얼거렸다.

헛소문은 아닐 것이다. 잭슨 백작 부인이 열변을 토하고 갔으니까. 밀드레드 반스라는 부인이 얼마나 건방지게 굴었는지, 그래서 왕대비 전하께서 기분이 상하시는 바람에 달콤한 것을 찾으셨다는 이야기까지.

하지만 그게 헛소문이 아니라면 어째서 다니엘이 밀드레드를 감싸 주는지 알 수가 없었다.

"설마."

마리안 스튜워드의 시선이 어색한 표정으로 젊은 남자와 춤을 추는 애슐리를 향했다. 그리고 방금 춤을 추고 쉬고 있는 릴리와 아이리스에게도.

"월포드 남작이 반스 양 중 한 명에게 마음이 있는 걸까요?"

그래서 그 어머니를 노리는 건가? 그녀의 그럴듯한 추리에 곁에 있던 부인들의 시선이 아이리스와 릴리, 애슐리를 향해 움직였다.

"그럴 것 같진 않은데요."

그중 가장 나이가 있는 부인이 입을 열었다. 좋아하는 아가씨의 호감을 사기 위해 그녀의 어머니와 춤을 추는 월포드 남작이라니. 어쩐지 그건 아니라는 생각이 들었다.

게다가 다들 인정하고 싶진 않았지만 밀드레드와 다니엘의 모습이 퍽 어울리기도 했다. 오히려 다니엘 곁에 아이리스나 릴리, 애슐리보다 밀드레드가 서 있는 게 더 어울렸다.

하지만 사람들은 굳이 결혼을 두 번이나 하고 애가 셋이나 있는 연상의 여인에게 다니엘이 마음을 뒀다고 생각하고 싶지 않았다. 게다가 밀드레드 반스는 다들 남편이 이미 죽었을 거라고 생각하고 있기는 하지만 공식적으로는 유부녀.

"이러지 말고 이번 시즌에 월포드 남작이 결혼할지 내기나 할까요?"

"그거 재미있겠는데요."

누군가의 제안에 모여 있던 사람들이 흥미를 나타냈다. 그렇지 않아도 사교계에서 과연 다니엘이 누구와 결혼을 할지 은근히 관심을 가지고 있던 터다.

부유하고 잘생긴 미혼의 귀족은 어디서나 인기가 있기 마련이다. 미혼 여성들은 탐낼 대상이지만 기혼 여성과 남성들에게는 호기심의 대상일 뿐이다.

다니엘이 올해 안에 결혼을 한다는 파와 결혼하지 못한다는 파가 나뉘어졌다. 스튜워드 백작 부인은 올해 안에 결혼한다는 쪽에 돈을 걸기로 하고 빠져나왔다.

"그렇다고 해도 엘레나에게는 영 기회가 없겠는데."

마리안은 밀드레드를 향해 고개를 숙이고 다정하게 웃는 다니엘을 보며 중얼거렸다. 그녀는 재빨리 단념했지만 그녀의 두 살 어린 여동생 엘레나는 그러지 못했다.

아직까지도 그녀는 다니엘의 곁을 맴돌면서 그가 자신을 봐 주기를 원하고 있다. 쓸데없는 짓 하지 말라고 몇 번이나 말했지만 소용없었다.

그런 사람도 있는 법이다. 상대가 자신에게 관심이 없다는 것을 알아도 혹시나 하는 한 줄기 희망을 버리지 못하는 사람.

"저 아가씨들도 마찬가지고."

스튜워드 백작 부인의 시선이 반대쪽에 모여 있는 미혼 여성들을 향했다. 딱히 미혼 여성과 기혼 여성이 따로 모이는 건 아니지만 어쩌다 보니 이쪽은 기혼 여성이 대부분이고 저쪽은 미혼 여성이 대부분 서 있었다.

그중에 화려하게 빛나는 금발을 가진 영애가 가장 먼저 눈에 띄었다.

나탈리 뮬린. 뮬린 자작의 영애다. 혼기를 꽉 채우다 못해 약간 늦은 그녀는 밀드레드와 춤을 추고 있는 다니엘을 쳐다보고 있었다.

"대체 이유가 뭐지?"

이해할 수가 없다. 나탈리는 이번 시즌에 들어서서 다니엘과 벌써 두 번째 춤을 추는 밀드레드에게로 시선을 돌렸다.

굳이 이번 시즌으로 한정 지을 것도 없이, 밀드레드는 다니엘이 한 시즌에서 두 번 이상 춤을 춘 유일한 여성이었다. 그게 더 나탈리의 기분을 불쾌하게 만들었다.

나탈리는 엄청난 미인은 아니다. 하지만 예쁘장하게 생겼고 괜찮은 패션 센스와 자신의 장단점을 잘 알고 있어서 꾸밀 줄 알았다.

그래서 어딜 가도 예쁘다는 말을 듣곤 했다. 거기에는 그녀의 자신만만한 태도도 한몫했다.

거기에 비하면 밀드레드는 그다지 센스 있게 꾸미는 편은 아니었다. 그녀는 자신을 꾸미는 것보다 딸들을 꾸미는 데 더 집중했고 그녀가 아는 모든 지식과 기술은 아이들을 위해 사용되었다.

그렇기 때문에 지금 밀드레드의 차림새는 절대 유행을 따르는, 그런 차림이 아니었다. 오히려 약간 유행에 뒤처지는 차림이었다.

하지만 그럼에도 불구하고 밀드레드는 이번 사교계에서 가장 아름다운 사람이었다. 외모의 아름다움 때문만은 아니다. 밀드레드는 어디서나 자신만만하게 보였고 남의 시선에 크게 구애받지 않는 것처럼 보였다. 그런 점이 그녀를 더욱 매력적으로 만들었다.

"약점이라도 잡힌 건 아니겠죠?"

나탈리는 자신보다 세 살 어린 미나의 말에 고개를 휙 돌려 그녀를 쳐다봤다. 월포드 남작의 약점을 잡는다고? 말도 안 된다.

그녀는 어이없다는 듯 웃으며 말했다.

"만약 반스 부인이 남작님의 약점을 잡아서 저러는 거라면 난 그녀를 존경하겠어요."

지금까지 사교계의 어느 누구도 윌포드 남작의 약점을 잡은 적이 없다. 누구나 실수를 하고 부끄러운 과거를 갖기 마련이지만 다니엘 윌포드만큼은 한 점의 실수도, 부끄러운 과거도 없었다.

그 정도로 철저한 남자의 약점을 잡았다면 나탈리는 진심으로 밀드레드를 존경할 수 있을 것 같았다.

"그럼 대체 이유가 뭘까요? 반스 부인은 나이도 많고 유부녀잖아요."

"어머, 몰랐어요? 반스 부인의 남편이 행방불명이잖아요."

"그게 죽었다는 말은 아니잖아요?"

"무슨 소리예요? 행방불명된 지 이 년이나 지났다고요."

작은 목소리로 속삭이는 영애들 덕분에 나탈리는 밀드레드 반스에 대해 꽤 많은 것을 알 수 있었다. 두 번이나 결혼을 했고 첫 번째 결혼에서 그녀가 낳은 두 딸과 두 번째 결혼에서 남편의 전 부인이 낳은 딸까지, 총 세 딸을 보살피고 있다는 것.

두 번째 남편이 현재 행방불명 중이라는 것.

세 딸이 모두 혼기가 꽉 찼다는 것. 그중 두 번째 남편이 데려온 막내딸이 이번 사교계에서 가장 눈길을 끄는 미인이라는 것.

최근 그녀가 자신의 딸에게 만들어 준 꽃장식을 얻고 싶어서 상급 귀족 부인들이 서로 반스가를 초대하고 있다는 것까지.

"대단한 사람이네."

나탈리는 아까와는 새삼 다른 눈으로 밀드레드를 쳐다봤다. 마침 음악이 끝나서 밀드레드와 다니엘은 자리에 멈춰 서로를 향해 박수를 치고 있었다.

무사히 한 곡을 끝냈다는 안도에 밀드레드의 얼굴은 환하게 빛나고 있었다.

"하지만 그래 봤자 아줌마잖아요."

곁에서 미나가 속삭였다. 과연 그럴까. 나탈리는 흠 하고 숨을 내뱉으며 미나를 쳐다봤다. 윌포드 남작이 두 번이나 춤을 청했다면 그녀가 모르는 어떤 매력을 가지고 있는 게 분명하다.

그게 대체 뭘까.

나탈리는 박수를 치며 홀 가운데에서 바깥쪽으로 빠져나오는 밀드레드와 다니엘을 쳐다보다가 말했다.

"아주 예쁜 부인이지."

10

아이리스

"밀드레드 반스 부인이신가요?"

로완 후작 부인의 파티가 끝난 이튿날, 집에 또 다른 손님이 찾아왔다.

아무 표식도 없는 마차가 가까워질 때부터 어째 불길한 기분이 들더라니.

나는 경계하는 표정을 감추지도 않고 문 앞에 서 있었다. 아무 표식이 없는 마차가 휑한 정원을 지나 문 앞에서 멈추고 거기서 처음 보는 부인이 나와서 날 찾을 때까지.

"네, 저인데요."

"성에서 나왔습니다. 미란다 베른입니다."

베른? 베른이 누구더라? 머릿속에 베른이라는 백작가가 하나 떠오르긴 했다. 하지만 나는 여전히 문고리를 잡은 채 날카롭게 말했다.

"무슨 일이시죠?"

"왕대비 전하께서 찾으십니다."

왕대비 전하가? 왜?

점점 더 미란다라는 여자가 수상쩍게 느껴지기 시작했다. 솔직히 내가 생각해도 왕대비 전하와의 티타임은 그리 성공적이지 못했거든.

그분이 날 별로 안 좋아하신다고 해도 이해한다. 그걸로 사교계의 사람들이 날 피한다면 그건 큰일이지만.

잠깐.

문득 머릿속에 지난 밤 파티에서 다니엘이 내게 춤을 권했던 게 떠올랐다.

다니엘은 파티에 왔으니 춤 한 번은 추고 가야 해서 그렇다고 했지. 나는 내가 만만해서 내게 권했다고 생각했더랬다.

나는 애가 셋이나 있는 유부녀니까 나랑 춤을 추면 요상한 소문은 안 돌 거 아냐.

하지만 문득 그것 때문만은 아니라는 생각이 들었다. 혹시 왕대비 전하가 날 별로 안 좋아한다는 소문이 돌기 시작했나? 그래서 다니엘이 날 도와주려고 일부러 내게 춤을 청한 거고?

그런 거라면 다니엘에게 고마워진다. 이 은혜를 어떻게 갚지?

"반스 부인?"

잠시 다니엘을 생각하고 있자니 베른 백작 부인이 다시 나를 불렀다. 그녀는 왜 그러냐는 표정으로 나를 쳐다보고 있었다.

아차, 맞다. 왕대비 전하.

나는 베른 백작 부인과 그녀가 타고 온 마차를 다시 쳐다봤다. 베른 백작 부인의 옷차림은 평범했다. 딱히 허름하게 꾸미지도, 그렇다고 아주 열심히 꾸미지도 않은 차림이었다. 마차 역시 아무 표식이 없긴 했지만 초라한 마차는 아니었다.

곡선을 그린 몸체와 마차를 끄는 두 마리의 말.

나는 잠시 마부를 쳐다보다가 베른 백작 부인을 향해 물었다.

"전하께서 절 비밀리에 불러오라고 하신 이유가 뭔가요?"

너무 직설적인 질문이었나 보다. 베른 백작 부인은 움찔하더니 미소 비슷한 것을 만들어 내며 말했다.

"저는 전하께 반스 부인을 조용히 데려오라는 말을 들었을 뿐입니다."

"흠. 아이들에게 인사를 하고 가는 건 상관없겠죠?"

아이들에게 집을 나갈 때는 반드시 두 명이 함께 나가고 다른 사람에게 말을 하라고 했었다. 나도 당연히 지켜야 한다. 내 말에 베른 백작 부인은 고개를 끄덕였다.

잠시 뒤, 내가 탄 마차는 성을 빙 돌아 뒷문으로 들어서고 있었다. 아이들에게는 왕대비 전하께서 조용히 부르셔서 성으로 간다고 말해 놨다. 만약 내일까지 내가 돌아오지 않으면 다니엘에게 연락하라는 말까지.

새삼 내가 다니엘에게 꽤 많이 의지하고 있다는 생각이 들었다. 그림을 감정하는 것도 그렇고. 어째 이런저런 도움을 받고 있네.

나는 마차가 조용히 안쪽으로 미끄러지듯 들어가는 사이 다니엘과 우리 집의 관계를 골똘히 생각하고 있었다.

이런저런 이유를 대긴 했지만 이 남자, 우리 집을 꽤 많이 도와주고 있다. 몇몇 개는 처음 만났을 때의 실수를 보상하기 위해서라고 해도 최근에 받은 도움은 보상을 뛰어넘은 수준이다.

다니엘이 아무리 좋은 사람이라 우리를 도와준다고 해도 어제 파티에서 내게 춤을 권한 건 좋은 사람을 넘어섰다. 그는 원래 춤을 안 추는 걸로 유명한 남자라고 들었다.

설마 우리 애 중 하나를 좋아하나?

나는 다니엘이 아이들 중 한 명에게 유독 관심을 가지고 있었는지 떠올렸다. 아이리스는 아니다. 애슐리는…… 얘는 아닌 거 같은데.

설마 릴리인가?

다니엘이 릴리를? 긴가민가한 생각에 나는 고개를 갸웃했다. 그러고 보니 데뷔탕트 때 다니엘이 릴리에게 춤을 청했었지. 그리고 그 애에게 내가 모르는 부탁을 받기도 했고.

진짜 릴리한테 마음이 있나?

"내리죠."

한참 고민하는데 베른 백작 부인이 말했다. 이미 마차는 멈춘 뒤였다. 나는 열린 마차의 문과 그 문을 잡고 있는 시종을 보고 고개를 끄덕였다.

이번에 안내된 곳은 정원이 아니었다. 베른 백작 부인은 나를 사람이 없는 복도로 안내했다.

하인용 복도는 아니었다. 사용하는 사람이 없고 폭이 좀 좁았지만 바닥이나 벽은 성의 다른 곳과 비슷한 수준이었다.

비밀리에 사람을 불렀을 때 남에게 보이지 않도록 사용하는, 그런 용도의 복도인 모양이었다.

과연 성. 이런 복도도 있구나.

가볍게 감탄하면서 걸어가는데 백작 부인이 어느 문 앞에 멈추더니 문을 열고 안으로 들어갔다. 그리고 잠시 뒤 다시 나와서 내게 말했다.

"들어가세요."

방은 그리 크지도 화려하지도 않았다. 하얀 벽에 대리석 바닥이었고 바닥 대부분은 소리가 나지 않도록 카펫이 깔려 있었다.

나는 벽을 장식한 대리석 기둥과 중간중간에 놓인 장식장을 한번 훑어본 뒤에야 한가운데에 놓인 테이블과 소파를 쳐다봤다.

"어서 오게."

왕대비는 거기 앉아 있었다. 이번에는 시중을 드는 시종도, 음악을 연주하는 악단도 없었다. 그리 크지 않은 방이었지만 안에 있는 건 나와 왕대비, 그리고 베른 백작 부인뿐이라 크게 느껴졌다.

"앉게. 미리 준비해 놔서 차가 좀 식었겠군."

차도 주는 거야? 나는 약간 얼떨떨한 기분으로 왕대비의 맞은편에 있는 소파에 다가갔다. 몰래 불러서 지난번에 너무 건방졌다고 혼을 낼 줄 알았는데.

아니면 설마 차에 독이 들어 있나.

내가 이 차를 마셔도 될지 말지 고민하는 사이 베른 백작 부인이 내 잔에 차를 따랐다. 그리고 같은 찻주전자의 내용물을 왕대비의 잔에도 더 따랐다.

마셔도 되겠군. 그렇게 생각하는 사이 차를 따른 베른 백작 부인이 물러나더니 한쪽에 서는 게 보였다. 같이 앉는 게 아니었어? 소파가 부족해서 서 있는 건 아니었다.

이 대화는 오로지 나와 왕대비, 둘만의 대화라는 게 확 느껴졌다. 확실히 지난번 초대와는 모든 게 달랐다.

"일단 사과 먼저 하지."

응? 찻잔을 들어 올리는데 왕대비가 말했다. 뭘 먼저 해? 나는 찻잔을 들어 올리다 말고 왕대비를 쳐다봤다.

"지난번에 내가 너무 배려가 없었네."

아니, 잠깐. 지금 무슨 일이 일어난 거지? 내 시선이 베른 백작 부인을 향했다. 그녀는 잠깐 깜짝 놀란 표정을 지었다가 재빨리 표정을 수습하고 있었다.

최소한 지금 왕대비의 사과가 내 환청은 아니라는 증거였다. 그걸 보자 약간 안도가 됐다. 지금 이 상황이 이해가 안 되는 게 나뿐만이 아니라는 뜻이니까.

"아닙니다, 전하."

나는 일단 찻잔을 내려놓고 얌전하게 말했다. 반쯤은 반사적으로 말한 거지만 말하고 나자 왕대비와의 지난번 대화가 확실히 배려가 없었다는 생각이 들었다.

내가 조금이라도 겁을 먹었거나 마음이 약했다면 지금쯤 나는 내가 알고 있는 모든 정보를 사람들에게 무료로 퍼 줬을 것이다. 그리고 왕대비에게 말씀대로 했으니 용서해 달라고 매달렸겠지.

"그렇게 말할 필요 없네. 내가 마음이 너그럽지 못하고 자네에게 거칠게 굴었지. 부디 용서해 주길 바라네."

아니, 뭐야. 이쯤 되니 나는 결국 표정 관리를 실패했다. 다행인 건 베른 백작 부인도 나처럼 표정 관리를 실패하고 있다는 점이다.

왕대비가 내게 용서해 달라고 말했다는 게 놀라웠다. 용서라고? 그 정도 문제는 아니었다. 나는 재빨리 말했다.

"그러지 마세요, 전하. 전하는 그렇게 말씀하실 만했습니다."

왕대비는 나보다, 밀드레드보다 나이가 훨씬 많다. 그리고 지위도 높다. 사람은 나이를 먹고 지위가 높아질수록 머리가 굳기 마련이다.

시야가 좁아지고 자신의 생각이 옳다고 생각하게 된다.

그렇기 때문에 자신이 실수했다는 것을, 틀렸다는 것을 알아차리는 건 어렵다. 그걸 인정하는 건 더더욱 어렵다.

"그렇게 이야기할 만했다고 해서 그렇게 말해도 되는 건 아니지."

왕대비는 굳은 표정으로 그렇게 말하고 한숨을 내쉬었다. 그리고 나를 쳐다보며 말했다.

"필요한 걸 말해 보게."

웅? 나는 이번에도 놀라서 왕대비를 쳐다봤다. 필요한 거라니, 뭘? 내가 어리둥절한 표정을 짓자 왕대비가 베른 백작 부인을 쳐다봤다.

놀랍게도 백작 부인은 왕대비가 쳐다보자 조용히 방 밖으로 나가 버렸다. 왕대비 전하의 시녀로 일하려면 저 정도로 눈치가 빨라야 하나 보다.

"자네의 상황이 그리 좋지 않다는 것을 알고 있어. 그렇기 때문에 지난번 내 행동이 더 옳지 못했지. 그러니 말해 보게. 필요한 게 있다면 사과의 표시로 들어주고 싶어."

나는 멍하니 왕대비의 얼굴을 쳐다보고 있었다. 사과를 받는 것도 예상을 못 했는데 필요한 게 있다면 해 주고 싶다고?

그녀가 이렇게 나올 줄은 정말 몰랐다. 나를 비밀리에 부른 게 사람들 눈을 피해서 혼내려는 거라고 생각했지 사과하려는 건 줄은 몰랐다. 게다가 원하는 게 있다면 들어주고 싶다고?

머릿속에 퍼뜩 좋은 생각이 떠올랐다. 그녀는 내게 비밀 회담을 열어 준 거다. 내가 바라는 게 뭔지 나와 왕대비만의 비밀로 삼을 수 있도록.

"필요한 게 있다면 들어주시겠다고요?"

내 질문에 왕대비의 표정이 굳었다. 그녀는 각오한 표정으로 고개를 끄덕였다.

"그래."

"뭐든지요?"

"내가 할 수 있는 거라면."

어차피 그 이상은 왕대비도 이뤄 줄 수 없을 거다. 나는 숨을 한 번 들이쉰 다음 말했다.

"절 지지해 주세요."

왕대비의 눈이 커졌다. 그녀는 잠시 나를 물끄러미 쳐다보다가 물었다.

"지지해 달라고?"

"제가 앞으로 할 일들을 지지해 주세요."

그렇지 않아도 사교계에 머무르면서 장사를 할 방법을 찾고 있었다. 이번 시즌 안에 아이들이 모두 결혼할 수 있다면 좋지만 그렇지 못한다면 다음 시즌까지 버텨야 한다.

다음 시즌에 또 이 짓을 해야 한다면 돈이 필요하다. 그리고 아이들을 결혼시키려면 사교계에 남아 있을 수 있어야 한다.

문제는 마치 뫼비우스의 띠처럼 이어져 있었다.

돈을 벌려면 장사를 해야 하고, 장사를 하려면 사교계에서 쫓겨나게 된다. 하지만 사교계에서 쫓겨나면 아이들을 결혼시킬 수가 없다. 아이들을 결혼시킬 수 없다면 돈을 벌 필요가 없어진다.

그러던 차에 왕대비라는 돌파구가 나타난 것이다. 그녀가 있다면, 내가 하는 일을 왕대비가 지지해 준다면 사교계에 남아 있을 수 있지 않을까?

"앞으로 어떤 일을 할 건지 듣고 결정하지."

당연히 왕대비는 호락호락하지 않았다. 그녀는 두 손을 깍지 끼고 소파에 몸을 기댔다.

나는 허리를 세운 채 다시 한 번 심호흡을 했다.

*　　　*　　　*

"어머니! 초대장이에요!"

또 초대장이 도착했다. 이번에는 아이리스에게 받으라고 했더니 아이리스가 아니라 릴리와 애슐리가 신이 나서 달려왔다.

어이구. 나는 책상에 앉아서 편지를 쓰다가 쓰게 웃으며 아이들을 쳐다봤다. 벌써 몇 통째 오는 초대장인데 아직도 그렇게 좋을까. 나라면 슬슬 심드렁해질 것 같은데.

그냥 하는 말이 아니라 우리 집에 오는 초대장은 꽤 많았다. 그걸 거절하는 편지를 보내는 것도 쉬운 일은 아니라서 나는 매일매일 책상 앞에 몇 시간은 붙어 있어야 했다.

편지를 쓰는 것도 꽤 어렵다. 문자로만 연락하던 현대인으로서 꼬박꼬박 한 장 넘게 편지를 써야 한다는 게 얼마나 고역인지.

심지어 이런 건 밀드레드의 기억에도 딱히 남아 있지 않았다. 하긴, 편지 내용을 일일이 기억하는 사람이 어디 있겠어?

결국 나는 밀드레드가 예전에 받은 편지와 최근에 받은 편지들을 기반으로 답장을 쓰고 있었다. 그런데 또 초대장이라고?

하지만 그냥 초대장이 아닌 모양이다. 아이리스의 얼굴도 상기돼 있었다. 그녀는 뛰지 않으려 애를 쓰며 내게 다가오더니 초대장을 내밀며 말했다.

"성에서 왔어요."

"아, 두 번째 파티가 열리는구나."

아이들이 왜 이렇게 흥분했는지 알겠다. 사교 시즌이 시작되면 여기저기에서 파티를 연다. 그걸 주도하는 건 당연히 성이었다.

다른 곳에서 열리는 파티라면 친분이나 몸 상태 등을 고려해서 거절하거나 참가하지만 성에서 열리는 파티는 다르다. 도저히 움직일 수 없는 상태가 아니면 무조건 참석한다.

물론 왕이나 왕비가 무서워서 참석하는 경우도 있지만 성에서 열리는 파티는 가장 인기가 있기 때문이다.

게다가 우리 집은 성에서 열리는 파티가 아무리 거지 같아도 반드시 참석해야 한다. 애슐리가 왕자와 만나야 하니까.

"언제일까?"

내가 초대장을 뜯으며 중얼거리는 사이 아이들이 내 옆으로 다가와 붙었다. 왕궁의 인장이 찍힌 밀랍을 뜯어내고 봉투를 열자 고급스러운 종이가 모습을 드러냈다.

내가 쓰는 편지지보다 훨씬 두꺼운 종이다. 반으로 접힌 편지를 펼치자 내용이 드러났다.

"일주일 뒤네."

일주일 뒤, 같은 장소와 같은 시간에 두 번째 파티가 열린다. 다행히 애슐리가 두 번째 드레스를 완성해서 그걸 입고 가면 된다.

나는 그렇게 생각하며 건성으로 초대장을 훑었다. 그러다가 마지막 줄쯤에서 엄청난 사실을 발견했다.

"가면무도회?"

진짜? 그런 걸 하는 거야? 깜짝 놀라서 초대장을 다시 읽기 시작하고 있으려니 아이들이 내 얼굴 옆으로 얼굴을 들이대며 물었다.

"가면무도회예요?"

"재미있겠다!"

"가면무도회가 뭐예요?"

당연하게도 마지막 질문은 애슐리의 입에서 흘러나왔다. 나와 아이리스, 릴리는 잠시 침묵하다가 애슐리를 쳐다봤다.

"가면무도회가 뭔지 몰라?"

아이리스의 어이없다는 질문과,

"다른 파티랑 똑같은데 가면을 쓰고 가는 거야."

릴리의 설명이 동시에 흘러나왔다. 의외로 릴리가 친절하게 대답을 해 주네. 나는 아이리스와 릴리를 돌아보고 애슐리를 쳐다봤다.

그녀의 얼굴이 천천히 달아올랐다. 여기서 가면무도회가 뭔지 모르는 게 자신뿐이라는 사실을 깨닫고 부끄러워진 모양이다.

그렇군. 나는 애슐리가 아이리스와 릴리보다 지식이 조금 부족하다는 것을 다시 떠올렸다.

그건 애슐리의 탓이 아니다. 이 애의 아버지인 프레드는 딸의 교육에 관심이 없었고 밀드레드 역시 프레드가 살아 있는 동안은 애슐리에게 딱히 관여하지 않았다. 아무래도 남편의 전 부인이 낳은 아이니 관여하기가 어려웠기 때문이다.

"릴리의 말이 맞아."

나는 애슐리를 향해 몸을 돌리며 말했다. 최근 애슐리에게 서재에 있는 책을 일주일에 한 권 이상 읽고 감상문을 쓰라고 말했었다.

그리고 일기도 쓰라고 했지.

일기장 검사 따위를 할 생각은 없었다. 일기를 쓰라고 하는 이유는 글을 쓰는 연습을 하기에 가장 좋은 방법이기 때문이다.

그리고 그날그날 있었던 일과 자기 기분을 정리하면 감정 정리에도 도움이 된다.

나는 다시 입을 열었다.

"가면무도회는 말 그대로 가면을 쓰고 파티를 하는 거야. 유명한 인물의 가면이 있거든. 그 인물로 분장하고 가면을 사거나 만들어서 쓰고 파티에 참석하는 거야."

어떻게 생각해 보면 내가 살던 곳의 전통 놀이인 탈춤과 비슷하다. 각시 탈, 양반 탈, 중 탈 같은 게 있었던 것처럼 이 나라에도 가면무도회 하면 딱 생각나는 가면이 몇 개 있다.

예를 들면 요정 탈이나 영웅 탈 같은 거.

"가면을 직접 만들 수 있다면 다른 인물로 꾸며도 돼. 자기 자신을 숨기는 게 목적이니까 자기 자신만 아니면 뭐든 될 수 있어."

아이리스와 릴리는 어릴 때 집에서 분장한 적이 있다. 하지만 그 옷을 입을 수는 없을 것 같은데. 그 후로 자라서.

날개나 장식품 같은 걸 떼서 사용할 수 있을지도 모르지. 나는 그렇게 생각하며 애슐리를 쳐다봤다. 이 애는 아예 그런 게 없었을 것 같다.

"아이리스, 릴리. 너흰 가서 옛날 옷을 좀 찾아봐. 쓸 만한 게 있나 보자."

아이리스와 릴리의 시선이 잠시 애슐리를 향했다. 두 사람은 애슐리는 왜 남기냐는 표정으로 나를 쳐다보더니 곧 몸을 돌려 서재를 나갔다.

"애슐리, 어릴 때 분장 같은 거 해 본 적 있니?"

애슐리는 내 질문에 말없이 고개를 젓다가 재빨리 입을 열었다.

"아니요."

"그럼 네 분장은 좀 생각해 보자. 새로 만드는 건 무리일 테니까 내 옷이나 네 어머니 옷을 뜯어서 리폼하는 게 좋을 것 같아."

애슐리의 입술이 뭔가를 말하고 싶은 것처럼 오물거렸다. 설마 자기 엄마 옷을 뜯는 게 마음에 안 들어서 저러나? 나는 조심스럽게 물었다.

"어머니 옷은 손대지 않는 게 좋을까?"

"아니요, 그게 아니라……."

그게 아니라? 나는 가만히 그녀의 다음 말을 기다렸다. 망설이던 애슐리의 손이 그녀의 드레스 자락을 움켜쥐었다.

"어머니 옷을 이용하는 건 괜찮지만 자르지는 않았으면 좋겠어요."

그게 그 말이잖아. 어머니 옷에 손대지 말라는 거.

하지만 나는 곧 애슐리가 왜 그렇게 말했는지 이해했다. 새 옷을 만들 수 없는 상황에서 자기 엄마 옷을 사용하지 말아 달라고 하는 건 이기적이라고 생각한 거겠지.

그러니 최소한 장식 같은 걸 떼어 내도 나중에 다시 달면 원래대로 돌아갈 수 있는, 그런 수준으로만 사용했으면 좋겠다고 말하는 거다.

천천히 안쓰러움이 밀려왔다. 애슐리는 누구나 이기적일 수 있는 부분에서조차 이기적이지 못하고 있었다. 그러니 고작해야 이용하는 건 괜찮지만 자르지는 않았으면 좋겠다고 말하는 거고.

나는 한숨을 내쉬며 손을 내밀어 애슐리의 손을 잡았다. 그 애는 내가 손을 내밀자 혼난다고 생각했는지 눈을 질끈 감았다.

"애슐리, 네가 원하지 않으면 네 어머니의 것은 하나도 손대지 않을 거야."

애슐리의 얼굴에 믿을 수 없다는 표정이 떠올랐다. 프레드가 밀드레드와 결혼하고 나서 상황이 나빠지자 자신의 보석과 전 부인의 보석을 내다 팔긴 했다.

그러니 애슐리에게 남은 친어머니의 유품이라고 말할 수 있는 건 그녀가 입던 옷 정도일 것이다.

사실 옷은 팔아 봐야 돈도 얼마 되지 않는다. 차라리 뜯어서 다른 걸 만드는 게 낫다.

다행히 밀드레드는 그것까지는 하지 않았고 나 역시 그럴 생각은 없었다.

"하지만 나는 네 어머니도 네가 자기 옷을 입길 원할 거라고 생각해. 그러니까 최대한 옷을 원형 그대로 이용할 수 있는 방법을 생각해 보자."

믿을 수 없다는 표정이 떠올랐던 애슐리의 얼굴이 천천히 밝아졌다. 내가 이 애의 엄마라면 그럴 것 같다. 애슐리의 엄마가 언제 죽었지? 이 애가 다섯 살 때 밀드레드가 스물다섯 살이었다.

애슐리의 엄마도 그 정도 나이였을 것이다. 그렇다면 지금 열일곱 살인 애슐리가 그녀의 옷을 입을 때 크게 수선하지 않아도 되지 않을까.

애슐리의 엄마가 얼마나 젊었는지 생각나자 가슴이 탁 막혔다.

고작 스물다섯. 어쩌면 그보다 더 어렸을지도 모른다. 나보다 어린 나이에 다섯 살짜리 딸을 두고 눈을 감아야 했던 젊은 엄마의 마음은 어땠을까.

나는 어쩐지 안타까운 기분이 들어 남은 손으로 애슐리의 머리를 쓰다듬었다. 애슐리만큼이나 그녀의 엄마도 불쌍하게 느껴졌다.

"분장하고 싶은 거라도 있니?"

나는 애슐리의 머리를 쓰다듬으며 물었다. 가면무도회는 몰라도 가면은 알지 않을까. 밀드레드의 기억에 의하면 이 나라에도 일 년에 한 번 정도 가면을 쓰고 거리를 돌아다니는 풍습 같은 것도 있었다.

이 나라를 세운 건국 영웅 가면도 있고 기사 가면, 요정 가면이나 공주 가면 같은 것도 있었다. 그러고 보니 잘생긴 남자를 유혹하는 사악한 요정 같은 것도 있네. 요정 세계에도 잘생긴 남자가 희귀한 모양이다.

"모, 모르겠어요."

애슐리는 고개를 저으며 말했다. 설마 가면 축제도 한 번도 못 가 본 건가? 나는 애슐리가 가면 축제에 참석한 적이 있는지 밀드레드의 기억을 뒤지다가 포기하고 물었다.

"공주 같은 건 어때?"

애슐리는 금발이니까 공주로 분장하면 예쁠 거다. 아니면 요정이나. 요정이나 공주는 애슐리의 원래 드레스를 입어도 된다.

아니, 얼굴을 가면으로 가리니까 퍼스널 컬러 같은 거 상관없이 내 드레스를 입어도 되겠구나. 어쩌면 애슐리의 친엄마의 옷을 입어도 될 거다.

하지만 애슐리는 그렇게 생각하지 않는 모양이었다. 그녀의 얼굴이 핼쑥해졌다. 아니, 왜? 열일곱 살이면 예쁜 걸 하고 싶을 때가 아닌가? 공주는 너무 유치한가?

"다, 다른, 다른 거 생각해 볼게요."

애슐리는 핼쑥해진 얼굴로 가까스로 그렇게 말했다. 정말로 공주가 싫은 모양이라 나는 가만히 그녀를 쳐다보다가 고개를 끄덕였다.

"그래. 늦어도 내일까지는 생각해 보고 알려 줘. 옷을 어떻게 할지 생각해야 하니까."

공주가 딱일 것 같은데. 좀 아깝다. 하지만 본인이 싫다면 어쩔 수 없지.

내 말에 애슐리가 고개를 끄덕였다. 그때 아이리스와 릴리가 돌아왔다. 서재 문을 열고 들어오던 아이리스가 내가 애슐리의 머리를 쓰다듬는 것을 보고 움찔 멈추더니 다시 다가와서 말했다.

"옷 꺼내 놨어요."

"뭐로 분장할지도 생각해 봤어?"

아이리스와 릴리의 시선이 부딪쳤다. 이 애들은 어릴 때 사 놓은 가면이 있을 거다. 그게 부디 그대로 맞았으면 좋겠는데.

"아뇨. 생각해 보려고요."

할 수 없지. 나는 결국 자리에서 일어났다. 편지 답장을 쓰는 것보다 애들이 뭐로 분장할지 정하는 게 먼저다. 다른 집은 이미 분장 의상과 가면이 있겠지만 우리 애들은 마지막으로 분장한 게 몇 년 전이었다.

"가서 보자."

내 말에 아이리스의 얼굴에 걱정이 어렸다. 그녀는 내 책상에 놓인 빈 종이와 펜과 잉크를 쳐다보며 물었다.

"편지, 빨리 쓰셔야 하는 거 아니에요?"

"분장을 정하고 나서 너희가 좀 도와주면 되지."

애슐리는 몰라도 아이리스와 릴리는 글씨체가 나쁘지 않다. 나는 아이들을 끌고 아이리스와 릴리가 옷을 꺼내 둔 이 층 응접실로 향했다.

"이 날개, 쓸 수 있나?"

"세상에, 왕관이 아직도 남아 있어."

이 층 응접실로 올라간 우리는 아이리스와 릴리가 어릴 때 입었던 분장 의상을 하나하나 살피며 와자지껄 떠들었다. 아이리스가 열세 살 때 입은 요정 의상이나 릴리가 열 살 때 입은 공주 의상 같은 게 아직도 그대로 남아 있었다.

아이고, 귀여워라.

나는 아이리스가 일곱 살 때 입은 마녀 복장을 들어 올리며 키득거렸다. 이거 기억난다. 공주로 분장하고 싶었는데 마녀로 분장하게 됐다고 아이리스가 한 시간이나 부루퉁했었다.

"이건 뭐야?"

애슐리가 작은 날개가 달린 의상을 들어 올리며 물었다. 릴리가 돌아보더니 키득거리며 말했다.

"내가 열두 살 때 입은 거야. 요정으로 분장한 거."

그러더니 특징을 알려 주기 시작했다. 똑같은 드레스지만 뒤에 작은 날개가 달린 게 요정 복장. 목에 목걸이가 달린 건 공주 복장. 공주는 위에 작은 왕관도 쓴다.

그것 외에 마녀 복장도 있었다.

나는 애슐리가 아이리스와 릴리의 어릴 때 분장 의상을 하나하나 감탄한 표정으로 살피는 것을 쳐다봤다.

애슐리에게는 그런 기억이 없겠구나. 어쩐지 좀 짠해졌다. 언니들은 가지고 있는 어린 시절 추억이 자신은 없다는 건 소외감을 느낄 수밖에 없다.

그렇다고 이미 지난 어린 시절의 추억을 이제 와서 만들어 줄 수도 없다. 나는 가만히 앉아서 아이들이 어떤 인물로 분장할지 이야기하는 것을 지켜봤다.

"이제 편지 쓰는 걸 좀 도와줘."

머리를 맞댄 끝에 있는 걸 가지고 어떤 분장을 할지 적당히 정하고 나서 나는 아이들의 옷을 정리하며 말했다. 아이리스는 영웅이 나라를 세울 때 곁에서 조언을 해 줬다는 요정으로 분장하기로 했다.

릴리는 뜬금없게도 해적으로 분장하고 싶다고 했는데 보통 남자들이 분장하는 거긴 하지만 상관없지 않을까.

그리고 애슐리는.

그녀는 아직도 고민하고 있었다. 아무래도 공주는 싫은 모양이라 나도 딱히 더 권하지 않았다.

"편지요?"

나를 도와서 옷을 정리한 아이리스가 자리에서 일어나며 물었다. 그러고 보니 아직 이 애들에게 편지 쓰는 것까지는 맡기지 않았다. 초대장에 대한 답신은 지금까지 전부 내가 썼다.

좀 일찍 맡길걸. 나는 뻐근한 오른손을 쥐었다 펴며 말했다.

"초대장 답신 말이야. 너희도 이제 슬슬 해야지."

밀드레드는 열일곱 살 때부터 그녀의 어머니를 도와 머피 백작가에서 여는 초대장을 쓰거나 다른 집에서 보낸 초대장의 답신을 보냈다.

그리고 프레드와 결혼하기 전까지는 다른 귀족 부인들과 간간히 편지 교류를 했다. 프레드와 결혼하면서 거의 끊어졌지만.

나는 아이들을 데리고 다시 서재로 돌아갔다. 책상 위에 내가 펼쳐놓은 편지지와 펜, 잉크가 그대로 놓여 있었다.

"이쪽은 거절이고, 이쪽은 승낙이야."

나는 미리 두 부류로 나누어 놓은 초대장을 알려 주고 책상 서랍에서 펜과 잉크를 꺼내 아이리스와 릴리에게 건네주었다. 그리고 보니 여기서 만년필을 본 적이 없다. 만년필을 발명해서 팔아 볼까?

"정말 저희가 써요?"

아이리스가 긴장한 표정으로 물었다. 별로 어렵지 않다. 그러니까 약간의 문장력이 있다면 말이지.

그게 있다면 나도 그 고생을 안 했겠지. 결국 나는 내가 이미 써 놓은 편지를 몇 개 뜯어 아이들에게 참조하라고 내밀었다. 여기 있는 대로 적절하게 적용해서 쓰면 된다.

승낙이 거절보다 적었기 때문에 아이리스와 릴리는 먼저 승낙하는 편지를 쓰기 시작했다. 고심하느라 안 쓰는 종이에 먼저 몇 자 적어 보는 아이리스와 거침없이 쓰기 시작하는 릴리의 차이가 뚜렷하게 드러나서 피식 웃음이 나왔다.

"그리고 애슐리는."

펜도 잉크도 받지 못한 애슐리는 창백하게 질려서 서 있었다. 그렇게 긴장하지 않아도 너도 부려 먹을 거니까 걱정 마. 나는 자기만 일을 안 시킬까 봐 초조해하는 애슐리를 보고 씩 웃었다.

얘는 차라리 일하는 게 나은 모양이다. 혼자 아무 일도 할당받지 못하자 어쩔 줄 몰라 하는 게 보였다.

"이리 와서 나랑 글자 연습부터 하자."

"글자 연습이요?"

애슐리의 눈이 커졌다. 나는 아이리스와 릴리가 초대장을 가지고 자리를 옮긴 덕분에 넓어진 책상으로 애슐리를 불러들였다.

"저, 글자 쓸 줄 알아요."

안다. 나는 글을 쓸 줄 안다는 애슐리의 호소를 무시하고 그녀를 잡아당겨 책상 앞에 앉혔다. 그리고 서랍에서 펜과 잉크를 꺼내 그녀의 손에 쥐여 주며 말했다.

"한번 써 봐."

책상 위에는 내가 쓰다 만 편지가 놓여 있었다. 이걸 그대로 따라 쓰라는 말이다.

솔직히 애슐리의 글씨체는 좋은 말로도 예쁘다고 말할 수가 없었다. 글을 쓰고 읽을 줄만 알면 되지 않냐고? 귀족 사회에서 살려면 글씨가 예뻐야 한다. 귀족 부인들은 하루에 몇 장이나 되는 초대장과 편지를 써야 한다.

그런데 글씨체가 안 예뻐 봐. 무슨 말을 들을지 모르는 거다.

아니나 다를까 애슐리가 나름대로 노력한 글씨는 나는커녕 릴리의 반도 따라잡지 못할 정도로 괴발개발이었다.

"아."

애슐리는 반쯤 쓰다가 자신의 글씨체와 내 글씨체를 비교하더니 한숨을 내쉬며 멈췄다. 창피한지 그녀의 얼굴은 귀까지 새빨갛게 달아올랐다.

"괜찮아. 처음부터 글씨를 예쁘게 쓰는 사람은 별로 없어."

뭐든 그렇다. 나는 애슐리를 위로하기 위해 말을 이었다.

"점점 더 나아질 거야. 일기도 쓰고 있잖아?"

애슐리의 붉어진 얼굴색이 더욱 진해졌다. 그녀는 머뭇거리며 나를 돌아보더니 말했다.

"일기는 이거보다 더 못 썼는데도요?"

뭐라고? 너무 놀라서 말문이 턱 하고 막혔다. 이거보다 더 못 쓸 수도 있니? 지금 애슐리의 글씨체는 어, 음, 그러니까, 어…….

처음 글씨를 배운 애가 쓴 것처럼 보인다. 이거보다 더 못 쓸 수도 있구나.

"그, 그럼. 연습하면 나아져. 걱정 마."

나는 애써 애슐리를 위로한 뒤 덧붙였다.

"좀 나아지면 필기체를 쓰는 것도 연습하자."

애슐리가 왕자와 결혼한다면 당연히 필기체도 쓸 줄 알아야 한다. 사실은 오늘부터 애슐리에게 필기체를 가르쳐 줄 생각이었지만 이 애의 글씨체를 보니 그건 좀 시기상조라는 생각이 들었다.

"정말요?"

애슐리의 얼굴이 확 밝아졌다. 그 순간 탁 하는 소리와 함께 아이리스가 자리에서 벌떡 일어났다.

웅? 나는 무슨 일인가 하고 아이리스와 릴리 쪽으로 시선을 돌렸다. 마주 앉아서 편지를 쓰고 있던 릴리도 무슨 일인가 하고 아이리스를 쳐다보는 게 보였다. 그리고 다음 순간 아이리스는 그대로 서재 밖으로 쿵쿵 발소리를 내며 나가 버렸다.

"아이리스?"

"언니?"

나와 릴리가 불렀지만 아이리스는 멈추지 않았다. 뭐지? 어리둥절해 있는데 멀어진 발걸음 소리 다음으로 "쾅!" 하고 문을 닫는 소리가 들려왔다.

아이리스가 자기 방으로 돌아가 문을 닫아 버린 모양이다.

대체 뭐지? 나는 어리둥절해서 눈을 깜빡이며 릴리를 쳐다봤다. 다행히 릴리는 아이리스가 왜 저러는지 눈치를 챈 모양이었다. 알 듯 모를 듯한 묘한 표정으로 나를 쳐다보고 있었다.

"릴리, 아이리스가 왜 저러는 거니?"

"어, 음……."

릴리의 시선이 애슐리를 향했다. 애슐리 때문이라는 건가? 하지만 지금 애슐리는 아무 짓도 안 했다. 그럼 애슐리가 있는 앞에서는 말을 못 한다는 건가?

대체 이 상황에서 애슐리가 무슨 상관인지 어리둥절해하는데 릴리가 작은 목소리로 말했다.

"언니에게 직접 물어보시는 게 나을 것 같아요."

"네가 말해 줄 수 없는 거야?"

"말할 수는 있는데 언니 감정이잖아요."

아, 그렇군. 가끔 아이리스나 릴리는 놀랄 만큼 어른스러운 말을 할 때가 있다. 나는 고개를 끄덕이고 애슐리를 쳐다봤다.

그녀는 약간 겁을 집어먹은 표정이었다.

"저, 저 때문인가요?"

"그럴 리가. 넌 아무 짓도 안 했잖아."

"하지만……."

애슐리는 기가 죽은 표정으로 고개를 숙이더니 작은 목소리로 속삭였다.

"제가 글씨를 너무 못 써서 저한테 실망했을지도 몰라요."

그럴 리 없다. 나는 코웃음을 치려다 애슐리가 상처받을까 봐 그만뒀다. 아이리스는 애슐리가 글씨를 못 쓴다고 실망하지는 않을 거다. 이런 말은 입 밖으로 내면 안 되겠지만 이미 아이리스는 애슐리에게 딱히 기대하는 게 없는 것 같거든.

"그건 아냐."

그때 릴리가 재빨리 말했다. 나는 릴리에게 빙그레 웃어 보이고 애슐리의 머리카락을 쓸어 넘겨준 뒤 말했다.

"그래, 그건 아닐 거 같아. 내가 가서 이야기해 볼 테니까 너희는 계속 쓰고 있어."

애슐리는 글씨 연습을, 릴리는 편지를.

나는 두 사람에게 하던 걸 계속하라고 한 뒤 자리에서 일어났다. 애슐리는 불안한 표정으로 나를 처다봤지만 곧 펜을 들어 빈 종이에 글씨를 쓰기 시작했다.

그래, 열심히 해야지. 왕비가 되면 편지 쓸 일이 많을 텐데 글씨가 그 모양이면 안 되잖니?

애슐리의 글씨체가 최대한 빨리 예뻐졌으면 좋겠다. 물론 그건 내 마음대로 되는 일이 아니지만 그녀에게 필기체도 연습을 시켜야 하니까.

이래저래 애슐리에게 가르쳐 줘야 할 일이 많다. 나는 애슐리가 수학을 어디까지 알지 고민하며 서재를 나와 천천히 아이리스의 방으로 향했다.

"아이리스."

아이리스의 방문은 닫혀 있었다. 나는 문에 똑똑 노크를 하고 아이리스를 부른 뒤 그녀의 대답을 기다렸다. 하지만 안에서 아무 소리도 들리지 않았다.

못 들었나? 혹시나 싶어서 이번에는 좀 더 세게 문을 두드리고 아이리스를 불렀다.

"아이리스."

이번에도 아무런 말이 없었다. 흠. 진짜 무슨 일이지? 슬그머니 손잡이를 돌려 밀자 다행히 문은 잠겨 있지 않았다. 나는 조심스럽게 안으로 들어갔다.

아이리스의 침실은 깨끗하게 정리돼 있었다. 릴리의 방이었다면 여기저기 그녀가 그린 그림들로 난리였을 것이다. 애슐리는 만들다 만 옷과

실과 리본이 널려 있었겠지.

하지만 아이리스의 방은 깨끗했다. 심지어 아까 우리가 꺼내서 살펴본 그녀의 어릴 적 옷도 깔끔하게 정리해서 사용할 것만 따로 분리해 놓았다.

"아이리스."

나는 침대 위에 둥글게 솟아 있는 이불로 다가가며 아이리스를 불렀다. 솔직히 말하면 나는 얘가 왜 이러고 있는지 진짜 하나도 모르겠다.

우는 건가? 하지만 왜?

화내는 건가? 하지만 왜?

대체 뭐 때문에 어떤 심정인 건지 모르겠다.

"아이리스, 왜 그래?"

내가 아이리스의 침대 한쪽에 앉으며 아이리스의 등이라고 예상되는 지점에 손을 댔을 때였다.

훌쩍이는 소리가 들렸다. 설마 얘 우나? 나는 깜짝 놀라서 아이리스를 향해 몸을 기울였다.

아이리스라고 생각되는 이불 더미에서 다시 한 번 훌쩍이는 소리가 들려왔다.

"아이리스, 너 우니?"

내 물음에 훌쩍이는 소리가 멈췄다. 그러더니 곧 이불이 부풀어 오르면서 안에서 아이리스의 얼굴이 나타났다.

"안 울어요."

그러네. 나는 아이리스의 얼굴을 보고 그녀가 울고 있지 않았다는 것을 확인했다.

훌쩍이는 소리가 나서 우는 줄 알았다. 하지만 아이리스의 얼굴에 눈물 자국은 없었다. 좀 붉어져 있긴 했지만.

그럼 화가 난 건가. 아이리스의 얼굴이 붉어져 있는 게 화가 나서 이런 건지, 이불 속에 들어가 있느라 그런 건지 구분이 어려웠다.

"그럼 화났니?"

놀랍게도 아이리스는 내 질문에 입을 다물더니 내 시선을 피했다. 어, 정말? 이 애가 왜 화가 났는지 모르겠다.

나는 멍하니 아이리스를 쳐다보다가 다시 물었다.

"왜 화가 난 건데?"

"진짜 모르세요?"

진짜 모르겠다. 아이리스는 울컥하는 표정을 짓더니 내 얼굴을 쳐다봤다.

아무래도 화가 난 게 나 때문인 모양이다. 근데 정작 당사자인 나는 애가 왜 화를 내는지 모르니까 더 화가 나는 거고.

으음. 나는 일단 자리에서 일어나 아이리스의 방문을 닫고 다시 그녀의 곁으로 돌아왔다. 그리고 침대 한쪽에 걸터앉으며 물었다.

"내가 뭐 잘못한 거 있니?"

"……."

진짜 내가 뭘 잘못했나 본데? 나는 아무 말도 없이 다시 시선을 피하는 아이리스를 보고 깜짝 놀랐다. 내가 무슨 짓을 했지?

이런저런 생각을 떠올려봤지만 딱히 짚이는 건 없었다.

설마 애도 요정으로 분장하고 싶지 않나? 그런데 나 때문에 억지로 요정으로 분장하겠다고 한 건가? 하지만 요정 분장은 아이리스가 먼저 하겠다고 한 건데?

아무리 생각해도 모르겠다. 나는 다시 물었다.

"왜 그러는데?"

"전, 저는……."

아이리스는 입을 열었다가 망설이면서 다시 입을 다물었다.

뭔데? 내가 전혀 모르겠다는 표정으로 쳐다보자 그녀는 욱해서 고개를 들었다가 다시 얼굴을 붉혔다.

"왜? 뭔데 그래? 말을 해야 나도 알지."

"저는, 어머니가 애슐리한테 잘해 주는 게 싫어요."

이게 무슨 소리야? 너무 당황스러워서 뒤통수가 띵했다. 내가 지금 무슨 소리를 들은 거지?

아이리스는 내 시선을 피하고 있었다. 나는 눈동자를 한 번 굴린 다음 물었다.

"내가 애슐리한테 잘해 주는 게 싫다고?"

다시 아이리스의 얼굴이 확하고 붉어졌다. 그녀는 그대로 침대에 웅크리더니 울 것 같은 목소리로 말했다.

"알아요! 철없는 생각인 거! 애슐리가 불쌍하다는 것도 알아요! 그 애를 동정해야 한다는 것도 안다고요!"

아니, 애슐리를 동정해야 할 필요는 없는데. 그렇게 말하고 싶었지만 아이리스의 목소리는 끝으로 갈수록 어쩐지 물기를 품기 시작했다. 나는 멍하니 아이리스의 뒤통수를 쳐다보고 있었다.

"하지만 엄마는 우리 엄마잖아요. 저랑 릴리가 엄마 딸이잖아요."

다시 고개를 번쩍 든 아이리스는 이번에는 진짜로 울고 있었다.

나는 멍하니 아이리스를 보다가 조심스럽게 물었다.

"내가 애슐리에게 잘해 주는 게 싫은 거야? 그 애를 구박했으면 좋겠어?"

"그게, 그건 아니에요. 그냥……."

아이리스를 훌쩍이더니 소매로 눈물을 닦으려다 멈칫했다. 그리고 베갯잇을 끌어다 눈물을 닦으며 말했다.

"어머니는 애슐리를 안쓰러워하시는 거 알아요. 저도 애슐리가 안됐다고 생각해요. 저랑 릴리와 달리 그 애는 부모님이 전부 돌아가신 거니까요."

약간 양심에 걸렸다. 부모를 모두 잃은 애슐리를 안됐다고 생각하긴 했지만 내가 그 애를 다른 애들과 똑같이 대한 건 그것 때문만은 아니었다.

물론 애슐리가 신데렐라라서, 그 애에게 잘해 줘야 한다고 생각한 것도 있긴 했다. 하지만 내가 애슐리를 보면서 생각하는 건 좀 다른 거였다.

"하지만 가끔 어머니께서 애슐리에게 잘해 주시는 걸 볼 때면 좀 짜증이 나요."

아이리스는 코를 훌쩍이면서 계속해서 말하고 있었다. 나는 복잡한 기분으로 말없이 그런 그녀를 쳐다봤다.

솔직히 무슨 말을 해야 할지도 모르겠다. 화가 나면서 동시에 기가 찼다.

그런 한편으로는 아이리스가 얼마나 스트레스를 받았길래 이런 말까지 하는 걸까, 하는 생각이 들었다.

"우리가 이렇게 된 건 전부 걔네 아버지 때문이잖아요. 그런데 어머니는 애슐리한테 잘해 주시고. 저도 애슐리 잘못이 아닌 거 알아요. 걔가 불쌍한 것도 알아요. 하지만……."

거기까지 말한 아이리스는 다시 침대 위에 고개를 숙였다. 그리고 다시 훌쩍이기 시작했다.

의외로 릴리보다 아이리스가 애슐리에 대한 적대감이 강했던 모양이다.

어쩌면 그게 당연한지도 모른다. 아이리스가 릴리보다 한 살 더 많으니까 더 많은 것을 볼 수 있었을 테고, 더 많은 것을 눈치챘을 테니까.

나는 아이리스도 프레드가 무슨 짓을 했는지 알고 있다는 사실에 놀라야 할지, 그걸로 애슐리에게 적대감을 가지고 있다는 사실에 당황해야 할지 몰라 씁쓸한 표정을 지었다.

아이리스의 기분을 알 것도 같다. 그녀도 애슐리가 나쁜 게 아니라는 것을 안다.

하지만 그래도 가끔씩은 그녀가 미운 모양이었다. 이 집이 이렇게 된 데에는 프레드의 잘못이 크지만 정작 그 프레드는 죽었다.

미움이 프레드의 딸인 애슐리로 향하는 건 이해가 됐다. 거기에 내가 애슐리를 자신들과 똑같이 대하니까 그게 더 싫은 거다.

진짜 가족도 아닌 애슐리에게, 자기들에게 피해를 준 애슐리와 엄마의 사랑을 나눠야 한다고 생각했을 거다.

"아이리스, 내가 애슐리를 구박하길 바라는 건 아니지?"

"그건 아니에요."

아이리스는 고개를 들고 대답하더니 눈물을 뚝뚝 흘리기 시작했다. 알 것 같다. 얘는 그냥 속상한 거다. 자기 엄마를 빼앗긴 것 같아서.

"내가 애슐리를 예뻐한다고 그게 널 미워하게 되는 건 아니라는 것도 알지?"

내 말에 아이리스는 고개를 끄덕였다. 그리고 입을 열었다.

"하지만, 하지만 애슐리의 아버지 때문에 우리가 이렇게 가난해진 거잖아요. 어떻게 그 애를 예뻐하실 수 있으세요?"

"그게 애슐리의 탓은 아니잖아."

"하지만······."

아이리스는 혼란스러운 표정이었다. 그녀는 이해할 수 없다는 듯 나를 쳐다보더니 힘없이 말했다.

"그러니까 저도 애슐리를 용서해야 한다는 말이에요?"

"애슐리의 잘못이 아니잖아."

나는 단호하게 말했다.

애슐리가 잘못한 건 접시를 좀 깨고 아이리스의 드레스를 망친 것 정도다. 이 집의 경제 사정이 이렇게 된 데에는 애슐리의 잘못이 하나도 없다.

아이리스는 내 말에 충격을 받은 표정이었다. 그녀는 믿을 수 없다는 듯 물었다.

"어머니는 애슐리가 예쁘세요?"

밀드레드라면 절대 아니라고 펄쩍 뛰었을 것이다. 하지만 나는 한편으로는 밀드레드도 약간 시간이 지나면 지금 나처럼 생각할 거라고 생각했다.

"아이리스, 애슐리는 고작 다섯 살에 친어머니를 잃었잖아."

"그건 안됐다고 생각해요."

"아냐, 내 말은, 내 입장에서 생각해 보자는 거야."

"어, 어머니 입장이 뭔데요?"

나는 깊게 한숨을 내쉬었다.

"내가 애슐리를 낳아 준 어머니라면 말이야. 생각해 보렴. 네가 애슐리고, 내가 그 애의 엄마라면 말이야. 나는 네가 고작 다섯 살 때 죽은 거야."

아이리스의 눈이 커졌다. 그녀는 뭔가를 말하려는 듯 입을 벌렸지만 끝내 아무 말도 하지 못했다. 애슐리의 엄마가 죽을 때의 나이는 원래의 내게도 가까웠지만 아이리스에게도 가까울 것이다.

그녀가 열일곱 살에 결혼해서 열여덟 살에 아이를 낳았다면 사 년 뒤에 죽는 게 된다.

아이리스는 열아홉이니까 이제 삼 년이 남은 거다.

"아이리스, 다섯 살 때 네가 얼마나 예뻤는지 아니?"

나는 아이리스의 머리를 쓰다듬으며 물었다. 내 머릿속에 밀드레드의 기억이 하나둘 떠올랐다.

처음으로 밀드레드에게 엄마라고 부르던 아이리스가, 처음으로 걷던 아이리스가, 처음으로 피아노를 치던 아이리스가 떠올랐다.

"애슐리의 어머니는 세상에서 제일 예쁘고 세상에서 제일 사랑하는 다섯 살짜리 딸을 두고 죽은 거야. 나는……."

거기까지 말하자 목이 메었다. 나는 입을 다물고 가만히 아이리스의 머리를 쓰다듬다가 다시 말했다.

"나는 네가 너무 걱정돼서 눈을 못 감을 것 같아. 내가 죽으면 누가 네 머리를 빗겨 주지? 누가 네게 화장하는 법을, 옷을 고르는 법을 알려 주지? 남자와 단둘이 있을 때 조심해야 한다고, 시내에 나갈 때는 반드시 누군가와 함께 나가야 한다고, 누가 알려 주지?"

아이리스는 멍하니 나를 쳐다보고 있었다. 그녀의 눈에서 눈물이 다시 차오르기 시작했다.

나는 아이리스의 눈을 똑바로 쳐다보며 말을 이었다.

"네가 애슐리라면 말이야. 내 사랑하는 딸이, 다섯 살 때 엄마를 잃은 딸이 열일곱 살에 아버지마저 잃으면."

깊은 한숨이 흘러나왔다. 애슐리의 엄마는 어떻게 눈을 감았을까. 가슴이 아팠다.

"누가 너를 사랑해 주니?"

아이리스의 눈에서 눈물이 또르르 굴러떨어졌다. 나는 손바닥으로 그녀의 뺨을 감싸고 눈물을 닦아 냈다.

내가 애슐리에게 해 주는 모든 것은 그 애에게 필요한 것도 있지만 어느 정도는 내가 받고 싶은 것도 있었다.

사이좋은 자매 관계나 엄마의 사랑 같은 것.

"만약 네 아버지가 죽었을 때 나도 함께 죽었다면, 너도 애슐리처럼 됐을지도 몰라. 이해하니?"

아이리스는 아무 말도 없이 눈을 깜빡였다.

새하얗게 질린 얼굴 위로 그녀의 갈색 눈동자가 눈물에 젖어 더 진하고 크게 보였다.

"나는 내가 만약 일찍 죽어서 네가 열일곱 살에 천애 고아가 됐다면, 누군가 네게 해 줬으면 하는 걸 애슐리에게 해 주고 있는 것뿐이야."

그리고 내게도 누군가 해 줬으면 하는 것들.

아무것도 남은 게 없는 열일곱 살짜리 여자애를 사랑해 주는 것.

가끔은 짜증이 나도 답답하더라도 마지막까지 그 애의 기반이 되어 주는 것.

무슨 실수를 하고 사고를 쳐도, 그래도 뒤에 누군가 있다는 것을 알려 주는 것.

내가 애슐리와 아이리스, 릴리에게 해 주고 싶은 건 그런 거였다.

그 나이의 내가 받고 싶었던 것들.

"하지만 이건 내 입장이지. 너와는 관계가 없는 일이야."

나는 아이리스의 등을 쓸며 부드럽게 말했다.

애슐리를 향한 내 태도는 어디까지나 내 입장이다. 아이리스가 나처럼 애슐리를 대해 줄 필요도, 이유도 없다.

그녀는 애슐리의 엄마도 아니고, 그 정도로 배려를 해야 할 정도로 나이를 먹지도 않았다.

"하, 하지만……."

아이리스의 얼굴에 죄책감이 어렸다. 방금 전 내 말을 듣고 애슐리가 안됐다고 생각한 모양이다. 하지만 그럴 필요 없다.

"애슐리를 불쌍하게 여길 필요는 없어. 그 애의 사정이 안 된 건 사실이지만 그렇다고 반드시 네가 그 애를 동정해야 하는 건 아냐."

아이리스는 이제 겨우 열아홉 살이다. 내가 살던 곳이라면 기껏해야 고등학교를 졸업했겠지.

자기 일만으로 벅찬, 이제 막 성인이 된 애에게 무조건 누군가를 동정하고 용서해 주라는 건 말도 안 된다.

나는 그럴 입장이고 그럴 수 있는 위치에 있다. 하지만 아이리스는 그저 언니일 뿐이다. 언니에게 엄마의 일을 하라고 강요할 수는 없는 노릇이다.

"내가 너희를 똑같이 대하는 이유를 말하고 싶었을 뿐이야. 물론 너희가 친하게 지내면 좋겠지만, 그건 너와 애슐리의 문제지 내가 어떻게 할수 있는 게 아니잖아."

아이리스는 놀라는 표정을 지었다가 내 눈치를 살피며 물었다.

"저와 애슐리가 친하게 지내기를 바라세요?"

"아이리스, 네가 지금 친구라고 부를 수 있는 사람이 누가 있니?"

그렇게 말한 것만으로도 아이리스는 내가 무슨 말을 하려고 하는지 알아차린 표정이었다. 그녀는 한숨을 내쉬며 말했다.

"릴리하고 리안이요. 어머니도 있고요. 하지만 부족하다는 거죠?"

응. 나는 말없이 고개를 끄덕였다. 아이리스에게 친구가 단둘뿐인데 하나는 친동생이고 하나는 몰락 귀족 집안의 남자애라는 건 너무 슬프다.

뭐, 이성이라고 친구가 되기 어려운 건 아니지만 그래도 역시 친구는 동성이 최고잖아. 특히나 여자에게는 여자 친구가 가장 중요하고 필요한 법이다.

"나는 네가 애슐리 외에도 다른 친구들을 많이 만들었으면 좋겠어."

나는 아이리스를 끌어안으며 말했다. 애슐리는 자매잖아. 다른 친구들이 많으면 좋겠다. 살면서 필요하다고 느낀 건 딱 두 개였다.

우선은 돈. 그리고 친구.

아냐, 잠깐. 건강도 추가하자. 나는 마음속에서 살면서 필요한 명단에 건강을 추가한 뒤 말했다.

"애슐리와 꼭 친해질 필요는 없어. 하지만 어차피 같은 집에서 살고 있잖아. 우리 집의 문제는 그 애의 잘못도 아니고."

내 말에 아이리스가 못마땅한 신음을 내뱉었다.

그래도 여전히 아이리스는 프레드를 향한 불만이 애슐리를 향하는 모양이었다. 하긴, 그렇게 말 한마디로 뚝딱하고 누군가를 좋아하게 된다면 세상에 힘든 일이 반은 사라질 거다.

나는 아이리스를 놓고 조용하게 말했다.

"그리고 굳이 따지면 내 잘못도 있거든."

"어머니 잘못이요?"

"내가 프레드와 결혼하지 않았다면 더 나았을 거 아냐."

아니면 최소한 프레드가 사업하겠다고 돈을 요구했을 때 됐으니 집 안에 조용히 앉아 있으라고 다리몽둥이를 분질렀다면 나았겠지. 하지만 밀드레드도 이럴 줄 알았겠어?

솔직히 내가 한 행동이 아니라 그런지 나는 좀 한 걸음 물러나서 밀드레드의 행동을 볼 수 있었다.

하지만 아이리스는 아닌 모양이었다. 그녀는 깜짝 놀란 표정을 짓더니 내게 말했다.

"아니에요! 그건 어머니 잘못이 아니에요! 어머니는 피해자잖아요! 그건, 그, 그 아저씨가 나쁜 거예요!"

격렬한 지지에 어쩐지 웃음이 나왔다. 아이리스가 이 정도로 나를 믿는다는 게, 나는 나쁘지 않다고 말해 주는 게 기뻤다.

나는 아이리스의 어깨에 대고 있던 손을 떼어 그녀의 몸을 끌어안았다.

"그렇게 생각해 줘서 고마워."

진심으로 아이리스가 그렇게 생각해 줘서 고마웠다. 내가 아니라 밀드레드가 들었다면 안도했을 것이다.

그녀는 자신의 선택으로 아이리스와 릴리가 힘들어진 것을 괴로워했던 것 같으니까.

아이리스는 한숨을 내쉬며 나를 마주 끌어안았다. 그녀는 내 어깨에 뺨을 댄 채 속삭였다.

"알아요. 애슐리도 어떻게 보면 피해자라는 거."

"그래. 하지만 심정적으로는 좀 어렵긴 하지."

어쨌든 애슐리는 그 나쁜 아저씨인 프레드의 딸이니까 말이야.

아이리스는 내 어깨에 얼굴을 묻었다가 다시 고개를 들며 말했다.

"노력할게요."

그걸로 충분했다. 나는 아이리스의 뺨을 쓸며 웃었다. 아이리스는 자존심이 세고 고집도 있는 편이다. 첫째라 그런지 가족에 대한 욕심도 있고.

하지만 반면 눈치가 빠르고 영리했다. 애슐리를 미워하는 건 밀드레드의 행동 때문에 그렇게 느끼게 된 영향이 클 것이다. 그러니 아이리스가 노력한다면 애슐리와 금세 사이가 좋아질 거다.

그럼 애슐리뿐 아니라 아이리스에게도 좋은 일이 되겠지.

나는 아이리스와 나란히 그녀의 침대에 누워 이런저런 이야기를 나눴다. 이야기의 대부분은 애슐리와 리안에 대한 거였다.

그리고 성에서 만난 두 소녀들에 대한 이야기도 좀 있었다.

마샤와 패트리샤에게 편지를 보내고 싶다는 말에 나는 두 사람의 주소를 알아봐 주겠다고 말하고 일어났다. 물론 우리 집은 하인이 없으니 우편배달을 이용하거나 직접 전해 줘야 할 테지만.

서재로 돌아가 보니 이미 릴리와 애슐리는 일을 정리하고 자신의 방으로 돌아간 뒤였다.

시간을 보니 벌써 잠자리에 들 시간이라 나는 부랴부랴 애슐리의 방을 찾았다.

"애슐리, 저녁 먹었니?"

아이들에게 편지 쓰는 일을 맡기고 내가 식사를 준비하려고 했는데 늦어 버렸다. 애슐리는 책상 앞에 앉아 뭔가를 쓰고 있었다.

"네, 릴리랑 먹었어요."

"뭐 먹었어?"

요리한 냄새가 안 나는데? 내가 어리둥절해서 묻자 애슐리는 일기장을 내게 내밀며 말했다.

"샐러드랑 점심때 먹고 남은 빵이요. 어머니와 아이리스 식사도 남겨 놨어요. 릴리가 냉장 찬장에 넣었어요."

아, 그래? 알아서 척척 해 주니 마음이 편해졌다. 나는 애슐리의 어깨를 한 번 쓸고 물었다.

"잘했어. 그런데 일기장은 왜?"

"확인 안 하세요?"

"네 일기장인데 내가 왜?"

내 말에 애슐리가 놀란 표정을 지었다. 응? 진짜 내가 확인할 거라고 생각한 거야?

나는 일기장을 애슐리를 향해 밀며 다시 말했다.

"일기는 그날 있었던 네 감정 같은 걸 정리하는 용이야. 글씨 연습도

겸하긴 하지만. 그러니까 당연히 네가 원하지 않는다면 아무도 볼 수 없어."

"제가 원하지 않는다면 아무도 못 본다고요?"

애슐리는 그게 놀라운 모양이었다. 당연하지? 나는 고개를 갸웃하며 말했다.

"네 물건이잖아. 네가 원하지 않는다면 아무도 못 만지는 게 맞아."

"하지만 아까 언니들 어릴 때 옷은 다 함께 봤잖아요?"

"그건 이제 안 쓰는 거고, 우리 모두 필요하니까 사용하자고 암묵적으로 합의한 거잖아. 지금 입는 옷을 그렇게 쓰자고 하는 게 아니고."

아. 애슐리는 알겠다는 듯 입을 벌리더니 고개를 끄덕였다. 그리고 안심했다는 표정으로 일기장을 품에 안았다.

그렇게 불안하면서 일기장을 확인하라고 내밀었다는 게 더 신기하다. 나는 애슐리에게 글씨 연습은 그만하고 자라고 말한 뒤 몸을 돌렸다. 그러자 애슐리가 나를 붙잡으며 물었다.

"아, 아이리스는, 괜찮아요?"

"응. 괜찮아."

"저 때문에 화난 거죠?"

"오, 아냐."

나는 애슐리의 머리를 쓰다듬으며 고개를 저었다.

아이리스는 엄밀히 말하면 나한테 화가 난 거다. 그러니 애슐리와는 상관없다.

"아이리스는 첫째라 책임감이 좀 크잖아. 그래서 그런 것뿐이야. 너 때문이 아니니까 걱정 마."

내 말에 애슐리의 표정이 밝아졌다. 애의 장점이긴 하다. 아이리스였다면 내가 이렇게 말한다고 바로 안심하지는 못했을 거다.

나는 애슐리에게 자기 전에 이 닦는 걸 잊지 말라고 말하고 다시 복도로 나왔다.

아이리스에게 냉장 찬장에 남은 샐러드를 가져다준 뒤, 나는 이번에는 릴리의 방으로 향했다.

"릴리, 자니?"

그러고 보니 요새 애슐리에게 좀 더 집중했던 것 같기도 하다. 그래서 아이리스가 슬퍼했던 게 아닐까.

아이리스가 엄마의 사랑을 빼앗긴 것처럼 느꼈다면 릴리도 그렇게 생각할 것 같았다.

"아직 안 자요."

릴리는 책상에 앉아 뭔가를 그리고 있었다. 이것 봐라? 내가 못마땅한 표정을 짓자 그녀는 민망한 표정으로 웃으면서 말했다.

"조금만 더하면 끝나요, 네?"

"밤은 새면 안 돼."

"밤 안 새울게요."

그럼 됐다. 나는 릴리의 침대 끝에 걸터앉았다.

"언니는 어때요?"

애슐리처럼 릴리도 아이리스가 걱정됐던 모양이다. 나는 어깨를 으쓱하며 말했다.

"괜찮아. 지금은."

"언니는 욕심이 많으니까요."

그래? 나는 좀 놀란 표정으로 릴리를 쳐다봤다.

그녀는 무심한 표정으로 종이 위로 펜을 놀리고 있었다. 그러다가 내 시선을 깨닫고 뻘쭘한 표정으로 고개를 들며 말했다.

"모르셨어요?"

"아니, 네가 그걸 아는 줄은 몰랐지."

"어떻게 몰라요? 제 언니인데."

그것도 그렇긴 하네. 릴리는 자리에서 일어나더니 의자를 돌려 나를 향해 앉으며 말을 이었다.

"언니는 욕심쟁이예요. 뭐든 잘하고 싶어 하고 완벽에 가깝게 하고 싶어 해요."

생각보다 릴리는 아이리스에 대해 잘 짚고 있었다. 그녀는 계속해서 말했다.

"그게 장점이기도 하지만 반대로 그래서 자기가 틀렸다는 걸 인정하지 못하더라고요. 좀 대충해도 될 텐데 그게 어려운 모양이에요."

아이리스에 대해 이렇게 잘 아는 건 그녀가 자기 언니라 그런 걸까. 나는 흥미로운 표정으로 물었다.

"애슐리는 어때?"

"애슐리는……."

잠깐 입을 다물었던 릴리는 한숨을 내쉬며 말했다.

"안됐어요. 걘 자기가 뭘 하고 싶은지, 뭘 잘하는지도 모를걸요?"

예리하네. 나는 입을 딱 벌리려다 말았다. 릴리의 새로운 부분을 본 기분이 들었다. 나는 조심스럽게 물었다.

"애슐리가 그렇게 말해?"

"당연히 아니죠. 그냥, 보면 그래요. 자기 집인데도 온실에 들어가 본 적이 별로 없대요."

저런. 애슐리가 다시 가여워졌다. 그 애는 자기 나름대로 자신의 좁은 세상에서 최선을 다하고 있는 거다.

나는 잠시 릴리를 물끄러미 쳐다보다가 마지막으로 물었다.

"그럼 너는 어때? 네가 생각하는 너는 어떤 것 같아?"

놀랍게도 그 순간 릴리의 얼굴이 붉어졌다. 그녀는 내 눈치를 살피다 물었다.

"솔직히 말해도 돼요?"

당연하다. 그 솔직한 말이 듣고 싶은 거니까. 내가 고개를 끄덕이자 릴리는 한숨을 내쉬더니 입을 열었다.

"전 언니만큼의 욕심은 없어요. 뭐든 잘하고 싶지도 않고, 솔직히 집안일 같은 거 잘하는 데 관심 없어요."

그러더니 내 눈치를 보면서 재빨리 덧붙였다.

"하지만 다 함께 하는 거니까 불평을 하려는 건 아니에요."

"아냐. 나도 사실은 별로 하고 싶지 않아."

"그래요? 어머니는 좋아하시는 줄 알았는데."

"설거지를 좋아할 사람이 어디 있어?"

그건 그래요. 릴리는 그렇게 말하고 한숨을 내쉬더니 다시 입을 열었다.

"전 그림 그리는 게 좋아요. 더 잘 그리고 싶고 더 많이 그리고 싶어요. 가능하면 그림만 그리고 싶어요. 파티 나가는 것도 좀 귀찮아요."

그렇군. 나도 사실 릴리가 좀 그렇지 않을까 생각하고 있었다.

"하지만 그러면 안 된다는 것도 알고 있지?"

내 질문에 릴리의 눈동자가 데굴 굴렀다. 얘가 리안 같은 짓을 하네. 내가 한마디 하려는 순간 릴리가 말했다.

"경제적인 것만 해결되면 혼자 조용히 그림만 그려도 되지 않을까요?"

거기까지 생각하고 있는 줄은 몰랐다. 나는 가만히 릴리를 쳐다보다가 물었다.

"하지만 과연 인간에 대한 관심이나 애정이 거세된 작품이 훌륭한 작품일까?"

릴리는 그게 무슨 소린지 모르겠다는 표정을 지었다. 나는 더 말하려다가 말았다. 나는 예술에 대해서는 전혀 모르지만 내가 살던 곳에서 예술은 인간에 대한 애정이 기반인 경우가 많았다.

인기 있는 작품은 풍경화보다는 사람을 그린 게 더 많았고.

뭐, 릴리가 타인의 평가에서 벗어나서 자기만의 세상을 만든다면 그것도 나쁘진 않을 것 같다. 그 세상에 고립되지만 않는다면.

나는 어깨를 으쓱하며 말했다.

"난 그냥 네가 외롭지 않았으면 좋겠어."

"그림을 그리면 외로울 때도 없을 거 같은데요."

"글쎄. 그건 좀 두고 봐야 알겠지."

자연을 그대로 그리는 것을 좋아한 고흐조차도 화가들의 공동체를 만들고 싶어 했다며. 하지만 그러다 자기 귀를 잘랐던 걸 생각하면 릴리도 다른 화가와 얽히지 않는 게 낫나 싶기도 하다.

나는 너무 늦게 잠자리에 들지 말라는 말과 함께 자리에서 일어났다. 슬슬 나도 자야 할 시간이다. 자기 전에 내일 아침에 구울 빵 반죽을 살펴봐야겠다는 생각이 들었다.

"아, 참. 릴리."

릴리의 방을 나서는데 문득 궁금증이 떠올랐다. 나는 릴리의 방 문손잡이를 잡은 채 몸을 돌려 릴리에게 질문을 던졌다.

"월포드 남작님께 뭔가를 부탁했다며?"

"아, 그거요?"

릴리의 얼굴에 들켰다는 표정과 곤란하다는 표정이 동시에 떠올랐다. 나는 고개를 기울이며 물었다.

"뭘 부탁했니?"

"남작님이 말씀 안 하셨어요?"

"응. 네가 말하지 말아 달라고 부탁했다던데."

그 순간 릴리의 표정이 환해졌다. 그녀는 다니엘이 내게 아무 말도 하지 않았다는 사실에 기뻐하는 것처럼 보였다. 대체 무슨 부탁을 했길래?

아니, 그보다 대체 다니엘하고 무슨 이야기를 한 거지? 내가 어리둥절해서 쳐다보자 릴리가 재빨리 말했다.

"별거 아니에요. 하지만 나중에 말씀드릴게요."

"곤란한 부탁 같은 걸 요청한 건 아니겠지?"

"음, 모르겠어요. 하지만 곤란하면 남작님이 거절하지 않으실까요?"

그럴지도. 하지만 다니엘이 거절하고 말고가 중요한 게 아니다. 나는 엄한 표정을 지으며 물었다.

"곤란한 부탁을 하는 것 자체가 문제인 거 알고 있지?"

"알아요. 그래서 곤란하시면 무시하셔도 된다고 했어요."

그게 문제가 아니다. 나는 잠시 릴리를 쳐다보다가 한숨을 내쉬었다. 만약 릴리가 곤란한 부탁을 한 거라면 내가 다니엘에게 사과해야겠다.

할 수 없지. 그게 어른이 할 일이잖아.

"그래서 남작님은 언제 대답해 준다고 했는데?"

"조만간요. 재촉하지 않으려고요."

그건 당연한 거고. 나는 곧 그림을 확인하기 위해 다니엘이 온다고 했던 것을 떠올렸다. 그때 한 번 더 떠봐야겠다.

솔직히 말하면 떠보는 게 가능할지도 모르겠다. 그 남자, 좀 속을 알수가 없는 구석이 있단 말이야.

*   *   *

"어떤 가면을 쓸 겁니까?"

이튿날, 우리 집을 찾은 다니엘과 한참 창고를 뒤지고 있는데 그가 물었다. 애슐리는 아직도 무엇으로 분장할지 고민하는 중이었고 아이리스와 릴리는 분장할 옷을 고치고 있었다.

나는 못 쓰는 장갑을 끼고 궤짝을 열고 있었다. 그래도 다니엘이 오기 전에 먼지라도 털어놔서 다행이지 안 그랬으면 창피해서 죽을 뻔했다.

"가면이요?"

"이번에 성에서 열리는 파티는 가면무도회라고 하던데요. 아직 연락을 못 받으셨나요?"

아, 그거. 나는 꽉 물린 궤짝을 열기 위해 끙끙거리고 있었다. 솔직히 내 분장은 아무 생각도 안 했는데. 그때 궤짝 뚜껑이 확하고 열렸다.

"어?"

깜짝 놀라서 쳐다보니 다니엘이 궤짝을 열고 있었다. 힘 좋네. 내가 열려고 할 때는 아무리 해도 안 열리더니. 그는 나를 대신해서 뚜껑을 열더니 걱정스러운 표정으로 다시 물었다.

"설마 연락을 못 받은 겁니까?"

"오, 아니에요. 받았어요. 아이리스와 릴리는 이미 어떤 가면을 쓸지도 정했어요."

"그 말은 애슐리 양만 못 정했다는 거군요."

정답이다. 하여간 눈치는 참 빠르다니까. 나는 씩 웃으며 궤짝 뚜껑에서 손을 뗐다. 그러자 다니엘이 조심스럽게 뚜껑을 뒤로 넘기며 물었다.

"그럼 부인께서는 어떤 가면을 쓰실 겁니까?"

"글쎄요. 전 생각 안 해 봤는데요."

"설마 참석을 안 하시는 건 아니겠죠?"

그럴 리가 없다. 아이들이 가는데 당연히 내가 따라가야지. 나는 궤짝 앞에 무릎을 굽히고 앉았다. 안에 든 건 그냥 잡동사니처럼 보이지만 카일의 연습장 같은 게 있을 수도 있어서 하나하나 뒤져 봐야 한다.

"그건 아니에요. 당연히 참석해야죠. 그저 뭐로 분장해도 별로 상관이 없다는 뜻이에요."

"하지만 가면은 이미 구하셨을 거 아닙니까?"

아닌데. 나는 이걸 어떻게 말해야 할지 잠시 고민했다. 가면무도회가 열린다고 하면 참석할 사람들은 제일 먼저 가면을 구한다. 집에 있는 가면을 그대로 쓰는 사람도 있고 매번 가면을 새로 구해서 쓰는 사람도 있다.

다니엘은 내게 집에 있는 가면을 그대로 쓸 게 아니냐고 묻고 있는 거다. 우리 집 사정이 그리 좋지 않으니까 가면을 새로 사는 게 부담스럽다는 걸 아는 거겠지.

배려심에 감탄해야 하는 건지, 부끄러워해야 하는 건지 모르겠다.

"솔직히 아무 생각도 안 했어요."

이걸 어떻게 완곡하게 돌려 말할까 고민했지만 결국 나는 솔직하게 말했다. 아무 생각도 안 했다. 아이리스나 릴리, 애슐리는 최대한 예쁘고 눈에 띄게 꾸며 줄 거지만 난 그럴 생각이 없다.

어차피 가면무도회에서 눈에 띄어야 하는 건 내가 아니라 아이들이니까.

하지만 다니엘은 깜짝 놀란 표정이었다. 그는 내 옆에 무릎을 꿇고 앉으며 물었다.

"어째서요?"

너무 가까운데. 그가 내 옆에 앉아 열기가 훅 끼쳐 왔다. 하지만 무릎을 꿇고 있어서 옆으로 슬쩍 움직이는 것도 쉽지 않았다. 나는 최대한 그를 신경 쓰지 않는 척 궤짝 안으로 팔을 뻗으며 말했다.

"전 아무거나 입으면 되니까요. 가면도 아이들이 고르고 남은 걸 할 거예요."

"그럼 부인께서 무엇으로 분장하실지 부인도 모른다는 말인가요?"

그게 맞겠지. 내가 고개를 끄덕이자 다니엘의 표정이 이상해졌다. 왜? 내가 뭐로 분장할지가 그렇게 중요한가?

"그런데, 그걸 왜 물어보는 거예요?"

나는 궤짝 안에서 책 한 권을 꺼내 조심스럽게 살피고 한쪽에 내려놓았다. 카일의 연습장이 어떻게 생겼는지 모르지만 일단 이건 연습장이 아니다. 가계부처럼 생긴 걸 보니 예전에 여기서 살던 집주인의 가계부인 모양이다.

"가면무도회에서 서로를 알아보기가 어려우니까요. 부인이 어떤 가면을 쓸지 미리 알아 두면 성에서 만났을 때 알아보기 쉬울 것 같아서요."

"저런. 아, 하지만 아이리스와 릴리는 알아요. 아이리스는 요정으로 분장할 거고 릴리는 해적으로 분장할 거거든요."

"해적이라고요?"

나와 마찬가지로 궤짝 안의 물건을 살피던 다니엘이 놀랍다는 표정을 지었다. 나는 빙그레 웃으며 손에 든 책을 한쪽으로 치우고 말했다.

"멋진 해적으로 분장하겠다고 지금 열심히 준비하고 있어요."

다니엘의 얼굴에도 미소가 떠올랐다. 그는 궤짝에 팔을 기댄 채 나를 바라보며 고개를 살짝 기울였다. 그리고 씩 웃으며 말했다.

"그거 기대되는군요."

"리안은 어때요? 그 애도 참석하죠?"

"그럼요."

다니엘의 얼굴에 장난스러운 표정이 떠올랐다. 그는 다시 궤짝 안으로 손을 뻗어 마지막 남은 천 쪼가리를 확인하며 말했다.

"지금쯤 그 녀석도 분장 준비로 한창일 겁니다."

"그럼 경은 어때요?"

나는 다니엘이 마지막 천 쪼가리를 확인하는 것을 보고 자리에서 일어나며 물었다. 내가 다음 궤짝을 열려고 하자 다니엘의 손이 쑥 들어오더니 내가 열려던 궤짝 뚜껑을 밀었다.

"제 분장 말입니까?"

"네. 어떤 가면을 쓸 생각이에요?"

"글쎄요."

끼익하는 소리와 함께 궤짝이 열렸다. 안에서 먼지와 함께 퀴퀴한 냄새가 풍겨 왔다.

"제 분장은 몰라도 경의 분장을 알면 제가 먼저 아는 척하면 되잖아요?"

내가 그렇게 말하는 사이 다니엘은 궤짝 뚜껑을 완전히 밀어 활짝 열었다. 안에 돌돌 말린 종이 같은 게 보였다. 혹시 그림인가?

돈! 돈이다! 돌돌 말린 종이가 전부 돈으로 보였다. 돈을 번다는 생각에 가슴이 설레는 순간 다니엘이 말했다.

"이렇게 하면 어떨까요?"

"뭘요?"

다니엘은 궤짝에 팔을 댄 채 나를 향해 허리를 숙이고 있었다. 그의 눈동자가 즐거움과 호기심으로 반짝였다.

"내기를 하죠. 누가 먼저 서로를 알아보고 아는 척하는지요."

"이기는 사람은 뭘 얻는데요?"

"제가 이기면 부인께 식사를 대접하죠."

"이기면요? 지면이 아니라?"

그게 무슨 메리트가 있어? 진 사람이 대접하는 게 아니라 이기는 사람이 대접한다고?

내가 다니엘에게 식사를 대접하기 싫으면 그냥 그가 내게 아는 척할 때까지 기다리면 된다는 말이다.

그의 말에 어리둥절해서 되묻자 다니엘이 고개를 끄덕이며 말했다.

"네. 부인께 익숙하지 않은 음식을 대접할 수도 있거든요."

아하. 나는 그가 무슨 말을 하는지 알아차리고 빙그레 웃으며 물었다.

"식당의 새로운 메뉴를 시식해 달라는 말이죠? 그거라면 내기가 아니어도 얼마든지 해 줄 수 있어요."

날 이렇게 도와주는 사람이잖아. 그 정도는 얼마든지 해 줄 수 있다. 그 음식이 좀 맛이 없다고 해도 먹어 줄 수 있다. 물론 시식이니까 맛없다고 솔직하게 말할 테지만.

하지만 다니엘은 안심한 표정이 아니었다. 그는 여전히 약간 진지한 표정으로 말했다.

"식당의 신메뉴라 식당으로 오셔야 하는데도요?"

그건 당연하잖아? 나는 고개를 끄덕였다.

"경이 이긴다면 말이에요."

"아, 그건 걱정 마세요."

다니엘의 얼굴이 환해졌다. 나한테 상당히 시식을 부탁하고 싶었나 보다. 그는 기분 좋은 표정으로 궤짝 안에서 돌돌 말린 종이를 꺼내며 덧붙였다.

"저는 내기에서 진 적이 없거든요."

11

가면무도회

"와 줘서 고마워요, 다비나."

나는 소파에 앉은 다비나에게 차를 내놓으며 감사를 표했다. 우리 집은 시내에서 멀다. 여기까지 와 준 건 감사해야 할 일이다.

다비나는 내가 왜 자신을 불렀는지 모르겠다는 표정이었다. 그녀는 고개를 꾸벅하고 찻잔을 들어 올리며 말했다.

"부인께서 부르시면 언제든지 와야죠. 부인 덕을 본 게 얼마나 많은데요."

아이들의 드레스를 만든 곳이 다비나의 의상실이라는 것이 알려지자 몇몇 사람들이 그녀에게 옷을 부탁했다고 한다. 그중에는 옷을 만들면서 꽃장식을 달아 달라는 부탁도 했던 모양이다.

물론 다비나는 만들 줄 모르기 때문에 거절했다고 했지만.

"아직도 꽃장식을 만들어 달라는 요청이 들어와요?"

내 질문에 다비나의 얼굴에 쓴웃음이 떠올랐다. 그녀는 찻잔을 내려놓으며 말했다.

"아직도라뇨. 점점 더 요청이 늘어나고 있어요."

그렇군. 기분이 좋으면서도 곤란해졌다. 나는 찻잔을 들어 입술을 축이고 내려놓았다.

그 꽃장식을 노리는 사람은 여전히 많다. 그것 때문에 나와 아이들을 파티에 초대하는 사람도 많았고. 에쿠르도 자작 부인은 자신의 파티에서 내가 겪었던 사건에 대해 길고 긴 사과의 편지를 몇 통이나 보냈었지.

그러면서 꽃장식을 자신만 사용하게 해 준다면 더한 대가를 주겠다고 제안했다.

"제게도 꽃장식을 만드는 법을 알려 달라는 제안은 많이 들어왔어요."

나는 그렇게 말하며 쓰게 웃었다. 알려 주는 것 자체는 어렵지 않다. 꽃장식을 만드는 건 아주 쉬우니까. 문제는 대부분의 요청이 자신만 알려 달라는 거다.

문제는 이거다. 만약 내가 누군가에게 알려 줬는데 다른 사람이 만드는 법을 스스로 터득해서 만든다면?

누군가 내게 대가를 주고 자신만 배웠다고 생각했는데 다른 데서 만드는 법을 아는 사람이 나타난다면 그 사람은 당연히 내가 약속을 지키지 않았다고 생각할 거다. 그러면 내 입장이 곤란해진다.

나름대로 찾아봤는데 이 세계는 저작권이라는 개념 자체가 아직 없었다. 생각해 보니 내가 살던 곳도 저작권이라는 개념이 사람들 사이에 퍼진 건 생각보다 그리 오래되지도 않았다.

그렇다고 내가 사람들에게 저작권을 알리는 건 너무 오래 걸린다. 결국 나는 꽃장식을 만드는 법을 대가를 받고 파는 것을 포기했다.

물론 그렇다고 포기하고 아무에게나 알려 줄 생각은 없었다.

"다비나, 오늘 당신을 부른 건 부탁이 있기 때문이에요."

나는 다비나를 향해 상체를 내밀며 입을 뗐다. 꽃장식을 원하는 건 일반 귀족 부인들뿐만이 아니다. 왕대비 전하도 원하고 있으니 왕비도 원하겠지.

어쩌면 공주가 있으면 공주도 원했을지도 모른다.

찻잔을 들어 올리던 다비나는 부탁이라는 말에 긴장하더니 허리를 세웠다. 나는 그녀를 향해 계속해서 말했다.

"꽃장식을 만드는 법을 알려 줄게요. 당신에게만."

"제, 제게만요?"

다비나의 얼굴에 기쁨보다는 당황스러움이 떠올랐다. '그걸 왜 나에게?'라는 게 뚜렷한 표정이라 저도 모르게 웃음이 흘러나왔다.

그렇다고 여기서 웃으면 안 되지. 나는 웃음을 참으며 진지한 표정으로 말했다.

"우리가 처음 만났을 때 기억나요? 그 거리에서 제일 먼저 나를 도와준 건 다비나뿐이었어요. 날 도와줬으니 나도 당신에게 뭔가를 주고 싶어요."

그제야 다비나의 얼굴에 긍정적인 표정이 떠올랐다. 쑥스러움과 동시에 뿌듯한 표정이었다.

다비나의 그런 점이 마음에 들었다. 대가 없이 받는 것보다 자신의 행동에 대한 대가로 받는 걸 편안해한다는 점이.

대가 없는 친절 같은 건 없다. 그걸 알고 있는 것만으로 이미 다비나는 성공할 가능성을 가지고 있었다. 나는 빙그레 웃으며 말했다.

"어차피 누군가가 이걸로 이득을 본다면 그게 당신이었으면 좋겠거든요. 대신 한 가지 조건이 있어요."

"뭐든 할게요."

다비나의 눈이 초롱초롱해졌다. 나는 다비나의 눈앞에서 꽃장식을 만들어 보였다. 생각보다 훨씬 쉬운 방법에 그녀의 눈이 커지는 것을 보고 나서야 나는 다시 입을 열었다.

"쉽죠?"

"네, 쉽네요."

"그러니 약한 천으로 만드는 게 좋을 거예요."

약한 천으로 만들면 꽃장식을 다시 분해하려고 할 때 천이 다 찢어진다. 누군가 입수해서 만드는 법을 알아내려고 해도 천이 갈기갈기 찢어져서 만드는 법을 알아내기 힘들 거다.

내 설명에 다비나는 말없이 고개를 끄덕였다.

나는 천을 풀어 다시 천천히 꽃장식을 만들어 보이며 입을 열었다.

"어차피 이런 유행은 오래가지 않아요. 기껏해야 한 달, 길어야 한 시즌이에요. 어쩌면 그 전에 누군가 만드는 법을 알 수도 있고요."

꽃장식을 만드는 데는 큰 기술이 필요하지 않다. 이건 아이디어의 문제다.

그러니 내 계획은 꽃장식을 만드는 법을 아는 사람이 늘어나서 널리 쓰이기 전까지만 다비나가 돈을 벌었으면 하는 거다. 리본과 똑같다. 어차피 쓰이기 시작하면 여기저기에 다 쓰일 거다.

"알았어요."

다비나는 굳은 표정으로 고개를 끄덕였다. 나는 꽃장식을 만든 천을 풀어 다비나에게 내밀었다. 본 대로 해 보라는 말에 그녀가 조심스럽게 꽃장식을 만들기 시작했다.

"그리고 부탁이 있어요."

다비나의 손에서 쉽게 꽃이 만들어졌다. 그녀는 내게 꽃을 보이며 활짝 웃다가 부탁이 있다는 내 말에 다시 자세를 고쳤다.

알려 달라고 하는 귀족 부인이 한둘이 아닌데 그냥 다비나에게만 알려 주면 안 되지. 나는 마른 입술을 축이기 위해 찻잔을 들어 올렸다.

그리고 다비나를 향해 빙그레 웃어 보였다.

*   *   *

"얘들아, 잘 따라와야 한다."

성에서 열리는 파티는 그냥도 사람이 많아서 아이들을 잘 확인해야 하지만 오늘은 특히 더 심했다. 다들 가면을 쓰고 있어서 아차 하는 순간 잊어버리기 십상이다.

나는 가면을 고쳐 쓰며 아이들을 향해 말했다. 요정 가면을 쓴 아이리스와 해적 가면을 쓴 릴리, 노파 가면을 쓴 애슐리가 고개를 끄덕이는 게 보였다.

"그나저나 가면무도회라니, 무슨 생각일까요?"

홀 안으로 들어가서 자리를 잡자 근처에 있던 사람들이 이야기를 나누는 게 들렸다. 나는 릴리의 해적 가면이 너무 끔찍한 게 아닌지 다시 한 번 확인하다가 흥미로운 대화에 귀를 기울였다.

"그러게요. 두 번째 파티를 가면무도회로 여는 경우는 별로 없는데 말이죠."

그런가? 밀드레드의 기억을 뒤져 보니 진짜 시즌 초반에 가면무도회가 열린 적이 없었다. 가면무도회는 시즌마다 한 번쯤은 열리긴 하지만 전부 시즌 후반이었다.

어쩌면 당연한 건지도 모른다. 시즌 초반에는 갓 데뷔한 사람들이 얼굴을 익히고 친해져야 한다. 그런데 가면무도회를 하면 얼굴을 익히기 힘들잖아.

하지만 시즌 후반쯤 되면 다들 평범한 파티가 지겨울 때니까 가면무도회로 새로운 재미를 더하는 거겠지.

하지만 밀드레드는 가면무도회를 간 적이 별로 없었다. 나는 그녀의 기억 속에서 트라우마가 된 장면을 떠올리고 웩 하고 헛구역질을 하며 뒤로 물러났다.

"어머니? 왜 그러세요?"

아이리스가 물었다. 아냐, 아무것도. 나는 손을 흔들어 괜찮다는 표시를 하고 머릿속의 기억을 몰아내려 애썼다. 밀드레드가 가면무도회를 잘 안 가려 한 이유를 알겠다.

그녀는 결혼 전에 어느 귀족의 가면무도회에 참석한 적이 있다. 그리고 가면을 고정하는 끈이 끊어져서 고치려고 휴게실에 들어갔다가 어느 커플의 부도덕한 장면을 목격하고 만다.

"우엑."

밀드레드뿐 아니라 내게도 불결한 장면이라 나는 재빨리 근처에 있는 음료대로 가서 차가운 물을 한 잔 요청했다. 심지어 이 커플 불륜이었잖아?

시종에게 물 한 잔을 얻어 마시고 나니 머릿속이 좀 또렷해졌다. 어라? 이상한 일이다. 이 세계는 동화 속 세계가 아니었나? 그런데 왜 불륜이 있는 거지?

그리고 보니 에쿠르도 자작 부인의 파티에서도 멍청한 놈이 내게 정부가 되어 달라고 했었지. 동화 속에 불륜과 정부가 있을 수 있는 건가?

뭔가 이상한 기분이 들었다. 동화는 좀 순수하고 뭐, 그런 거 아니었어? 거기에 왜 불륜이니 정부니 하는 게 있는 거야?

"가면무도회라니, 믿을 수가 없네요. 시즌 초반에 누가 가면무도회를 열 생각을 합니까?"

그때, 음료대 옆에서 가면을 쓴 남녀의 대화가 귀에 들어왔다. 시즌 초반에 가면무도회라니 다들 이상하게 여기는 모양이다.

"듣기로는 왕자님께서 제안하셨다는군요."

누가 초반부터 가면무도회를 여냐고 투덜거리던 남자가 여자의 말에 앗 하고 당황하더니 허둥지둥 변명처럼 떠들기 시작했다.

"꽤, 괜찮은 방식이네요. 왕자님께서 센스가 남다르신 모양입니다."

바보 아냐. 나는 남자가 주워 삼키는 변명에 속으로 킬킬대다가 주위를 둘러보았다. 아이들은 그리 멀지 않은 곳에 옹기종기 모여서 대화를 나누고 있었다.

약간 떨어져서 보자 아이들을 노리는 남자들이 보였다. 그들은 삼삼오오 모여 이야기를 나누면서도 내 딸들을 힐끔힐끔 쳐다보고 있었다.

"전하께서 허락하신 데는 다 이유가 있겠죠."

가면무도회를 제안한 게 왕자라고 이야기한 여자가 무뚝뚝한 어조로 다시 말했다. 하긴, 왕자가 제안했다고 해도 그걸 왕이 허락하지 않으면 소용없다.

결국 이 가면무도회는 왕도 승인했다는 말이다.

힐끔 쳐다보니 멍청하게 떠들어댄 남자의 귀가 시뻘겋게 달아오른 게 보였다. 가면을 쓰지 않았다면 지금쯤 남자의 얼굴이 언제 터질지 가늠해 볼 수 있었을 텐데.

"그, 그럼요. 그렇겠죠. 전하께서 허락하신 데는 다 이유가 있을 겁니다."

앵무새처럼 여자의 말을 따라 하는 남자의 곁에서 다른 남자가 끼어들었다.

"얼굴을 보지 않고 대화함으로써 영애들의 인품을 보려 한다는 말도 있더군요."

"과연, 훌륭하신 생각입니다."

그래? 왕자가 자신의 배우자감으로 얼굴을 보지 않고 고르려고 이러는 거란 말이야? 갑자기 얼굴도 모르는 왕자에 대한 호감이 마구 솟구쳤다.

좋아, 좋아. 그 정도쯤 되는 남자여야 우리 애슐리를 맡길 수 있지.

하지만 문득 애슐리가 훌륭한 대화 상대가 될지 걱정이 됐다. 나는 재빨리 아이들을 향해 고개를 돌렸다.

아이리스와 릴리는 곧게 서 있었다. 가면으로 얼굴을 가렸지만 자세가 워낙 훌륭해서 어느 귀한 집 아가씨라는 생각이 딱 들었다.

하지만 애슐리는 아니었다. 가면으로 얼굴을 가리니 아이들의 행동이나 자세가 바로 눈에 들어왔다. 아이고. 나는 애슐리에게 허리를 세우라고 말하기 위해 허둥지둥 그녀를 향해 다가갔다.

그때.

"어?"

아이들 뒤로 웬 남자가 슥 지나가는 게 보였다. 아는 사람인가? 어딘지 모르게 익숙한 느낌에 기억을 더듬어 봤지만 내가 아는 남자 중 금발 머리는 없다.

그런데 묘하게 익숙했다.

"애슐리."

지금 남자가 중요한 게 아니다. 나는 남자가 누군지 떠올리던 것을 멈추고 애슐리에게 재빨리 다가가 그녀의 팔을 잡았다.

그리고 사람들에게 들리지 않도록 속삭였다.

"허리 세워. 어깨 펴고."

"어, 어머니?"

애슐리는 전혀 모르겠다는 표정이었다.

그러면 안 되지. 애슐리의 장점은 얼굴이다. 그게 가려져 버린 가면무도회에서 그녀의 나쁜 자세는 별로 좋지 않다.

나는 아이리스를 가리키며 속삭였다.

"아이리스를 한번 봐. 저렇게 서 있어야 해."

아이리스는 완벽한 자세로 서 있었다. 허리를 곧게 세우고 어깨를 쫙 편 채 턱은 안쪽으로 잡아당긴 자세는 완벽했다.

가면으로 얼굴을 가리고 요정으로 분장한 그녀는 어느 귀부인으로 보였다. 아까 남자들도 아이들 중에서 아이리스를 가장 많이 힐끔거렸다.

좀 안타깝다. 나는 아이리스의 완벽한 자세를 보고 한숨을 내쉬며 애슐리의 등을 잡았다.

내 딸이라서 하는 말이 아니라 아이리스는 정말 완벽했다.

물론 누구나 약간의 약점이 있기는 하지. 고집이 세다거나 욕심이 많다거나 하는 거.

하지만 아이리스는 그런 단점을 잘 조절하고 있었다. 영리하고 부지런하고 눈치도 빠르다. 아는 것도 많고 할 줄 아는 것도 많다.

그런 아이가 고작 외모가 애슐리보다 덜 예쁘다는 이유로 사교계에서 관심을 받지 못한다는 게 안타까웠다.

하지만 지금은 그럴 때가 아니지. 나는 아이리스를 향한 안타까움을 거두고 애슐리의 허리를 밀었다.

"자, 이렇게."

자신의 등을 미는 힘이 강해지자 애슐리의 입에서 헉하는 소리가 흘러나왔다. 하지만 그녀는 내가 시키는 대로 허리를 펴고 가슴을 내밀었다.

애슐리의 장점이다. 일단 시키면 시키는 대로는 한다.

나는 애슐리의 몸에서 손을 떼고 한 발짝 뒤로 물러나서 그녀의 자세를 살폈다.

아까보다 훨씬 나아져 있었다. 아이리스 정도의 귀부인까지는 아니어도 막 교육받기 시작한 소녀처럼은 보인다.

"생각날 때마다 이 자세를 하는 거야."

나는 애슐리에게 그렇게 말하며 릴리를 쳐다봤다. 릴리의 자세도 괜찮았다. 그때, 국왕 부부의 도착을 알리는 팡파르가 울려 퍼졌다.

"국왕 폐하 납시오!"

팡파르 끝에 시종의 외침이 울려 퍼지고 국왕 부부가 천천히 안으로 들어서는 게 보였다. 사람들은 양옆으로 비켰지만 우리는 이미 뒤에 서 있어서 그럴 필요가 없었다.

나는 애슐리를 잡아당겨 내 옆에 서게 한 뒤 발뒤꿈치를 들어 국왕 부부를 쳐다봤다. 두 사람은 아직 가면을 쓰지 않고 있었다. 하지만 국왕 부부 뒤에 선 왕자는 가면을 쓰고 있었다.

"왕자의 가면을 잘 봐 둬."

그래야 왕자와 인사라도 나눌 수 있을 거 아냐. 하지만 내가 그렇게 속삭이자 애슐리는 어깨를 움츠리더니 왜 그러냐는 표정을 지었다.

아이고, 됐다.

나는 왕자의 가면을 왜 기억해야 하는지 설명하려다가 입을 다물었다. 괜히 애슐리에게 말했다가 얘가 긴장해 버리면 될 일도 안 된다.

그냥 기억해 두라고만 하면 기억할 테니 어쩌다 왕자와 대화할 기회라도 잡지 않을까.

그사이 그리 길지 않은 국왕 부부의 인사가 끝났다. 국왕 부부가 손을 흔들며 떠나기 시작하자 사람들이 아쉬운 소리를 흘렸다.

다들 사회생활 잘하는군. 마치 회사 회식에서 사장이 돈만 내고 가겠다고 하자 직원들이 내는 안타까운 신음 같다.

"응? 모두 가시는 거야? 왕자님까지?"

국왕 부부는 물론 왕자까지 밖으로 나가자 릴리가 물었다. 이 녀석, 국왕이 이야기할 때 제대로 안 들은 모양이다. 내가 설명하려 했을 때 아이리스가 입을 열었다.

"아냐, 가면을 쓰고 다시 오신대."

"누가 폐하인지 모르게?"

"가면무도회니까."

이왕 가면무도회를 열었으니 국왕 부부도 정체를 숨기고 즐기고 싶다는 뜻인가 보다. 하지만 그게 과연 가능할까.

나는 왕과 왕비 곁을 따라다니는 사람들을 떠올리며 고개를 갸웃했다. 어려울 것 같은데.

릴리 역시 나와 같은 생각을 했는지 가슴 앞으로 팔짱을 끼며 말했다.

"그런다고 사람들이 폐하를 못 알아볼까?"

그래. 내 말이 그 뜻이다. 국왕 부부와 왕자가 떠나자 사람들이 웅성거리며 다시 삼삼오오 모이기 시작했다. 아이리스가 피식 웃으며 말했다.

"눈 가리고 아웅이라는 거지."

*　　*　　*

시종이 신호를 보내자 악단이 음악을 연주했다. 가벼운 춤곡에 여기저기에서 남자들이 여자들에게 춤을 청하기 시작했다.

밀드레드는 아이리스와 릴리, 애슐리 뒤에 서서 세 사람들에게 춤을 청하는 남자들을 지켜보고 있었다. 가면으로 얼굴이 보이지 않으니 사람을 판단하는 데 중요한 건 태도와 옷차림밖에 없다.

"아름다운 요정님."

뭐로 분장한 건지 알 수 없는 남자가 아이리스에게 다가갔다. 저 남자는 대체 뭐로 분장한 거지? 밀드레드가 눈을 가늘게 뜨고 남자를 지켜봤을 때였다.

사람들이 웅성거리기 시작했다.

"폐하께서 오셨다는군."

"폐하께서요? 무슨 가면을 쓰셨죠?"

폐하라고? 사람들의 대화를 들은 밀드레드의 시선이 입구로 휙 돌아갔다. 그와 동시에 아이리스에게 말을 걸던 남자도 움찔하더니 입구를 쳐다봤다.

과연 어느 쪽을 택할 것인가. 아이리스는 흥미진진한 눈으로 남자를 쳐다봤다.

눈앞의 정체를 모르는 여자와 대화 한 마디라도 건넬 수 있을지 모르는 국왕.

"죄송합니다."

남자는 정체를 모르는 아이리스가 아니라 가면을 쓴 국왕을 선택했다. 아이리스는 고개를 까딱이고 국왕에게 잰걸음으로 향하는 남자를 쳐다보며 흥 하고 콧방귀를 뀌었다.

상관없다. 그녀는 어머니를 쳐다보며 어깨를 으쓱해 보였다.

사실 약간 기대를 하긴 했다. 가면을 쓰고 있으니 외모 평가에서는 벗어날 수 있을 거라고. 그러니 그녀에게도 애슐리처럼 권유가 물밀듯 들어왔으면 좋겠다고 생각하긴 했다.

하지만 아이리스는 실망하지 않았다. 비록 국왕의 출현으로 첫 번째 남자가 떠나긴 했지만 그녀에게 춤을 권해 줄 남자는 어딘가 더 있을 것이다.

"안녕하십니까."

그녀의 주변을 맴돌던 또 다른 남자가 아이리스에게 다가와 인사를 건넸다. 아이리스는 남자를 향해 고개를 끄덕해 보였다.

그녀의 목표는 돈이 많은 귀족. 그녀와 결혼해서 어머니와 동생들을 건사해 줄 수 있다면 누구라도 상관없었다.

나이가 많아도 상관없고 재혼이어도 상관없었다. 그녀는 장녀니까 가장 먼저 결혼해서 동생들을 돌봐야 한다.

그리고 어머니도.

아이리스는 뒤에 있는 밀드레드를 쳐다보지 않기 위해 정면을 쳐다보며 도전적으로 턱을 들어 올렸다. 어머니를 위해서라도 아이리스는 이번 시즌에 결혼 상대자를 구하고 싶었다.

이미 그녀의 어머니는 그녀와 릴리를 건사하기 위해 두 번째 결혼을 했다. 그런 어머니가 세 번째 결혼을 해야 하게 하고 싶지 않았다.

"들어오실 때부터 지켜보고 있었습니다. 요정 벨라로 분장하신 거죠?"

남자의 말에 아이리스는 고개를 끄덕였다. 영웅 제다를 도와 나라를 세운 요정 벨라.

그녀는 왕자님을 기대하지 않았다. 왕자님이나 능력 있고 젊고 잘생긴 남자나 마찬가지다.

아이리스는 자신이 그런 남자를 기대해서도, 할 수도 없다고 생각하고 있었다.

그녀가 스스로에게 자신이 없거나 열등감을 가져서가 아니었다. 아이리스는 자신을 잘 알았다.

그리 예쁘지 않은, 가난한 집의 아가씨. 그녀의 장점은 아버지가 귀족이고 귀족 영애로 교육을 받았다는 점뿐이었고 그런 아가씨는 아주 많았다.

그래서 벨라로 분장했다. 공주님 같은 게 아니라.

"저와 춤을……."

남자가 아이리스에게 춤을 청하려 했을 때였다. 어디선가 또 다른 남자가 불쑥 끼어들며 말했다.

"실례합니다. 이 숙녀분은 이미 저와 선약을 하셨거든요."

세 번째 남자의 말에 두 번째 남자가 아이리스를 쳐다봤다. 그녀는 세 번째 남자의 난입에 당황했지만 가면을 써서 티가 나지는 않았다.

"사실입니까?"

내가? 아이리스는 두 번째 남자의 말에 깜짝 놀라서 세 번째 남자를 쳐다봤다. 그때, 세 번째 남자가 그녀를 쳐다보며 윙크를 하는 게 보였다.

그러고 보니 목소리도 익숙했다. 아이리스는 가면 덕분에 자신의 표정이 드러나지 않은 것을 다행으로 여기며 말했다.

"네."

그렇다면. 두 번째 남자가 고개를 꾸벅하고 물러나자 영웅 가면을 쓴 리안이 그녀의 앞으로 다가왔다.

가면 안쪽의 얼굴은 미소로 환해져 있었지만 그걸 아이리스가 알 리가 없다.

"리안."

아이리스의 입에서 쉰 목소리가 흘러나왔다. 여기서 리안을 만나게 될 줄은 몰랐다.

그녀는 재빨리 목소리를 가다듬고 말을 이었다.

"나랑 언제 선약을 했어?"

아이리스의 말에 리안의 얼굴이 일그러졌다. 그는 가면을 들어 올려 자신의 얼굴을 그녀에게만 살짝 보이며 말했다.

"나랑 파티에서 춤추기로 했잖아."

그러니 선약했다는 말이다. 아이리스는 어이가 없어서 피식 웃으며 말했다.

"그게 첫 춤은 아니었잖아."

"첫 춤은 당연히 나랑 춰야지."

자신만만한 리안의 말에 가라앉았던 아이리스의 기분이 나아졌다. 이번 시즌 안에 부유한 귀족을 만나 결혼해야 한다는 장녀의 책임감에서 벗어나서 가면무도회를 즐기자는 생각이 들었다.

"너 하는 거 봐서."

리안은 아이리스의 말에 빙그레 웃었다. 말은 저렇게 해도 그는 그녀가 자신과 춤을 출 것이라고 믿었다. 하지만 그럼에도 리안은 다시 가면을 쓰더니 자세를 고쳤다.

그리고 정중하게 왼손을 가슴에 대고 그녀를 향해 오른손을 내밀며 말했다.

"부디, 숙녀분과 첫 춤을 출 수 있는 영광을 주시겠습니까?"

고풍스러우면서 과장된 청에 아이리스의 얼굴에 미소가 번졌다. 그녀는 밀드레드에게 허락받아야 한다는 생각도 잊고 리안의 손을 잡으며 말했다.

"물론이죠."

그리고 뒤늦게 밀드레드를 쳐다봤다. 춤춰도 되죠? 아이리스의 행동에 담긴 뜻을 알아차린 밀드레드가 가볍게 고개를 끄덕였다.

음악이 연주되면서 춤을 추기 위해 파티장의 가운데에 거대한 공간이 생겼다. 아이리스와 리안은 그 안으로 마치 나는 것처럼 걸어 들어갔다.

요정 가면을 쓴 아가씨와 영웅 가면을 쓴 청년이 원 안으로 들어서자 사람들의 관심이 쏟아졌다.

"누구죠?"

"그러게요. 누구지?"

때마침 사람들에게 둘러싸여 들어오던 왕과 왕비의 눈에도 리안과 아이리스가 들어왔다. 국왕 근처로 다가간 사람들이 어떻게 말을 걸어야 할지 몰라 망설이는 사이 국왕은 리안을 보고 걸음을 멈췄다.

"어머, 쥬세페처럼 생겼네요."

왕비의 속삭임에 왕은 고개를 갸웃했다. 지금 춤을 추는 청년은 두 사람의 아들인 쥬세페 왕자와 머리색이 달랐다. 어디서나 환하게 반짝이는 금발을 가진 쥬세페와 달리 저 남자는 갈색 머리카락이었다.

왕의 모르겠다는 태도에 왕비가 다시 속삭였다.

"체격이 비슷하지 않아요?"

그것도 모르겠다. 왕은 이번에도 어깨를 으쓱하고 말았다. 쥬세페는 지금은 사라지고 없는 용기사단의 복장을 하고 있었다. 하지만 저 청년은 영웅 가면에 영웅 복장이었다.

"쥬세페는 저기 있잖아."

왕의 말에 왕비는 고개를 돌렸다. 두 사람보다 먼저 들어왔는지 기사 복장에 기사 가면을 쓴 청년이 사람들에게 둘러싸여 있는 게 보였다. 그 역시 왕자라고 생각한 사람들이 어떻게 말을 걸지 궁리하며 근처를 머물고 있었다.

하지만 아무도 대놓고 그들을 전하라고 부르지는 못할 것이다. 왕이 재미를 위해 가면을 따로 쓰고 들어오겠다고 했다. 거기에 대고 아는 척하는 건 재미를 없애는 행동이나 다름이 없다.

"왕자님이 아닌 것 같지 않아?"

정작 기사 가면을 쓴 남자 곁으로 다가갔던 사람들은 남자를 보고 그렇게 속삭이고 있었다. 분명 처음 왕자가 입고 왔던 복장과 가면이지만 왕자가 아닌 것 같았다.

"키가 좀 더 큰 것 같은데."

"왕자님보다 더 체격이 크잖아?"

기사처럼 분장한 남자는 왕자보다 키가 크고 체격도 좋았다. 왕자가 아닌 건가? 결국 남자에게 말을 거는 사람은 아무도 없었다. 다들 그가 왕자인지 아닌지 몰라 서로의 눈치만 살폈다.

그사이, 기사로 분장한 남자는 누군가를 찾는 것처럼 주변을 두리번거리고 있었다. 그리고 곧 어딘가를 향해 성큼성큼 걷기 시작했다.

"리, 릴리."

익숙한 가면이 다가오자, 애슐리는 바짝 긴장해서 릴리를 불렀다. 남자들의 춤을 추자는 청을 거절하고 있던 릴리는 무슨 일인가 하고 고개를 돌렸다가 아이리스가 영웅 가면을 쓴 남자와 함께 춤을 추러 나가는 것을 발견했다.

요정 가면을 써서 영웅 가면을 쓴 남자와 춤을 추는 모양이다. 언니도 이럴 때는 낭만적인 기분이 드나 보지? 릴리는 그렇게 생각하며 애슐리에게 물었다.

"왜 그래?"

"저 가면 보여?"

보인다. 릴리는 애슐리가 기사 가면을 쓴 남자를 손가락질하는 것을 보고 재빨리 애슐리의 손을 잡아 내렸다. 누군가를 손가락질하는 건 아주 무례한 짓이다.

다행히 애슐리가 누군가를 손가락질하는 걸 본 사람은 딱 두 명뿐이었다. 릴리와 밀드레드. 밀드레드는 애슐리가 누군가를 손가락질하는 것을 보고 입을 딱 벌렸다가 릴리가 막는 것을 보고 한숨을 내쉬었다.

"기사 가면? 왜?"

"어머니께서 저 가면을 기억하라고 하셨거든. 나한테 조심하라고 하신 거겠지?"

그럴지도 모른다. 릴리는 힐끔 밀드레드를 쳐다봤다. 때마침 밀드레드에게도 어떤 남자가 춤을 청하고 있었다.

애슐리는 실수가 잦다. 그러니 그녀가 절대로 실수하면 안 될 사람을 알려 준 게 아닐까. 애슐리와 릴리의 머릿속에 꽤나 타당한 생각이 떠올랐다.

"그럴지도 몰라."

그렇게 말하면서 릴리는 기사 가면을 쓴 남자를 자세히 뜯어봤다. 가면 자체는 왕자가 쓰던 것과 비슷하게 생겼다.

"잠깐."

왕자가 쓴 가면과 똑같은 건가? 그래서 기억하라고 한 건지도 모른다. 하지만 릴리의 생각은 거기서 벽에 부딪혔다. 어머니께서 굳이 애슐리에게 왕자의 가면을 기억하라고 할 이유가 있나?

그렇게 가면을 빤히 쳐다보던 릴리의 시선과 가면을 쓴 남자의 시선이 부딪쳤다. 저 키와 체격은 왕자와 다르다. 릴리는 그렇게 생각하면서 반사적으로 고개를 끄덕여 인사를 했다.

"음. 어머니께서 조심하라고 알려 주신 건가 봐."

왕자라면 친분을 만들라는 느낌으로 기억하라고 한 걸 수도 있다. 하지만 저 남자는 왕자가 아니었다.

"어떻게 해? 이쪽으로 오고 있어."

기사 가면을 쓴 남자는 성큼성큼 걸어와 어느새 두 사람에게 아주 가까워져 있었다. 어디서 만난 적이 있나? 릴리는 고개를 갸웃했다. 남자는 마치 그녀를 아는 것처럼 확신에 찬 걸음으로 걸어오고 있었다.

하지만 릴리와 애슐리가 아는 남자는 별로 없다. 심지어 가면을 쓴 두 사람을 알아볼 정도로 친한 남자는 더더욱.

어쩐지 남자가 자신이나 애슐리에게 말을 걸 것 같다는 느낌이 강해지자 릴리는 재빨리 애슐리에게 속삭였다.

"가서 어머니와 음료라도 마시고 있어. 내가 막아 볼게."

밀드레드는 그녀에게 춤을 청한 남자를 거절하던 차였다. 남자들이 춤을 청하지 않도록 일부러 이상한 가면을 썼는데 그래도 말을 거는 녀석이 있다.

춤을 출 생각이 없다고 거절하는 그녀에게 애슐리가 다가와서 속삭였다.

"어, 어머니. 저와 음료라도 마시지 않으시겠어요?"

릴리는 애슐리가 어머니와 함께 음료대로 향하는 것을 보고 남자를 향해 돌아섰다. 성큼성큼 다가오던 남자는 릴리가 자신을 향해 돌아서자 멈칫했다.

"무슨 일이죠?"

릴리의 질문에 남자가 당황하는 게 느껴졌다. 그는 머뭇거리다가 물었다.

"곁에 계시던 숙녀분과 어떤 관계이십니까?"

어디서 들어 본 목소리인데. 릴리는 그렇게 생각하며 쌀쌀맞게 대답했다.

"자매인데요."

이 남자도 애슐리에게 관심이 있는 모양이다. 하지만 오늘은 가면무도회다. 어떻게 애슐리인 줄 알고 다가온 걸까. 새삼 신기하다는 기분에 릴리는 남자를 다시 쳐다봤다.

그녀보다 머리 하나는 큰 키와 건장한 체격. 다니엘과 비슷했지만 목소리가 다니엘은 아니었다.

누구지? 익숙한 목소리에 남자의 정체를 떠올리려는 릴리에게 남자가 뒤를 돌아보더니 다시 입을 열었다.

"괜찮으시다면, 저와 춤을 추시겠습니까?"

"저와요?"

애슐리가 아니라? 놀란 릴리를 향해 남자가 고개를 끄덕였다. 애슐리를 알아보고 다가온 게 아니었나? 릴리는 어리둥절해하면서도 남자가 뻗은 손을 잡았다. 두 사람은 재빨리 사람들 사이를 지나 춤을 추기 위한 원 안쪽으로 들어갔다.

"어머."

남자가 릴리의 허리를 잡고 그녀를 가볍게 끌어안은 순간, 릴리는 그가 누군지 깨달았다. 이 근육, 잊어버리려야 잊어버릴 수 없다.

그녀는 남자를 향해 몸을 기대며 속삭였다.

"누구신가 했더니, 케이시 경이시군요."

"저, 저를 아십니까?"

더글러스는 릴리가 자신을 알아차리자 깜짝 놀라서 물었다. 그가 그녀와 애슐리에게 다가간 건 리안이 두 사람과 함께 있던 여자에게 춤을 청했기 때문이었다.

더글러스의 시선이 원 저쪽에서 아이리스와 춤을 추는 리안을 향했다가 재빨리 릴리에게 돌아왔다.

릴리는 더글러스의 어깨에 손을 얹고 그를 올려다보고 있었다. 당연하지. 그녀는 그렇게 말하고 싶은 것을 참으며 침착하게 대답했다.

"제가 누군지 모르시겠어요?"

"면목이 없습니다."

진짜로 그녀가 누군지 모르는 모양이다. 릴리는 약간 심술이 나서 입을 다물었다. 그녀는 더글러스를 잊지 못했는데.

그의 어깨에 닿은 릴리의 손이 슬쩍 견갑골을 향하다가 멈췄다. 이러면 안 되지. 결혼도 안 한 아가씨가 외간 남자의 몸을 더듬는 건 너무 음란한 행동이다.

하지만 다음 순간 릴리는 지금 그녀가 가면을 쓰고 있고 더글러스는 자신이 누군지도 모른다는 것을 깨달았다. 그렇다면.

"숙녀분?"

릴리가 자신의 어깨를 쓰다듬기 시작하자 더글러스는 깜짝 놀라서 멈췄다. 하지만 그는 곧 원 안에서 춤을 추는 다른 사람들을 의식하고 다리를 움직이는 수밖에 없었다.

진짜 좋은 몸이네. 릴리는 더글러스의 견갑골을 쓰다듬으며 속으로 감탄했다. 전에 춤을 출 때도 느꼈지만 이 남자의 근육은 완벽했다. 탄탄하고 너무 울룩불룩하지 않았다. 명화에 나오는 남신의 몸이 이럴까.

이런 근육을 그리고 싶은데. 릴리의 입에서 한숨이 흘러나왔다. 그녀가 그리는 건 대부분 정물화나 풍경화다. 가끔은 어머니나 자매들의 얼굴을 스케치하기도 한다.

하지만 이런 남자의 근육은 한 번도 그려 본 적이 없었다. 사실 지금까지 릴리는 남자를 그리고 싶다는 생각 자체를 해 본 적이 없었다. 그렇게 잘생긴 다니엘이나 리안을 보고도 딱히 그리고 싶지는 않았다.

그런데 더글러스는 그리고 싶었다. 가능하면 상체를 드러낸 채로.

"어머, 미안해요."

자신의 생각에 제 발 저린 릴리가 재빨리 사과하면서 떨어졌다. 남자의 벗은 상체를 그리고 싶어 하다니. 어머니가 아시면 어떻게 그런 생각을 할 수 있냐며 화를 내실 거다.

이 여자 뭐야? 더글러스는 릴리가 제품에 놀라 물러나자 그녀를 빤히 쳐다봤다. 처음에는 그녀가 자신을 유혹하는 줄 알았다. 하지만 깜짝 놀라서 불붙은 것처럼 떨어지는 걸 보니 그건 또 아닌 모양이었다.

아니, 내숭인 건가? 잠시 릴리를 빤히 쳐다보던 더글러스는 그녀가 연기하는 게 아니라는 것을 깨달았다. 진짜로 릴리는 부끄러워서 그의 얼굴조차 제대로 보지 못하고 있었다.

"실례지만, 우리가 어디서 만난 적이 있나요?"

때때로 말은 내뱉고 나서야 어떤 의미인지 깨닫는 경우가 있다. 더글러스는 말하고 나서야 자신의 말이 추파를 던지는 말이라는 것을 깨달았다. 그는 곧바로 허둥거리며 사과했다.

"아, 아니. 그게 아니라……."

"네."

하지만 더글러스가 수습하기도 전에 릴리가 대뜸 대답했다. 그녀는 더글러스를 쳐다보며 덧붙였다.

"전에 한 번 만난 적이 있어요. 경께서는 저를 기억하지 못하시겠지만요."

릴리는 자신이 그리 인상적인 사람이 아니라는 것을 알았다. 미인이거나 부유한 집의 아가씨가 아닌 이상, 그녀는 사람들의 인상에서 흐릿해질 수밖에 없다. 아이리스처럼 사람들의 주목을 받는 드레스라도 입었다면 또 모르지만.

더글러스는 솔직한 릴리의 말이 자신을 비난한다고 생각했다. 하지만 비난당해도 할 말이 없다. 저쪽은 자신을 바로 알아봤는데 자신은 못 알아본다는 건 좀 민망한 일이다.

그는 허둥거리며 사과했다.

"죄송합니다. 가면 때문에, 그러니까 얼굴을 못 봐서요."

"괜찮아요. 제 얼굴을 봐도 알아보지 못하실 거예요."

릴리의 덤덤한 말에 더글러스의 움직임이 멈췄다. 그는 그대로 서서 릴리를 끌어안은 채 그녀의 가면 쓴 얼굴을 들여다봤다.

곧이어 음악이 잦아들었다. 춤을 추던 다른 사람들도 하나둘 움직임을 멈춘 덕분에 릴리와 더글러스가 움직이지 않는 게 그리 이상하게 보이지 않았다.

하지만 릴리는 아니었다. 그녀는 더글러스가 우뚝 멈춰 서서 자신을 끌어안고 물끄러미 쳐다보자 민망함에 꿈지럭거리기 시작했다.

"그럴 리 없습니다."

한참을 릴리의 가면 쓴 얼굴을 물끄러미 들여다보던 더글러스가 곧 확신에 찬 목소리로 말했다. 그는 릴리를 안은 팔에 힘을 풀며 말을 이었다.

"이렇게 아름다운 초록색 눈동자를 잊을 수 있을 리가요."

한편 애슐리는 밀드레드와 함께 음료대 옆에 서서 주스를 마시고 있었다. 그녀는 마음이 편한 덕에 기분이 좋았다. 가면을 쓰자 남자들이 그녀에게 말을 거는 횟수가 확 줄었다.

그게 애슐리의 마음을 편하게 했다.

"가면무도회는 참 좋네요."

애슐리는 주스를 홀짝이며 밀드레드에게 말했다. 가면 안쪽 그녀의 얼굴은 미소로 밝았다.

여기가 가면무도회가 아니었다면 지금 애슐리의 얼굴을 본 사람들은 하던 것을 멈추고 그녀를 멍하니 쳐다봤을 것이다.

하지만 애슐리는 알지도 못하는 남자들이 계속 말을 걸면서 눈이 어쩌고 얼굴이 어쩌고 하는 건 영 불편했었다. 잘 모르는 남자가 전부터 지켜봤다는 둥의 소리를 하면 공포감에 등에 소름이 돋을 정도였다.

그래서 지금 이렇게 밀드레드와 단둘이 여유 있게 사람들을 구경하며 주스를 마시는 게 좋았다.

언니들이 다 춤을 추러 나가서 어머니와 단둘이 있을 수 있어서 더 좋았다.

"그래?"

밀드레드는 이상하다는 듯 애슐리를 쳐다봤다. 가면으로 얼굴이 다 가려졌는데 뭐가 좋다는 건지 모르겠다. 그런 그녀의 생각을 모르는 애슐리는 밀드레드를 쳐다보며 웃었다.

노파 가면을 쓰길 잘했다. 밀드레드는 왜 굳이 노파로 분장하는 거냐고 어리둥절해했지만 애슐리는 자신의 선택이 옳았다는 생각에 뿌듯해하고 있었다.

게다가 밀드레드와 나란히 서 있으니 애슐리가 밀드레드의 엄마처럼 보인다. 그녀는 그것도 기분이 좋았다.

"안녕하세요, 숙녀분들."

그때, 남자 둘이 밀드레드와 애슐리에게 다가왔다. 밀드레드는 무슨 일이냐는 듯 남자들을 쳐다봤고 애슐리는 움찔하고 밀드레드의 뒤로 물러났다.

"저희도 둘인데 괜찮으시다면 저희와 춤을 추지 않으시겠습니까?"

이쪽도 둘이고 그쪽도 둘이니 쌍쌍으로 춤을 추자는 말이다. 밀드레드는 코웃음을 치려다가 애슐리를 돌아보고 남자들에게 말했다.

"미안해요. 난 딸들이 춤을 추고 돌아오는 것을 기다리고 있거든요."

딸이라는 말에 남자들이 움찔하고 물러났다.

밀드레드는 재빨리 아이리스와 릴리의 위치를 확인했다. 아이리스는 리안과 춤이 끝나자 이야기를 하면서 반대쪽 음료대로 향하고 있었고 릴리는 같이 춤을 춘 남자와 함께 이쪽으로 돌아오고 있었다.

"그러니 저기 돌아오는 제 딸에게 물어보는 게 어떨까요?"

남자들의 시선이 밀드레드가 가리키는 쪽을 향했다. 그들은 키가 큰 남자의 손을 잡고 이쪽으로 다가오는 여자를 발견하고 다시 한 번 움찔하고 놀랐다.

이 정도로 큰 딸이 있단 말이야? 가면무도회의 장점이자 단점이다. 상대의 얼굴이 보이지 않으니 나이 고하에 상관없이 춤을 권하게 된다.

"귀한 시간을 내주셔서 감사합니다."

더글러스는 밀드레드 곁으로 돌아오자 릴리에게 인사했다. 그리고 한 손을 복부에 대고 허리를 가볍게 숙이며 말했다.

"이미 아시겠지만 더글러스 케이시입니다."

더글러스가 누구더라. 밀드레드와 애슐리는 잠시 그가 누구인지 떠올렸다. 그리고 밀드레드가 누군지 떠올린 순간 릴리가 말했다.

"제 이름은 다시 만날 때까지 절 기억하신다면 알게 될 수도 있겠네요."

응? 밀드레드와 애슐리의 눈이 커졌다. 더글러스 역시 놀란 표정을 지었다. 그는 릴리를 빤히 쳐다보다가 도움을 요청하는 것처럼 밀드레드를 쳐다봤다.

누군지 몰라도 그녀의 가족이라면 대신 인사를 해 주지 않을까 그런 생각에서였다.

하지만 밀드레드는 가면 속으로 웃음을 감추고 있었다. 릴리가 재미있는 짓을 하네. 생각해 보면 이것도 가면무도회의 묘미다. 끝까지 이름을 알려 주지 않고 다음에 가면을 쓰지 않고 만났을 때 알아차릴 수 있을지 내기하기도 한다.

"그럼 다음에 만날 때까지."

더글러스는 밀드레드도 자신을 도와주지 않자 결국 포기하고 물러났다.

이상한 여자였다. 그리고 재미있는 여자기도 했다. 그는 자신의 어깨를 만지던 릴리의 손길을 떠올리고 우뚝 멈춰 섰다.

묘한 느낌이 드는 손길이었다. 모르는 척 쓰다듬는 게 아니라 근육과 뼈를 꾹꾹 눌렀었다.

진짜 저 여자 뭐지? 더글러스는 저도 모르게 릴리를 돌아봤다가 그녀가 다른 남자들에게 춤을 권유받는 것을 보고 멈칫했다.

후작가의 장자로 태어나 받은 교육으로 여기서 물러나는 게 예의라는 이성과 그래도 저 여자가 궁금하다는 본능이 한참을 그의 머릿속에서 싸웠다.

초록색 눈동자. 더글러스는 릴리가 애슐리와 함께 두 남자의 손을 각각 잡고 춤을 추기 위해 원 안쪽으로 들어가는 것을 보고 다시 몸을 돌렸다.

다음번에는 가면을 벗은 얼굴을 보고 싶다. 그때 그녀를 찾아낸 자신을 보면 어떤 표정을 할지 아주 궁금했다.

"다녀와."

밀드레드는 남자 둘의 손을 잡고 춤을 추러 가는 릴리와 애슐리에게 손을 흔들었다. 애슐리는 그리 내키지 않았지만 밀드레드가 권하기도 했고 릴리가 함께 가겠다고 해서 어쩔 수 없이 승낙했다.

곧바로 밀드레드는 아이리스의 모습을 찾았다. 같이 간 게 리안이라는 건 알지만 그래도 이런 곳에서 딸을 남자와 단둘이 두는 건 걱정된다.

아무래도 아이리스를 확인해 봐야겠다.

그녀가 그렇게 생각하며 아이리스를 찾아 걷기 시작했을 때였다. 그녀의 바로 뒤에서 누군가 낮은 목소리로 말했다.

"찾는 사람이라도 있습니까?"

익숙한 목소리였다. 밀드레드는 웃으면서 돌아섰다. 하지만 그녀가 예상한 사람이 아니었다.

그녀가 예상한 남자는 밝은 갈색에 밤색 눈을 가진 남자였다. 하지만 눈앞의 남자는 어떻게 봐도 화려한 금발을 가지고 있었다. 그리고 대담하게도 얼굴에서 위만 가린 반가면을 쓰고 있었다.

밀드레드는 멍하니 남자를 쳐다보다가 고개를 기울였다.

아는 가면이었다. 파티장에 들어섰을 때 그녀가 아는 사람으로 착각했던 남자였다. 하지만 다음 순간 밀드레드의 시야에 가면에 드러난 남자의 턱이 들어왔다.

익숙한 턱이다. 저 반듯한 입술이 말하는 걸 몇 번이나 봤다. 하지만 남자의 머리가 금발이라 선뜻 그녀가 아는 사람의 이름을 부를 수가 없었다.

"저런."

그때, 남자가 말했다. 하얀 가면 아래로 남자의 입술이 안타깝다는 듯 짧게 단어를 툭 내뱉더니 손을 뻗어 밀드레드의 허리를 잡았다.

그리고 춤을 출 것처럼 그녀의 몸을 잡아당기며 속삭였다.

"이길 기회도 드렸잖습니까, 밀드레드."

"다니엘?"

자신의 이름을 부르는 소리에 밀드레드는 깜짝 놀라서 남자의 이름을 불렀다. 모든 게 다니엘이었다. 목소리, 태도, 말투, 키와 체격까지.

단 하나. 머리카락과 눈동자 색만 달랐다.

어떻게 이럴 수 있지? 밀드레드는 다니엘이 자신의 이름을 불렀다는 것도, 그가 자신을 끌어안고 있다는 것도 잊고 손을 뻗었다.

"안 됩니다."

밀드레드의 손이 가면에 닿을 것 같자 다니엘이 조용히 말했다. 가면 무도회에서 다른 사람의 가면을 벗기는 건 무례한 행동이다. 그녀도 그걸 알고 있었다.

"그게 아니라."

밀드레드는 그렇게 말하며 가면 위로 드리워진 다니엘의 앞머리를 쓸어 올렸다.

진짜 금발이었다. 마치 금으로 자아낸 것처럼 반짝이는 금발이 밀드레드의 손에 부드럽게 밀려 올라가서 쏟아졌다.

그리고 호박색의 눈동자.

"다니엘?"

밀드레드는 믿을 수가 없어서 다시 한 번 그를 불렀다. 머리카락이야 가발이나 염색을 했다고 쳐도 눈동자 색은 대체 어떻게 바꾸는 거지? 이 세계에 컬러 렌즈가 있을 리도 없고.

그녀의 부름에 다니엘이 빙그레 웃었다. 그는 자신의 머리카락을 쓸어 올린 밀드레드의 손을 잡아 쥐고 손바닥에 입술을 누르며 대답했다.

"네, 부인."

"어, 그러니까. 다니엘. 맞죠?"

"저 맞습니다. 밀드레드."

"부인."

정신을 차린 모양이다. 다니엘은 다시 씩 웃었다. 그녀가 정신없는 틈을 타서 슬쩍 이름을 불러 봤는데 바로 부인이라고 부르라는 지적이 날아왔다. 그는 밀드레드의 손을 놓으며 말했다.

"네. 저 맞습니다. 부인."

"어떻게 한 거예요?"

다니엘의 머리카락 색과 눈동자 색이 바뀌어 있었다. 밀드레드는 믿을 수 없다는 듯 다시 그의 머리카락으로 손을 뻗었다. 그러다가 움찔하고 물었다.

"아, 혹시 마법이에요?"

마법이라면 가능하다. 밀드레드의 머릿속에 이야기로만 듣던 마법사가 떠올랐다. 마법사는 매우 귀한 인재들이라 만나기가 쉽지 않다.

하지만 성에도 마법사가 있다. 물론 밀드레드는 이야기로만 들었지만.

그녀는 믿을 수 없다는 듯 다니엘을 쳐다봤다. 그리고 솔직하게 물었다.

"윌포드 경, 마법사였어요?"

"비슷하죠."

다니엘은 쿡쿡대며 밀드레드의 손을 잡았다. 그는 마법사가 아니다. 하지만 비슷하기는 하다. 다니엘의 말에 밀드레드는 이해할 수 없다는 표정을 지었다.

그는 밀드레드의 허리를 잡고 걸으며 물었다.

"어딜 가시는 중이었습니까? 절 찾으신 건 아닌 것 같은데요."

그제야 밀드레드의 머릿속에 아이리스와 리안이 떠올랐다. 그녀는 뒤를 돌아보고 아직 애슐리와 릴리가 춤을 추는 것을 확인한 뒤에 다니엘에게 말했다.

"아이리스를 찾고 있었어요."

"리안과 함께 있지 않습니까?"

"그래서 찾는 거죠."

저런. 다니엘은 마음속으로 리안이 안됐다고 생각했다. 밀드레드는 리안을 전혀 믿지 않는 모양이었다. 그는 모르는 척 물었다.

"리안과 함께 있는데 찾고 있다고요?"

"모르는 척하지 말아요, 월포드 경. 상대가 리안이니까 이 정도지, 모르는 남자였다면 뛰어다녔을 거예요."

들켰군. 다니엘은 자신의 모르는 척이 들키자 피식 웃었다. 그리고 사람을 피해 밀드레드의 몸을 자기 쪽으로 잡아당기며 말했다.

"리안은 괜찮은 녀석입니다. 부인의 딸에게도 나쁜 짓은 하지 않을 거고요."

두 사람은 사람들 사이를 헤치고 나와 한산한 벽 쪽에 도착했다. 이쪽은 사람이 적어서 숨기기가 한결 편했다.

다니엘은 자신의 한쪽 팔로 끌어안은 밀드레드의 허리가 크게 숨을 쉬느라 움직이는 것을 느꼈다.

"경, 나는 남자들이 내 딸들에게 최선을 다해 신사다운 행동을 하길 바라요. 고작 나쁜 짓을 안 하는 수준을 원하는 게 아니라."

밀드레드의 말에 다니엘의 움직임이 멈췄다.

그는 가만히 서서 밀드레드의 가면 쓴 얼굴을 들여다봤다. 그리고 조용하게 물었다.

"제 행동이 부인의 마음에는 드실까요?"

"경은 언제나 신사답죠."

다니엘의 입술이 호를 그렸다. 그는 밀드레드의 허리에서 자신의 팔을 떼고 다시 물었다.

"하지만 여성분들은 가끔은 거친 모습도 보고 싶어 하지 않나요?"

"여자를 많이 만나 봤나 봐요?"

"전혀요."

재빠른 대답에 밀드레드는 피식 웃었다. 다니엘 역시 미소를 지었다. 그는 밀드레드에게서 반걸음 정도 물러나서 다시 말했다.

"그렇다고 들었습니다."

"절제된 태도와 완벽한 예절만큼 섹시한 건 없죠."

"그렇습니까?"

"완벽하게 차려입은 정장이 다 벗은 것보다 훨씬 섹시하잖아요?"

다니엘의 시선이 자신의 복장을 향했다. 그는 오늘 하얀 반가면을 쓰고 정장을 갖춰 입고 있었다. 사실 그는 늘 그렇게 입었다. 가면무도회라 가면을 써야 한다길래 적당히 아무 가면이나 썼을 뿐이다.

그는 밀드레드를 쳐다보고 고개를 기울이며 말했다.

"그렇게 분장하고 그런 말씀을 하시니 기분이 이상한데요?"

다니엘의 말에 밀드레드의 눈이 커졌다. 그때까지 그녀는 자신이 무슨 분장을 하고 있는지 거의 잊어버리고 있었다.

하지만 곧 밀드레드의 눈이 재미있다는 듯 휘어졌다. 그녀는 킥킥거리며 말했다.

"사람들이 접근하지 않을 만한 가면을 쓰고 싶었거든요."

"그게 시셀 가면입니까?"

잘생긴 남자를 보면 유혹해서 죽여 버리는 요정 시셀. 밀드레드는 이런 분장을 보고도 춤을 추자고 권하는 남자가 있다는 게 놀라웠다.

하긴, 노파 가면을 쓴 애슐리에게도 춤을 권하는 남자가 있었다.

"덕분에 오늘 말을 건 남자는 경을 제외하고 한 명뿐이었답니다."

묘하게 자랑스러워하는 듯한 말투에 다니엘은 웃음을 참았다. 가면 안의 밀드레드의 표정이 어떤지 그의 머릿속에 선하게 그려졌다. 눈을 반짝이면서 뿌듯해하는 표정일 것이다. 그게 얼마나 귀여운지 볼 수 없어서 안타깝다는 생각과 동시에 가면을 쓴 덕분에 아무도 못 본다는 게 다행으로 생각됐다.

"보는 눈이 없는 자들이군요."

다니엘은 그렇게 말하며 손을 내밀어 길을 가리켰다. 밀드레드는 그가 안내하는 대로 사람이 적은 공간을 걸어 나갔다. 아이리스와 리안은 어디로 간 걸까.

그녀는 눈으로 아이리스와 리안을 찾으며 말했다.

"그러는 경은 마법까지 사용해서 머리카락과 눈동자 색을 바꾸다니, 어지간히 정체를 들키기 싫었던 모양이네요."

마법사가 귀한 인재인 만큼 마법을 사용하는 데도 어마어마한 돈이 필요하다. 밀드레드는 그 정도 돈을 고작 가면무도회에 참석하는 데 사용한 다니엘의 재력에 감탄하고 있었다.

모르는 사람이 보면 다니엘은 분장에 딱히 돈을 들이지 않은 것으로 보인다. 가면무도회라는 특성상 부유한 사람들은 여기서도 자신의 재력을 자랑하려 했다.

보석이 박힌 가면, 고급 천을 사용해 만든 복장. 진짜처럼 만든 요정의 날개. 물론 그중에는 반스가의 여자들처럼 기존의 의상을 재사용한 사람도 많았다. 하지만 다니엘처럼 평소에 입고 다니는 정장을 입은 사람은 거의 없었다.

역사나 전설에 나오는 인물로 꾸밀 수 있는 기회인데 평소에도 충분히 입을 수 있는 정장을 입을 사람은 별로 없다. 게다가 그가 쓴 반가면은 아무 특징도 없는 가면이었다. 당연히 사람들은 다니엘이 누군지 모르지만 그를 보자마자 가면무도회에 억지로 참석한 거라고 생각했다.

"이게 제 진짜 모습일지도 모르죠."

다니엘은 그렇게 말하며 빙그레 웃었다. 조각한 것처럼 완벽한 입매가 부드럽게 풀리면서 미소를 만들어 내는 것을 밀드레드는 저도 모르게 넋을 잃고 쳐다봤다.

그러다가 그녀는 문득 지나가는 여자들도 다니엘을 멍하니 쳐다본다는 것을 깨달았다. 이 남자는 가면을 쓰고 가만히 서 있어도 여자를 유혹할 수 있는 모양이다.

꽃 같은 남자네. 밀드레드는 그렇게 생각하며 농담을 던졌다.

"그럼 평소에 마법으로 눈과 머리카락의 색을 바꾸고 있단 말이에요? 돈이 그렇게 쓰고 싶으면 나한테 쓰지 그래요?"

향기가 좋은 꽃은 가만히 있어도 나비와 벌이 날아온다. 다니엘은 그런 느낌이었다. 그가 가면을 쓰고 가만히 서 있기만 해도 여자들은 다니엘을 힐끔거리며 지나갔다.

게다가 그는 사람들이 자신을 그렇게 쳐다보는 것이 익숙했다. 다니엘은 사람들의 시선을 모른 척하며 밀드레드를 가장 가까운 테라스로 안내했다.

"그럴까요?"

다니엘은 별거 아니라는 듯 말하며 테라스의 문을 열었다. 그럴까요가 아니다. 밀드레드가 말도 안 되는 소리 하지 말라고 타박하려 했을 때였다.

거기 누군가 있긴 했다. 남녀가 서로를 끌어안고 있는 게 보였다.

설마. 밀드레드의 심장이 쿵 하고 떨어져 내린 순간 다니엘이 그녀를 잡아당기며 뒤로 물러나더니 낮은 목소리로 속삭였다.

"아니군요."

"아, 아니었어요?"

밀드레드는 충격에 다니엘의 팔을 잡고 비틀거리며 물었다. 어두워서 상대의 얼굴을 제대로 보지 못했다. 하지만 테라스에서 키스하고 있던 남녀를 본 탓에 밀드레드의 심장이 세차게 뛰는 게 다니엘에게까지 느껴졌다.

"네, 아니었습니다."

다니엘은 그렇게 말하며 밀드레드를 부축했다. 신기하군. 그는 밀드레드의 순진한 모습에 가볍게 놀랐다. 파티에서 인적이 드문 곳은 연인들의 장소다. 게다가 여기는 가면무도회가 아닌가.

서로의 얼굴을 모르니 춤을 추다가 마음이 맞으면 인적이 드문 곳으로 가서 불륜을 저지르는 사람도 가끔 존재했다. 그 행위를 좋아하건 싫어하건 상관없이 귀족들은 대부분 그런 경우가 있다는 것을 알았다.

하지만 지금의 밀드레드는 상당히 충격받은 것처럼 보였다. 아무것도 모르는 순진한 미혼의 아가씨라면 모를까 두 번이나 결혼해서 결혼할 나이가 된 딸이 셋이나 된 부인이 보일 태도라기엔 신기했다.

"미안해요."

밀드레드는 한숨을 내쉬더니 다니엘의 팔에서 손을 떼며 사과했다. 놀랐다. 순간 키스를 하는 여자가 아이리스처럼 보였다. 그리고 동시에 젊은 시절 그녀가 봤던 충격적인 장면이 오버랩됐다.

"부인께서 보시기엔 너무 수위가 높았던 모양이군요."

다니엘은 그렇게 말하며 밀드레드에게 손을 내밀었다. 아무래도 그녀는 누군가의 부축이 필요할 것 같다. 더 좋은 건 술을 넣은 홍차를 마시는 거지만.

"오, 아니에요."

다니엘에 시종을 불러 술을 넣은 홍차를 요청하려 했을 때 밀드레드가 말했다. 그녀는 그가 내민 손을 잡으며 말을 이었다.

"그 여자가 아이리스인 줄 알았어요. 그래서 놀란 것뿐이에요."

"아이리스도 올해 열아홉 살이잖습니까?"

그러니 남자와 키스 정도는 할 수 있는 거 아닌가? 다니엘의 그런 물음에 가면 안에서 밀드레드의 눈썹이 올라갔다. 그녀는 그의 손을 찰싹 때리며 말했다.

"나이와 상관없이 아이들은 부모 앞에서 모두 어린애예요."

"하지만 부인의 딸들은 곧 결혼할 텐데요."

"결혼하는 것과 무슨 상관이에요. 그 애들은 많아 봐야 고작 열아홉인데요. 결혼한다고 열아홉 살이 뿅하고 마흔 살 되는 거 아니잖아요?"

"그렇다면 평생 아이들의 어머니로만 사실 겁니까?"

다니엘의 이상한 질문에 밀드레드의 걸음이 멈췄다. 그녀는 그를 이상하다는 듯 쳐다보고 계속해서 다음 테라스를 향해 걸으며 말했다.

"난 평생 그 애들의 엄마예요."

"누군가의 부인이 될 생각은 없고요?"

필요 없다. 밀드레드는 그렇게 생각했다. 그녀는 밀드레드 머피일 때 한 번, 밀드레드 리베라일 때 한 번. 총 두 번이나 결혼했다. 세 번이나 결혼할 생각은 없었다. 또 결혼해서 누군가의 부인으로 살면서 그의 재산을 관리하느니 그녀 혼자 살면서 자신의 재산을 불리는 게 더 나았다.

하지만 밀드레드가 필요 없다고 말하려는 순간 다니엘이 테라스의 문을 열며 말했다.

"아, 죄송합니다. 이미 누군가의 부인이시죠."

그제야 밀드레드는 자신이 아직 프레드가 죽었음을 알리지 않았다는 것을 떠올렸다. 그렇군. 그녀는 프레드의 시체가 도착하면 지금과 같은 질문을 끊임없이 받을 것이라는 것을 알았다.

밀드레드는 아름답고, 서른일곱이지만 이십 대 후반으로 보일 정도로 젊어 보인다. 딸이 셋이나 있지만 그 애들도 몇 년 사이에 곧 전부 결혼을 할 것이다.

지금도 이미 그녀에게 눈독을 들이는 자들은 많았다. 이미 사람들은 프레드 반스가 죽었을 것이라고 예상하고 있다. 하지만 그럼에도 밀드레드에게 적극적으로 구혼하는 사람이 없는 이유는 그녀가 남편이 죽었다는 것을 공식적으로 밝히지 않았기 때문이었다.

다니엘이 연 테라스 문 안쪽을 쳐다보며 밀드레드는 그의 어깨를 찰싹 때렸다. 그리고 훈계하는 말투로 말했다.

"연장자를 놀리면 못써요."

가면 안쪽에서 다니엘의 눈썹이 올라갔다. 놀린 게 아닌데.

"좀 기분이 이상하다."

아이리스는 리안의 가면을 손으로 살짝 잡아당기며 말했다.

서로의 얼굴을 가면으로 가린 채 춤을 추고 이야기를 한다니 이상했다. 리안이 전혀 모르는 남자처럼 느껴졌다.

그녀의 행동에 리안은 자신의 가면을 잡아 위로 올리며 물었다.

"가면 쓴 게 싫어?"

"무슨 표정을 하고 있는지 안 보이잖아. 답답하기도 하고."

그렇게 말하며 아이리스도 자신의 가면을 들어 올렸다. 어둠 속에서 두 사람의 얼굴이 드러났다. 리안은 아이리스의 갈색 눈동자를 물끄러미 내려다봤다.

영리하면서 사려 깊은 갈색 눈동자가 그를 쳐다보고 있었다.

어쩐지 간질간질한 기분이 들어서 리안은 발을 꿈지럭거렸다.

"왜 제다 가면을 썼어?"

그때, 아이리스가 물었다. 그녀는 리안이 머리 위로 올려 버린 그의 가면을 쳐다보고 있었다.

나라를 세운 영웅 제다. 그런 제다를 도운 요정 벨라. 아이리스가 벨라 가면을 썼는데 리안이 제다 가면을 쓰다니, 묘한 운명처럼 느껴졌다.

"그냥."

리안은 그렇게 말하며 씩 웃었다. 그리고 자신의 원래 가면을 넘겨준 더글러스를 떠올렸다.

일부러 처음 무도회장에 들어올 때는 기사 발타자르 가면을 썼다. 가면은 대부분 역사나 전설 속 인물이라 대응되는 상대가 있었다. 벨라와 제다가 그 대표적이다.

리안이 발타자르 가면을 쓴 건 발타자르와 대응되는 가면이 몬스터 오거 가면이기 때문이었다. 그는 아이리스가 오거 가면을 쓸 리가 없다고 생각했고, 무도회장에서 그녀가 쓴 가면을 확인하면 그에 대응하는 다른 가면으로 바꿔 쓸 계획이었다.

그걸 위해 모든 가면을 준비했다. 그 사실을 모르는 아이리스는 빙그레 웃으며 말했다.

"신기한 우연이네."

완벽해. 리안은 아이리스의 미소를 보며 생각했다. 처음엔 그냥 사람들의 시선을 피해 아이리스와 춤을 추고 싶었다. 춤만 추고 돌아갈 생각이었다.

하지만 아이리스와 춤을 추고 났더니 도저히 그냥 돌아갈 수가 없었다.

"아이리스."

리안은 나직하게 아이리스의 이름을 부르며 그녀의 손을 잡았다. 왜? 아이리스가 어리둥절한 표정으로 그를 쳐다보자 리안의 숨이 턱 막혔다.

"나, 나랑……."

잠시 숨 막히는 긴장이 테라스에 휩싸였다.

때마침 안쪽에서 막 문을 연 밀드레드가 고개를 내밀었다.

"쉿."

다니엘이 뒤에서 밀드레드를 끌어안았다. 이 자식이? 밀드레드가 눈을 부라렸지만 그는 아랑곳하지 않았다.

리안의 거친 숨소리와 아이리스의 불안한 눈빛과 그걸 지켜보는 밀드레드와 다니엘 사이에 침묵이 흘렀다. 결국 리안은 머뭇거리다가 다시 입을 열었다.

"나와 공연을 보러 가지 않겠어?"

12

왕립 극장에서

"내 생각에 리안은 언니한테 반했어."

갓 만든 슈를 먹어 보라고 부르려는데 릴리의 목소리가 들렸다. 나는 그대로 걸음을 멈췄다. 아이리스와 릴리가 이야기를 하는 모양이었다.

아니나 다를까 아이리스가 코웃음을 치며 말하는 게 들렸다.

"오버하지 마, 릴리. 고작 공연 좀 보러 가자고 하는 거야."

"하지만 공연이잖아, 언니. 고작이 아니라고. 이건 데이트 신청이야."

"무슨 데이트야? 그럼 공연 같이 보러 다니는 모든 사람은 다 데이트 하는 거야?"

미안하지만 이번은 릴리의 손을 들어줄 수밖에 없다. 나는 웃음을 참으며 벽에 기대섰다.

공연을 보러 가자고 하는 건 데이트 신청이 맞다. 사람들 앞에 같이 모습을 드러내는 것만큼 두 사람의 친분을 보여 줄 수 있는 건 없으니까.

파티에 함께 가자는 것도 이쪽에서는 같은 이유로 데이트 신청이었다. 물론 어릴 때부터 친했다거나 어른들이 같이 가라고 시켰다면 좀 달라지지만.

"부인."

그때 다니엘이 이 층에서 내려오면서 나를 불렀다. 나는 깜짝 놀라서 고개를 돌렸다가 어느새 계단을 다 내려온 그를 발견하고 눈을 크게 떴다.

이 남자는 움직일 때 소리라는 걸 별로 안 내는 거 같다. 사람이 걸어 다니면 발걸음 소리라든지, 팔이 옷에 스치는 소리 같은 게 나지 않나? 하다못해 숨소리라도 들려야 할 텐데 그는 그런 게 없었다.

"아, 월포드 경. 잘 왔어요. 간식을 만들었거든요. 막 부르러 가려던 참이었어요."

그보다 아이들에게 먼저 시식을 시켜 볼 생각이었지만 다니엘이 내려왔으니 그냥 같이 먹으면 되겠다. 그렇게 생각하는 내게 다니엘이 손을 뻗으며 말했다.

"정말 귀가 솔깃한 제안이지만, 그보다 먼저 보여 드리고 싶은 게 있습니다."

"보여 주고 싶은 거요?"

뭐라도 찾았나? 나는 그를 따라 이 층으로 향하는 계단을 올라가며 고개를 갸웃했다. 다니엘은 우리 집에서 나온 그림들을 확인하는 작업을 하고 있었다.

우리는 내가 그에게 작업실로 쓰라고 내준 방으로 들어갔다. 이 방도 내가 쓰라고 내준 거다. 날 위해 일을 해 주는데 이 정도는 제공해야지, 안 그래?

방은 깨끗했다. 오, 이건 좀 놀랍다. 나는 당연히 그가 방을 아주 엉망으로 사용할 줄 알았다. 여기저기 도구가 널려 있고 그림과 종이들이 엉망으로 널린 방을 상상했었다.

하지만 방은 내가 처음 내주기 전에 청소했을 때와 거의 비슷했다. 그가 앉아서 쉴 수 있는 카우치형 소파는 쿠션이 그대로 있었고 커다란 책상 위에 그림과 도구들이 나란히 놓여 있었다.

그 밖에 그가 이 집에서 찾아낸 그림들은 책장과 테이블 위에 차곡차곡 놓여 있었다.

"뭔데요?"

나는 그가 성큼성큼 자신의 아니, 내 책상이지. 내 책상으로 다가가는 것을 따라가며 물었다. 그와 내가 발견한 그림은 대부분 돌돌 말려 있었다.

내가 아는 그림들은 대부분 나무틀에 고정되어 있었던 반면, 나와 다니엘이 찾아낸 그림은 돌돌 말려 있었다. 그래서 그는 그 그림을 조심스럽게 펼치고 카일의 그림이 맞는지 확인하는 작업을 하고 있었다.

"혹시 이 사람을 아십니까?"

다니엘의 책상 위에, 아니, 내 책상 위에 돌돌 말렸던 그림이 문진과 필통으로 고정되어 있는 게 보였다. 나는 그림 속의 인물을 보고 눈을 가늘게 떴다.

모르겠는데?

처음 보는 얼굴이 거기 있었다. 재빨리 기억을 뒤져 봤지만 역시나 모르는 사람이었다.

"모르겠는, 아니, 으음, 잠깐."

아닌가? 어쩐지 알 것 같기도 한데 이게 너무 오래 봐서 익숙해져서인지 진짜로 아는 사람이라서인지 모르겠다. 나는 결국 다니엘을 향해 돌아서며 말했다.

"모르겠……."

돌아선 순간 눈앞이 어두워졌다. 반사적으로 몸이 뒤로 빠지려다가 허리에 책상에 부딪혔다. 앗 하는 순간 몸이 비틀거렸다.

"실례."

다니엘이 재빨리 내 팔뚝을 잡으며 중얼거렸다. 그가 내 뒤에 바로 서 있었던 모양이다. 다니엘은 내가 중심을 잡는 것을 확인하고 내게서 한 발짝 떨어지며 다시 말했다.

"괜찮습니까?"

응? 뭐라고? 나는 눈을 깜빡이며 다니엘을 올려다봤다. 그는 내 눈을 들여다보더니 그제야 잡고 있던 내 팔뚝에서 손을 뗐다.

이상했다. 나는 반대쪽 손을 뻗어 그가 잡고 있던 팔뚝을 문질렀다. 다니엘이 잡은 부위가, 이미 그가 손을 뗐음에도 불구하고 그의 온기가 느껴졌다. 다니엘은 그런 내 모습을 물끄러미 보더니 다시 물었다.

"혹시 아프신 건가요?"

"아, 아뇨. 괜찮아요."

그냥 좀 놀랐던 것뿐이다. 나는 다니엘이 물러나기는 했어도 여전히 책상과 그의 몸 사이에 갇혀 있었기 때문에 슬쩍 옆으로 몸을 움직였다. 그때 책장 위에 놓인 연필 하나가 눈에 들어왔다.

연필 자체는 흔한 연필이었다. 게다가 여긴 다니엘이 작업하는 곳이라 그림 도구는 널려 있다. 하지만 그 연필은 특별했다.

천으로 덮개를 만들어 씌운 연필이었다. 그러니까 릴리의 연필이라는 말이다.

"어?"

릴리가 여기 왔었단 말이야? 내 시선이 책장에 못 박히자 다니엘이 걱정스러운 목소리로 물었다.

"역시 어딘가 안 좋으신 겁니까?"

"아, 아니⋯⋯."

안 좋긴 한데 몸이 아니라 기분이 안 좋다. 나는 아이들에게 다니엘과 단둘이 있지 말라고 미리 말을 해 놨다. 다니엘과 아이들을 못 믿어서가 아니다. 괜한 구설수를 만들지 않기 위해서다.

"왜⋯⋯."

왜 여기에 릴리가 왔었던 거냐고 물어보려고 고개를 돌렸다가 나는 다니엘의 밤색 눈동자를 맞닥트렸다. 그는 순수하게 나를 걱정하고 있었다.

으음. 나는 릴리와 여기서 뭘 했냐고 화내려는 것을 멈췄다. 다니엘은 좋은 사람이고 좋은 남자다. 릴리에겐 좀 나이가 많긴 하지만 그래도 뭐, 젊어 보이고 잘생겼고 돈도 많잖아.

가장 중요한 성격도 괜찮고.

릴리가 좋다면, 뭐⋯⋯ 나이가 많은 게 좀 걸리지만.

"출출하지 않아요? 간식을 좀 준비했는데요."

나는 재빨리 말을 돌렸다. 다니엘과 릴리의 관계는 릴리와 먼저 이야기를 해 보고 생각해 봐야겠다. 다니엘은 걱정스러운 표정으로 나를 물끄러미 쳐다보다가 말했다.

"부인께서 주시는 거라면 뭐든지 좋습니다."

이런 싹싹한 성격이 참 좋다니까. 나는 빙그레 웃으며 다니엘의 어깨를 탁탁 치고 빠져나왔다. 하지만 계단을 통해 이 층에서 일 층으로 내려오고 주방으로 가면서 기분이 영 이상했다.

릴리와 다니엘이 서로 좋다면 어떻게 되는 거지? 다니엘이 내 사위가 되나? 으으음?

뭔가 기분이 굉장히 이상했다. 릴리는 좋은 애고 다니엘도 좋은 녀석이다. 두 사람이 결혼한다면 좋은 거 더하기 좋은 거니까 엄청나게 좋은 거가 돼야 할 텐데 내 기분은 전혀 좋지가 않았다.

"슈군요."

응접실에 앉아 내가 가져온 간식을 본 다니엘이 재미있다는 듯 말했다. 그러자 릴리가 놀랍다는 듯 물었다.

"남작님도 아세요?"

당연히 알겠지. 나는 모르는 척 찻주전자를 덮었던 티코지를 들어 올렸다. 그러자 아이리스가 재빨리 찻주전자를 집어 들어 다니엘과 내 잔에 차를 따르기 시작했다.

"어느 정도는. 만들기가 손이 좀 간다고 들었는데요."

뒷말은 내게 하는 말이다. 나는 찻잔을 들어 올리다가 그를 향해 웃으며 말했다.

"어쩌다가 계란이 많이 생겨서요."

계란 처리용이었다. 그리고 그 계란이 많이 생긴 이유는 애슐리 때문이었고. 애슐리의 얼굴이 가볍게 달아올랐지만 그녀에게 시선을 돌리는 사람은 없었다.

다니엘은 내가 농담을 했다는 듯 나를 쳐다보더니 슈를 집어 들었다. 그리고 이상하다는 표정을 지었다.

이상하겠지. 나는 차를 마시며 모르는 척 그의 모습을 힐끔거리고 있었다. 곧이어 그가 조심스럽게 슈를 한입 베어 물더니 잘린 단면을 들여다보고 눈을 크게 뜨는 게 보였다.

"크림을 안에 넣은 겁니까?"

놀랍다는 다니엘의 말에 아이들의 시선이 그를 향했다. 아이들은 그가 왜 놀라는지 전혀 모르고 있었다. 그도 그럴 것이 이 애들은 내가 만든 슈만 먹어 봤다. 물론 지금 먹는 것까지 세 번 정도지만 아이들에게는 내가 만든 슈가 평범한 슈일 것이다.

"크림을 안에 넣지 않으면 어떻게 해요?"

애슐리의 질문에 다니엘이 어이없다는 표정으로 그녀를 쳐다봤다가 다시 나를 쳐다봤다. 그리고 한쪽 눈썹을 들어 올리며 물었다.

"어떻게 넣으신 거죠?"

나는 별생각 없이 말해 주려고 입을 열었다. 그러다가 문득 지난번 일이 떠올랐다. 꽃장식을 팔라던 에쿠르도 자작 부인의 모습.

슈에 크림을 넣는 건 어렵지 않았다. 바닥에 구멍을 뚫어 미리 만들어 둔 커스터드 크림을 넣으면 된다. 물론 넣기 위해 깍지가 필요하긴 하다.

하지만 이 나라에 깍지가 있나? 나는 재빨리 그동안 먹었던 케이크를 떠올렸다. 그동안 내가 여기서 먹은 케이크는 장식이라고 하면 대부분 꽃을 깨끗하게 씻어 꽂는 정도였다. 아니면 과일을 썰어서 얹거나.

설마 모양 깍지가 없는 거야? 엄청난 사실에 저도 모르게 눈이 휘둥그레졌다. 이곳엔 아직 모양 깍지가 없다. 그리고 슈에 크림을 충전하는 걸 알려 주려면 모양 깍지에 대해서도 필수적으로 알려 줄 수밖에 없다.

"부인?"

다니엘이 다시 나를 불렀다. 나는 반사적으로 그를 쳐다봤다가 표정을 들키지 않기 위해 재빨리 시선을 떨어트렸다.

이미 나는 꽃장식 사건으로 내가 아는 지식이 돈이 된다는 것을 알고 있다. 그리고 꽃장식을 다비나에게 줘 버린 뒤, 돈을 벌 수 있는 방법이 필요했다.

"그게."

숨을 한 번 내쉰 뒤, 허리를 세운 나는 다니엘을 똑바로 쳐다봤다. 그리고 최대한 여유로운 표정으로 말했다.

"돈이 될까요?"

놀랍게도 다니엘의 표정이 진지해졌다. 그는 나를 물끄러미 쳐다보다가 말했다.

"제가 사죠."

그가 웃을 줄 알았다. 별것도 아닌 걸로 돈을 벌려 한다고 비웃지는 않아도 피식 웃는 정도는 각오했었다. 하지만 다니엘이 너무 진지하게 사겠다고 하자 마음이 편해졌다.

내가 틀리지 않았어.

동시에 머리가 차가워졌다.

돈이 된다. 나는 어깨를 펴고 턱을 잡아당겼다. 그런 내 모습을 다니엘뿐 아니라 아이들도 멍하니 쳐다보는 게 보였다.

"돈은 됐어요."

다니엘이 고개를 한쪽으로 기울이며 물었다.

"그러면 무엇을 드리면 될까요?"

이렇게 쉽게? 잠깐 당황했던 나는 곧 그가 수락을 한 게 아니라 그저 물어봤을 뿐이라는 것을 깨달았다.

"경의 식당에서 케이크나 과자도 팔죠?"

내 질문에 다니엘의 눈이 가늘어졌다. 하지만 그는 아무 말 없이 고개를 끄덕였다. 나는 그를 쳐다보며 당당하게 말했다.

"거기서 팔 수 있는 디저트 종류를 늘려 줄게요. 디저트가 팔리는 수익을 내게도 분배해 줘요."

응접실 안에 침묵이 내려앉았다. 아이들은 내 얼굴과 다니엘의 얼굴을 번갈아 바라보며 지금 이 상황을 관조하고 있었다.

어쩌면 속으로는 날 응원하고 있을지도 모르지. 나는 심각한 표정으로 나를 물끄러미 쳐다보는 다니엘을 보며 최대한 마음을 가볍게 먹었다.

도 아니면 모다. 내가 제안해서 다니엘이 받아들이면 좋은 거고 아니면…….

아니면? 다른 식당에 팔면 된다. 너네 티라미수라는 거 알아? 수플레 치즈케이크는? 가토쇼콜라는?

이곳의 디저트는 기껏 해 봐야 스콘 정도. 왕대비의 티파티에서 나온 것도 가장 훌륭한 게 파이지에 조린 과일을 얹은 타르트 정도였다.

이 슈도 안에 크림을 채워 넣는 게 아니라 이렇게 만들어서 반으로 잘라 단면에 잼이나 크림을 바른 뒤 붙이는 게 보통이다.

그것도 예쁘긴 하지만 안에 크림을 채운 것도 훌륭하다. 안에 크림이 가득 들어서 베어 물었을 때 크림이 입 안에서 팍 터지는 맛을 너희가 알아?

"바로 상용화할 수 있는 제품을 알려 주시겠다는 겁니까? 제 요리사가 모르는 디저트를요?"

다니엘이 믿을 수 없다는 표정을 지었다. 그리고 좀 얄미운 표정이기도 했다. 하지만 더 열 받는 건 그런 표정을 지어도 여전히 잘생겼다는 사실이었다.

하지만 나는 열 받은 티를 내지 않기 위해 어깨를 편 채 고개를 기울이며 느긋하게 말했다.

"못 믿겠다면 못 들은 걸로 해요."

네가 못 믿으면 할 수 없지. 다른 데 가서 팔면 돼. 그런 태도에 다니엘이 한쪽 눈썹을 들어 올렸다.

그리고 아이들을 힐끔 쳐다보더니 말했다.

"이야기를 한번 듣고 싶은데요."

아이들의 표정이 밝아졌다. 아닌 척해도 역시 속으로는 날 응원하고 있었던 모양이다. 하지만 나는 표정 변화 없이 물었다.

"나중에요?"

"네."

좋아. 마음속으로는 쾌재를 불렀지만 나는 익숙한 척 고개를 끄덕였다. 그리고 슈를 집어 베어 물었다.

그사이에 약간 눅눅해진 슈가 이로 베어 물자 부드럽게 잘렸다. 이건 내가 만들었지만 잘 만들었다. 통통하게 부풀어 오른 슈 안에 노란색의 달콤한 커스터드 크림이 꽉 차 있었다.

*   *   *

"부인."

며칠 후, 극장 앞에 다니엘이 보냈던 마차가 도착했다. 마부보다 먼저 마차 문을 연 다니엘이 인사를 건네자 밀드레드가 고개를 끄덕이며 대답했다.

"마차를 보내 줘서 고마워요."

"당연히 보내 드려야죠."

네가 왜? 단박에 밀드레드의 얼굴에 그런 표정이 떠올랐다. 다니엘은 재빨리 덧붙였다.

"리안의 스승이니까요."

그제야 밀드레드의 얼굴에 납득의 표정이 스쳐 지나갔다. 어렵다, 어려워. 다니엘은 쓰게 웃으며 그녀를 향해 손을 내밀었다.

"고마워요."

다니엘의 손을 잡고 나온 밀드레드가 그렇게 인사를 하더니 그의 뒤를 살피며 물었다.

"리안은요?"

"안에 가서 미리 자리를 잡아 두라고 했습니다."

자리를 잡을 필요는 없지만 리안은 극장 앞으로 나올 수가 없기 때문에 다니엘은 그렇게 거짓말했다. 다른 극장도 아닌 왕립 극장이다. 방문하는 모든 사람이 귀족이라 왕자의 얼굴을 아는 사람도 많았다.

다니엘은 밀드레드와 그녀의 딸들을 극장 안으로 안내했다. 그사이 공연을 보기 위해 극장을 찾은 다른 귀족들과 인사를 하는 것도 잊지 않았다.

"아, 월포드 남작."

"오랜만입니다. 그레고리 백작님."

나이가 지긋한 그레고리 백작은 다니엘과 악수를 한 뒤 그의 옆에 선 밀드레드에게로 시선을 돌렸다.

이어서 다니엘이 두 사람을 소개했다.

알톤 그레고리 백작이라는 말에 밀드레드는 고개를 가볍게 끄덕이며 인사를 건넸다. 백작 역시 밀드레드의 이름을 듣고 놀랍다는 표정을 지었다.

"부인의 소문을 들었습니다."

밀드레드의 얼굴에 미소가 떠올랐다. 그녀는 당황하지 않고 백작이 내민 손을 잡으며 여유롭게 말했다.

"부디 좋은 소문만 들으셨으면 좋겠네요."

"아주 좋은 소문이었습니다."

소문대로 미인이었다. 남편이 행방불명된 뒤 남편의 딸까지 세 딸을 건사하고 있다는 소문에 그레고리 백작 부부는 얼굴도 모르는 반스 부인을 안됐다고 생각하고 있었다.

그런데 월포드 남작과 함께 공연에 오다니.

백작은 다니엘의 얼굴을 한 번 보고 빙그레 웃었다.

나이가 차도 결혼은커녕 여자에게 관심도 보이지 않아서 왕대비 전하께서 걱정이 이만저만이 아니라고 들었다. 물론 상대가 애가 셋이나 딸린 연상의 부인이라면 왕대비가 어떤 반응을 보일지 걱정되기는 하지만.

"왕대비 전하께서도 이걸로 한시름 놓으시겠군."

백작은 그렇게 말하며 다니엘에게 손을 내밀었다.

그게 무슨 의민지 알아차린 밀드레드는 그게 아니라고 반박하기 위해 입을 열었다. 하지만 그보다 먼저 백작의 뒤에서 백작 부인이 다가왔다.

"여보."

"아, 셜리, 마샤."

마샤? 익숙한 이름에 밀드레드의 눈이 백작 부인의 뒤를 향했다. 그녀의 뒤에 있던 아이리스와 릴리도 백작 부인의 뒤를 따라오는 소녀를 보고 입을 벌렸다.

"마샤?"

"부인?"

백작의 곁으로 다가온 마샤가 밀드레드를 보고 우뚝 멈춰 섰다. 그러더니 밀드레드에게 달려와 그녀의 손을 덥석 잡으며 말했다.

"다시 만나서 다행이에요!"

데뷔탕트가 열린 성의 파티에서 포도주로 엉망이 된 옷을 고쳐 준 소녀였다. 밀드레드는 깜짝 놀라서 마샤와 그레고리 백작 부부의 얼굴을 쳐다봤다.

다니엘 역시 놀란 표정이었다. 그는 밀드레드를 향해 달려오는 마샤를 말리려다가 그녀가 그저 손을 잡으려는 것뿐임을 알고 멈췄다.

하지만 여차하면 마샤를 떼어 낼 생각을 하고 있었다.

"마샤, 아는 분이니?"

백작 부인이 놀랍다는 듯 물었다. 그녀는 그렇게 묻고 밀드레드에게로 시선을 돌렸다. 이 여자는 누구지? 그녀는 밀드레드의 아름다운 외모와 그 옆에 선 다니엘을 보고 고개를 기울였다.

"지난번에 성에서 절 도와주신 분이에요."

마샤는 여전히 밀드레드의 손을 잡은 채 말했다. 그때 어디 사는지 제대로 알아 두지 않아서 감사 인사를 보내지 못한 게 안타깝던 터였다.

그녀의 유일한 희망은 사교계에서 언젠가 밀드레드를 다시 만날 수 있지 않을까 하는 거였다.

"다시 만나서 정말 다행이에요."

그렇게 말하는 마샤의 뒤로 그레고리 백작 부부가 다가왔다. 백작은 밀드레드에게 손을 내밀며 다시 인사를 건넸다.

"그때 마샤를 도와준 은인이 부인이었군요. 정말 감사합니다."

"아니에요. 할 수 있는 걸 해 줬을 뿐인걸요. 마샤가 그레고리 백작 영애인 줄 몰랐네요."

밀드레드의 말에 마샤가 아니라는 듯 손바닥을 들어 보였다. 하지만 그보다 먼저 그레고리 백작 부인이 밀드레드에게 손을 내밀며 말했다.

"셜리 그레고리예요. 마샤는 제 친구의 딸이랍니다."

무슨 상황인지 알겠다. 밀드레드는 고개를 끄덕였다. 가난한 귀족 집안에서 자식을 사교계에 데뷔시키기 위해 부유한 친구에게 부탁하는 일은 의외로 흔하다.

마샤가 어딘지 기가 죽어 있었던 이유도 알겠다. 그녀를 돌봐주는 사람이 부모가 아니라 부모의 친구였기 때문에 그런 거다.

그때 다니엘이 밀드레드의 귀에 대고 속삭였다.

"그레고리 백작은 결혼하지 않은 아들과 약혼한 딸이 하나씩 있습니다."

그렇군. 밀드레드는 고개를 끄덕였다. 그레고리 백작 부부는 나이가 꽤 있어 보였다. 그녀보다 최소한 다섯 살은 많아 보인다.

그 말은 결혼한 지 꽤 시간이 지나서 자식을 얻었다는 말이다.

아니나 다를까 백작 부인이 백작에게 물었다.

"프리스톤은 찾았어요?"

백작의 표정이 굳었다. 그가 작게 고개를 흔드는 것을 본 밀드레드는 슬쩍 뒤로 물러나며 다니엘에게 말했다.

"윌포드 경, 우리 자리는 어디죠?"

이만 떠나자는 뜻이다. 다니엘은 그레고리 백작 부부와 마샤에게 인사를 하고 밀드레드를 자리로 안내하기 전에 먼저 극장 측에 입고 온 코트를 맡겼다.

아직 공연이 시작되기 전의 극장은 어수선하고 밝았다. 아이리스와 릴리, 애슐리는 다니엘을 따라 극장의 계단과 복도를 걸으며 여기저기를 구경하느라 정신이 없었다.

다니엘이 이 층으로 안내하는 동안에도 마주치는 사람들이 그에게 인사를 건넸다. 그의 바로 옆에서 함께 걷는 밀드레드에게 사람들의 시선이 가는 건 당연했다.

그때마다 밀드레드는 사람들의 묘한 시선을 모른 척했다.

결혼에 관심이 없는 부유하고 잘생긴 미혼의 남작. 그와 함께 공연장을 찾은 미모의 부인.

그녀는 사람들의 호기심 어린 시선이 무엇을 의미하는지 잘 알았다. 그때마다 여러분이 생각하는 것과 다르다고 외치고 싶은 것을 꾹 참느라 힘들었다.

"어디예요?"

이 층을 올라온 지 얼마 되지 않아서 밀드레드는 결국 참지 못하고 다니엘에게 물었다.

애슐리와 릴리는 아이리스의 뒤에서 소곤거리며 킥킥거리고 있었다. 다니엘은 바로 다음에 보이는 문 앞에 멈춰 서서 노크를 하며 말했다.

"여깁니다."

좋은 자리다. 왕립 극장은 총 삼 층으로 일 층을 제외한 이 층과 삼 층은 전부 박스석으로 이루어져 있었다.

그중 삼 층보다 이 층이 좀 더 비쌌는데 이 층 중에서도 무대가 정면으로 보이는 로얄석 양옆이 가장 비쌌다.

다니엘이 안내한 곳은 로얄석의 오른쪽에 위치한 박스석이었다. 보통이라면 안내원이 안내해 주고 문을 열어 주지만 이번에는 리안이 이미 안에 있었기 때문에 그럴 필요가 없었다.

"어서 오세요, 반스 부인. 반스 양."

다니엘이 노크를 하자 문을 열고 나온 리안이 빙그레 웃으며 인사를 했다. 그리고 사람들이 들어올 수 있도록 문을 활짝 열고 안쪽으로 비켜섰다.

"오랜만이야, 리안."

밀드레드는 리안에게 인사를 하며 다니엘의 손을 잡고 안으로 들어섰다. 꽤 큰 공간에 의자가 네 개씩 두 줄로 놓여 있었다.

리안과 다니엘은 앞줄의 의자를 여자들에게 양보하고 물러났다. 하지만 밀드레드가 리안을 돌아보며 말했다.

"리안, 네가 여기 앉아."

그 순간 아이리스의 얼굴이 달아올랐다. 밀드레드와 리안이 자리를 바꾸면 아이리스와 리안이 나란히 앉을 수 있다.

괜찮다는 아이리스와 감사하다는 리안 사이에서 재빨리 일어나 뒷줄로 옮기는 밀드레드 덕분에 가벼운 소동이 일어났다.

"자리를 바꿔 주실 줄은 몰랐는데요."

다니엘은 뒷줄로 와서 앉은 밀드레드에게 속삭였다.

그러면서 그와 그녀의 시선은 나란히 앉은 리안과 아이리스를 향하고 있었다.

리안, 아이리스, 릴리, 애슐리 순으로 앉은 덕분에 리안은 상대적으로 다른 자리에서 모습이 보이지 않았다.

밀드레드는 일부러 다니엘에게서 좌석을 하나 떨어져 앉으며 속삭였다.

"첫 데이트니까요."

딸의 첫 데이트가 나란히 앉아 보지도 못하고 끝나는 건 너무 가엽다. 그렇다고 너무 가까운 것을 허락할 생각은 없지만.

밀드레드는 리안의 손이 어디 있는지 확인하고 일 층을 쳐다봤다.

사람들이 안내원의 안내를 받아 자리를 찾아가는 게 보였다.

밀드레드는 일 층을 쳐다보다가 시선을 정면으로 향했다. 그러자 박스석이 사람들이 대부분 이쪽을 쳐다보는 게 보였다.

"애들아, 뒤로 조금 물러나."

저마다 극장용 소형 망원경을 들고 밀드레드가 있는 박스석을 관찰하고 있었다. 극장에서 로얄석 다음으로 사람들이 가장 관심을 갖는 좌석이기 때문이다.

이미 이 자리는 완벽한 신랑감인 윌포드 남작이 소유한 박스석이라는 것만으로 여성들과 미혼의 딸을 가진 부모의 관심을 받고 있었다.

그런데 거기에 다니엘이 밀드레드를 대동하고 들어서자 호사가들의 망원경까지 이쪽을 향했다.

뿐만 아니라 올해 데뷔한 아가씨들 중에서 사람들의 입에 많이 오르내린 아가씨들 중 무려 두 명이나 좌석의 앞줄에 앉아 있으니 당연했다.

물론 그 두 명은 아이리스와 애슐리였다.

"망원경 필요하세요?"

다니엘은 그렇게 물으며 옆에 있는 협탁의 서랍을 열었다. 그 안에서 두 개의 망원경이 나왔다. 밀드레드가 눈짓하자 애슐리와 릴리가 손을 벌려 받아 갔다.

"언니 먼저 쓸래?"

"너 먼저 써."

릴리가 아이리스에게 망원경을 내밀며 물어보자 아이리스가 고개를 저었다. 그 옆에서 리안이 품에서 뭔가를 꺼내며 말했다.

"이거 써."

"망원경 가져왔어?"

"응. 부족할 거 같아서."

아이리스의 얼굴이 환해졌다. 그녀는 리안에게서 망원경을 받아 들고 가볍게 감탄했다. 상아로 만들어서 금으로 테를 두른 굉장히 예쁜 망원경이었다.

그녀가 망원경으로 바깥쪽을 내다보는 사이 리안은 다니엘을 향해 고개를 끄덕해 보였다. 망원경을 하나 더 가져온 건 다니엘의 생각이었다. 덕분에 아이리스가 좋아하는 걸 봤다. 리안은 역시 다니엘의 말을 듣길 잘했다고 생각했다.

"왜 시작을 안 하는 거죠?"

한참을 밖을 구경하던 릴리가 물었다. 밀드레드는 좀 더 안으로 들어오라고 해야 할지 망설이고 있었다.

나서는 것을 좋아하지 않는 아이리스나 사람들의 시선을 두려워하는 애슐리와 달리 릴리는 망원경을 들고 펜스 밖으로 고개를 내밀고 구경하고 있었다.

"아직 자리가 비었거든."

다니엘의 말에 릴리의 얼굴에 그게 무슨 소리냐는 표정이 떠올랐다. 일 층 자리는 꽉 차서 더 이상 빈 곳은 없었다. 이 층 박스석도 마찬가지로 모든 자리마다 사람들이 들어가 있었다.

하지만 그 순간 오케스트라단이 음악을 연주하기 시작했다.

웅성거리던 소리가 딱 멈추고 일 층의 사람들뿐 아니라 이 층 박스석의 사람들까지 일어나는 게 보였다. 아이리스와 릴리는 눈치껏 자리에서 일어났다.

"뭐예요?"

애슐리가 물었다. 그녀는 릴리가 툭 치자 벌떡 일어나며 주변을 둘러보았다. 이해하지 못하는 그녀에게 밀드레드가 속삭였다.

"국왕 폐하께서 오셨어."

오늘 왕립 극장이 북새통인 이유이기도 했다. 국왕 부부가 관람한다는 말에 모든 귀족들이 출동했다. 깜짝 놀라서 눈을 동그랗게 뜬 애슐리에게 다니엘이 말했다.

"네 바로 옆이 로얄석이거든."

이제 애슐리는 거의 기절할 지경이 되었다. 그녀는 얇은 벽 하나를 두고 국왕 부부와 나란히 앉아 있다는 사실에 숨을 헐떡이기 시작했다.

"국왕 폐하께서 오셨대. 리안, 알았어?"

국왕이 손을 흔들고 자리에 앉자 사람들도 착석했다. 아이리스는 드레스 자락을 갈무리하고 의자에 앉으며 리안에게 물었다.

"어, 으응."

리안의 표정이 이상해졌다. 그는 아이리스를 제대로 쳐다보지 못하고 무대를 향해 고개를 돌리며 건성으로 대답했다.

왜 이래? 아이리스는 어리둥절한 표정을 지었다. 하지만 그녀가 말을 꺼내기 전에 음악이 연주됐다.

"쥬세페는 월포드 남작과 함께 있나?"

한편 로얄석, 자리에 앉은 왕이 왕비에게 물었다.

오늘 공연에 왕자도 간다고 말했었다. 하지만 지금 이 자리에 보이지 않으니 그는 분명 다니엘과 함께 있으리라고 생각했다.

"그럴 거예요. 아니면 케이시 경과 함께 있겠죠."

확인하고 싶지만 케이시 후작의 박스석과 월포드 남작의 박스석은 로 얄석 양옆에 있기 때문에 여기서는 보이지 않는다.

왕도 왕비도 왕자의 행방에 크게 걱정하지 않았다. 이 나라의 왕자들은 요정의 축복을 받았다. 왕비를 바라보는 왕의 눈동자가 부드럽게 휘었다.

그는 손을 뻗어 왕비의 손을 가만히 잡았다. 왕비 역시 빙그레 웃으며 그의 손을 잡았다.

뒤에 앉아서 국왕 부부의 대화를 들은 로완 후작 부인은 왕자를 찾기 위해 슬쩍 일어나려다 그 모습을 보고 흡족한 미소를 지었다.

그녀에게 딸이 있다면 왕자비가 되길 바랐을 것이다. 그리고 왕비님처럼 그녀의 딸도 사랑하는 남자와 행복하게 살기를 바랐겠지.

"이사벨."

로얄석 밖으로 나온 로완 후작 부인을 발견한 것은 그레고리 백작 부인이었다.

시종들에게 케이시 후작의 박스석과 월포드 남작의 박스석 중 어느쪽에 왕자가 있는지 확인하라고 명령하던 이사벨은 그레고리 백작 부인을 보고 빙그레 웃었다.

"셜리."

이사벨은 자신에게 다가오는 셜리를 향해 손을 내밀었다. 오랜만이다. 성에서 오며 가며 얼굴을 보기는 했지만 이사벨이 왕비의 시녀로 일하는 이상 자유롭게 셜리와 대화를 나누기는 어려웠다.

두 사람은 자연스럽게 손을 잡고 인사를 나눴다.

"오랜만이야."

"그동안 바빴다면서?"

공적인 자리에서는 존댓말을 써야 하지만 이런 사적인 자리에서 자매는 말을 놓곤 했다. 이사벨은 셜리와 인사를 하면서 그녀의 뒤에 선 소녀를 발견했다.

그 시선을 깨달은 셜리가 재빨리 마샤를 앞으로 잡아당기며 말했다.

"마샤, 인사해. 내 언니이자 왕비님의 시녀이신 이사벨 로완 후작 부인이란다."

마샤의 눈이 커졌다. 그렇게 높은 분인 줄은 몰랐다. 그녀가 허둥지둥 치맛자락을 잡고 인사를 하는 사이 셜리가 이사벨에게 마샤를 소개했다.

"게른 남작과 결혼한 한나 기억나?"

기억난다. 이사벨은 가물가물하게 떠오르는 얼굴에 눈을 크게 떴다가 마샤를 쳐다봤다. 그러고 보니 익숙한 얼굴이다 싶었다.

한나와는 결혼 전, 두 해를 친하게 지냈었다. 한나가 자신의 집에 이사벨과 셜리를 초대했던 것이다. 그녀는 어쩔 줄 몰라 하는 마샤를 쳐다보며 빙그레 웃었다.

"그래. 네가 한나의 딸이구나."

"처음 뵙겠습니다."

이사벨의 머릿속에 얼마 전 셜리가 보낸 편지 내용이 떠올랐다. 게른 남작의 사업이 잘못되면서 남작의 경제 사정이 악화되고 그 충격으로 한나까지 쓰러졌다고 했다.

하나뿐인 딸이 결혼은커녕 사교계에 데뷔하는 것도 어려울지 모른다는 두려움에 셜리에게 딸을 부탁하는 한나의 편지는 엉망진창이었다.

셜리는 민망함을 무릅쓰고 딸을 부탁하는 친구에게 인내심과 친절함으로 답장을 보냈고 그 후로 한 달 뒤, 마샤가 그레고리 백작 저택에 도착했다.

"아, 기억나."

이사벨은 고개를 끄덕이며 마샤를 쳐다봤다. 셜리가 보낸 편지에는 한나의 사정과 그래서 그녀의 딸의 후견인이 되었다는 내용이 적혀 있었다.

셜리의 행동은 귀족 사회에서 그리 드문 일이 아니다. 부유한 사람들은 사정이 여의치 않은 친척이나 친구를 종종 도왔다.

이사벨은 마샤에게 맞을 만한 미혼의 귀족 남자들을 머릿속에 떠올리며 셜리에게 물었다.

"날 만나러 온 거야? 너희 가문 좌석은 이쪽이 아니잖아?"

그레고리 백작가의 박스석은 반대편에 있다. 이사벨의 말에 셜리는 미소를 지으며 마샤를 잡아당겼다.

"마샤를 도와준 은인이 있거든."

"은인?"

"전에 데뷔탕트에서 이 애가 실수로 드레스를 더럽혔을 때 말이야."

셜리의 말에 마샤는 저도 모르게 고개를 숙였다. 그녀는 셜리에게 드레스에 와인을 엎지른 것이 자신이라고 거짓말을 했다.

마샤가 고개를 숙인 것을 눈치채지 못한 셜리는 계속해서 이사벨에게 설명했다.

"마샤를 도와준 분이 글쎄, 월포드 남작과 함께 왔지 뭐야?"

"월포드 남작? 다니엘 월포드 남작?"

"응. 밀드레드 반스 부인이라고 알아?"

이사벨과 셜리의 시선이 반대쪽에 있는 월포드 남작의 박스석을 향했다. 이사벨도 반스 부인에 대해 이야기는 들어 봤다.

아주 미인에 남편이 행방불명된 상태에서도 세 딸들을 사교계에 데뷔시켰다고 들었다. 세 딸들을 한 번에 데뷔시킨 건 경제 사정이 별로 좋지 않기 때문일 거라는 말까지.

하지만 이사벨이 밀드레드를 기억하는 건 다른 이유였다. 그녀의 첫 딸인 아이리스 반스가 입고 왔던 드레스 때문이었다. 그 드레스에 달려 있던 꽃장식이 사교계에 센세이션한 반응을 불러왔다.

그리고 그 꽃장식을 구하기 위해 많은 귀족들이 반스가를 자신의 파티에 초대했다고도 들었다.

"지금 사교계에서 그녀의 이름을 모르는 사람은 별로 없지."

"응. 월포드 남작이 반스 부인과 그 딸들을 자신의 자리에 초대한 모양이야."

마샤가 밀드레드에게 한 번 더 인사를 하고 싶다고 해서 월포드 남작의 좌석에 가는 길이었다.

그 딸들을 모두? 이사벨의 눈이 커졌다. 그렇다면 월포드 남작의 박스석에 모두 다섯 명의 사람이 앉아 있다는 말이다.

"아, 그럼 왕자님은 케이시 경과 함께 계신 모양이네."

"왕자님?"

"왕자님은 따로 오셨거든."

월포드 남작과 함께 있는지 케이시 경과 함께 있는지 확인하려던 참이라는 말에 셜리는 고개를 끄덕였다. 재빨리 시종에게 케이시 후작의 좌석을 확인해 보라고 말한 이사벨은 셜리와 마샤에게 고개를 돌리며 말했다.

"폐하께 인사할래?"

"정말? 그래도 돼?"

국왕 부부에게 개인적으로 인사를 할 수 있다니 엄청난 영광이다. 동시에 왕비의 시녀를 언니로 둔 특권이기도 했다.

셜리의 표정이 밝아졌다. 이사벨은 빙그레 웃으며 그녀와 마샤를 로열석으로 안내했다.

"목이 마르셨나 보군요."

윌포드 남작가의 박스석에서 다니엘이 물었다. 밀드레드는 물컵을 손에 쥔 채 대답했다.

"네. 좀 건조하네요."

박스석에는 과일을 띄운 물을 담아 놓았지만 사람이 여섯 명이나 되다 보니 다 마셔 버렸다. 다니엘은 무대를 힐끔 쳐다보며 말했다.

"물을 더 가져오라고 하죠. 아니면 간단한 요깃거리라도 하시겠습니까?"

거창한 식사는 불가능하지만 간단한 스낵류라면 가능하다. 왕립 극장에서는 긴 공연 동안 출출한 속을 달래거나 잠을 깨기 위해 몇 가지 간식과 음료를 팔기도 했다. 물론 술도 판다.

"제가 다녀올게요."

그때 릴리가 밀드레드를 향해 몸을 내밀며 말했다. 다니엘의 한쪽 눈썹이 올라갔다. 밖에 있는 직원을 불러 시키면 된다. 하지만 굳이 자신이 다녀오겠다고 한다는 건 다른 목적이 있다는 말이다.

아니나 다를까 릴리는 밀드레드의 귀에 대고 속삭였다.

"화장실 가고 싶어요."

할 수 없지. 밀드레드가 자리에서 일어나려 했을 때였다. 눈치 빠르게도 리안이 나섰다.

"제가 같이 다녀올게요."

여자 혼자 돌아다니게 할 수는 없다. 리안의 예의 바른 태도에 아이리스의 표정이 밝아졌다. 그녀는 손을 들어 올리며 말했다.

"저도 같이 갈게요."

아이리스와 릴리에 리안까지 함께라면 괜찮겠지. 밀드레드는 그렇게 생각하며 고개를 끄덕였다. 그때 애슐리가 벌떡 일어나며 말했다.

"저, 저도 함께 갈게요."

"넌 앉아."

밀드레드의 말에 애슐리의 표정이 일그러졌다. 그녀는 어찌해야 할 바를 모르겠다는 듯 밀드레드와 아이리스의 얼굴을 번갈아 쳐다봤다.

아무리 눈치가 없는 그녀래도 이게 무슨 상황인지는 안다. 두 언니들이 일부러 어머니를 월포드 남작과 단둘이 있도록 하기 위해 자리를 비우는 거다.

그래서 그녀도 따라가겠다고 일어났는데 바로 안 된다는 말이 떨어졌다.

"넌 나중에 나랑 같이 가자."

밀드레드는 애슐리가 언니들을 따라가려 하는 게 자신과 다니엘을 단둘이 남겨 주기 위해서라고는 꿈에도 생각하지 못하고 말했다.

집 밖에서 돌아다닐 때는 둘씩 짝을 지어서 다녀야 한다. 화장실이라면 더욱 그랬다. 밀드레드의 말에 애슐리가 어떻게 하냐는 표정으로 아이리스를 쳐다봤다. 아이리스는 답답하다는 표정으로 밀드레드를 쳐다보다가 말했다.

"우리끼리 다녀올게요."

돈도 필요 없다. 박스석이라 몇 번 박스석인지 말만 하면 된다. 아이리스와 릴리가 문을 열고 나가자 리안이 다니엘을 한 번 쳐다보고 두 사람을 따라 나갔다.

애슐리는 재빨리 무대를 향해 몸을 돌렸다. 하지만 그녀의 귀는 뒷줄을 향해 쫑긋 솟아 있었다.

다니엘은 아이리스와 애슐리의 행동에 피식피식 웃고 있었다. 그런 그를 알아차린 밀드레드가 물었다.

"뭐가 그렇게 재미있어요?"

"그냥 귀여워서요."

"뭐가요?"

밀드레드가 물었지만 다니엘은 아무 말도 하지 않았다. 뭐가 귀엽다는 거지? 두 사람을 향해 귀를 쫑긋 세우고 있던 애슐리는 결국 궁금증을 참지 못하고 고개를 슬그머니 돌렸다.

다니엘은 밀드레드 쪽으로 삐딱하게 기대앉아 있었다. 하지만 밀드레드는 그의 그런 태도와 상관없다는 듯 똑바로 앉아서 무대를 바라보고 있었다. 애슐리가 뒤를 돌아보자 밀드레드가 입 모양만으로 말했다.

허리 세워.

아차. 애슐리는 재빨리 정면을 바라보며 허리를 세웠다. 어깨도 펴야 하는데. 못마땅한 표정으로 애슐리를 쳐다보는 밀드레드 옆에서 다니엘이 씩 웃었다.

한편, 자리를 벗어난 리안은 다니엘에게 배운 대로 주문을 하고 있었다.

"비스킷도."

다니엘을 위해 간단한 간식도 주문한 리안은 팁은 어떻게 해야 하는지 고민하기 시작했다. 다니엘에게 배운 바로는 식당에 가면 서빙한 직원에게 팁을 줘야 했다. 여기서는 누구에게 팁을 줘야 하는 거지? 그가 고민하는 사이 릴리가 아이리스에게 속삭였다.

"언니, 나 화장실 다녀올게."

아이리스가 기껏 리안과 단둘이 있을 수 있는 좋은 기회다. 릴리는 그렇게 말하고 아이리스가 붙잡기 전에 재빨리 걸음을 옮겼다.

"아이리스."

아이리스가 릴리를 잡으려는 순간 리안이 생각났다는 듯 그녀를 불렀다. 그는 아이리스를 향해 고개를 기울이며 물었다.

"땅콩 먹을래?"

"따, 땅콩?"

잘생긴 얼굴이 그녀를 향해 기울어졌다. 아이리스는 당황한 나머지 말을 더듬었다. 리안의 모자 밑으로 그의 푸른색 눈동자가 그녀를 지그시 응시했다.

"응. 여기서 볶는 건가 봐."

리안이 가리킨 곳을 보니 커다란 통 안에서 뭔가를 볶고 있는 게 보였다.

아이리스는 시내를 나갔을 때 몇 번 맡았던 냄새라는 것을 깨달았다. 땅콩뿐 아니라 캐슈넛이나 아몬드 같은 것도 같이 볶은 뒤 소금을 뿌린 것을 종이봉투에 담아서 파는 것이다. 서민뿐 아니라 귀족들도 종종 먹는 간식이다. 물론 캐슈넛과 아몬드뿐 아니라 호두나 헤이즐넛 같은 것도 다량 함유되는 귀족의 것과 달리 서민들은 땅콩이 대부분이지만.

그래서 이름도 땅콩이다.

먹어도 될까. 이것도 결국은 월포드 남작님이 돈을 지불한다. 아이리스는 망설이며 리안에게 물었다.

"너는?"

"나? 글쎄. 한번 먹어 보려고."

이런 곳에서 파는 땅콩이 어떤 건지 궁금했다. 리안의 대답에 아이리스가 고개를 끄덕이자 그는 주저 없이 땅콩도 두 개 주문했다.

그 모습을 아이리스는 신기하다는 듯 바라봤다. 그녀는 뭔가를 사는데 주저할 수밖에 없다. 반스가는 여유가 없는 편이고 가능하면 절약하는 쪽으로 생활을 해 왔다.

오늘처럼 부유한 지인 덕분에 이런 호사를 누린다고 해도 뭔가를 사는데 거부감이 들 수밖에 없다. 결국은 윌포드 남작에게 도움을 받는 거기 때문이다.

하지만 아이리스의 눈에 비친 리안은 전혀 그렇지 않은 것처럼 보였다. 그는 뭔가를 사는 게 거리낌이 없었고 늘 여유가 있어 보였다. 어떨 때는 그게 생각이 짧아 보일 때도 있었지만.

"윌포드 남작님하고 아주 친해?"

아이리스는 어디로 배달하면 되는지 전하고 돌아오는 리안에게 물었다. 친한 건 알고 있다. 그는 늘 다니엘과 함께 다니니까.

오늘 이 공연만 해도 리안이 아이리스를 초대했다. 아이리스는 리안의 능력으로는 일 층 의자석에 앉을 거라고 예상하고 있었다.

박스석을 소유하지 못한 사람들은 일 층 의자석을 구매한다. 하지만 그랬다간 리안의 얼굴을 알아보는 사람들에게 둘러싸이게 되니 다니엘이 자신의 박스석에 초대한 것이다.

하지만 아이리스는 리안과 친한 다니엘이 그를 도와주기 위해 박스석에 초대해 준 거라고 생각하고 있었다.

박스석은 부의 상징이라 소유한 사람들은 친한 지인들을 초대하기도 한다. 극장에서 만난 친한 지인이 의자석을 구매했다고 하면 거기 앉지 말고 자신과 함께 보자고 박스석에 초대하는 건 그리 드문 일이 아니다.

그녀가 궁금한 건 다니엘이 과연 리안만을 위해 그녀의 가족을 초대했느냐였다. 아이리스가 보기에 다니엘은 그녀의 어머니에게 마음이 있었다.

그건 당연하지! 아이리스는 속으로 콧대를 세우며 생각했다. 밀드레드는 엄청난 미인이다. 그녀의 엄마라서가 아니라 진짜로 사교계에서 밀드레드보다 예쁜 사람은 본 적이 없다.

게다가 상냥하고 손재주가 좋고 행동이 빠르다. 아이리스가 보기에 밀드레드는 완벽했다.

물론 그녀도 밀드레드가 이해가 안 되거나 답답할 때가 있었다. 프레드 반스와 결혼했을 때가 그랬다. 결혼하지 않고 그냥 살면 안 됐던 걸까. 그런 불만을 가진 적도 있었다.

하지만 지금은 안다. 아이를 둘을 가진 여자가 혼자 산다는 건 불가능에 가깝다는 것을. 그녀의 어머니는 그녀와 동생을 키우기 위해 당시로써는 최선의 선택을 했을 뿐이라는 것을.

"으음. 가족끼리 아는 사이니까. 내가 어릴 때부터 알았지."

"어릴 때는 어디 살았어?"

리베라 백작이 사망하고 그의 동생이 백작 위를 이어받으면서 백작의 땅과 저택을 모두 이어받았다. 당연히 밀드레드와 아이들은 그 저택에서 나가는 수밖에 없었다.

그때까지 아이리스는 리베라 백작의 영지인 플로이에서 살았다. 여섯 살까지 플로이에서 자라다가 여섯 살이 되는 해에 수도로 올라왔다.

여섯 살이 된 아이리스의 눈에 수도는 신기한 곳이었다. 숲과 들판이 펼쳐진 시골에서 자랐던 그녀가 마차와 말이 달리는 도로로 이뤄진 도시로 왔으니 당연했다.

아이리스는 리안도 집안이 몰락했으니 그 전까지는 영지에서 살았다고 생각했다. 하지만 리안은 그녀의 질문을 전혀 이해하지 못했다.

그에게 집이란 성이다. 태어난 것도 성이고 지금까지 자란 것도 성이었다. 리안은 이해하지 못하고 되물었다.

"어디서? 집에서 살았는데?"

"지금 집 말이야? 거기서 그대로 살고 있는 거야?"

"어, 으응."

뭔가 찝찝한 느낌에 리안의 대답이 불확실해졌다. 하지만 아이리스는 눈치채지 못하고 말했다.

"좋겠다. 난 어릴 때 살던 집에서 나왔거든. 가끔 좀 궁금해. 내가 타던 그네가 거기 그대로 있을까 같은 거."

그제야 리안은 아이리스가 무슨 말을 하는지 이해했다. 그는 음식이 준비됐다는 직원에게 먼저 가지고 가라고 말한 뒤 아이리스에게 돌아섰다.

"플로이라고 했나? 네가 살던 곳이."

"응. 어떻게 알았어?"

"네 아버지가 리베라 백작이셨잖아."

리안은 그렇게 말하며 씩 웃었다. 모든 귀족의 작위와 영지는 당연히 머릿속에 있다. 그는 상심한 아이리스를 위로하기 위해 다시 입을 열었다.

"네게 집을 사 주고 싶어."

그 정도는 할 수 있다. 왕자의 재력으로 아이리스에게 집을 선물하는 건 어렵지 않았다. 하지만 그가 왕자라는 것을 모르는 아이리스는 농담이라고 생각해서 웃음을 터트렸다.

말만으로도 고마웠다. 그녀에게 뭔가를 해 주겠다고 물어보는 사람이 몇 명이나 있던가. 아이리스는 손을 내밀어 리안의 손을 잡았다. 그리고 그의 어깨에 이마를 기대며 말했다.

"말만으로도 고마워."

리안의 얼굴이 새빨갛게 달아올랐다. 아이리스에게서 아주 좋은 냄새가 났다. 그녀가 잡은 그의 손이, 그녀의 이마가 닿은 그의 어깨가 화끈화끈하게 느껴졌다.

"아니, 진짜로. 나중에 내가 너한테 집을 사 줄게. 땅도 사 줄게."

아이리스를 위해서라면 뭐든 해 줄 수 있을 것 같았다. 그가 왕이 되면.

*　　*　　*

"여긴 여자 화장실이에요."

언니를 위해 혼자 화장실을 찾은 릴리는 문을 벌컥 열고 들어오는 남자에게 말했다. 앞에 여자 화장실이라는 표식도 있는데 어지간히 급한 모양이다.

그녀는 남자가 움찔하고 문을 닫자 피식 웃으며 손을 닦았다. 그러고 보니 얼마 전부터 그녀의 어머니가 손을 깨끗하게 닦아야 한다고 신신당부하던 것이 떠올랐다.

원래도 깔끔한 것을 좋아하시던 분이었지만 최근 몇 달 사이에 그게 부쩍 심해졌다. 릴리는 손을 깨끗하게 씻고 늘 지니고 다니던 손수건을 꺼냈다.

언니와 리안이 충분한 시간을 가졌으면 좋겠는데. 마음 같아서는 애슐리도 끌고 나와서 어머니와 윌포드 남작님이 시간을 갖기를 바랐지만 그건 어쩔 수 없었다.

"저, 저기요."

그때, 안쪽에서 누군가의 목소리가 들려왔다. 흠칫 놀랐던 릴리가 고개를 돌리자 안쪽에서 여자가 다시 말했다.

"지금 당신뿐인가요?"

"어, 네. 그런데요?"

그러자 여자가 문을 열고 나왔다. 릴리가 알고 있는 사람이었다.

"마샤?"

낯익은 얼굴이었다. 릴리의 얼굴을 본 마샤도 깜짝 놀라서 우뚝 멈춰 섰다.

그녀는 주변을 둘러보고 화장실 안에 자신과 릴리만 있는 것을 확인 한 뒤 릴리에게 다가왔다.

"릴리, 너라서 다행이야."

왜? 릴리는 어리둥절한 표정을 짓다가 마샤의 표정을 보고 움찔했다. 그녀는 완전히 겁에 질려 있었다. 눈에 눈물이 그렁그렁한 것을 보고 릴리는 부랴부랴 집어넣었던 자신의 손수건을 꺼냈다.

"왜 그래? 무슨 일 있어?"

마샤는 릴리의 손수건을 받아 들어 눈에 가져다 댔다. 어떻게 해야 할지 모르겠다. 그녀는 망설이다가 말했다.

"나, 나 좀 도와줘."

"왜? 뭔데? 어떻게 도와주면 되는데?"

릴리의 머릿속에 몇 가지 최악의 상황이 떠올랐다. 갑자기 시작된 월 경 때문에 옷이 더러워졌다거나 볼일을 보다가 옷이 젖었다거나.

어쨌든 그녀가 생각하는 건 옷이 더러워진 것에 불과했다.

얼른 더러워진 부분만 빨면 되지 않을까. 릴리는 그녀가 떠올릴 수 있 는 최악의 상황을 떠올리고 돌파구를 찾기 시작했다.

하지만 그런 게 아니었다. 마샤는 어떻게 말해야 할지 몰라 입술을 깨 물었다.

어차피 아무도 이해하지 못할 것이다. 그녀는 눈을 질끈 감았다가 뜨 며 말했다.

"미안한데 나랑 이 층까지만 같이 가 줄래?"

"가는 건 상관없는데……."

리안과 아이리스도 있으니 그 두 사람을 불러와야 한다. 릴리는 그렇게 말하려다 마샤의 표정을 보고 이상하다는 표정을 지었다.

마샤는 약간 낙담한 표정이었다. 겁에 질렸던 아까 전의 표정에서 모든 것을 포기한 듯한 표정으로 변해 있었다.

"왜 그래?"

릴리는 마샤의 팔을 잡고 화장실 안쪽으로 들어가며 나직하게 물었다. 뭔가 문제가 있는 게 분명했다. 그녀의 질문에 마샤는 얼굴이 하얗게 질리더니 고개를 떨궜다.

"무슨 일인데? 도와줄 수 있는 거면 도와줄게."

"그냥, 그냥 이 층까지만 같이 가 주면 돼."

"그것만 하면 돼?"

그건 어렵지 않다. 계단을 같이 올라가는 정도라면 얼마든지 할 수 있다. 릴리는 다시 한 번 마샤의 얼굴을 들여다보고 그녀가 고개를 끄덕이자 한숨을 내쉬었다.

어쩔 수 없다. 마샤가 아무 말도 하고 싶지 않다면 그녀도 더 캐물을 수가 없다.

릴리는 마샤에게서 손수건을 받아 주머니에 넣으며 말했다.

"언니랑 친구가 음료를 주문하고 있거든. 잠깐 여기 있으면 불러올게."

"안 돼!"

마샤는 돌아서는 릴리를 필사적으로 잡았다. 어찌나 세게 잡았던지 잡힌 릴리의 팔뚝이 아플 정도였다. 릴리는 마샤에게로 돌아서서 그녀를 물끄러미 바라보다가 말했다.

"마샤, 네가 날 아프게 하고 있어."

"미, 미안해."

그제야 마샤의 손이 떨어져 나갔다. 릴리는 마샤에게 잡혔던 팔뚝을 문지르며 말했다.

"그럼 같이 가자."

화가 난 릴리가 그냥 가 버릴 줄 알았다. 마샤는 창백한 얼굴로 눈을 크게 떴다. 릴리는 그런 마샤의 손을 잡고 화장실 밖으로 나왔다.

화장실 밖의 긴 복도에는 아무도 없었다. 움찔했던 마샤의 몸이 아무도 없는 것을 보고 풀렸다.

이상하네. 릴리는 고개를 갸웃하며 마샤의 손을 잡고 성큼성큼 복도를 걷기 시작했다. 뭘 걱정하던 걸까. 그리고 왜 혼자 화장실을 온 걸까.

"마샤, 화장실에 혼자 왔어?"

문득 생각난 의문에 릴리가 물었다. 귀족 영애라면 혼자 돌아다니지 않는다. 반드시 몸종이 따라붙는다.

그렇지 못할 경우, 반스가의 여자들처럼 사정이 여의치 않다면 같이 있는 누군가가 함께 다닌다. 릴리에게 리안이 따라가겠다고 했던 것처럼.

릴리의 질문에 마샤의 얼굴이 다시 창백해졌다. 그녀는 주변을 두리번거리며 말했다.

"아니, 같이 왔어."

"그럼 그 사람도 찾아야 하지 않을까?"

마샤를 혼자 두고 어딜 간 거야? 어이없어하면서 주변을 살피던 릴리의 눈에 어떤 남자 하나가 들어왔다. 남자는 릴리와 마샤에게 다가오더니 아무렇지 않게 말을 걸었다.

"마샤, 한참 찾았잖아. 가자."

그 순간 마샤의 몸이 움찔하는 게 릴리의 손에 느껴졌다. 그녀는 깜짝 놀라서 마샤를 돌아보고 다시 남자를 쳐다봤다.

이 남자 뭐지? 마샤와 아는 사이인 것 같지만 아주 무례했다. 릴리를 쳐다보지도 않는 게 그 증거였다. 남자는 릴리에게 자기소개를 하고 마샤에게 릴리를 소개받아야 한다.

그렇지 않다면 최소한 눈인사라도 해야 한다.

릴리는 떠는 마샤를 자신의 등 뒤로 감추며 말했다.

"릴리 반스예요. 마샤의 친구죠."

그제야 남자의 시선이 릴리를 향했다.

그는 릴리의 얼굴을 보고 심술궂은 표정을 지었다. 못생겼네. 릴리에 대한 인상은 그게 다였다. 초록색 눈동자는 그럭저럭 봐줄 만했지만 코가 컸다.

게다가 반스 뒤에 작위도 붙지 않았다는 말은 귀족 영애가 아니라는 말이다. 그는 자기 멋대로 그렇게 판단하고 고개를 휙 돌리며 내뱉었다.

"그레고리."

그거면 됐다. 왕립 극장에 출입하는 사람이라면 그레고리라는 성만으로 자신이 그레고리 백작가의 아들이라는 것을 알아차릴 것이다.

그는 릴리를 무시하며 마샤에게 말했다.

"가자, 마샤. 어머니께서 기다리고 계신다구."

이 남자 뭐야? 릴리의 표정이 굳었다.

남자의 말에 움찔했던 마샤도 릴리의 눈치를 보기 시작했다. 그녀는 머뭇거리며 말했다.

"프리스톤, 난 릴리랑 함께 돌아갈게."

그 순간 프리스톤이라고 불린 남자의 얼굴이 무서울 정도로 굳었다. 그는 마샤에게 고개를 기울이더니 이를 악문 듯한 소리로 말했다.

"그럼 난?"

릴리는 깜짝 놀라서 프리스톤을 쳐다봤다. 이건 무례한 수준을 넘어섰다. 그녀는 프리스톤과 마샤의 사이로 끼어들 듯 몸을 기울이며 말했다.

"제 언니도 마샤와 아는 사이거든요. 잠깐 인사하고 같이 올라갈게요. 아니면 그레고리 씨도 같이 와요."

프리스톤의 시선이 릴리를 향했다. 그는 경멸의 표정을 숨기지도 않은 채 말했다.

"내 아버지는 그레고리 백작님이야. 그레고리 씨가 아니라 그레고리 경이라고 불러."

귀족의 아들까지는 작위가 없어도 성 뒤에 경을 붙여서 부른다. 하지만 작위를 받을 가능성이 없는 귀족의 조카는 경을 붙이지 않는다.

프리스톤을 그레고리 씨라고 부른 건 릴리의 작은 심술이었다. 상대가 귀족의 자식인지 조카인지 모를 때는 예의상 경을 붙여 주면 상대가 그것을 정정하는 식이었다.

하지만 릴리는 프리스톤을 일부러 그레고리 씨라고 부름으로써 그의 기분을 상하게 했다. 그렇게 하면 프리스톤이 떨어져 나갈 거라고 생각했다.

"그래요, 그레고리 경. 우리와 함께 가든가, 아니면 따로 와요."

"건방진 계집."

프리스톤의 입에서 놀라운 말이 흘러나왔다. 마샤는 물론이고 릴리조차 흠칫 놀랐다. 그는 릴리를 노려보다가 마샤에게로 시선을 돌렸다.

앗 하는 순간 프리스톤이 마샤의 팔을 움켜쥐었다.

"정말 이 여자랑 같이 갈 거야? 감히?"

그의 행동에 릴리는 너무 놀라서 숨 쉬는 것조차 잊어버렸다. 그건 마샤도 마찬가지였다. 그녀는 완전히 얼어붙어 있었다.

프리스톤은 얼어붙은 마샤가 아무 대답도 하지 않자 그녀의 팔뚝을 움켜쥔 손에 힘을 가하며 소리쳤다.

"응?"

"아야!"

고통에 마샤의 입에서 신음이 흘러나왔다. 그 순간 릴리가 정신을 차렸다. 그녀는 반사적으로 프리스톤의 가슴을 팍 치며 말했다.

"무슨 짓이야? 떨어져!"

놀랍게도 프리스톤은 릴리가 친 것만으로 비틀거리며 물러났다. 그의 얼굴이 분노로 새빨갛게 달아올랐다.

이, 이 계집이? 프리스톤은 어쩔 줄 몰라 하는 마샤와 분노한 릴리의 얼굴을 번갈아 쳐다보고 소리를 치려다 멈칫했다.

여긴 왕립 극장의 화장실 근처다. 사람이 많을 수밖에 없었다. 대부분 심부름을 하러 온 하인들이지만 릴리와 마샤처럼 화장실을 찾은 사람들도 있을 수 있었다.

"쯧."

프리스톤은 혀를 차며 물러났다. 그러면서도 그는 마샤를 향해 눈을 부라리는 것을 잊지 않았다.

"세상에."

그제야 릴리는 숨을 헐떡이며 어깨를 늘어트렸다. 무서워서 혼났다. 단 한 번도 그녀에게 남자가 손을 올린 적은 없지만 태어나서 처음으로 프리스톤은 자신에게 그럴지도 모른다는 생각이 들었다.

"마샤, 괜찮아?"

프리스톤이 저 멀리 사라지고 나서야 릴리는 마샤를 떠올리고 몸을 돌렸다. 그녀는 릴리의 뒤에서 웅크리고 앉아 있었다.

"마샤."

웅크린 마샤의 어깨가 가늘게 떨렸다. 릴리는 마샤가 뭘 두려워했던 건지 깨달았다.

프리스톤을 피했던 거다. 그러고 보니 릴리가 화장실에 들어왔을 때 문을 열고 들어오려 했던 남자도 지금 생각해 보니 프리스톤인 모양이었다.

이건 릴리가 어떻게 해 줄 수 있는 일이 없다. 프리스톤은 그레고리 백작의 하나뿐인 아들이고, 마샤는 그레고리 백작 부인의 친구가 부탁한 딸이다.

그것보다 더 최악인 것은 만약 프리스톤이 마샤를 원한다면, 그녀와 결혼하겠다고 조르기라도 한다면 마샤는 싫다는 말을 할 수가 없다는 점이다.

"저 남자가 너한테 결혼하재?"

릴리는 마샤의 앞에 쪼그려 앉으며 물었다. 그러면서 동시에 그녀는 어떻게 해야 마샤를 도울 수 있을지 생각하고 있었다.

가장 좋은 건 마샤가 그레고리 백작의 저택에서 나오는 거다. 하지만 나온다 해도 그녀가 어디서 산단 말인가.

릴리는 잠시 어머니에게 마샤와 함께 살아도 되는지 물어볼까 고민했다.

"아, 아직은……."

"결혼하자고는 안 해?"

응. 마샤는 눈시울이 붉어진 채 고개를 끄덕였다. 그게 다행인 한편 공포기도 했다. 프리스톤이 마샤와 결혼하길 원한다면 마샤의 의견은 묵살될 테니까.

하지만 프리스톤이 결혼도 하지 않고 마샤에게 손을 대려 한다면 그걸 그녀가 막을 수 있을까.

"그럼."

걱정 때문에 릴리의 목소리가 쉬었다. 그녀는 크홈 하고 목을 가다듬은 뒤 다시 말했다.

"집에선? 그레고리가에선 알아?"

"프리스톤이 집에 올 때마다 패트리샤가 막아 주고 있어."

패트리샤. 그레고리 백작의 딸이자 프리스톤의 동생이다. 릴리의 머릿속에 데뷔탕트가 열린 성의 파티에서 울고 있던 마샤와 패트리샤가 떠올랐다.

설마.

릴리의 얼굴이 다시 굳었다. 그녀는 마샤의 얼굴을 들여다보며 물었다.

"그, 그날도 저 남자 짓이었어? 네 드레스를 엉망으로 만든 거?"

마샤의 눈에 다시 눈물이 글썽이기 시작했다. 울지 마. 릴리는 다시 자신의 손수건을 꺼내 마샤에게 건넸다.

역시 그 드레스를 망친 건 마샤의 실수가 아니었던 거다. 그게 프리스톤의 짓이라는 건 놀랍지만.

릴리는 마샤가 눈물을 닦는 것을 잠시 물끄러미 쳐다보다가 말했다.

"내가 뭘 하면 될까?"

그녀의 질문에 마샤는 놀란 표정을 지었다. 릴리가 도와주려고 할 줄은 몰랐다. 마샤는 지금 자신의 태도는 누가 봐도 배부른 투정이라고 생각할 거라는 것을 알았다.

그레고리 백작가의 후계자가 그녀를 마음에 들어 한다. 사람들은 그것만으로 마샤가 운이 좋다고 생각할 것이다. 그래서 그녀는 낙담하고 있었다.

"모, 모르겠어."

지금 이 상황에서 마샤가 할 수 있는 일이 뭐가 있을까. 그걸 위해 릴리가 도와줄 수 있는 게 뭐가 있을까. 마샤는 자신의 처지를 비관하고 프리스톤을 피하느라 급급해서 어떻게 해야 할지는 전혀 생각도 하지 못하고 있었다.

　혼자 고향을 떠나 수도로 온 마샤가 그레고리 백작가를 떠난다는 건 생각도 할 수 없는 일이다. 백작 부인이 그녀를 내보낸다면 모르지만 그녀가 먼저 나가겠다고 할 수는 없다. 그랬다간 민망함을 무릅쓰고 딸을 부탁한 그녀의 어머니의 얼굴에 먹칠을 하는 게 된다.

　"일단 나랑 돌아가자. 그리고 앞으로 어떻게 해야 할지 생각을 해 보자."

　릴리는 그렇게 말하며 마샤의 손을 잡았다. 그녀의 머릿속에 어머니와 이야기를 해 봐야겠다는 생각이 떠올랐다.

　"그렇지 않아도 너무 늦어서 걱정하던 차였어."

　릴리가 마샤를 그레고리 백작의 박스석에 데려다주자 그레고리 백작 부인이 걱정스러운 표정으로 말했다. 그 얼굴을 본 릴리는 백작 부인은 자신의 아들이 마샤에게 무슨 짓을 하고 있는지 전혀 모르고 있는 모양이라고 생각했다.

　실제로 셜리는 아들 프리스톤이 마샤에게 집착한다는 것을 모르고 있었다. 페트리샤와 마샤가 셜리에게 숨기기 때문이다.

　셜리가 알았다면 둘 중 하나밖에 없다. 기뻐하며 마샤를 프리스톤과 결혼시키거나, 마샤가 프리스톤에게 어울리지 않는다고 생각해서 고향으로 돌려보내거나.

　어느 쪽이더라도 마샤에게는 좋지 않았다.

　"데려다줘서 고마워요, 반스 양."

　셜리는 마샤를 데려다준 릴리에게 가볍게 고개를 끄덕이며 인사했다. 프리스톤은 이미 자신의 의자에 앉아 무대를 바라보고 있었다.

그레고리 백작 부부가 있는 박스석에서는 그도 마샤에게 함부로 굴지 못할 것이다. 릴리는 마샤에게 입 모양만으로 편지를 쓰라고 말하고 인사를 한 뒤 그레고리 백작의 박스석을 빠져나왔다.

그레고리 백작의 박스석은 월포드 남작의 박스석과 반대쪽 복도에 위치해 있었다. 아이리스와 리안을 찾아 월포드 남작의 박스석으로 돌아갔다가 마샤를 데려다주러 나온 거기 때문에 릴리는 혼자 돌아가야 했다.

그래도 정중앙에 로얄석이 자리 잡고 있는 이 층이 위험하진 않을 것이다. 애초에 귀족들만 이용할 수 있는 왕립 극장이 위험할 리가 없지만.

릴리는 어두운 표정으로 그레고리 백작의 박스석 문을 쳐다보고 돌아섰다. 마샤를 혼자 두고 온다는 생각에 마음이 무거웠다. 그래도 집에서는 패트리샤나 다른 하녀가 늘 함께 있어 준다고 했지만 그래도 걱정이 된다.

"너."

그때, 복도를 막 걸어가는 릴리의 뒤를 프리스톤이 따라잡았다. 그는 릴리의 팔을 낚아채고 우악스럽게 그녀를 자기 쪽으로 돌리며 말을 이었다.

"감히 나한테 손을 대?"

뭐라는 거야, 이 남자? 릴리의 눈이 커졌다. 그의 갑작스러운 행동 탓에 놀라움이 공포보다 먼저 다가왔다.

"건방진 게."

"이거 놔."

릴리는 프리스톤의 손을 떨쳐 내기 위해 팔을 거칠게 흔들며 말했다. 하지만 그럴수록 그의 손가락이 그녀의 팔에 파고들듯 힘이 더해졌다.

"못생긴 게. 너 같은 건 말 한마디로 평생 후회하게 해 줄 수 있어."

도저히 성인의 말이라고 믿기 어려운 멍청한 욕설에 릴리는 정신이 멍해졌다. 다섯 살짜리가 할 만한 행동이다. 그녀는 상대가 유치하게 군다면 자신도 유치하게 굴기로 결심했다.

"멍청한 게. 너 같은 걸 세상 어느 여자가 좋아할 것 같아?"

"뭐?"

순식간에 프리스톤의 얼굴이 시뻘겋게 달아올랐다. 주제에 자길 좋아할 여자가 있을 줄 알았나 보다. 릴리는 위험하다는 것도 잊고 저도 모르게 풋 하고 웃었다.

그게 프리스톤의 마지막 이성줄을 끊는 도화선이 되었다.

"이게!"

맞는다! 그제야 릴리는 깜짝 놀라서 눈을 크게 떴다. 지금까지 살면서 누군가 상대방을 때리는 걸 한 번도 본 적이 없는 릴리는 그대로 얼어붙었다.

"그레고리 경."

그때, 누군가 프리스톤의 팔을 움켜잡으며 낮은 목소리로 그의 이름을 불렀다. 낮은 목소리였지만 명백하게 화가 난 목소리였다.

프리스톤과 릴리의 고개가 남자에게로 돌아갔다. 프리스톤보다 키가 큰 남자였다. 그는 분노로 이글거리는 눈동자로 프리스톤을 노려보며 말했다.

"뭐 하는 짓이지?"

마치 남자의 붉은 머리카락이 분노 때문에 붉어진 것처럼 보였다. 생각도 못 한 사람의 등장에 릴리는 멍하니 더글러스의 얼굴을 쳐다봤다.

"아, 아니, 그게 아니라……."

"이자가 당신을 다치게 했습니까?"

더글러스는 릴리를 돌아보며 물었다. 릴리는 프리스톤에게 잡힌 팔을 문지르다가 그를 쳐다봤다. 멍청한 자식. 프리스톤은 더글러스에게 맞을까 봐 겁에 질려 있었다.

그럴 만도 했다. 더글러스의 몸에서 분노가 뿜어져 나오는 게 릴리에게도 느껴질 정도였으니까. 그는 릴리가 말없이 고개를 끄덕이기만 해도 프리스톤을 걷어찰 기세였다.

"아뇨. 괜찮아요."

더글러스는 정말이냐고 묻지 않았다. 그는 릴리를 유심히 쳐다보다가 프리스톤에게 고개를 돌렸다. 그리고 그의 팔을 휙 놓으며 낮은 목소리로 말했다.

"이번은 경고만 하지, 그레고리 경. 두 번째는 없어."

프리스톤은 하얗게 질린 얼굴로 고개를 끄덕였다. 그리고 더글러스에게 잡혔던 팔을 문지르며 주춤주춤 물러나기 시작했다.

더글러스는 그런 그를 신경도 쓰지 않고 릴리에게 시선을 돌리며 물었다.

"자리가 어디시죠? 바래다 드리겠습니다."

그는 릴리를 알아보지 못하는 게 분명했다. 자신을 알아보는 티가 나지 않자 릴리는 왠지 모를 실망감을 느꼈다. 그녀는 몸을 돌리며 말했다.

"괜찮아요."

"괜찮지 않습니다. 그레고리 경은 당신보다 힘도 세고 키도 커요. 그런 자에게 싸움을 걸면 어쩌자는 겁니까?"

이 자식이 뭐라는 거야? 릴리의 눈이 매서워졌다. 그녀는 더글러스를 향해 돌아섰다. 그리고 가슴 앞으로 팔짱을 끼며 말했다.

"난 약하고 작으니까 무조건 피해야 한다는 말인가요?"

"위험하잖습니까. 저자가 당신을 때리려고 했잖습니까."

"다치는 게 두려워서 저런 멍청한 소리를 듣고도 피하라는 말이에요?"

릴리의 말에 더글러스의 표정이 가라앉았다. 그는 다시 그녀를 물끄러미 쳐다봤다.

"굳이 위험을 무릅쓸 필요는 없으니까요."

"그럼 경은 왜 위험을 무릅쓰고 절 도와주신 거죠?"

"전 그레고리 경을 이길 수 있으니까요."

"오, 그럼 자신보다 약한 상대에게만 강하게 나가신다는 건가요? 그레고리 경이 경보다 강했다면 모른 척 피하셨을 건가요?"

릴리의 비난에 더글러스의 얼굴에 당황한 표정이 떠올랐다. 그렇지 않다. 그는 상대가 자신보다 강한 자라 해도 릴리를 도왔을 것이다.

설령 왕자님이 릴리를 위협하고 있었다고 해도 그 사이로 끼어들었을 거라고 생각했다.

"그건 아닙니다."

"그럼 전 왜 피해야 하는데요?"

"그야 당신은……."

차마 말을 못 하는 더글러스를 향해 릴리는 경멸하는 표정을 지어 보였다. 그 표정이 더글러스에게는 그 어떤 공격보다 큰 충격으로 다가왔다.

"도와줘서 고마워요, 더글러스 케이시 경."

릴리는 그렇게 인사하고 휙 돌아섰다. 그리고 더글러스가 자신을 잡기 전에 후다닥 뛰었다. 우아하게 걷고 싶었지만 그랬다간 더글러스가 붙잡을 것 같아서 그럴 수가 없었다. 만약 더글러스가 그녀를 붙잡는다면 화가 나서 프리스톤을 때린 것보다 더 세게 그를 때릴 것 같았다.

릴리의 머릿속에 가면무도회에서 더글러스와 춤을 췄던 게 떠올랐다.

역시 그는 그녀를 기억하지 못하는 모양이었다. 심지어 그전에도 한 번 춤을 췄었는데 그것도 기억하지 못했다.

잊을 리가 없다고, 그가 그렇게 말했었다. 릴리는 문 앞에 도착해서 숨을 고르며 투덜거렸다.

"잊지 못하긴 개뿔."

더글러스는 뛰어가는 릴리를 따라가려다가 멈췄다. 그녀가 짓던 경멸하는 표정이 머릿속에 다시 떠오른 탓이다.

하지만 그렇다고 혼자 가게 둘 수는 없다. 그는 소리 없이 릴리를 따라가 그녀가 윌포드 남작의 박스석에 무사히 들어가는 것까지 확인했다.

윌포드 남작과 아는 사이였던 모양이다.

그제야 그녀가 누군지 떠올랐다. 반스가의 아가씨였다. 이름이 뭐였더라?

그녀의 어머니가 밀드레드 반스라는 건 생각났지만 릴리의 이름은 생각나지 않았다. 물론 릴리뿐 아니라 애슐리의 이름도 생각나지 않았다.

더글러스는 머리를 쓸어 넘기며 돌아섰다. 잠깐 릴리의 녹색 눈동자가 떠올랐다. 하지만 곧 그의 머릿속에 그녀의 경멸 어린 표정이 덧씌워졌다.

"젠장."

밀드레드는 공연이 끝나자 다니엘을 돌아보며 웃었다. 재미있었다. 가수가 클라이맥스에 깜짝 놀랄 정도로 높은음을 뽑아냈을 때는 저도 모르게 치맛자락을 움켜쥐었을 정도였다.

이미 두 번이나 앵콜을 했음에도 사람들은 앵콜을 외치고 있었다.

"괜찮았나요?"

다니엘이 자리에서 일어나 밀드레드에게 손을 뻗으며 물었다. 그녀는 활짝 웃으며 대답했다.

"네. 너무 재미있었어요. 초대해 줘서 고마워요."

참 다정한 남자라니까. 밀드레드는 그렇게 생각하며 다니엘의 손을 잡았다. 리안의 스승이라 그의 데이트를 도와주기 위해 자신의 박스석을 빌려준 거라면 아이리스만 초대하면 됐을 것이다.

하지만 그는 아이리스뿐 아니라 반스가 사람들을 모두 초대해 주었다. 이게 다정하다는 증거지.

밀드레드의 머릿속에 릴리의 연필이 그의 방에 있었던 게 떠올랐다. 릴리에게 너무 나이가 많다고 생각했지만 이 정도로 좋은 사람이라면 괜찮지 않을까. 그렇게 생각하는 밀드레드의 표정이 어두워졌다.

"사람이 많으니 조금만 기다렸다가 나가죠."

다니엘이 일 층을 내려다보며 말했다. 일 층에 앉았던 사람들이 한꺼번에 나가느라 출구는 북새통이었다. 다음 스케줄로 식당 예약을 해 놓았다. 그는 밀드레드에게 새로운 음식을 먹여 줄 생각에 기대하고 있었다.

"오래 걸리겠네요."

밀드레드는 어두운 표정으로 다니엘을 따라 일 층을 내려다보며 말했다. 릴리와 다니엘이라니. 두 사람이 좋다면 반대할 이유가 없지만 그래도 마음에 걸렸다.

그때, 그녀의 눈에 어떤 사람이 들어왔다.

"잠깐만요."

그렇게 말하며 벌떡 일어난 밀드레드는 치맛자락을 잡고 일 층으로 뛰어 내려가기 시작했다. 다니엘은 리안에게 반스가 아가씨들을 챙기라고 눈짓한 뒤 밀드레드의 뒤를 따랐다.

"부인."

다니엘이 밀드레드를 따라잡았을 때, 그녀는 사람들이 빠져나가는 출구를 역으로 들어가느라 고군분투하고 있었다.

"무슨 일입니까?"

"그 사람이에요."

"그 사람이요?"

가까스로 틈이 생기자 안으로 파고들어 가며 밀드레드가 외쳤다.

"그 초상화의 사람이요!"

13

릴리와 다니엘

"어머니께서 뛰어나가실 때는 깜짝 놀랐어요."

입 안에 든 음식을 삼킨 아이리스가 그렇게 말하며 웃었다. 나는 눈동자를 굴려 다니엘을 쳐다봤다. 그 역시 씩 웃고 있었다.

웃는 건 아이리스와 다니엘뿐만이 아니다. 릴리와 애슐리, 리안까지 모두 웃고 있었다.

다들 꽤 놀랐던 모양이다. 하긴, 밀드레드는 우아한 숙녀라면 뛰지 않는 법이라고 생각하고 있었다. 나는 잔을 들어 물로 입을 헹군 뒤 말했다.

"급한 일이 있어서 그랬던 거야. 너희는 그러면 안 돼."

그렇게 계단을 뛰어 내려가는 건 위험하다. 나야 초상화 속의 여자를 발견하고 그녀를 놓치지 않기 위해 어쩔 수 없었지만.

"그래서 그분이 초상화의 그 사람이 맞아요?"

릴리가 물었다. 나는 잔을 내려놓으며 고개를 저었다.

초상화의 여자와 굉장히 닮긴 했다. 하지만 생각해 보니 카일이 그린 초상화의 사람이라면 지금쯤 이미 죽었거나 상당히 나이가 들었을 것이다.

초상화의 여자와 닮은 사람은 에이미 니콜스로 니콜스 남작 부인이라고 했다. 그녀는 혹시 예전에 카일이라는 화가를 알지 않았냐는 내 느닷없는 질문에 당황한 표정을 지으면서도 고개를 저었다.

"아뇨. 알고 지내는 화가는 없어요. 우리 집안 초상화를 그리는 화가는 밀라드거든요."

그녀가 대답하는 동안 나는 찬찬히 에이미를 쳐다봤다.

초상화와 닮았다. 물론 초상화의 여자보다는 훨씬 나이가 들어 보인다. 그게 언뜻 초상화가 그려졌을 때보다 시간이 흘러서 당연하게 느껴졌다.

하지만 에이미가 초상화의 주인공이라면 그녀는 지금 이 나이보다 훨씬 나이가 들었을 것이다. 아니면 죽었겠지.

천천히 머릿속이 차가워졌다. 동시에 어떤 희망도 생겼다. 초상화의 주인공과 이렇게 닮았는데 전혀 관계없는 사람일 리 없다.

"그럼, 혹시 둥근 지붕 저택에 산 적 있어요?"

또 다른 질문에 니콜스 남작 부인의 얼굴에 명백한 경계의 표정이 떠올랐다. 그녀는 인상을 쓰지 않으려 애쓰며 물었다.

"그걸 왜 물어보시죠?"

"아, 죄송합니다. 전 밀드레드 반스예요. 머피 백작이 제 오라버니죠."

다행히 머피 백작이라는 말에 남작 부인의 표정이 누그러졌다. 백작의 여동생이라는 게 내 신분을 확인시켜 주기 때문이다.

나는 이어서 다니엘도 소개했다. 그가 고개를 끄덕해 보이는 사이 다니엘의 얼굴을 본 에미미의 입이 살짝 벌어졌다.

다니엘이 잘생겼긴 하지. 나는 괜스레 뿌듯해져서 어깨를 펴다가 멈췄다.

얘가 내 아들도 아니고 동생도 아닌데 내가 뿌듯할 이유는 또 뭐람.

"제가 둥근 지붕 저택에 살고 있거든요. 그런데 얼마 전에 예전 물건을 정리하다가 초상화 한 장을 발견했는데요."

거기까지 말한 나는 다니엘을 쳐다봤다. 그는 내가 말을 멈추자 왜 그러냐는 듯 날 쳐다보더니 곧 알겠다는 듯 에이미를 쳐다보며 입을 열었다.

"남작 부인과 닮은 분이 그려져 있더군요."

"저와 닮았다고요?"

얼굴, 머리 색, 눈 색까지 모두 에이미 니콜스와 똑같았다. 물론 초상화라 사진처럼 완벽하게 그녀 같지는 않았지만 그림이라는 것을 감안하면 그랬다는 말이다.

에이미는 나와 다니엘을 쳐다보다가 이상하다는 듯 고개를 저었다.

"아뇨. 둥근 지붕 저택이라니 거기 그 언덕 위에 있는 저택을 말하는 거죠?"

"네. 맞아요."

"거기서 산 적은…… 어머."

우리 집에서 산 적이 없다고 말하려 했던 모양이다. 에이미는 말하려다 멈칫하더니 눈을 동그랗게 떴다. 그리고 나를 쳐다보며 놀랐다는 듯 말했다.

"아주 옛날에 친정집을 수리했다고 들었어요."

"수리하는 동안 다른 곳에서 사셨어요?"

내 질문에 니콜스 남작 부인은 환해진 얼굴로 고개를 끄덕였다. 그게 둥근 지붕 언덕이었던 모양이다. 그녀는 퍼즐을 맞춘 듯한 표정으로 말했다.

"어쩌면 그때 화가가 어머니의 초상화를 그렸을지도 모르겠네요."

"혹시 어머니께서 자신의 초상화를 그린 화가에 대해서 이야기하신 적이 없어요?"

"네. 좀 일찍 돌아가셨거든요."

에이미의 얼굴에 수심이 없었다. 저런. 나는 안쓰러운 표정을 지어 보였다. 하지만 곧 그녀는 어두운 표정을 털어 내고 말했다.

"하지만 어머니 일기장을 제가 가지고 있어요. 어쩌면 일기장에 쓰셨을지도 몰라요."

나와 다니엘의 시선이 부딪쳤다. 우리는 다음에 만나 서로 초상화와 일기장을 보여 주기로 하고 헤어졌다.

"우리 집에 카일이 살았을 수도 있다는 거죠?"

이야기를 들은 릴리의 눈이 반짝였다. 나는 다니엘을 한 번 쳐다보고 말했다.

"그럴 가능성이 있지."

릴리의 얼굴이 환해졌다. 카일과 같은 집에 살았다는 게 기쁜 모양이다. 그게 기쁜가? 난 잘 모르겠는데.

"그런데요."

가만히 앉아서 음식을 먹고 있던 애슐리가 입을 열었다. 그녀는 전혀 모르겠다는 표정으로 물었다.

"그 화가가 우리 집에 살았다는 게 중요한가요?"

사실 우리한테는 별로 중요하지 않지. 아니, 중요한가?

나는 대답하기 전에 다니엘을 쳐다봤다. 내 시선을 깨달은 그가 잔을 들어 물을 한 모금 마시더니 말했다.

"카일에 대해 알려진 게 없거든. 그런데 지금 그가 어떻게 미술을 공부하고 어떻게 살았는지 알 수 있는 기회니까 중요하다고 할 수 있지."

"알려진 게 없어요?"

응. 다니엘은 고개를 끄덕이며 나를 쳐다봤다. 애슐리와 아이리스의 시선이 나를 향했다. 릴리만이 뿌듯하다는 표정을 짓고 있었다.

"모든 게 다 추측일 뿐이지. 화가는 어느 집안에 고용돼서 그 집안사람들의 초상화를 그리는 걸로 벌이를 하잖아."

다니엘의 낮은 목소리가 천천히 이어졌다. 듣기 좋네. 나는 물을 홀짝이며 그의 목소리에 귀를 기울였다.

내가 살던 곳도 그랬지만 여기서도 화가는 먹고살기가 힘든 모양이었다.

그들의 주 고객은 초상화를 의뢰하는 부유한 사람들이었고 의뢰하는 그림을, 그러니까 초상화나 집을 장식할 그림 같은 걸 그려 주고 보수를 받는다.

하지만 그렇다고 자기가 그리고 싶은 걸 그리지 않을 리가 없다. 화가들은 의뢰받은 그림을 그리는 틈틈이 자신이 그리고 싶은 그림을 그렸고 그게 수집가들의 손에 비싼 가격으로 거래되곤 한다고 한다.

카일은 그런 부분에서 신기한 화가였다. 그가 그린 그림 중 의뢰받았음 직한 그림은 한 점도 없었다.

얼마나 없었냐면 지금까지 발견된 초상화는 우리 집에서 발견한 걸 빼면 단 한 점도 없다고 한다.

그래서 그에 대한 추측만 무성했다. 어느 유명한 화가가 화풍을 바꾸고 그린 게 아니냐는 설도 있었고 귀족이 취미 삼아 그렸던 게 수집가들 손에 흘러간 게 아니냐는 설도 있었다.

"그러면 만약 카일이라는 화가가 어떤 사람인지 알게 됐을 경우에 그림값이 떨어질 수도 있지 않을까요?"

"그럴 가능성은 별로 없어."

다니엘은 그렇게 말하며 씩 웃었다. 놀랍게도 그 순간 주변이 환하게 밝아지는 것처럼 보였다. 귀엽네. 나는 픽 웃으며 식기를 내려놓았다.

"하지만 만약 범죄자라거나 그러면요?"

애슐리의 질문이 이어졌다. 릴리는 잠깐 놀라더니 다니엘을 쳐다보기 시작했다.

그러게. 화가가 범죄자면 어떻게 해? 이건 궁금하다. 나 역시 호기심 어린 표정으로 다니엘을 쳐다봤다.

그는 우리의 시선을 받으면서 전혀 주눅이 들거나 당황하지 않았다. 자신의 접시를 비운 다니엘이 입을 열었다.

"그럼 가격이 더 올라갈 거다. 그런 걸 선호하는 수집가들도 있거든."

허. 믿을 수가 없네. 나는 고개를 절레절레 흔들었다. 릴리 역시 약간 찝찝한 표정이 되었지만 곧 밝은 표정으로 말했다.

"하지만 카일이 범죄자일 리는 없잖아요? 그렇죠?"

글쎄. 나는 릴리를 보며 부정적인 생각을 떠올렸다. 그렇게까지 정체를 숨긴 게 범죄자라서가 아니었을까. 아니나 다를까 다니엘도 그렇게 생각했는지 나를 쳐다보고 있었다.

그는 잠시 나를 보다가 릴리에게 말했다.

"글쎄. 그건 운이 좋다면 알게 되겠지."

그러더니 나를 향해 몸을 기울였다. 좋은 냄새가 났다. 우리가 먹은 음식의 맛있는 냄새 위로 그의 남성적인 냄새가 덧입혀졌다.

"이제 제게 시간을 좀 내주셨으면 하는데요."

무슨 시간? 나는 다니엘을 쳐다보다가 그가 단둘이 이야기하자고 말하는 것임을 깨달았다. 심장이 미친 듯이 뛰기 시작했다. 나는 저도 모르게 릴리를 쳐다봤다.

혹시 릴리와 정식으로 교제하고 싶다거나, 릴리와 결혼하고 싶다거나. 그런 건 아니겠지?

"조, 좋아요."

허락해야 하나? 마음이 복잡했다. 예전엔 나이가 너무 많아서 안 된다고 생각했는데 지금은 괜찮지 않을까 하는 생각이 들었다.

그럼에도 허락해야겠다는 생각이 들지 않는 이유가 뭘까.

나는 심각한 표정으로 그를 따라 자리를 옮겼다. 곧 아이들에게 직원이 와서 테이블의 접시를 치우고 디저트를 내오는 게 보였다.

다니엘이 날 안내한 곳 역시 우리가 아이들과 앉았던 곳처럼 작은 방이었다. 이쪽은 아까 식사를 했던 방보다 훨씬 작고 분위기가 달랐다.

아까 있던 방은 밝고 회의용이나 단체용이라는 느낌이었다면 이쪽은 좀 더 은밀한 느낌이 들었다.

우리가 자리에 앉자 곧 직원이 나와 다니엘의 디저트를 내려놓고 사라졌다.

기껏 해 봐야 차와 과일 정도겠지. 그렇게 생각한 나는 작은 그릇에 담긴 차가운 것을 보고 깜짝 놀라서 눈을 크게 떴다.

"아이스크림이네요?"

"아이스크림을 아시는군요?"

다니엘이 놀랍다는 듯 말했다. 나도 놀랐다. 아이스크림이 이 세계에 있는 줄은. 나는 스푼을 들어 아이스크림 한 입 떠먹었다. 진하고 묵직

한 크림 맛이 났다.

맛있다. 다니엘은 내가 아이스크림을 떠먹는 것을 가만히 지켜보다가 물었다.

"전에도 아이스크림을 드셔 본 적이 있습니까?"

당연하지. 반사적으로 그렇게 대답하려던 나는 재빨리 입을 다물었다. 밀드레드는 아이스크림을 먹어 본 적이 없다. 이걸 뭐라고 해야 하나.

슬쩍 다니엘을 쳐다보니 그는 나를 물끄러미 쳐다보고 있었다.

"아뇨. 이런 게 있다는 이야기만 들었어요."

"그래요?"

다니엘은 고개를 옆으로 기울이며 씩 웃었다. 하지만 내 말을 믿지 않는 것처럼 보인다.

안 믿으면 어쩔 건데. 나는 아이스크림이 녹기 전에 재빨리 입으로 옮기면서 말했다.

"맛있네요."

"부인께서 알고 있는 디저트가 이것보다 더 놀라울까요?"

워낙 적은 양이라 아이스크림은 순식간에 사라졌다. 나는 작은 그릇을 작은 스푼으로 긁으며 다니엘이 지금 내 눈앞에 있는 걸 아쉬워했다. 아무도 없다면 이 그릇을 들어 핥을 수 있을 텐데.

"사실은, 네. 이것보다 더 놀라운 걸 알고 있어요."

디저트뿐만이 아니다. 요리도 그랬다.

그가 오늘 우리에게 대접한 요리 중에는 스파게티도 있었다. 다니엘은 이 나라에서는 이 식당에서만 파는 특별한 요리라고 말했지만 현대에서 온 내게는 오히려 좀 심심했다.

딱 기름으로만 볶았기 때문이다. 면을 삶아서 기름에 볶은 다음 후추와 베이컨을 추가했다. 하긴 한 번 삶은 면을 건져 내서 기름에 볶는다는 것만으로도 아이들은 상당히 신기해했다.

이 나라의 국수 요리라는 건 고기 국물 안에 국수를 넣어 함께 삶아 먹는 게 다였다. 게다가 퉁퉁 불어 있어서 밀드레드의 기억에 의하면 좀 가난한 사람들이 먹는 요리에 속했다.

아니면 아픈 사람이 먹거나.

"이것도 드세요."

눈치 빠르게도 다니엘은 하나도 손대지 않은 자신의 아이스크림을 내게 양보했다.

그러지 않아도 조금 더 먹고 싶어서 아쉽던 터다. 그는 이 식당의 주인이니까 먹고 싶다면 언제든지 먹을 수 있겠지.

"거절하지 않을게요."

나는 그렇게 말하며 냉큼 아이스크림을 받아 스푼으로 떴다. 이미 녹기 시작한 아이스크림은 아깝게도 달콤하게 흘러내리고 있었다.

아이고, 아까워라. 나는 재빨리 아이스크림을 입에 넣으며 덧붙였다.

"그리고 경이 파는 음식을 더 맛있게 개발해 줄 수도 있죠."

너 토마토 파스타라고 아니? 이 나라는 토마토를 먹지 않는다. 가끔 장식으로 키우는 건 봤다.

토마토만 그럴까? 채소를 잘 먹지 않는다. 신기할 정도로.

아니, 채소뿐만이 아니다. 과일도 생으로 먹은 기억이 없다. 딸기는 조려서 잼을 만들었고 사과는 파이를 만들거나 주스나 술을 만들어 먹었다.

하지만 내가 살던 곳은, 내가 태어나 자란 나라는 채소와 과일을 즐겨 먹었다.

고기가 충분해서 그런가? 나는 이상하다고 생각하며 아이스크림 그릇을 긁었다. 그렇다고 고기 요리가 엄청나게 발달했냐면 그건 또 아니다.

고기는 굽거나 삶은 게 전부. 그것도 대부분 굽는다.

왜 닭을 튀겨서 양념을 하지 않는 거지? 여기 닭튀김은 기껏해야 레몬을 뿌려 먹는 게 다다. 양념 반 후라이드 반의 맛을 모르는 이 나라 사람들이 불쌍하다.

"이것보다 더 놀라운 요리를 알고 있는 데다가 지금 이 요리를 더 맛있게 개발해 주실 수 있다고요?"

다니엘은 의심스럽다는 표정이 아니라 재미있다는 표정으로 물었다. 내가 거짓말을 한다고 생각하는 걸까.

나는 그의 얼굴을 잠시 쳐다보다가 입을 열었다.

"아이스크림을 만들 때 과일 잼을 넣어 봐요."

거짓말한다고 생각한다면 나와 단둘이 이야기할 필요가 없다. 아닌가? 나는 일단 그도 조금만 생각하면 알 수 있는 정보를 던졌다.

딸기, 복숭아가 가장 무난하게 맛있다. 다니엘은 내 말에 한쪽 눈썹을 들어 올리더니 납득하는 표정으로 말했다.

"과연. 그거 맛있겠군요."

"여기까진 서비스예요."

이 이상의 정보를 원한다면 대가를 달라는 말에 다니엘의 얼굴이 진지해졌다. 그는 의자에 등을 기대더니 날카로운 눈빛으로 나를 쳐다보기 시작했다.

섹시하네. 나는 모르는 척 다 먹은 아이스크림 수저를 핥으며 그를 쳐다봤다.

느긋하게 풀려 있는 다니엘의 몸과 달리 그의 표정은 손을 대면 베일 것처럼 예리했다. 그의 시선이 빈 아이스크림 그릇에서 내가 쥔 수저로, 그리고 내 눈을 향해 순서대로 움직였다.

"수익을 나눠 달라고요."

의자 손잡이를 손가락으로 톡톡 건드리며 다니엘이 말했다.

아이디어를 제공하는 거니까 순수익의 십 퍼센트 정도는 받아야 하지 않을까. 그 슈에 크림을 짜 넣는 깍지만 해도 다른 데 응용할 수 있다. 케이크 위에 장식한다거나, 음료 위에 휘핑크림을 얹을 수도 있고.

역시 십 퍼센트는 받아야겠어.

내가 그렇게 생각하며 고개를 끄덕였을 때였다. 잠시 생각하던 다니엘이 말했다.

"순수익의 반을 드리죠."

"어? 그 정도나?"

깜짝 놀란 내 표정에 다니엘도 놀랐는지 한쪽 눈썹을 들어 올렸다. 그는 곧 눈을 가늘게 뜨며 물었다.

"그 정도나요?"

"아, 아니. 그 정도면 충분하다는 거죠."

이게 웬 횡재야. 나는 신이 나서 덥석 물었다. 그러자 다니엘이 이상하다는 듯 나를 쳐다보며 말했다.

"조건이 있습니다."

지금 심정으로는 뭐든 들어줄 수 있다. 내가 계속 말하라는 듯 고개를 끄덕이자 다니엘이 말을 이었다.

"제게 독점권을 주세요."

그게 가능한가? 나는 고개를 갸웃하며 물었다.

"그게 내 마음대로 되는 거예요? 누군가 보고 따라 할 텐데요?"

"계약을 하면 되죠."

너랑 나랑 계약하는 걸로 남들이 안 쓰게 어떻게 막아? 내가 이해하지 못하자 다니엘이 말했다.

"독점 계약을 위한 마법이 있습니다."

과연. 나는 지난번에 다니엘의 눈이 황금색으로 빛나던 것을 떠올리고 고개를 끄덕였다. 그런 마법이 있구나. 몰랐다.

문득 에쿠르도 자작 부인이 내게 꽃장식의 독점권을 달라던 말이 떠올랐다. 나는 아이스크림과 함께 나온 물을 한 모금 마시고 말했다.

"만약 누군가 제삼자가 보고 따라 한다면요? 그래서 독점이 안 되면 어떻게 하죠?"

"마법이니까요. 그것도 방어가 됩니다. 물론 그래서 독점 기간이 길수록 마력 사용량도 늘어나지만요."

그게 무슨 소린지 모르겠다. 나는 멍하니 다니엘을 쳐다보다가 물었다.

"마력 사용량이 늘어난다는 게 무슨 말이에요?"

"마법을 사용하는 데는 마력이 필요하거든요. 더 오래, 강력한 마법을 사용하기 위해 더 많은 마력이 필요하죠. 그리고 더 많은 마력을 모아서 가둬 두기 위해서는……."

거기까지 말한 다니엘은 우뚝 멈추더니 나를 보고 씩 웃어 보였다. 너 지금 눈웃음으로 내 정신을 혼란스럽게 만들려고 하는 거니?

나는 어이가 없어서 인상을 쓰며 물었다.

"마력을 모아서 가둬 두기 위해서는요?"

"많은 노력이 필요하죠."

무슨 소린지 알겠다. 나는 못마땅한 표정을 지었다. 많은 노력이 아니라 돈이겠지.

내 표정을 본 다니엘이 재빨리 말했다.

"걱정 마세요. 부인께 노력해 달라고 할 생각은 없으니까요."

"그런 말이 아니에요. 돈이 많이 든다면 나도 내야 할 거 아니에요."

"계약서를 작성할 때 종잇값을 나눠 내는 경우는 없습니다."

이게 무슨 소리야? 종잇값이랑 마력 비용이랑 같아? 나는 어이가 없어서 다니엘을 쳐다보다가 말했다.

"종잇값에 비하면 마력 쪽이 더 비쌀 것 같은데요?"

"비슷해요."

비슷하다고? 진짜?

"아까는 많은 노력이 필요하다면서요?"

"네. 노력은 많이 필요하죠."

이 남자 진짜 천연덕스럽다. 그는 자세를 고치더니 내게 손을 내밀며 말했다.

"그래서, 가지고 계신 새로운 요리법이 몇 개나 되죠?"

말 돌리지 마, 이 녀석아. 나는 그렇게 한마디 하려다 멈칫했다.

생각해 보니 마법사는 엄청나게 귀한 인재다. 그런 마법사에게 계약 마법을 요청하는 거라면 돈이 문제가 아닐 수도 있다.

나는 다니엘을 물끄러미 쳐다보다가 한숨을 내쉬었다. 그는 능청스럽게도 왜 그러냐는 표정으로 나를 바라보고 있었다.

"마법사에게 의뢰하는 데 돈이 든다면 나랑 반반 해요. 알았죠?"

"그럼요. 당연하죠."

대답 한번 잘한다. 나는 또다시 한숨을 내쉬고 다니엘의 질문에 대답했다.

"글쎄요. 당장 생각나는 건 대여섯 가지 정도예요. 하지만 그보다는 더 많을 거예요."

그리고 내가 생각해 낸 것에서 파생된 것도 꽤 되겠지. 다니엘의 표정이 다시 심각해졌다.

"계약이 준비되는 대로 다시 말씀을 드리죠."

마법사를 불러와야 하니까 그렇겠지. 나는 고개를 끄덕이며 자리에서 일어나려 했다. 하지만 다니엘이 손을 뻗어 내 행동을 막으며 말했다.

"그리고 또 이야기할 것이 있습니다."

응? 계약 말고 또 뭐가 있어? 나는 엉거주춤한 자세로 그를 쳐다보다가 다시 의자에 앉았다. 다니엘은 식탁 위에 있던 종을 흔들어 직원을 부르더니 새로 차를 내오라고 지시했다.

"아, 과일 잼을 아이스크림을 만들 때 넣지 않고 위에 뿌려 먹어도 돼요."

그럼 아이스크림 선데가 된다. 다니엘은 한쪽 눈썹을 들어 올리더니 한숨을 내쉬었다. 그러더니 말했다.

"계약 이야기가 아닙니다."

아, 그래? 우리가 또 이야기해야 할 게 뭐가 있지?

나는 어리둥절해서 다니엘을 쳐다봤다. 그는 다시 의자에 등을 기대더니 나를 물끄러미 쳐다보기 시작했다.

"뭔데요?"

"전에 릴리가 제게 뭔가를 부탁했다고 말씀드린 적이 있습니다."

기억난다. 요리법으로 가득 차 있던 머리가 순식간에 획 하고 릴리의 일로 전환되었다.

나는 자세를 바로 하고 다니엘을 쳐다봤다.

"그게 뭔지는 나중에 알려 주겠다고 했죠."

다니엘은 그렇다는 듯 고개를 끄덕이며 다시 입을 열었다.

"릴리의 부탁을 들어줄 생각이에요. 하지만 그 전에 부인의 허락이 있어야겠죠."

내 허락이 필요한 일이라니, 그게 뭐지? 어리둥절해하는 순간 내 머릿속에 한 가지 단어가 획 하고 떠올랐다.

결혼.

지금 다니엘은 릴리와의 결혼을 허락해 달라고 요청하려는 거다. 그럼 릴리가 부탁한 건 자신과 결혼해 달라는 거였나 보다.

"맙소사."

나는 두 손으로 얼굴을 감싸며 신음을 내뱉었다. 릴리와 다니엘이라니.

"부인."

내 행동에 다니엘이 당황했는지 자리에서 일어나는 소리가 들렸다. 고개를 들자 그가 일어난 채 나를 향해 상체를 내밀고 있었다.

"릴리는 괜찮을 거예요. 부인께서 허락만 해 주시면 제가 잘 가르칠 테니까요."

그야 그렇겠지. 나는 다시 두 손에 얼굴을 묻었다.

다니엘이 릴리보다 몇 살이 많지? 열 살이면 모를까 열네 살은 너무하잖아.

"부인."

다니엘이 다시 나를 불렀다. 나는 고개를 번쩍 들며 말했다.

"하지만 릴리는 너무 어려요."

"어리지 않습니다. 오히려 나이가 많은 편이죠."

뭐라고? 너 지금 제정신이야? 나는 자리에서 벌떡 일어나며 소리쳤다.

"웃기지 마! 걘 이제 겨우 열여덟이라고!"

다니엘의 얼굴이 멍해졌다. 그는 내가 화낼 줄은 몰랐다는 듯 나를 바라보더니 미간을 좁히며 물었다.

"정식으로 미술을 배우는 사람들은 네 살쯤에도 시작하는데요."

"응?"

뭐?

내 움직임이 그대로 멈췄다. 그리고 그때 감사하게도 직원이 차를 가지고 들어왔다.

내가 일어나 있는 것을 본 직원이 멈칫하고 멈춰 섰다. 아차. 나는 재빨리 앉으며 말했다.

"어머, 고마워요."

다니엘과 나 사이에 잠시 침묵이 흐르고 직원이 찻잔을 내려놓고 떠나는 소리만 울려 퍼졌다. 덕분에 나는 다니엘이 한 말이 무슨 의민지 생각할 시간을 벌 수 있었다.

"릴리가 뭘 부탁했는데요?"

마치 아까 내가 한 말과 행동이 없었던 일처럼 나는 침착하게 물었다. 다니엘 역시 방금 전의 일이 없었던 일처럼 대답했다.

"제게 그림을 가르쳐 달라고 하더군요."

아, 그거였군. 릴리가 다니엘에게 결혼해 달라고 부탁한 게 아니었다는 말이다. 이해할 수 없는 감정이 물밀 듯이 밀려왔다.

하아. 나는 의자에 기댄 채 한숨을 내쉬었다. 안도감과 동시에 수치심이 밀려왔다.

"그래서, 부인께서 허락만 하신다면 제가 릴리의 부탁을 들어주고 싶습니다."

허락해 주는 거야 어렵지 않지. 릴리는 그림 그리는 걸 좋아하니까 누군가 가르쳐 준다면 좋을 거다.

하지만 선뜻 그러라고 말할 수 없는 건 화가라는 게 직업으로 삼기는 좋지 않기 때문이었다.

내가 이런 생각을 하게 될 줄은 몰랐는데.

내가 살던 곳도 그렇지만 이쪽도 화가는 그리 전망 있는 직업은 아니다. 게다가 귀족이 직업을 갖는다는 건 말도 안 된다.

"릴리는 그림을 진지하게 생각하는 것 같나요?"

"진지하게 생각하지 않았다면 가르쳐 줄 생각도 안 했을 겁니다."

그렇겠지. 젠장. 나는 한쪽 손을 이마에 대며 한숨을 내쉬었다. 솔직히 말하면 말리고 싶다. 아이가 뻔히 어려울 길을 갈 걸 알면서 잘 가, 라고 손수건 흔들어 줄 사람이 어디 있겠어?

하지만 동시에 릴리가 얼마나 그림을 그리고 싶어 하는지도 알고 있다. 생계만 해결되면 사회생활도 하지 않고 그림만 그리고 싶다던 릴리의 얼굴이 떠올랐다.

"저도 릴리가 화가가 될 거라는 생각은 안 합니다."

그때 다니엘이 말했다. 그래? 나는 이마에 댄 손을 살짝 들어 그를 쳐다봤다.

"물론 릴리는 재능이 있어요. 하지만 화가가 되는 건……."

다니엘은 잠시 망설이더니 조심스럽게 말했다.

"다른 이야기죠."

완곡하게 말해 줘서 고맙다. 나는 자세를 바로 하고 쓰게 웃었다.

밀드레드가 릴리의 그림을 막은 건 간단했다. 가벼운 취미라면 몰라도 전문적으로 그림을 그리는 건 귀족에게는 여자뿐 아니라 남자에게도 흠이 되기 때문이다.

귀족 영애의 손은 고와야 한다. 굳은살이 박이는 건 물론이고 약간 트거나 거스러미가 일어나서도 안 된다.

오죽하면 편지를 쓰는 것도 너무 자주 쓰지 말라는 말이 있을 정도다.

"바보 같아."

나는 다시 한 손으로 이마를 누르며 투덜거렸다. 그게 사람 손이야? 인형 손이지. 솔직히 말하면 내가 돈이 많다면 릴리가 원하는 대로 평생 그림만 그리면서 살게 해 주고 싶었다.

하지만 과연 그녀가 그걸 행복해할까? 당장은 그렇겠지만 몇 년 뒤에도 그럴까?

"뭐가 말입니까?"

다니엘이 물었다. 나는 그를 쳐다보고 쓰게 웃었다. 어쩌면 차라리 릴리와 다니엘이 서로 좋아해서 결혼하고 싶어 하는 게 나았을지도 모른다는 생각이 들었다.

다니엘은 부유하고 그림에 학식이 깊으니 릴리의 좋은 상대가 될 거다.

"나는, 경이 릴리를 마음에 들어 하는 줄 알았어요."

결국 나는 한숨을 내쉬며 그렇게 말했다. 릴리의 연필이 그의 방에서 발견됐다. 나 몰래 그녀가 다니엘을 만났다는 말이잖아.

"릴리는 좋은 아이죠."

"결혼할 나이가 됐고요."

내 말에 다니엘이 씩 웃더니 말했다.

"하지만 이제 고작 열여덟 살이죠."

못됐어, 정말. 얼굴이 확하고 달아올랐다. 나는 뺨을 감싸며 웅얼웅얼 사과했다.

"아까 일은 내 실수예요. 사과할게요, 월포드 경."

"기꺼이 받아들이겠습니다."

창피해 죽겠네. 얼굴이 화끈거리는 게 가라앉지를 않았다. 나는 다시 한숨을 내쉬고 식은 차를 한 모금 마신 뒤 말했다.

"솔직히 말하면 허락해도 될지 하면 안 될지도 모르겠어요. 경은 화가가 되는 건 다른 문제라고 했지만 릴리가 화가가 되고 싶어 한다면 그건 그것대로 문제니까요."

그림 공부까지 시켜줘 놓고 화가가 되는 건 안 된다고 한다면 납득할 사람이 누가 있을까. 그럴 거면 처음부터 아예 공부 자체를 시키지 않는 게 나을지도 모른다.

다니엘은 그런 나를 물끄러미 보다가 다정한 목소리로 말했다.

"아까도 말씀드렸지만, 재능이 있는 것과 화가가 되는 건 다른 문제입니다. 공부를 하고 이쪽 세계를 보면 화가가 되고 싶은 마음이 사라질 수도 있어요."

"과연 그럴까요?"

꿈꾸던 미래를 슬쩍 들여다보는 건데 마음이 식을 수도 있어?

"생각보다 재능이 넘치지만 화가가 되지 않은 사람은 많아요."

다니엘은 그렇게 말하며 잔을 들어 입을 축였다. 나는 잠시 그의 모습을 물끄러미 쳐다보다가 물었다.

"경도 그랬어요?"

"뭐가 말입니까?"

"재능이 있었는데 화가가 되지 않은 건가요?"

"아닙니다."

다니엘의 눈이 즐거움으로 반짝였다. 그는 여유로운 태도로 잔을 내려놓으며 말을 이었다.

"예술에 있어서 필요한 재능은 두 가지예요. 만드는 재능과 만든 것을 알아보는 재능. 저는 후자는 있었지만 전자는 부족했습니다."

이건 좀 의외다. 나는 그가 귀족이니까 당연히 화가가 되지 않았다고 말할 줄 알았다. 재능에 대해 설명하는 게 아니라.

다니엘은 다시 차를 한 모금 마시더니 내려놓으며 말을 이었다.

"하지만 릴리는 그 두 가지가 다 있어요. 그래서 저도 가르쳐 보려고 하는 거고요."

그렇군. 릴리에 대한 칭찬에 나는 가만히 고개를 끄덕였다.

솔직히 말하면 릴리에게 그림을 가르쳐도 되는 건지 모르겠다. 하지만 이게 릴리의 세계를, 시야를 좀 더 넓혀 주는 방법이 되어 주지 않을까.

"그러면."

나는 한숨을 내쉬며 입을 열었다. 다니엘이 릴리를 가르친다고 한다면 짚고 넘어가야 할 문제가 하나 있다.

"교육비는 어떻게 할 건가요?"

"교육비요?"

다니엘은 내 말에 이상한 소리를 한다는 듯 한쪽 눈을 가늘게 뜨며 고개를 기울였다. 네가 릴리를 가르치겠다며. 그럼 과외비를 줘야 할 거 아냐?

"경이 릴리를 가르치겠다면서요. 강습료 말이에요."

"부인."

다니엘의 표정이 심각해졌다. 그는 자신의 두 손을 깍지를 낀 채 테이블 위에 올려놓더니 나를 향해 몸을 기울이며 말했다.

"지금 저를 돈을 주고 고용하시겠다는 말씀이신가요?"

아, 그렇군. 나는 눈을 감으며 한숨을 내쉬었다. 또 실수했다.

방금 전 내 말은 다니엘을 귀족이 아닌 노동 계급으로 대한 것이나 다름이 없다.

귀족에게 그건 큰 모욕이다.

"미안해요. 오늘은 실수를 많이 하네요."

"괜찮습니다."

보통 이럴 때는 어떻게 하더라. 귀족 영식을 교육할 때 때때로 다른 귀족을 스승으로 모시기도 한다. 누군가를 가르치려면 일정 수준 이상의 지식을 가지고 있어야 하기 때문이다. 그리고 그 지식은 대부분 귀족의 특권이다.

그러니 당연하게도 귀족 영식의 교사는 작위를 받지 못한 귀족인 경우가 많았다. 그리고 당연하게도 강습료 같은 걸 주지는 않는다. 내 기억에 고마움의 표시로 비싼 선물 같은 걸 줬던 것 같다.

"혹시 원하거나 필요한 게 있나요? 릴리의 스승이 되셨으니 감사의 표시로 선물해 드리고 싶은데요."

"나중에 말씀드려도 될까요?"

다니엘은 눈을 반짝이며 그렇게 말했다.

하긴, 받는 사람이 원하는 걸 주는 게 좋겠지. 나는 고개를 끄덕였다.

우리는 그대로 악수를 하고 자리에서 일어났다. 아이들은 원래 있던 방에서 꽤 많은 아이스크림을 먹은 뒤였다.

"월포드 남작님이 절 가르쳐 주시겠대요?"

집에 돌아와서 릴리에게 다니엘과 한 대화를 이야기하자 그녀는 팔짝팔짝 뛰며 좋아했다.

그 모습을 보니 괜히 가르치는 게 아닌가 하는 걱정이 어느 정도 상쇄되는 기분이 들었다.

나는 릴리에게 그만 뛰고 앉으라고 손짓하며 말했다.

"하지만 어디까지나 월포드 남작님의 호의로 이뤄지는 거니까 너무 그분께 무리한 부탁을 하면 안 돼."

"네. 알겠어요."

대답은 잘한다. 하지만 릴리의 상기된 두 뺨과 반짝이는 눈동자로 보건대 그녀는 지금 우리 대화를 거의 기억하지 못할 게 분명했다.

그렇다면.

나는 잠시 릴리를 물끄러미 쳐다보다가 다시 입을 열었다.

"릴리, 물어보고 싶은 게 있는데."

"네, 뭔데요?"

말만 하라는 릴리의 표정에 웃음이 흘러나왔다. 나는 애써 진지한 표정으로 물었다.

"넌 월포드 남작님과 꽤 시간을 보냈잖아?"

릴리의 얼굴 위로 내가 무슨 질문을 하려는지 모르겠다는 표정이 떠올랐다. 나는 조심스럽게 말을 이었다.

"그만큼 시간을 보냈으면 서로를 어느 정도 알게 됐을 것 같거든. 그래서 말인데 월포드 남작님을 어떻게 생각하니?"

놀랍게도 릴리의 얼굴에서도 표정이 싹 사라졌다. 그녀는 마치 내 의중을 떠보려는 것처럼 내 표정을 살피더니 조심스럽게 대답했다.

"좋은 분이에요."

"그것뿐이야?"

남자로 어떻다거나 그런 건 없어? 솔직히 다니엘은 엄청나게 잘생겼잖아. 한눈에 홀랑 반하지는 않아도 어느 정도 호감은 있지 않을까?

당장 릴리가 결혼하고 싶다고 조를 거라고 생각한 건 아니다. 나는 릴리의 굳은 표정을 조심스럽게 살폈다.

"음, 멋진 분이죠."

"그래?"

"네. 그분과 결혼하는 여자는 행복할 거예요."

어떤지 가슴 한구석이 쿵 하고 내려앉는 느낌이 들었다. 아, 그래? 나는 억지로 아무렇지 않은 척 릴리를 돌려보냈다.

기분이 이상했다. 릴리가 다니엘을 좋아하는구나.

14

카일라

"마님."

늙은 하인이 우리 집으로 배달된 신문과 편지를 쟁반에 받쳐 들고 식당으로 들어왔다. 나는 그 쟁반에서 신문과 내게 온 편지를 골라낸 뒤 말했다.

"고마워요, 짐."

하인의 이름은 짐. 게리가 한동안 우리 집에서 부리라고 보내 준 하인이다.

눈치가 없는 줄 알았는데. 지난번에 우리 집에 와서 충격을 받았던지, 아니면 산드라가 옆구리를 찔렀던지 게리는 며칠 전에 짐에게 편지를 들려서 우리 집에 보냈다.

보수는 게리가 지불할 테니 한동안 이 집에서 사용인으로 쓰라는 편지에 꽤 감동했다. 그렇지 않아도 하인을 고용해야 한다는 생각이 들기 시작했는데 잘됐다.

아이리스와 릴리, 애슐리의 사교계 데뷔는 성공적이었다. 오늘도 아이들에게 각각 편지가 몇 통씩 와 있었다. 조만간 이 애들에게 데이트 신청을 하러 남자들이 방문하겠지.

그때 남자들을 맞이할 남자 하인이 필요하던 터다.

나는 짐이 내민 쟁반에서 자신의 편지를 골라 집는 아이들을 한 번씩 쳐다보고 신문을 펼쳤다. 다들 자신에게 편지를 보낼 거라 예상하는 사람들이 있었던 모양이다. 릴리가 아이리스에게 말했다.

"언니, 페이퍼 나이프 다 쓰면 나 줘."

"하나 더 있지 않아?"

아이리스가 이상하다는 듯 물었다. 짐이 쟁반에 페이퍼 나이프를 두 개 가지고 왔었기 때문이다. 나는 신문과 편지만 집었고 아이리스가 하나 집었으니 다른 하나는 릴리가 집었을 것이다.

하지만 나는 봤다. 릴리가 페이퍼 나이프를 집어서 애슐리에게 넘기는 것을. 애슐리에게 온 편지가 아이리스와 릴리가 받은 것을 합친 것보다 더 많았으니 그 애 나름대로 동생을 배려한 거겠지.

아이리스 역시 애슐리가 엄청나게 많은 편지를 뜯고 있는 것을 발견했는지 고개를 돌리며 말했다.

"알았어."

그 사이 하인이 식탁에 놓인 빈 접시를 치우기 시작했다. 나이가 좀 있지만 바지런한 짐 덕분에 우리 일이 줄었다. 나는 그가 접시를 치우기 쉽도록 의자 등받이에 몸을 기대며 신문을 펼쳤다.

"뭐 재미있는 기사 났어요?"

"음, 성에서 다과회가 열렸었다네."

아이리스가 편지를 다 뜯기를 기다리면서 심심했던지 릴리가 물었다. 우리 집에 페이퍼 나이프가 두 개밖에 없나? 나는 서재에 페이퍼 나이프가 하나 더 있었던 것을 떠올리며 입을 열었다.

"으음. 왕대비 전하의 다과회가 열렸었다네."

별걸 다 기사화한다 싶지만 어차피 이 나라의 신문은 귀족과 부자들의 것이다. 왕대비 전하의 다과회라면 기삿거리로 충분하겠지.

"어땠대요?"

"훌륭했대."

나는 왕대비 전하의 다과회가 얼마나 멋졌는지, 초대받은 부인들은 얼마나 대단한 사람인지 꼼꼼하게 훑어 내렸다. 사교계 인사 중 공작 부인과 후작 부인을 필두로 해서 백작 부인까지만 초대한 모양이다.

물론 모든 귀족 부인을 초대했다고 해도 난 초대받지 못했을 거다. 난 더 이상 백작 부인이 아니니까. 하지만 이렇게 자세히 읽어 보는 건 다른 이유였다.

"있다."

나는 기사 마지막 즈음에 언급된 왕대비 전하의 의상을 보고 작게 탄성을 내질렀다. 기사 말미에는 왕대비 전하의 드레스에 대해 서술돼 있었다. 소매와 치마 밑단에 꽃장식을 단 아주 우아하고 패션을 선도하는 드레스라고 나와 있었다.

"왜요?"

릴리에게 페이퍼 나이프를 넘긴 아이리스가 편지를 읽다 말고 물었다. 나는 싱글벙글 웃으며 말했다.

"뇌물을 바쳤거든."

"뇌물이요?"

뇌물이라는 말에 아이리스뿐 아니라 릴리와 애슐리도 나를 쳐다보기 시작했다. 나는 신문을 넘기며 대답했다.

"잘 좀 봐주십사 하고 선물을 하나 보냈지."

"누구한테요?"

"왕대비 전하께요?"

그래. 바로 그 왕대비 전하한테 보냈다. 꽃장식을 다비나에게 넘기는 대신 한 가지 부탁을 했었다. 왕대비에게 선물할 드레스를 만들어 달라는 것.

왕대비에게 선물로 바칠 드레스라면 천과 부자재가 어마어마하게 비싼 것을 사용해야 할 것이다. 어쩌면 그게 나와 아이들의 드레스를 모두 만드는 것보다 더 비쌀 수도 있다.

이 정도면 꽃장식값은 받은 거나 마찬가지다. 게다가 한 가지 더 부탁을 했다.

"뭘 잘 봐 달라고 하신 건데요?"

아이리스가 편지를 내려놓으며 물었다. 나는 또 다른 재미있는 기사가 없는지 훑으며 대답했다.

"아직 몰라."

"모르신다고요?"

해상 쪽에 해적이 들끓는다는 기사도 있었다. 그래서 선박들이 다 조금씩 지체되고 있는 모양이다. 프레드의 시신이 아직도 도착 안 한 이유를 알겠군.

나는 해군이 나서야 하는 것 아니냐는 말로 끝내는 기사에서 다른 기사로 눈을 돌리며 말했다.

"윌포드 경과 사업을 하기로 했잖아. 우리가 사교계에 있다면 누군가 그걸 지적할 수도 있으니 미리 우리 편을 들어 줄 사람에게 잘 보여 놔야지."

"그래서 왕대비 전하께 뇌물을 보낸 거예요?"

"엄밀히 말하면 뇌물은 아니긴 해."

아직 나는 왕대비께 뭔가를 해 달라고 한 건 아니니까. 게다가 이 세계에 뇌물죄라는 게 있나? 없었던 것 같다. 나는 북부 지방에 아직 비가 내리지 않아 가뭄이 염려된다는 기사를 읽고 아이리스를 바라보며 덧붙였다.

"친분을 만들기 위한 방법에 가깝겠지."

"선물을 주는 게요?"

애슐리가 물었다. 흠, 북부 지방에 가뭄이 오면 무슨 문제가 있지? 나는 머피가의 영지가 어느 쪽에 있는지 생각했다. 남부 쪽이었던 것 같은데.

"당연하지. 선물을 싫어하는 사람은 없어."

"하지만 친분이라는 건 마음과 마음으로 맺어야 하는 거 아닐까요?"

"똑같은 조건의 사람이 있다면 선물을 주는 사람이 더 좋은 건 당연한 거야."

"하지만……."

애슐리의 표정이 어두워졌다. 왜 그러는데? 나는 결국 북부 지방에서 나오는 상품이 뭐가 있는지 생각하기를 포기하고 신문을 접었다.

밀드레드는 이런 거에 아무 관심이 없었다. 지금이라도 공부해야겠어.

"무슨 일이야?"

내 질문에 애슐리가 페이퍼 나이프를 만지작거리며 말했다.

"그럼 선물을 줄 수 있는 상황이 안 되는 사람은요? 다른 사람과 친분을 만들 수 없나요?"

"어머니 말씀은 만들 수 없다는 게 아니라 더 쉽다는 거겠지."

아이리스가 대답했다. 그녀의 말도 맞다.

나는 고개를 끄덕이며 말했다.

"애슐리, 선물은 대단한 걸 말하는 게 아냐. 네 머리카락 색을 닮은 꽃한 송이나 아이리스가 좋아하는 리본 같은 것도 선물이야."

"하지만 그런 선물을 준비할 수가 없으면요?"

그래도 괜찮아. 사람은 선물을 좋아하지만 말이 통하는 것도 좋아한다. 선물이 없어도 사람은 친해질 수가 있다.

하지만 문득 머릿속에 의문이 떠올랐다.

얘가 왜 이러는 거지? 왜 이렇게 선물에 집착하는 걸까.

나는 애슐리가 쥔 페이퍼 나이프를 쳐다보고 그 앞에 놓인 그녀에게 온 편지를 쳐다봤다.

아이들에게 호감을 드러내는 남자들이 편지를 보내고 있다. 그건 곧 구애로 바뀔 것이다. 그리고 이 나라에서 남자들은 여자에게 구애를 할 때 작은 선물을 함께 보내곤 한다. 꽃이나 인형, 초콜릿 같은 것들.

"단순한 우정이라면 그래, 그런 선물이 없어도 상관없지."

나는 신문을 한쪽에 내려놓으며 애슐리를 쳐다봤다. 자기 편지를 뜯고 있던 릴리도 무슨 일인가 하고 우리 쪽을 쳐다보는 게 보였다.

"하지만 구애라면 달라. 남자가 여자에게 호감을 사려면 당연히 노력이 있어야지."

내 단호한 말에 애슐리뿐 아니라 아이리스와 릴리도 약간 놀란 모양이었다. 하지만 납득하고 고개를 끄덕이는 아이리스와 달리 애슐리는 불만스러운 표정으로 말했다.

"그게 어려운 사람은 어떻게 하죠? 구애를 하면 안 되나요?"

세상에. 나는 안타까운 마음에 한숨을 흘렸다. 그래. 가난한 사람도 사랑을 할 수 있지. 구애를 할 수 있지.

하지만 정성이라는 게 있다. 마음을 표현한다는 말이 있다. 아무것도 안 하면서 말로만 하는 구애에 정성이 있다고 어떻게 알 수 있지? 나는 어깨를 펴고 냉정하게 말했다.

"꽃 한 송이를 못 살 정도로 가난하다면 하지 말아야지."

헉 하는 신음이 애슐리뿐 아니라 릴리와 아이리스에게서도 흘러나왔다. 애슐리는 눈을 크게 뜨고 입을 뻐끔거리다가 간신히 말했다.

"하지만, 하지만……."

"애슐리, 네가 일해서 남편을 먹여 살릴 거니?"

이 나라의 귀족 여성은 일할 수 없다. 그렇다고 일하지 않고 평생을 놀고먹으려면 영지가 있는 귀족이거나 아주 부자여야 한다.

우리는 영지가 있는 귀족이 아니다. 평생 놀고먹을 수 없다는 뜻이다. 하지만 일을 하려면 사교계를 떠나야 한다.

나는 애슐리가 그렇게라도 하겠다고 말할 줄 알았다. 하지만 그녀의 얼굴이 빨갛게 달아오르더니 숨을 헐떡이며 대답했다.

"아뇨."

아, 맞다. 그제야 나는 애슐리도 부잣집 딸이었다는 것을 떠올렸다. 지금은 망하긴 했지만 어쨌든 그녀의 아버지는 사업을 했고 상당한 자산가였다.

애슐리는 자라면서 자신이 돈을 벌어 누군가를 부양한다는 생각은커녕 그런 사람이 있다는 것조차 모르고 자랐을 것이다.

"그렇다면 선물을 주지 못하는 남자는 결혼을 하면 안 되지."

"하지만 마음이라는 게 있잖아요."

그렇군. 나는 애슐리의 현 상태를 이해했다. 그녀는 지금 착한 여자라는 굴레에 빠져 있는 거다. 이 나이 또래 아이들은 이런 굴레에 빠진다.

가난하지만 마음씨 착한 남자를 만나 어렵지만 화목한 가정을 꾸려

나가겠다는 꿈 같은 거.

하지만 어렵지만 화목한 가정은 없다. 먹을 게 없는데 어떻게 화목할 수 있겠어? 아무리 우리 집이 가난하다고 해도 우리는 다른 귀족에 비하면 가난하다는 거지 먹을 게 없는 수준은 아니다.

삼시 세끼를 먹는 걸 넘어서서 가끔 다니엘과 리안을 초대해 식사를 대접할 수도 있고 일 년에 한두 벌 정도 드레스를 맞출 수도 있다.

이 정도는 내 기준에 가난한 게 아니라 먹고살 만한 거다. 물론 이 나라의 고기나 채소 같은 게 엄청 싼 것도 한몫하지만.

"애슐리, 넌 네가 좋아하는 사람에게 가난하다는 이유로 식사조차 안 줄 거니?"

"아니요……."

애슐리의 입에서 기운 빠진 대답이 흘러나왔다. 하지만 이걸로는 부족하다. 나는 쐐기를 박기 위해 다시 입을 열었다.

"좋아하는 여자에게 리본 하나, 꽃 한 송이조차 주지 못하는 남자가 어떻게 부인과 자식을 먹여 살릴 수 있을까?"

내가 살던 곳이라면 같이 벌면 된다. 하지만 이 나라는 다르다. 뭐, 평민이라면 또 모르지.

하지만 난 지금 애슐리를 왕자와 결혼시켜야 하고 이 애가 어디서 굴러먹다 온지 모를 말 뼈다귀 같은 놈과 눈 맞는 걸 막아야 한다.

내 말에 식당 안에 침묵이 내려앉았다. 그때 놀랍게도 짐이 헛기침을 하더니 내게 물었다.

"마님, 제가 한마디 끼어들어도 될까요?"

"뭔데요?"

가난한 남자 옹호하면 당장 게리한테 쫓아 보낼 줄 알아. 그렇게 마음 먹는데 짐이 아이들을 천천히 둘러보더니 입을 열었다.

"아가씨들, 이 나라에서 가족을 건사하려면 어떻게든 방법이 있습니다. 사랑하는 사람에게 꽃 한 송이조차 못 주는 사람은 없어요."

꽃이 싸긴 하지. 아니면 어디 가서 꺾어 와도 된다. 내가 고개를 끄덕이자 짐이 내 눈치를 한 번 보더니 말을 이었다.

"꽃을 못 주는 건 가난해서가 아닙니다. 그 정도로 노력하고 싶지는 않다는 뜻이죠."

이번에는 다른 이유로 식당 안에 정적이 내려앉았다. 아이들의 얼굴에 믿을 수 없다는 표정이 떠올랐다.

나도 십 대 때는 저랬었다. 그게 너무 속물적이라고 생각했지. 내가 살던 곳에 계속 살았다면 아이들처럼 생각할지도 모른다.

하지만 여긴 거기가 아니잖아. 귀족 여성은 노동을 할 수가 없고 평민조차도 직업이라는 건 남성만의 것이다.

여자가 할 일은 집안을 꾸리고 아이들을 기르는 거다. 그렇다면 집안을 꾸리고 아이들을 기를 최소한의 경제적인 능력을 가진 사람을 만나야지.

나와 아이들은 신이 아니다. 아무것도 없는데 뽕 하고 빵과 옷을 만들어 낼 수는 없다.

아이들에게, 특히 애슐리에게 그걸 좀 더 확실히 이야기하고 싶지만 약속 때문에 나는 편지를 들고 일어났다.

다니엘과 만나기로 했다. 정확히는 에이미 니콜스 남작 부인과 만나야 한다.

"이것 좀 서재에 갖다 줘요."

나는 재빨리 내게 온 편지를 뜯어 급한 게 있는지 확인한 후 짐에게 넘겼다.

딱히 급한 편지는 없으니 내일 답장을 쓰면 될 것 같다. 그리고 옷을 갈아입고 밖으로 나갔다.

"마차를 불러올까요?"

서재에 초대장을 가져다 놓고 설거지를 마쳤는지 짐이 앞치마를 입은 채 내게 물었다. 나는 혹시 몰라서 우산을 하나 들고 고개를 저었다.

"괜찮아요. 걸어가면 되니까요."

"하지만 어머니, 혼자서 걸어가시려고요?"

"언덕 아래까지만. 거기서 마차를 잡을 거야."

다니엘이 마차를 보내겠다고 했지만 거절했다. 아이들과 함께라면 모르지만 나 혼자 타고 가는 것까지 얻어 타는 건 좀 미안하다.

언덕 아래로 내려가면 마차가 좀 있다. 나는 창밖으로 쳐다보고 날씨가 화창한 것을 확인했다. 그래도 요새 비가 내리는 일이 종종 있으니 우산은 챙겨야지.

아, 참. 문득 다니엘에게 받은 반지가 생각났다. 그러고 보니 그거 돌려주려고 했는데 잊어버리고 못 주고 있다.

그냥 됐다가 다니엘이 우리 집에 오면 줄까 하다가 또 잊어버릴 것 같아서 그것도 챙겼다.

"남작님과 만나는 거죠?"

아이리스가 걱정스러운 표정으로 물었다. 누가 보면 내가 딸이고 네가 엄마인 줄 알겠다. 나는 아이리스의 뺨을 가볍게 쓸고 짐을 향해 말했다.

"요정의 샘에서 월포드 남작님과 니콜스 남작 부인을 만날 거예요. 저녁 식사 전에는 돌아올게요."

알겠습니다. 짐은 그렇게 말하며 나를 위해 문을 열어 주었다. 날도 좋으니 산책할 겸 슬슬 걸어가 볼까.

애들한테는 꼭 둘이 함께 다니라고 해 놓고 나 혼자 가려니 좀 그렇긴 한데. 나는 애슐리를 데려갈까 잠시 고민하다가 고개를 저었다.

그 애는 아직도 자기 드레스를 완성하지 못했다. 릴리와 아이리스는 할 일이 있다.

오늘은 빨래를 하는 날이라 세탁소에서 사람이 오기로 했다. 속옷이나 조심해서 다뤄야 하는 건 직접 빨지만 커튼이나 이불, 큰 옷 같은 건 세탁소에 맡기기로 했다.

이것도 짐 덕분에 알게 된 거다. 밀드레드에게 빨래란 하인들이 하는 일이었고 세탁소라는 게 있는 줄도 몰랐으니까.

하지만 이쪽 세계의 사람들은 세탁소에 옷을 맡기는 게 당연한 모양이다. 하긴, 세탁기가 없으니 할 수 없긴 하겠다.

"후."

이런저런 생각을 하며 내려오다 보니 벌써 언덕을 다 내려왔다. 나는 하나둘 보이기 시작하는 사람들을 둘러보고 가볍게 스트레칭을 했다.

원래 계획대로라면 여기서 마차를 잡아탈 생각이었다. 하지만 이만큼 걸었는데 그리 힘들지 않았다. 좀 더 시내 쪽으로 가서 마차를 잡을까?

나는 마차를 잡지 않고 그대로 번화가를 향해 걷기 시작했다.

여기서 이대로 걸어가면 요정의 샘까지 얼마나 걸리려나? 이런저런 생각을 하며 사람들 사이를 지나가는데 갑자기 어떤 남자가 나를 불렀다.

"부인! 부인!"

처음엔 날 부르는지 인식하지 못했다. 하지만 사람들이 날 쳐다보기 시작했고 남자가 내 바로 옆으로 와서 말을 걸었기 때문에 알아차릴 수밖에 없었다.

나는 걸음을 멈추고 남자를 쳐다봤다. 처음 보는 남자다. 납작한 모자를 쓰고 어딘지 모르게 건들건들한 느낌이 드는 남자였다.

"뭐죠?"

약간 경계를 하면서 입을 열자 남자가 어색한 미소를 지으며 내 지갑과 똑같이 생긴 걸 내밀었다.

"이걸 떨어트리셨습니다."

내 지갑과 똑같이 생긴 게 아니라 내 지갑이네? 나는 허둥지둥 들고 있던 핸드백을 열어 안을 확인했다. 감쪽같이 핸드백 안에서 지갑만 사라져 있었다.

떨어트리긴 뭘 떨어트려? 이놈이 훔친 게 분명하다. 내 시선이 어색한 미소를 짓고 있는 남자의 얼굴을 향했다.

그런데 뭔가가 이상했다. 그는 어색한 미소를 짓고 있을 뿐만 아니라 어쩔 줄 몰라 하고 있었다.

이게 무슨 일이지? 내가 지갑을 받지 않고 가만히 그를 노려보자 남자가 다시 말했다.

"떨어트리시자마자 주웠으니 안에 있는 건 아무것도 사라지지 않았을 겁니다. 가져가세요."

이상한데. 나는 눈을 가늘게 뜨며 남자를 쳐다보고 그가 내민 지갑을 받아 들었다. 그때 남자의 뒤에서 몇몇 남자들이 눈에 띄게 안도하는 게 보였다.

뭐지? 지갑에 이상한 짓이라도 했나? 나는 재빨리 지갑을 열어 안에 든 것을 확인했다. 내 돈이랑 다니엘의 반지. 아무것도 사라지지 않았다.

"그럼 이만."

"잠깐."

남자는 후다닥 도망치려는 듯 몸을 돌렸다가 내가 잡자 움찔하고 멈췄다. 동시에 안도하던 남자들도 심각한 표정으로 우리를 쳐다보는 게 보였다.

"떨어트린 지갑을 주워 주셨으니 감사의 표시를 해야죠."

"아니, 아닙니다. 부인."

아, 뭔데? 이거 진짜 이상하다. 이렇게 지갑을 훔친 애들이 돌려준다는 이야기를 가끔 들어 본 적이 있다. 다들 지갑 주인이 감사의 표시로 주는 약간의 돈을 노리고 하는 짓이다.

그런데 애들은 그것조차 필요 없다고?

남자는 정말로 필요 없다는 듯 손은 물론 고개까지 절레절레 흔들고 있었다. 그 태도가 어딘지 모르게 필사적이기까지 해서 나는 인상을 쓴 채 고개를 기울였다.

"하지만 도움을 받았으니 뭔가 보답을 하고 싶은데요."

"아이고, 아닙니다. 부인. 부인을 돕게 돼서 제가 영광이죠. 정말로 만나서 영광입니다, 부인."

뭐가 영광이라는 건지 모르겠다. 내가 이상하다는 듯 그를 쳐다보자 남자는 헤헤하고 웃으며 슬금슬금 뒤로 물러나기 시작했다.

이게 무슨 일인 걸까. 뭔가 찝찝하지만 당장 피해도 없고 남자도 어딘지 모르게 날 피하려는 것 같으니 나도 딱히 할 게 없었다.

나는 고개를 갸웃하며 몸을 돌렸다.

"저, 잠깐만요, 부인."

그때 물러난 줄 알았던 남자가 다시 나를 불렀다. 내가 고개를 돌리자 그는 모자를 벗어 공손하게 두 손으로 쥐고 내게 물었다.

"이렇게 만난 것도 인연인데 성함을 알 수 있을까요?"

설마, 이 남자가 지금 날 꼬시는 건가? 나는 어리둥절한 표정으로 그를 쳐다봤다.

하지만 꼬시는 느낌은 들지 않았다. 그는 정말로 어쩔 줄 몰라 하고 있었고 내 이름을 궁금해하고 있었다.

"남의 이름을 묻기 전에 자신의 이름을 먼저 말하는 게 순서 아닐까 요?"

남자의 얼굴이 눈에 띄게 당황으로 물들었다. 귀족은 아닐 거라 생각했지만 이 정도 예의도 모르는 걸 보니 딱히 교육을 받은 사람도 아닌 거 같다.

그를 안절부절못하며 뒤를 돌아보더니 다시 나를 쳐다보며 말했다.

"그리 대단한 이름은 아니라……."

"하지만 제 이름을 물어봤잖아요? 그럼 그쪽 이름도 알려 줘야죠?"

"어, 네. 그러니까…… 제 이름은 윌슨입니다."

"밀드레드 반스예요."

반스 부인. 윌슨은 몇 번이나 내 이름을 되뇌더니 허리를 굽실거리며 사라졌다. 뭔데, 대체?

나는 사라지는 윌슨을 바라보다가 결국 지나가는 마차를 잡아타고 요정의 샘으로 향했다.

"어서 오십시오, 반스 부인."

이미 내가 온다는 말을 들었는지 지배인이 나를 보자마자 반가워하며 달려 나왔다. 그는 내 우산과 겉옷을 받아 들어 직원에게 넘기더니 직접 나를 자리로 안내했다.

"어서 오세요, 부인."

다니엘이 기다리고 있던 자리는 지난번에 아이들과 함께 식사를 했던 방이었다. 그는 내가 들어서자 자리에서 벌떡 일어나 내게 손을 내밀었다.

나는 그와 나란히 앉으며 여기 오면서 겪었던 일을 이야기했다. 별 이상한 사람도 있다는 말에 심각한 표정으로 나를 쳐다보며 듣던 다니엘이 말했다.

"그러게요. 이상한 사람도 다 있군요. 혹시 모르니 돌아가실 때는 제가 모시겠습니다."

"괜찮아요. 그 사람들은 제가 사는 곳은 모르니까요."

"아닙니다. 혹시 모르니까요. 이럴 때는 안전이 최고죠."

그럴 수도 있겠다. 나는 얌전히 그의 호의를 받아들이며 지갑을 꺼냈다.

"아, 그리고 반지 말인데요. 자꾸 까먹어서 드리려고 가져왔어요."

"반지요?"

다니엘도 잊고 있었나 보다. 그는 내가 꺼낸 반지를 보고 잠깐 놀란 표정을 짓더니 빙그레 웃으며 물었다.

"지갑을 주워 준 남자가 정말 아무것도 손대지 않은 모양이군요."

"그런 모양이에요. 경의 반지와 제 돈이 전부 무사했으니까요."

"그자가 부인의 이름을 물어봤다고요?"

"네. 이상한 사람이죠?"

"그자가 자기 이름은 말하던가요?"

별로 내키지 않아 했지만 밝혔다. 내가 다니엘에게 착한지 나쁜지 알 수 없는 자의 이름이 윌슨이라고 말했을 때 다시 지배인이 우리 방의 문을 두드렸다.

"니콜스 남작 부인께서 오셨습니다."

에이미는 약간 가라앉은 표정이었다. 그 표정을 보자 그녀가 일기장에서 찾아낸 게 아무것도 없다는 생각이 들었다.

나도 모르게 실망이 찾아왔다. 하지만 그걸 에이미에게 티 내는 건 예의가 아니다. 나는 가까스로 허리를 세웠다.

그녀는 자신의 뒤에 선 몸종인 듯한 여자에게 밖에서 기다리라고 하더니 방 안으로 들어왔다.

"어서 오세요, 남작 부인."

나와 다니엘이 자리에서 일어나 인사하자 에이미는 손을 저으며 앉으라고 말했다. 그리고 애써 밝은 표정으로 말했다.

"날이 참 좋죠?"

"네. 해도 길어졌고 날도 많이 따듯해졌더군요."

한동안 별것 아닌 이야기가 이어졌다. 날이 얼마나 따듯해졌는지, 오늘 신문에 어떤 기사가 떴는지. 한참을 이야기하다가 직원이 차와 쿠키를 가져오자 에이미의 말이 멈췄다.

"어머니의 일기장을 찾아봤어요."

드디어 그녀가 품에서 책 한 권을 꺼내며 말했다. 내 시선은 일기장을 향했지만 다니엘은 아닌 모양이었다. 그는 에이미를 쳐다보며 물었다.

"추억에 잠기셨겠군요."

애 말 참 잘하네. 내가 감탄하는 사이 에이미의 얼굴에 미소가 떠올랐다. 그녀는 꺼낸 일기장에 손을 얹더니 나를 바라보며 말했다.

"어머니가 만난 화가는 없어요."

어? 정말? 나는 깜짝 놀라서 에이미를 쳐다봤다. 그녀는 미안하다는 표정을 지으며 계속해서 말했다.

"화가는커녕 견습 화가조차 나오지 않아요. 어제까지 두 번이나 읽어봤는데도 그래요."

"하지만 저희는 남작 부인의 어머니의 초상화가 있어요."

내 말에 다니엘이 그렇게 말하며 곁에 둔 그림을 집어 들었다.

"혹시 몰라서 저희도 초상화를 가져왔습니다."

그림은 가져가서 틀에 넣었는지 돌돌 말린 게 아니라 네모반듯한 액자에 붙어 있었다.

그가 액자를 감싼 천을 풀어내자 에이미의 눈이 커졌다.

"어, 어머니네요."

에이미의 눈이 순식간에 붉게 달아올랐다. 내 어머니뻘인 부인이 자기 어머니의 초상화를 보며 눈을 붉히는 걸 보니 기분이 묘했다.

나와 다니엘은 그녀가 머뭇머뭇 손을 내밀어 초상화를 쓰다듬는 것을 가만히 지켜봤다. 에이미의 손이 파르르 떨리는 게 보였다.

"지금 나보다도 젊네요. 맙소사. 얼굴 좀 보세요. 내 딸보다 젊어 보여요."

"젊으셨을 때 그린 모양이에요."

내 말에 에이미가 나를 쳐다봤다. 그리고 다시 그림으로 시선을 떨어트리며 말했다.

"어머니를 그린 초상화는 하나뿐이에요. 제가 다섯 살 때, 아버지께서 가족 초상화를 그리자고 하셨죠."

당연하지만 초상화를 그리는 것도 꽤 돈이 든다. 화랑을 만드는 게 집안의 부를 과시하는 방법일 정도니까.

에이미의 손이 초상화를 조심스럽게 쓸었다. 그녀는 잠긴 목소리로 말을 이었다.

"그건 친정에 있어요. 가족 초상화니까 어쩔 수 없죠. 하지만 어머니 얼굴을 여기서 볼 수 있을 줄 몰랐어요."

그렇구나. 나는 여기서 죽은 사랑하는 사람의 얼굴을 보려면 초상화밖에 방법이 없다는 것을 깨달았다. 사진이 없으니까.

슬퍼졌다. 초상화를 그릴 돈이 없는 사람들은 사랑하는 가족을 보고 싶을 때 기억에만 의지해야 한다는 게.

"가져가세요."

나는 불쑥 말했다. 이 그림의 주인은 남작 부인이다. 그녀의 어머니가 그려져 있으니 응당 그녀가 가져야 한다.

에이미는 눈을 커다랗게 뜨고 나를 쳐다봤다. 나는 손을 뻗어 액자 끝을 살짝 밀며 다시 말했다.

"드리려고 가지고 나온 거예요. 가져가세요."

"하, 하지만······."

남작 부인의 흔들리는 시선이 그림을 향했다. 그녀는 깊은숨을 내쉬더니 말했다.

"고마워요."

"아니에요, 남작 부인의 어머니잖아요."

남의 초상화를 내가 가져서 뭐에 쓰겠어. 문득 고개를 돌려 보니 다니엘이 나를 보며 씩 웃고 있었다. 누군가에게 사랑하는 가족의 초상화를 찾아 줬다는 생각에 기분이 좋아졌다.

"그림값은······."

액자를 잡아당겨 한참을 초상화를 살펴보던 남작 부인이 물었다. 그림값? 나는 다니엘을 한 번 쳐다보고 에이미에게 물었다.

"그림값은 됐어요. 대신이라고 하기엔 좀 그렇지만 일기장을 좀 볼 수 있을까요?"

어쩌면 화가는 아니더라도 비슷한 거라도 있을지도 모른다. 남작 부인은 찾지 못했다고 했지만 또 모르지.

내 부탁에 에이미는 잠시 일기장을 쳐다보더니 내 쪽을 향해 그것을 내밀며 말했다.

"그래요. 가져가요."

"보고 돌려 드릴게요."

우리는 그 내용만 있으면 된다.

나는 에이미가 자리를 뜬 뒤 다니엘과 나란히 앉아 일기장을 읽기 시작했다. 딱히 대단한 내용은 없었다. 설렁설렁 넘겨서인지도 모르지만 남작 부인의 어머니가 젊었을 때 썼던 일기라 친구와 만나고 자수를 하거나 공부를 했다는 정도였다.

심지어 일기를 매일 쓴 것도 아니라 쓰지 않은 날 있었던 일은 쓴 날의 일기를 통해 추측하는 수밖에 없었다.

"여기부터 둥근 지붕 저택에 살기 시작한 모양이군요."

다니엘이 그렇게 말하며 손가락으로 날짜를 짚었다. 그가 내 쪽으로 고개를 바짝 붙이는 바람에 남성적인 향기가 풍겨 왔다.

향수를 쓰나? 아니, 향수보다는 비누에 가까웠다. 나는 멍하니 다니엘의 얼굴을 쳐다보다가 허둥지둥 일기장으로 시선을 던졌다.

"그때도 그 집은 쓸데없이 크고 추웠던 모양이네요."

나는 남작 부인의 어머니가 쓸데없이 방만 많고 추운 저택을 투덜거리는 부분에서 웃으며 말했다.

그래, 방이 많으면 보온을 하기가 좀 어렵지. 내가 우리가 쓰는 방을 모두 일 층으로 끌어내린 이유기도 하다.

"친구가 왔군요."

둥근 지붕 저택으로 온 뒤에도 별다른 사건은 없었다. 딱 하나 친구가 집에 온 것을 빼면. 나는 남작 부인의 어머니가 흘겨 쓴 글씨를 읽다가 움찔하고 멈췄다.

—카일라가 왔다.

"카일라라고 했죠?"

나만큼이나 다니엘도 흥분한 표정이었다. 그는 나를 돌아보더니 눈을 반짝이며 말했다.

"네. 카일라라고 했습니다, 부인."

다니엘의 숨결이 뺨에 닿았다. 이상한 기분에 나는 재빨리 시선을 돌려 일기장을 계속 읽기 시작했다. 카일라라는 소녀는 남작 부인의 어머니와 비슷한 또래인 모양이었다.

게다가 단순히 놀러온 게 아니었다.

나는 남작 부인의 어머니가 집에서 도망친 친구를 불쌍하게 여겨 몰래 남는 방에 그녀를 숨겨 줬다는 부분까지 재빨리 읽었다.

"왜 도망친 걸까요?"

다니엘이 물었다. 나는 일기장을 빠르게 읽으며 고개를 저었다.

"왜 도망쳤는지는 안 나와 있어요. 그냥……."

에이미의 어머니가 카일라를 이해하지 못하겠다는 내용만 적혀 있었다.

하지만 두 사람의 우정은 꽤 단단했던 모양이다. 에이미의 어머니는 카일라를 위해 자신의 식사를 계속 나눠 주었고 그녀가 부탁한 물건을 사다 주기도 했다.

나는 카일라가 부탁한 걸 사느라 시내를 빙글빙글 돌아야 했다는 부분을 읽고 다니엘에게 고개를 돌렸다.

"이건 미술 용품을 산 거겠죠?"

"네, 위치가 그쪽이네요."

"위치요?"

"여기요."

다니엘의 손가락이 글자 하나를 짚었다. 수도의 어느 지역 이름이었다. 하지만 나는 잘 모른다. 내가 모르겠다는 표정을 짓자 다니엘이 다시 설명했다.

"예전부터 미술상이 자리 잡은 곳이거든요."

"경도 거기서 미술 용품을 사나요?"

내 질문에 다니엘의 얼굴에 미소가 떠올랐다. 그는 나를 물끄러미 쳐다보다가 말했다.

"네. 어릴 때부터 다녔던 곳입니다. 언젠가 부인께도 안내해 드리죠."

릴리를 생각하면 나도 알아 둬야 할지도 모른다.

나는 고개를 끄덕이고 다시 일기장으로 시선을 돌렸다. 마침 일기장에 에이미의 어머니가 많이 먹는데 살이 빠진다는 말을 들었다는 부분이 눈에 들어왔다.

귀여워라. 나보다 훨씬 나이가 많은 부인의 이야기지만 일기장의 내용은 십 대라 귀여웠다.

나는 킥킥 웃으며 일기장을 넘겼다.

"수리가 끝났대요."

곧 일기장에 에이미의 어머니가 살던 원래 집이 수리가 끝났다는 내용이 나왔다. 드디어 이 크기만 하고 낡은 집에서 벗어날 수 있다는 생각에 일기장의 주인이 기뻐하고 있었다.

그렇다면 이제 카일라는 어떻게 되는 걸까?

문득 그런 의문이 들었다. 둥근 지붕 저택은 에이미의 집에서 소유한게 아니다. 일기장 초반에 아버지가 빌렸다고 나와 있었다.

그렇다면 에이미의 어머니가 그 집을 나갈 때 카일라도 함께 나가야한다.

"카일이 카일라일까요?"

일기장을 넘기며 다니엘이 물었다. 글쎄. 그건 모르겠다. 내 머릿속은 의지할 곳 하나 없는 카일라라는 소녀에 대한 걱정으로 한가득이었다.

차라리 집으로 돌아갔으면 좋겠다. 왜 도망쳤는지는 모르겠지만.

나는 카일라가 부디 집으로 돌아갔기를 바라면서 일기장을 넘겼다.

다시 수리가 끝난 집으로 돌아가기 전, 에이미는 자신의 집에서 쓰는 산장의 열쇠를 카일라에게 넘겨줬다고 적었다.

"사이가 별로 안 좋았나 보군요."

일기장을 끝까지 읽은 뒤, 다니엘은 소파에 등을 기대며 그렇게 말했다. 그의 말대로 에이미의 어머니와 카일라는 싸운 모양이었다.

에이미의 어머니가 집으로 돌아가라고 몇 번이나 설득했지만 카일라는 완강했다는 부분이 있었다.

게다가 에이미의 어머니는 약혼자가 결정돼서 곧 결혼할 예정이라고 했다. 결혼한 곳까지 카일라가 따라갈 수는 없었겠지.

"그래도 산장의 열쇠를 줬네요."

종내는 사이가 벌어졌지만 에이미의 어머니는 친구를 걱정했다. 그녀는 집에 돌아가지 않는 카일라의 완강함과 미련함을 원망했다. 그녀가 자신의 인생을 망친다고 한탄하기도 했다.

그 모든 것에 친구를 향한 안타까움이 고스란히 녹아 들어가 있었다.

"산장을 찾아볼까요?"

내가 아무 말도 하지 않고 일기장을 다시 읽기 시작하자 다니엘이 슬쩍 물었다.

그랬으면 좋겠다. 카일라가 어떻게 살았는지 걱정됐다.

"네."

내가 고개를 끄덕이자 다니엘은 나를 가만히 쳐다보더니 내 손 위로 자신의 손을 가만히 포개 왔다.

"그녀가 걱정되시는 겁니까?"

"네. 걱정돼요."

에이미의 어머니가 결혼하기 전이었으니 열여섯 살 정도였을 것이다. 또래라고 했으니 카일라도 그 정도였겠지.

열여섯 살. 애슐리보다도 한 살이 어리다.

그렇게 어린 소녀가 가출해서 친구의 집에 숨어 살았다는 게, 친구의 집을 나가야 하면서도 집으로 돌아가지 않았다는 게 의문이면서 동시에 가슴이 아팠다.

"찾아보죠."

다니엘은 내 손을 감싸 쥐며 말했다.

"에이미의 어머니와 친구였다면 카일라도 귀족이었을 겁니다. 그 당시 카일라라는 인물이 있었는지도 찾아보겠습니다."

나는 일기장에서 시선을 돌려 다니엘을 쳐다봤다. 여기까지 온 건 어디까지나 다니엘 덕분이다.

그가 그림을 감정해 주고 발견해 줬을 뿐 아니라, 우리를 왕립 극장에 초대해 주지 않았다면 카일라에 대해 전혀 알지 못했을 것이다.

"고마워요."

그 모든 게 카일이라는 화가의 그림을 팔기 위해서라고 해도 다니엘은 이렇게까지 날 도와줄 필요가 없다.

아닌가? 카일의 생애를 알아내는 걸로 업계에서 다니엘의 입지가 더 올라가려나?

나는 그걸 물어보려다 말았다. 기분이 이상했다.

이 일이 다니엘에게 도움이 됐으면 하는 기분이 반이었고 그가 호의로 도와주는 거였으면 하는 기분도 반이었다.

내가 이기적인 걸까? 그렇게 생각하는데 다니엘이 자리에서 일어나며 말했다.

"댁까지 모시겠습니다."

다니엘은 나를 집까지 바래다주었다. 그의 마차를 타고 집에 돌아가는 동안, 그리고 집에 돌아와서까지 내 머릿속은 카일라에 대한 생각이 가득했다.

카일라가 집에서 도망친 이유가 뭐였을까.

우리 집에서 발견한 카일의 그림이 카일라가 그린 거라면, 카일이 카일라라면. 그리고 카일라가 귀족 영애가 맞다면. 그녀의 집에서는 카일라가 화가가 되는 것을 절대 허락하지 않았을 것이다.

"어머니, 괜찮으세요?"

멍하니 서서 카일라를 생각하는 내게 아이리스가 물었다. 나는 여기가 어느 귀족의 파티라는 것을 깨닫고 허리를 세웠다.

"응. 괜찮아. 좀 머릿속이 복잡하네."

"월포드 남작님과 무슨 일 있으셨어요?"

어제 다니엘과 만나고 온 뒤로 계속 멍했던 탓인지 아이리스가 눈치 빠르게 물었다. 하지만 다니엘 때문은 아니다. 나는 릴리를 힐끔 쳐다보고 말했다.

"아냐, 월포드 남작님은 날 도와주고 계셔. 그분과는 아무 일 없었어."

내 말에 아이리스가 이상하게도 안도하는 표정을 지었다. 설마 너도 다니엘을 좋아하니? 나는 미심쩍은 표정으로 그녀를 쳐다보다가 우리를 향해 다가오는 남자들을 발견했다. 그렇게 큰 규모의 파티가 아니라 춤을 추지는 않고 다들 이야기만 나누고 있었다.

그러니 다가오는 남자들도 춤을 추자는 게 아니라 인사를 하려는 것뿐이다.

나는 다가오는 남자들의 앞에 에쿠르도 자작 부인이 있는 것을 보고 미소를 지었다. 어느 쪽이든 이들 중에 아이리스나 릴리의 상대가 될 아들이 있었으면 좋겠는데.

"반스 부인."

에쿠르도 자작 부인은 나를 향해 팔을 내밀며 미소를 지었다. 그녀는 전에 내게 꽃장식을 자신에게만 팔라고 한 적이 있다.

그 제안은 내가 왕대비에게 꽃장식이 있는 드레스를 선물하면서 무효로 돌아갔지만.

하지만 우리 사이는 그리 나빠지지 않았다. 내가 왕대비에게 드레스를 선물하고 바로 자작 부인에게 편지를 보낸 덕도 있지만 그녀의 성격이 좋기 때문이기도 할 것이다.

"자작 부인."

나는 자작 부인이 나를 끌어안는 것과 동시에 그녀를 끌어안았다. 오늘도 최신 유행 드레스를 입은 자작 부인은 기분이 매우 좋아 보였다.

"반스 부인 덕분에 제일 먼저 그 드레스를 주문할 수 있었어요. 고마워요."

왕대비가 꽃장식이 달린 드레스를 입고 티파티를 열자 사교계는 다시한 번 뒤집어졌다. 사람들은 다들 꽃장식을 만들 수 있는 의상실을 찾아다녔다.

하지만 에쿠르도 자작 부인은 내가 알려 준 대로 다비나에게 곧장 가서 옷을 주문한 모양이다.

"가게는 좀 작지만 실력은 아주 좋아요."

내 말에 에쿠르도 자작 부인의 얼굴에 미소가 떠올랐다. 그녀는 동의한다는 듯 고개를 끄덕이더니 나를 다시 끌어안으며 속삭였다.

"바톤 경이 왔어요."

바톤 경이 누구더라? 이미 머릿속에서 지운 지 오래인 사람이라 그를 떠올리는 데 약간의 시간이 걸렸다.

아하. 나는 에쿠르도 자작 부인의 파티에서 감히 내게 정부가 되어달라고 에둘러 부탁했던 남자를 떠올리고 인상을 썼다. 그 후로 날 피해다닌 건지, 창피해서 두문불출한 건지 보이지 않더니 여기는 왔나 보다.

"고맙습니다."

내 인사에 에쿠르도 자작 부인은 빙그레 웃더니 자신의 뒤에 선 남자들에게 손짓했다. 그들이 다가오자 그녀는 한 명씩 남자들을 나와 아이들에게 소개하기 시작했다.

"이쪽은 웹스터 경이에요."

나보다 몇 살은 많아 보이는 남자가 에쿠르도 자작 부인의 소개에 고개를 꾸벅해 보였다. 이 남자는 내게 말을 걸겠군. 나는 내심 그렇게 생각하고 있었다.

어딜 가나 그런 게 있다. 내 범위의 남자들과 아이들 범위의 남자들.

마흔 이상의 남자들은 내게 말을 걸고 서른 이하의 남자들은 아이들에게 말을 건다. 사실 삼십 대는 아이들 상대로는 너무 나이 차가 난다고 생각하지만.

"리셴 자작은 아시죠?"

턱수염을 멋지게 기른 리셴 자작이 나를 향해 빙그레 웃어 보였다. 안다. 나는 그와도 에쿠르도 자작 부인의 파티에서 만났던 것을 떠올리며 고개를 끄덕였다.

"오랜만입니다."

소개가 끝나자 리셴 자작과 몇몇 남자들이 내게 다가와서 말을 걸었다. 리셴 자작은 나보다 몇 살 정도 어릴 것 같은데. 나는 그가 아이들이 아니라 내게 말을 거는 것을 보고 약간 놀랐지만 곧 웃으면서 대답했다.

"여전히 멋진 수염을 가지고 계시는군요."

"기르는 데 고생했거든요. 최대한 오래 유지하려고요."

그냥 깨끗하게 밀어 버리는 게 더 낫지 않나. 나는 리셴 자작의 턱수염을 잠깐 쳐다보다가 말없이 미소를 지었다.

뭐, 내 수염도 아니고 얘 수염이잖아. 지가 좋으니까 하는 거겠지.

그때 내 눈에 웹스터 경이 아이리스에게 말을 거는 게 보였다. 응? 나는 아이리스가 약간 당황하더니 그와 이야기를 하기 시작하는 것을 지켜봤다.

"혹시 음악을 좋아하십니까?"

리센 자작이 물었다. 아이리스와 웹스터 경이 무슨 대화를 하는지 궁금했지만 리센 자작을 무시할 수도 없다. 나는 아이리스를 한 번 쳐다본 뒤 대답했다.

"그럼요. 음악만큼 귀를 즐겁게 하는 건 없죠."

"가장 좋아하시는 곡이 어떤 곡인지 여쭤봐도 괜찮을까요?"

좋아하는 곡? 머릿속에 가장 최근에 들었던 음악이 떠올랐다. 다니엘이 데려간 왕립 극장에서 들었던 곡이다.

"천상의 하모니요. 최근에 들었는데 아주 좋더군요."

"아, 혹시 왕립 극장에서 들으신 겁니까? 거기서 공연한 가수가 아주 훌륭하다더군요."

"네, 맞아요. 전율이 흐르더라고요."

그렇게 말하면서 나는 다시 아이리스를 힐끔 쳐다봤다. 웹스터 경은 아이리스에게 아주 관심이 많아 보였다. 저 얼굴로 사실은 서른이라거나 그렇진 않겠지.

그건 아닐 것 같다. 웹스터 경은 내 나이보다 많아 보인다. 그건 최소한 마흔다섯 살은 돼 보인다는 뜻이다.

나는 리센 자작과 왕립 극장에서 들었던 음악에 대해 이야기를 나누면서 틈틈이 아이리스를 살폈다. 혹시라도 웹스터 경이 아이리스에게 무례하게 굴면 당장 달려가서 하이힐을 머리에 꽂아 줄 생각이었다.

"언제 한번 제가 부인을 극장에 초대해도 될까요?"

"저를요?"

아이리스와 웹스터 경에게 관심을 쏟느라 리센 자작을 향한 반응이 좀 늦었다. 내가 뜬금없다는 듯 반응하자 그가 빙그레 웃으며 말했다.

"귀족들은 극장도 출입해야 한다더군요. 저는 그런 예의를 잘 모르니 부인께서 절 가르쳐 주셨으면 합니다."

귀여운 소리를 하네. 나는 리센 자작을 쳐다보며 웃었다.

원래는 그의 삼촌이 귀족이었다고 들었다. 삼촌이 자식 없이 사망하면서 작위가 리센 자작에게 돌아왔다고.

그렇다면 그전까지 리센 자작은 귀족이 아니었다는 말이다. 하지만 그의 아버지는 귀족의 아들로 자랐고, 편의상 리센 경으로 불린다. 당연히 귀족 사회에도 출입할 수 있다.

물론 리센 자작부터는 귀족 사회에 출입하지 못하지만 그래도 아버지까지는 귀족 사회에 출입했잖아. 귀족의 예의를 모른다는 건 말이 되지 않는다.

그러니 나와 극장을 함께 가고 싶다는 귀여운 변명에 웃음이 나올 수밖에 없다.

"가르침을 받고 싶다면 저보다 더 좋은 분들이 있을 텐데요."

내 말에 리센 자작의 얼굴이 가볍게 달아올랐다. 말을 참 귀엽게 하긴 했지만 난 이 남자와 단둘이 극장에 갈 생각이 없다.

"불편하셨다면 사과하겠습니다."

"오, 아니에요, 리센 자작님."

나는 한 번 더 아이리스를 확인하고 말을 이었다.

"제게 권해 주셔서 고마워요. 영광이에요. 하지만 전 아이들의 보호자라서요. 이번 시즌에는 아이들을 가르쳐야 해서 좀 바쁠 것 같아요."

가르치는 건 아이리스와 릴리, 애슐리만으로 충분하다. 심지어 애슐리는 왕자와 만나 왕자비가 돼야 하니 가르칠 것이 산처럼 쌓여 있다.

내 완곡한 거절에 리센 자작은 알겠다는 표정을 짓더니 바로 주제를 바꿨다. 자리를 떠나지도, 극장에 가지 않겠냐고 한 번 더 권하지도 않았다.

괜찮은 사람이네. 나는 리센 자작과 그 후에 끼어든 다른 사람들과 대화하며 리센 자작에 대한 판단을 좋은 사람 쪽으로 옮겨 놓았다. 사람의 됨됨이는 거절을 당했을 때도 알 수 있다.

그 후로 아이리스는 웹스터 경과 꽤 오래 대화를 했다. 대체 무슨 대화를 하는 건지 궁금했지만 사람들이 끊임없이 내게 다가왔기 때문에 아이리스에게 다가갈 수가 없었다.

그리고 그건 내게도 좋은 일이었다. 우리가 파티에서 떠날 때 바톤 경이 내게 다가오려 했지만 실패했기 때문이다.

"아이리스 양에게 온 꽃입니다."

이튿날, 우리 집으로 꽤 많은 편지가 도착했다. 편지의 양만 보면 애슐리가 월등했지만 또 다른 승자는 아이리스였다.

아침 식사를 마친 후 짐에게 신문과 편지를 받아 읽던 우리는 뒤이어 그가 들고 오는 꽃다발을 보고 눈을 크게 떴다.

"저, 저한테 왔다고요?"

"아이리스 언니한테?"

아이리스는 깜짝 놀라서 말을 더듬었고 릴리는 자리에서 벌떡 일어났다. 애슐리는 기뻐하고 있었다.

나는 신문을 읽다 말고 깜짝 놀라서 짐을 쳐다봤다가 재빨리 신문으로 표정을 가렸다.

"네. 확실합니다."

짐의 단호한 말에 아이리스의 표정이 이상해졌다. 그녀는 부끄러워하는 동시에 기뻐했고 다음 순간 어쩔 줄 몰라 했다가 손을 떨며 꽃다발을 받아 들었다.

"예쁘다!"

"카드! 카드 읽어 봐!"

우리 집에 온 첫 번째 선물이다. 릴리와 애슐리가 신이 나서 아이리스 곁으로 갔다.

나는 모르는 척 아이리스가 꽃다발 사이에 꽂힌 카드를 찾아 뜯는 것을 힐끔거리며 신문을 읽었다.

"누구한테 온 거야?"

릴리의 물음에 카드를 읽던 아이리스가 활짝 웃으며 대답했다.

"웹스터 경한테."

"웹스터 경? 그 사람은 너무……."

"릴리."

나는 릴리가 뭐라고 말하려는지 알 것 같아서 재빨리 그녀의 말을 끊었다. 웹스터 경은 확실히 아이리스에게 너무 나이가 많다. 하지만 그렇다고 해서 지금 아이리스의 기쁨을 망칠 필요는 없다.

"부자인가 봐."

너무에서 말이 끊겼던 릴리는 아이리스와 내 눈치를 보더니 억지로 말을 이었다. 그녀의 말에 아이리스가 기뻐하며 말했다.

"응. 부자인 거 같더라."

"부자인 거 같더라?"

그걸 어떻게 알아? 내가 어리둥절해하자 아이리스가 재빨리 설명했다.

"어제 만났을 때 이런저런 이야기를 했거든요. 목장을 가지고 있대요."

불길한 기분이 들었다. 그렇지 않아도 어제 이상하다고 생각했는데.

나는 아이리스에게 조심스럽게 물었다.

"웹스터 경이 또 무슨 이야기를 했니?"

아이리스의 얼굴이 붉어졌다. 그녀는 약간 민망해하면서 말했다.

"웹스터 경의 형에게 딸밖에 없대요. 그래서 형이 죽으면 웹스터 남작이 된다더라고요."

아하. 나는 표정 관리를 하느라 애써 무표정한 얼굴로 고개를 끄덕였다. 자기 재산을 자랑하고 자기가 앞으로 얻을 가능성이 있는 지위를 자랑하고 이튿날 꽃다발까지 보냈다.

그러니까 웹스터 경이 아이리스에게 들이대기 시작한 거다.

나는 아이리스에게 경고를 할까 하다가 그만뒀다. 어쨌든 아이리스는 태어나서 처음으로 구혼 행위의 정석대로 대접을 받고 있다. 긴 대화를 하고, 이튿날 카드가 있는 꽃다발을 보내고. 이건 아이리스의 경험에 도움이 될 거다.

그리고 그녀의 자존심에도.

"웹스터 경이라고요?"

그날 오후에 나를 데리러 온 다니엘에게 아이리스가 꽃다발을 받은 이야기를 하자 그는 놀랍다는 표정을 지었다.

웹스터 경이 꽃다발을 줬다는 게 놀라운 건가? 알고 보니 엄청난 짠돌이인 건가?

왜 그런 반응을 보이는지 몰라서 가만히 있자니 그는 마차 시트에 몸을 묻더니 슬쩍 다리를 꼬았다. 긴 다리가 쭉 뻗어 나와 내 드레스 옆으로 지나가는 걸 보자니 아무래도 다니엘은 잘못 태어났다는 생각이 들었다.

앤 여기가 아니라 내가 살던 곳에 태어나서 모델 같은 걸 했어야 하는 게 아닐까.

"웹스터 경의 부인이 사망한 모양이군요."

뭐라고? 내가 깜짝 놀라서 입을 딱 벌리자 그는 몰랐냐는 듯 고개를 기울이더니 말했다.

"모르셨습니까? 아마, 병이었을 겁니다."

몰랐다. 애초에 웹스터 경이라는 남자를 어제 파티에서 처음 봤는걸. 오히려 그런 걸 다 알고 있는 다니엘이 더 신기하다.

"부인이 오래 아팠나 봐요?"

"글쎄요. 일 년이 좀 넘었을 겁니다. 이 년 됐으려나?"

잠시 시간을 확인하려는 듯 다니엘의 눈동자가 왼쪽으로 향했다. 그 사이 나는 혹시 내가 웹스터 경에 대해 이야기를 들은 적이 있는지 기억을 뒤졌다.

안타깝게도 여러 가지 이야기가 떠올랐지만 웹스터 경의 이야기는 아니었다.

"병으로 시골에 요양하러 갔다고 들은 지 이 년 됐군요. 장례를 시골에서 치른 모양입니다."

저런. 나는 좀 안됐어서 가슴에 손을 얹으며 물었다.

"아이들이 어린가 봐요."

"아이들이요? 웹스터 경의 아들이라면 아마 지금 십 대 후반일 겁니다."

뭐라고? 나는 그대로 얼어붙었다가 인상을 확 쓰며 물었다.

"그럼 다 컸잖아요?"

"올해 데뷔탕트에 나오지 않은 거 보니 아직 열아홉 살은 안 된 모양입니다."

얼씨구? 나는 어이가 없어서 다니엘을 노려봤다. 물론 그의 잘못은 하나도 없다.

"어쩌면 웹스터 경의 아들이 열아홉 살이 넘었지만 아직 데뷔를 하지 않았을 수도 있지만요."

지금 그게 중요해? 나는 어이가 없어서 소리쳤다.

"지금, 나이도 먹을 대로 먹은 늙다리가 자기 아들뻘인 우리 아이리스한테 껄떡댄다는 말이잖아요!"

그러자 다니엘의 얼굴에 미소가 떠올랐다. 웃기니? 지금 이게 웃겨? 그는 나를 바라보며 재미있다는 듯 물었다.

"제가 웹스터 경에게 경고할까요?"

"경고요? 어떻게요?"

"부인과 아이들 근처엔 얼씬도 하지 말라고 하면 어떨까요?"

도움이 안 된다. 나는 이이가 없어서 인상을 쓰면서 시트에 몸을 기댔다. 그런다고 웹스터 경이 "넵, 알겠습니다!" 하고 얼씬도 않겠냐고.

"됐어요."

나는 한숨을 내쉬며 말했다. 아이리스가 그런 늙은이한테 반할 리가 없다. 내가 여기서 나서면 아이리스도 민망할 거다.

아무 생각도 없는 남자한테 엄마가 접근하지 말라고 한다면 나라도 민망할 거 같다.

"아니면 시골로 쫓아낼까요?"

계속해서 다니엘이 물었다. 넌 이 상황이 재미있나 보다. 계속 농담하는 거 보니까.

나는 다니엘을 삐딱하게 쳐다보다가 콧방귀를 뀌며 말했다.

"됐어요. 어쨌든 아이리스의 첫 번째 구혼자잖아요. 그 애가 거절하는 방법을 연습할 기회를 줘야죠."

"아이리스의 첫 번째 구혼자입니까?"

"우리 집에 꽃다발을 보낸 건 웹스터 경이 처음이거든요."

놀랍게도 다니엘은 충격받은 표정을 지었다. 우리 집에 웹스터 경이 처음으로 꽃다발을 보냈다니까 놀랐나 보다.

하긴, 나도 애슐리한테 꽃다발이 쏟아질 줄 알았다.

그 사이, 마차가 숲으로 이어진 좁은 길로 접어들었다. 밖에서 마부가 외치는 게 들려왔다.

"보입니다."

나는 창문을 통해 그리 멀지 않은 곳에 보이는 별장을 쳐다봤다. 저긴 가 보다.

머피가도 저런 별장이 있다. 여름이면 와서 한두 달 정도 지내다 가곤 했다.

"카일라 쇼라는 사람이 있었다더군요."

"쇼?"

쇼가 어느 집안이더라? 내가 기억을 더듬는 사이 다니엘이 나직한 목 소리로 설명했다.

"쇼 남작의 막내였다고 합니다. 위로 오빠와 언니가 하나씩 있었다 는군요. 열여덟 살에 사망했답니다."

예상하지 못한 말에 나는 흠칫 놀라 다니엘을 쳐다봤다. 열여덟 살에 죽었다고?

일기장에서는 에이미의 어머니가 카일라에게 별장의 열쇠를 줬다고 나와 있었다. 설마 별장에서 죽은 건가?

불길한 생각이 떠올랐다. 그런 내게 다니엘이 고개를 저으며 계속해 서 말했다.

"장례식을 아주 조용하게 치렀다는군요. 열일곱 살에 혼담이 오가던 중에 병에 걸려서 시골로 내려갔다가 거기서 사망했다고 합니다."

혼담? 나는 멍하니 다니엘을 쳐다봤다. 우리가 아는 그 카일라와 다른 사람인가? 하지만 다른 사람이라면 다니엘이 굳이 내게 말을 할 리가 없다.

나는 물끄러미 그를 쳐다보다가 속삭였다.

"절연당했군요."

다니엘은 한숨 쉬듯 눈을 감았다가 떴다. 그의 긴 속눈썹이 우아하게 팔랑였다.

"아마도요."

가출한 딸을 절연해 버린 거다. 그리고 사람들에게는 죽었다고 해 버린 거지.

맙소사. 나는 굳은 표정으로 멍하니 다니엘을 쳐다봤다. 죽은 사람이 된 카일라는 가문의 이름을 쓸 수 없다.

어쩌면 그래서 카일이라는 이름을 쓴 거일지도 모른다는 생각이 들었다.

나는 우울한 표정으로 별장을 쳐다봤다. 마차는 어느새 별장에 도착해 있었다.

"여기서 멈출까요?"

마차에서 내리면서 다니엘이 물었다. 멈추라고? 카일라를 찾는 것을? 나는 그의 손을 잡고 계단을 내려오다가 멈춰 서서 그를 쳐다봤다.

내가 계단 맨 위에 있었기 때문에 우리의 눈높이가 꽤 비슷했다. 날이 맑아서 다니엘의 밤색 눈동자가 아주 밝게 보였다.

"사실 여기까지만 알아도 그 그림을 파는 데는 아무 문제가 없습니다."

그건 그렇다. 나는 다니엘의 손을 잡은 채 마차 계단에 서서 멍하니 그를 쳐다보고 있었다.

카일라가 어떻게 됐는지 나와는 상관없다. 나는 카일의 그림을 찾아냈다고 알리고 그걸 최대한 비싼 값에 팔아 치워 버리면 된다. 그편이 더 쉬운 길이다.

하지만 카일라가 어떻게 됐는지 마음이 쓰였다. 내 엄마뻘보다도 나이가 많을 테지만 그래도 신경이 쓰였다.

"그런 말을 하려면 마차를 타기 전에 했어야 하지 않아요?"

나는 다니엘의 손을 잡고 계단에서 내려오며 빈정거리듯 말했다.

그는 내가 내려올 때까지 아무 말도 하지 않다가 내 발이 땅에 닿자 내 손을 자신의 팔꿈치 안쪽에 놓았다.

그리고 내 눈을 들여다보며 농담처럼 말했다.

"그럼 부인과 단둘이 마차를 탈 기회를 놓치잖습니까."

와.

나는 다니엘을 보며 한참을 감탄했다. 뭐 이런 놈이 다 있어?

듣기 좋은 소리를 기가 막히게 잘한다. 이렇게 아무 여자한테나 입에 발린 소리를 해서 여자가 다 도망가는 바람에 아직도 결혼을 못 한 게 아닐까.

내가 다니엘의 애인이라면 불안했을 것 같다. 이렇게 잘생긴 남자가 부자인데 말도 참 예쁘게 한단 말이야.

그러다가 나는 불현듯 릴리를 떠올렸다. 아, 맞다. 릴리가 다니엘을 좋아하지.

기분이 가라앉았다. 나는 다니엘의 팔에 손을 얹고 별장으로 다가갔다.

"무슨 일입니까?"

텅 빈 별장을 지키는 별장지기는 우리를 발견하고 경계 어린 시선을 보냈다. 별장을 지키고 관리하는 걸로 먹고사는 사람이니 어쩔 수 없다.

그는 이 별장에서 아주 예전에 살던 카일라라는 여자를 알고 있냐는 말에 인상을 쓰더니 고개를 저었다.

"모르겠습니다."

투박한 태도였다. 명백히 귀찮다는 말투에 나는 한 번 더 생각해 보라고 말하려다 멈췄다.

꽤 오래전 일이다. 에이미가 태어나기 전이니 최소한 사십 년 전의 일일 것이다. 나는 하얗게 센 별장지기의 머리카락을 물끄러미 쳐다봤다.

"여기서 산 지 얼마나 됐죠?"

"여기서 태어났죠."

"최소한 사십 년은 더 된 일이에요. 여기 그림을 그리는 소녀가 살지 않았나요?"

모르겠습니다. 별장지기는 그렇게 말하려는 것처럼 보였다. 그의 얼굴이 불쾌하다는 듯 일그러지더니 입술을 벌렸으니까.

하지만 별장지기의 움직임이 우뚝 멈췄다. 그는 나를 쳐다보더니 물었다.

"그림 그리는 소녀라고 했습니까?"

"이름은 카일라였을 거예요."

별장지기가 나를 물끄러미 쳐다보기 시작했다. 그는 마치 내가 이미 낸 세금을 또 받으러 왔다고 말하는 사기꾼이라는 듯 쳐다보더니 안으로 쑥 들어갔다.

"어."

"어떻게 할까요?"

다니엘이 물었다. 뭘 어떻게 해? 내가 어리둥절해서 쳐다보자 그는 별장지기가 들어간 문을 턱짓하며 다시 말했다.

"부인께서 원하신다면 들어가서 질질 끌고 오죠."

농담이지? 나는 믿을 수 없다는 듯 그를 쳐다봤다.

저 별장지기는 최소한 오륙십은 되어 보인다. 이 나라에서는 모르지만 유교의 나라에서 온 나는 노인 공경이 아주 중요하다.

다행히 그러지 말라고 하기 전에 별장지기가 다시 밖으로 나왔다. 그는 헝겊으로 둘둘 만 것을 내게 쑥 내밀더니 말했다.

"가져가세요."

"이게 뭔데요?"

"카일라가 두고 간 겁니다."

두고 갔다고? 나는 그게 무슨 소린지 몰라서 헝겊을 풀었다. 자연스럽게 다니엘이 나를 도와 풀어 헤친 헝겊을 받아 들었다.

"이건……."

그림이었다. 돌돌 말린 두 장의 그림. 산장을 그린 것과 산장에서 내다보는 광경을 그린 것. 두 장의 그림에 나는 별장지기를 쳐다봤다.

"당신에게 준 게 아니고요?"

"별장지기가 그림이 무슨 소용이 있겠습니까."

"하지만 이거 가격이 꽤 나갈 거예요."

별장지기는 가격이 꽤 나갈 거라는 말에도 꿈쩍도 하지 않았다. 그는 불쾌한 얼굴로 욕이라도 내뱉을 것처럼 이를 드러내고 말했다.

"돈은 필요 없습니다."

15

밀드레드와 다니엘,
그리고 릴리

"제 목장은 여기보다 훨씬 크죠. 다섯 배는 넘을 겁니다. 하하하."

웹스터 경의 잰 체하는 말투가 텔레비전 소리처럼 들렸다. 나는 가물
거리는 눈을 뜨기 위해 안간힘을 쓰고 있었다.

하지만 천하장사도 이길 수 없는 게 눈꺼풀이라더니 눈은 자꾸만 감
겨갔다.

졸리다. 절대 잠이 부족해서가 아니다. 웹스터 경의 이야기가 너무 재
미가 없기 때문이다.

재미없을 뿐 아니라 그 나이에도 부끄러움 없이 자기 자랑을 너무 유
치하게 해대서 아무 상관없는 내 손이 꼬일 정도다.

"아, 저기 저 말 보이십니까?"

웹스터 경이 아이리스에게 반대편에서 천천히 다가오는 말을 가리키

면서 하는 말이 들렸다. 나는 잠에서 깨기 위해 그가 가리킨 쪽을 쳐다봤다.

이윽고 웹스터 경의 목소리가 들려왔다.

"제 목장에 있는 말은 전부 저 정도의 말입니다. 별것 아니죠? 고작해야 특상품이죠. 하하하."

뭐라는 거야, 진짜.

나는 애슐리를 돌아보고 그녀를 툭 쳐서 깨웠다. 얘, 자면 안 되지.

다행히 릴리는 잠들지 않았지만 손에 쥔 스케치북에 뭔가를 열심히 스케치하고 있었다.

아이고.

나는 그래도 우리가 웹스터 경과 아이리스와 다른 마차를 탔다는 점에 감사하며 아이리스를 쳐다봤다. 우리 가족을 마차에 태워서 드라이브를 시켜 주는 건 고마운데 하나하나가 다 자랑이라 솔직히 좀 지겨웠다.

다른 마차를 탄 나도 지겨울 정도인데 아이리스는 얼마나 지겨울까. 그럼에도 그녀는 허리를 세우고 꼿꼿이 앉아서 웹스터 경의 이야기를 듣는 것처럼 보였다.

"이게 누구신가."

맞은편에서 달려오던 마차가 느려졌다. 나는 웹스터 경이 마차 안에 있는 사람에게 아는 척을 하는 것을 보고 혀를 찼다.

날이 따뜻하고 공원은 꽃이 만발한 덕에 산책하는 사람이 아주 많았다.

그리고 웹스터 경은 그 많은 사람들에게 일일이 인사를 건네고 있었다.

보통 이성과 산책을 하면 아는 사람을 만나도 목례만 하고 지나가기 마련이다. 그러니까 지금 저놈의 행동은 자기가 아이리스와 데이트한다는 걸 최대한 많은 사람들에게 자랑하는 거다.

보면 볼수록 마음에 안 드네.

나는 가재 눈으로 웹스터 경을 쳐다봤다. 누구 마음대로 남을 자기 자랑거리로 삼아?

저런 남자는 절대 만나면 안 된다. 주변의 모든 것을 자신을 높이기 위한 수단으로 사용한다.

집에 가자마자 웹스터 경과는 만나지 말라고 해야지. 그렇게 생각하는데 아이리스가 나를 쳐다봤다.

왜? 내가 입 모양만으로 묻는 순간 웹스터 경의 마차가 출발했다.

"안녕하세요, 부인."

웹스터 경과 인사를 나눈 마차가 우리 쪽으로 오더니, 창문으로 다니엘이 인사를 건넸다.

다니엘이었어? 그는 나와 눈을 비비는 애슐리, 릴리를 보고 미소 지었다. 그러더니 나와 릴리를 바라보며 말했다.

"오늘 오후에 댁에 조금 일찍 도착할 거 같습니다."

"저녁 식사도 같이하겠어요?"

"주신다면 감사히 먹겠습니다."

오늘 저녁은 미트볼 스파게티다. 다니엘에게 토마토 스파게티의 맛을 보여 주려고 토마토도 구해 놨다.

토마토만 파는 곳이 없어서 토마토가 열린 가지째로 사야 했지만.

"아, 그리고."

마차가 움직이려는 순간, 다니엘이 재빨리 다시 입을 열었다. 왜? 나는 다니엘을 쳐다보다가 릴리에게로 시선을 돌렸다. 릴리한테 할 말이 있나?

하지만 아니었다. 그는 여전히 나만 바라보며 덧붙였다.

"한 명 더 데려가도 될까요? 물론 리안입니다."

"리안은 언제나 환영이죠."

그럼. 다니엘이 씩 웃더니 창문 안쪽으로 사라졌다. 그와 동시에 마차가 움직이기 시작했다. 내 시야 한쪽에 릴리가 다니엘이 탄 마차를 돌아보는 게 보였다.

"어머니."

"응?"

릴리는 다니엘을 정말 좋아하나 봐. 그런 생각을 하는데 그녀가 내게 몸을 돌리더니 재미있다는 듯 웃으며 말했다.

"마차 안에 리안이 있는 거 보셨어요?"

"응? 리안이?"

못 봤는데? 나는 다시 다니엘이 탄 마차로 고개를 돌렸지만 이미 그의 마차는 저 멀리 가버린 뒤였다. 릴리가 깔깔대며 말했다.

"아까 남작님이 한 명 더 데려와도 되냐고 물어보실 때요. 그때 누가 남작님 어깨를 잡는 걸 봤거든요. 리안이었어요."

그럼 마차 안에 리안도 있었단 말야? 근데 왜 나와서 인사를 안 한 거야?

나는 어이가 없어서 고개를 갸웃했다. 그러다가 저 앞서 가고 있는 아이리스와 웹스터 경의 마차를 쳐다봤다.

혹시.

괜찮은 기대감이 떠올랐다. 리안이 아이리스를 좋아하나?

아니, 아닐지도 모른다. 이런 설레발을 치는 건 좋지 않다.

리안은 좀 눈치가 없는 애잖아. 아이리스에게는 인사하면 안 된다고 생각했지만 우리에게는 인사해도 되는지 몰랐나 보지.

"다음번에는 식당에 여러분을 초대하고 싶군요. 요정의 샘이라고 아십니까? 나쁘지 않은 곳이죠. 이 주 전에는 예약을 걸어야 갈 수 있는 곳인데 아까 인사한 월포드 남작과 제가 막역한 사이라서요."

웹스터 경은 우리를 집에 데려다준 뒤 떠나지도 않고 다시 자기 자랑을 하기 시작했다. 하하. 넌 할 일이 없어서 여기 앉아서 수다를 떨어도 될지 몰라도 우린 아니란다.

내가 어떻게 하면 우아하게 웹스터 경에게 축객령을 내릴 수 있는지 고민하는 사이 애슐리가 불쑥 말했다.

"요정의 샘에 이 주 전에 예약을 해야 해요?"

"그렇지. 반스 양은 잘 모르겠지만 거긴 아주 인기가 높은 곳이라서 아무나 들어갈 수가 없거든. 물론 나는 월포드 남작과 막역해서 언제든지 갈 수 있지만 말야."

아아아, 내 손. 나는 오그라드는 손을 펴기 위해 찻잔을 감쌌다. 이상하다는 듯 웹스터 경의 말을 듣던 애슐리가 그의 말이 끝나기가 무섭게 입을 열었다.

"우린 예약하고 간 적이 한 번도 없는데요."

"하하하. 한 번도 가 본 적이 없으니 예약해야 한다는 것도 모르는 거겠지."

"아뇨. 그게 아니라, 우린 언제든지 가도 자리를 내줘요. 그렇지, 릴리?"

"맞아."

릴리가 찻잔을 들어 올리며 맞다고 맞장구를 치자 웹스터 경의 얼굴에 당황이 떠올랐다. 나는 모르는 척 호호 웃으며 말했다.

"월포드 남작님과 약간 인연이 있어서요. 감사하게도 언제든지 우리의 방문을 맞이해 주신답니다."

"윌포드 남작이 직접 말입니까?"

"어머니께서 그 식당 요리에 조언도 하셨는걸요."

애슐리. 아이리스가 테이블 밑으로 애슐리의 다리를 툭 차며 그녀의 입을 막았다.

하지만 애슐리의 말을 들은 웹스터 경의 눈은 이미 놀라움으로 커진 뒤였다. 그는 나를 한 번 쳐다보더니 거짓말하지 말라는 표정으로 말했다.

"아, 물론 여성분들은 예쁜 요리를 좋아하니까요. 반스 부인께서 음식 장식에 의견을 내보이신 모양이군요."

"의견이 아니라……."

애슐리가 그렇게 말하려는 순간 이번에도 아이리스가 그녀의 다리를 다시 툭 찼다. 나는 모르는 척 시계를 쳐다보며 말했다.

"어머, 시간이 이렇게 됐네요. 오늘 정말 즐거웠어요. 공원 산책에 데려가 주셔서 정말 감사했습니다."

내 말에 릴리가 벌떡 일어났다. 애슐리 역시 릴리를 따라 일어나자 아이리스가 천천히 일어나며 말했다.

"오늘 정말 감사드려요, 웹스터 경."

미리 토마토소스를 만들어 놓기는 했지만 미트볼은 아직 안 했단 말이다. 게다가 곁들일 샐러드도 씻고 빵도 구워야 한다.

우리 태도에 웹스터 경은 '어흠' 하고 헛기침을 하며 자리에서 일어났다.

그리고 더 이상 요정의 샘에 대한 이야기를 하지 못하고 떠나갔다.

"미안해, 언니."

웹스터 경이 떠나자마자 애슐리가 어쩔 줄 몰라 하며 아이리스에게 사과했다. 그러자 릴리가 흥하고 콧방귀를 뀌며 말했다.

"네가 미안할 거 뭐 있어? 저 남자 기분 나빠."

"릴리."

나는 주방으로 향하며 가볍게 릴리에게 주의를 주었다. 어쨌거나 아이리스에게 구혼 중인 남자다. 구혼 방법이 좀 많이 구리긴 하지만.

그사이 짐이 다가와서 테이블을 정리했다. 나는 후다닥 발효 중인 빵 반죽을 꺼내 오븐 안에 집어넣었다. 그리고 옷을 갈아입었다.

"이 빨간 소스는 뭐죠?"

다행히 빵은 예정대로 구울 수 있었다. 다니엘과 함께 온 리안은 대체 뭘 하다 왔는지 몰라도 지친 표정으로 빵을 먹더니 그다음으로 내온 미트볼 스파게티를 보고 이상하다는 듯 물었다.

"토마토소스."

나는 남은 미트볼을 식탁 가운데에 내려놓으며 말했다.

내 주먹만 한 미트볼을 한 사람당 두 개씩 났다. 물론 다니엘과 리안은 네 개다. 미트볼을 스무 개나 만들었더니 그렇게 하고도 네 개가 남았다.

"토마토요?"

리안은 기겁하는 표정으로 나를 쳐다보더니 다니엘을 쳐다보기 시작했다. 다니엘 역시 눈을 가늘게 뜨고 나를 쳐다보더니 자기 몫의 접시로 시선을 떨어트렸다.

"토마토로 만든 겁니까?"

"먹어 보면 레시피를 알려달라고 내 치맛자락을 붙잡고 애원할걸요?"

내 말에 다니엘의 한쪽 눈썹이 올라갔다. 그는 포크로 면을 돌돌 감아 입에 넣는 나를 보더니 조심스럽게 토마토소스를 떠서 입에 넣었다.

독 안 들었다. 누가 보면 내가 토마토소스에 독을 넣은 줄 알겠다. 리안은 다니엘이 소스를 먹는 것을 유심히 보고 있었다. 그리고 다니엘이 놀랍다는 표정을 짓는 것을 보고 물었다.

"어때요?"

"먹어 봐."

역시 다니엘. 절대 호락호락하지 않지. 그의 말에 리안은 약간 기가 죽었는지 조심스럽게 포크로 면을 감았다.

그리고 혀에 대 보더니 눈알을 한 번 굴리고 입에 넣었다.

"어때요?"

내 질문에 다니엘은 미트볼을 반으로 잘라 소스에 찍어 먹으며 씩 웃었다. 맛있지? 나중에 크림소스 스파게티도 만들어 주마.

"미트볼을 스파게티에 넣는다는 생각은 못 해봤습니다."

"괜찮죠?"

"괜찮은 정도가 아닙니다."

기분 좋은 찬사에 미소가 흘러나왔다. 리안 역시 눈을 크게 뜨더니 우리를 둘러보고 천천히 음식을 먹기 시작했다.

난 크림소스보다 토마토소스가 더 낫다. 스파게티를 먹을 줄 아는 사람은 토마토보다 크림을, 크림보다 오일을 더 좋아한다지만 자기 입맛 차이지, 뭐.

다니엘은 맛을 음미하는 것처럼 토마토소스를 떠서 다시 입에 넣더니 내게 물었다.

"이 레시피도 알려 주시는 건가요?"

"어때요? 치맛자락을 잡고 애원할 맛이죠?"

내 자신 있는 말에 다니엘의 얼굴에 다시 미소가 떠올랐다. 그는 두 번째 미트볼을 반으로 가르며 말했다.

"부인께서 원하신다면 얼마든지요."

모짜렐라 치즈가 있다면 피자도 만들 수 있을 텐데. 식사를 마치고 자리에서 일어나면서 나는 약간 아까운 생각에 한숨을 흘렸다.

평범한 치즈는 있다. 그러니까 죽 늘어나지 않는 치즈 말이다. 하지만 이 나라에 모짜렐라 치즈는 없었다. 하지만 파스타도 있으니까 어딘가 다른 나라에는 있는 게 아닐까.

"잠깐 나갈까요?"

자리를 응접실로 옮겨 짐이 차를 가지고 오자 다니엘이 물었다.

나는 스케치북에 그림을 그리기 시작한 릴리와 실을 감기 시작하는 애슐리, 책을 읽는 리안과 아이리스를 돌아보고 고개를 끄덕였다.

"리안은 참 괜찮은 아이 같아요."

나는 나를 위해 테라스의 문을 열어주는 다니엘에게 말했다.

좀 눈치가 없는 부분이 있긴 하지만 리안은 아이들과 잘 어울리고 있었다.

게다가 시키면 시키는 대로 한다는 점이 괜찮다. 마치 애슐리가 괜찮은 아이인 것처럼.

그는 내가 테라스로 나가자 자신도 나온 다음 내 손에서 자신의 잔을 받아 들며 대답했다.

"부인의 아이들이 괜찮은 아이들이라 그렇죠."

과연 그럴까. 나는 자신의 책을 덮은 채 책 읽는 아이리스를 멍하니 쳐다보는 리안을 발견하고 어깨를 으쓱해 보였다.

그가 그러는 것을 아무도 눈치채지 못한 것처럼 보였다.

"춥지는 않으십니까?"

다니엘은 나를 위해 테라스에 있는 의자를 테이블에서 잡아당기며 물었다.

약간 쌀쌀하긴 하지만 괜찮다. 내가 괜찮다는 의미로 고개를 끄덕였지만 다니엘은 자신의 재킷을 벗어 내 어깨에 둘러 주었다.

"고마워요."

하여간 친절하다니까. 이게 릴리의 엄마라 잘해 주는 건지, 그냥 자기보다 어르신이라 잘해 주는 건지 모르겠지만.

"카일라의 행적을 찾았습니다."

다니엘은 내 맞은편에 앉아 조용히 말했다. 그래요? 나는 찻잔을 입에 대다 말고 그를 쳐다봤다.

별장지기의 말로는 몇십 년 전 카일라라는 여자가 거기서 살았는데, 이삼 년 정도 머물렀다고 했다. 그리고 감사의 표시로 그림과 약간의 돈을 주고 떠났다고 했다.

"플랫에서 살았던 모양입니다."

플랫이란 아파트를 말한다. 내가 아는 아파트와는 좀 다른 느낌이지만.

좀 더 구체적으로 말하면 주상복합에 가깝다.

일이 층에 상점이 있고 그 위로는 사람이 사는 아파트인데, 보통 상점의 직원이나 출퇴근하는 사용인 같은 가난한 사람이 산다.

나는 플랫에 살아 보기는커녕 그 근방도 가 본 적이 없어서 어떤지 잘 모른다. 하지만 카일라가 귀족 아가씨였다면 힘들었을 것이다.

"저런."

나는 뭐라 말해야 할지 몰라 그렇게만 말했다. 하지만 여러 가지 생각이 떠올라 마음이 복잡했다.

플랫은 매달 방값을 내야 한다. 방값은 어떻게 했을까. 혼자 살았던 걸까? 귀족 아가씨가 집안일은 할 수 있었을까.

"그림을 조금씩 팔아서 생활했던 모양입니다."

거기까지 말한 다니엘은 차를 한 모금 마셨다. 그도 카일라가 어떻게 살았는지 정확하게는 모르는 모양이다.

사십 년도 전의 일이다. 다니엘이 알 수 있을 리가 없다.

차를 한 모금 마신 그는 잠시 찻잔을 내려다보더니 그대로 조용히 말했다.

"그러다가 병원에서 사망했던 것 같습니다."

"병원에서요? 병으로요?"

"네."

전염병이었을지도 모른다. 아니면 몸이 약해서 감기 같은 걸로 죽은 건지도 모른다. 어떤 병에 걸려서 죽었는지 모르지만 가슴이 아파왔다.

나는 혼자 병상에 누워 앓다가 죽었을 카일라를 생각하며 찻잔을 감싸 쥐었다.

상상 속의 그 모습이 릴리와 겹쳐졌다.

"여기부터는 제 예상이지만, 방값을 내기 위해 화랑에 팔았던 그림이 그녀가 죽은 뒤 유명해진 게 아닌가 싶습니다."

"카일이라는 이름으로요?"

네. 다니엘은 가만히 고개를 끄덕였다. 카일라와 카일은 비슷하니까 헷갈릴 수도 있다.

실제로 이 집에서 발견된 그림은 카일라라고 서명이 되어 있었다. 카일라에서 라가 지워진 게 아닐까.

안됐다는 생각이 들었다. 힘들게 그림을 그렸고 평생 고생을 하다 죽었는데 이름조차 그녀의 본래 이름으로 유명해지지 못했다.

나는 멍하니 정원을 쳐다봤다. 가꾸기는커녕 잡초를 뽑는 것도 힘들었던 정원은 그래도 나와 아이들이 틈틈이 치운 덕에 꽤 깨끗해져 있었다.

"그래도 다행이네요."

나는 정원에서 다니엘로 시선을 돌리며 말했다. 우리가 카일이 사실은 카일라라는 여자라는 것을 알아내서 다행이다.

그녀의 이름을 돌려줄 수 있을 것이다.

"그렇습니까?"

하지만 다니엘은 아닌 모양이었다. 그는 무표정한 얼굴로 찻잔을 들어 올리며 그렇게 반문했다.

다행 아냐? 나는 어리둥절해서 물었다.

"카일이라는 화가가 어떤 사람인지 알았으니 잘된 거 아닌가요? 어떻게 살았는지 다들 궁금해했다면서요? 이걸 공개하고 그림을 팔면 끝나는 일이잖아요?"

다니엘은 아무 말도 하지 않았다. 그는 그저 나를 물끄러미 쳐다볼 뿐이었다. 왜? 뭐가 문젠데?

"이 일은……."

한참을 나를 물끄러미 쳐다보던 다니엘은 드디어 입을 열더니 또 다물었다. 그리고 시선을 떨어트렸다가 다시 나를 쳐다보며 말을 이었다.

"묻어 두죠."

"뭘 묻자는 거예요?"

나는 이해가 되지 않아서 물었다. 묻자고? 뭘? 카일이 귀족이라는 것을? 아니면 그림을 그리고 싶어서 가출했다는 것을?

내가 이해하지 못하자 다니엘은 곤란한 표정을 지었다. 그의 남성적인 눈썹이 어쩔 줄 모르겠다는 듯 휘어졌다.

"모든 것을 말입니다. 카일이 카일라라는 것을, 우리가 알게 된 모든 것을 묻어 버리고 그림을 팔아 버리죠."

"왜 그래야 하는데요?"

내 질문에 다니엘은 나를 향해 몸을 내밀었다.

그의 상체가 다가오자 내 얼굴 위로 그림자가 드리워졌다. 나는 멍하니 다니엘의 얼굴을 쳐다봤다.

"그림값이 떨어지니까요."

"그림값이 왜 떨어져요?"

대체 그가 무슨 소리를 하는지 모르겠다. 그림값이 왜 떨어져? 다니엘의 얼굴이 못마땅하다는 표정으로, 그리고 죄책감으로 뒤덮이는 게 보였다.

"설마."

뭔가가 내 뒤통수를 세게 쾅 하고 치는 느낌이 들었다. 깜짝 놀라서 벌떡 일어나려는 내게 다니엘이 재빨리 손을 내밀었다.

"부인."

애원하는 목소리였다. 그는 내게 매달리듯 나를 쳐다보며 말을 이었다.

"앉으세요. 제발."

그의 시선은 내 얼굴에 고정돼 있었다. 당장이라도 내가 자리를 박차고 떠나 버릴까 봐 겁먹은 것처럼 보였다.

이상하게도 그런 표정을 보자 머리가 차갑게 식었다.

나는 입술을 깨물고 떼었던 엉덩이를 다시 붙였다.

"카일은 여자면 안 되는 거군요."

단호하게 말한다고 한 거였는데 목소리가 떨려서 나왔다.

"알고 있었잖습니까."

나직한 다니엘의 말은 그래서 릴리가 그림 공부하는 걸 망설였던 거 아니냐는 의문도 포함돼 있었다.

그래. 그림을 그리는 여자는 없다. 나는 그걸 단순히 귀족이라서 어렵다고 생각하고 있었다. 귀족은 여자뿐 아니라 남자도 직업을 갖지 않으니까.

"아뇨. 몰랐어요."

나는 다니엘을 노려보며 대답했다.

몰랐다. 여자는 화가가 될 수 없다는 것을, 이름을 남자로 바꿔야 한다는 것을, 아무리 천재적이어도 안 된다는 것을 몰랐다.

다니엘은 말을 잃은 표정이었다. 그는 어쩔 줄 몰라 하는 표정으로 입을 열었다.

"카일이 카일라라는 것을 알리면 그림은 팔리지 않을 겁니다."

"여자라서요."

내 말에 다니엘은 아무 말도 하지 않았다.

카일이 카일라가 된다고 해도 아무것도 변하지 않는다. 그림은 여전히 그대로 있을 뿐이다. 다니엘이 말한 거친 화풍임에도 섬세한 표현은 그대로 거기 있다.

하지만 그 순간 그림의 가치는 곤두박질친다. 여자의 그림이니까.

"전에 경이 말했죠."

나는 신경을 가라앉히기 위해 손가락으로 찻잔의 무늬를 더듬으며 입을 열었다.

머릿속에 애슐리와 다니엘의 대화가 떠올랐다. 카일의 정체를 밝힌다고 했을 때 애슐리가 물었다.

"카일이 사실 범죄자라고 밝혀진다면 그림값은 오히려 치솟을 거라고요."

다니엘의 표정이 굳는 게 보였다. 나는 그의 몸에 칼을 찔러 넣는 상상을 하며 말을 이었다.

"범죄자라면 가격이 올라가는데 여자라면 가격이 떨어지는 거군요."

다니엘은 석고상처럼 가만히 앉아 있었다. 분노를 그에게 표출하면 안 된다는 생각이 들었지만 화가 나서 견딜 수가 없었다.

나는 릴리가 화가가 될까 봐 걱정했다. 그에게 릴리에게 그림을 가르쳐서 그녀가 화가가 되고 싶어 하면 어쩌냐고 완곡하게 물어봤었다.

그때 그가 뭐라고 했지?

재능이 있어도 화가가 되지 않는 사람은 많다고 했다. 그러니 걱정하지 말라고 했다.

"당신은 알고 있었어."

내 날카로운 말에 다니엘의 몸이 움찔했다. 나는 그를 노려보며 계속해서 말했다.

"릴리가 화가가 못 된다는 걸 알고 있었어."

"어차피 그 애가 화가가 되길 바라지 않으셨잖습니까."

"그게 같아?"

결국 나는 참지 못하고 자리에서 벌떡 일어났다. 다니엘의 눈이 커졌다가 원래대로 돌아갔다.

"선택의 여지가 없는 거와, 피해를 불사하고 선택을 하는 건 다른 거야!"

차라리 릴리가 귀족 사교계에서 매장당하더라도 화가로 살 수 있다면, 둘 중 하나를 선택해야 해서 선택한다면 괜찮다. 그녀의 선택이니까.

하지만 이건 다르다. 릴리는 아예 길이 하나밖에 없는 거다. 화가가 되지 않는 길.

"릴리가 정 화가가 되고 싶다면 가명을 쓰면······."

"감히."

나는 이를 악물고 다니엘에게 손가락을 들어 올렸다.

그의 말이 끊어지고 숨을 들이켜는 소리가 들렸다.

나는 테이블을 짚으며 그를 향해 몸을 숙였다. 덜그럭하고 찻잔이 쓰러지면서 찻물이 테이블 위로 흘렀다.

"감히 내 딸에게 그딴 소리 하기만 해 봐."

죄책감인지, 분노인지 모를 표정이 다니엘의 얼굴에 떠올랐다. 나는 손가락으로 그의 어깨를 찌르며 속삭였다.

"감히 내 딸에게 여자라서 화가가 될 수 없다고 말하기만 해 보라고."

"그게 아무 도움이 되지 않는다는 걸 알고 계시죠."

잠시 침묵이 흐른 뒤 다니엘이 침착하게 말했다. 그의 침착한 목소리를 듣자 내 기분도 다시 침착해졌다.

나는 테이블을 내려다보고 쓰러진 찻잔에서 흘러나온 찻물이 내 손을 적시고 있는 것을 깨달았다.

"돈으로 릴리를 화가를 만들 수 있다면 그렇게 했을 겁니다."

다니엘은 그렇게 말하며 품에서 손수건을 꺼내 내 손을 잡고 닦기 시작했다. 나는 그대로 서서 그가 내 손을 닦는 것을 멍하니 쳐다보고 있었다.

"폐하의 명령으로 해결할 수 있다면 그렇게 했을 겁니다."

그는 그렇게 말하고 손수건을 다시 품속에 집어넣었다. 그리고 내 손을 잡은 채 계속해서 말을 이었다.

"하지만 이건 돈이나 누군가의 명령으로 되는 일이 아닙니다. 사람들의 고정된 관념이죠."

다니엘의 말이 맞다. 나는 그에게 손이 잡힌 채 그대로 의자에 앉았다. 그제야 짐이 문을 열고 다가와서 내 안색을 살폈다.

"괜찮아요."

내 말에 짐이 가져온 수건으로 테이블을 닦고 잔을 정리한 뒤 나갔다. 그때까지도 다니엘은 여전히 내 손을 잡고 있었다.

"안 때려요. 놓으세요."

그렇게 말하면서 손을 흔들자 다니엘이 빙그레 웃었다. 그는 내 손을 조심스럽게 테이블에 내려놓으며 말했다.

"맞을까 봐 잡은 게 아닙니다. 물론 부인께라면 얼마든지 맞을 수 있지만요."

내 기분을 풀어주려고 별소릴 다한다. 나는 픽 웃으며 손을 잡아당겼다. 그리고 정원으로 시선을 던졌다.

다니엘이 한 말이 다 맞다. 내가 아무리 릴리에게 그녀가 자신의 길을 선택할 기회를 주고 싶다고 해도, 그 길 자체가 없으면 소용이 없다.

"화가란 뭘까요?"

"쉽게 말하면 그림을 그리는 것을 직업으로 삼는 사람을 말하는 거죠."

"그림이 팔리지 않는다면 화가라고 할 수가 없는 걸까요?"

"전 그렇게 생각합니다."

다니엘은 그렇게 말하더니 잠시 입을 다물었다. 그리고 짐이 나와 다니엘 앞에 차를 따른 찻잔을 내려놓고 집 안으로 들어가자 다시 입을 열었다.

"하지만 화가마다 생각이 다르겠죠."

그림이 팔리지 않아도 자신을 화가라 생각하는 사람도 있고 그림이 팔려야 자신을 화가라고 생각하는 사람도 있을 거라는 말이다.

릴리는 과연 어떻게 생각할까. 그리고 그녀는 화가가 되고 싶어 할까.

모르겠다. 릴리가 화가가 되고 싶어 할지, 화가가 되기보다는 어느 귀족 부인이 돼서 귀족 집안을 다스리고 싶어 할지 아직은 모르는 일이다.

"릴리는 그림을 팔지 못해도 자신을 화가라고 생각할 수 있겠죠."

나는 찻잔을 들어 올리며 혼잣말하듯 말했다.

그렇게 되는 게 가장 이상적인 일인지도 모른다. 다니엘 역시 고개를 끄덕였다.

"하지만 그림을 팔 수 있어야 자신을 화가라고 생각할 수도 있으니까요."

내 말에 다니엘이 한쪽 눈썹을 들어 올리며 물었다.

"좋은 생각이라도 있으신가요?"

"지금 그쪽은 어때요?"

그쪽? 다니엘이 무슨 소리냐는 표정을 지었다. 나는 찻잔을 손가락으로 만지작거리며 다시 물었다.

"그림 쪽 말이에요. 사고파는 게 활성화돼 있나요? 새로운 화가가 나타나는 걸 받아들일 여유가 있어요?"

"화가에 따라 다르지만 네, 꽤 여유가 있는 편입니다."

"카일의 그림은 어때요? 고가에 거래가 돼요?"

"네. 꽤 높은 편입니다. 희소성이 상당하거든요."

애초에 그림이 그리 많지가 않기 때문이라고 덧붙이면서 다니엘은 자신의 찻잔을 들어 올렸다. 카일의 그림은 일부 사람들 사이에서 폭발적으로 인기를 끌고 있다.

그림이 몇 점 안 되는데 그걸 소유한 사람은 다시 되팔 생각이 없기 때문에 가격은 점점 더 올라가고 있다고 했다.

나는 테이블에 팔꿈치를 올리고 턱을 괴었다. 몇 가지 내가 할 수 있는 일이 떠올랐다.

하지만 그게 가능할까? 가능하지 않을 수도 있다. 그럼 몰랐다고 하면 되지.

나는 남편을 잃은 불쌍한 과부고 혼기가 꽉 찬 아이도 셋이나 있다. 여차하면 몰랐다고 하고 돈을 돌려주면 된다.

거기까지 생각하고 나서 나는 차를 마시며 내 다음 말을 기다리는 다니엘에게로 시선을 던졌다. 그는 마치 충직한 개처럼 나를 기다리고 있었다.

내가 뭔가를 던지면서 '물어 와!'라고 시키면 바로 달려 나갈 것 같았다.

"팔죠. 카일의 그림을."

"지금 말입니까?"

다니엘의 눈이 가늘어졌다. 그의 밝은 갈색 머리카락이 햇빛을 받아 황금색으로 반짝이는 게 보였다.

"네. 판 다음에 바로 카일이 카일라라는 것을 밝히는 거예요."

"팔고 나서 말입니까?"

다니엘의 이해할 수 없다는 표정이 재미있어서 나는 깔깔대고 웃었다. 그는 나를 가만히 쳐다보다가 다시 말했다.

"산 사람들이 좋아하지 않을 겁니다."

"그럼 환불해 주죠, 뭐."

팔았다가 항의하면 환불해 주면 된다. 내 말에 다니엘이 다시 나를 물끄러미 쳐다보다가 물었다.

"무슨 생각을 하시는 거죠?"

"글쎄요. 고정관념을 깨볼까요?"

다니엘의 한쪽 눈썹이 올라갔다. 그는 허리를 펴더니 의자에 등을 기대며 말했다.

"어떻게 깨실 생각이십니까?"

"카일의 그림이 일부 사람들에게 아주 인기가 있다면서요."

"그렇죠."

"그럼 그중에서도 특히 경쟁적으로 수집하는 사람도 있겠네요?"

밀드레드와 다니엘, 그리고 릴리   605

잠시 그는 아무 말도 하지 않았다. 분명히 있을 거다. 어디나 경쟁자가 있기 마련이다.

여자들 사이에도 그런 게 있다. 유행을 선도하고 싶어 하는 부유한 귀족 부인이나 영애 몇 명이 더 먼저 인기 있는 옷이나 아이템을 선점하려고 한다.

나는 그걸 꽃장식에서 한 번 겪었다. 그렇다면 그림도 마찬가지일 테지. 그림값은 드레스보다 비싸면 비싸지 더 싸지는 않을 테니까.

"네. 생각나는 사람이 두어 명 있습니다."

"그 두 명에게 물어봐 주세요. 카일의 새 그림을 발견했는데 살 생각이 있는지요."

"가격은?"

"최고가로."

내 말에 다니엘의 표정이 이상해졌다. 그는 눈을 가늘게 뜨고 나를 쳐다보다가 곧 고개를 끄덕이며 말했다.

"원하시는 대로 하겠습니다. 하지만 어떻게 그걸로 릴리가 화가가 될 수 있죠?"

"이걸로 릴리가 화가가 될 수 있을지는 나도 몰라요."

나는 찻잔을 들어 올려 차를 홀짝였다. 거기까지는 모르겠다.

릴리가 화가가 되려면 여성이 화가가 될 수 있어야 한다. 여성이 화가가 되려면 사람들이 여성 화가의 그림을 사고팔아야 한다.

내가 하려는 건 릴리를 화가로 만들려는 게 아니다. 사람들이 여성 화가의 그림을 사고팔게 하는 데까지다.

카일의 그림이 카일라의 그림이 되어도 팔리게 하는 것. 그게 내 목표였다.

"우선 고정관념부터 깨보려고요."

내 설명을 들은 다니엘은 고개를 끄덕이며 찻잔을 들어 올렸다. 어느새 해가 서쪽으로 훌쩍 건너갔는지 우리의 그림자가 휘어져 있었다.

나는 다니엘의 잘생긴 얼굴을 감상하며 차를 마셨다. 좋은데?

그러다 나는 문득 그가 이번 일을 너무 쉽게 도와준다는 것을 깨달았다. 나는 아까 다니엘에게 화를 냈고 반말을 했으며 심지어 그의 어깨를 손가락으로 찌르며 협박까지 했다.

그런데 다니엘은 마치 그런 일은 없었다는 듯이 침착하게 나를 대하고 있었다.

"미안해요, 윌포드 경."

사과는 생각났을 때 빨리해야 한다. 내가 찻잔을 내려놓으며 말하자 다니엘이 무슨 소리냐는 듯 나를 쳐다봤다.

"아까 당신한테 화낸 거요. 미안해요. 사과할게요."

"아닙니다. 화내실 만했으니까요."

그래. 화낼 만했지. 나는 가만히 다니엘을 쳐다보다가 다시 입을 열었다.

"뭐 좀 물어봐도 돼요?"

"뭐든지요."

"릴리가 화가가 됐으면 좋겠어요?"

내 질문에 다니엘이 이상하다는 표정을 지었다. 그는 고개를 살짝 기울이더니 물었다.

"제 바람과 상관없는 일 아닙니까?"

"하지만 경도 릴리가 이랬으면 좋겠다거나 그런 게 있을 거 아니에요?"

"없습니다."

꽤나 간결하면서도 단호한 대답이었다. 어라. 나는 잠시 다니엘을 말없이 쳐다보다가 다시 입을 열었다.

"릴리를 어떻게 생각해요?"

"좋은 아이죠."

다니엘의 입에서 즉답이 흘러나왔다. 아니, 그런 거 말고. 나는 짜증을 내려다 참고 다시 물었다.

"릴리한테 관심 있냐고요."

다니엘의 얼굴에 다시 이상하다는 표정이 떠올랐다. 그는 나를 찬찬히 살펴보다가 툭 내뱉듯 물었다.

"그 관심이 미술에 재능이 있는 사람에게 갖는 관심을 말하시는 건 아니겠죠?"

"네. 그러니까……."

어째 좀 민망하다. 나는 찻잔을 잡으며 시선을 떨어트렸다. 그리고 그대로 말을 이었다.

"릴리에게 이성적인 관심이 있어요?"

한참을 기다렸지만 다니엘의 대답은 나오지 않았다.

나는 천천히 시선을 들어 그를 쳐다봤다. 다니엘은 의자에 기댄 채 다리를 꼰 뻐딱한 포즈와 표정으로 나를 쳐다보고 있었다.

"왜 그런 생각을 하셨는지 매우 궁금합니다만."

그야.

나는 찻잔을 손끝으로 문지르며 그를 쳐다봤다. 누가 봐도 댁이 릴리에게 관심이 있어 보였으니까 그런 생각을 했지!

"릴리에게 잘해 주셨잖아요."

"릴리뿐 아니라 아이리스와 애슐리에게도 잘해 줬죠."

"릴리를 위해 그림을 감정해 주셨고요."

"그건 릴리를 위해서가 아니라 부인을 위해서였죠."

"방금도 릴리가 화가가 될 수 있도록 도와주기로 하셨잖아요?"

"부인이 원하셨으니까요."

"그리고, 릴리의 부탁을 들어주시기로 했잖아요."

"그래야 부인과 이야기할 수 있을 테니까요."

뭐라는 거야, 이 남자.

나는 입을 벌린 채 멍하니 다니엘을 쳐다보며 눈을 깜빡였다.

다니엘은 턱을 괸 채 나를 물끄러미 쳐다보고 있었다. 나른한 태도와 달리 눈동자는 예리했다. 마치 내가 움찔하는 순간 나를 공격할 것 같았다.

"제가 관심이 있는 건 릴리가 아니라 밀드레드, 당신입니다."

16

포옹과 건강의 상관관계

"마님, 윌포드 남작님께서 오셨습니다."

왔다. 나는 짐의 말에 응접실에 앉아 있다가 벌떡 일어났다. 그리고 서둘러 주방으로 향하며 말했다.

"전 오븐을 봐야 해서. 남작님을 작업실로 안내해 줄래요?"

응접실에 앉아 드레스를 수선하고 있던 아이들의 시선이 나를 따라오는 게 느껴졌다. 짐 역시 나를 이상하다는 듯 쳐다보더니 곧 고개를 끄덕이며 물러났다.

어휴. 나는 주방으로 후다닥 들어와 조리대에 손을 얹고 한숨을 내쉬었다.

다니엘이 내게 폭탄선언을 한 지 며칠이 지났다. 그리고 다니엘과 만나는 것도 며칠 만이다.

그 며칠 동안 여러 가지 일이 있었다. 나는 아이들을 데리고 초대받은 파티나 티타임, 연회 등등을 다녔고 그림에 대해 공부를 하기 위해 여기 저기 돌아다녔다.

다니엘 역시 내가 부탁한 대로 카일의 그림을 팔기 위해 바빴는지 우리 집에는 코빼기도 보이지 않았다.

덕분에 다니엘의 폭탄선언에 대해 생각할 시간이 좀 있었다.

나는 괜히 빈 오븐을 열어 안을 살폈다. 빵 반죽은 있으니까 스콘을 만들까? 손을 움직이는 게 이 상황에 좀 도움이 될 것 같은데.

"마님, 월포드 남작님께서 꽃과 간식을 가져오셨는데요."

막 밀가루를 꺼내 스콘 반죽을 하려는데 짐이 뭔가를 들고 주방으로 들어와서 말했다.

뭘 가져와? 간식? 내가 고개를 들자 그는 손에 든 피크닉 바구니를 조리대 위에 올려놓더니 말했다.

"차와 함께 맛보자고 하셨습니다."

바구니 안에 든 것은 커다란 슈였다.

확실히 요리사가 만들어서 그런가, 내가 만든 것보다 훨씬 크고 모양도 예뻤다. 나는 손을 닦고 슈를 하나 꺼내 안에 크림이 들어 있는지 확인했다.

"괜찮겠네요. 남작님의 작업실에 차와 함께 가져가 줄래요?"

"작업실에 말입니까?"

짐이 이상하다는 표정으로 물었다.

아, 그렇군. 나는 차와 함께 맛보자는 권유 앞에 '함께'라는 게 빠져 있다는 것을 깨달았다. 다 함께 먹자는 거겠지.

이대로 평생 다니엘을 안 보고 살 수는 없다. 어쨌든 그는 릴리의 그림 선생님이고 내 바이어다.

나는 깊게 숨을 들이쉬고 고개를 끄덕였다.

"몸이 안 좋으시면 남작님께 따로 올리겠습니다."

눈치 빠르게도 짐이 다니엘을 보고 싶지 않다면 몸이 안 좋다고 거짓말해 주겠다고 말하는 거다.

하지만 그럴 필요는 없다. 나는 고개를 저으며 말했다.

"아니에요. 걱정해 줘서 고마워요, 짐."

"아닙니다."

고개를 꾸벅 숙인 짐이 주전자에 물을 끓이기 시작했다. 그사이 나는 바구니 안의 슈를 옮기기 위해 접시를 꺼내며 멍하니 다니엘에 대해 생각했다.

릴리가 아니라 내게 관심이 있다고 했다. 나한테? 두 번이나 사별하고 결혼 적령기의 딸이 셋이나 있는 다섯 살 연상인 여자한테?

말도 안 된다. 무슨 몰래카메라처럼 느껴졌다. 여긴 카메라가 없지만.

대체 뭘까. 나는 어떤 음모가 있을지 진지하게 생각하기 시작했다.

날 홀리려는 걸 수도 있다. 그런 거 있잖아. 사모님, 사천만 땡겨 주세요. 이런 거.

문제는 내게 사천은커녕 사백도 없다는 거지만. 건물을 팔면 사천은 나올 수도 있다. 이 집을 팔면 좀 더 나오겠지. 설마 다니엘이 이 집을 노리나?

아니, 아니지. 어쩌면 그냥 친구로 관심 있다는 말일 수도 있다. 나는 거의 가능성이 없는 상상을 하며 바구니에 손을 집어넣었다.

바구니 안에는 내 주먹만 한 슈 말고 평범한 크기의 슈도 있었다. 나는 일단 커다란 슈를 사 등분하기 위해 칼을 찾았다.

"부인."

내가 슈에 칼을 댄 순간 다니엘이 주방에 모습을 드러냈다. 엄마야.
그의 목소리에 움찔하는 바람에 하마터면 칼로 내 손가락을 자를 뻔했
다.

"괜찮습니까?"

다니엘은 재빨리 내게 다가오더니 내 손에서 칼을 빼앗았다. 그리고
잘릴 뻔한 손가락을 잡더니 거기에 입을 맞췄다.

뭐 하는 거야, 이 남자?

그가 나타난 것보다 이게 더 놀랍다. 나는 깜짝 놀라서 눈을 동그랗게
뜨고 다니엘을 쳐다봤다.

"상처는 없군요."

다니엘은 그렇게 말하며 나를 쳐다봤다. 그 순간 나는 깨달았다.

이 남자! 날 유혹하고 있네?

진짜로 날 홀리려는 모양이다. 나한테 관심 있다는 말이 절대로 친구
로서의 관심은 아니었던 모양이다.

나는 다니엘을 멍하니 쳐다보다가 주춤 물러나며 말했다.

"괘, 괜찮아요."

지금까지 깨닫지 못했는데 지난번 폭탄선언 덕분인지 다니엘의 모습
이 새롭게 보였다.

그는 자연스럽게 싱크대에 가서 손을 닦더니 접시에 놓인 슈를 사 등
분 냈다. 그리고 바구니 안에 손을 넣으며 물었다.

"하나 더 잘라야겠죠?"

"어, 네."

자기 집 같네. 나는 그가 슈를 자르는 것을 멍하니 지켜보다가 그가
너무 자연스럽다는 것을 깨달았다.

다니엘은 능숙하게 슈를 하나 더 꺼내 사 등분을 내더니 잘하지 않았

냐는 듯 나를 쳐다봤다.

"하나 더 자를까요?"

"네? 아, 아뇨. 괜찮아요. 작은 것도 있으니까요."

커다란 슈는 다니엘의 주먹만 해서 네 조각으로 자르면 한 조각이 보통 크기의 슈만 했다. 나는 짐에게 커다란 슈 하나를 먹으라고 말하고 다니엘과 함께 응접실로 향했다.

아이들은 이미 다니엘이 왔다는 말에 응접실을 깨끗하게 치운 뒤였다. 드레스의 얼룩은 다 지웠나 모르겠네.

어제 파티에 다녀오는 길에 비가 오는 바람에 드레스에 흙탕물이 튀었었다.

"요리사가 시범 삼아 만든 겁니다."

다니엘의 말에 아이들의 입이 벌어졌다. 하긴 이렇게 큰 슈는 누가 봐도 놀랄 거다.

내가 살던 곳도 이렇게 큰 슈를 팔긴 했지만 혼하지 않았다.

"먹어 보고 어느 쪽이 더 나은지 알려 주세요."

나는 다니엘이 말하자마자 포크를 들어 사 등분한 슈를 찍었다. 아이들 역시 저마다 포크를 들어 슈를 먹기 시작했다.

어찌나 크림을 가득 채워 넣었던지 입에 넣자마자 슈가 사르르 녹았다. 진짜 바닐라 빈을 넣었는지 부드러운 커스터드 크림에 달콤한 바닐라 향이 풍부하게 느껴졌다.

"어떤가요?"

다니엘은 포크조차 잡지 않고 내 반응을 살피고 있었다.

내가 뭐라고 말할지 궁금하다는 태도에 나는 재빨리 슈를 삼키고 차를 한 모금 마신 뒤 입을 열었다.

"괜찮네요. 하지만 너무 커서 내갈 때 잘라서 내가야 하지 않을까요?"

"작은 나이프와 함께 내놓으면 어떨까 합니다. 사람들이 직접 잘라서 단면을 보는 것도 괜찮을 것 같거든요."

그것도 괜찮을 것 같다. 안에 커스터드 크림 말고 다른 걸 넣어서 보는 즐거움을 주는 것도 괜찮을 것 같고.

그때 아이리스가 차를 한 모금 마시더니 입을 열었다.

"저는 작은 슈가 더 나은 것 같아요."

"그래?"

다니엘이 흥미롭다는 듯 그녀를 처다봤다. 아이리스는 다니엘의 시선에 약간 당황하다가 다시 허리를 세우고 말했다.

"크림 때문에 과자가 눅눅해져서 식감이 바삭하지 않아요. 작은 건 좀 덜 눅눅해지는 것 같고요."

예리하네. 나는 깜짝 놀라서 아이리스를 처다봤다.

확실히 큰 슈가 작은 슈보다 훨씬 빨리 눅눅해진다. 그건 두께는 비슷하지만 안에 든 크림이 더 많기 때문일 것이다.

다니엘을 처다보자 그는 고개를 끄덕이고 있었다. 그때 애슐리가 끼어들었다.

"전 큰 게 더 좋아요. 크림이 더 많아서요."

다니엘은 애슐리의 말에 웃음을 터트렸다. 그래, 그런 장점도 있지. 그는 쿡쿡거리며 릴리를 처다보더니 물었다.

"넌 어떻게 생각하니?"

릴리는 사 등분한 슈를 조금씩 베어 물고 있었다. 그녀는 슈의 단면을 물끄러미 처다보다가 말했다.

"색이 비슷하지 않아요?"

그것도 맞는 말이다. 나는 예상하지 못한 지적에 눈을 동그랗게 떴다.

다니엘 역시 생각을 못 했는지 놀란 표정으로 릴리를 쳐다보고 있었다.

"크림 색이랑 과자 색이 좀 달랐으면 좋겠는데."

"색을 어떻게 바꿔?"

애슐리가 이상하다는 듯 물었다. 아무리 그래도 음식 색을 바꾸는 건 어렵지 않겠냐는 말투였다. 확실히 내가 살던 곳은 식용 색소가 있지만 여긴 없지.

나는 잠시 생각하다가 불쑥 말했다.

"크림을 초코 크림으로 채우면 어떨까요?"

"초코요?"

다니엘의 한쪽 눈썹이 올라갔다. 그는 그게 무슨 소린지 모르겠다는 표정을 짓고 있었다. 초코라고 하면 모르나? 나는 포크를 내려놓고 다시 말했다.

"초콜릿이요. 초콜릿을 생크림에 섞어서 넣는 거죠."

그렇게 하면 생초콜릿이 되지 않을까?

그렇게 만든다고 들었는데. 초콜릿을 녹여서 생크림을 섞는다고.

슈에 넣는 거니까 생크림 비율을 좀 더 높이면 되지 않을까.

물론 그렇게 하면 어마어마하게 비싸질 것 같긴 한데. 차라리 슈를 초콜릿으로 코팅하는 게 더 나으려나.

이런저런 생각을 하다가 문득 고개를 들어보니 다니엘이 나를 유심히 쳐다보는 게 보였다. 왜? 나는 어리둥절한 표정으로 물었다.

"왜요?"

"아뇨, 그냥."

다니엘의 심각한 표정이 마치 지운 것처럼 싹 사라지고 미소가 떠올랐다. 그는 고개를 살짝 기울이며 말했다.

"제가 부인의 그런 점을 참 좋아한다는 걸 알고 계십니까?"

그 순간, 응접실 안에 정적이 내려앉았다. 하지만 곧바로 아이들이 찻잔을 들어 올린다, 포크로 슈를 찍는다 부산스럽게 소리를 내기 시작했다.

그렇게 안 해도 너희도 다니엘의 말을 들었다는 걸 알겠다.

나는 다니엘의 말보다 아이들의 행동이 더 어이가 없어서 아이들을 돌아본 뒤 다시 다니엘을 쳐다보며 말했다.

"그러고 보니 요새 리안을 통 본 적이 없네요."

완전 티 나는 말 돌리기였지만 다니엘은 신경 쓰지 않았다. 그는 찻잔을 들어 올리며 여상하게 말했다.

"부인께서 보고 싶으시다면 조만간 한번 데려오겠습니다."

"그래요."

나는 찻잔을 들어 올리며 고개를 끄덕였다. 사실 리안이 잠깐 오기는 했다. 바로 어제.

이 층에서 방을 청소하느라 창문을 열었다가 뒷마당에서 아이리스와 만나는 리안을 발견했었다.

하지만 나는 아이리스에게 아무 말도 하지 않았다. 그런 비밀은 추억이 되는 법이다. 밝은 낮에 밖에서 얌전히 만난다면 아무 문제도 되지 않는다.

그러다가 나는 다니엘의 얼굴을 물끄러미 쳐다봤다. 진짜로 나를 좋아하는 건가? 분명 관심이 있다고 들었고 방금도 좋아한다고 했지만 역시나 쉽게 믿어지지가 않는다.

서른일곱 살에 이렇게 다 큰 딸이 셋이나 있는 다섯 살이나 연상의 여자. 차라리 내가 돈이 많았다면 '이 자식, 내 돈을 노리는구나' 하겠지만 그것도 아니다.

뭐, 그림이 팔리면 그 돈을 노리는 걸 수도 있겠지. 정말 그걸 노리려나? 카일의 그림이 대체 얼마에 팔릴지 궁금해지기 시작했다.

그러다가 나는 다시 다니엘의 얼굴을 보고 한숨을 내쉬었다.

잘생긴 그의 얼굴을 보고 있노라면 어쩐지 그가 누군가를 속이거나 다치게 한다는 게 연상이 되지 않는다.

잘생겼다고 악당이 아닐 거라고 생각하는 건 아니지만 다니엘은 우리 집에서 그림이 발견되기 전부터 우리에게 잘해줬다.

그의 호의를 의심하지 말자. 그림을 판 돈 때문에 잘해 주는 거라고 해도 그는 전부터 우리에게 잘해 줬었다. 그 호의까지 의심하는 건 옳지 않다.

게다가 릴리에게도 아주 잘해 줬지.

나는 불현듯 릴리를 떠올리고 그녀에게 고개를 돌렸다. 릴리는 애슐리와 어떻게 하면 슈에 색을 입힐 수 있을지 이야기하고 있었다.

그런 그녀의 모습을 보고 있자니 좀 불편하게 느껴지기 시작했다.

릴리는 다니엘을 좋아한다. 다니엘은 내게 관심이 있다고 했고. 이건 전혀 좋지 않다.

역시 다니엘의 고백을 못 들은 척해야겠다. 다니엘은 정말 좋은 사람이고 나도 그가 마음에 들지만 딸과 엄마가 한 남자를 좋아하는 건 절대 좋은 모양새가 아니다.

게다가 그가 정확하게 콕 집어서 날 좋아한다고 말한 것도 아니잖아? 그냥 나한테 관심이 있다고 했지.

내 인생은 이미 충분히 복잡하다. 쓸데없이 잘생긴 남자의 미남계에 넘어가서 연애 따위에 낭비할 정신력도 시간도 없다.

"곧 성에서 무도회가 열린다던데요."

그때, 다니엘이 나를 향해 말을 걸었다. 그는 차를 홀짝이며 자기 몫의 슈를 애슐리에게 양보하고 있었다.

애슐리는 아무래도 오늘 저녁을 못 먹겠는데. 나는 애슐리가 몇 개째를 먹는지 생각하며 대답했다.

"그래요? 아직 초대장은 못 받았는데요."

"곧 올 겁니다."

자신만만한 다니엘의 대답에 애슐리가 슈를 우물거리며 물었다.

"왕자님께 들으신 거예요?"

"애슐리, 입 안에 뭘 넣고 말하면 안 되지."

내 가벼운 지적에 애슐리는 손으로 입을 가리고 배시시 웃었다.

나는 그녀가 슈를 삼키고 찻잔을 들어 올리는 것을 보고 다니엘을 쳐다봤다.

"월포드 경의 정보니 확실하겠죠. 알려 줘서 고마워요."

다른 파티보다 성에서 열리는 파티가 우선이다.

아이들은 파티에 입고 갈 드레스가 몇 벌 없기 때문에 이런 정보가 아주 소중했다. 성에서 가장 예쁘게 보여야 하기 때문에 성에서 입을 드레스를 정해 놓고 잘 돌려 입어야 한다.

좀 더 여유가 있다면 드레스를 한 벌 더 맞춰 주고 싶은데. 요정의 샘에서 내가 내놓은 음식이 얼마나 팔릴지 모르겠다.

좀 더 아끼면 드레스를 맞출 수는 없어도 천은 살 수 있지 않을까. 수중의 돈을 계산하는데 다니엘이 말했다.

"제가 부인을 에스코트할 영광을 얻을 수 있을까요?"

하마터면 그러라고 말할 뻔했다. 나는 별생각 없이 그러라고 말하려고 입을 벌렸다가 멈췄다.

아니, 안 되지.

"미안해서 어쩌죠? 전 아이들을 봐야 해서."

"괜찮아요, 어머니. 저희끼리도 문제없어요."

내가 거절하는 순간 아이리스가 재빨리 말했다. 아냐, 이것아.

내가 그녀를 쳐다보자 아이리스는 생글생글 웃으며 다니엘에게 말했다.

"그렇지 않아도 저희 때문에 어머니께서 파티를 즐기지 못하셔서 속상했는데 친절에 감사드려요, 남작님."

그가 친절하고 말고는 상관없다. 릴리가 얼마나 속상할까. 나는 그녀에게 시선을 돌리지 않으려 애쓰며 말했다.

"친절에는 정말 감사하지만 릴리와 애슐리도 있잖아. 미안해요, 월포드 경."

"어머, 아니에요."

이번에는 릴리가 튀어나왔다. 너까지? 너희 왜 이래?

내가 깜짝 놀라서 릴리를 쳐다보자 그녀는 생글생글 웃으며 말을 이었다.

"애슐리는 제가 잘 볼게요. 우리도 이제 파티에 익숙한걸요. 매번 어머니께서 저희를 보느라 고생하실 필요는 없어요."

"릴리, 미혼 여성이 공식적인 자리에 참석할 때는……."

반드시 기혼의 여성이 동행해야 한다. 그 덕분에 지금까지 파티에서 춤 권유를 전부 거절할 수 있었다.

하지만 내가 말을 다 끝내기도 전에 아이리스가 재빨리 말했다.

"기혼 여성이 함께 있어야 한다는 거죠? 외숙모한테 부탁하면 되지 않을까요?"

산드라가 있네. 나는 어이가 없어서 아이리스와 릴리를 빤히 쳐다봤다.

얘네가 혹시 날 다니엘과 이어 주려고 이러나? 잠깐 그런 생각이 들었다. 하지만 아이리스는 그럴 수 있다 쳐도 릴리는 그럴 리가 없다.

나는 정말로 릴리가 괜찮은지 확인하기 위해 그녀의 얼굴을 물끄러미 쳐다봤다. 안 괜찮은데 억지로 괜찮은 척하는 게 아닐까.

하지만 릴리는 내 생각을 전혀 모르는 것처럼 다시 한 번 내게 권했다.

"좋은 기회잖아요. 받아들이세요, 어머니."

결국 나는 다니엘의 권유를 마지못해 승낙하는 수밖에 없었다. 나중엔 애슐리가 눈물을 글썽이며 자기 때문에 춤도 못 췄던 거냐고 묻는 바람에 도리가 없었다.

설마 일부러 아이들이 있는 데서 권한 건 아니겠지? 나는 그림 수업을 위해 릴리를 데리고 이 층으로 올라가는 다니엘을 보며 음모론을 떠올렸다.

아이들 앞에서 권하면 아이들이 날 부추겨 줄 거라 생각해서 여기서 권했다거나.

뭘 입고 가야 하나. 나는 차를 홀짝이며 내가 가지고 있는 드레스를 살폈다.

내 옷차림에는 별로 신경을 안 써서 괜찮은 드레스가 있는지 모르겠다. 너무 낡거나 촌스러운 디자인의 드레스는 다 뺐다는 게 생각났다.

한참을 드레스를 어떻게 해야 할지 고민하는데 짐이 응접실 문을 두드리며 말했다.

"마님, 웹스터 경께서 오셨습니다."

웹스터 경? 예정도 없이? 나는 당황해서 자리에서 일어났다.

귀족 사회에서 다른 집에 방문할 때는 미리 언제 방문할 거라고 알리는 게 예의다.

웹스터 경이 오늘 이 시간에 우리 집에 방문한다고 했던가? 나는 내가 뭘 착각하고 있나 싶어서 짐에게 물었다.

"웹스터 경이 오늘 온다고 했던가요?"

내 질문에 짐이 곤란한 표정을 지었다. 그는 고개를 저으며 대답했다.

"아닙니다, 마님."

웃기는 양반이네, 이거. 나는 어이가 없어서 헛웃음을 지었다.

연락 없이 방문할 수 있는 건 가족과 가족에 가까운 친구이거나 가족이 될 사람, 그러니까 약혼자 정도다.

예의를 매우 중시하는 사람은 약혼한 사이에도 미리 언제 방문하겠다고 연락을 하기도 한다.

그런데 이 남자는 말도 없이 그냥 왔다고? 지가 아이리스와 약혼이라도 한 줄 아나?

나는 잠시 생각하다가 웹스터 경을 바깥쪽 응접실로 안내하라고 말했다.

"바깥쪽 말입니까?"

짐은 내 지시에 약간 당황하는 듯하더니 곧 알겠다는 듯 고개를 끄덕이고 나갔다. 오히려 반발한 건 아이리스였다.

"어머니, 거긴 추울 텐데요?"

집 안쪽에 있는 응접실이 아니라 바깥쪽에 있는 거라 여름에도 꽤 서늘한 곳이다. 불을 피우지 않으면 어떨 때는 밖보다 더 추울 때도 있었다.

그래서 나는 손님이 오면 우리가 평소에 책을 읽거나 이야기를 하는 작은 응접실로 데려오라고 하거나 사람이 많으면 큰 응접실로 안내하라고 했다.

하지만 작은 응접실은 지금 나랑 애슐리가 뒹굴고 있잖아.

그렇다고 큰 응접실에 들이기는 싫다. 거긴 최소 열 명 이상이 이용하는데고 그 남자 하나 때문에 불을 피우고 정리를 하면 더 짜증 날 것 같다.

나는 허리에 손을 얹고 아이리스에게 말했다.

"연락도 없이 왔는데 제대로 된 대접을 기대하면 안 되지."

게다가 부인과 사별한 지 이제 이 년도 안 됐다며. 아이리스만 한 딸이 있다며!

절대 허락할 수 없다. 우리가 불청객 취급을 하면 알아서 떨어져 나갈 거다.

그런 내 표정을 읽었는지 아이리스는 안절부절못하며 내게 말했다.

"하지만 어머니."

"하지만 뭐?"

"저한테 구혼하는 분이잖아요."

그런데? 나는 이해할 수가 없어서 아이리스를 쳐다봤다. 너한테 구혼하는 사람이 뭐?

내가 무슨 소린지 모르겠다는 표정을 짓자 아이리스는 치마를 꽉 쥐더니 내게 다가와서 낮은 목소리로 말했다.

"친절하게 대하는 게 좋지 않을까요? 저와 결혼할 수도 있잖아요."

"결혼할 수도 있는 상대의 집에 연락도 없이 들이닥친 남자에게 친절하게 대하라고? 왜? 우리가 저 남자한테 약점 잡힌 거 있어?"

설령 약점 잡힌 게 있다고 해도 저렇게 무례하게 구는 남자에게 발휘할 친절 따윈 없다.

나는 응접실을 나와 옷도 갈아입지 않고 바깥쪽 응접실로 향했다. 아이리스가 어쩔 줄 몰라 하더니 이 층으로 올라가는 게 보였다.

설마 옷을 갈아입으려고 저러나?

웹스터 경을 위해 옷까지 갈아입는 건 너무 과한 행동이다. 그 남자는 연락도 없이 왔다니까?

솔직히 말하면 내가 집에 아무도 없으니 돌아가라고 해도 웹스터 경은 할 말이 없다.

"응?"

그때, 내 눈에 홀 한가운데에 놓은 화병이 들어왔다. 이 집에 이런 게 있었나?

무도회를 열 수 있을 만큼 큰 홀 한가운데에 누군가 원형 협탁을 놓고 그 위에 커다란 화병을 놓았다.

그리고 화병에 꽂힌 건 엄청난 규모의 꽃이었다.

이 협탁은 기억이 난다. 쓸 일이 없어서 창고에 넣어 두라고 명령했었다. 아주 예전에.

화병도 약간 낡힌 흔적이 있는 게 집에서 사용하던 걸 꺼낸 모양이었다.

하지만 꽃은 처음 봤다. 이 꽃은 대체 뭐지? 내가 아침에 일어나서 일층에 내려올 때도 꽃은 없었는데?

"월포드 남작님께서 가져오신 겁니다."

웹스터 경을 안내하고 돌아오는 길인지 맞은편에서 짐이 걸어오며 말했다. 그러고 보니 아까 다니엘이 왔을 때 그가 꽃과 간식을 가져왔다고 짐이 말했던 게 떠올랐다.

"꽃이라는 게 이거였어요?"

"네. 마님께 드리는 꽃이라고 하셨습니다."

뭐라고?

나는 다시 한 번 놀라서 꽃을 쳐다봤다.

꽃은, 꽃다발은, 이건 진짜 엄청났다. 이걸 꽃다발이라고 해도 되는 건가? 어디 꽃가게의 한 부분을 잘라 온 것처럼 보인다.

"이걸 월포드 경이 가져왔다고요?"

"네, 물론 들고 온 것은 시종이었습니다만……."

내가 계속해서 묻자 짐의 목소리가 자신 없다는 듯 기어들어 갔다. 아마도 그는 내가 다니엘이 직접 들고 왔다고 착각해서 놀랐다고 생각한 모양이었다.

하지만 누가 들고 왔으면 어때? 어쨌든 다니엘이 날 위해 이 엄청난 꽃을 가져왔다는 거잖아.

나는 허 하고 신음을 내뱉으며 꽃을 쳐다보다가 조금 물러나서 확인했다. 그리고 다시 다가가서 빨강색과 보라색, 분홍색으로 어우러진 꽃을 천천히 관찰한 다음 코를 박고 냄새를 맡았다.

봄의 냄새가 났다. 이국적이면서 향긋한 꽃 냄새에 기분이 좋아졌다.

약간 기분이 좋아진 채로 나는 바깥쪽 응접실로 향했다. 짐이 불을 지폈는지 바깥쪽 응접실의 난로에 불이 타오르는 게 보였다.

이런 놈한테는 땔감이 아까운데. 불 지피지 말라고 할걸.

"반스 부인."

웹스터 경은 소파에 앉지 않고 응접실을 서성거리고 있었다. 그는 그대로 나를 향해 고개를 휙 돌리더니 재빨리 인사를 건네며 말했다.

"좋은 오후입니다. 지나가는 길에 잠시 들러 볼까 하는 생각이 들어서 말입니다. 하인이 손님을 맞이하는 데 좀 미흡한 모양이더군요."

지가 연락도 없이 온 주제에 이렇게 추운 방에 자길 처박아 놨냐고 투덜거리는 거다.

나는 어이가 없어서 인상을 쓰려다가 참았다. 야, 내가 쫓아내지 않은 것만으로도 감사히 여겨.

마음 같아서는 집 밖에서 왜 왔냐고 묻고 싶었지만 참은 거다. 나는 주인으로서 빙그레 웃으며 말했다.

"이 방이 좀 서늘하죠? 오실 줄 알았다면 미리 준비를 했을 텐데요. 이렇게 갑자기 오실 줄은 몰랐거든요."

어지간하면 이렇게 말하면 민망해한다. 하지만 웹스터 경은 그 어지간한 수준이 아니었던 모양이다. 그는 품에 손을 넣으며 말했다.

"갑자기 생각이 나서 말입니다. 할 일이 많은데 반스 양에게 선물하려고 만사 제치고 달려왔지 뭡니까."

선물이라고? 나는 이 남자가 대체 무슨 선물을 줄지 몰라 의심스러운 눈으로 그를 쳐다봤다. 품에서 작은 상자를 꺼낸 웹스터 경이 내게 그 상자를 열어 보이며 말했다.

"어떻습니까? 상당한 가격을 지불한 겁니다."

거기 있는 건 머리핀이었다. 비싸 보이긴 한다. 꽃 모양에 보석이 박혀 있었다. 문제는 아이리스가 하기엔 좀 나이 들어 보이는 디자인이라는 점이다.

게다가 좀 촌스러웠다.

몇 년 된 디자인 아닌가? 그렇게 생각한 순간 웹스터 경이 다시 상자를 닫으며 말했다.

"부디 이게 반스 양의 외모를 가리지 않았으면 좋겠는데 말입니다. 워낙 비싸니까요. 어쩔 수 없죠. 하하하."

뭐라는 거야, 이 자식. 나는 웹스터 경에게 그 입 닥치고 당장 꺼지라고 소리치려 했다. 하지만 그보다 먼저 아이리스가 문을 두드리더니 들어오며 말했다.

"안녕하세요, 웹스터 경."

"오, 반스 양. 반스 양에게 주려고 특별히 선물을 가지고 왔습니다."

보통 이 정도 나이를 먹으면 겸손이라거나 체면이라거나 뭐 그런 게 손톱만큼이라도 있지 않나?

나는 아이리스에게 대뜸 상자를 열어 보여 주는 웹스터 경을 못마땅한 표정으로 쳐다봤다.

나이는 나보다 많은 주제에 아이리스보다 더 유치하게 굴고 있었다.

웹스터 경은 자신이 얼마나 바쁜지, 그럼에도 아이리스를 위해 귀한 시간을 어떻게 포기하고 왔는지 장황하게 늘어놓으며 다시 상자를 열었다.

머리핀을 본 아이리스의 표정이 살짝 어두워졌다가 다시 미소가 떠올랐다.

나였다면 저렇게 표정 관리하기 어려웠을 거다. 하지만 아이리스는 미소를 지으며 말했다.

"절 위해 준비하신 거라고요? 기뻐요."

기쁘긴 뭐가 기뻐? 아이리스의 입에 발린 소리임이 분명했지만 그것조차 나는 불쾌했다. 선물이란 받는 사람의 기분을 생각해가면서 골라야 하는 법이다.

하지만 웹스터 경의 선물은 아이리스를 생각한 부분이 손톱만큼도 보이지 않았다. 너무 노숙한 디자인에 크기도 애매했다.

"어서 해보세요. 비싼 값을 할 겁니다."

웹스터 경의 말에 아이리스가 곤란한 표정을 지었다.

아아, 싫다. 상대방에 대한 고려도 배려도 없이 자기 자랑만을 위해 뭔가를 선물하는 사람이라니.

적당히 좀 하라고 해야지. 내가 그렇게 생각하고 웹스터 경에게 말을 걸었을 때였다.

"웹스터 경."

"어머니."

그 순간, 아이리스가 나를 불렀다. 그녀는 웹스터 경이 내민 머리핀을 내게 내밀며 말했다.

"해 주시겠어요?"

입 밖에 내지는 않았지만 아이리스의 눈이 제발이라고 말하는 게 보였다. 이해할 수가 없네.

나는 인상을 쓴 채 아이리스와 웹스터 경을 번갈아 쳐다봤다. 설마 아이리스가 웹스터 경에게 뭔가 약점을 잡히기라도 했나?

"그래."

나는 아이리스에게 다가가 머리핀을 받아 들고 그녀의 머리카락을 손가락으로 쓰다듬었다.

이 머리핀 심지어 엄청나게 무겁기까지 하다.

대체 어떻게 꽂아야 하는지 모르겠네. 나는 반묶음을 할지, 한쪽에 꽂을지 고민하며 아이리스에게 속삭였다.

"웹스터 경이 네게 무슨 짓이라도 했니?"

아이리스의 몸이 움찔하는 게 느껴졌다. 설마? 내가 불길한 상상을 떠올리기 전에 그녀가 고개를 저었다.

정말? 내가 다시 묻자 아이리스는 입을 열어 대답했다.

"전 괜찮아요. 진짜로요."

나는 아이리스의 얼굴을 물끄러미 쳐다봤다. 웹스터 경이 아이리스와 단둘이 있었던 적은 단 한 순간도 없다.

그건 맹세할 수 있다. 나는 내 아이들에게 접근하는 모든 남자들을 나 없이 만나게 두지 않았다.

아이리스의 얼굴에는 두려움이나 불쾌함 같은 건 떠올라 있지 않았다. 차라리 절박함이면 모르겠다.

하지만 대체 뭐가 그렇게 필사적인 걸까. 나는 웹스터 경을 한 번 쳐다보고 아이리스의 머리카락에서 손을 떼며 말했다.

"좋아."

얘가 왜 이러는지 모르겠지만 일단 두고 보자. 아이리스는 열아홉 살이다. 스스로 생각하고 판단할 수 있는 나이라는 말이다.

일단은 그녀의 판단을 믿어줘 보자. 내가 물러나자 아이리스는 웹스터 경에게 돌아서더니 물었다.

"어때요?"

"아, 좋습니다. 역시 비싼 머리핀이라 그런지 아주 좋네요."

판단을 믿어 보자는 생각도 잠시, 웹스터 경의 대답을 듣는 순간 나는 역시 이놈이 싫어졌다. 마음 같아서는 다리를 걷어차서 쫓아내고 싶다.

하지만 일단 아이리스를 믿기로 했으니 좀 두고 보자.

"감사합니다."

아이리스는 머리핀을 만져 보더니 웹스터 경을 향해 인사를 했다.

착하기도 하지. 나 같으면 저렇게 고맙다는 말이 순순히 못 나올 것 같은데.

그런데 웹스터 경은 그렇게 생각하지 않는 모양이었다. 그는 아이리스를 보고 기분 나쁘게 웃으며 말했다.

"감사의 표현이 좀 약한 것 같지 않습니까?"

뭐라는 거야, 이놈이? 그가 대체 무슨 말을 하는 건지 이해하지 못해 멍하니 서 있는 사이 웹스터 경이 다시 말을 이었다.

"이왕 비싼 선물을 가지고 시간을 내서 왔으니 좀 더 감사의 표현을 받고 싶은데요."

거기까지가 내 인내심의 끝이었다. 뭔가가 뚝하고 끊어지는 소리가 들린 것도 같다.

다음 순간, 내 입에서 말이 흘러나오고 있었다.

"그럼 어떻게 감사의 표현을 해야 할까요?"

"큰마음 먹고 비싼 선물을 사 왔는데 그에 상응하는 표현을 해야 다음에 또 선물을 하고 싶지 않겠습니까? 하하하."

아, 그래? 나는 삐딱하게 웃으며 말했다.

"그에 상응하는 표현이 과연 뭘까요?"

내 질문에 웹스터 경이 멈칫했다. 이 정도 눈치는 있는 모양이군.

그는 아이리스와 나를 번갈아 쳐다보며 억지 미소를 짓더니 말했다.

"아, 아니, 내 말은. 사람이 이 정도 성의를 보였으면 반스 양도 그에 상응하는 대가를 해야 하지 않냐, 이 말입니다."

이 정도 성의? 상응하는 대가? 별 거지 같은 소리 다 하고 있네. 나는 아이리스의 머리카락에서 머리핀을 빼냈다.

아이리스가 깜짝 놀라서 내 손을 막으려 했지만 이미 늦었다.

"이 정도 성의라니, 죄송한데 웹스터 경에게는 너무 부담스러운 선물인 모양이네요. 안 받겠습니다."

"뭐라고요?"

웹스터 경의 얼굴이 당황과 분노로 달아올랐다. 이런 선물은 받을 가치가 없다.

나는 머리핀을 다시 상자에 담아 웹스터 경에게 내밀며 말했다.

"큰마음 먹고 사야 할 정도로 비싼 건 부담스러워서요."

"아니, 머리핀이 얼마나 한다고 부담스럽다는 겁니까?"

"경께서 큰마음 먹고 사야 할 정도로 비싼 머리핀이라면서요. 아니면, 경의 경제 사정이 고작 이 정도 머리핀 하나 사는 데 큰마음 먹어야 할 정도의 수준이라는 말은 아니겠죠?"

드디어 웹스터 경의 얼굴이 전부 새빨갛게 달아올랐다. 네가 그랬잖아. 비싸서 큰마음 먹고 샀다고. 그러니 고마운 마음이 있다면 재롱부려 보라며.

네가 준 만큼 받아야겠다며.

아주 강매가 따로 없다. 이쪽은 별로 받고 싶지도 않은 선물을 강제로 안기고 그 대가를 내놓으라니, 이게 무슨 신종 바가지도 아니고.

"가져가세요."

나는 상자를 억지로 웹스터 경의 손에 쥐여 주었다. 그는 당황해서 입을 뻐끔뻐끔하더니 상자를 받았다.

내 딸은, 아이리스는 웹스터 경이 키우는 애완동물이 아니다. 비싼 선물 좀 받았다고 재롱을 부려야 할 이유가 없다.

이런 사람이 자기 부인을 어떻게 대하는지는 보지 않아도 알 수 있다. 부인은커녕 같은 인간으로도 안 보겠지. 죽은 첫째 부인이 불쌍하다.

웹스터 경은 내게 돌려받은 선물 상자를 믿지 않는다는 듯 더듬어 보더니 나를 쳐다보며 말했다.

"아, 아니, 내 말은, 그 정도로 신경 썼다는 말이죠."

"어디에 신경을 썼는데요?"

내 질문에 웹스터 경의 입이 딱 벌어졌다. 그는 뭐라고 말을 못 하겠는지 나를 보다가 상자로 시선을 떨어트리고 곧 아이리스를 쳐다보며 말했다.

"반스 양도 반스 부인의 의견에 동의하는 겁니까?"

"저는……."

아이리스가 동의하고 말고는 상관없다. 나는 눈살을 찌푸리며 말했다.

"아이리스가 아직 어리다고 이렇게 무례하게 구혼을 하시는 모양인데, 전혀 고맙지 않고 불쾌하니 돌아가 주세요."

"어머니!"

아이리스가 깜짝 놀라서 외쳤다. 하지만 웹스터 경은 호락호락하게 물러나지 않았다.

그는 불쾌하다는 듯 나와 아이리스를 번갈아 쳐다보더니 내게 말했다.

"무례하게 구혼하다니? 부인이야말로 무례하시군요. 자기 자식이라고 치마폭에 감싸고 사시나 본데, 정신 똑바로 차리시죠. 솔직히 말해서 반스 양이 예쁜 것도 아니잖습니까. 그렇다고 이 집이, 허. 지참금을 가져올 수준인 것도 아니고요."

그렇게 말하는 웹스터 경의 시선이 서늘한 응접실을 훑었다. 나는 아이리스의 얼굴이 새빨갛게 달아오른 것을 보고 허리에 손을 얹었다.

그리고 웹스터 경을 향해 다가가며 말했다.

"흠, 그러니 경께서는 불쌍한 우리 집을 구원해 줄까 하고 접근하셨단 말이죠?"

"말이야 바로 하자면 그렇다는 거죠."

"그래서 자식보다 어린 애한테 굴러다니던 머리핀 하나 쥐어 주면 애가 감사의 표현으로 결혼이라도 해 줄 줄 알았나 보죠?"

"굴러다니다니! 한 번도 사용한 적 없는 거요!"

응? 나는 느닷없는 말에 눈을 깜빡였다. 사느라 고생했다는 것도 아니고 한 번도 사용한 적 없는 거라고?

웹스터 경의 말은 뭔가 이상했다. 그 역시 자신의 말실수를 깨달았는지 허둥지둥 상자를 주머니에 넣으며 말했다.

"이렇게 무례해서야! 그만 가 보겠소!"

그러든가. 나는 허리에 손을 얹은 채 소리쳤다.

"짐! 손님 가신다니 안내해 줘요!"

"어머니!"

아이리스가 곤란한 표정을 지었지만 소용없다. 나는 짐이 들어오자 일부러 그를 밀치고 나가버리는 웹스터 경을 보고 인상을 썼다.

저거 봐라. 싸가지 없기는. 사람은 자기 윗사람을 대하는 것보다 아랫사람을 대하는 것을 봐야 한다. 그래야 인성이 드러나거든.

"잠시만요, 웹스터 경!"

아이리스는 웹스터 경이 씩씩거리며 나가자 그를 따라 나가려 했다.

얘 왜 이래? 나는 울컥해서 아이리스를 따라 홀로 나갔다.

웹스터 경이 홀을 지나다 말고 가운데에 놓인 커다란 꽃을 보더니 우리를 돌아보며 빈정거렸다.

"허, 꽃 나부랭이에 홀려서 나를 홀대한 겁니까? 하여간 여자들이란!"

"그건 저한테 온 거예요."

꽃 나부랭이라도 사 오고 그런 말을 해라. 나는 어이가 없어서 픽 웃었다.

이쯤하면 열등감이 있는 건지 망상이 심한 건지 모르겠다.

내 반박에 다시 웹스터 경의 얼굴이 시뻘겋게 달아올랐다. 그는 내게 뭐라고 한마디 하려고 입을 열었지만 그보다 먼저 이 층 계단에서 릴리와 다니엘이 내려오는 것을 보고 입을 다물었다.

"무슨 일이에요?"

릴리가 물었다. 아이리스는 어쩐지 나를 원망하는 시선으로 쳐다보고 있었다.

정신 차려, 이것아. 이 세상 남자가 다 죽고 유일하게 남은 남자가 웹스터 경이래도 차라리 저 남자를 죽이고 말지 아이리스와의 결혼을 허락할 생각은 없다.

"후회하지 마시죠!"

웹스터 경은 그렇게 소리치더니 문손잡이를 잡아당겼다. 하지만 당연하게도 문은 열리지 않았다.

내가 짐에게 문단속을 확실히 하라고 몇 번이나 말한 덕분에 손님을 들여보내고 바로 문을 잠근 모양이었다.

"열어드리겠습니다."

짐이 나서자 웹스터 경이 발칵 화를 냈다.

"이 집은 하인이나 주인이나 생각이 짧군!"

"그렇습니까?"

그때 다니엘이 입을 열었다. 나는 웹스터 경의 엉덩이를 걷어차 주려고 치마를 들어 올리다가 다니엘을 쳐다봤다.

그는 계단에서 천천히 걸어 내려오면서 말을 이었다.

"남의 집에 와서 생각이 짧게 행동하는 건 과연 누굽니까?"

다니엘이 다가오자 웹스터 경은 주춤주춤 뒤로 물러났다. 이렇게 나란히 서서 보니 알겠다.

다니엘이 키가 상당히 크구나. 웹스터 경은 그에 비해 반 뼘 정도 작았다.

그때, 짐이 문을 열었다. 웹스터 경은 나가기 전에 뭐라 한마디 하려는 것처럼 나를 쳐다봤지만 다니엘이 가슴 앞으로 팔짱을 끼자 그대로 밖으로 뛰쳐나가 버렸다.

"어머니!"

웹스터 경이 나가자마자 아이리스가 내게 소리쳤다. 나는 허리에 손을 얹은 채 딱딱하게 말했다.

"나 귀 안 멀었다."

"웹스터 경에게 그러시면 어떻게 해요?"

"뭘 어떻게 해? 우리 인생에서 피해가 하나 사라지는 거지."

"웹스터 경은 부자라고요!"

"그래서?"

슬슬 아이리스의 태도가 못마땅해지기 시작했다. 나는 이번에는 가슴 앞으로 팔짱을 낀 채 그녀를 삐딱하게 쳐다봤다.

웹스터 경이 부자면 뭘 어쩔 건데?

"웹스터 경 정도면 나쁘지 않았어요. 나이가 좀 있지만 부자고, 귀족 작위를 얻을 가능성도 높잖아요."

"나쁘지 않다고?"

나는 어이가 없어서 눈을 크게 떴다.

결혼은 애들 장난이 아니다. 특히 이 나라에서 여자에게 결혼은 인생, 그 자체다. 어떤 결혼을 하느냐에 따라 인생이 완전히 뒤바뀐다.

산드라와 나를 비교해 봐도 그렇다. 산드라와 나는 어릴 때 거의 비슷한 수준에서 비슷하게 자랐다. 하지만 산드라는 게리와 결혼해 큰 고난 없이 백작 부인으로 살고 있다.

나는 두 번이나 남편을 잃었고 재산도 거의 남지 않았다.

산드라와 나의 차이는 거의 없다. 차이라고는 오로지 하나. 남편을 잘못 골랐다는 것뿐이다.

뭐, 게리가 좋은 남편일 줄은 나도 몰랐지만.

이거 너무 억울하지 않아? 왜 내 인생이 남편에 따라 달라져야 하는 거야?

"정말? 아이리스, 고작 나쁘지 않은 수준에 네 인생을 걸 수 있어? 정말로?"

내 말에 아이리스의 기가 꺾였다. 그녀는 어깨를 움츠리더니 곧 다시 펴고 말했다.

"제 말은 어머니, 저한테 나쁘지 않다는 뜻이었어요."

뭐라는 거야, 얘가. 나는 어이가 없어서 입을 딱 벌렸다.

아이리스는 어디 내놔도 부족함이 없다. 우리 집이 좀 가난해서 그렇지 아이리스라는 사람 자체는 완벽했다.

그녀는 눈치가 빨랐고 영리했으며 싹싹했다. 행동도 부족하거나 과함이 없었다. 이 정도라면 어디서 무슨 일을 해도 성공했을 거다.

"너한테 나쁘지 않다고? 왜? 네가 뭐가 부족해서? 왜 저런 무례한 늙다리하고 결혼하려고 하는 건데?"

"하지만."

아이리스는 거기까지 말하고 주위를 둘러봤다. 그녀의 시선이 다니엘과 릴리, 그리고 응접실에서 빠져나온 애슐리를 훑었다.

"저는 장녀잖아요. 제가 동생들을 돌봐야죠."

세상에. 나는 뭐라고 말해야 할지 몰라 가만히 서 있었다.

아이리스는 이제 고작 열아홉 살이다. 내가 살던 곳이었다면 이제 고등학교를 졸업하거나 그쯤일 나이다.

친구들과 번화가를 돌아다니면서 군것질을 하고, 좋아하는 연예인 이야기를 하며 로드숍을 들러 화장품에 호기심을 드러낼 그런 나이란 말이다.

고작 열아홉 살짜리가 동생들을 건사하기 위해 나이 많은 아저씨와 결혼을 하겠다고 다짐한다고? 아이리스가 이상한 거야, 이 나라가 이상한 거야?

나는 뭐라고 말해야 할지 망설이다가 입술을 깨물었다. 그리고 아이리스와 아이들을 향해 말했다.

"내가 엄마야. 너희를 돌보는 건 내 의무고 권리야. 너희 중 누구도 형제자매의 인생을 건사해야 할 의무는 없어."

"하지만."

"하지만이고 저지만이고."

나는 손을 들어 올려 아이리스의 반박을 막았다. 그리고 다시 허리에 손을 얹었다.

"아무도 자기 자신의 인생 외에 남의 인생을 책임져 줘야 할 의무도, 권리도 없어. 그리고 아무도 내 인생을 건사해 주지 않아. 내 인생은 내가 챙기는 거야. 알겠어?"

"하지만 어머니는 저희를 챙겨 주시잖아요."

릴리가 말했다. 그야 그렇지. 나는 릴리를 쳐다보고 그녀와 그리 멀리 떨어지지 않은 다니엘을 쳐다봤다.

"내가 낳았으니까."

내가 아이들을 낳았으니 책임질 의무가 있었다. 나는 이번에는 애슐리에게 시선을 돌렸다. 그녀는 작은 응접실 쪽에 혼자 떨어져서 서 있었다.

이리 와. 나는 애슐리를 향해 손짓했다.

"그리고 너희를 키우기로 했으니까."

애슐리가 달려와서 내 허리를 끌어안았다.

아이고, 기운도 좋다. 나는 애슐리의 등을 쓰다듬었다. 어쨌든 나는 아이들에게 내가 할 수 있는 한 최대한 좋은 미래를 주기로 결심했다.

적어도 이 나라에서는 아버지도, 돈도 없는 열아홉 살짜리 여자애보다는 귀족 오빠를 가진 서른일곱 살의 기혼녀가 더 힘을 가지고 있겠지.

나는 쐐기를 박기 위해 아이리스에게 말했다.

"아이리스, 그럴 리는 없겠지만 설마 웹스터 경이 또 네게 접근한다면 거절해. 알겠지?"

아이리스는 대답하지 않았다. 하지만 못마땅하다는 듯 입술을 깨물었다.

어서 알겠다고 하지 못해? 그렇게 화를 내려던 나는 잠시 입을 다물었다.

어쩌면 그녀에게는 웹스터 경이 엄청난 기회로 보였을지도 모른다는 생각이 들었다. 동생과 엄마를 건사할 수 있는 그런 기회.

그러니 그런 기회를 발로 뻥 차 버린 내가 야속한 게 아닐까.

하지만 사람은 살다 보면 또 다른 기회가 있기 마련이다. 기회는 한

번으로 끝나지 않는다.

그리고 아이리스는 아직 젊으니까 분명 또 다른 기회를 만들 수 있다.

"이리 와, 아이리스."

나는 왼팔로 애슐리를 끌어안은 채 아이리스에게 손짓했다.

아이리스는 착하다. 조금 고집이 세지만 착한 아이다. 동생들을 위해 자기 아버지뻘인 남자와 결혼하겠다는 결심을 한 걸 보면 알 수 있다.

아이리스가 싫다는 듯 고개를 저었지만 나는 계속 이리 오라고 손짓했다. 결국 어쩔 수 없다는 듯 그녀가 다가오자 나는 오른손으로 아이리스를 끌어안고 말했다.

"네가 동생들을 돌봐줘서 정말 고맙게 생각해. 하지만 너는 언니지 엄마가 아니잖아."

아이리스는 자기 인생을 살아야지. 내가 이 아이들을 결혼시키고 내 인생을 살려는 것처럼.

나는 아이리스와 애슐리를 한참 동안 꼭 끌어안았다. 그러자 그 사이로 릴리가 꼬물꼬물 끼어 들어왔다.

"릴리."

나는 웃음을 터트리며 아이들을 꽉 끌어안았다. 다들 행복해졌으면 좋겠다. 자신이 원하는 일을 하고, 원하는 삶을 살았으면 좋겠다.

그때 내 눈에 가슴 앞으로 팔짱을 낀 채 우리를 쳐다보고 있던 다니엘이 들어왔다.

그는 복잡한 표정을 짓고 있었다. 가늘게 뜬 눈과 휘어진 입술이 흐뭇한 미소 같으면서 동시에 씁쓸한 것처럼 보였다.

"저도 껴도 됩니까?"

나와 눈이 마주치자 다니엘이 물었다. 안 되지. 내가 그렇게 말하려는 순간 릴리가 깔깔대며 말했다.

"이리 오세요."

"그래요. 이리 오세요, 남작님."

아이리스까지 그렇게 말하자 다니엘은 씩 웃더니 배부른 사자처럼 어슬렁거리며 우리에게 다가왔다. 그리고 나를 똑바로 쳐다보며 아이들과 나를 끌어안았다.

키가 크니까 팔도 길구나. 나는 아이들 셋을 끌어안고도 그의 손이 내 몸에 닿는 것을 보고 깜짝 놀라서 생각했다.

다니엘의 키가 커서 그가 마치 지붕처럼 느껴졌다.

"자, 그만."

나는 예의상 다니엘이 우리를 끌어안고 몇십 초쯤 지난 뒤에 입을 열었다. 아이들을 끌어안은 덕분에 기분이 아주 좋아졌다.

그러고 보니 내가 살던 곳에서 포옹이 건강에 아주 좋다는 연구 결과를 봤던 기억이 난다.

면역력이 좋아진다고 했던가. 이 세계의 의료 수준을 생각해 보면 나는 아이들과 좀 더 많이 포옹을 해야 할 필요가 있지 않을까.

어쩌면 그래서 서양에 포옹 문화가 생긴 건지도 모른다. 나는 별 시답잖은 생각을 하며 마지막으로 릴리를 한 번 더 끌어안았다가 놓으며 말했다.

"포옹이 몸과 마음에 좋대."

면역력뿐 아니라 심장에도 좋고 감정적으로도 좋다고 했던 것 같다. 내 말에 아이들은 놀랍다는 표정을 지었고 다니엘은 자연스럽게 내게 다가왔다.

왜? 내가 무슨 일이냐는 듯 쳐다보자 그는 약간 당황한 표정으로 말했다.

"한 번씩 안아 주시는 거 아니었습니까?"

능청스럽기도 하다. 나는 다니엘의 어깨를 찰싹 때리며 웃었다.

"경은 튼튼하잖아요?"

"마음에도 좋다면서요?"

"마음도 튼튼할 것 같은데요?"

"제 마음이 얼마나 약한지 모르시잖습니까."

어휴, 그래, 그래. 나는 킬킬거리며 팔을 벌려 다니엘을 한번 끌어안아 주었다.

어쩨 내가 그를 끌어안는 게 아니라 그가 나를 끌어안는 꼴이 되어 버리긴 했지만.

17

잘못된 구혼

"마님, 편지가 왔습니다."

오늘은 애들 피부 관리를 위해 목욕과 마사지를 해 줘야겠다고 생각하는데 짐이 편지를 가지고 들어왔다. 나는 들고 있던 드레스를 내려놓고 쟁반에서 편지를 집어 들었다.

쟁반에는 편지와 함께 편지를 뜯을 수 있도록 페이퍼 나이프도 놓여 있었다.

전에 한 번 그냥 가져오더니 최근에는 페이퍼 나이프도 찾아서 같이 가져오고 있다. 눈치 있어.

나는 누가 보낸 편지인지 확인하고 눈살을 찌푸렸다. 바톤 경에게서 온 편지였다. 또냐.

바톤 경은 지난번 일 이후로 주기적으로 편지를 보내고 있었다. 아,

꼴도 보기 싫다는 데도 이러네.

나는 한숨을 내쉬고 편지를 뜯어 안의 내용을 살폈다.

내용은 줄이면 이렇다.

지난번 일은 미안하다. 하지만 너도 좀 예민하게 군 거다. 그런 의미가 아니었다. 그러니 내 이미지를 되살려 달라.

"흠."

나는 편지를 난로에 던져버리려다가 마지막 줄이 좀 추가된 것을 보고 멈칫했다.

내가 자기 이미지를 살려주는 걸 돕지 않으면 자기는 시름시름 앓다가 죽을지도 모른다는, 대단히 유약하고 멍청한 소리가 적혀 있었다.

"태울까요?"

내가 이맛살을 찌푸린 채 편지를 읽고 있자니 짐이 조심스럽게 물었다. 그도 바톤 경에게 온 편지는 전부 답장 없이 버린다는 것을 알고 있다.

그럼에도 자기 선에서 버리지 않고 성실하게 내게 가져오는 점이 마음에 든다. 그때 옆에서 책을 읽고 있던 애슐리가 물었다.

"무슨 편지인데요?"

애슐리는 내가 시키는 대로 일주일에 한 권씩 책을 읽고 있었다. 처음엔 어린아이들이 읽는 간단한 동화 같은 걸 읽으라고 권했는데 요새는 장편 소설을 읽는 모양이었다.

재미있나? 나는 애슐리가 읽는 책의 제목을 확인하며 말했다.

"장례식에 초대하는 편지."

"장례식이요?"

바톤 경은 말 그대로 시름시름 앓는 것처럼 쓰고 있었다. 그대로 앓다가 죽으면 참 좋겠는데.

나는 호기심 어린 표정으로 나를 쳐다보는 릴리와 아이리스를 발견하고 좋은 생각을 떠올렸다.

"작문 시간을 좀 가질까?"

"작문이요?"

　릴리가 대놓고 싫다는 표정을 지었다가 내가 어허 하고 혼내는 표정을 짓자 배시시 웃었다.

　짐이 곧 종이와 펜을 가지고 왔다. 나는 아이들에게 그것을 나눠주며 설명했다.

"내가 지금 이 편지에 답장을 쓸지 말지 고민하고 있거든. 너희라면 어떻게 답장을 쓸지 고민해 보고 한번 써 봐."

　셋 중 괜찮은 답장이 있으면 그걸 그대로 보낼 수도 있다는 말에 아이들의 표정이 진지해졌다. 나는 바톤 경이 보낸 편지를 아이들 앞에 내려놓고 자리에서 일어났다.

　바톤 경의 편지에 답장을 하는 건 그리 중요한 일이 아니다. 아이들이 쓴 답장 중에 괜찮은 게 없다면 지금까지처럼 모른 척해 버리면 된다.

　나쁘지 않네.

　편지는 핸드폰 메시지보다 불편하지만 좋은 점이 있다. 읽어도 읽었다는 티가 나지 않으며 왜 답장 안 하냐고 항의하면 편지를 분실한 모양이라고 둘러대면 된다.

　그보다는 드레스가 문제다. 다니엘과 함께 성에서 열리는 파티에 가는데 지금까지처럼 입고 가는 건 무리가 있다.

　나는 다시 내 드레스를 집어 들었다.

　그때 다시 짐이 편지를 들고 돌아왔다. 또 편지가 왔나? 내가 고개를 들자 그는 아이리스를 향해 다가가며 말했다.

"아가씨, 편지가 왔습니다."

아이리스의 얼굴에 놀란 표정이 떠오르는 게 보였다. 그녀도 누군가 편지를 보낼 거라고 기대하지 않은 모양이다.

짐이 편지를 내밀자 재빨리 받아 든 아이리스는 봉투의 이름을 보더니 나를 쳐다봤다.

"누구한테 온 거니?"

내 질문에 아이리스의 얼굴에 당황하는 표정이 떠올랐다. 뭔데 그래? 내가 자리에서 일어나려 하자 그녀는 재빨리 손을 내밀며 말했다.

"치, 친구요. 친구한테 온 편지예요."

"친구한테 온 편지인데 왜 그렇게 놀라?"

"편지를 보낼 줄 몰랐거든요."

편지를 보낼 만큼 친하지만 편지를 보낼 줄 몰랐고 내 눈치를 살필 만한 사람이 누가 있지? 머릿속에 뿅하고 리안이 떠올랐다.

흠. 나는 아이리스를 쳐다보고 다시 자리에 앉았다. 리안의 집이 몰락했다고는 해도 그 애 자체는 괜찮다. 아이리스도 좀 더 여유 있는 남자와 결혼했으면 하지만 웹스터 경과 비교하면 당연히 리안이 백배 천배는 낫다.

나는 아이리스의 첫 번째 연애를 위해 모른 척하기로 결심했다. 무엇보다 드레스를 손보는 게 급하기도 했고.

*　　*　　*

"릴리."

편지를 읽은 아이리스는 밀드레드의 눈치를 보며 릴리를 불렀다.

벌써 작문을 끝내고 스케치북을 들고 뭔가를 그리고 있던 릴리는 아이리스를 향해 고개를 돌렸다가 응접실 바깥쪽으로 고갯짓하는 언니를 발견했다.

"차 마실래?"

아이리스는 릴리에게 그렇게 묻고 자리에서 벌떡 일어났다. 그리고 릴리를 빤히 쳐다보며 응접실을 나갔다.

저건 따라오라는 뜻이다.

뭐지? 릴리는 스케치북을 내려놓고 일어나며 밀드레드를 쳐다봤다.

오늘은 새까만 머리카락을 올리지 않고 그대로 풀어 내린 밀드레드는 일인용 소파에 느긋하게 기대 자신의 드레스에 달린 러플을 뜯어내고 있었다.

아이리스가 릴리만 불러낸 이유가 밀드레드 때문일까, 애슐리 때문일까.

밀드레드 때문일 것 같다. 릴리는 밀드레드와 애슐리를 번갈아 쳐다보다가 애슐리에게 말했다.

"애슐리, 나 좀 도와줄래?"

진지한 표정으로 펜을 잡고 작문을 하고 있던 애슐리는 릴리의 말에 어리둥절한 표정을 지으며 일어났다. 곧 세 자매가 주방에 모였다.

아이리스는 차를 내리러 간다는 말이 핑계였음에도 찻주전자를 꺼내 물을 담고 있었다. 그녀는 릴리의 뒤에 따라오는 애슐리를 보고 놀란 표정을 지었지만 왜 따라왔냐고 묻지는 않았다.

"뭔데?"

릴리의 질문에 아이리스는 주전자를 오븐에 올리고 돌아섰다. 몇 달 전까지만 해도 그녀는 차는커녕 물 끓이는 법도 몰랐는데 지금은 우유도 끓일 줄 안다.

귀족 영애로서 이걸 좋아해야 할지 슬퍼해야 할지 모르겠지만 그녀의 어머니는 긍정적으로 생각하라고 했다.

뭐든 할 줄 아는 게 많다는 건 좋은 거라고. 설령 나중에 하인을 쓴다고 해도 내가 할 줄 아는 걸 시키는 것과 모르는 것을 시키는 것은 다른 거라고.

"편지가 왔어."

아이리스는 그렇게 말하며 품에서 아까 받은 편지를 꺼냈다. 그것만으로는 무슨 말인지 모르겠다.

릴리와 애슐리의 눈이 부딪쳤다. 애슐리는 너무 릴리 앞으로 나가지 않게 조심하며 물었다.

"무슨 편지?"

"웹스터 경 말이야. 편지를 보냈어."

웹스터 경? 릴리와 애슐리의 머릿속에 드디어 그가 떠올랐다.

얼마 전에 집에서 난동을 부리다가 어머니가 쫓아낸 그 남자 아닌가? 아이리스에게 구혼 같지도 않은 구혼을 하는 그를 분노한 밀드레드가 쫓아냈다.

아이리스는 릴리를 향해 편지를 내밀었다. 릴리는 그게 무슨 의민지 몰라서 아이리스를 멀뚱멀뚱 쳐다보다가 물었다.

"읽어 봐도 돼?"

"읽어 보고 어떻게 하면 좋을지 말해 줘."

뭘 어떻게 하면 좋을지 알려달라는 거야? 릴리는 어리둥절한 표정으로 편지를 받아 들었다.

그 옆에서 애슐리도 고개를 내밀었지만 아이리스는 아무 말도 하지 않았다.

릴리는 빠르게 편지를 읽어 내렸다. 사실 그렇게 긴 편지도 아니었다.

웹스터 경의 편지는 초반에는 구구절절하게 자신이 얼마나 모욕적으로 느껴졌는지 적혀 있고 가장 중요한 건 마지막 몇 줄뿐이었다.

밀드레드의 무례를 사과하고 용서를 빌면 용서해 주겠다. 하지만 그렇지 않겠다면 자신도 가만두지 않겠다는 내용이었다.

"이 남자가 지금 언니를 협박하는 거야?"

편지를 다 읽은 릴리가 믿을 수 없다는 듯 물었다. 웹스터 경의 마지막 몇 줄은 누가 봐도 협박이었다.

그는 자신이 사교계에 얼마나 힘이 있는지 이야기한 뒤, 자신에게 사과하지 않으면 사교계에 발을 붙이기 어려울 거라고 말하고 있었다.

아이리스는 초조한 표정으로 고개를 끄덕였다. 어떻게 해야 할지 모르겠다.

그녀가 아는 웹스터 경이라면 그럴 수 있다. 아이리스도 웹스터 경의 모든 이야기를 믿는 건 아니다. 어느 정도는 허풍이 있을 수 있겠지.

하지만 그는 엄청난 크기의 목장이 있으며, 이 나라에서 소비되는 고기의 80%는 자신의 목장에서 판매된다고 말했다.

요정의 샘뿐 아니라 수도에 있는 유명한 식당에서도 그의 목장에서 고기를 수급받아 사용하고 있으며 왕궁에도 납품하고 있기 때문에 왕과도 친분이 있다고 말했다.

"어떻게 하지?"

아이리스의 말에 릴리가 대뜸 말했다.

"어머니께 말하자."

"안 돼!"

아이리스는 절박하게 외쳤다. 어머니께는 말할 수 없다.

그녀는 밀드레드가 웹스터 경을 어떻게 쫓아냈는지 봤다. 왜 쫓아내는지도 안다.

그러니 지금 밀드레드에게 웹스터 경이 이런 편지를 보냈다고 말하면 그녀는 화가 나서 펄펄 뛸 것이다. 그러면 웹스터 경은 그가 협박한 대로 하겠지.

"그럼 어쩌자고?"

릴리의 말에 아이리스는 두 손에 얼굴을 묻었다. 진짜로 어떻게 하지? 무겁게 내려앉은 가슴이 처참하게 눌리는 것처럼 느껴졌다.

다 그녀의 잘못이다. 밀드레드가 들었다면 그게 왜 네 잘못이냐고 화를 냈을 테지만 아이리스는 그런 생각이 들었다.

웹스터 경과 친해지지 않았어야 했다. 그게 아니면 어머니의 반대를 무릅쓰고 웹스터 경의 구혼을 받아들이거나.

"결혼할까?"

아이리스는 두 손에 얼굴을 묻은 채 중얼거렸다.

웹스터 경이 원하는 건 확고했다. 그녀가 사과를 하고 자신과 결혼하는 것.

그것만 하면 어떻게 되지 않을까? 어머니가 그에게 사과하는 건 불가능할지 몰라도 그녀가 웹스터 경과 결혼하고 싶다고 우기면 허락해 주시지 않을까.

"누구랑?"

릴리는 아이리스의 '결혼할까'라는 말 앞에 '웹스터 경과'라는 말이 생략된 거라는 것을 알았지만 일부러 모르는 척 물었다.

말도 안 된다. 아이리스가 웹스터 경과 결혼한다고? 어머니가 허락하지 않겠지만 그보다 먼저 릴리가 절대 안 된다고 말릴 거다.

"웹스터 경은 나쁜 사람이 아니야. 그냥 좀 자랑하는 걸 좋아하고 성격이 급해서 그렇지."

아이리스의 말에 릴리의 얼굴이 일그러졌다. 그녀는 왜 웹스터 경의 단점에 나이도 많고 부인과 사별한 것은 빼놓느냐고 말하려다가 멈췄다.

아이리스가 그걸 모를 리가 없다.

"난 반대야."

결국 릴리는 한숨을 내쉬며 말했다. 아이리스가 웹스터 경을 좋아해서 결혼하겠다고 해도 말릴 거다.

그런데 좋아하지도 않는데 협박받아서 결혼하겠다고? 절대 안 될 일이다.

아이리스는 릴리의 말에 얼굴을 일그러트렸다.

"뾰족한 수도 없잖아."

웹스터 경은 자신에게 사과하지 않으면 사교계에 남아 있기 어려울 거라고 협박했다.

밀드레드는 절대 그에게 사과하지 않을 것이다. 오히려 편지를 보면 분노해서 펄펄 뛰겠지.

아이리스는 그런 어머니의 모습을 상상하며 쓰게 웃었다. 그녀는 자신이 웹스터 경과 결혼하겠다고 하면 밀드레드가 허락해 줄 거라고 생각했다.

하지만 저런 남자와 왜 결혼해야 하냐고 화내는 밀드레드를 보는 순간 어딘지 모르게 안도가 되었다.

네가 뭐가 부족해서 저런 남자와 결혼하냐고 펄펄 뛰었을 때는 조금이지만 뿌듯하기까지 했다.

그렇다면 더더욱 그렇게 자신을 믿어 주는 어머니와 동생들을 자기 때문에 사교계에서 쫓겨나게 할 수는 없었다. 아이리스는 크게 숨을 내뱉고 릴리를 쳐다봤다.

"어머니는 반대하실 거야. 그러니까 네가 내 편을 들어줘."

"미쳤어? 난 어머니 편이야. 언니가 왜 그런 남자랑 결혼해야 해?"

뭐가 부족해서? 릴리 역시 밀드레드와 생각이 같았다. 아이리스는 약간 아슬아슬하긴 해도 결혼 적령기에 아버지가 백작이었다.

귀족 영애로서의 몸가짐과 기본 소양을 교육받았고 집이 좀 가난해졌다는 것 말고는 부족함이 없었다.

예쁘지 않아서? 그렇게 따지면 웹스터 경은 마흔이 넘었다.

하지만 릴리의 반대에도 아이리스는 굴하지 않았다. 그녀는 자신 때문에 가족들이 사교계에서 쫓겨날까 봐 겁에 질려 있었다.

"애슐리."

아이리스의 시선이 애슐리에게 닿았다. 너라도 내 편이 되어 줘. 릴리는 절대 싫다고 했지만 애슐리라면 그녀의 편이 되어서 밀드레드를 설득해 줄지도 모른다.

물론 애슐리의 설득에 밀드레드가 넘어갈 거라고 생각하지는 않지만 어쨌든 아이리스는 지금 그녀의 편이 필요했다.

"나, 나는……."

애슐리는 릴리를 쳐다보고 다시 아이리스를 쳐다봤다.

아이리스가 뭘 원하는지 알겠다. 하지만 그녀도 아이리스가 웹스터 경과 결혼하는 건 반대다.

그렇다고 아이리스에게 네 편을 들어주지 않겠다고 말할 수도 없었다. 어쩌면 아이리스와 친해질 수 있는 기회인지도 몰라.

애슐리는 그렇게 생각하며 치맛자락을 꽉 잡았다.

"내가 할게."

뭘? 릴리와 아이리스의 시선이 애슐리를 향했다.

아이리스 편이 되어 주겠다는 건가? 릴리가 그렇게 물어보려 했을 때였다.

"내가 웹스터 경과 결혼할게."

"뭐?"

"뭐?"

아이리스와 릴리의 입에서 똑같은 소리가 흘러나왔다. 두 사람 다 애슐리를 황당하다는 눈으로 쳐다보고 있었다.

애슐리는 입술을 한 번 깨물고 다시 말했다.

"내, 내가 생각해 봤는데, 웹스터 경은 아이리스를 좋아하는 거야? 꼭 아이리스여야 해?"

그건 아닐 거다. 아이리스가 아니라 릴리였어도 상관없을 것이다. 그가 원하는 건 귀족 영애니까.

그는 열여덟 살인 릴리보다 열아홉 살인 아이리스가 좀 더 결혼에 절박할 거라 생각해서 접근했던 것뿐이다.

아이리스보다 어리고 예쁜 애슐리가 결혼하겠다고 하면 더 좋아하겠지.

릴리와 아이리스는 동시에 그렇게 생각했지만 아무 말도 하지 않았다. 애슐리는 두 사람을 물끄러미 쳐다보다가 다시 물었다.

"아이리스 언니가 괜찮으면 내가 결혼하면 어떨까?"

웹스터 경은 아이리스를 좋아하는 게 아니다. 아이리스는 자존심이 상했지만 인정했다.

그가 원한 건 아이리스라는 사람이 아니라 그의 두 번째 부인으로 앉혔을 때 자랑할 수 있을 만큼 젊고 혈통 있는 여자일 뿐이다.

"안 돼."

그렇다고 애슐리가 웹스터 경과 결혼하게 둘 수는 없어서 아이리스는 단호하게 말했다. 이건 그녀의 일이고 그녀가 책임질 일이다.

애슐리가 그녀 대신 웹스터 경과 결혼하는 건 말도 안 되는 일이다.

"하지만."

애슐리가 한 발 앞으로 나서며 뭐라 말하려 했지만 아이리스는 오른손을 들어 올리며 단호한 표정을 지었다.

반박을 허락하지 않겠다는 표정에 애슐리는 움찔하고 멈췄다.

"자기가 벌인 일은 자기가 책임져야 하는 법이야."

아이리스는 그렇게 말하고 오븐에서 물이 끓는 주전자를 집어 들었다. 그리고 찻주전자에 찻잎을 넣고 끓는 물을 따르더니 찻잔을 꺼내 쟁반에 얹더니 바로 나가 버렸다.

릴리와 애슐리는 아이리스가 척척 일을 처리해서 나가는 것을 멍하니 지켜볼 수밖에 없었다.

'언니, 바보 아냐?'

릴리가 그렇게 생각했을 때 애슐리가 조심스럽게 물었다.

"그냥 내가 웹스터 경에게 결혼하겠다고 말하면 어떨까?"

"뭐? 왜?"

릴리의 얼굴이 일그러졌다.

아까 아이리스가 안 된다고 했잖아? 그런 의문이 떠오른 표정에 애슐리는 슬쩍 문밖으로 시선을 던졌다.

아이리스는 안 된다고 했지만 그게 이해가 안 된다. 왜 안 된다고 한 걸까.

"내가 가는 게 가장 낫지 않을까? 아이리스 언니도 그걸 좋아할 거고."

"아이리스가 그걸 좋아한다니? 그게 무슨 소리야?"

릴리의 의문에 애슐리는 잠시 망설였다. 모두가 진실을 알지만 때로 진실은 입 밖에 내는 게 더 힘든 법이다.

"아이리스 언니는 날 별로 안 좋아하잖아. 내가 웹스터 경과 결혼하면 문제가 두 개나 사라지는 거니까……."

"애슐리!"

릴리는 애슐리의 말에 깜짝 놀라서 소리를 질렀다.

아이리스가 애슐리를 안 좋아한다니? 그래서 문제가 두 개나 해결된

다니? 그녀는 애슐리의 생각이 어이가 없어서 입을 딱 벌렸다.

말도 안 된다. 아이리스가 애슐리를 껄끄러워하는 건 사실이지만 그녀는 애슐리를 '문제'라고 생각하지 않는다.

아니, 분명 전에는 애슐리가 문제라고 투덜거린 적이 있기는 하다.

하지만 아이리스는 자기 대신 그녀가 웹스터 경과 결혼하는 걸 문제가 해결됐다고 좋아할 사람이 아니다.

"아이리스는 그런 생각을 하는 사람이 아니야. 난 네가 웹스터 경과 결혼하는 것도 싫어! 그런 생각 하지 마!"

릴리의 말에 애슐리의 어깨가 움츠러들었다. 집에 도움이 되고 싶은데. 애슐리는 그렇게 생각하며 입술을 깨물었다.

"애슐리! 릴리! 뭐하니?"

그때 밀드레드가 응접실에서 두 사람을 불렀다. 릴리는 재빨리 접시를 꺼내 쿠키를 몇 개 담았다. 그리고 애슐리와 함께 주방을 나섰다.

아이리스는 주방에서 아무 일도 없었다는 듯 차를 마시고 있었다. 밀드레드 역시 아이들이 주방에서 뭔가를 속닥였다는 것은 알지만 묻지 않았다.

리안에게 온 편지를 읽은 아이리스가 동생들에게 어떻게 할지 물어본 게 아닐까? 그녀는 감히 웹스터 경이 아이리스를 협박했으리라고는 생각도 하지 못하고 있었다.

"차 맛있네."

아이리스가 따른 차를 홀짝인 밀드레드가 가볍게 그녀를 칭찬했다. 너무 떫거나 연하지 않게 잘 우렸다.

어머니의 칭찬에 빙그레 웃으며 고개를 든 아이리스는 릴리가 밀드레드를 힐끔거리는 것을 발견했다.

릴리는 뭔가를 고민하는 표정이었다.

웹스터 경이 아이리스를 협박한 것을 밀드레드에게 말할지 말지 고민하고 있었다. 그 사실을 알아차린 아이리스는 정색을 하고 찻잔을 내려놨다.

절대로 안 될 일이다.

"릴리, 쿠키 좀 먹어 봐. 눅눅해지지 않았나 모르겠네."

그래? 아이리스의 생각을 모르는 밀드레드가 쿠키가 담긴 접시를 집으며 말했다.

"눅눅해졌어? 오븐에 살짝 구우면 될 텐데. 구워 올까?"

"아, 아니에요."

밀드레드의 말에 깜짝 놀란 아이리스가 그녀의 손에서 접시를 빼앗았다. 그리고 킥킥거리는 릴리의 입에 쿠키를 넣어 버렸다.

"너도 먹어, 애슐리."

아이리스는 애슐리도 밀드레드에게 이르기 전에 쿠키를 집어 애슐리의 입에 넣어 버렸다. 그리고 자신도 쿠키를 집어 우물우물 먹기 시작했다.

얘들 왜 이래? 차를 홀짝이던 밀드레드는 어리둥절한 표정으로 아이들을 돌아보다가 쿠키를 집으며 물었다.

"어때? 눅눅해졌어?"

쿠키는 괜찮았다. 하지만 아이리스와 릴리, 애슐리 셋 다 입에 쿠키가 들어 있어서 대답을 할 수가 없었다.

"안녕하세요, 부인."

며칠 뒤, 성에서 열리는 파티에 밀드레드를 데려가기 위해 다니엘이 마차를 가지고 도착했다. 그는 홀에 서서 기다리다가 누군가 내려오는 소리에 고개를 들며 인사를 건넸다.

"윌포드 경."

밀드레드는 계단을 조심스럽게 내려오고 있었다. 원래 있던 드레스를 수선한 거라 생각보다 훨씬 더 풍성해진 탓에 발밑이 잘 보이지 않았다.

덕분에 그녀는 치마를 들어 올리고 발밑을 쳐다보느라 다니엘이 잠시 자신을 멍하니 쳐다보는 것을 알아차리지 못했다.

"도와드려도 될까요?"

다니엘은 재빨리 계단으로 다가가며 물었다. 드레스 치마는 요즘 유행하는 스타일대로 풍성했지만 상의는 좀 달랐다.

요즘 유행하는 상의의 소매가 어깨에서 풍성하게 부푼 스타일이라면 밀드레드가 입은 상의의 소매는 어깨에서 팔꿈치까지 딱 떨어져 내려오다가 팔꿈치에서 확 퍼지는 스타일이었다.

다니엘의 말에 그의 손을 잡기 위해 밀드레드가 팔을 내밀자 소매가 우아하게 흘러내렸다.

다니엘은 밀드레드가 내민 팔 안쪽에 아직 장갑을 끼지 않은 것을 잠시 물끄러미 쳐다봤다.

넓게 퍼지는 소매 때문에 새하얀 손목이 훨씬 가늘게 보였다. 그가 잘못 손댔다간 멍이 들거나 부러질 것 같아서 차마 만질 수가 없었다.

"장갑, 안 끼셨습니까?"

다니엘의 물음에 밀드레드는 당황해서 자신의 손을 쳐다봤다. 그가 왔다는 말에 부랴부랴 나오느라 장갑을 끼지 않고 들고 왔다.

부부나 혈연관계가 아닌 이상 남녀는 맨살이 닿아서는 안 된다. 하지만 밀드레드는 당연히 다니엘이 장갑을 꼈을 거라고 생각했다.

"윌포드 경, 안 꼈어요?"

그녀의 시선이 다니엘의 손을 향했다.

분명 아까 내려오기 전에 힐끔 봤을 때는 장갑을 낀 줄 알았는데 다시 보니 그 역시 맨손이었다. 당황하는 밀드레드의 얼굴에 다니엘의 얼굴에 미소가 떠올랐다.

"그럼 잠깐 실례하겠습니다."

"네? 어떻게……."

뭘 어떻게 할 거냐는 밀드레드의 질문이 끝나기 전에 다니엘의 손이 그녀의 허리에 닿았다.

설마. 밀드레드의 눈이 깜짝 놀라서 커졌다. 다니엘은 그대로 그녀의 허리를 잡고 들어 올렸다.

"헉!"

다니엘은 그대로 몸을 빙글 돌려 밀드레드를 바닥에 안전하게 내려놓았다. 말 그대로 눈 깜짝할 사이에 일어난 일이었다.

놀랍게도 거기에 조금의 이성적인 접촉도 없었다.

"월포드 경!"

다니엘이 자신을 내려놓고 재빨리 손을 떼자 그제야 상황을 파악한 밀드레드가 외쳤다. 그는 재빨리 두 손을 가지런히 모으고 얌전한 표정을 지었다.

"어지러우셨나요?"

그런 문제가 아니다. 밀드레드는 이마를 짚고 한숨을 내쉬었다.

너무 순식간에 일어난 일이라 어지러울 시간도 없었다.

"그런 문제가 아니에요. 사람을 그렇게 들어서 옮기면 안 되죠."

"사실은 좀 더 천천히 조심스럽게 옮겨 드리고 싶었지만 그러면 안 될 것 같아서요."

그러려면 밀드레드의 허리와 엉덩이를 끌어안아야 한다. 그럴 수는 없지 않냐는 다니엘의 말에 밀드레드의 눈초리가 올라갔다.

"다음부터는 조심하겠습니다."

재빨리 다니엘의 반성이 이어졌다. 내가 못 살아. 밀드레드는 쥐고 있던 장갑을 끼며 돌아섰다.

홀 가운데에서 다니엘이 가져온 꽃을 꽃병에 꽂던 짐의 표정이 이상해졌다.

다음부터는 조심하겠다고?

"안녕하세요."

안타깝게도 짐의 이상한 표정은 뒤이어 나타난 아이리스와 릴리 때문에 아무도 보지 못했다.

아이리스와 릴리는 계단을 내려오며 밀드레드의 곁에 서 있는 다니엘을 발견했다. 그는 밀드레드가 오른쪽 장갑을 끼는 동안 그녀의 왼쪽 장갑을 들어 주고 있었다.

"안녕."

다니엘의 담담한 인사가 두 사람을 향했다. 아이리스와 릴리는 세 번째로 만든 드레스를 입고 있었다.

성에서 하는 파티에 제일 먼저 입기 위해 아껴 둔 드레스다. 다니엘은 두 사람의 드레스가 최신 유행대로 부푼 스커트와 부푼 어깨인 것을 확인하고 밀드레드에게 시선을 돌렸다.

"어머, 꽃을 가져왔어요?"

그때 밀드레드가 말했다. 짐이 새 꽃을 장식하는 것을 그제야 발견했기 때문이다.

그녀는 지난번 꽃을 버리지 말고 말리라고 짐에게 말하고 다니엘에게 돌아섰다.

"마음에 드셨으면 좋겠습니다."

다니엘은 그렇게 말하며 빙그레 웃었다.

그의 시선에 밀드레드가 뭐라 말하려다가 멈칫하는 게 들어왔다. 그녀는 그럴 필요 없다고 하려다가 다시 말했다.

"신경 써 줘서 고마워요."

다니엘의 눈동자가 가늘어졌다. 그는 밀드레드가 그런 말을 하려고 한 게 아니라는 것을 알아차렸다.

하지만 원래 무슨 말을 하려 한 거냐고 묻지는 않았다. 대신 밀드레드의 왼쪽 손에 장갑을 끼워 주며 말했다.

"당연한 거죠."

여성에게 호감을 보이는 신사라면 누구나 꽃을 가져온다. 수도의 꽃값은 저렴한 편이기 때문이다.

하지만 다니엘이 가져온 꽃은 수도에서 흔하게 구할 수 있는 꽃이 아니었다.

밀드레드는 다니엘의 도움을 받아 장갑을 끼고 꽃을 향해 돌아섰다. 새빨간 꽃이 탐스럽게 피어 있었다.

이 주변에서 쉽게 볼 수 있는 꽃이 아니다. 그녀 역시 그 사실을 깨달았다.

"얘들아, 월포드 경이 우리를 위해 꽃을 가져왔대."

밀드레드는 아이리스와 릴리를 부르며 말했다. '우리가 아니라 어머니를 위해서겠죠.' 릴리는 장난처럼 그렇게 말하려다 밀드레드가 자신을 쳐다보는 것을 보고 입을 다물었다.

밀드레드는 곤란해하고 있었다. 다니엘이 그녀에게 매번 이렇게 꽃을 가지고 온다면 모든 사람이 알게 될 것이다.

그가 그녀에게 호감을 표하고 있다는 것을.

다른 사람들이 알게 되는 건 상관없다. 하지만 밀드레드는 릴리가 걱정이었다.

그녀는 릴리가 다니엘을 좋아한다고 생각하고 있기 때문에 이번 일로 릴리가 상처받을까 봐 걱정이 됐다.

"예쁘네요."

아이리스의 말에 밀드레드가 가까스로 미소를 지었다. 당연히 그녀가 왜 그러는지 모르는 릴리와 아이리스는 어리둥절한 표정을 지었다. 윌포드 경이 꽃을 가져온 게 왜 곤란할 일이지?

그 분위기를 깨고 다니엘이 현관문으로 다가가며 말했다.

"출발할까요?"

다 함께 가기 위해서 다니엘은 가장 큰 마차를 가지고 왔다. 산드라와는 성에서 합류하기로 했기 때문에 바로 성으로 가면 된다.

다니엘이 출발하자고 말하는 것과 동시에 이 층에서 애슐리가 뛰어 내려왔다. 그녀는 머리카락을 리본 안쪽으로 밀어 넣으며 소리쳤다.

"지금 가요!"

앗, 하는 순간 애슐리의 발이 헛발질을 했다. '헉' 하고 밀드레드가 놀라는 것과 동시에 아이리스와 릴리가 계단을 향해 뛰어 나갔다.

"애슐리!"

밀드레드가 애슐리의 이름을 소리친 것은 아이리스와 릴리가 떨어지는 애슐리를 붙잡은 뒤의 일이었다. 아슬아슬하게 아이리스와 릴리가 애슐리의 몸을 잡았다.

두 사람이 붙잡느라 꽉 잡힌 허리와 팔이 아팠지만 다행히 애슐리는 계단에서 구르지 않았다.

"세상에!"

밀드레드는 숨을 헐떡이며 무너져 내렸다. 그런 그녀를 붙잡은 것은 다니엘이었다.

그는 애슐리를 향해 손을 내밀었다가 재빨리 밀드레드를 부축했다.

계단에서 떨어질 뻔한 애슐리는 눈을 동그랗게 뜨고 아이리스와 릴리를 쳐다보고 있었다. 두 사람 역시 애슐리를 끌어안고 한숨을 내쉬었다.

"죄, 죄송해요."

"큰일 날 뻔했잖아!"

"애슐리, 괜찮아?"

애슐리와 아이리스, 릴리의 목소리가 겹쳤다.

밀드레드는 부들부들 떨면서 다니엘의 부축을 받아 섰다. 그녀의 눈에 세 아이들이 멀쩡하게 계단을 내려오는 게 보였다.

맙소사. 밀드레드는 다니엘의 가슴에 얼굴을 대고 숨을 헐떡였다. 심장이 떨어지는 줄 알았다.

"괜찮아요, 부인."

다니엘은 밀드레드의 어깨를 쓸며 속삭였다. 그의 품에서 밀드레드가 얼마나 놀랐는지 아직도 덜덜 떠는 게 느껴졌다.

애슐리는 새하얗게 질린 얼굴로 아이리스와 릴리에게 사과를 하고 있었다.

"뛰지 말라고 몇 번을 말했어?"

아이리스가 화난 얼굴로 소리쳤지만 그녀의 얼굴 역시 하얗게 질려 있었다. 애슐리는 아이리스가 여전히 자신의 팔을 꽉 잡고 있는 것을 발견했다.

릴리 역시 애슐리의 허리를 끌어안고 있었다. 두 사람 다 얼마나 놀랐던지 벌벌 떨면서도 그녀의 몸에서 손을 떼지 않고 있었다.

애슐리는 눈물이 찔끔 나왔다가 두 사람이 아직도 자신을 잡고 있는 것을 깨닫고 배시시 웃었다. 아이리스와 릴리가 자신을 걱정해 준다는 게 기분 좋았다.

위험했다는 두려움보다 그게 더 기분 좋게 느껴져서 두려움이 어느새 사라졌다.

"넌 이게 웃기니?"

아이리스는 배시시 웃는 애슐리를 발견하고 쏘아붙였다. 남은 깜짝 놀라서 아직도 심장이 벌렁거리는데 속없이 웃긴 왜 웃어?

그녀가 그렇게 쏘아붙이는데도 애슐리는 그저 좋았다.

"너 너무 놀라서 이상해진 거 아냐?"

릴리는 애슐리의 손을 잡고 아이리스의 뒤를 따르며 속삭였다. 방금 목이 부러질 뻔한 애치고는 표정이 너무 밝다.

하지만 애슐리는 아무 말도 하지 않았다.

아이리스와 릴리가 자신을 위해 달려왔다는 게, 아이리스가 저렇게 쏘아붙이기는 하지만 그녀를 걱정한다는 게 기분 좋았다.

하지만 그걸 입 밖에 내면 아이리스의 태도가 다시 멀어질 것 같아서 애슐리는 그저 말없이 웃었다.

세 사람은 그렇게 밀드레드와 다니엘을 따라 다니엘의 마차에 올라탔다.

정방향 좌석에 밀드레드와 아이리스, 릴리가 나란히 앉고 그 맞은편에 애슐리와 다니엘이 앉았다.

"오늘 왕자님이 오시나요?"

마차를 타고 성으로 가면서 밀드레드가 물었다. 그녀의 대각선에 앉아 창밖을 바라보고 있던 다니엘이 고개를 돌렸다.

밀드레드의 옆에 앉아 있던 아이리스와 릴리도, 다니엘의 옆에 앉아 창문을 내다보던 애슐리도 다니엘의 대답을 기다리듯 그를 쳐다봤다.

다니엘은 마차 안에 있는 모든 사람의 시선을 받으면서도 느긋하게 대답했다.

"네. 참석하실 겁니다."

"아직 괜찮은 인연은 못 만나셨나 봐요?"

밀드레드는 아직 애슐리가 왕자를 만나지 못했다는 것을 알면서 다니엘을 떠봤다. 그녀는 애슐리가 왕자의 배우자가 될 것임을 믿어 의심치 않고 있었다.

하지만 다니엘은 씩 웃으며 그녀의 옆에 앉은 아이리스를 쳐다봤다.

그리고 자연스럽게 시선을 애슐리와 릴리에게 옮겨 마치 마차 안의 모든 사람을 다 둘러보는 것처럼 행동한 뒤 다시 밀드레드를 쳐다보며 말했다.

"사실 호감이 생긴 여성이 있는 모양입니다."

"있다고요?"

밀드레드의 시선이 애슐리를 향했다가 재빨리 다시 다니엘에게로 돌아갔다. 그녀는 믿을 수 없다는 표정으로 다시 물었다.

"어, 누구, 누구인데요?"

말도 안 된다는 생각이 역력한 표정에 오히려 다니엘이 당황했다. 그는 다리를 꼬고 등받이에 몸을 기댄 비뚤한 자세였다가 재빨리 자세를 바로 하며 물었다.

"왕자님께서 호감이 있는 여성이 생겼다는 게 부인께 그렇게 놀라운 소식인가요?"

"그야……."

밀드레드는 애슐리를 쳐다보지 않으려 애를 쓰며 핑곗거리를 찾았다. 당연히 놀라운 소식이다. 그녀는 애슐리가 왕자와 이어질 거라 생각했으니까.

"이 나라의 다음 왕비님이 될 분이잖아요? 어떤 분인지 궁금한 게 당연하죠."

그녀의 대답에 다니엘의 눈동자가 가늘어졌다. 분명 밀드레드는 왕자에게 이성적인 관심이 없다고 말했었다. 그는 자신의 상대가 되기보다는 그녀의 딸들의 상대가 될 만한 나이라고.

거기까지 떠올린 다니엘의 머릿속에 또 다른 사실이 떠올랐다.

밀드레드처럼 혼기에 찬 딸을 둔 귀족들은 자신의 딸이 왕자비가 되길 바란다. 그는 잠깐 놀란 표정으로 밀드레드를 쳐다봤다가 빙그레 웃었다.

그녀가 다른 귀족들처럼 자기 딸을 왕자비로 만들고 싶어 한다는 사실이 놀라우면서도 동시에 이해가 됐다.

밀드레드는 누구보다 딸들이 잘되기를 바라는 사람이다. 어느 어머니라고 안 그러겠느냐마는 다니엘은 다른 어머니가 아니라 밀드레드를 지켜봐 왔다.

만약 다른 사람이 자기 딸을 왕자비로 만들고 싶어 하는 티를 냈다면 그는 건방지다고 생각했을 것이다.

하지만 밀드레드가 그렇게 생각하는 건 전혀 건방지지도 우습지도 않았다.

오히려 이런 안 좋은 조건에서도 딸들을 위한 가장 좋은 자리를 바란다는 점이 더 좋았다.

"그렇죠. 다음 왕비님이 되실 분이죠."

다니엘은 그렇게 말하며 다시 등받이에 몸을 기댔다. 밀드레드의 바로 옆에서 아이리스가 허리를 꼿꼿하게 세우고 앉아 있는 게 보였다.

아이리스가 정말 왕자비가 될 수 있는지는 그도 모른다. 왕자비라는 자리는 사랑만으로 되는 게 아니니까.

다니엘은 다시 밀드레드를 향해 고개를 돌리며 다시 입을 열었다.

"하지만 왕자비라는 건 외모나 성격, 재능만큼이나 집안과 재력도 필요한 자리니까요. 어떻게 될지는 아무도 모르죠."

밀드레드의 얼굴이 어두워졌다. 그녀의 머릿속에 다니엘이 열거한 것 중 애슐리에게 해당되는 게 무엇이 있는지 떠올랐다.

외모는 완벽하다. 거기에 성격은 아슬아슬할 것 같다. 하지만 재력이나 집안이 문제였다.

동화는 왕자와 만나기만 하면 되는 거 아니었나.

그녀가 이상하다고 생각하고 있을 때 다니엘 역시 자신이 열거한 것 중 아이리스에게 해당되는 게 무엇이 있는지 떠올리고 있었다.

외모도 저 정도면 충분하고 성격도 훌륭하다. 집안은 백작가니 됐고.

재력은, 그가 있으니까 완벽하다.

"도착했어요!"

어느새 시내를 달린 마차가 성에 도착했다. 밀드레드는 그렇게 소리친 애슐리가 벌떡 일어나지 않도록 팔을 뻗어 그녀의 드레스를 잡았다.

다행히 마차가 멈추자 성에서 나온 시종이 마차 문을 열었다. 밀드레드는 그제야 애슐리의 드레스를 놓아주었다.

제일 먼저 마차 밖으로 나간 다니엘이 안쪽을 향해 손을 뻗었다. 그의 손을 잡고 릴리, 아이리스, 애슐리의 순으로 빠져나왔다.

마지막으로 마차를 빠져나오게 된 밀드레드는 다니엘의 손을 잡기 전에 가볍게 그를 흘겨보았다. 감히 그녀를 번쩍 들어 옮길 생각 따위는 하지 말라는 표정에 다니엘은 말없이 씩 웃었다.

"꽃장식이 많이 보이는군요."

다니엘은 밀드레드를 안쪽으로 에스코트하며 속삭였다.

두 사람 뒤를 아이리스와 릴리, 애슐리가 따랐다. 밀드레드는 아이들이 잘 따라오는지 확인하면서 무도회장을 살폈다.

그의 말대로 무도회에 참석한 여성들은 다들 꽃장식이 있는 드레스를 입고 있었다.

간단하게 치마에만 꽃장식을 몇 개 붙인 사람이 있는가 하면 치마 밑단부터 빽빽하게 꽃장식을 붙인 사람도 있었다.

밀드레드는 심지어 남자들조차도 상의에 꽃장식을 한두 개씩 붙인 것을 보고 눈을 크게 떴다가 웃음을 터뜨렸다.

"다비나가 돈을 많이 벌었으면 좋겠네요."

"다비나요?"

다니엘의 질문에 밀드레드는 유쾌하다는 듯 말했다.

"제 전담 디자이너예요. 기회가 없어서 그렇지 실력도 있고 노력도 하는 사람이거든요."

설마. 다니엘의 머릿속에 이상한 생각이 떠올랐다. 그는 걸음을 멈추지 않은 채 밀드레드를 쳐다보며 물었다.

"설마 꽃장식을 만드는 법을 아무 조건 없이 그 다비나라는 사람에게 넘긴 겁니까?"

꽃장식은 돈이 된다. 물론 다니엘도 밀드레드가 그걸 돈을 받고 팔 수 있을 거라고는 생각하지 않았다. 차라리 그녀가 독점하고 친한 사람들에게만 알려 주는 게 더 나은 방법일 것이다.

하지만 밀드레드는 심드렁하게 대답했다.

"아무 조건이 없는 건 아니에요. 절 위해 옷을 만들어 달라고 했죠."

하지만 오늘 밀드레드가 입은 드레스는 유행하는 디자인이 아니다. 다니엘은 눈을 가늘게 뜨고 밀드레드의 드레스를 쳐다보다가 말했다.

"그게 왕대비 전하께 선물한 드레스였군요."

다니엘의 얼굴에 드디어 답을 알았다는 개운한 표정이 떠올랐다. 그렇지 않아도 왕대비에게 반스 부인이 드레스를 선물했다는 말을 듣고 어리둥절해하던 참이다.

얼마 전 왕대비가 티파티에서 입었던 드레스가 바로 반스 부인에게 선물받은 드레스였다.

다니엘이 어리둥절해했던 건 밀드레드가 그런 드레스를 선물할 만한 재력이 없다는 것을 알기 때문이었다.

"맞아요."

밀드레드는 다니엘을 처다보며 활짝 웃었다. 그녀가 왕대비에게 선물을 했다는 것을 왕대비만 알면 된다. 그래서 굳이 누구에게도 말하지 않았다.

하지만 다니엘은 왕대비의 대자니까 그녀가 말하지 않아도 알 거라고 생각하기는 했다. 그녀의 생각대로 다니엘은 자신의 팔꿈치 안쪽에 얹은 밀드레드의 손을 토닥이며 말했다.

"좋은 선택을 하셨군요."

"선택이랄 게 없었어요. 전하께서는 제가 그걸로 수익을 올리는 것을 원하지 않으셨거든요."

밀드레드의 말을 들은 다니엘은 잠시 멈칫하다가 말했다.

"부디 불쾌하게 생각하지 않으셨으면 좋겠습니다."

거기까지 말한 그가 씩 웃었다. 그러더니 그녀를 향해 고개를 숙이고 나직하게 이었다.

"나이가 있는 분들은 생각을 바꾸는 게 쉽지 않으니까요."

평생을 어떤 문제에 대해 한 가지 관점으로만 바라보며 살아온 사람이 어느 순간 관점을 바꾸기란 굉장히 어렵다. 다니엘은 그렇게 말하고 있었다.

밀드레드는 그런 다니엘의 말에 그를 바라보며 빙그레 웃었다. 나이 드신 분들에 대해 그렇게 생각하기란 쉽지 않다. 그녀는 고개를 기울이며 말했다.

"참 다정하군요, 월포드 경."

"그렇습니까?"

"그럼요. 윌포드 경이 나이 든 여성분들에게 다정하게 행동하는 덕분에 이렇게 내가 도움을 받고 있잖아요."

밀드레드는 그렇게 말하며 자신을 에스코트하는 다니엘을 쳐다봤다.

그는 그녀가 걷기 쉽도록 평소보다 조금 느리게 걷고 있었다. 게다가 밀드레드가 잡은 그의 팔도 평소보다 약간 아래로 내리고 있었다.

이런 점을 다정하다고 하는 거다.

하지만 다니엘은 아니었다. 그의 걸음이 우뚝 멈췄다.

"설마 제가 노부인들께 하듯 부인을 대한다고 생각하시는 겁니까?"

밀드레드보다 최소한 머리 하나는 큰 남자가 인상을 쓰고 그녀를 내려다보고 있었다. 순간적인 위압감에 밀드레드가 움찔했다.

"죄송합니다."

다니엘은 고개를 밀드레드의 반대쪽으로 돌리며 중얼거렸다. 그는 분명 그녀에게 확실하게 관심을 표했다.

그가 보였던 모든 호의가 다른 사람이 아닌 밀드레드를 향한 관심이자 호감 때문이었다고.

그걸 노부인에 대한 친절 때문이라고 말하는 건 그를 향한 모욕이나 다름이 없다.

모욕을 당했으니 당연히 화가 난 거다. 그 사실을 깨달은 밀드레드의 얼굴이 달아올랐다.

"내 말은, 그런 뜻이 아니었어요."

밀드레드는 미안한 마음에 저도 모르게 다니엘을 향해 몸을 기울이며 말했다. 다니엘은 화가 난 표정을 그녀에게 보이지 않기 위해 오른손으로 눈가를 문질렀다.

그는 자신이 화를 주체하지 못한 탓에 밀드레드가 놀랐을 거라는 것을 알았다.

다니엘은 밀드레드보다 훨씬 크다. 키도, 체격도. 그는 자신이 마음만 먹는다면 밀드레드 정도의 여자는 한 손만으로도 제압할 수 있다는 것을 알았다.

그리고 그걸 밀드레드도 안다는 것을 알았다.

그녀에게 위협이 되지 않기 위해 노력했다. 밀드레드가 자신을 두려워하지 않도록 하기 위해 그는 상당히 애를 썼었다.

"알겠습니다."

다니엘은 한 손으로 얼굴을 쓸며 중얼거렸다. 그는 단 한 번도 밀드레드를 노부인이나 그 비슷한 쪽으로 생각해 본 적이 없었다.

그녀는 젊고 아름답다. 사실 다니엘은 밀드레드를 다른 여자들처럼 생각한 적도 없었다.

"제 행동이 부족했던 모양입니다."

그는 그렇게 말하며 자세를 바로 했다. 다시 밀드레드를 향한 그의 얼굴에는 평온한 표정이 떠올라 있었다. 하지만 이상하게도 밀드레드는 긴장이 됐다.

"어머니."

파티에 참석하기 위해 홀 안으로 들어오는 사람들 때문에 다니엘과 밀드레드의 뒤가 밀렸다.

앞으로 걸어가야 한다는 아이리스의 지적에 다니엘은 뒤를 돌아보지도 않고 발을 내디디며 말했다.

"확실하게 말씀드리죠. 저는 노부인이라고 친절하게 대하는 사람이 아닙니다. 부인을 노부인은커녕 나이가 많다고 생각한 적도 없고요. 모든 사람에게 친절하게 대하지도 않습니다."

"설마 자신을 나쁜 사람이라고 말하려는 건 아니겠죠?"

밀드레드는 어이없다는 듯 물었다. 난 그렇게 좋은 사람이 아냐. 이런 말을 하려는 거라면 한 대 때릴 생각이었다.

하지만 다니엘은 그녀의 말에 씩 웃었다. 그는 게리와 산드라가 이미 도착해서 서 있는 쪽으로 밀드레드를 안내하며 나직하게 말했다.

"천만에요, 부인. 저는 아주 좋은 사람이랍니다."

낮은 목소리가 부드럽게 밀드레드의 귓가에 파고들었다. 밀드레드의 눈이 가늘어졌다.

처음으로 그녀는 어쩌면 다니엘이 착한 사람이 아닐지도 모른다는 생각이 들었다.

"안녕하세요, 백작님."

게리와 산드라와 만나자 아이리스가 제일 먼저 인사했다. 게리는 다니엘의 에스코트를 받아 걸어오는 여동생을 눈을 가늘게 뜨고 쳐다보다가 한마디 하려고 입을 열었다.

하지만 그와 동시에 산드라가 게리의 푸짐한 옆구리를 팔꿈치로 꾹 찌르며 말했다.

"잘 지냈니?"

"커흑."

잘 지냈다. 아이들은 하인을 보내 준 게리와 산드라의 친절에 다시 한 번 감사했다. 밀드레드는 산드라와 포옹을 한 뒤 가볍게 안부를 나눴다.

산드라에게 지적을 받은 게리도 하려던 말을 멈추고 밀드레드와 다니엘에게 인사를 건넸다. 물론 약간 못마땅하다는 눈으로 다니엘을 쳐다보기는 했다.

그가 다니엘을 못마땅해하는 이유는 간단했다. 다니엘이 밀드레드에게 진심인지 알 수가 없기 때문이다.

이런 공식적인 자리에 결혼 관계가 아닌 남녀가 파트너로 참석하는 건 둘 중 하나다.

약혼한 관계거나 아주 가까운 친구 관계거나.

그리고 게리가 아는 한 다니엘과 밀드레드는 알게 된 지 반년도 되지 않았다.

괜히 다니엘이 밀드레드를 부추겨서 들뜨게 만들었다가 헤어지면 상처받는 건 밀드레드뿐이다.

물론 밀드레드의 눈이 높아져서 다음 결혼을 하기 어려울 수도 있다는 이유도 약간 포함돼 있긴 했다.

"오늘도 왕자님께서 오시겠죠?"

누군가 그렇게 묻는 게 들렸다. 성에서 왕자의 배우자를 찾고 있다는 소문이 퍼졌기 때문이다.

다들 성에서 열린 행사에 왕자가 참석할 것인지, 그가 누구에게 관심을 보이는지 지켜보고 있었다.

하지만 아직까지는 왕자가 누구 한 명에게 관심을 보이는지 알려지지 않았다.

"전에 가면무도회에서 춤추지 않으셨나요?"

가면무도회를 떠올린 어떤 남자의 말에 그 근처에 서 있던 사람들이 동시에 그를 쳐다봤다. 사람들의 머릿속에 왕자의 가면을 쓴 남자가 해적으로 분장한 어떤 여자와 춤을 추던 게 떠올랐다.

물론 그건 왕자가 아니라 더글러스 케이시 경이고 해적으로 분장한 건 릴리였지만, 사람들은 더글러스가 왕자라고 생각하고 있었다.

"그랬어요?"

"해적으로 분장한 여자분하고 춤추는 걸 봤어요."

여기서 안목이 있는 사람은 왕자의 키가 그렇게 컸던가 하고 잠시 의문을 품었다. 하지만 그런 사람은 그리 많지 않았다.

왕자와 똑같은 가면을 쓴 사람이 있다면 사람들은 가면에 집중하지

가면을 쓴 사람의 키에 집중하지 않는다.

물론 더글러스는 다니엘과 거의 비슷했고 리안은 그보다 약간 작았다.

"들었어, 릴리? 왕자님이 해적으로 분장한 여자랑 춤을 췄대."

아이리스는 사람들이 이야기하는 것을 듣고 릴리에게 말했다. 너랑 춤춘 분이 왕자님 아니야? 그런 질문에 릴리는 고개를 저었다.

"아닌데? 내가 춤춘 건 케이시 경이었어."

"그래? 그럼 그날 해적으로 분장한 여자가 또 있었나?"

그 정도로 특이한 취향이 또 있을 것 같진 않은데. 아이리스는 신기하다고 생각하며 고개를 갸웃했다.

"일은 잘되고 있습니까?"

사람들이 몰려들면서 밀드레드에게 말을 걸기 시작하자 게리는 슬쩍 다니엘에게 말을 걸었다.

밀드레드의 곁에서 등 뒤로 손을 대고 곧은 자세로 서 있던 다니엘은 게리를 돌아보며 뻬딱하게 웃었다.

"덕분에요."

게리의 표정이 못마땅해졌다. 그는 다니엘이 별로 마음에 들지 않았다.

그가 너무 잘생겼다는 점도 별로였고 너무 부자라는 점도 별로였지만, 가장 별로인 건 여동생에게 관심을 보인다는 점이었다.

"요새 식당 말고 또 무슨 사업에 손을 대고 있죠?"

게리의 질문에 다니엘은 픽 웃었다. 그는 게리가 무슨 의도로 이런 질문을 하는지 너무 잘 알았다.

다니엘이 젊을 때부터 남자들은 그의 기선을 제압하려 했다. 그가 다른 나라로 여행을 떠날 때도 그랬고 사업에 손을 댔을 때도 그랬다.

웃기는 짓거리다. 다른 사람이었다면 건방 떨지 말라고 한마디 했을 테지만 다니엘은 게리가 밀드레드의 오라버니라는 점을 떠올리고 참았다.

"글쎄요. 식자재를 수입하고 있긴 합니다만, 백작님께서 관심을 가지실지는 모르겠군요."

"식자재?"

게리가 호기심을 드러냈다. 다니엘은 게리를 향해 목소리를 낮춰 속삭였다.

"토마토라고 아십니까?"

게리의 표정이 일그러졌다. 알고 있다.

초록색의 열매. 순식간에 새빨갛게 색이 변해 버리는 게 불길하다. 그렇게 새빨갛게 변하는 건 독이 있기 마련이다.

그래서 사람들은 장식으로 담 옆에 심을지언정 그걸 식자재로 쓰지는 않았다.

"남작, 내게 장난하는 겁니까?"

"장난이라뇨."

다니엘은 게리가 불쾌해하자 자세를 바로 하며 느긋하게 말했다.

그는 밀드레드의 오라버니에게 기회를 줄 생각이었다. 게리가 그의 말을 듣는다면 꽤 많은 수익을 얻을 것이다.

"감사하게도 백작님의 누이분께서 조언을 해 주셔서 시작한걸요."

"조언? 밀드레드가?"

게리는 어리둥절해하더니 곧 웃음을 터트렸다. 그가 "으하하하하!" 하고 웃는 소리에 주변에서 서 있던 사람들이 게리와 다니엘을 쳐다봤다.

"월포드 남작. 뭔가 잘못 판단하고 있는 모양이군요. 밀드레드는 사업에 대해 아무것도 모릅니다."

"사업을 잘 안다고 모든 사람이 성공하지는 않죠."

다니엘은 여유 있는 표정으로 그렇게 받아쳤다. 그리고 아무렇지 않게 주변을 둘러봤다.

돈 있고 시간 있는 귀족들은 재산을 불리기 위해, 또는 심심하다는 이유로 사업에 손을 대곤 한다. 하지만 모든 사람이 성공하는 건 아니다.

대부분의 귀족들은 본전치기나 하는 수준이었고 극히 일부만이 다니엘처럼 성공했다. 그리고 남은 자들은 집안이 몰락할 정도로 손해를 보기도 했다.

그는 다시 게리를 쳐다봤다. 그리고 사람들에게 들으라는 듯 말했다.

"백작님의 누이분께서는 안목이 있습니다. 센스도 있고 기발한 발상을 가지고 계시죠. 제게는 행운의 여신이라고나 할까요."

순식간에 헉하는 신음이 사람들 사이에서 흘러나왔다. 게리도 깜짝 놀라 얼어붙었다.

그들의 시선이 다음 순간 밀드레드를 향했다.

다니엘 윌포드 남작이 이 정도로 찬사를 하는 밀드레드 반스는 산드라와 웹스터 경에 대해 이야기를 하느라 다니엘과 게리가 무슨 대화를 하는지 모르고 있었다.

그녀는 사람들의 시선이 자신을 향하자 어리둥절한 표정으로 고개를 들었다가 굳은 게리의 표정과 싱글벙글 웃는 다니엘의 표정을 보고 미간에 주름을 만들었다.

"뭐예요?"

밀드레드의 반응을 본 사람들의 시선이 흩어졌다.

그들은 삼삼오오 흩어져 다니엘과 밀드레드의 반응에 대해 저마다 이야기를 하기 시작했다.

이게 아닌데. 못마땅한 표정을 짓는 게리와 고개를 기울이고 밀드레드를 향해 싱글벙글 웃는 다니엘. 밀드레드는 두 사람의 표정 차이에서 불길함을 느끼고 다니엘에게 물었다.

"뭐였어요?"

"뭐가 말입니까?"

다니엘은 당연히 시치미를 뗐다. 밀드레드는 이번에는 게리 쪽으로 시선을 돌렸지만 그가 말을 할 리가 없다. 그때 국왕 부부의 입장을 알리는 팡파르가 울려 퍼졌다.

순식간에 사람들의 주의가 입장하는 국왕 부부에게로 향했다.

"왕자님은 안 오셨나 봐요."

아이리스가 밀드레드를 향해 속삭였다. 국왕의 뒤에는 두 사람의 시녀와 시종만 있을 뿐 왕자는 보이지 않았다.

밀드레드는 이게 어떻게 된 일이냐는 듯 다니엘을 쳐다봤다.

"좀 늦으시려나 보군요."

온다는 말이다. 다니엘의 말에 밀드레드는 애슐리를 쳐다봤다. 이번에야말로 애슐리가 왕자와 만나야 할 텐데.

곧이어 사람들과 인사를 나누며 안쪽으로 걸어간 왕과 왕비가 멈췄다. 국왕 부부에게 집중하느라 무도회장이 조용해진 가운데 왕이 손을 들어 올리며 입을 열었다.

"와줘서 고맙네."

말이 끝나기가 무섭게 사람들이 나름대로 대답했다. '아닙니다, 폐하.', '당연히 와야죠.' 등등.

밀드레드 역시 적당히 대답했다. 다니엘은 아무 말도 하지 않고 그런 밀드레드를 내려다보고 있었다.

날씨에 대한 이야기와 나라 정세에 대한 이야기가 가볍게 이어졌다. 밀드레드는 왕이 북부 지방의 가뭄에 대해 슬쩍 언급하고 지나가는 것을 깨닫고 다니엘을 쳐다봤다.

"왜요?"

"북부 지방에 뭐가 유명하죠?"

"북부 지방 말입니까?"

다니엘이 무슨 일이냐는 듯 물었다. 북부 지방에 유명한 건 많다. 그의 물음에 밀드레드가 다시 물었다.

"전하께서 지금 북부 지방의 가뭄에 대해 언급하셨잖아요. 북부 지방에 뭔가 중요한 게 있는 건가 해서요."

"아, 비누 나무 때문일 겁니다."

"비누 나무요?"

그건 또 뭐지? 밀드레드의 눈이 커졌다. 그때 사람들이 박수를 치기 시작했다.

왕의 인사말이 끝났다. 춤을 출 시간이라는 뜻이다. 곧바로 음악이 연주되기 시작했다.

사람들이 가운데에 둥근 원을 그리며 물러났다. 왕이 왕비에게 손을 내밀어 그녀가 자신의 손을 잡자 원 안으로 들어왔다.

"부인."

다니엘은 밀드레드를 향해 손을 내밀었다. 왕과 왕비의 춤이 끝나면 그다음부터는 다른 사람들이 춤을 출 차례다.

밀드레드는 약간 망설이다가 다니엘이 내민 손을 잡았다.

왕과 왕비의 첫 춤이 끝나고 두 번째 음악이 연주되기 시작했다. 밀드레드는 마음의 준비를 채 끝내지 못하고 다니엘과 함께 원 안으로 들어갔다.

"비누 나무 말인데요."

다니엘은 밀드레드의 등에 손을 얹으며 입을 열었다.

원 안에 들어온 커플은 다니엘과 밀드레드 외에 딱 두 커플뿐이었다. 게다가 릴리가 다니엘을 좋아한다는 생각에 바짝 긴장해 있던 밀드레드는 그의 말에 고개를 들었다.

"북부 지방에서 재배하는 비누 나무가 대륙에서 팔리는 비누의 대부분을 책임지고 있거든요."

다니엘의 말에 밀드레드의 눈이 동그래졌다.

비누 나무라는 게 있는 줄은 몰랐다. 그녀는 음악에 맞춰 몸을 움직이는 다니엘을 따라 움직이며 물었다.

"비누 나무로 비누를 만드는 거예요?"

"모르셨습니까?"

다니엘은 이상하다는 듯 물었다. 비누 나무로 비누를 만드는 것은 이미 다 알려진 사실이다.

잎이 좀 더 저렴한 비누를 만드는 데 쓰인다면 열매는 고급스러운 비누를 만드는 데 이용된다.

잠시 다니엘을 멍하니 쳐다보던 밀드레드는 그제야 퍼뜩 정신이 들었다는 듯 말했다.

"아, 음, 그게 아니라, 비누 나무라는 게 있다는 건 알았어요. 하지만 그걸로 비누를 만드는지는 몰랐어요."

꽤 보편적인 정보지만 귀족 영애로 자랐다면 모를 수도 있다. 밀이 나무인 줄 아는 사람도 있으니까.

다니엘은 잠시 밀드레드를 지그시 쳐다보다가 그녀의 몸을 바짝 잡아당기며 중얼거리듯 물었다.

"부인은 보면 볼수록 신기한 분이군요."

"그, 그런가요?"

"깜짝 놀랄 정보를 알고 계시는가 하면, 지금처럼 당연한 걸 모르실 때도 있으니까요."

"모르는 게 아니에요. 잠깐 잊어버렸을 뿐이에요."

밀드레드의 항변에 다니엘의 얼굴에 미소가 떠올랐다.

상관없다. 그는 밀드레드가 움직이기 쉽도록 그녀의 등에 댄 손에 힘을 뺐다.

그의 손 안에서 밀드레드의 몸이 한 바퀴 빙글 돌았다. 그녀는 다시 다니엘을 쳐다보며 물었다.

"가뭄이 들면 비누 나무 수확에 문제가 생기겠군요."

사실 그녀는 아직도 비누 나무라는 게 어떤 건지, 비누 나무를 어떻게 가공해 비누를 만드는지 몰랐다.

분명 비누 나무로 비누를 만든다는 이야기를 들은 것까지는 생각이 났지만 그걸 어떻게 비누로 만드는지는 몰랐다.

하지만 한 가지 확실한 것은 비누 나무 수확에 문제가 생기면 비누 가격이 올라갈 것이라는 점이었다.

밀드레드의 지적에 다니엘은 고개를 끄덕였다. 하지만 비누 가격이 오르락내리락하는데 사람들은 익숙해져 있었고 설령 많이 오른다 해도 다니엘은 걱정하지 않을 정도로 부유하다.

그는 큰 문제가 아니라고 생각하고 있었다.

만약 밀드레드가 비누 가격이 부담스러운 거라면 그가 선물하면 된다. 비누 선물이 그리 보편적인 건 아니지만.

"그리고……."

비누 수급에 문제가 생기면 또 다른 문제가 일어난다. 밀드레드가 또 다른 문제를 지적하려 했을 때였다.

입구에 약간의 소란이 일어나면서 누군가 외치는 소리가 들렸다.

"왕자님!"

왕자가 왔다. 밀드레드의 움직임이 우뚝 멈췄다. 하지만 다니엘이 그녀의 허리를 잡고 있어서 두 사람의 춤은 그대로 이어졌다.

그는 밀드레드를 끌어안고 몇 걸음 걸어간 다음에야 그녀가 움직이지 않는다는 것을 깨닫고 그녀의 얼굴을 들여다보았다.

"부인?"

밀드레드는 왕자님이라는 소리가 들리자마자 입구 쪽으로 고개를 돌렸다. 그리고 들어오는 왕자와 그를 수행하는 케이시 경을 발견했다.

화사한 금발과 타오르는 듯한 적발을 가진 남자 둘이 사람들 사이에 둘러싸여 들어왔다. 더글러스는 다니엘과 비슷할 정도로 키가 커서 사람들 사이에서도 머리가 위로 쑥 올라와 있었다.

하지만 왕자는 아니었다. 그의 얼굴이 더글러스에게 가렸다가 잠깐 보일 만하면 다른 사람들에게 가려졌다.

밀드레드는 재빨리 애슐리를 향해 고개를 돌렸다.

그녀가 왕자와 만나야 한다. 하지만 고개를 돌린 곳에 애슐리는 없었다.

애슐리뿐만이 아니었다. 아이리스도 없었다. 산드라 옆에 서 있던 릴리가 어쩔 줄 몰라 하는 표정으로 밀드레드를 쳐다보는 게 그녀의 눈에 들어왔다.

"잠깐만요."

릴리의 얼굴을 보는 순간 밀드레드는 무슨 일이 일어났다는 것을 깨달았다.

뭔지 몰라도 일이 일어났다. 산드라의 표정을 보건대 그녀는 무슨 일이 일어났는지도 모르는 게 분명했다.

다행히 그녀가 그렇게 말하며 다니엘을 밀어냈을 때 음악이 끝났다. 다니엘은 밀드레드가 미는 대로 순순히 밀려주며 물었다.

"뭡니까?"

"아이리스와 애슐리가 안 보여요."

다니엘은 고개를 돌려 아이리스와 애슐리가 있던 자리를 찾았다.

그는 릴리가 산드라와 있는 것을 확인하고 이미 릴리를 향해 걸어가는 밀드레드를 두 걸음 만에 따라잡으며 물었다.

"무슨 일이 있다면 릴리와 머피 백작 부인이 나서지 않았을까요?"

밀드레드는 대답하지 않았다. 다니엘의 말은 의미가 없다.

그녀는 사람들 사이를 헤집고 빠르게 릴리에게 다가가 물었다.

"무슨 일이야?"

릴리는 어머니가 생각보다 빨리 돌아오자 당황했다. 그녀는 어쩔 줄 몰라 하며 다니엘과 밀드레드의 얼굴을 번갈아 쳐다봤다.

"산드라, 애슐리와 아이리스 어디 갔어요?"

"애슐리는 목이 마르다고 음료대로 갔는데."

산드라는 그렇게 말하며 음료대 쪽으로 고개를 돌렸다.

하지만 음료대에 애슐리의 모습은 보이지 않았다. 어? 당황하는 산드라에게 밀드레드가 다시 물었다.

"그럼 아이리스는요?"

당황하며 두리번거리던 산드라는 그대로 애슐리를 찾으며 말했다.

"애슐리와 함께 간 줄 알았는데?"

밀드레드의 시선이 릴리를 향했다. 그녀는 어깨를 움츠리고 밀드레드의 눈치를 살피고 있었다.

이건 산드라의 잘못이 아니다. 아이리스와 애슐리는 벌써 열일곱 살과 열아홉 살이고 음료대 정도는 혼자 다녀올 수 있다.

밀드레드의 시선에 릴리가 입술을 깨물었다.

그녀는 어머니가 자신의 이름을 부르기 전에 재빨리 말했다.

"아이리스는 애슐리를 찾으러 갔어요."

그녀는 아이리스가 사라진 것을 깨달은 산드라에게도 그렇게 말했다. 확실히 틀린 말은 아니다.

애슐리가 음료대로 간 게 거짓말이라는 걸 제외하면.

그런데? 밀드레드는 인상을 쓰며 릴리를 쳐다봤다. 그녀는 도와 달라는 듯 다니엘을 쳐다봤지만 다니엘은 끼어들지 않았다.

이건 밀드레드와 그녀의 딸들의 이야기다. 그가 끼어들 수 없다.

"릴리."

밀드레드가 엄한 목소리로 릴리를 불렀다. 목소리가 품은 분노에 릴리는 다시 어깨를 움츠렸다.

아이리스가 말하지 말라고 했는데.

하지만 아이리스 때문이 아니더라도 릴리는 두 사람이 어디로 갔는지 말하는 게 주저됐다. 밀드레드의 표정 때문이었다.

밀드레드는 아이리스와 애슐리가 책임감 없이 행동했다는 점에 분노하고 있었다. 그리고 릴리가 방조했다는 것에도.

"잠깐 누굴 만나러 갔어요."

"누구?"

릴리는 다시 다니엘을 쳐다봤다. 하지만 그가 도와줄 것 같지 않자 기어들어 가는 목소리로 말했다.

"웨, 웹스터 경이요."

"뭐?"

밀드레드의 고함에 주변에 있던 사람들이 모두 그녀와 릴리를 쳐다봤다.

사람들의 시선에 릴리의 얼굴이 가볍게 달아올랐지만 웹스터 경이라는 이름에 화가 난 밀드레드는 사람들이 쳐다보는 것도 깨닫지 못했다.

"어째서?"

"전 안 된다고 했어요."

뭘? 밀드레드가 허리에 손을 얹자 릴리는 자기 손을 맞잡고 쥐어짜기 시작했다.

그녀는 다니엘이 구명줄이라도 되는 것처럼 쳐다보더니 밀드레드를 향해 다시 말했다.

"전 분명 말렸어요."

"뭘 말이야? 애슐리가 무슨 짓을 했는데?"

"애슐리가, 그러니까 자기가 웹스터 경과 결혼하겠다고 했거든요."

"뭐? 어째서!"

다시 밀드레드가 소리쳤다. 그녀와 릴리를 쳐다보던 사람들이 무슨 일이냐고 호기심을 드러내며 수군거리기 시작하자 산드라의 얼굴이 달아올랐다.

그녀는 릴리와 밀드레드의 손을 잡으며 말했다.

"저쪽 가서 이야기해."

보는 눈이 많다. 다니엘은 밀드레드와 릴리를 사람들의 시선에서 자신의 몸으로 가리며 한적한 곳으로 밀었다.

"어디로 갔어? 애슐리가 왜? 그 자식이 애슐리한테 무슨 짓을 했어?"

다니엘에게 밀려 한적한 곳으로 가면서도 밀드레드는 릴리를 재촉했다. "전 반대했어요." 릴리는 재차 그렇게 중얼거리면서 입술을 깨물었다.

그녀도 갔어야 했다. 하지만 아이리스가 데려온다고 했기 때문에 가지 않았다.

"아이리스는 애슐리를 잡으러 간 거야?"

"네."

애슐리가 웹스터 경을 찾으러 간 것을 알게 된 아이리스는 당연히 펄펄 뛰면서 화를 냈다.

그녀는 자신이 애슐리를 데려오겠다며 달려나갔고, 릴리까지 가면 산드라가 따라올 수 있기 때문에 릴리는 남아 있었다.

"어디로 갔어? 아니, 애슐리는 갑자기 왜 그런 생각을 한 거야?"

웹스터 경이 보낸 편지 이야기까지 하면 아이리스가 화낼 텐데. 릴리는 그렇게 생각하며 다시 다니엘을 쳐다봤다. 도와 달라는 표정에도 다니엘은 꿈쩍하지 않았다.

그는 이런 문제에는 어디까지나 밀드레드 편이었다.

"릴리!"

릴리의 시선을 알아차린 밀드레드가 외쳤다. 움찔한 릴리는 산드라와 밀드레드의 눈치를 살피며 말했다.

"그게, 얼마 전에 웹스터 경이, 편지를 보냈거든요."

"편지? 무슨 편지? 설마!"

릴리의 태도에서 웹스터 경의 편지 내용을 어렵지 않게 추측한 밀드레드의 얼굴이 분노로 달아올랐다. 그녀는 확 가라앉은 목소리로 물었다.

"뭐래?"

일전의 펄펄 뛰던 모습과 달리 침착해진 모습이었지만, 릴리는 밀드레드의 모습이 임계점을 넘은 상태라는 것을 본능적으로 깨달았다.

그녀가 다시 다니엘을 쳐다보자 이번에는 다니엘도 싸늘한 태도로 물었다.

"웹스터 경이 편지에 뭐라고 썼는데?"

"어, 음. 사과하지 않으면 가만두지 않겠다고요."

"가만두지 않는다고? 어떻게?"

다니엘의 입가에 삐뚜름한 미소가 걸렸다.

가소로운 협박이었다. 웹스터 경은 시골에서 올라온 일개 부자일 뿐이다. 정치 쪽으로도 아무 연이 없다.

하지만 아이리스와 릴리는 그 사실을 몰랐다. 애슐리는 더더욱 몰랐다. 릴리는 차마 밀드레드를 쳐다보지 못하고 다니엘을 향해 말했다.

"우리를 사교계에서 쫓아내겠다고 했어요."

"뭐라고?"

제일 먼저 화를 낸 건 산드라였다. 그녀는 릴리의 말에 기가 막히다는 듯 신음을 내뱉었다.

그리고 밀드레드는.

다니엘이 그녀를 쳐다봤을 때 그녀는 몸을 휙 돌려 어디론가 걸어가고 있었다. 그는 다시 릴리에게 고개를 돌려 물었다.

"그래서 애슐리가 아이리스 대신 자기가 웹스터 경과 결혼하겠다고 나선 거니?"

"전 반대했어요. 아이리스도 안 된다고 했고요."

그랬겠지. 다니엘은 씩 웃었다. 그리고 밀드레드를 따라가기 전에 릴리에게 말했다.

"여기서 기다려. 어디 가지 말고."

산드라는 밀드레드를 따라잡기 위해 몸을 돌리는 다니엘을 보며 한숨을 내쉬었다. 그리고 릴리에게 심각한 표정으로 말했다.

"릴리! 그런 일이 있으면 어른들에게 말을 했어야지!"

그녀는 아이리스에게 말하자고 했다. 릴리는 어른들에게 말했다는 이유로 아이리스가 화낼 것을 떠올리며 인상을 썼다. 하지만 속은 시원했다.

"부인, 부인."

다니엘은 손쉽게 밀드레드를 따라잡으며 그녀를 불렀다.

밀드레드는 실례한다는 말도 없이 사람들 사이를 헤치며 웹스터 경을 찾고 있었다. 너무 화가 나서 눈에 보이는 게 없었다.

만나면 죽여 버리겠다는 분위기에 밀드레드에게 밀려난 사람들은 항의도 못 하고 물러났다.

"부인, 잠시만요."

"뭐."

밀드레드는 성큼성큼 걸으며 다니엘을 쳐다봤다. 그녀의 눈동자가 분노로 이글이글 타오르는 것을 본 다니엘은 잠시 멈칫했다가 다시 말했다.

"같이 찾죠. 혼자서 찾으면 얼마나 걸릴지 모르니까요."

다니엘의 말에 밀드레드의 기분이 약간 가라앉았다. 그녀가 말없이 고개를 끄덕이자 다니엘이 그녀를 휴게실 쪽으로 안내했다.

애슐리가 웹스터 경과 이야기를 하려 한다면 사람이 적은 곳이나 휴게실에 있을 것이다.

"그러니까, 지금 아가씨가 나와 결혼하겠다고?"

다니엘의 예상대로 사람들에게서 약간 떨어진 한적한 곳에서 애슐리가 웹스터 경과 이야기를 하고 있었다.

다렐 웹스터는 당연히 애슐리를 알아봤다. 그녀가 아이리스의 동생이라서가 아니다.

이번 시즌에 사교계에 데뷔한 여자 중 가장 미인이기 때문이었다.

그래서 그는 애슐리가 아이리스 대신 자신이 그와 결혼하겠다고 말하자 이게 꿈이 아닌가 하고 생각했다.

"네. 대신 어머니와 언니들은 사교계에 머물게 해 주세요."

아하. 애슐리의 부탁에 다렐의 얼굴에 비열한 미소가 떠올랐다. 그는 자신의 협박이 먹혀들어 갔다는 것을 깨달았다.

하지만 한 가지 궁금한 것은 왜 아이리스가 아니라 애슐리가 그와 결혼하겠다고 나섰는지였다.

웹스터 경이 아이리스는 어디 갔냐고 물어보려 했을 때였다.

"애슐리!"

애슐리를 찾은 아이리스가 두 사람에게 빠르게 다가오며 애슐리의 이름을 불렀다. 그녀는 애슐리의 팔을 낚아채며 나직하게 말했다.

"뭐 하는 거야?"

"아, 아이리스……."

아이리스의 등장에 애슐리의 표정에 당황이 떠올랐다. 그녀는 어쩔 줄 몰라 하며 아이리스와 다렐의 얼굴을 번갈아 쳐다봤다.

이게 무슨 일이지? 다렐 역시 갑자기 등장한 아이리스와 애슐리의 행동을 당황한 표정으로 쳐다봤다.

"웹스터 경, 제 동생이 무슨 말을 했든지 무시하세요."

"무시하라고요?"

"이 애는 아무것도 몰라요. 제가 사과할게요."

거기까지 말한 아이리스의 표정이 굳었다. 죽어도 하기 싫은 말이라 차마 입술이 떨어지지 않았다.

그녀는 다렐을 쳐다봤다가 이쪽에서 무슨 일이 일어나는지 모르고 자기들끼리 대화를 나누는 다른 사람들을 쳐다봤다.

아무도 도와주지 않는다. 누군가 도와주길 바란 건 아니지만 이 상황만은 피하고 싶었다.

아이리스는 천재지변이 일어나지 않는다는 사실을 억지로 받아들이고 가까스로 입을 열었다.

"애슐리는 웹스터 경의 부인이 되기엔 많이 부족한 애예요. 저를……."

'아이리스.' 애슐리가 작은 목소리로 그녀를 불렀지만 아이리스는 꿈쩍도 하지 않았다.

그녀는 입술을 깨물었다가 다시 말했다.

"저를 웹스터 경의 부인으로 맞아주세요."

이게 무슨 일이야? 다렐 웹스터의 얼굴에 놀라움과 기쁨이 떠올랐다. 살면서 여자 둘이 그를 두고 서로 부인이 되겠다고 다투는 날이 오다니.

물론 협박에 의한 서로를 위한 희생이었지만 다렐은 상관하지 않았다.

그는 이번 시즌에서 가장 아름다운 애슐리와 그녀의 언니인 아이리스를 번갈아 쳐다봤다.

아이리스는 나쁘지 않다. 좀 못생겼지만 그녀의 삼촌이 머피 백작이고 죽은 리베라 백작의 딸이니 혈통은 완벽했다.

어차피 그녀에게서 자식을 낳을 생각도 없으니 그의 형이 죽어서 그가 남작이 된다면 남작 부인으로 적당할 것이다.

그리고 애슐리는 약간 나빴다. 남작 부인으로는 혈통이 부족하지만 엄청난 미인이라 트로피 와이프로는 나쁘지 않은 수준이다.

다렐의 머릿속에 좋은 생각이 떠올랐다. 그는 아이리스를 본처로, 애슐리를 첩으로 둘 기가 막힌 생각에 미소를 지으며 말했다.

"아이리스 반스 양, 반스 양의 말대로 애슐리 반스 양은 좀 부족하긴 하죠. 하지만 미인이니까요. 그리고 아이리스 반스 양은 본인도 자기 외모가 떨어진다는 건 알고 있잖습니까?"

무례할 정도로 가차 없는 말에 아이리스의 표정이 굳었다.

애슐리는 다렐이 무슨 소리를 하는지 이해하지 못하다가 아이리스의 표정을 보고 심상치 않다는 것을 깨달았다.

"어쩌면 두 분이 상호 보완적인 관계가 되어 줄 수 있을지도 모르겠군요."

"그게 무슨 말씀이시죠?"

다렐의 말에 아이리스가 이해가 안 된다는 듯 물었다. 서로의 외모와 혈통에 상호 보완적인 관계가 되어 줄 수 있다는 게 무슨 소리지?

집안이 안 좋지만 부자인 남자가 집안 좋은 여자와 결혼해 상호 보완적인 관계가 되는 경우는 있다.

하지만 아이리스와 애슐리는 자매다. 두 사람은 다렐이 무슨 생각을 하는지 꿈에도 생각하지 못하고 있었다.

"어차피 여자의 성공은 돈 많은 남자를 만나는 것 아니겠습니까? 남자는 부인뿐 아니라 또 다른 여자도 필요한 법이거든요."

애슐리는 그게 무슨 소린지 여전히 이해하지 못하고 있었다. 아이리스는 설마 하는 생각에 눈살을 찌푸리며 물었다.

"부인뿐 아니라 또 다른 여자도 필요한 법이라는-게 무슨 말씀이시죠?"

"아이리스 반스 양 정도의 나이라면 다 아는 이야기 아닙니까? 그래도 반스 양은 남작 부인이 될 만한 수준이지만, 동생분은……."

거기까지 말한 다렐이 애슐리를 쳐다보며 쯧쯧 하고 혀를 찼다. 자신을 무시하는 행동에 애슐리의 표정이 확 굳었다.

아이리스는 그녀를 잡아당겨 자신의 등 뒤로 밀어 넣으며 다렐을 노려봤다.

"서로 윈윈 아닙니까? 저는 남작 부인과 애인을 둬서 좋고, 아이리스 양은 남작 부인이 돼서 좋고, 애슐리 양은 능력 있는 남자의 돌봄을 받아서 좋……."

다렐이 거기까지 말했을 때 갑자기 어디서 '퍽' 하는 소리가 들렸다.

아이리스는 굳은 표정으로 애슐리의 손을 꽉 잡고 다렐을 노려보다가 깜짝 놀라서 고개를 돌렸다.

다렐 역시 창피함도 모르고 떠들어 대다가 뭔가가 깨지는 소리에 깜짝 놀라서 고개를 돌렸다.

세 사람이 고개를 돌린 곳에 밀드레드가 뭔가를 들고 서 있었다.

"계속 말해 봐."

밀드레드의 손은 흠뻑 젖어 있었다. 음료가 든 잔을 기둥에 내리쳐 깼기 때문이다. 하지만 덕분에 잔은 뾰족하게 손잡이만 남아 있었다.

"바, 반스 부인."

다렐은 밀드레드를 보고 당황해서 물러났다. 그 모습을 보는 밀드레드의 눈동자가 광기로 빛났다.

"윈윈? 널 죽이고 내가 감옥에 가면 그것도 윈윈이지. 안 그래?"

"어머니."

아이리스가 밀드레드를 불렀지만 그녀는 여전히 다렐을 쳐다보며 그에게 천천히 다가갔다. 밀드레드의 손에 들린 깨진 유리잔이 위험하게 빛나는 것처럼 보였다.

"히익."

다렐의 몸이 얼어붙었을 때였다. 밀드레드의 등 뒤에서 휙 하고 다니엘이 나타났다.

빈 공간이었던 곳에 순식간에 다니엘이 나타나자 아이리스와 애슐리의 눈이 커졌다.

"부인."

다니엘은 나직하게 밀드레드를 부르며 그녀의 등 뒤에서 그녀를 향해 고개를 숙였다. 하지만 밀드레드는 들리지 않는 것처럼 다렐을 향해 뾰족한 손잡이를 들이댔다.

다렐은 고양이 앞의 쥐처럼 얼어붙은 채 고개를 젖혔다.

그가 눈을 떼는 순간 밀드레드가 저 유리 손잡이로 자신을 찌를 것 같아서 도저히 눈을 뗄 수가 없었다.

누군가 입을 열면 펑하고 터질 것 같은 날카롭고 서늘한 기운이 다섯 사람 사이에 흘렀다. 그 기운은 멀리 떨어진 사람들에게도 전염돼 사람들이 아이리스와 다렐을 쳐다보며 수군거리기 시작했다.

밀드레드의 몸은 다니엘의 몸에 가려 보이지 않았다. 다니엘은 진지한 표정으로 밀드레드의 얼굴과 그녀의 손을 주시했다.

"아까는 쥐새끼처럼 잘도 떠들던데? 계속 말해 봐. 원원이라며? 응?"

밀드레드가 깨진 유리잔을 다렐의 목에 들이대며 나직하게 속삭였다. '히익' 하고 다렐이 겁에 질려 위축된 신음을 내뱉었다.

아이리스는 눈을 크게 뜬 채 얼어붙어 있다가 밀드레드에게 다가갔다.

어머니를 말려야 한다. 다렐 웹스터가 죽는 건 상관없지만 어머니가 감옥에 가는 건 곤란하다.

"부인."

다니엘은 다가오는 아이리스에게 손바닥을 들어 보이며 밀드레드를 불렀다. 밀드레드가 아이리스를 다치게 할 리는 없지만 혹시라도 그녀가 얽혀서 다치면 곤란하다.

그는 한 번 더 밀드레드를 부르려다가 그녀가 자신의 목소리를 고의적으로 무시한다는 것을 깨달았다. 다렐을 죽여 버리고 싶은 밀드레드의 심정은 이해했다. 하지만 여기서는 안 된다.

"밀드레드."

그는 밀드레드를 부르며 장갑을 벗었다.

그리고 자신의 오른손으로 유리잔을 쥔 밀드레드의 오른손을 감싸 쥐었다.

아이리스와 애슐리의 눈이 커졌다. 다렐 역시 놀라서 눈을 크게 떴다.

하지만 다니엘은 신경 쓰지 않았다. 그는 왼손으로 밀드레드의 허리를 끌어안으며 속삭였다.

"원하신다면 제가 할게요."

다렐을 노려보고 있던 밀드레드의 눈동자가 다니엘이 잡은 자신의 손을 향했다.

그는 언제라도 밀드레드가 손을 움직일 수 있도록 그녀의 손 위에 자신의 손을 포갰을 뿐 힘을 주지는 않고 있었다.

다시 밀드레드의 눈동자가 다렐을 향했다. 그는 겁을 먹은 눈으로 밀드레드가 쥔 유리잔을 뚫어져라 쳐다보고 있었다.

"다시는 우리 앞에 나타나지 마."

밀드레드는 그렇게 말하며 손을 내렸다. 잠시 멍하니 그녀를 쳐다보던 다렐은 후다닥 빠져나갔다.

아이리스와 애슐리는 한숨을 내쉬었다. 진짜 큰일이 나는 줄 알았다.

그때 밀드레드가 자신의 허리를 끌어안은 다니엘의 손을 잡아떼며 말했다.

"밀드레드가 아니라 반스 부인."

제일 먼저 지적하는 게 그거라니. 아이리스는 어이가 없어서 피식 웃었다.

다니엘은 밀드레드의 손에서 깨진 유리잔을 빼앗으며 말했다.

"부인이라고 하면 못 들으시길래."

"못 들은 게 아니라 대답을 안 한 거예요."

그렇게 말하면서 밀드레드는 다니엘에게 재빨리 주의를 줬다.

"위험하잖아요. 맨손으로 만지다니."

다니엘이 맨손으로 그녀의 손을 잡은 것을 지적하는 거다. 밀드레드는 깨진 유리잔을 잡고 있었으니 맨손으로 그녀의 손을 잡았다간 다치기 십상이다.

다니엘은 시종을 불러 유리잔을 넘긴 뒤, 씩 웃으며 말했다.

"부인의 손이 되려면 그 정도 각오는 보여야 한다고 생각했습니다."

그가 대신 찌를 생각이었다는 말이다. 가벼운 표정과 말투와는 달리 무거운 내용에 밀드레드의 눈이 가늘어졌다.

그녀는 뭐라고 한마디 하려다 아이리스와 애슐리를 돌아보며 말했다.

"가서 머피 백작 부인께 너희가 무사하단 걸 알려드려."

산드라는 지금 릴리와 함께 안절부절못하고 있을 게 분명했다. 밀드레드의 지시에 아이리스가 고개를 끄덕이고 애슐리와 함께 떠났다.

밀드레드는 아이리스와 애슐리가 떠나는 것을 지켜보다가 다니엘을 향해 돌아섰다.

"위험한 짓을 하는군요, 윌포드 경."

"그렇습니까?"

"당신이 그 자식, 아니, 웹스터 경을 찌를 생각이었다는 말이에요? 나 대신에?"

"부인의 손이 더러워지는 것보다 제 손이 더러워지는 게 낫죠."

다니엘은 그렇게 말하며 빙그레 웃었다.

사람을 찌르겠다는 무거운 말에도 그의 표정은 한없이 여유로웠고 미소가 떠올라 있었다.

말과 표정이 하나도 맞지 않다. 그녀는 다니엘의 속내를 읽을 수가 없어서 물끄러미 그를 쳐다보았다.

진심으로 하는 말일까.

웃자고 하는 말이라면 이렇게 가벼운 사람이었냐며 실망할 것 같았다. 하지만 반대로 진심이라면 그건 그것대로 무서운 사람이다.

다니엘은 말없이 자신을 응시하는 밀드레드의 태도에서 그런 생각을 읽었다.

그는 다시 장갑을 끼고 자신의 팔을 내밀었다. 좀 걷자는 태도에 밀드레드는 한숨을 내쉬며 그의 팔 안쪽에 손을 얹었다.

천천히, 다니엘이 사람들을 피해 밀드레드를 바깥쪽으로 안내했다.

"진심이라면 무섭고 농담이라면 불쾌하니 그만두세요."

밀드레드가 입을 연 것은 두 사람이 홀을 빠져나와 안쪽 정원에 들어섰을 때였다. 다니엘은 정원 안쪽을 향해 시선을 던지며 물었다

"무섭습니까?"

"날 대신해서 누군가를 공격하겠다는 말이잖아요. 전혀 기쁘지 않아요."

"하지만 부인은 아이리스와 애슐리를 위해 누군가를 공격하려 하셨잖습니까."

"나는 그 애들의 엄마니까요."

"저도 그렇습니다."

이건 또 무슨 소리야. 밀드레드의 걸음이 멈췄다. 그녀는 고개를 돌려 다니엘의 얼굴을 올려다봤다.

정원 군데군데 걸린 램프 덕분에 그리 어둡지 않은 조명이 다니엘의 얼굴을 비추고 있었다.

그의 밝은 갈색 머리카락이 금발처럼 보였다.

"경이 내 어머니라는 말은 아니겠죠?"

"당연하죠."

다니엘은 그렇게 말하고 웃음을 터트렸다.

그녀가 몰라서 저렇게 물어보는 게 아니라는 것을 안다. 지금 밀드레드는 다니엘의 호감을 모른 척하려는 거다.

그게 다니엘은 약간 심술이 났다. 그리고 동시에 조바심이 들었다.

그는 잠시 밀드레드를 응시했다. 새까만 머리카락을 틀어 올려 밀드레드의 하얀 목덜미가 드러나 있었다.

다니엘은 거기에 입을 맞추고 드러난 어깨와 쇄골까지 이어 내려가는 상상을 하다가 빙그레 웃었다.

"아까도 그러시더니 역시 제 행동이 부족했던 모양이군요."

분명 그는 밀드레드에게 자신은 그녀에게 관심이 있으며 명백한 호감이라고 말을 했었다. 물론 완곡한 표현이긴 했지만 그는 그녀가 못 알아들었다고는 생각하지 않았다.

알아들었으니 이러는 거다.

그는 넓게 퍼지는 소매 덕분에 드러난 밀드레드의 팔뚝으로 시선을 던졌다. 장갑이 덮지 못한 하얀 피부에 장갑을 끼지 않고 만지고 싶었다.

사실 그건 밀드레드의 집에서 그녀를 데리러 갔을 때 가능했다. 그러지 않은 건 밀드레드가 불편해할 것이 분명했기 때문이었다.

그는 손을 내밀어 밀드레드의 손을 잡았다.

서로 장갑을 낀 상태에서 손을 잡는 것은 예의에 어긋나지 않는다. 그렇기 때문에 밀드레드도 불편해하지 않는다.

다니엘은 손가락을 펼쳐 밀드레드의 손목 안쪽을 문지르며 말했다.

"부인, 필요하다면 전 여기서 부인의 발에 입을 맞추겠습니다."

밀드레드의 눈이 커졌다. 그녀는 재빨리 다니엘의 손에서 자신의 손을 빼냈다.

그의 손에 힘이 들어가 있지 않아서 그녀가 자신의 손을 빼는 것은 쉬웠다.

"그러지 마세요."

밀드레드의 말에 다니엘은 희미하게 웃었다. 그는 더 이상 밀드레드에게 다가가지도, 손을 대지도 않은 채 말했다.

"저는 원하시는 게 아니라 필요하다면, 이라고 했습니다."

원하는 게 아니라 필요하다면. 그제야 밀드레드의 얼굴에 놀람이 떠올랐다.

그동안 그는 밀드레드가 원하는 행동만을 했다. 하지만 그녀가 모른 척한다면 그녀가 원하는 행동이 아니라 필요한 행동을 하겠다는 말이다.

이 자리에서 밀드레드의 발에 입을 맞추는 것도 필요한 행동이었다.

그녀뿐 아니라 저 안쪽에서 두 사람이 무슨 대화를 하는지 호시탐탐 지켜보는 사람들에게 보여 주기 위한.

"날 협박하는 거예요?"

밀드레드의 표정이 날카로워졌다. 그녀는 방금 다니엘에게 자신이 협박에 어떻게 대응하는지 보여 줬다. 다니엘은 밀드레드가 슬쩍 주먹을 쥐는 것을 보고 빙그레 웃었다.

"아니요, 부인. 요청하는 겁니다. 거절해도 괜찮아요. 하지만 모른 척하지는 마세요."

"전 유부녀예요."

밀드레드의 말에 다니엘의 눈이 가늘어졌다. 그는 고개를 한쪽으로 기울이며 나직하게 말했다.

"아닌 걸 부인도 알고 저도 알잖습니까."

"남편의 장례를 치르기도 전에 다른 남자와 만나라고요?"

"그럼 저는 장례식을 치를 때까지만 기다리면 됩니까?"

그건 아니다. 밀드레드는 입을 다물었다. 그리고 건물 안쪽으로 시선을 던졌다.

또 뭐가 문제지? 다니엘의 시선이 그녀를 따라 건물 안쪽을 향했을 때 밀드레드가 말했다.

"안 돼요."

"어째서요?"

"릴리가 경을 좋아하거든요."

다니엘의 얼굴에 황당하다는 표정이 떠올랐다.

릴리가? 그는 혹시라도 자신이 뭔가 착각하고 있는지 잠시 떠올린 뒤 말했다.

"그럴 리 없습니다."

"아니에요. 릴리는 당신을 좋아해요."

"부인, 자랑할 의도는 없지만 저는 여성분께 인기가 꽤 좋거든요."

다니엘의 말에 밀드레드의 시선이 그를 향했다. 그녀는 눈살을 찌푸리며 물었다.

"자랑할 의도는 없다고요?"

진짜다. 다니엘은 두 손을 들어 올리며 말했다.

"그게 사실이라 그렇게 말한 것뿐입니다. 전 여성분들께 인기가 좀 있는 편이에요. 그래서 아는데 릴리는 절 좋아하는 게 아닙니다."

그 인기가 좀 정도가 아닐 것 같은데. 밀드레드는 그렇게 생각하면서 다니엘을 의심스럽다는 듯 쳐다봤다.

그녀의 말대로 그는 인기가 좀 있는 수준이 아니다. 하지만 그의 말대로 그는 여성들에게 인기가 있는 덕에 누가 자신을 좋아하는지, 좋아하다가 종내는 어떻게 싫어하게 됐는지 잘 알았다.

그리고 그의 경험상 릴리는 그를 좋아하는 게 아니었다.

"좋습니다."

다니엘은 밀드레드가 아무 말도 하지 않자 팔을 내리며 다시 입을 열었다. 그리고 안쪽을 향해 몸을 돌리며 말을 이었다.

"제가 가서 릴리에게 물어보죠."

"미쳤어요?"

반사적으로 밀드레드가 그의 팔을 끌어안았다.

릴리에게 가서 자길 좋아하냐고 묻는다고? 말도 안 된다. 누가 거기서 순순히 그렇다고 대답하겠는가.

다니엘은 깜짝 놀라서 자신의 팔을 끌어안은 밀드레드의 태도에 나직하게 웃음을 터트렸다. 그리고 그녀를 향해 몸을 기울이며 물었다.

"아니면 다른 아이들에게 허락이라도 받고 올까요?"

"놀리지 말아요."

밀드레드는 다니엘의 말에 못마땅한 표정으로 말했다. 아이들은 상관없다. 아마.

그녀는 자신이 다니엘과 결혼한다면 아이리스가 축하해 줄 거라고 생각했다. 애슐리와 릴리는 모르겠지만.

"그렇다면, 부인. 제가 뭘 하면 될까요? 말씀만 하세요."

원한다면 웹스터 경을 이 나라에서 쫓아낼 수도 있다. 원한다면 그를 아예 이 세상에서 쫓아낼 수도 있다.

그는 밀드레드의 팔을 잡으며 속삭였다.

"별을 원한다면 따다 드리겠습니다. 이 나라를 원한다면 드리겠습니다."

밀드레드는 다니엘의 말에 깜짝 놀라 그를 쳐다봤다. 별이나 달까지는 낭만적인 구애로 생각할 수 있지만 나라라고?

다니엘은 마치 농담을 했다는 듯 빙그레 웃었다.

"잠깐, 생각할 시간을 주세요."

밀드레드는 결국 그가 농담을 했다고 생각하고 다니엘의 팔을 놓으며 말했다.

그의 고백을 모른 척하기로 하는 건 며칠 만에 포기로 돌아갔다. 그렇다면 그녀는 선택을 해야 한다. 거절하거나, 받아들이거나.

다니엘은 다시 밀드레드에게 팔을 내밀었다. 밀드레드가 다시 그의 팔 안쪽에 손을 얹자 두 사람은 천천히 정원을 걷기 시작했다.

그는 그녀가 거절할지 받아들일지 고민한다는 것을 알았지만 아무 말도 하지 않았다.

밀드레드가 어떤 선택을 하든 상관없다. 마치 선택지가 있는 것처럼 행동했지만 그건 다 밀드레드가 도망치지 않도록 하기 위한 눈속임일 뿐이다.

"죄송해요."

같은 시각, 아이리스와 애슐리는 산드라와 릴리에게 돌아가서 갑자기 자리를 비운 것에 대해 사과하고 있었다.

아이들을 제대로 보지 못했다는 죄책감에 어쩔 줄 몰라 하던 산드라는 안도의 한숨을 내쉬었다.

"걱정했잖니."

"정말 죄송해요."

"네 어머니가 너희를 찾았는데. 만났니?"

산드라의 질문에 아이리스와 애슐리는 고개를 끄덕였다. 이 아이들이 밀드레드를 만났다면 됐다.

그녀는 다시 한숨을 내쉬고 물었다.

"그래서, 무슨 일이었니?"

"그게……."

아이리스는 입술을 깨물었다. 그녀가 일을 망쳤다. 그리고 그걸 해결하기 위해 애슐리가 나섰고 그러다가 일이 더 커졌다.

하지만 숨길 수도 없는 이야기였다. 어쨌거나 밀드레드는 두 사람을 위해 남자 한 명을 죽이려고 했으니까.

아이리스가 짧게 상황을 설명하는 사이, 릴리는 애슐리에게 다가가 물었다.

"어머니는?"

"월포드 남작님과 이야기하러 가셨어."

"두 분만?"

"응…… 어머니께서 좀 많이 화를 내셨거든."

"그런데 월포드 남작님과 이야기하러 가신 거야?"

릴리의 질문에 애슐리는 밀드레드를 말리던 다니엘을 떠올렸다.

웹스터 경과 싸우는 어머니의 모습은 마치 이야기 속에 나오는 전사 같았다.

유리컵을 깨트려 뾰족한 부분으로 누군가를 위협할 수 있다는 사실을 애슐리는 그때 처음으로 알았다.

그 폭력적인 장면과 행동이, 그리고 그런 행동을 한 사람이 웹스터 경이 아니라 가녀린 밀드레드라는 점이 애슐리에게는 충격으로 다가왔다.

아마 평생 잊지 못할 것 같다고 생각하며 애슐리는 릴리에게 속삭였다.

"어머니께서 웹스터 경을 저기, 그, 죽이려고 하셨거든."

"뭐?"

깜짝 놀라는 릴리를 보면서 애슐리도 새삼 자신의 말에 놀랐다. 밀드레드가 웹스터 경을 죽이려고 했다.

어머니가 그랬다는 것보다 그녀만큼이나 가녀린 여성인 밀드레드가 머리 하나는 더 큰 웹스터 경을 죽이려고 덤볐다는 게, 그럴 수 있다는 게 애슐리에게 깨달음으로 다가왔다.

"그래서, 웹스터 경은?"

릴리는 깜짝 놀라서 애슐리의 손을 잡고 물었다. 그리고 주변을 돌아본 뒤 다시 속삭였다.

"죽었어?"

"아냐, 아냐. 월포드 남작님이 말리셨어."

아, 그래? 릴리의 얼굴에 다행이라는 표정과 아쉽다는 표정이 섞여서 떠올랐다. 어머니가 웹스터 경을 죽이지 않아서 다행이긴 한데 그가 무사하다는 게 아쉬웠다.

그런 놈은 어디 한 군데 부러져야 하는데. 릴리가 안타까운 한숨을 내쉬었을 때 두 사람 주변이 약간 소란스러워졌다.

"안녕하십니까."

익숙한 목소리가 릴리의 귀에 들어왔다. 이상하게도 릴리의 머릿속에 남자의 목소리가 들린 순간 뜨겁게 타오르는 불꽃이 떠올랐다.

그녀는 반사적으로 고개를 돌렸다가 산드라에게 인사를 건네고 자신을 향해 고개를 돌리는 키가 큰 남자를 발견했다.

"어, 어머. 안녕하세요, 케이시 경."

더글러스는 머피 백작 부인의 인사에 고개를 꾸벅해 보이고 릴리를 향해 고개를 돌렸다.

갈색 머리카락과 초록색 눈을 가진, 일견 평범해 보이는 여자의 얼굴에 적나라하게 싫다는 표정이 떠오르는 게 보였다.

"안녕하십니까, 반스 양."

더글러스는 가슴 한쪽이 따끔하는 것을 무시하며 릴리에게 인사를 건넸다.

기분이 이상했다. 그를 보자 불쾌해하는 릴리의 모습이 어쩐지 섭섭하고 속상했다.

"안녕하세요, 케이시 경."

제일 먼저 애슐리가 인사를 건넸다. 더글러스는 그제야 릴리의 옆에 애슐리가 있었다는 것을 깨달았다. 그는 허둥지둥 애슐리를 향해 고개를 까딱이고 릴리를 쳐다봤다.

"안녕하세요."

그다지 내키지 않다는 목소리가 릴리의 입에서 흘러나왔다.

그것만으로도 더글러스는 가슴이 편안해졌다. 그는 뭔가 말하려고 입을 열었다가 릴리의 얼굴을 보고 그대로 멈췄다.

내가 뭘 말하려고 했더라?

분명 일부러 반스가의 아가씨들을 보러 온 건데 그 이유가 뭔지 생각이 나지 않았다. 그는 할 말 있으면 하라는 표정인 릴리를 발견하고 재빨리 입을 열었다.

"하늘이 참 맑죠?"

릴리의 시선이 순식간에 모자란 사람 보듯 변했다.

그녀가 고개를 들어 무도회장의 천장을 쳐다보자 그녀의 시선을 따라갔던 더글러스는 당황해서 다시 입을 열었다.

"아, 아니, 그러니까. 오늘 날이 참 좋죠?"

이번에는 릴리의 시선이 어두운 바깥을 향했다. 그녀는 떨떠름한 표정으로 대답했다.

"어, 네. 날이 좋네요."

다 틀렸다. 더글러스의 머릿속이 하얗게 비어버렸다.

지난번에 릴리와 사이가 완전히 틀어졌던 것을 만회해 보겠다는 그의 원대한 꿈은 한 줄기 연기가 되어 사라졌다.

그때 구원의 손길이 나타났다.

"안녕하세요, 케이시 경."

산드라와 대화를 끝낸 아이리스가 릴리 곁으로 다가와 더글러스에게 인사를 건넸다.

더글러스는 그제야 자신이 여기에 온 이유를 깨달았다. 그는 아이리스에게 말을 하려고 입을 열었다가 릴리를 쳐다봤다.

"잠깐 이야기 좀 할 수 있을까요?"

응? 더글러스의 요청에 릴리의 눈이 커졌다.

옆에 서 있던 아이리스와 애슐리, 산드라도 이게 무슨 일인가 하고 눈을 깜빡였다. 더글러스는 릴리에게 팔을 내밀며 말했다.

"지난번 제 행동에 사과하고 싶습니다. 불편하시다면 언니분도 함께 가시는 게 어떨까요?"

더글러스의 말에 릴리는 아이리스를 쳐다봤다. '사과라고?' 산드라가 입 모양만으로 대체 무슨 이야기냐고 물었지만 릴리는 눈동자를 굴린 뒤 아이리스를 쳐다봤다.

"같이 가."

아이리스가 한숨을 내쉬며 말하자 릴리는 더글러스의 팔 안쪽에 손을 얹었다.

사실 사과 같은 건 관심도 없었다. 릴리는 이미 더글러스에게 좋은 감정이 없었기 때문에 그가 무슨 말을 해도 귓등으로 흘릴 생각이었다.

하지만 여기서 더글러스의 요청을 거절하면 산드라가 대체 무슨 일이냐고 독촉할 게 뻔하다.

릴리는 애슐리와 산드라를 남겨 놓고 더글러스와 함께 벽 쪽에 붙어 천천히 걷기 시작했다.

"전에는 죄송했습니다."

"필요 없어요."

"하지만 사과는 꼭 하고 싶었습니다."

"아뇨. 필요 없다고요."

더글러스는 릴리의 말이 무슨 소린지 몰라 그녀를 내려다봤다.

릴리는 고집스럽게 앞을 쳐다보다가 더글러스가 걸음을 멈추자 그를 쳐다봤다.

"사과라는 건 반성했을 때 하는 거예요. 같은 일이 벌어진다면 지난번 처럼은 행동하지 않을 거라고 생각했을 때, 그럴 때 하는 거예요. 하지만 경은 여전히 약한 사람은 나서면 안 된다고 생각하잖아요."

그렇지 않나요? 릴리가 고개를 옆으로 살짝 기울이며 물었다. 그 앞에서 더글러스는 아무 말도 할 수 없었다.

릴리의 말이 맞다. 그는 그때나 지금이나 똑같이 생각하고 있었다.

릴리가 그의 행동에 불쾌해했으니 사과했을 뿐이다. 약한 자는, 릴리 처럼 어리고 약한 여자는 그렇게 위험하게 행동해서는 안 되는 거다.

"하지만, 크게 다칠 수도 있었습니다."

더글러스의 말에 릴리가 어이없다는 듯 웃었다.

그녀는 대답하기 전에 다시 걷기 시작했다. 그녀의 손이 그의 팔에 올라가 있는 탓에 더글러스도 릴리의 보폭에 맞춰 걷기 시작했다.

"경은 생각보다 겁이 많군요? 검술 실력이 뛰어나다고 들었는데, 다 거짓말이었나 봐요."

도발적인 말에 더글러스의 표정이 일그러졌다. 그는 릴리의 조그마한 머리를 내려다보고 이를 악문 채 말했다.

"그것과 제 검술 실력이 무슨 상관입니까?"

"다치는 게 두렵다면 어떻게 훈련을 했죠?"

"그야……."

조금 다치는 것보다 강해지는 게 더 즐거웠으니까. 그리고 좀 다치는 걸 두려워한다면 검을 쥘 수 없으니까. 더글러스는 그렇게 말하려다가 고개를 흔들었다.

검술과 릴리의 행동은 다르다.

정신 똑바로 차려야겠군. 그는 그렇게 생각하며 릴리에게 말했다. 어어어 하는 순간 릴리의 말에 넘어가 버린다.

"검은 제가 능숙해지면 상처가 줄어들거든요. 하지만 자기보다 강한 사람 앞에 나서는 건 상처가 줄어들기 어려울 거 같은데요."

"강하고 멍청한 자들을 상대하는 요령이 생길 테니 상처가 줄어들지 않을까요?"

더글러스의 표정이 일그러졌다. 릴리의 말이 맞다. 하지만 그는 그렇게 쉽게 수긍할 수가 없었다.

그가 검을 쥐는 것과 릴리같이 작고 약한 여자가 프리스톤 같은 망나니와 싸우는 건 다른 문제다.

"그러다 크게 다치면요?"

릴리는 슬슬 더글러스가 짜증 나기 시작했다. 이 남자, 자꾸 왜 이래? 그녀는 더글러스를 힐끔 쳐다보고 아이리스가 잘 따라오고 있는지 뒤를 돌아보았다.

여차하면 아이리스가 심심하겠다는 핑계로 더글러스를 버릴 생각이었다.

"어?"

하지만 그녀와 더글러스의 뒤에 아이리스는 없었다.

릴리는 몸을 휙 돌려 아이리스를 찾았다. 그녀의 행동에 더글러스도 몸을 돌려 뒤를 돌아보았다.

"혹시 아이리스가 어디 갔는지 봤어요?"

릴리의 질문에 더글러스가 곤란한 표정을 지었다.

그가 반스가의 여자들에게 다가간 이유가 그거였다. 그는 아이리스만 따로 불러내 달라는 부탁을 받았다.

하지만 릴리에게 솔직하게 말했다간 그녀가 그의 사과를 더욱더 값어치 없게 생각할 것 같았다. 그는 진심으로 릴리에게 사과하고 싶었다. 그리고 그녀와 좀 더 친해지고 싶었다.

"어, 어떤 사람과 이야기하던데요."

결국 더글러스는 약간의 거짓말을 섞었다.

그는 그 어떤 사람이 아이리스를 잡아당기는 것을 봤다. 그러니 지금쯤 두 사람은 이야기를 하고 있을 것이다.

"어떤 사람이요?"

릴리는 더글러스의 말에 못마땅하다는 표정을 지으며 물었다. 어떤 사람이 누군데? 그녀의 표정에 심장이 덜컹한 더글러스는 재빨리 말을 덧붙였다.

"어, 그, 어떤 남자였습니다."

"남자라고요?"

"미, 믿을 수 있는 남자였습니다!"

"아는 남자였어요?"

더글러스의 입이 닫혔다. 그는 릴리의 추궁 앞에서 식은땀을 흘리기 시작했다.

"꺅!"

릴리와 더글러스의 뒤를 따라가던 아이리스는 누군가 자신을 잡아당기자 반사적으로 상대를 마구 때리기 시작했다.

당황한 남자가 아이리스의 손을 잡으며 재빨리 속삭였다.

"아이리스, 나야, 리안."

남자를 때리던 아이리스의 손이 멈췄다.

그녀는 눈을 동그랗게 뜨고 남자를 쳐다본 뒤 그가 리안이라는 것을 확인했다. 그리고 화난 표정으로 외쳤다.

"리안! 깜짝 놀랐잖아!"

"미안."

리안은 아이리스의 손을 놓으며 쓰게 웃었다.

갑자기 잡아당긴 건 정말로 미안하게 생각한다. 하지만 이 방법 외에 아이리스와 조용히 이야기할 방법을 생각해 낼 수가 없었다.

"그냥 부르면 되지, 왜 잡아당기고 그래?"

아이리스는 리안을 타박하며 주위를 둘러보았다. 사람들에게서 살짝 떨어진 기둥과 기둥 사이에 약간의 공간이 있었다.

이런 데가 있는 걸 어떻게 알았지? 아이리스의 눈이 동그래졌다. 기둥과 기둥 사이가 딱 사람 한 명이 간신히 지나갈 정도의 폭이라 이런 곳이 있다는 것을 아는 사람이 거의 없었다.

리안은 아이리스에게서 살짝 물러났다. 할 말이 있어서 일부러 여기로 불렀다. 그는 며칠 동안 고민 끝에 자신의 정체를 아이리스에게 알려야겠다고 생각했다.

"전에 내가 너희 집에 갔을 때 꽃을 가져갔잖아?"

리안은 그렇게 운을 뗐다. 그때 그는 그녀가 웹스터 경에게 받은 꽃이 처음으로 선물 받은 꽃이라는 이야기를 다니엘에게 듣고 성에 있는 정원에서 꽃을 꺾어 그녀에게 달려갔다.

아이리스의 머릿속에도 리안이 선물한 꽃이 떠올랐다.

향이 아주 좋은 꽃이었다. 그 꽃은 아직도 그녀의 방, 화병에 꽂혀 있다.

처음엔 짐에게 말해서 응접실이나 주방에 놓을까 생각했지만 어쩐지 부끄러워서 그럴 수가 없었다. 아이리스는 거기까지 생각했다가 밀드레드를 떠올렸다.

"리안, 다 좋은데, 우리 나가서 이야기하면 안 될까? 어머니께서 내가 사라진 걸 아시면 널 죽이려고 하실지도 몰라."

"반스 부인께서? 왜?"

한참 자신이 어디서 꽃을 꺾었는지 이야기하려던 리안의 눈이 커졌다. 밀드레드가 그를 죽이려 한다는 건 상상도 할 수 없는 일이다.

설마 날 안 좋아하시나? 리안의 머릿속에 최악의 상황이 떠올랐다.

"어, 그게. 애슐리가, 아니, 내가 좀…… 멍청한 짓을 저질렀거든."

멍청한 짓? 리안의 눈이 가늘어졌다. 그는 아이리스가 계속 말하도록 아무 말도 하지 않았다.

덕분에 아이리스는 얼굴을 붉힌 채 더듬더듬 웹스터 경과 밀드레드 사이에서 일어난 일을 이야기할 수 있었다.

"결혼하려고 했다고? 웹스터 경과?"

믿을 수 없다는 리안의 물음에 아이리스는 입을 다물었다.

할 말은 많다. 하지만 그러려면 그녀의 집안 사정이 어떤지까지 전부 이야기해야 한다.

아이리스는 그러고 싶지 않았다. 그건 너무 비참하다.

"왜?"

리안은 이해가 안 된다는 표정이었다. 그는 믿을 수 없다는 표정과 이해할 수 없다는 표정이 반반 섞인 얼굴로 아이리스를 쳐다보다가 다시 물었다.

"왜? 어, 그러니까 왜?"

그가 할 수 있는 말은 그것뿐이었다. 웹스터 경과 결혼하려 했다고? 왜? 결혼하려고 했다고? 왜? 웹스터 경과? 왜?

그 앞에서 아이리스는 하얗게 굳은 얼굴로 가만히 서 있었다. 왜긴 왜야, 이 멍청아. 입을 열면 제일 먼저 그렇게 소리칠 것 같았다.

"아이리스."

한참을 아이리스를 쳐다보던 리안은 결국 견디지 못하고 다시 아이리스를 불렀다.

왜? 왜 웹스터 경과 결혼하려고 했어? 왜? 그런 의문이 담긴 표정에 아이리스의 표정이 일그러졌다.

"아이리스."

다시 리안이 그녀를 불렀다. 안타까운 목소리에 아이리스는 견디지 못하고 두 손에 얼굴을 묻었다.

두 사람은 아무것도 입 밖에 낸 적이 없다. 서로의 미래는커녕 좋다는 감정조차 입 밖에 내지 않았다. 아이리스를 일부러 모른 척 눌러 삼키고 있었다.

어차피 그녀는 리안과 결혼할 수 없다. 리안이 몰락한 귀족이라서가 아니다. 그가 평민이라고 해도 아이리스는 상관없었을 것이다.

"내 밑으로 동생이 둘이나 있어."

아이리스는 두 손에 얼굴을 묻은 채 웅얼거리듯 말했다. 그뿐일까? 젊은 나이에 두 번이나 남편을 잃은 어머니도 있다.

그런데? 리안은 아이리스를 위로하지도 말리지도 못하고 그녀의 다음 말을 기다렸다. 복잡한 생각이 머릿속을 가득 채워서, 그도 무슨 말을 해야 할지 몰랐다.

그는 자신을 좋아하지 않느냐고 물어보려다 멈췄다.

아이리스는 다른 남자와의 결혼을 생각하고 있다. 그 앞에서 좋아하는 감정 운운하는 건 너무 얄팍하게 느껴졌다.

"그 애들도 모두 결혼을 해야 해. 나는 장녀니까, 내가 책임져야 해."

밀드레드는 그렇지 않다고 했지만 아이리스의 부채감은 그렇게 쉽게 없어지는 게 아니었다. 그녀는 장녀고 두 동생을 책임져야 한다. 특히 릴리를.

귀족 사회에서 여자는 결혼할 때 지참금이라는 것을 가져가야 한다. 밀드레드처럼 자기 소유의 건물이나 집일 수도 있고, 보석이나 은행 예금 같은 것도 있다.

하지만 지금 아이리스와 릴리, 애슐리는 그런 게 거의 없다고 해도 좋았다. 밀드레드 소유의 건물과 약간의 예금이 있기는 하지만 그건 그녀의 노후를 위한 재산이다.

"그래서 좋아하지도 않는 사람과 결혼하겠다는 거야?"

리안은 가까스로 그렇게 말했다. 그가 말할 수 있는 건 그것뿐이었다. 그는 아이리스에게 아무것도 약속한 것이 없다.

"그럼 동생들을 버려? 나 혼자 살겠다고?"

아이리스의 대답에 리안은 입술을 깨물었다. 그는 그런 책임감을 가져 본 적이 없다.

늘 부모님이 그에게 왕자로서, 차기 왕으로서 책임감을 가지라고 말했지만 평화로운 나라의 외동으로 부족한 게 없이 자라난 리안에게 책임감은 존재하기는 하나 만져지지는 않는 무언가였다.

"나랑 해."

리안은 저도 모르게 그렇게 말했다. 두 손에 얼굴을 묻었던 아이리스가 고개를 들었다. 그녀는 울고 있지 않았다.

뭘? 의문이 떠오른 아이리스를 향해 리안이 다시 말했다.

"나랑 해. 결혼."

18

반격

어째 분위기가 이상한데. 애슐리는 책에서 고개를 들고 주위를 둘러보았다.

평소 가족들이 쓰는 작은 응접실에 반스가의 여자들이 모두 할 것을 가지고 모여 앉아 있었다.

애슐리는 이 시간이 참 좋았다. 저마다 할 일을 따로 하고 있었지만 한곳에 느긋하게 앉아 있다는 게.

그러다가 누군가 생각났다는 듯 '차 마실 사람?' 하면 우르르 일어나 차를 준비한다는 게.

하지만 어쩐지 지금은 차 마시자는 소리를 할 분위기가 아닌 것 같았다. 그녀는 스케치북을 들고 멍하니 손을 움직이는 릴리를 보고 그녀가 그저 연필을 직직 긋고만 있다는 것을 확인했다.

그녀의 맞은편에 앉은 아이리스도 드레스를 붙잡고 있었지만 멍한 표정인 게 보인다. 애슐리는 마지막으로 밀드레드를 쳐다보고 그녀도 신문을 읽고 있지만 건성으로 읽고 있다는 것을 확인했다.

대체 뭘까. 애슐리의 눈동자가 한 바퀴 데굴 굴렀다. 그녀는 오늘 아침부터 읽기 시작한 소설로 시선을 돌렸다가 다시 릴리를 쳐다봤다.

"언니."

그때 릴리가 입을 열었다. 화들짝 놀란 애슐리가 책으로 시선을 던지는 것과 동시에 드레스를 쳐다보고 있던 아이리스가 고개를 들었다.

"응?"

"저기, 리안 말이야……."

릴리가 리안의 이름을 올린 순간 아이리스의 얼굴이 굳었다.

그렇지 않아도 리안 때문에 싱숭생숭하던 차다. 그녀의 표정이 굳자 릴리의 목소리가 작아졌다.

"언니한테 말했어?"

뭘? 애슐리는 궁금하다는 표정을 지었지만 입 밖에 내지는 않았다. 그녀는 숨을 죽이고 릴리와 아이리스의 대화에 귀를 기울인 채 시선을 책에 못 박았다.

"리안이 너한테 먼저 말했니?"

아이리스의 얼굴에 불쾌함과 어이없음이 떠올랐다. 릴리는 당황해서 고개를 저으며 부인했다.

"아, 아니, 아냐. 난 저기, 케이시 경한테 들었어."

"케이시 경? 더글러스 케이시 경? 걔 아주 웃기는 애네?"

잘못 건드렸다. 릴리는 어깨를 움츠렸고 아이리스는 화를 내며 자리에서 벌떡 일어났다. 그때 밀드레드가 신문을 구기며 소리쳤다.

"이 자식이 진짜!"

순식간에 아이들의 시선이 밀드레드를 향했다. 세 사람의 눈앞에서 밀드레드는 신문을 쾅 하고 테이블 위에 찍듯이 내려놓았다.

"왜, 왜 그러세요?"

"무슨 일이에요?"

애슐리와 릴리가 밀드레드 옆으로 다가가며 물었다. 그 사이 아이리스는 밀드레드가 내려놓은 신문을 쳐다보며 무슨 일인지 확인했다.

밀드레드가 무엇 때문에 갑자기 화를 냈는지는 금세 알 수 있었다. 거대한 유리 조각으로 남자를 찌르려는 여자가 그려진 삽화가 제일 먼저 아이리스의 눈에 들어왔다.

"세상에……."

아이리스는 재빨리 신문에 달라붙어 기사를 읽기 시작했다. 어디까지나 웹스터 경의 입장에서 쓰인 소설에 가까운 기사였다.

그가 불쌍한 노처녀, 아이리스를 구제해 주기 위해 청혼을 하자 그녀의 마녀 같은 엄마가 딸을 질투해서 웹스터 경을 협박했다는 내용이었다.

"미쳤나 봐……."

아이리스의 신음에 애슐리와 릴리도 신문 쪽으로 시선을 돌렸다. 밀드레드는 이마에 손을 얹고 소파에 쓰러지듯 몸을 기댔다.

역시 웹스터 경을 죽여 버렸어야 했는데. 그런 후회가 밀드레드의 머릿속에 떠올랐다.

이걸 어떻게 해야 하지? 밀드레드는 이마를 짚은 채 눈을 꽉 감았다.

당장 웹스터 경에게 쫓아가서 그를 죽여 버리고 싶다. 하지만 웹스터 경을 죽인다고 해서 문제가 해결되는 건 아니다.

어떻게 이 일을 해결해야 할지 밀드레드가 고민하는 사이, 누군가 둥근 지붕 저택의 문을 두드렸다.

짐은 손님을 맞이하고 응접실로 들어와 신문 앞에 옹기종기 모여 있는 아가씨들을 한 번 쳐다보고 밀드레드에게 말했다.

"월포드 남작님께서 오셨습니다."

다니엘은 거의 매일 이 집에 온다. 그러니 그가 오는 건 그리 놀라운 일이 아니지만 짐의 눈에 밀드레드가 생각났다는 듯 놀라며 일어나는 게 보였다.

무슨 일일까. 짐은 궁금했지만 티 내지 않고 다시 물었다.

"어디로 모실까요?"

어디로 모신다는 게 무슨 소리지? 짐의 질문에 밀드레드가 무슨 소리냐는 표정을 지었다. 다니엘은 거의 매일 이 집에 오지만 항상 와서 밀드레드에게 인사만 한 뒤 이 층으로 올라간다.

그의 작업실이 거기 있기 때문이다.

짐은 무슨 소린지 모르겠다는 밀드레드의 표정에 재빨리 덧붙였다.

"잠깐 마님과 이야기를 나누고 싶다고 하십니다."

애슐리의 눈에 밀드레드의 얼굴이 창백해졌다가 곧 붉게 달아오르는 게 들어왔다.

하지만 곧 그녀는 숨을 한 번 내쉬더니 침착한 표정을 지으며 허리를 세웠다. 그리고 짐에게 말했다.

"정원에서 이야기할게요."

대체 뭘까. 애슐리는 월포드 남작이 작은 응접실에 고개를 내밀고 인사하는 것과 어머니가 그의 손을 잡고 정원으로 나가는 것을 지켜본 뒤 아이리스와 릴리에게로 시선을 돌렸다.

예전이었다면 어머니와 월포드 남작이 단둘이 자리를 뜨면 킥킥거렸을 언니들이 오늘은 둘 다 심각한 표정으로 멍하니 앉아 있었다.

＊　　　＊　　　＊

"날이 많이 더워졌더군요."

다니엘은 정원으로 나가며 말했다. 우리 집은 시내보다 좀 높은 곳에 있어서 그런지 아직 아침저녁으로 쌀쌀하다. 다니엘은 시내에서 왔으니 훨씬 덥게 느껴진 모양이다.

저런, 안됐네. 우리 집엔 뜨거운 차밖에 없는데. 나는 건성으로 생각하며 그를 안내했다. 머릿속은 신문에 나온 기사로 가득했다.

웹스터 경을 어떻게 조지지? 머릿속이 복잡했다.

"무슨 일 있습니까?"

내 표정을 본 다니엘이 눈치 빠르게 물었다. 내 얼굴이 그렇게 안 좋았나. 나는 뺨을 쓸며 아무것도 아니라는 듯 물었다.

"오늘 신문 봤어요?"

"어느 신문 말입니까?"

이 나라에는 신문사가 몇 개 있다. 그러고 보니 내가 본 신문을 다니엘은 안 봤을지도 모른다는 생각이 들었다. 그렇다면 다니엘은 모르는 모양이군.

나는 다니엘의 얼굴을 쳐다보고 고개를 저었다. 그가 모른다면, 그냥 모르게 두는 게 낫다.

물론 언젠가 알게 되겠지만 그걸 다니엘에게 구구절절 설명하는 게 구차하게 느껴졌다. 내가 꼭 다니엘에게 이르는 거 같잖아.

"아니에요. 그냥 물어봤어요. 경은 무슨 일이에요?"

말을 돌리는 걸 눈치챘는지 다니엘의 시선이 내 얼굴에 꽤 오래 머물렀다. 하지만 그는 묻지 않고 나를 위해 의자를 당겨주고 반대편에 앉으며 말했다.

"좋은 소식이 두 가지 있습니다."

곧 짐이 차를 가지고 나왔다. 방금 날이 꽤 더워졌다고 말했지만 다니엘은 뜨거운 차를 군말 없이 마셨다.

아이스티라도 만들어 볼까. 나는 뜨거운 차를 홀짝이는 다니엘을 바라보며 생각했다. 얼음을 구하는 건 어렵지 않다. 보관이 어려워서 그렇지.

하지만 다니엘의 식당은 뭐든 대량으로 구매하니까 아이스티를 만들어 주고 얼음을 약간 떼 달라고 하면 어떨까.

"좋은 소식이요?"

"부인께서 제안하신 디저트가 반응이 아주 좋습니다."

"그래요?"

나는 그다지 기쁜 티를 내지 않고 고개를 끄덕였다. 그럴 줄 알았다.

사람들은 누구나 맛있는 걸 좋아하는 법이지. 게다가 귀족들은 비싼 걸 사서 자신의 부를 과시하는 것을 좋아한다.

비싼 디저트만큼 자신의 부를 과시할 수 있는 건 없다. 게다가 맛있기까지 하다면 기분이 좋아지겠지.

"별로 기뻐 보이지 않으시는군요."

다니엘이 놀랍다는 듯 물었다. 나는 찻잔을 들어 올리며 심드렁하게 대답했다.

"분명 잘 팔릴 거라고 생각했거든요."

비싸다고는 해도 귀족들에게는 대단한 돈이 아니다. 게다가 원래 그런 건 유행하면 너 나 할 것 없이 한 번씩은 사게 마련이거든. 꽃장식처럼.

하지만 다니엘의 수완도 괜찮았다.

그는 첫 일주일은 하루에 딱 백 개씩만 팔았는데, 아무리 웃돈을 준다고 해도 선착순으로 백 명에게만 팔겠다고 선언했다.

덕분에 요정의 샘 앞에 이른 아침부터 귀족가의 하인들이 줄을 서 있는 장면이 기자들의 눈에 포착된 것이다.

그게 신문에 실리면서 요정의 샘에서만 파는 디저트는 귀족 사회뿐 아니라 귀족이 아닌 부자들에게도 엄청난 관심을 받았다고 들었다.

"물론 경의 홍보 효과도 훌륭했지만요."

내 칭찬에 다니엘의 눈이 가늘어졌다. 칭찬해 줄 때 감사합니다, 하고 받으렴. 내가 모른 척 차를 홀짝이자 그는 피식 웃으며 말했다.

"감사합니다."

그래야지. 나는 찻잔을 내려놓고 미소를 지었다. 다니엘 역시 나를 보고 미소를 짓더니 다시 입을 열었다.

"그리고 두 번째 좋은 소식은 그림을 살 사람이 정해졌습니다."

"그래요?"

"란돌프 부이라는 상인이 있는데 그에게 팔려고 합니다."

상인이라고? 나는 잠시 다니엘을 쳐다보다가 물었다.

"그와 경쟁 관계인 사람이 있겠죠?"

분명 그에게 그림을 팔 때 경쟁 관계인 사람 중 한 명에게 팔아달라고 부탁했다. 내 질문에 다니엘이 곤란한 표정을 지으며 말했다.

"네. 하지만 전 부이에게 파는 게 가장 나을 것 같습니다."

"상대가 누군데요?"

"필립 케이시 경이라고, 케이시 후작의 동생입니다."

케이시 후작은 본 적이 없다. 그의 아들인 더글러스 케이시는 알지만.

나는 더글러스 케이시의 잘생긴 얼굴을 떠올렸다. 생긴 것만 봐서는 다니엘과 또래로 보인다. 서른쯤 돼 보인다는 말이다.

그런데 아직 결혼을 안 했다고 했지. 무슨 저주인가 축복인가를 받았다고 들었던 것 같은데.

내가 아무 말도 하지 않자 다니엘은 내가 그의 의견에 동의했다고 생각했는지 고개를 끄덕이며 말했다.

"그럼 부이에게 판매하겠다고 전해 놓겠습니다."

"오, 아니에요. 케이시 경에게 팔래요."

다니엘의 눈이 가늘어졌다. 그는 고개를 살짝 기울이더니 낮은 목소리로 말했다.

"부인, 카일이 카일라라는 것을 알게 되면 구매자는 분명 화를 낼 겁니다. 그 경우 상대는 케이시 후작의 동생보다 일개 상인이 훨씬 나을 겁니다."

그래? 내가 아무 말도 하지 않자 다니엘이 다시 말했다.

"케이시 경은 케이시 후작이라는 연이 있으니까요. 물론 부인께 피해가 가지 않겠지만 좀 귀찮아지실 수도 있습니다."

그 말은 꼭 케이시 경이 형을 이용해서 날 괴롭히려고 하면 다니엘이 막아주겠다는 것처럼 들린다. 나는 그를 지그시 응시하다가 물었다.

"카일라의 그림을 가장 많이 수집한 쪽은 누군데요?"

"케이시 경입니다. 카일의 그림을 총 여덟 점 가지고 있다더군요. 부이는 최근에 수집하기 시작해서 두 점밖에 없지만 최근 경매에서 케이시 경이 부른 금액보다 더 많은 금액을 불러 그림을 낙찰받았습니다."

"그걸로 케이시 경이 이를 갈고 있겠네요?"

내 질문에 다니엘이 한쪽 눈썹을 들어 올렸다. 그는 나를 가만히 쳐다보다가 물었다.

"무슨 생각을 하시는 겁니까?"

"만약 카일이 여자라는 것이 밝혀지면 가장 큰 피해를 입는 게 누구일까요?"

"그야 케이시 경이죠. 그러니 부이에게 팔자는 겁니다."

"아니죠. 그러니 케이시 경에게 팔아야죠."

나는 씩 웃으며 다니엘을 향해 손가락을 들어 올렸다. 어차피 우리는 카일의 그림을 팔고 그가 여자라는 것을 밝힐 거다.

그렇다면 카일의 그림을 수집한 사람은 선택할 수 있는 게 두 개밖에 없다.

"손해를 보고 그림을 팔거나 아니면 창고에 처박아 버리겠죠."

"오, 그건 그림을 포기한다는 선택지잖아요? 그림을 포기하지 않는 선택지도 있잖아요."

"그림을 포기하지 않는다고요?"

다니엘이 이해할 수 없다는 듯 물었다.

나는 예전에 내가 들었던 어떤 질문 하나를 떠올렸다. 실패할 것이 분명한 사업에 투자할 사람은 없다. 하지만 이미 그 사업에 엄청난 돈을 투자했다면?

"실패가 예견된 사업에 돈을 투자하는 이유를 알아요?"

"실패가 예견된 사업에 돈을 왜 투자하죠?"

다니엘은 이해가 안 된다는 표정이었다. 나는 손에 턱을 괴며 말했다.

"경이 금화 천 개를 어떤 사업에 투자하기로 하고 구백구십 개를 사용했어요. 그런데 방금 그 사업이 실패할 거라는 것을 알았다면? 금화 열 개를 안 넣을 건가요?"

"네. 안 넣죠."

다니엘은 단호하게 말하더니 빙그레 웃었다. 그리고 나를 향해 몸을 내밀며 말했다.

"하지만 부인께서 무슨 말씀을 하시는지 알겠습니다."

"케이시 경은 이미 금화를 구백구십 개 투자했어요."

그는 그냥 카일의 그림을 창고에 던져버리고 잊을 수 없을 것이다. 어떻게든 카일라의 가치를 올리려 하겠지.

그게 그림을 팔아서 이득을 취하려는 게 아니라 자신의 안목과 취향이 엮여 있다면 더 절박할 것이다.

카일라의 가치가 올라가야 자신이 사교계에서 바보가 되지 않을 테니까.

"알겠습니다. 그림을 케이시 경에게 팔겠습니다. 하지만 한 가지 조건이 있습니다."

"뭔데요?"

설마 가격을 내리라거나 이런 건 아니겠지. 다니엘은 잠시 나를 쳐다보다가 시선을 찻잔으로 내리며 말했다.

"이번 일이 무사히 해결될 때까지 이 집에서 머무는 것을 허락해 주세요."

절대 안 된다. 나는 반사적으로 입을 벌렸다가 그가 다시 나를 쳐다보는 것을 보고 움찔하고 멈췄다. 다니엘의 눈동자가 황금색으로 빛나는 것처럼 보였다.

"월포드 경, 눈이……."

내가 그렇게 말하는 순간 다니엘이 눈을 깜빡였다. 그러자 그의 눈이 밤색으로 돌아와 있었다.

"눈이요?"

다니엘은 손을 자신의 눈으로 가져가며 물었다. 내가 잘못 봤나? 나는 일어나서 다니엘에게 몸을 내밀었다.

"뭐가 있습니까?"

다니엘이 그렇게 물었지만 나는 대답하지 않았다. 대신 그를 향해 몸을 기울인 채 그의 눈을 똑바로 쳐다봤다. 이상하다. 속눈썹 때문에 잠깐 금색으로 보였나?

잠깐 그의 눈을 빠히 쳐다보고 있다가 문득 정신을 차리고 보니 내 손이 다니엘의 앞머리를 올려 고정하고 있었다. 아차. 내 행동이 얼마나 무례했던지 다니엘은 놀란 표정으로 굳어 있었다.

"어머, 미안해요."

나는 재빨리 다니엘의 이마에서 손을 떼며 사과했다. 그러고 보니 평소에는 늘 깔끔하게 빗어 넘기고 있던 그의 앞머리가 오늘은 이마 위로 내려와 있었다.

어휴, 이마도 잘생겼어. 나는 자리에 앉으며 미안한 표정을 지었다. 다니엘은 그제야 자기 앞머리에 손을 대더니 머리카락을 가볍게 털며 씩 웃었다.

"앞머리를 내리는 게 낫나요?"

"누가요? 경이요?"

"네."

글쎄. 나는 고개를 기울이고 다니엘의 얼굴을 빠히 쳐다봤다. 뭘 해도 잘생겨서 뭐가 더 낫다고 말을 못 하겠네. 앞머리를 내리니까 훨씬 어려 보이긴 한다. 분위기도 훨씬 부드러워 보이고.

앞머리를 넘기면 좀 딱딱해 보이지만 그것도 괜찮았다. 잘 제련된 검 같은 느낌이 들어서.

결국 어느 쪽도 고르지 못한 채 나는 솔직하게 말했다.

"둘 다 괜찮아요. 내리면 내린 대로 어려……."

어려 보인다고 말하려는 순간 다니엘의 표정이 굳었다. 아, 왜? 뭐가? 나는 이해가 안 돼서 그를 쳐다보다가 조심스럽게 단어를 바꿨다.

"젊어 보이고, 올리면 올리는 대로 멋있어요."

"그럼 올리죠."

그렇게 말한 다니엘이 손가락으로 앞머리를 쓱쓱 넘기기 시작했다. 허, 참. 이해가 안 되네. 나는 고개를 기울이며 말했다.

"어려 보이는 게 싫어요?"

다니엘이 손을 떼자 마법처럼 그의 앞머리가 깔끔하게 넘어갔다. 말도 안 돼. 나는 놀라서 눈을 깜빡였다. 저 머리카락, 내가 만져 봐서 아는데 엄청 부드러웠다. 그렇게 부드러운 머리카락이 저렇게 뒤로 딱 넘어갈 수 있을 리가 없다.

"어려 보이는 걸 좋아하는 남자는 없습니다."

"왜요? 나이보다 젊어 보인다는 건데."

다니엘은 서른둘이고 여기서 어려 보인다고 해 봤자 이십 대 중후반으로 보이는 정도다. 남들이 만만하게 대할 정도로 어려 보이는 것도 아니라는 말이다.

하지만 그는 못마땅한 표정으로 찻잔을 들어 올리더니 눈동자만 움직여 나를 쳐다보며 말했다.

"정정하죠. 부인께 어려 보이고 싶지 않습니다."

순간 공기의 흐름조차 멈춘 느낌이 들었다. 나는 찻잔에 손을 댄 채 눈동자를 굴렸다. 그 사이 다니엘은 차를 홀짝이고 여유 있게 찻잔을 내려놓고 있었다.

아니, 어, 음. 뭐라고 말해야 할지 모르겠네. 얘 왜 이렇게 훅 들어와? 나는 차마 다니엘을 쳐다보지 못하고 찻잔으로 시선을 떨어트렸다.

"그래서, 저는 어느 방을 쓰면 될까요?"

찻잔을 내려놓은 다니엘이 물었다. 어느 방? 나는 그게 무슨 소린가 하고 고개를 들었다. 다니엘은 마치 내가 어쩔 줄 몰라 할 줄 알았다는 듯 의자 등받이에 몸을 기댄 채 뻬딱하게 앉아 있었다.

"어, 어느 방이요?"

"이번 일이 끝날 때까지 말입니다. 혹시 모를 안전을 위해 여기 있어야겠습니다."

"이미 경은 이 집에 방이 있잖아요."

나는 시치미를 떼고 말했다. 다니엘의 작업실은 그가 그림을 확인하고 쉴 수 있도록 책상과 책장, 소파와 테이블이 있다. 하지만 그건 어디까지나 작업실이다. 잠을 잘 수는 없다.

다니엘은 자신의 무릎에 손을 깍지 껴서 올려놓더니 나를 보고 빙그레 웃었다. 어딘지 모르게 시선을 피하게 되는 미소였다.

"부인, 제가 전에 말했죠."

그는 그렇게 말하며 고개를 기울였다. 뭘? 내가 모르겠다는 표정을 짓자 그가 다시 말했다.

"싫으면 싫다고 하세요. 하지만 모르는 척은 안 됩니다."

"그럼 싫어요."

작업실까지는 어떻게 타협을 할 수 있다고 해도 여자만 사는 집에 젊은 남자를 머물게 할 수는 없다. 나와 다니엘의 관계는 둘째치고서라도 사교계의 사람들이 어떻게 생각하겠어? 게다가 이 집엔 결혼할 나이의 딸이 셋이나 있다.

"남들 눈 때문에요?"

다니엘은 정확하게 내가 싫다는 이유를 맞췄다. 알고 있네.

내가 고개를 끄덕이자 그는 찻잔을 들어 올리며 다시 물었다.

"다른 사람들의 시선만 해결하면 됩니까?"

무슨 의민지 모르겠다. 나는 인상을 쓰며 그를 처다봤다. 다른 사람들의 시선을 어떻게 해결할 건데? 다니엘이 뿅 하고 투명인간이 돼서 이 집에서 머물 수 있는 것도 아니잖아.

"왜요? 투명인간이 되는 방법이라도 알아요?"

내 질문에 다니엘이 웃음을 터트렸다. 그가 말도 안 된다는 듯 웃는 것을 보면서 나도 어이가 없어서 웃었다.

"투명인간이 될 수 있다면 제일 먼저 부인을 찾아가죠."

역시 투명인간은 말도 안 되지. 나는 가볍게 대답했다.

"뭐, 시선에서 자유로울 수 있다면 얼마든지요. 이 일이 끝날 때까지가 아니라 평생도 괜찮아요."

다니엘의 표정이 변했다. 어라? 나는 저도 모르게 움찔하고 내가 말을 잘못했는지 떠올렸다.

"진심이시죠?"

"어……"

이제 와서 아니라고 말하면 안 될 분위긴데. 나는 당황해서 다니엘을 보다가 다시 말했다.

"사람들이 모른 척하는 게 아니라 합당한 이유가 있어야 한다는 말이에요."

예를 들면 다니엘이 내 정부라거나. 이런 것도 가능하긴 하지만 사람들이 모른 척하는 거지 사교계의 구설에 휘말리지 않는 건 아니다.

"압니다."

다니엘은 깔끔하게 대답하며 자리에서 일어났다. 정말? 진짜로 아는 거야? 나는 너무 당당한 다니엘의 모습에 약간 당황하면서 그를 따라 자리에서 일어났다.

내 맞은편에 앉아 있던 그가 테이블을 빙 돌아 내 앞으로 다가오더니 손을 내밀며 말했다.

"어느 방을 제게 주실지 결정해 두세요."

뭐 믿는 거라도 있나? 나는 당당한 다니엘의 모습에 말을 잃고 그를 쳐다봤다. 물론 그는 늘 당당하긴 했지만 오늘은 특히 더 당당했다.

"아니면 제가 결정하게 하셔도 좋고요."

그렇게 말하며 다니엘은 빙그레 웃었다. 그리고 곧바로 내 손을 잡으며 말을 이었다.

"키스해도 될까요?"

무슨 방법이 있지? 합법적으로 내 집에 다니엘이 머무는 방법이? 나는 그가 대체 무슨 생각인지 모르겠어서 멍하니 그를 쳐다보고 있었다. 그러다가 내 손을 잡는 그의 체온에 놀라 눈을 크게 떴다.

"부인."

"어, 그, 그래요."

다니엘의 시선이 내 시선까지 내려왔다. 그는 내 손을 들어 올리더니 나를 똑바로 쳐다보며 내 손에 입을 맞췄다. 그대로 다니엘의 입술이 휘어졌다.

순간 심장이 쿵하고 내려앉았다. 이 남자, 진짜 준비할 시간도 주지 않고 훅 들어온다.

나는 그대로 얼어붙은 채 다니엘을 똑바로 쳐다보고 있었다. 나를 똑바로 쳐다보는 다니엘의 눈동자가 마치 그물처럼 시선을 피할 수 없게 만들었다.

"방만 준비해 주시면 됩니다."

다니엘은 그렇게 말하더니 내 손을 놓고 물러났다. 이상한 기분이 들었다. 나는 그가 입을 맞춘 내 손등을 반대편 손으로 감쌌다. 다니엘이 늘 하던 행동인데 새롭게 다가왔다.

모든 사람에게 하는 행동이라 생각했는데 마치 내게만 하는 행동처럼 느껴졌다. 그러니까 구애 행동 같은 거. 그렇게 생각하자 기분이 좋아졌다. 어딘지 모르게 좀 뿌듯하기도 했다.

하지만 다음 순간 나는 이게 좀 고전적인 인사라는 것을 떠올렸다. 다니엘은 원래 좀 다정하다. 그가 나를 좋아한다고 해서 이게 내게만 하는 행동이라는 보장이 없다. 다른 여자한테도 손등에 입을 맞추던가?

산드라에게는 안 했던 것 같다. 하지만 다른 사람에게 한다면?

위로 한없이 올라갔던 기분이 순식간에 수직 낙하했다. 다정한 사람이 좋지만 모든 사람에게 다정한 사람은 싫다.

"말도 안 되는 생각을 하고 있네."

나는 고개를 저으며 집 안으로 들어갔다. 다정한 사람이 내게만 다정하길 바란다는 건 말도 안 되는 생각이지. 하지만 그래도 싫은 걸 어떡해.

안에 들어가자 아이리스가 못마땅한 표정으로 책을 읽고 있는 게 보였다. 그 맞은편에 애슐리가 자신의 드레스를 바느질하는 게 보였다.

"릴리는?"

"온실에요."

아이리스가 책에서 고개도 들지 않고 말했다. 또 그림을 그리러 갔다. 나는 릴리가 자기 몫의 드레스를 다 만들었는지 물어보려다 말고 아이리스의 옆에 앉았다. 알아서 하겠지.

문득 테이블 위의 내가 보고 있던 신문을 누군가 접어 둔 게 보였다. 그러고 보니 다니엘과 이야기하느라 웹스터 경에 대한 분노를 잊어버렸다.

아, 이 새끼를 어떻게 하지? 다시 분노가 끓어올랐다. 그래도 머리가 차가워진 덕분에 당장 이놈을 죽이러 간다는 생각은 멈췄다.

"아, 이 자식도 엿 먹여야 하는데."

내 중얼거림에 애슐리가 놀란 표정으로 나를 쳐다보는 게 보였다. 죽이지 못한다면 최소한 사교계에서 쫓아내야 한다. 어떻게 해야 할지 고민하던 나는 좋은 생각이 떠올랐다.

"아이리스, 웹스터 경이 네게 보낸 편지, 아직도 가지고 있니?"

내 질문에 책을 읽고 있던 아이리스의 고개가 번쩍 올라왔다. 당황한 표정이 그녀의 얼굴에 떠올라 있는 게, 내가 그걸 물어볼 줄 몰랐던 모양이다.

"어, 네. 어제 너무 늦게 와서 못 버렸어요."

"오, 아니야. 잘했어."

잘했다, 잘했어. 나는 아이리스의 등을 다독이며 칭찬했다. 남에게 받은 편지나 영수증 같은 건 버리면 안 된다. 나는 애슐리에게도 똑같이 그런 걸 절대 버리지 말고 모아 두라고 이야기한 뒤 아이리스에게 다시 말했다.

"가져와. 그것 좀 사용하자."

"편지를요?"

아이리스는 이해할 수 없다는 표정을 지었지만 순순히 자신의 방으로 돌아가서 편지를 가지고 돌아왔다. 원래 남에게 편지를 쓸 때는 조심해서 써야 하는 법이다. 아이들에게 그 교육을 할 수 있겠군. 그것도 웹스터 경이라는 타산지석으로.

"여기요. 그런데 어떻게 쓰시려고요?"

아이리스는 여전히 어리둥절한 표정이었다. 나는 편지를 펼쳐 내용을 재빨리 읽었다. 물론 읽는 내내 욕이 튀어나왔지만 지켜보는 아이리스를 생각하고 꾹 눌러 참았다. 가볍게 훑어본 것만으로도 웹스터 경이 얼마나 아이리스를, 그리고 우리를 무시하고 있었는지 알 수 있었다.

"누가 사교계에서 발을 못 디디나 보자고."

나는 그렇게 말하며 아이리스를 향해 웃어 보였다. 솔직히 너무 화가 나서 입가가 파들파들 떨렸다. 죽여 버릴 거야, 진짜. 감히 내 딸을 이런 같잖은 말로 협박해?

이튿날 아침, 내가 구독하는 신문 세 개 중 하나는 웹스터 경의 실상이라는 기사가 첫 페이지에 실렸다.

피해자인 줄 알았던 웹스터 경이 뒤로는 불쌍한 아가씨에게 잔인하게 협박을 일삼고 그 동생에게 정부 제의까지 한 파렴치한 개망나니라는 이야기였다.

그리고 다른 두 개는 윌포드 남작의 저택에 화재가 일어났다는 소식이 첫 페이지에 실렸다.

"뭐 그런 놈이 다 있어?"

산드라가 고기를 썰며 투덜거렸다. 게리 역시 한마디 하고 싶은 모양이었지만 어쩐 일로 입을 꾹 다물고 있었다.

나는 아이리스를 한 번 쳐다보고 게리에게 물었다.

"사람들은 뭐래요?"

오늘 아침에 신문에 실린 거라 사람들의 반응이 아직 내 귀에까지는 들어오지 않았다. 나는 고기를 입에 넣으며 게리를 쳐다봤다.

이런 소식은 당사자에게 가장 늦게 전해지기 마련이다.

귀족의 아침은 매우 늦으니 점심쯤에나 일어난 사람들이 신문을 보고 나와 친분이 있는 사람들이 쓴 편지가 이튿날에나 도착한다.

그러니 사람들의 반응을 가장 먼저 알려면 클럽에 가야 한다. 그리고 클럽은 남자들의 전유물이니 산드라보다는 게리가 더 잘 알겠지.

"이미 그놈의 집이 비어 있더구나."

게리는 못마땅한 표정으로 말했다. 남에게 들은 게 아니라 본인이 직접 가 봤다는 말투라 나는 눈을 동그랗게 뜨면서 고개를 기울였다. 그러자 게리가 내 시선을 피하며 말했다.

"신문을 읽자마자 가 봤다. 그 개……."

거기까지 말한 게리의 시선이 아이들을 향했다.

아이리스와 릴리는 게리를 못 본 척하고 있었지만 애슐리는 그가 무슨 말을 하려는지 모르겠다는 듯 게리를 빤히 쳐다보고 있었다.

"망나니 자식에게 한마디 하려고 말이다. 그런데 하인이 나와서 집에 없다고 하더구나."

"잠깐 외출한 건 아니고요?"

"아니야. 내가 돌아올 때까지 기다리겠다고 했더니 본가로 돌아갔다고 말했거든."

신문을 보자마자 자기 한 몸만 빼내서 꽁지가 빠져라 도망친 모양이다.

한심해라. 나는 고기를 입에 넣으며 픽 웃었다. 그리고 아이리스를 힐끔 쳐다봤다.

그녀는 웹스터 경이 어떻게 됐는지 별 관심이 없는 모양이었다.

뭔가를 골똘히 생각하는 것 같기도 했다. 그러고 보니 어제부터 저러던데, 웹스터 경 때문이 아니면 대체 뭐지?

"아이리스, 잠깐 이쪽으로 와 볼래?"

식사를 끝내자 산드라가 아이리스를 자신의 방으로 불렀다.

그렇지 않아도 그녀는 나와 단둘이 있을 때 아이리스가 불쌍하다고 한참을 이야기했었다. 어린 것이 그 나쁜 자식 때문에 얼마나 마음고생을 했겠냐며 가지고 있는 액세서리를 하나 주고 싶다고도 했었지.

그사이 우리는 게리를 따라 응접실로 이동했다. 봄에 맞춰 커튼과 소파 커버를 바꿨는지 머피 백작가의 응접실은 노란색이 산뜻했다.

우리 집 응접실도 슬슬 소파 커버를 갈아야 할 것 같은데.

이 집의 하인들이 소파 커버를 어떻게 갈았는지 확인하고 있자니 하인이 들어와서 각각 음료를 건네주었다.

아이들에게는 주스를, 내게는 차를. 그리고 게리에게는 술을.

"밀."

하인에게 잔을 받은 게리가 내게 다가왔다.

릴리와 애슐리가 벽 쪽으로 다가가서 응접실에 걸린 그림을 보는 게 보였다. 게리의 집이라 별문제는 없을 테지만 그래도 아이들이 신경 쓰인다.

그렇지 않아도 아이들이 어디서 뭘 하는지 확인하는 편이었지만 최근에는 웹스터 경 때문에 조금 더 예민해져 있었다.

나는 릴리와 애슐리를 확인하고 게리에게 돌아섰다.

"웹스터 경은 걱정 마. 내가 클럽에 단단히 일러뒀으니 그 자식이 다시 나타난다면 내가 제일 먼저 알게 될 거다."

"일러뒀다고요?"

내 질문에 게리의 얼굴에 뻐기는 표정이 떠올랐다. 그는 '에헴' 하고 헛기침을 하더니 나를 향해 말했다.

"내가 아는 모든 사람들에게 그놈이 얼마나 나쁜 놈인지 이야기했다. 다들 어찌나 화를 내던지."

아, 그래? 약간 놀랍긴 했지만 예상 못 한 일은 아니다. 그 정도로 웹스터 경의 행동은 야비하고 못돼먹은 행동이었으니까.

내가 놀란 건 게리의 태도 때문이었다. 나는 그가 나와 아이리스에게 어떻게 행동했길래 그런 남자가 우리를 쉽게 생각한 거냐고 화낼 줄 알았다.

"오라버니께서 그럴 줄은 몰랐어요."

"뭘?"

생각한 것을 솔직하게 내뱉자 게리가 어리둥절한 표정을 지었다. 나는 아이들에게 들리지 않도록 작은 목소리로 재빨리 말했다.

"사실 전 오라버니께서 웹스터 경의 편지를 공개한 걸로 한마디 하려고 오늘 식사에 초대한 줄 알았어요."

진짜로. 물론 게리와 산드라는 평소에도 나와 아이들을 이런 식으로 초대해서 식사를 하곤 했다. 하지만 그건 전부 며칠 전에 미리 초대했다.

오늘처럼 이렇게 점심때 갑자기 하인을 보내 저녁 식사를 같이하자고 하는 게 아니라.

내 말에 게리의 표정이 가볍게 달아올랐다. 그는 민망하다는 표정을 짓더니 한숨을 내쉬고 말했다.

"알아. 내가 네게 그리 살가운 오라비가 아니었다는 걸. 미안하게 생각하고 있다."

뭐라고? 예상하지 못한 게리의 고백에 저도 모르게 놀란 표정이 떠올랐다. 그는 내 놀란 표정에 쓰게 웃더니 다시 말했다.

"네가 사는 게 그리 쉽지 않았다는 걸 안다. 남편 일도 있고, 아이들 일도 있지. 샌이 그러더구나. 그녀가 네 입장이었다면 어떻게 해야 할지 몰랐을 거라고."

허. 나는 뭐라고 말해야 할지 몰라 멍하니 게리를 쳐다봤다.

아니, 아예 무슨 생각을 해야 할지도 모르겠다. 게리가 이렇게 말할 줄은 몰랐다. 그게 산드라가 가르쳐준 덕분이라고 해도.

"그리고 월포드 남작도 말이다."

게리는 그렇게 말하며 한숨을 내쉬었다. 다니엘이 왜? 내가 아무 말도 하지 않자 그는 머뭇거리며 다시 말을 이었다.

"솔직히 말하면 난 그 남자가 마음에 들지 않아. 그 번드르르한 얼굴 때문에 이러는 거 아니다."

맞는 거 같은데. 나는 항아리 같은 게리의 몸과 벗겨진 그의 머리를 한 번씩 쳐다봤지만 아무 말도 하지 않았다. 신경 안 쓰는 줄 알았는데 쓰고 있었나 보다.

하긴 어떻게 다니엘을 신경 안 쓸 수가 있겠어. 그 몸에 그 얼굴을.

"그는 위험한 사람이야. 이렇게 말하면 여자들은 더 좋아하더라만."

"오, 아니에요."

나는 결국 참지 못하고 게리의 말을 끊고 들어갔다. 그리고 손을 들어 보이며 말했다.

"그냥 위험한 사람이 아니라 잘생긴 위험한 사람을 좋아하는 거죠."

"농담하는 거 아니다, 밀드레드."

나도 농담하는 거 아닌데? 나는 억울하다는 표정을 지었다.

여자들이 위험한 남자를 좋아한다는 건 너무 위험한 누명이다. 여자들은 그냥 잘생긴 남자를 좋아하는 것뿐이다.

문제는 잘생긴 놈들은 얼굴값을 하다 보니 위험한 짓을 해서 위험한 남자가 되는 거고.

"어쨌든, 이번에도 그자의 집에 불이 났다면서. 뭔가 위험한 짓을 하니까 그의 적들이 윌포드 남작을 해치기 위해 불을 지른 거 아니겠니."

맙소사. 나는 그제야 게리가 무슨 소리를 하려는 건지 알아차렸다.

그러니까 그는 외로운 과부인 내가 다니엘 같은 제비에게 낚일까 봐 걱정돼서 이런 소리를 하는 거다.

"오라버니, 윌포드 남작이 부자인 건 아시는 거죠?"

"알아. 그자가 케이시 후작 다음가는 부자라는 말도 있더구나. 하지만 어디까지나 소문이니까 믿을 수는 없는 일이지."

나는 여기서 케이시 후작의 이름이 나왔다는 사실에 놀라야 할지, 다니엘이 케이시 후작 다음가는 부자라는 소문에 놀라야 할지 잠시 망설이다가 물었다.

"나라에서 가장 부자가 케이시가예요?"

"가장 부자는 왕궁이지."

아, 그럼 다니엘은 세 번째라는 말이군. 세상에. 나는 이마를 짚으며 한숨을 내쉬었다. 그가 부자인 줄은 알았지만 그 정도일 줄은 몰랐다.

그러자 게리가 내 생각을 읽은 것처럼 재빨리 말했다.

"어디까지나 소문이야. 사람들이 우스갯소리로 하는 말이지. 월포드 남작이 부유하긴 하지만 설마 그 정도로 부유하지는 않을 거다."

놀랍게도 게리의 말을 듣자 기분이 좀 가라앉았다.

좋아. 다니엘이 그 정도로 부자가 아닐 수도 있잖아? 사실 그가 그 정도로 부자라고 해도 나랑은 상관없는 일이다.

물론 그가 내게 구애를 하고 있고 우리 집에서 머물고 싶다고 요청하긴 했지만.

"어쨌든 내 말은, 자기 집에 불을 지르는 적이 있을 정도로 위험한 남자니 너무 가까이하지는 말라는 말이야."

"너무 늦었어요, 오라버니."

나는 한숨을 내쉬며 말했다. 다니엘을 가까이하지 말라는 말은 이미 늦었다. 내 말에 게리의 눈이 눈알이 튀어나올 것처럼 커지더니 그가 내 어깨를 잡으며 말했다.

"너, 너 설마⋯⋯!"

"하지만 제게 간곡히 부탁을 해서 할 수 없이⋯⋯."

급기야 게리의 얼굴이 새파랗게 질리기 시작했다. 어디까지 가나 어디 두고 볼까.

"어머니!"

게리가 입에 거품을 물기 직전에 아이리스가 산드라와 함께 응접실로 들어왔다. 그녀는 산드라에게 받은 목걸이를 신이 나서 내게 자랑하기 시작했다.

"이것 보세요, 너무 예쁘지 않아요?"

예쁘네. 나는 아이리스의 머리카락을 쓸며 웃었다. 얇은 금줄이 세 줄로 되어 있는 목걸이였다.

산드라는 친절하게도 릴리와 애슐리를 위해서도 각각 브로치를 선물해 주었다.

릴리와 애슐리가 산드라에게 받은 브로치를 옷에 다는 사이, 게리가 다시 내게 다가왔다. 그는 무서운 얼굴로 나를 쳐다보며 속삭였다.

"설마 우리 집안이 창피할 짓을 한 건 아니겠지?"

"우리 집안이 창피할 짓이 뭔데요?"

내 대답에 게리의 얼굴이 못마땅하다는 듯 부풀어 올랐다가 가라앉았다.

정말로, 집안 창피할 짓이 뭔데? 나는 결혼을 두 번이나 한 과부고 다니엘은 서른둘이나 먹은 성인이다.

여기서 내가 다니엘과 무슨 짓을 한다고 해도 도덕적으로, 사회적으로 지탄받을 일은 없을 것 같은데.

하지만 게리의 생각은 아니었던 모양이다. 그는 내 팔을 꽉 잡으며 이를 악물고 속삭였다.

"밀드레드, 윌포드 남작이 네게 그런 짓을 했다면 당연히 청혼했겠지?"

"어머, 오라버니. 우린 그 정도 관계는 아니에요."

그 정도 관계는. 그게 게리의 마지막 선을 건드린 모양이었다. 그는 완전히 폭발한 표정으로 주먹을 쥐고 소리쳤다.

"고, 고얀! 그 못된 자식이 네게 청혼도 안 하고 그런 짓을 요구했단 말이야? 내가 가만두지 않겠어!"

이쯤 해야 할 것 같다. 나는 게리를 놀리는 것을 그만두기로 했다. 그렇지 않으면 그가 당장 다니엘에게 달려가 주먹을 휘두를 것 같았기 때문이다.

게리가 다니엘에게 주먹을 휘두르는 건 별로 걱정이 안 되는데 그러다가 그가 다니엘에게 맞을까 봐 걱정된다. 나는 재빨리 게리를 진정시켰다.

"집을 수리할 때까지 잠시 머물기 위해 청혼하는 건 너무 오버하는 거 아닌가요?"

"뭐?"

내 말에 게리가 우뚝 멈췄다. 그는 주먹을 쥔 채 어리둥절한 표정으로 나를 바라보고 있었다.

나는 그가 왜 그러는지 모르겠다는 표정으로 다시 말했다.

"오늘 아침에 월포드 남작의 집에 화재가 일어났잖아요? 그래서 집을 수리할 때까지 머물 만한 곳을 찾는 모양이길래 우리 집에서 잠깐 머물라고 했어요."

"뭐?"

게리는 여전히 이해가 안 된다는 표정으로 나를 쳐다봤다. 그러더니 곧 어이가 없다는 표정으로 내게 물었다.

"그래서 그를 네 집에 들였다고?"

"하지만 우리 집에 많은 도움을 준 분인걸요. 여관에 머물라고 할 수는 없잖아요?"

"그건…… 그렇지."

게리의 기가 한풀 꺾였다. 허허. 나는 그조차도 수긍하는 것을 보며 헛웃음을 지었다.

다니엘 월포드, 이 미친 남자 같으니. 그는 우리 집에 들어오려고 자기 집에 불을 냈다.

〈다음 권에서 계속〉